珠江—南海文化书系

总主编 ● 黄伟宗

副总主编 ● 司徒尚纪　王元林

珠江文派记住乡愁书链

珠江文典

——广东新文学经典作家作品选析

黄伟宗　李俏梅　编著

广东省珠江文化研究会 ○○ 组编

广东旅游出版社
GUANGDONG TRAVEL & TOURISM PRESS
悦读书 · 悦旅行 · 悦享人生

中国 · 广州

# 图书在版编目（CIP）数据

珠江文典/黄伟宗，李俏梅编著．—广州：广东旅游出版社，2017.3
ISBN 978 - 7 - 5570 - 0462 - 0

Ⅰ．①珠…　Ⅱ．①黄…　②…李　Ⅲ．①中国文学—现代文字—作品综合集 ②中国文学—当代文学—作品综合集　Ⅳ．①I216.1

中国版本图书馆 CIP 数据核字（2016）第 209766 号

《珠江—南海文化书系》工程承蒙广东省佛山市南海区区委、区政府鼎力支持，特此鸣谢！

# 珠江文典
## ZHUJIANG WENDIAN

出 版 人：刘志松

策划编辑：官　顺

责任编辑：官　顺　厉颖卿

封面设计：邓传志

责任技编：刘振华

责任校对：李瑞苑

广东旅游出版社出版发行

（广州市越秀区环市东路 338 号银政大厦西楼 12 楼　邮编：510180）

邮购电话：020 - 87348243

广东旅游出版社图书网

www.tourpress.cn

佛山市浩文彩色印刷有限公司

（佛山市南海区狮山工业园 A 区兴旺路 6 号）

780 毫米×1092 毫米　16 开　27 印张　400 千字

2017 年 3 月第 1 版第 1 次印刷

定价：88.00 元

对本书提供版权的作家及其家属表示诚挚的谢意，未及联系上的作者及家属见书后请尽快与编者联系。

《珠江文化丛书》总序：

# 多学科交叉的立体文化工程

黄伟宗

一个国家、一个民族、一个地域、一个地方的特点，从总体精神上说，实则是文化特点。其特点的形成，是由于不同的地理条件（尤其是水的条件）和气候条件，使得人们有不同的生存方式、生产方式与生活方式，而长期造成的不同的精神意识、思维方式、人情风俗和道德观念等等。这些属于文化范畴的特征，既决定着又体现于每个国家、每个民族、每个地域、每个地方的政治、经济与文化的实体、措施与形态，以及自然科学、人文科学的研究思想和文学艺术的创作与研究中。正如法国 19 世纪著名理论家丹纳在《艺术哲学》中所说："要了解艺术家的趣味和才能，要了解为什么在绘画或戏剧中选择某部门，为什么特别喜爱某种典型，某种色彩，某种感情，就应当到群众中的思想感情和风俗习惯中去探求。由此我们可以定一条规则：要了解一件艺术品、一个艺术家、一群艺术家，就必须正确地设想他们所属的时代的精神和风俗概况。这是艺术最后的解释，也是决定一切的根本原因。"

当今世界已经进入了文化时代，也即是改变了过去只是以政治观点和政治利益去认识和把握一切，代之以从文化意识与方式去认识和把握一切的时代。西方各国现代文化学的兴起，学派林立，形成热潮，蔚然成风；中国的"文化热"也从文艺创作而蔓延于各行各业、各种学科、各个地域、各个地方，以至人们日常生活的衣、食、住、行各个方面。其中，水流地域文化研究，如：黄河文化、长江文化、黑龙江文化等的研究，正在悄悄兴起，这是一种很值得注意的动向，是一个很有意义、很有前途的文化与学术领域。因为这个领域的研究，将会给每个水流地域总体特征做出科学的解释，找出其历史与现实和将来的契合点，并以多学科的并行和交叉研究论证的方法，将这些契合点科学化、综合化、立体化、实用化，使其可作为决策的依据或出发点，作为具有实用价值的新产品或具有可操作性的方略，具有可转化为生产力的科学理论或文化精品。

广东珠江文化研究会，正是适应这样的文化时代潮流和需要，于2000年6月28日在广州正式成立。其宗旨是研究与弘扬珠江文化。因为珠江是中国的第三大河，其水流地域文化覆盖整个华南和南海诸多港湾和群岛，在中华民族历史和现代的文化上有重大贡献和重要地位。按照当今国内外公认的水流地域文化理论，当某种水流地域文化形成之后，除覆盖其本身水域之外，还覆盖其周边地区。由此，珠江文化的覆盖地域，不仅是作为中心的珠江三角洲地区，以及汇合为珠江的西江、东江、北江的各自流域地带，还包括韩江流域的潮汕地区、南渡河流域的雷州半岛，南海诸岛和北部湾、海南岛、香港和澳门；如从水流的源头而言，除西江流经的广西之外，尚有西江的源头云南、贵州，北江的源头湖南，东江的源头江西，韩江的源头福建省等，可见地域之广，水量丰富，文化组成成份多样而复杂，历史的发展和演变过程又极其曲折坎坷，在新时期的改革开放中的发展又极其迅速。因而以珠江文化作为一个研究领域，不仅是应时之需，而且是天地广阔，前景无限的。

珠江文化有着明显的特点。首先是它的多元性和兼容性。这特点似乎与珠江是多条江河自西、北、东之流而交汇的水态有关，是多元而后交汇汇聚兼容于一体之中：从历史上说，由土著的百越文化与来自五岭以北的华夏文化、荆楚文化、巴蜀文化、吴越文化，以及来自海外的印度文化、波斯文化、阿拉伯文化、西洋文化的先后结合与交融；从当今的珠江水流地域的文化类型而言，除此较明显的粤文化地区有着广府文化、客家文化、福佬文化和新起的深圳及珠江三角洲地区的移民文化之外，尚有可称之为珠江亚文化的滇云文化、黔贵文化、八桂文化、海湾文化、琼州文化等等，都是多元而相容于珠江文化的范畴中。其二是海洋性和开放性，珠江的总体形象，既是交汇型的，又是放射型的，它既像是蜘蛛网似的覆盖于整个水流地域，像是多龙争珠似的争汇于其中交汇中心（广州），而其中心又像是一颗明珠、每条河流又像是道道明珠发射出的光芒那样，向四面八方喷射。特别是珠江有众多出海口，即许多所谓"门"，如：虎门、崖门、磨刀门等等，仅珠江口就有八个门，可见珠江与南海是联成一体的；沿海港湾和港口甚多，也都同珠江水系密切连接。所以，从古至今是陆路、沿海与海外的交通与交流枢纽，"海上丝绸之路"最早在此进发，而且数千年一直不衰：大量移民由此散布海外，海外文化也由此最早涌入，所以，海洋文化与开放意识是特别强的。其三是前沿性和变通性。由于珠江文化水系与海洋密切连接，海港特多，与西方和海外文化接收特快特多，因而前沿性也特强，另一方面，相对而言作为中国文化中心的中原文化，地理距离较远，又有以五岭为代表的崇山峻岭之隔，交通不便，由此而受中原文化控制偏少，同时也由于中原文化在这一带与海洋文化及本土文化碰撞的缘故，也就造成了相接于前沿性的变通性。此外尚有其他特点，有待深入研究，在此不一一列举。仅由此即可见，对珠江文化特点的研究，以及将这样的研究成果转化为决策依据，地域建设的方案与行为，转化为科学规划的文化产业，都是大有作为、必有成效的。

本着研究与弘扬珠江文化的宗旨，广东省珠江文化研究会组织了著名的文化学家、文史学家、考古学家、人类学家、语言学家、民俗学家、地理学家、海洋学家、气象学家、建筑学家、生物学家等学科的专家学者，以及著名的作家、编辑家、新闻出版家等，分别组成学术委员会、创作委员会、书画艺术委员会、地域企业文化委员会、影视出版委员会、规划策划委员会和理事会，既分工而又交叉地进行珠江文化的研究和宣传，将其作为一项长期的多学科交叉的立体工程去进行。为此目的，我们依靠和组织各种力量，撰写、编辑、出版《珠江文化丛书》。

2000－2005年出版著作：1.《珠江传》（司徒尚纪著）；2.《珠江文化论》（黄伟宗著）；3.《开海》（洪三泰、谭元亨、戴胜德著）；4.《千年国门》（谭元亨、洪三泰、戴胜德、刘慕白著）；5.《中国古代海上丝绸之诗选》（陈永正编注）；6.《广府海韵——珠江文化与"海上丝绸之路"》（谭元亨著）；7.《交融与辉映——中国学者论"海上丝绸之路"》（黄鹤、秦柯编）；8.《东方的发现——外国学者谈海上丝绸之路与中国》（徐肖南、施军、唐笑之编译）；9.《广东海上丝绸之路史》（黄启臣等编著）；10.《珠江文化与史地研究》（司徒尚纪著）；11.《祝福珠江》（洪三泰、谭元著）；12.《通天之路》（洪三泰主编）；13.长篇小说《女海盗》（洪三泰著）；14.《岭南文化古都论》（谭元亨编著）；15.《岭南状元传及诗文选注》（仇江、曾燕闻、李福标编注）；16.《东方奥斯维辛纪事》（谭元亨著）；17.《日军细菌战：黑色［波字8604］》（谭元亨编著）；18.《中国文化史观》（谭元亨著）；19.《客家圣典：一个大迁徙民系的文化史》（谭元亨著）；20.《客家文化之谜》（谭元亨著）；21.《岭南文化艺术》（谭元亨著）；22.《呼唤史识——当代长篇创作的史观研究》（谭元亨著）；

23.《广府寻根》（谭元亨著）；24.《南方城市美学意象》（谭元亨著）；25.《世界著名思想家的命运》（谭元亨主编、主笔）；26.《当代思维论》（谭元亨著）；27.《城市建筑美学》（谭元亨著）；28.《海峡两岸客家文学论》（谭元亨著）；29.《古代中外交通史略》（陈伟明、王元林著）。

2005－2006年出版的《珠江文化丛书》"十家文谭"专辑，包括：1.《珠江文化系论》（黄伟宗著）；2.《珠江文化的历史定位》（朱崇山编）；3.《海上丝路的研究开发》（周義编）；4.《泛珠三角与珠江文化》（司徒尚纪著）；5.《海上丝路与广东古港》（黄启臣著）；6.《粤语与珠江文化》（罗康宁著）；7.《岭南文化珠江来》（张镇洪著）；8.《珠江诗雨》（洪三泰著）；9.《珠江远眺》（谭元亨著）；10.《珠江流韵》（戴胜德著）。"十家"，是以十位学者之所长从十个学科探析珠江文化之意。当然，珠江文化研究会的专家学者，不仅只有这些学科；11.《断裂与重构——东西思维方式比较》（谭元亨著）；12.《顺德人》（谭元亨著），《城市建筑美学》（谭元亨著）；13.《广信：岭南文化古都论》（谭元亨主编）；14.《客商》（谭元亨著）；15.《国家祭祀与海上丝路遗迹——广州南海神庙研究》（王元林著）。

2007－2008年出版著作：1.《百年宝安》（洪三泰、谭元亨、载胜德著）；2.《良溪——"后珠玑巷"》（黄伟宗、周惠红主编）；3.《南江文化纵横》（张富文著）；4.《郁南：南江文化论坛》（黄伟宗、金繁丰主编）；5.《珠江文踪》（黄伟宗著）；6.《客家图志》（谭元亨著）；7.《顺德乡镇企业史话》（谭元亨著）。

2009－2010年出版著作：1.《海上丝路的辉煌》（黄伟宗、薛桂荣主编）；2.《瑶乡乳源文化铭作选》（梁健、邓建华主编）；3.《千年雄州　璀嵘文化》（抹楚欣、许志新主编）；4《湛江海上丝绸之路史》（陈立新编著）；5.《西江历史文化之旅》（江门日报等主编）；6.《凤岗：客侨文化论坛》（黄伟宗、朱国和主编）；7.《中国珠江文化史》上、下册（黄伟宗、司徒尚纪主编）；8.《黄伟宗文存》上、中、下册（黄伟宗著）；9.《创会十年——广东省珠江文化成立十周年庆典文集》（黄伟宗主编）；10.《客家文化史》上、下（谭元亨著）；11.《十三行新论》（谭元亨著）；12.《广东客家史》上、下（谭元亨著）；13.《客家文化大典》（谭元亨著）；14.《客家经典读本》（谭元亨著）。

2011－2012年出版著作：1.《客家第一珠玑巷——凤岗第二届客侨文化论坛》（黄伟宗、朱国和主编）；2.《云浮：中国石都文粹》（黄伟宗主编）；3.《封开：广府首府论坛》（黄伟宗、张浩主编）；4.《海上敦煌在阳江》（黄伟宗、谭忠健主编）；5.《雷州文化研究论集》（蔡平主编）；6.《中国凤岗客侨文化系列丛书——凤岗排屋楼》（张永雄主编）；7.《国门十三行》（谭元亨著）；8.《客家与华文文学》（谭元亨著）：9.《肝胆相照——饶彰风与邓文钊》（谭元亨著）；10.《华南两大族群的文化人类学建构》（谭元亨著）；11.《雷区1988：中国市场经济的超前探索者》（谭元亨著）；12.《开洋》人民文学出版社（谭元亨著）；13.《岭海名胜记》校注（王元林古籍标点校勘注释）；14.《内联外接的商贸经济：岭南港口与腹地、海外交通关系研究》（王元林著）。

2013年出版著作：1.《中国禅都文化丛书》（黄伟宗、吴伟鹏主编）包括6分册：《出生圆寂地》（罗康宁著）、《顿悟开承地》（戴胜德著）、《坛经形成地》（郑佩瑗著）、《农禅丛林地》（谭元亨著）、《报恩般若地》（洪三泰著）、《禅意当下地》（冯家广著）；2.《中国南海文化研究丛书》（黄伟宗主编），包括6分册：《中国南海海洋文化论》（谭元亨著）、《中国南海海洋文化史》（司徒尚纪著）、《中国南海海洋文化传》（戴胜德著）、《中国南海古人类文化考》（张镇洪、邱立诚著）、《中国南海商贸文化志》（潘义勇著）、《中国南海民俗风情文化辨》（蒋明智著）；3.《广府文化大典》（谭元亨主编，陈其光、郑佩瑗副主编）；4.《广府人——首届世界广府人恳亲大会广府文化论坛论文集》（谭元亨等主编）；5.《广府寻根 祖地珠玑——广东省广府学会成立大会论文集》（黄伟宗等主编）；6.《广侨文化论——台山中国首届广侨文化论坛文集》（黄伟宗、邝俊杰主编）；7.《十三行习俗与商业禁忌》（谭元亨著）；8.《东莞历史名人》（王元林等主编）。

2014年出版著作：1.《海上丝绸之路研究书系》第一辑［开拓篇］（黄伟宗总主编）包括4部书：《海上丝绸之路的研究开发》（周义主编），《海上丝绸之路与海洋文化纵横论》（黄伟宗著）、《广东海上丝绸之路史》（黄启臣主编）、《中国古代海上丝绸之路诗选》（陈永正编注）；2.《海上丝绸之路画集》（谢鼎铭著）；3.《雷州文化概论》（司徒尚纪著）；4.《中国地域文化通览？广东卷》（司徒尚纪主编）；5.《海国商道》（谭元亨著）；6.《十三行习俗与商业禁忌》（谭元亨著）；7.《广府人史纲》（谭元亨著）；8.《城市晨韵》（谭元亨著）；9.《袁崇焕评传》（王元林、梁珊珊著）。

2015年出版著作：《海上丝绸之路研究书系》第二辑［星座篇］（黄伟宗总主编）包括10部书：1.《徐闻古港——海上丝绸之路第一港》（刘正刚著）；2.《南海港群——广东海上丝绸之路古港》（王潞、周鑫著）；3.《海陆古道——海陆丝绸之路对接通道》（王元林著）；4.《海上敦煌——"南海1号"及其他海上文物》（崔勇、肖顺达著）；5.《沧海航灯——岭南宗教信仰文化传播之路》（郑佩瑗著）；6.《十三行——明清300年的曲折外贸之路》（谭元亨著）；7.《侨乡"三楼"——华人华侨之路的丰碑》（司徒尚纪著）；8.《古锦今丝——广东丝绸业的"前世今生"》（刘永连、谢汝校著）；9.《香茶陶珠——特产及其文化交流之路》（冯海波著）；10.《广交会——海上丝绸之路的新生和发展》（陈韩晖、吴哲、黄颖川著）。另有四部丛书新著出版：1.《中国珠江文化简史》（司徒尚纪著）；2.《珠江粤语与文化探索》（郑佩瑗著）；3.《珠江文化之旅》（谭元亨著）；4.《珠江文行》（黄伟宗著）；5.《珠江文珠》（黄伟宗著）。

2016年出版著作：1.《珠江文痕—黄伟宗文存续补》（黄伟宗著）；2.《梧州——岭南文化古都》（黄振饶、冯绍溪、王元林主编）；3.《佛山：海上丝绸之路丝绸陶瓷冶炼大港》（王元林主编）；4.《"一带一路"广东要览》（王培楠主编）。

（黄伟宗，广东省人民政府参事室特聘参事、广东省海上丝绸之路研究开发项目组组长、广东省珠江文化研究会创会会长、中山大学教授，《海上丝绸之路研究书系》《珠江文化丛书》及《珠江—南海文化书系》总主编，是享受国务院特殊津贴的作家、文艺理论批评家、文化学者。）

# 建造珠江文明新高地的立体文化工程

### ——《珠江—南海文化书系》总序

黄伟宗

2016 年 8 月，应新上任佛山市南海区委书记黄志豪同志（他同时是佛山市委常委、常务副市长）的邀请，笔者偕同司徒尚纪和王元林教授，以广东省政府参事室特聘参事、广东省海上丝绸之路研究开发项目组和广东省珠江文化研究会负责人的身份，对南海的历史文化进行了新的考察，提交了省政府参事建议，题目是：《竖起"珠江文明八代灯塔"，照亮南海千年海上丝路——关于佛山市南海区历史文化的调研报告》，受到了广东省常务副省长徐少华和佛山市人大常委会主任鲁毅、佛山市长朱伟等领导同志的重视和批示。为践行这项建议和贯彻省市领导的批示，佛山市南海区委区政府与珠江文化研究会达成共识，并得到广东旅游出版社支持，将陆续出版《珠江—南海文化书系》项目图书，作为逐步建造珠江文明新高地的一项学术举措。本项目之所以冠上"珠江—南海"文化书系，首先是由于主办方是珠江文化研究会和南海区委区政府，还在于书系的学术范畴和视野，是覆盖南中国珠江水系的珠江文化和广义的南海文化（即古代涵盖广东全境的"南海郡"，以及与珠江"江海一体"的南中国海文化）。

这项工程，我们拟分列三个书链项目进行：

## 一、"珠江文明八代灯塔"书链：照亮南海千年海上丝绸之路

为南海西樵山做出"珠江文明的八代灯塔"定位的依据，是我们从最近的考察中发现，在珠江文明发展史上，从南海西樵山发端并影响珠江文明的重大文化现象，起码有八个。也即是说，南海西樵山文化，在珠江文明发展进程的八个历

史节点上（也即是"八代"），起到导航或聚焦性作用，堪称"灯塔"，应当从文化学术上将这"八大灯塔"竖立起来，并以切实的战略举措将其发扬光大。

这个定位用"灯塔"之比喻，是以其地理历史实际的形象说法。因为西樵山位于珠江连接南海的前沿地带，是珠三角平原上矗立的一座高峰大山，其地理位置正如为从南海进出珠江航船导航的"灯塔"。所称"八代"之"代"，既有"朝代"之意，但又不固定某个朝代的历史时限，而是以某种文化现象萌起和发展的时段为"一代"；所以，有些是跨两个朝代为"一代"，有些是同一朝代中有两个"一代"。本文所称的"西樵"，既是指地理之"山"，更多是指文化之"山"；所称之"灯塔"，实际是指在珠江文明史上具有领航聚焦一代文明作用和地位之里程碑式的明灯、高峰。

具体的"八代灯塔"是：

**第一代：新石器时代初期的人类智人与江海文明之源。**

1958年在西樵山发现新石器时代的石斧、石核、尖状器等遗物遗址之后，至1986年冬天的30余年间，经过一批又一批的考古学者和考古部门的反复考察论证确定，西樵山出土的新石器时代石器及其遗址，真实地存在年代距今8000年以上，是珠江三角洲以至华南地区年代最早的一个，所以称之为"珠江流域从野蛮到文明航程中的灯塔"。西樵山新石器时代初期的智人文明，不仅是新石器时代珠江文明的灯塔，而且是以后各代珠江文明的历史源头和奠基石，因为它奠定和揭示了珠江文化海洋性特强之特质，照亮了南海千年海上丝绸之路的航道。

**第二代：秦汉时代南海郡制开始的封建文明。**

据《南海县志》载：秦始皇帝三十三年（公元前214年），掠取陆梁地，设桂林、象郡、南海三郡。南海郡建制从此始建。同时在郡下设县，如龙川、四会等。这是在整个岭南地域实施郡县制的开始，标志着原称的"交趾"地带，正式被纳入秦代版图，意味着当时岭南土著百越族的部落时代结束，开始进入封建文明时代。其中西樵山在这进化中发挥了促进作用。这种进化，尤为突出地表现在：一是在秦始皇统一岭南之后不久，即在广西桂林兴安县建造灵渠；二是赵佗统治岭南近百年，既促进了百越族部落文化迈向封建文化，也促进了珠江文明的进化和发展；三是汉武帝统一岭南之时，即派黄门译长从广信（今封开、梧州）到徐闻、合浦出海，正式揭开了海上丝绸之路的历史篇章。从上可见，以首建南海郡制为标志的封建文明，在珠江流域的岭南地区起到了从原始部落社会，进入封建社会的历史转型作用，又起到促进珠江文化更大的发展进化，所以具有领航聚焦珠江文明的"灯塔"意义。

***第三代：东晋时代的道教、佛教与养生文明。***

最近对南海西樵山文化考察，最明显的收获，莫过于对东晋时代著名道教理论家葛洪在南海遗迹的发现。葛洪不仅在学术上是做出多方面贡献的医学和化学科学家，又是对儒、道、释三家兼容并包的思想家，是最早并典型体现珠江文化领先包容特质的大家，无论在科学上或思想上都堪称古代珠江文化泰斗，他的科学成就和文化精神，堪称珠江文化在东晋时代的顶峰，是领航一代的珠江文明灯塔。1998年3月17日，在南海西樵山72山峰的最高峰，竖起高大的观音塑像。观音文化是东晋时代从海外传入，有"南海观音"之称。所以这座观音塑像，是寓现千年南海佛教和海丝文化内蕴的现代形象，同时也是聚焦展现珠江文化与海洋文化特质的亮丽灯塔。葛洪文化与观音文化，都在南海千年史上具有灯塔般的导航意义。

***第四代：唐宋时代的村落、移民与农耕文明。***

广东自古是移民的开发地，古村落大都是移民落地生根的群居。南海西樵从唐宋开始即有这种古村落，既标志珠江农耕文明的转型，又是岭南宗族化姓氏化村落的形成和发展之基础。明代以后，南海西樵农村出现了种茶、采石、桑基鱼塘等专业化和商业化现象，并有书院、族教、家教的兴起，又出现了仕宦、功名世家，以及大量海外移民世家等现象，典型地代表和体现了广东古村落从农耕文明到商业文明、书院文明、海洋文明的进程，也是南海千年海上丝绸之路发展进程的体现。所以，这也当是唐宋时代珠江文明的一座灯塔。

***第五代：明代的理学、书院与学术文明。***

明代中叶，西樵山誉为"理学圣地"、"理学名山"，主要是因为湛若水、方献夫、霍韬等理学大家在出任朝廷高级官员前后，曾在西樵山寓居、著述、办书院、讲理学多年，成就卓著，蜚声天下，充分体现了珠江文化江海一体特质和"照四方"的影响，从而使其成为"有明"一代的珠江文明灯塔。三位大家同时在西樵山办四大书院讲学，明代理学大儒陈白沙、王阳明也先后到访，天下名士云集，声威遐迩，从而使西樵山被誉为与湖南的岳麓山、江西白鹿洞齐名的"理学名山"；他们的理论与实践，都很有珠江文化开创性、实效性特点，在明代的珠江文明史上，起到开时代风气之先的领航作用。而且，三位理学大家掀起兴办书院之风，更是领先开创平等竞争和求真务实的学术风气。这些学术思想和风气，反映了商品经济在岭南萌起的现实，同时也体现了南海西樵的学术文明，在明代的珠江文明史上起到灯塔作用。

**第六代：明清时代的桑基鱼塘与生态文明。**

桑基鱼塘是西樵山及珠江三角洲从明代开始首创的一种生产方式。所谓桑基鱼塘，简单地解释是：塘基种桑，塘中养鱼；桑叶养蚕，蚕屎养鱼。这种始创于围海造田的水利和土地的使用方式，既是南海西樵首创，又是对于珠江三角洲以至所有滨海地域都有普遍意义的创举，标志着珠江文明由此进入自觉的科学农耕时代。明清时代南海西樵从果基鱼塘到桑基鱼塘的转型，而且形成高潮，是由于丝绸旺销全国和海外所促使，同时也表明了南海西樵又在丝绸产销上起到一代领航作用。这就在更深的层面上，展现了珠江文化重商性的特点和海上丝路的光辉。另外，这种闻名世界的生产方式，被公认为是一种资源利用率极高的生态农业系统，也是一种自然资源循环利用的生态环境保护系统，是一种综合性的科学生态文明的开创。

**第七代：清代的丝绸机器与工业文明。**

1873年，南海简村人陈启沅回到家乡，创办了国内第一家蒸汽缫丝厂——继昌隆缫丝厂，西樵纺织第一个采用机器缫丝新法，掀起了纺织业第一轮工业革命，使中国缫丝业以手工作坊式走向企业规模化管理、机械化生产和系统化经营，翻开了中国纺织业的新篇章，也可以说是揭开了珠江工业文明的新史页。由此新式缫丝业之风，从南海向珠江三角洲以至珠江流域各地吹去，又竖起了珠江文明的一代灯塔，发射出海上丝绸之路的新光辉。而且，陈启沅创办机器缫丝厂被称为"中国民族资本现代缫丝工业中最早的商办缫丝厂"，而且被认为是"最早的民族资本现代工业"，是"珠江三角洲商品生产近代化的起点"。这些定位，是专业学者们基于多年研究的学术成果提出的。可见陈启沅兴办继昌隆缫丝厂的创举，还在中国民族资本现代工业和珠江三角洲商品生产近代化上都具有开创意义，所以，称之为珠江文明一代灯塔是当之无愧的。

**第八代：晚清时代的"经世"、"维新"文明。**

南海的朱次琦和康有为两师徒，先后倡导的"经世"、"维新"文明，可谓珠江文明第八代灯塔，也是古代珠江文明最后一座灯塔。朱次琦主张"资治救世，经世致用"，"实学致用"。这种主张之所以影响深远，首先是在于针砭了当时流行空谈的学术空气，反映了务实救世的心声，尤其是在新旧转型最前沿的珠江三角洲地区，更具有黑暗中见到一盏明灯的意义。康有为在紧接着朱次琦从旧学寻求"经世致用"之学失败以后，提出"维新变法"之新学，并不失以生命去付诸实践，莫不令人敬仰。在当今南海九江的朱次琦纪念堂上，有副后人写的楹联"千秋新学开南海，万世名儒仰九江"，可谓全面地表达了南海西樵人民对这两位大乡贤的高度评价和仰慕之情，也印证了笔者将朱、康两师徒并列为古代珠江文明最后一代"双星"灯塔的依据和人心所在。

如果说以上"珠江文明八代灯塔"是珠江文明发展史上八个节点，也即是八个历史高地的话，那么，我们现在将其发现和竖立起来，同时从南海千年海上丝绸之路的高度将其被淹没的光辉放射出来，并且将其作为当今21世纪海上丝绸之路建设的组成部分，纳入"一带一路"世界战略，不就是进行建造珠江文明新高地，以至为南海西樵再竖起新的一代"灯塔"吗？

这项书链，主要以举办论坛方式进行，以每次论坛均出版一册论文集的举措完成。大致在总体论坛进行之后，争取每代文明办一次论坛，亦可合并或抽出两三代文明举办论坛，以3—5册论文集构成书链出版。如：可合并明清桑基鱼塘与生态文明、清代丝绸机器与工业文明举办论坛，以建造海上丝路与丝绸文化高地；可抽取东晋葛洪和观音文化举办养生文明论坛，以竖起南道、南佛"灯塔"；抽取明代的理学、书院与学术文明举办论坛，作为重振"理学名山"声威、建造"南学"圣地的一项举措。

## 二、珠江文派之"记住乡愁"书链：以"珠江恋"凝现珠江文派并构建粤人心灵世界的"互联网"

南海西樵，文才辈出，文章输世。据《南海县志》载，明清时代曾登此山的大名人陈白沙、湛若水、戚继光、屈大均、袁枚、李调元、丘逢甲，以及南海乡贤方献夫、霍韬、屈大均、朱次琦、康有为、詹天佑等，都是流传千古的文章大家。现当代的文化名人郭沫若、董必武、赵朴初、何香凝、马万棋、贺敬之等，也都在西樵山留下足迹和诗文，欧阳山、草明、陈残云，秦牧、华嘉、冯乃超、冼玉清、曾昭旋、陈芦荻、易巩、黄施民、何求等著名广东作家，还有许多默默上山未列入志册的著名文人，或者在此地出生，或者在此地留下足迹文踪。尤其是珠江文派泰斗欧阳山，童年时代从湖北荆州入籍广东南海，并且自青年时代到老年时代都多次到过南海，整个人生历程与南海有千丝万缕的联系，他的代表作品《三家巷》、《苦斗》中，大量篇幅写到"南海震南村"，以及在此出生的"生观音"般的美女胡柳、胡杏姐妹；20世纪50年代他写的中篇小说《前途似锦》，就是在南海体验生活之作，写的也是南海的故事。因此可以说，南海西樵是岭南（珠江）文化和文学的名家圣地与活动中心之一，是岭南（珠江）文化之海、文学之山，是"珠江文派"发祥地之一。所以在这里举办珠江文派论坛，编辑出版珠江文派书链，以倡导珠江文派，作为建造珠江文明新高地工程的重要组成部分，是最适合的。

珠江文派书链何以要冠上"记住乡愁"之语？众所周知，"望得见山，看得见水，记得住乡愁"，是习近平总书记在全国城镇化进程中提出的号召。如果说这个号召，是要求在农村现代化进程保持原有山清水秀的自然环境和传统文化风情的话，那么，对于文学创作来说，则是要求作家创造出能够使人"记得住"山水乡情的艺术作品。鼓励各地开展"记住乡愁"创作，正是实现全国地域文化与文学创作多样化的重要途径，也是鼓励或发现文学流派的重要途径。所以，从"记住乡愁"创作入手，正是发现和倡导珠江文派的重要途径。

乡愁，即乡情、乡恋。每个人都有生长或久居的故乡，都有思恋或憧憬的心灵故乡。正如中央电视台曾播出的专题片《记住乡愁》主题歌词所言：乡愁是"记得土地芳香"之故乡儿女"追寻"的"一生情"，又是"年深外境犹吾境，日久他乡即故乡"之游子，多少次"叩问"的"一朵云"。乡愁是一种中国传统文化，是中国人普遍具有的民族情、故土恋。乡愁所念之故乡，既是哺育乡人生长之母亲河的"一碗水"，又是乡人心灵世界中共饮共醉的"一杯酒"；既是分布世界各地华人华侨心灵世界的凝聚点、互联网，又是聚居各地异乡人之间心灵世界的交叉点、相通语。乡愁，尤其对于"文章本是有情物"的文学作品而言，简直是不可欠缺的文化与情感元素；对于每个地域的文化和文学，更是对其进行挖掘或体现本土特质的文化艺术要津，是造成和体现地域之间在文化与文学上差异和特色之重要所在，也即是发现和造就地域性文学流派的重要途径。

这对于广东文学创作来说，是具有特重特强指导意义的。因为广东有史以来一直是移民大省，本土先民是从南海海岛移居上岸的百越（南越）族，现有广府、客家、福佬（潮汕）三大民系，都是秦汉以后逐步从中原南下入粤的移民，港澳同胞大多数的祖籍是广东，遍布世界的华人华侨百分之七十是广东人，现居广东的近亿人口也有近十分之三来自全国各地。无论是历代祖居、移外定居、新入定居的广东人，都有各自"记住乡愁"之情，但这种乡情尽管千差万别、人人有异，但都凝聚在"珠江情"的基本点上。因为珠江是广东的母亲河，是广东古今山水风情与"记住乡愁"凝现点，是东南西北中先后入粤民系的生活交叉点、相通语，是历代迁入或移外的粤人心灵世界之凝聚点、互联网。所以，这是探究广东地域文化特质的关键，是造就广东文学创作特色、以至文学流派的凝现点。因此，我们以珠江文派"记住乡愁"书链，既展现和证实珠江

12

文派的存在及其来龙去脉，又进而探求和展现珠江文化在广东文学中的内蕴、根基及其向海外的扩散和影响，也即是：以"珠江情"凝现珠江文派，并构建境内或境外所有新老粤人心灵世界的"互联网"。

这套书链的首部《珠江文典》，以选析 20 世纪 20—80 年代欧阳山、陈残云、秦牧等 28 位广东新文学经典作家"记住乡愁"代表作品（侧重散文、短篇小说和节选中长篇小说，下同），证实珠江文派的存在，并从这批典范作品中分析出这批经典作家成员，部分是走南闯北的岭南人，部分是多年前来自五湖四海的"老广"的作家群，在创作上大都是以"珠江情"为"记住乡愁"的聚焦点、互联网，凝现在创作中都有写作气派相通之"五气"，即："天气"，包括自然气候环境和时代精神之"气"；"地气"，即广东独特的风土习俗之"气"；"人气"，包括在千姿百态的作家风格、人物典型、乡里亲情之间相通之"人气"；"珠气"，即珠江文化气质、特质、内涵相通之"气"；"海气"，即海洋文化及宽宏如海纳百川之大"气"。（详见《珠江文典》跋）这"五气"是这批广东作家群相通为"派"的血脉，是珠江文派的风骨和特质。故曰：珠江文派者，写作气派相通之广东作家群是也。

《珠江文典》所展示和证实的是珠江文派成熟的一代。为了更深层次地证实和展示其来龙去脉，我们进而分别从纵向、横向和根向组编这个书链系列。

从纵向上，一是以《珠江文流》探索和展现珠江文派的源起发祥之流，选析 20 世纪 10 年代—40 年代的近现代广东前锋作家的代表作品，从梁启超首倡"文学界革命"、"小说界革命"，到欧阳山首倡的"粤语文学"、"大众小说"，追溯珠江文派之"来龙"。二是以《珠江文粹》，选析 20 世纪 70—90 年代陈国凯、杨干华、吕雷等新时期广东精英作家们代表作品；以及以《珠江文潮》选析 20 世纪 90 年代—21 世纪 10 年代的开放时代崛起的广东作家代表作品，以探析和展现珠江文派的发展轨迹之"去脉"，同时也揭示"记住乡愁"文化的心灵世界互联网的上下纵深开拓之走向。

从横向上，一方面是以《珠江诗派》选析现当代广东著名诗人记住乡愁代表作品，并以《珠江文评》，选析现当代文学评论家有关珠江文派和记住乡愁的重要著述，以扩大珠江文派的艺术空间和领域，并提供理论支撑；另一方面，以《珠江文港》选析香港、澳门两特区作家记住乡愁代表作品，包括在两特区的粤籍作家作品，并以《珠江文海》，选析海外粤籍华人华侨作家记住乡愁的代表作品，从而探索和展现珠江文派在地域上的扩展和影响，也显示出记住乡愁是遍布港澳和海外华人华侨心灵世界的凝聚点、互联网。

从根向上，即是寻找珠江文派和"记住乡愁"文化之根。19世纪法国著名理论家丹纳在《艺术哲学》中指出："要了解艺术家的趣味和才能，要了解为什么在绘画或戏剧中选择某部门，为什么特别喜爱某种典型，某种色彩，某种感情，就应当到群众中的思想感情和风俗习惯中去探求。由此我们可以定一条规则：要了解一件艺术品，一个艺术家，一群艺术家，就必须正确地设想他们所属的时代的精神和风俗概况。这是艺术最后的解释，也是决定一切的根本原因。"由此，在书链系列中特地编入《珠江民俗》《珠江民艺》《珠江民歌》三部著作，探求决定珠江文化和记住乡愁之"所属的时代的精神和风俗概况""群众中的思想感情和风俗习惯"，找出珠江文派和记住乡愁文化在时代精神、群众思想感情和风俗习惯中之"文根"，也可以说是建造珠江文明高地的一项根基建设。

## 三、历代珠江文派书链：以"粤海风"梳理"南学"文化学术体系和源脉

"南学"之词，最早作为实指广东及珠江流域之文化学术概念而提出的，是20世纪40年代在北京任教的著名学者陈寅恪。据司徒尚纪教授在《泛珠三角与珠江文化》一书披露：1933年12月，陈寅恪在读了岑仲勉著作后致同是岭南学者陈垣教授的一封信中指出："此君想是粤人，中国将来恐只有南学，江淮已无足言，更不论黄河流域矣。"从这史料可见：陈寅恪之意是"肯定南学，并预见它会超过黄河流域之北学"。这是最明确提出并高度评价"南学"之论。从全信可以看出，陈寅恪是指"粤人"的著作，而且是从"黄河流域之北学"而对应提出"南学"概念的，所以其内涵实指"粤人"学者，并有对应"黄河流域之北学"而提出珠江流域之"南学"之意；所言之"学"，亦应包含学术风气、成就、风格、传统、系统的南方（岭南）特色，也即是将会成为与"北学"比肩的"南学"学派之意。可惜陈寅恪这高瞻远瞩之见和殷切期待，一直未受重视。奇怪的是，陈寅恪于20世纪40年代末南来中山大学20余年之久，一直未能再言此见，不知何故？

笔者以为，对"派"的概念，辞典虽有明确词义，但也不必拘于一格。因为其词本有多义，且对其理解、运用均有广阔天地；以"派"之名进行或疏理的文化学术群体，其组合的凝聚点和相通点，也千差万别，大大可不必强求"派"的概念与组合方式千篇一律。毛泽东诗词"茫茫九派流中国"的"派"是指江河，他提倡的"百花齐放，百家争鸣"，每一"花"、每一"家"，都是

大小不同的文派或学派，唐诗的"边塞诗"是以题材相同而成派，宋词"豪放派"、"婉约派"是以风格有异而分派，贯串明清两代三百年的"桐城派"，既是以萌生地域为起点、又是以"义法"之文风、学风的相通相承一体的文派和学派，就是实证。

其实，广东自古以来，虽无"南学"之名，却一直有"南学"之实。明末清初著名学者屈大均，在《广东新语·文语》中云："广东居天下之南……天下文明至斯而极，故其发也迟，始然于汉，炽于唐乃宋，至有明乃照于四方焉"。"始然"即开创之意。从汉代至今每代都有著名的学派，"珠江文明八代灯塔"就是明证。屈大均所言"有明乃照四方焉"，是赞叹明代广东的文化学术辉煌影响世界，具体所指是明代中叶湛若水、方献夫、霍韬等大家在南海办四家书院弘扬理学，使西樵山成为当时与湖南岳麓山、江西太和洞齐名的"理学圣地""理学名山"。因此，以此为基地建造珠江文明新高地之"南学"高地，组编"历代珠江学派——南学"书链，是实至名归的。

历代珠江学派，源远流长，林林总总，杂花生树，群莺乱飞，但在总体上既有相承相拨之源，又有许多共识相通之脉的。这些源与脉，就是历代珠江学派相近相通之学风——"粤海风"（即广东特色并海洋性特强之学风），具体表现在下面"六重"特点上。这些特点是每个珠江学派都程度不同地具有的，但就具体学派而言，有些是某个特点突出，有些是两三个特点兼有，有些在纵向上有承传关系，有些在横向上有相互影响关系。这些关系，使这些学派的个体，往往是这些特点在学术上的交叉点，在总体则是"六重"特点构成的文化学术上的粤海风"互联网"。这"六重"特点是：

**一是"重实"，即真实、实际、实践、实用、实效、实惠之"实"。**

这是历代珠江学派大都具有的特点。如被尊为"粤人文之大宗"的陈钦开创的"古文经学派"。他是西汉广信人，曾向王莽传授《左氏春秋》，自著《陈氏春秋》。在西汉哀帝年间，他认为当时规范的官学是沿用孔子七十子弟"信口说而背传记"之作《公羊》《谷梁》，不是孔子原本，有"失圣意"，应用新发现的古籍《左传》为官学，理由是作者左丘明与孔子同道，曾亲见孔子，是正本的古文经，才是真实的孔子学说，故称"古文经"学派。其子陈元发、其孙坚卿承传。这是最早的珠江学派，也是开"重实"重本之源的学派。随后的东汉交趾太守士燮，在任40多年，在三国动乱年代保住岭南避过战祸，自身是著名经学家，著有《春秋经注》；其弟士壹、士黄、士武，分别曾任合浦太守、九真太守、南海太守，又都是经学家，故有一门四太守、一门四士之称；他们又都在任内招贤纳士，传注真经，使中原动乱南下之士有避难所，并施展才华，使岭南成为全国战乱中的一方学术圣地，获得了承传并捍卫学术的实效。

晋代葛洪是一位有多方面卓越贡献的道教理论家和实践家，在代表作《抱朴子·外篇》和《抱朴子·内篇》中，他融汇了儒道释三教理论，全面总结了晋以前的神仙理论，并长期亲自进行炼丹实践。他在炼丹过程中，发现了一些物质变化的规律，这就成了现代化学的前身。还提出了不少治疗疾病的简单药物和方剂，其中有些已被证实是特效药如松节油治疗关节炎，铜青（碳酸铜）治疗皮肤病，雄黄、艾叶可以解毒，密陀僧可以防腐等等。葛洪早在 1500 多年前就发现了这些药物的效用，在世界上都是领先的。所以，葛洪不仅在学术上是做出多方面实际而具有实效贡献的医学和化学科学家，而且是珠江学派在人文科学和自然科都承传"重实"之风，并"六重"特点俱有的全面代表。

历代珠江学派尽管"重实"的具体内容和方式各有不同，但在求其务实的实质是一致的。可以说，"重实"是历代珠江学派源脉的主干，是每代、以至每个学派都传承和拥有的特质。特别值得一提的是，清末以倡导"经世致用"、"实学致用"的著名大儒朱次琦。他广东南海九江人，人称"九江先生"。他所说的"实学"，是指直接从孔子著述中找到可以"致用"之学。他认为汉代和宋代的理学，是离开孔子原道的不可致用之学。这种主张，是朱次琦在国家内忧外患日益严重、社会正在发生新旧转型的晚清年代里，为寻求"经世"之法而提出的主张。这种主张之所以影响深远，首先是在于针砭了当时流行空谈的学术空气，反映了务实救世的心声。由于他欠缺海外现代文明的素养和视野，尽管有"实学济世"之情，也只能从自己饱学孔子原道中找"经世致用"之方了。所以梁启超说朱次琦是中国旧学救世之终结，也可以说是中国旧学"重实"之风的总结。

**二是"重心"，即思想、意识、观念、情感、情绪、情境、心理之"心"。**

最有代表性的"重心"的学术特点，开创者和杰出代表，是唐代著名的佛教禅宗六祖惠能，著有《六祖坛经》，这是唯一中国人著的佛经。他以著名的："菩提本无树，明镜亦非台。本来无一物，何处惹尘埃"的偈语，而承受佛教衣钵的禅宗领袖。毛泽东称赞他为佛教中国化、平民化做出了杰出贡献，是中国禅宗的"真正创始人"。在 20 世纪中期西方媒体评选世界千年思想家活动中，中国仅孔子、老子、惠能入选，而且他们同时被誉为"东方三圣人"。原因是：孔子首创了儒学、老子首创了道学，惠能则首创了禅学。所以，惠能既是佛教禅宗领相，又是作为一种思想哲学——禅学的首创哲圣。惠能禅学思想的核心是"顿悟",即一切全在于人的心灵感悟和领悟;他在接任六祖禅位时发表的"风幡论"(即:非风动,亦非幡动,实乃君之"心动"说),画龙点睛地体现了他的禅学,不仅是禅宗教派的教旨,而且是一种有其思想体系的彻底唯心主义哲学。惠能禅学影响很大,著名大学者梁启超曾言:"唐宋后皆六祖派。"文学上的感悟说、心灵说、境界说,皆出于此;哲学上的心学,尤其是宋元理学,在南方兴起的陆(九陆)王(阳明)学派、陈白沙江门学派、湛若水甘泉学派等崇尚的"心学",皆出自六祖惠能禅学。值得注意的是,惠能虽是中国心学的始祖,但却是个很重实际、实践、实效、实惠的实践家。他主张修佛要"农禅并重","农禅合一",修禅可以"在寺,在家亦得",要"以行为上,以解为辅,行进一步,解亦进一步,行愈深",要"于一切时中行住坐卧,常行直心","但行直心,于一切法上无有执着"。这些说法,说明他不拘形式、反对做作,而是重真心、重实践、重实效、重实惠。正因为如此,南方禅宗在唐武宗灭佛的会昌之难时得以幸存,日益发展,并向北方和海外传播。这就是他将外来的佛教"中国化、平民化"的思想根由。正因为如此,他被尊为珠江文化古代哲圣,是珠江学派"重实"之源和脉的承传和发展之里程碑式人物。

明代以"江门之学"开创"白沙学派"的陈献章,号白沙先生,著《陈献章集》。近代学者称他"上承宋儒理学的影响,下开明儒心学的先河,在中国哲学思想史的发展上,具有承先启后的地位和作用"。陈献章认为世界万物的"本体"是"道","天得之为天,地得之为地,人得知为人"。若求"道","求之吾心可也"。可见其"道"是其想象的超越宇宙的某种冥冥灵念,而他主张从自已的"心"去求这种灵念,其实也即是自身的灵念,所以,才会得之,"则天地我立,万化我出,而宇宙在我矣"。他还主张"学贵乎自得",要静中求"自得",要"以自然为宗"而又要"万化自然",并强调"自得"就是要使自己的心灵"不累于外,不累于耳目,不累于一切,鸢飞鱼跃在我"。可见他的"道"已不同于程朱理学的道,而是心学之道。这才是陈献章哲学思想的核心。而这心学之道,显然有着承传惠能禅学和陆九渊心学的迹印,又是对程朱理学将心学传统教条化偏向的回归,并直接传予他的学生湛若水为代表的"甘泉之学",以及王阳明的心学。

开创"甘泉学派"的湛若水,字民泽,广东增城县甘泉都人,故又称甘泉先生。湛若水与王阳明在政坛上合作,在学坛上互敬互磋,共同倡导心学,但各有不同立论、不同从学之群,但也相互应和,故实际上是一个大学派,是继陈献章江门学派之后,南方又一影响全国的学术流派。

湛若水在晚年，曾与方献夫、霍韬两位理学大师在西樵山分别办了四家书院，各自弘扬理学。方献夫是南海丹灶人，在朝中任职时拜当时自已部下的理学大师王阳明为师，是王阳明首位广东弟子，归隐后在西樵山建石泉书院，讲学十年，弘扬阳明理学。霍韬是南海石头乡人，曾任礼部尚书，辞官后在西樵山开设四峰书院。他的书院是为宗族子弟办学，主要讲授他的代表作《家训》，这在当时具有开创和普遍意义，尤其对于宗族文化建设起到历史性作用。值得注意的是，方献夫在西樵办学的同时，还大力倡导民俗，留下不少传说佳话，如首创"西樵大饼"、"龙船爬上西樵山"、"方阁老大塘"等传说。霍韬他不仅办书院讲学，还同时经营铁器、木炭和食盐，是佛山一带著名士人兼商人，他倡导的《家训》学，不仅以传统的伦理作为"保家"的核心，还以"货殖"作为保家要素，提出"居家生理，食贸货为急"务实的重商理念。这些理论和实践，反映了商品经济在岭南萌起的现实，同时也体现了珠江学派的"重心"与"重实"的特点总是一脉相承并双轨同行的。

**三是"重新"，新即纳新、创新、新潮，以及清新之"新"。**

珠江学派早的"重新"人物，是东汉的牟子。牟子以诘问的方式写《理惑篇》37篇，是印度佛教传入中国初最早的中国人写的宣传佛教著作，是最早从海上丝绸之路引入佛教的纳新者。牟子是广信人，原是儒家学者，又通道家学说，在广信研究自海外新传入的佛教，又成了精通佛教的学者。他以"佛"字翻译佛教"般若"之音义，首创佛教之名，纳新佛教理论，又是"三教合流"的首创者。牟子及其论著，证实了佛教最早由海上传入岭南（另一路为从陆上传入长安），同时也显示了珠江学派以融合多元文化而创新的特点，开创了"重新"源脉的先河。

如果说东汉牟子以纳新外来佛教文化，并融合儒道文化而开创珠江文派的新理论和"重新"源脉，那么，唐代大儒张九龄，则是岭南儒家全面"重新"的杰出代表。张九龄字子寿，号曲江，韶州（今韶关）曲江人，是唐代著名贤相。著有《曲江集》。他一生的行为和政绩，都完整地体现了儒家的思想和风范。他早在"安史之乱"前，已发现安禄山手握重兵，心怀异志，即向唐玄宗呈上《请诛安禄山疏》，指出对安"稍纵不诛，终生大乱"。可惜唐玄宗未能接受，以至日后果真发生祸乱。这件事，既显示了他作为政治家的敏锐洞察，又体现他的忠君思想和品德。他在父亲去世时，辞官回乡尽守孝道，表现了儒家风范。在他在回乡期间，上书皇帝提出要修凿大庾岭通道，既为乡亲父老造福，又为贯通南北交通立下不朽功勋，而且在修路期间，传说他的夫人又以性命做出贡献。这些政绩既显出这位大儒的高风亮节，又表明他具有珠江学派"重新""重民""重海"的特质和气度。张九龄又是岭南第一诗人，他的诗作，在唐代甚有影响，在中国诗史上也有一席地位，被称为：在初唐诗坛"首创清淡之派"的诗人，开启了后辈孟浩然、王维、储光羲、常建、韦应物等清雅诗风之先河。他的名诗《望月怀远》中的名句"海上生明月，天涯共此时"，既是他清淡诗派之诗风体现，又是珠江文化风格的典型体现，可谓一语凝现了珠江文化海洋性、宽宏性、共时性的特质与风格，故称珠江文化的古代诗圣。

其实张九龄的清淡诗风，不仅开创了唐代孟浩然、王维等为代表的清雅诗派，还开拓了岭南诗史上历代以清雅诗风为特色的珠江诗派，如宋代以创"骨格清苍"诗风余靖为首的山水诗群、明末清初在丹霞山发祥的海云诗派等，直至清末的珠江文化近代诗圣黄遵宪，虽不是以清雅为风格，但却是以"我手写我口"的"新派诗"而承传发展了珠江学派"重新"学风之源脉。

**四是"重民"，即百姓、人民、民众、民心、民事、民俗、民艺、民族、民系、民权、民生之"民"。**

历代珠江学派大都有"重民"的特点，但大多不挂重民之名，而是重为民之实。如葛洪在道教炼丹中发现和发明了许多治病良药，虽不言为民，却很实用于民；六祖惠能称"人人心中有佛，直指人心"，"顿悟"成佛，可谓以弘佛而为民。如此等等，既是历代珠江学派"重实"特点的承传，又是特有"重民"之风的体现。打出"重民"旗号之珠江学派，最杰出的是梁启超的"新民说"和孙中山的"三民主义"。

梁启超号任公、饮冰室主人，广东新会县人。他既是政坛风云人物，又是学术大师、文坛泰斗。他以"新民说"倡导国民性革命，认为改造中国要从改造中国人的奴性、奸俗、为我、怯弱、无动等国民性做起，提倡新道德、新理想、新观念。他说这是"采合中西道德"、"广罗政学理论"而提出来的。他还先后提出并发动"学术界革命"、"史学界革命""舆论界革命""文学界革命""小说界革命""诗歌界革命"等等，在各个领域开创新文化先河，成效卓著，影响深远，堪称中国近代国学的一代宗师、近代珠江文化文圣。

孙中山是中国民主革命的首创者和杰出领袖，名文，字逸仙，广东香山（今中山市、珠海市）人。青年时代即开始进行革命活动，提出"驱除鞑虏，恢复中华，建立民国，平均地权"口号，创造以民族、民权、民生为主旨的"三民主义"学说。1911 年 10 月辛亥革命成功提被推举为中华民国临时大总统，次年让位袁世凯，并将同盟会改组为国民党，当选为理事长。1913 年护法起兵讨袁，建立中华革命党；1917 年在广州组织护法军政府，当选为大元帅，誓师北伐。1919 年，在上海将中华革命党改为中国国民党，次年就任非常大总统。1923 年，粉碎陈炯明叛变，在广州重建大元帅府。1924 年在广州召开国民党第一次全国代表大会，确定联俄、联共、扶助工农三大政策，提出"新三民主义"。1925 年 3 月 12 日，在北京与北洋政府会谈期间病逝，弥留之际仍发出"和平，奋斗，救中国"的呼喊，留下"必须唤起民众及联合世界上以平等待我之民族"的遗嘱，可见他的"重民"心切。"三民主义"，是他的政治纲领，也是他首创的学说。这学说是吸收西方资产阶级自由、平等、博爱的人权思想，为中国推翻数千年封建制度、建立民主共和国的需要而确立的，是以西方现代文化用于中国实际的产物，辛亥革命的成功，体现了这学说的成功，也是近现代珠江文化最大高峰的标志。

**五是"重海"，即南海、海洋性、海洋地理、海洋文化、海洋意识和海纳百川之"海"。**

广东濒临南海，海洋线长，江海一体，受海洋影响很大，文化的海洋性特强，海上丝绸之路和文化学术，都是"始然于汉"，历代珠江学派都有"重海"之特点与源脉。

据《汉书·地理志》记载，汉武帝于元鼎六年（公元前 111 年）平定岭南后派黄门译长从徐闻、合浦出海至海外多国，这是海上丝绸之路的发端；东汉牟子以《理感论》传入佛教文化，是最早引入海洋文化学术；南北朝印度和尚达摩在广州西来初地登岸，最早传入佛教禅宗；唐代六祖惠能创造的禅学，改造海外传入的佛教学术，又传扬海外；唐代张九龄的《开凿大庾岭路序》，是我国最早的对接海陆丝路论文，所修的梅关古道，是我国最早人工修凿的海陆丝路对接通道；宋代曲江人余靖，是我国以亲身调查研究海潮的首位学者，他的《海潮图序》是我国首篇海洋学论著。这些"第一"的成果，无不证实屈大均所说的广东文化学术"始然于汉，炽于唐于宋"的论断。这些"始"和"炽"的高速发展，与珠江文派的"重海"特点和源脉有着决定性的影响和关系。

到明清时代，珠江文派也是由于具有"重海"的特点和优势，更是达到屈大均所说的"乃照四方焉"的辉煌时代。被誉为古代海上丝绸之路最高峰——郑和下西洋，七次都经南海水域，其中第二次于广东海港出发；利玛窦从西江首次传入西方海洋文明和科学技术；珠江学派由于"重海"而引进和创立的具有鲜明海洋文化特点的学说，更是多得不胜枚举。如：洪仁玕的《资政新篇》，郑观应《盛世危言》，"中国第一个开眼看世界的人"——湖广总督林则徐，在虎门销毁鸦片揭开了近代史反帝斗争第一页的同时，招募外语人才翻译西方书报，编辑成《澳门月报》，编纂《四洲志》等书吸取西方文化；任湖广总督 18

年的张之洞，在广东提出的"中学为体，西学为用"理论，以及他实践这理论而在任期内极力推行洋务运动的政绩；著述《西学东渐记》的容闳，及其亲率首批30名幼童赴美留学行动；康有为以孔子大同思想并与西方民约论、人性论、空想社会主义糅合一体的理论《大同书》，以及领导"百日维新"运动的创举；清末民初的肇庆人陈焕章，既是中国科举末代进士，又是美国政治经济学博士，他在哥伦比亚大学期间，将孔子学术与西方理财学结合，创造了《孔门理财学》，并且创造了"孔教"和"孔教学院"等等，都是海洋文化的学术理论和实践，都是珠江学派"重海"源脉的承传发展。

**六是"重粤"，即广东、南越、南粤、岭南、岭表、南海、珠江、岭南、粤海之"粤"。**

"重粤"，即立足广东、面向全国、放眼世界，同时又是站在世界高度、以全国一盘棋、走进广东。这是历代珠江学派的学术起点和归宿，是贯穿古今的"粤海风"源脉，也是梳理"南学"文化学术体系的脉理，建造"南学"文化高地的基石。

最早的"重粤"学者是东汉的杨孚，番禺（今广州海珠区下渡村）人，代表作《异物志》，是第一部记述岭南动植物矿物等的学术著作，为多家史书列入，故又被称为粤人入志之始，且全书以四言诗体（其实是用"赞"的文体）行文，故又被称之为粤诗之始。内容主要是赞美评述《南裔异物》，即岭南各种珍奇之物的形态与功用，被称为"有多识之美，博物之能"。如《鹧鸪》："鸟像雌鸡，自鸣鹧鸪。其志怀南，不思北徂。"这不仅是粤诗之开创，而且意味着岭南风物及文化也登上了全国文坛，既与汉诗乐府同步，又有自身的独特风采。他为官时向皇上提出贤良对策，主张以孝治天下，朝廷采纳而定出父母病故均要守丧三年的制度，可谓开孝治文化之先。他为官清廉，辞官回广州后，河南洛阳百姓特送他两株松柏，种下后即引来广州从未有过的一场大雪覆盖树上，人们称他因清廉将河南的大雪也引来了，故将他的住地取名河南（今广州市海珠区），称他为"南雪先生"。

明末清初的屈大均，是最早最系统做"重粤"学问的大学者。他是广东番禺思贤乡人。16岁补南海县学生员。18岁时参加抗清斗争。清定广州后，仍以出家当和尚为掩护，结交顾炎武等抗清志士继续斗争。晚年回乡隐居著述，直至卒年。他的著作甚丰。他的代表作《广东新语》，是一部广东地方百科全书。他在自序中说："是书则广东之外志也，不出乎广东之内，而有以见乎广东之外；虽广东之外志，而广大精微，可以范围天下而不过。知言之君子，必不徒以为可补《交广春秋》与《南裔异物志》之阙也。"可见他是旨在"范围天下"而写广东之"广大精微"的，也即是说以天下之眼光写广东，同时也是为补正过去写广东著作之阙而写的。这就清楚其写作意图是在于：向天下推介广东，写新语，立粤学。其效果也正是如此，自其问世后直至当今，数百年研读广东者，莫不以此著为经典，也由此而掀起粤学之风。

自居大均之后，"南学"蒸蒸日上，长足发展。据司徒尚纪《泛珠三角与珠江文化》一中介绍，由于晚清先后任湖广总督的文化人阮元和张之洞，大力提倡办学，设学海堂等机构，培养了一批饱学之士，学风始盛，声名鹊起。20世初，日本学者内藤虎次郎有"文化中心流动论"，认为明以后中国文化中心在浙江海通以后将移到广东，与陈寅恪"南学"之见完全一致。此见虽有偏颇之嫌，但对"南学"概念和发展的肯定则是言之成理、持之有据的。

依笔者看来，"南学"的真正蓬勃发展是在 20 世纪 80 年代初至今，在改革开放的大背景下，受海洋文化影响，广东在全国率先掀起了现代新文化学术高潮，一方面表现在引进大量西方文化学术著作，并吸取西方先进学说开拓新的文化学术领域，如：港澳及海外华人文学研究、南海及海洋文化学术研究、海上丝绸之路研究、珠江及江河文化研究、地域文化学、旅游学研究等；另一方面是以新的视野对广东民系和史地研究，如广府学、客家学、潮汕学、雷州学、岭南学、珠江学、南海学等。这两方面（或两类）学科著作，每种都可称为一种学说，每类学科的学术队伍都可称为一种学派，或者内有多个学派。所以，在改革开放中"先走一步"的广东文化学术领域，也是最先兴起并具有"众说纷坛"、学派林立的景象和格局的，这正是"重粤"风盛、"粤海风"劲所致。

以上"六重"之学风源脉，共汇为源远流长的"粤海风"，贯穿广东历代学派两千年。我们编写《历代珠江学派书链》，旨在沿着"粤海风"之风路，梳理"南学"文化学术体系和源脉，为建设"南学"文化新高地铺路。本书链将按时代先后为序，以上古、中古、近古、近代、现代、当代等六个分册编写出版。

以上三个书链，既是"珠江—南海文化书系"的三个系列，同时是建造珠江文明新高地的三项文化工程，是书系与论坛结合的双轨工程，是多学科交叉的立体文化工程。我们争取用三年时间逐步完成这项工程。谨向这项工程的大力支持者和同道者：佛山市南海区委区政府（尤其是黄志豪书记）、广东旅游出版社（尤其是刘志松社长和官顺责任编辑）、珠江文化研究会的同仁们（尤其是名誉会长司徒尚纪教授、现任会长王元林教授），致以衷心的感谢和崇高的敬意。

2016 年 11 月 15 日于广州康乐园

# 目录

# 时代中的山水乡愁，文学中的
# 珠江文化

*——序《珠江文典》并论一个有实无名的文派*

黄伟宗

前些年，当全国城镇化刚掀起高潮的时候，中共中央总书记即提出：必须注意在全国城镇化过程要"望得见山，看得见水，记得住乡愁"。全国各地热烈响应这个号召，纷纷调整了城镇建设规划，以实际行动贯彻落实这个具有长远文化意义的战略举措。值得注意的是，有些中央和省市媒体，同步地发表了不少以"记住乡愁"为主题的文艺作品，诗歌、散文、小说、歌曲、绘画，各种艺术形式都有，新人迭出，新作连连，构成了新的亮丽文艺风景线，是很值得重视的一种文化新现象。

其实，这种文化现象，在过去的文艺作品中是早有体现的，甚至可以说这是中国文学艺术的一种优良传统，是一个永恒的主题和永吸不竭的创作源泉。大凡是具有深广文化内蕴的"记住乡愁"作品，都是能使千秋万代人们永久"望得见山，看得见水，记得住乡愁"的文化宝库。像《红楼梦》《红与黑》等中外古今经典名著是这样，像《三字经》《千字文》等幼年普及读物也是这样。但这些文艺作品中文化瑰宝，虽然写的都是山水乡愁，但所写具体的山水乡愁，却没有一个雷同，即使是写同一具体的山水乡愁，不同的作家也写法不同；但在有些时候、有些地方的一批作家，又因为时代和地域的条件所致，往往也会不约而同地形成某种思想艺术风格上的相近或相通的特点，尤其是在写作作风或气派上的特点。这些特点，也即是一定时代和地域文化在文艺创作中体现的标志，也即是一个地域的文艺创作特色或形成一种文艺流派（文派）的标志。这种文化现象，正可谓"天地间皆山水乡愁，文学中各有乡愁天地"。所以，山水乡愁是无限广阔的文学创作天地，是无限的创作源泉，是无限的内蕴时代地域文化的宝库，作家充分施展个性才华创造文艺精品的温床，是造就文学流派并使其充分释放创作竞争力的驰骋疆场。

为继承弘扬前人在抒写山水乡愁的传统和经验，编者从20世纪40年代末（建国前夕）至80年代初（改革开放初期）活跃于广东文坛的老一代作家，也即是《文艺报》以《经典作家》专版所系列宣传的从五四至建国前后为中国新文学做出杰出贡献的"经典作家"同代的广东作家，选析其"记住乡愁"代表作品（主要是散文和短篇小说，中长篇小说则以节选方式），为当今倡导珠江文化和创作山水乡愁作品提供借鉴。本书取名为《珠江文典》，固然是因为这批老作家堪称"经典作家"之意，更在于所选作品在某些方面具有典范、经典、典藏之意。当然，所选作品并非每篇都是十全十美之作。其实，从古至今每个作家的成就，都是其生长时代的赋予，时代赋予作家的生活、文化和艺术才华，也局限其思想、视野和写作能耐。但毕竟他们都是先驱者，无论其优点或缺点，都是值得借鉴的财富。所以特以选粹简析的方式，予以品赏和推广之。

这批老一代作家给我们提供了哪些经验和方式方法呢？

## 一、广东文学中的山水记忆与文化

山水画是中国画的突出代表。中国山水画的最大特色是在"似与不似之间"，即在写实与写意之间，但写意重于写实，故有"意在笔先"之说。清末民初兴起的岭南画派，吸收东洋技法，融合传统元素，独创南国画风，更显写意优势。在山水记忆的艺术体现上，岭南文学亦然，即重记忆而轻写实，但并非不写实，而是在以记忆而写实，从写实显记忆。值得注意的是，与绘画不同的是，文学上所写的山水之实，着意于写地方特色之实；所写之意，着意于写时代精神之意。

这批老一代作家写的散文小说，正是如此，并大都具有这个特点。

他们大都是写自己同时代的本地生活题材，即使写历史或异地海外题材，也都是以所处时代和地域为视点或起点。从而在其作品中，都离不开其自然环境，也即是本地的山水记忆，更主要是从中体现同时代的风貌和时代精神。所以称之为时代中的山水记忆。

首先从长篇小说来看。这是一种全景式再现生活的体裁，可以有足够的篇幅再现时代和地方生活的纵横面，包括宽广无垠的山水自然环境描写，或者是无边无际的心灵境界，均可任作家肆意驰骋纵横。但这批作家的长篇巨作所写的山水记忆，却有似岭南画派那样"轻描淡写"的，其浓笔重墨之处，则是写时代之神、时代之意。这个特点，尤其体现在多卷长篇小说系列中。如最著名的欧阳山《一代风流》系列，一卷、二卷先后以广州和市郊农村为背景，都写及广东独有的珠江、白云山等山水自然环境，但只点睛几笔则轻轻带过，而着墨于以"三家巷"而再现大革命年代的社会结构和在第二次革命战争时期的"苦斗"时代精神；三、四、五卷所写上海、重庆、延安、华北解放区，也都是着墨于"柳暗花明""圣地""大地回春"的写意。老作家陈残云在其活跃年代，重力创作的长篇小说《香飘四季》，写了"大跃进"时代的广东水乡风情，随后出版的《山谷风烟》，是写土改时期的广东山区风情，最后的长篇小说《热带惊涛录》，写了20世纪40年代广东人在海外生活情景；可谓以三部长篇全景式地展现了广东人分别在水乡、山区、海外生活的地理环境和社会风情，但其笔墨也都是主要以其故事情节，分别体现20世纪50年代的岭南和海外华侨的时代风貌与精神。吴有恒的系列长篇小说《山乡风云录》《北山记》《滨海传》，可说是展现广东山乡、山区、海湾的山水记忆的地方风情画，但更主要的是粤西人民在解放战争时期的三部英雄史诗。

从文化学的角度上看，这些全景式长篇小说所写的山水记忆，虽然笔墨不重，但却在总体上体现了岭南文化或珠江文化的地域特色，即山、江、海一脉相连的文化环境，尤其是具有江海一体的文化特质。这个特质，典型地体现在黄谷柳的长篇小说《虾球传》中。小说以主人公于20世纪40年代在广东与香港之间的苦难经历，既写出了水乡"蛋民"穿梭于江海之间的山水记忆，又写出了广东和香港自古同脉同体的血肉关系，以及同斗争共命运的历史风云，以活生生的时代投影，证实和显现了珠江文化是江海一体的特质文化，正如最早发现并扶持这部作品发表的文艺老前辈夏衍所说："这是一部很有特色的作品，写广东下层市民生活，既有时代特征又有鲜明的地方色彩。"茅盾对这部小说评价更高，称其能"从城市市民生活的表现中激发了读者的不满、反抗与追求新的前途的情绪"，而在风格上"打破了'五四'传统形式的限制而力求向民族形式大众化的方向发展"。

这批老一代作家的创作，还有一种很独特的现象，这就是除欧阳山外（只有短篇小说《金牛和笑女》写了一点华侨），其他主要作家大都写有华侨题材的长篇小说，如陈残云的《热带惊涛录》，秦牧的《黄金海岸》《愤怒的海》，杜埃的《风雨太平洋》，都是颇有影响的鸿篇巨制。这种现象，固然与这三位作家都是华侨，都有海外漂泊的生活经历密切相关。但另一方面，从文化的深层次来看，应就是珠江文化有特强特重的海洋文化因素的体现。无怪乎，早在20世纪80年代中，老作家吴有恒就以此为据，提出《应有个岭南文派》。不管怎样，这是珠江文化特质在广东文学中的重要体现之一，是无可置疑的。

从其他作家同时代的散文作品，也可更清楚地看到并证实这些特质和特点。例如，紫风的散文《海恋》和林遐的散文《大海》，都以亲临其境而正面描写大海的波澜壮阔的气势和胸怀；华嘉的散文《海的遥望》抒写海的温柔、奔放、狂暴，又以散文《渔村琐记》描写了渔民靠海生活的艰辛；曾炜的散文《在湛江港口》，则通过湛江港的变化写出海洋文化的发展盛况；秦牧的散文《海滩拾贝》，以写海滩而显示海洋文化的无限丰富性和多彩性。

再就是一些描写濒海地区的散文，更显现出珠江文化的江海一体特质。如陈残云的著名散文《珠江岸边》《沙田水秀》，是写珠江出海口附近江海相连的东莞沙田地区的散文，虽受当时"大跃进"的局限有"左"的瑕疵，但其所写江海一体的山水风情，却是有持久艺术魅力的。林遐的散文《撑渡阿婷》，以一位撑渡少女的经历，描写了珠江三角洲河汊如网的独特盛景，又留下了时代与环境的变迁印记。韦丘的龙舟歌《沙田夜话》，以珠三角的民间艺术形式抒写了珠江三角洲在"大跃进"年代在田头夜战的情景；老诗人芦荻则以豪放的渔歌唱出了南海《渔村潮汐》的渔海风情。

主要描写广东母亲河——珠江的散文，更是佳作迭出，各领风骚。如曾炜的散文《海珠桥抒怀》，以广州海珠桥在新旧社会的变化写出了珠江的时代风雨；易巩的散文《珠江河上》，则写的是珠江在旧社会的沧桑；杜埃的散文《花尾渡》，以乘坐这种在西江河上特有的客船（迄今已绝迹）航行的诗意，写出了珠江在新社会的风情；华嘉的散文《荔枝湾的夏夜》，以位于珠江河畔的广州荔枝湾小艇如云的盛景，显现了新时代的传统水上风光；关振东的散文《夜游珠江》，则是以亲身旅游而写出了解放后"珠江夜月"在新时代的英姿。每篇佳作都是各自时代的珠江山水记忆，又都是珠江文化的文学写照。

山水记忆自然不可缺对山的描写，珠江文化中也包含有山文化因素。老一代作家中有不少从山区出来，对山的深情厚意是始终不会忘怀的。杜埃的散文《乡情曲》，将客家山区的景色和人情写得淋漓尽致；杨奇的散文《罗浮礼赞》，以深情的故地重游描写，热烈歌颂了中华儿女在岭南名山——罗浮山进行的英雄抗日战争和气壮山河的英雄气概；杨应彬既以散文《山颂》，写出了山与时代雄伟精神融于一体的气势，又以散文《水的赞歌》，写出了水与人的生命密切相连的本质；同时以山水并颂的方式显出了珠江文化的兼融性；易巩的中篇小说《杉寮村》，体现了山区独特的客家和潮汕移民文化；陶铸的散文《松树的风格》，则以在粤北山区所见的松树描写，进而歌颂共产党人的高风亮节和"我为人人"的"大跃进"时代精神。这些名篇也都是时代的岭南山水记忆，文学中的珠江文化。

广东位于五岭之南，濒临南海，属海洋性气候，是多雨潮湿之地。这种独特的天气，与广东的生产、建筑，衣食住行，以至人的心态和社会氛围，都有密切关系和重要影响。这种关系和影响也反映到作家心态和文学创作中。例如，写雨和雨天的作品甚多，如郁茹的散文《落雨大，水浸街》，用广州的童谣写出了广东独特的气候；黄秋耘的著名散文《雾失楼台》，则是以"雾"寓现"文化大革命"中的社会灾难和社会心态；岑桑的短篇小说《如果雨下个不停》，以两夫妻在雨中患难相会变成死别的灾难，深刻地控诉了"雨下个不停"的黑暗年代。

广东的气候，几乎没有春、夏、秋、冬的四季界限。气候宜人，山川秀美，自然景观甚多，人文景观不仅有种种文化内涵，也大都有诗情画意之境，尤其是各地都有美丽的公园、安逸的居住小区，值得大写特写的山光美色，层出不穷；值得捧读的美文，也代有佳作层出，也都是不可或缺的山水记忆文化。如，陶萍的散文《葵颂》《梅花村散记》，以葵树的顽强生长和梅花的盛衰枯荣，寓现了时代变迁和人生沧桑。

## 二、广东文学中的风情记忆与文化

风情，即风土人情，包括社会风貌、本土人情、风俗节庆、民间信仰、传统习俗等的记忆与文化。这些描写在散文小说中是常有的。广东老一代作家的创作，尤其是长篇小说，几乎无不写到所写地方的风土人情。简直可以说，这是岭南文学最显著的特点和优势之一。这种风情描写，既是一种风情记忆，又与山水记忆和乡愁记忆有密切关系；既是一种传统的地方风景和文化，又是一定时代的一种文学投影。

老一代作家笔下的风土人情描写，大致上有五种文化记忆：

一是通过描绘风情写地方特色。如秦牧的著名散文《花城》，通过对广州每年除夕花市习俗的描写，将广州历来种花、赏花、爱花的传统写得美不胜收，热烈歌颂了广州人民的美好生活与爱美情怀，受到普遍赞誉，使广州有了另一个美称——"花城",开创了一篇散文使一个城市有一个别名的历史文坛纪录。欧阳山的《三家巷》初问世时,是在创办不久的《羊城晚报》连载,由于开卷即是写广州的地方风情,大受广州市民欢迎。尤其是书中的"从乞巧到端午节""幸福的除夕"等章,将广州几个节庆的独特风情写至迷人的境界,将广州的地方特色与文化写得活灵活现,繁花似锦。

二是通过描绘风情写历史风貌。如秦牧的长篇小说《愤怒的海》首章"省城风光",透过广州在鸦片战争后,"西风东渐"日兴,街上的洋货一天天多起来了,英国的呢绒布匹,日本的眼药仁丹,法国的香水,德国的眼镜,瑞士的钟表,美国的香烟面粉,到处涌现的种种市面风情,反映了半封建半殖民地开始时期的历史风貌。书中"珠江水长"一章,则以广州码头的繁忙景象,透现了资本主义经济文化在这个商业城市初兴的历史风云。

三是通过描绘风情写时代风貌。如陈残云的长篇小说《香飘四季》,是写"大跃进"时代珠江三角州水乡风情的长篇小说,其中"水乡下棋"一章,通过主人公在水乡下象棋的情景,描写了当时干劲十足而又在下棋的风情中劳逸结合的时代风貌。书中另一章"陶陶居茶楼",既写出了广州和水乡人饮早茶的风情,又在相睇的习俗中显现了时代的变化。① 此外,老作家于逢的长篇小说《金沙洲》,在"龙舟节日"一章中,以珠江三角洲划龙舟的习俗,展现了20世纪50年代的时代风情。

四是通过风情描写反映时代矛盾和斗争。如欧阳山在《三家巷》的"人日皇后"一章中,以三家巷一班青年男女到白云山人日郊游时,对"工农兵学商"排行次序的争论,反映了当时社会的阶级结构和矛盾。吴有恒在长篇小说《山乡风云录》《北山记》中,都先后在山乡和山区的风情描写中,反映了粤西人民的抗敌斗争;长篇小说《滨海传》的"端阳节"一章,描写海湾人民用节日送粽子的习俗打败旧军队的斗争,十分精彩。

五是通过对风情负面的告诫而传承健康风情文化。传统风情文化,是有正面也有负面的,应当以科学的态度,吸其精华,剔除糟粕。牧惠的杂文《"风水"这种中国文化》《贞操带、守宫和缠足》,分别对"风水""贞操"等传统文化的负面提出了告诫,这在传承和描写风情记忆文化中是很有必要的。

---

① 相睇:就是相亲的意思。——编者注

## 三、广东文学中的乡愁记忆与文化

乡愁者，乡恋也。乡愁的概念不仅是对故乡的怀念之情，而且是对故地、故时、故人、故亲（包括亲属、乡邻、母校等）的感恩和思念之情。这些都是中国人、尤其是岭南人特有特重的感情和观念。这些感情和观念，在散文创作中，通常以某种景物的触发而回忆往事的方式表达，小说创作中则往往是主人公的故国家园的思念，而所回忆的往事和思念的实体，都是故地"留得住乡愁"，也即是具有记忆价值的人、物、事。而这些人、物、事，大都是故乡或故地的山水文化记忆和风情文化记忆。值得注意的是，这些记忆，都是当事者以经历时代沧桑的思维过滤而保留和触发出来的感慨；如在文学作品中体现，则又是经过作者艺术思维的过滤才产生的形象。因此，在文学作品中这些乡愁记忆，就具有两个时代和两个地方的文化内涵，即作者所记忆人、物、事的时代和地方，以及作者写此记忆时的时代和地方；这样，所写出的作品就内含着两个时代和地方的文化记忆，并有相互对比和显示差距的作用，从而更深刻地写出乡愁记忆的文化内涵；但从根本上说，主要仍是从作者写此记忆的时代和地方为视野的，所以仍是时代中的乡愁记忆。

例如，贺青的散文《故乡的榕树》，就是从写作时代而写过去时代的故乡榕树，是从现在而抒发过去的乡愁记忆；他另一篇散文《杜鹃的叫声》，则是受杜鹃的叫声触发，而思及乡村城镇化后的居住布局问题。老作家曾敏之本是岭南作家，20世纪80年代后到香港定居，所写的散文《鸟声》，则是写在高度现代化的城市生活中的香港人和华人华侨，因听到久违的鸟声而触发乡愁的思念；他另一篇散文《桥》，则是以遍布香港的"天桥"而思及故乡的农村小桥。两篇都是以异曲同工的手法体现了时代的差距，显现了不同时代和不同地域的乡愁记忆文化。

在散文创作中，对乡愁记忆文化的内涵和表达方式是无限丰富的，较普遍的是对故地或往事的回忆性散文，尤其是历史斗争或重大事件的回忆录，是特别珍贵的乡愁记忆。例如，岑桑的回忆性散文《填方格》，记述以写稿纸（"填方格"）为生的编辑作家，一夜之间被无罪流放"五七干校"打泥砖（也是"填方格"）的辛酸讽刺，记下了"史无前例"的时代灾难；华嘉的回忆录《怀念粤剧薛马流派》，以深切感情和戏剧内行缅怀"南国红豆"的名人、名派、名剧的珍贵记忆和光辉成就；张绰的《岭南文派最早耕耘者之一——从文化学视角论黄谷柳》，是最早从文化学视角发现和肯定黄谷柳及其耕耘岭南文派的人物评传；著名评论家萧殷的回忆录《桃子又熟了……——忆仓夷》，以记述归国华侨记者仓夷，在抗战胜利后参加美国主持的"国共调停"执行部采访中受害的过程，揭露了这个重大历史转折中的历史真相；著名老报人杨奇，以当事者身份写的回忆录：《风雨同舟——接送民主群英秘密离港北上参加政协始末》，曲折传奇，引人入胜，事件重大，情真意切，是重要历史文献，又是动人的乡愁记忆文典。

　　长篇小说创作的乡愁记忆，在华侨题材作品中尤为鲜明突出。例如，杜埃的《风雨太平洋》，所写菲律宾华人华侨在抗日战争时期的斗争生活，从中也都以主人公霍斯特·李的记忆乡愁，浓重地体现了对故国家园的关怀和思念；而且，主人公的姓名是受当局规定而不得不用"霍斯特"，但他也定要加上本有姓"李"的中国姓氏，从而更加重其心中所牢记的乡愁。秦牧写华侨题材的长篇小说《黄金海岸》，20世纪70年代被香港改编成电视连续剧《大地恩情》，由于主人公在海外数十年漂泊中始终保持乡愁情怀而深深打动观众，使"大地倚在河畔，水声轻说变幻"的影片主题歌传唱海内外。

## 四、广东文学中的本根文化观念

　　乡愁记忆，是一种时代的沧桑感慨，又是一种本根文化观念。因为对祖国故乡的感恩和思念，实质上是一种饮水思源、不忘本根的文化观念意识。这是中国传统的，也即中国人特有的文化观念意识。这种意识，突出地体现在海外华人华侨和出国多年的海外赤子的思想感情中。这是乡愁记忆的本根观念，也是一种体现方式。其文化内涵和体现方式也是多种多样的。

　　其一是"归根"观念。通常离开故乡到外地谋生，或者是华人华侨从离开故乡到海外漂泊，经历多年的时代风雨，最后回归"原点"故乡，可谓"归根"文化观念体现。这在老一代作家的长篇小说创作中的表现特别明显。欧阳山的系列长篇小说《一代风流》，首卷写主人公周炳从《三家巷》走出广州，经到市郊震南村《苦斗》，随即先到上海后到重庆《柳暗花明》，再到延安《圣地》，最末是经华北解放区土改《万年春》后回归"原点"广州。秦牧写的两部华侨题材长篇小说——《黄金海岸》和《愤怒的海》，开始都是写主人公在清朝末年从故乡出发海外，分别在美国和古巴受苦受难多年，最后都是以回归故乡结局。这种现象，并非艺术构思上的重复，而是实际生活大多如此，还在于小说的主人公和作者都同样具有这种"归根"文化观念意识。

其二是"原根"观念。包括民族、民系、氏族、家族等的渊源。这在长篇小说中是常见的，如欧阳山《三家巷》介绍周、陈、何三家的来历，以及所写三家之间的纠葛，即是这种"原根"观念体现。关振东的散文《马坝人的故乡》，可谓岭南人"原根"观念的畅想曲。

其三是社会之根观念。家庭是社会的细胞，是每个人的生活与思想的支点。许多优秀长篇小说大都写家庭，如巴金的《家》《春》《秋》。俄国列夫·托尔斯泰的世界名著《安娜·卡列尼娜》，开篇即写："幸福的家庭是相似的，不幸的家庭各有各的不幸。"欧阳山的《三家巷》，可谓广东文学写这社会之根观念的大著；黄庆云的《一个传统的理想》，可说是体现这观念的优秀散文。楼栖的回忆录《周年祭》，从自己儿子夭折周年而思及儿子从出生到成长的人生，父爱之情溢于言表。家庭这个支点，不仅是社会之根，也是人的生命之根。

其四是人的本土本性之根。土地观念是中华民族最原始、最根本、最传统、最牢固的文化意识，人的本性观念也是如此。秦牧的著名散文《土地》，从数千年前帝王的土地所有制观念，到离乡背井的游子和海外华人华侨的故土感情，到新社会人们成为土地主人后对土地的爱护、保卫、改造和充分利用的动人事迹，纵横捭阖、既广且深地阐述了这种神圣崇高的观念。

其五是行业之根观念。这是中国独特的一种传统文化，几乎每种行业都有开山祖、祖师爷，如木行鲁班、医行华佗、石行五丁等；而且，每个行业都有其祖传地或发祥地，如现在所称的传承地、传承人，有的还发展为传统文化节日。这些都是各个地方引以为荣的文化品牌，是人们常以为怀的山水记忆、风情记忆和乡愁记忆。这些行业之根观念，在岭南文学作品中是有甚多描写的。紫风的散文《阿螺姨母》，以对"第一位老师"和"姨母"的思念，而畅抒了对"师恩""亲恩"的本根文化之情。

其六是革命之根观念。中国共产党领导的社会主义革命和建设，是当今中国社会成就和幸福之根，也是山水记忆、风情记忆、乡愁记忆的时代精神之根。文学创作必须从这个根本观念去艺术地记忆山水乡愁，才能创造出无愧于当今盛世的时代中的山水乡愁形象。黄庆云的儿童文学作品《英雄树唱歌歌》、欧阳山的散文《红陵旭日赞》、陶铸的散文《松树的风格》，当是广东文学中体现革命之根观念的名篇。

## 五、广东文学的时代性、地方性、民族性

从上述广东文学在山水记忆、风情记忆、乡愁记忆、本根文化观念的体现上看，其时代性、地方性、民族性是很浓厚而突出的，这也是珠江文化特质的体现和实证所在。

笔者曾以岭南第一诗人张九龄的名诗"海上生明月，天涯共此时"概括珠江文化的特质和风挌，前句是指珠江文化的海洋性、宽宏性、开放性、包容性，即地方性；后句则是指珠江文化的共时性、时机性、敏感性，即时代性。

在老一代作家的作品中，尤其是在体现山水记忆、风情记忆、乡愁记忆、本根文化观念的表述和形象创造中，无不有着鲜明的时代印记，所以可称之时代中的山水乡愁记之作，也即是珠江文化时代性的艺术体现。值得注意的是：在山水乡愁记忆作品中，往往写及过去时代的生活，尤其是历史题材的长篇小说、一些着重写回忆的散文或回忆录，就必须在体现出所写题材的历史时代性的同时，注重当今时代性的体现，也即是在以当今的眼光透视历史的真实，并在这基础上体现当今的时代精神。这是珠江文化中尤为重要的共时性、时代性。

地方的地理环境，是地方文化的基础。一方水土养一方人，一方地理环境决定一方地方文化，也决定一个地方的山水乡愁记忆文学。广东的山河海相连、江海一体、海岸线特长的自然环境，也决定其是山河海文化皆有、江河文化为主、海洋文化特强的地方文化特质，也即是"海上生明月"的珠江文化特质和风格。老一代作家的长篇小说写华侨题材的特多，影响特大，在全国是独一无二的；其他体现江海一体文化特色的小说散文，也林林总总，美不胜收。上述山水乡愁记忆名作，即是文学中的珠江文化的实证和写照。

鲁迅说，文学越是民族的，就越是世界的。因为世界文学之林，是由世界各国民族的文学构成的；各国民族文学越有自身特色和成就，世界文学之林就越丰富，从而其文学就越有世界意义。同样的道理，中国的文学之林，是由全国各民族、各地方的文学构成的，各民族、各地方的文学越有其特色和成就，就越有民族的全国性的意义。当然，全国性、民族性的主要体现，在于是否把握住全国性、民族性的文化主脉或根基。但文学上对此的把握和体现，也同样是不能离开地方和时代的特定自然和社会环境的。老一代作家创作中写广东的山水记忆、风情记忆、乡愁记忆，既是地方性的体现，也是民族性的充分体现；尤其是在长篇小说中的"归根"，在许多写山水乡愁记忆作品中的"原根""社

会之根""行业之根""革命之根"等现象，正就是中华民族传统的本根文化观念的体现，也即是广东文学民族性的体现，而这些体现，又都是有着鲜明的地方和时代文化印痕的。

## 六、一个有实无名的文派——珠江文派

习近平总书记要求在全国城镇化过程中要"望得见山，看得见水，记得住乡愁"。为响应这号召，广东旅游出版社出版《记忆乡愁》系列丛书，组织作家写留得住山水乡愁记忆的作品。笔者认为，也应当将老一代作家所写的留得住乡愁的作品作为典籍留存下来，既可作为当今写作借鉴，又是对老一代作家写作风范的传承与弘扬。

以总体上看，广东老一代作家是有许多共性的写作作风的，他们的年龄虽有参差，但都是生活在大致相同的时代，活跃于大致相同的文坛，致力于大致相同的地方（广东）。这三个"大致相同"，都不是他们自己选择或互相约定的，是各自的命运所使然的。从他们的创作实际而言，他们的作品，也有颇多的"大致相同"现象，如：不约而同地写广东的山水乡愁记忆，不约而同地体现本根文化观念，不约而同地还用同时代的眼光和精神，不约而同地运用现实主义创作方法，去写这些山水乡愁记忆和本根文化观念；尤其是秦牧、陈残云、杜埃等代表性作家，在没有任何人指定或相互约定的情况下，都在大致相同的时间和地方写出华侨题材长篇小说。这些事实，不是说明了他们都是不约而同地受其自身经历和地方与时代环境所驱使，而造成这些有许多"大致相同"的文学现象的么？当然，他们这些"大致相同"并非完全雷同，而是在"大致相同"中各有风格、千姿百态。这种"同中有异，异中有同"的文学现象，正就是文学流派的最大特点和优势，即：既是群体力量的凝聚，又是个性风格的充分发挥，大有群星汇银河、众星聚月辉之势。这种文学流派式的文学格局和精神气势，与他们所留下的山水乡愁记忆的作品一样，是值得定格下来并永远保留和承传的。

从中外古今的文学史上看，文学流派有三种类型：一是在于政治、哲学及美学、文学倾向的一致，二是艺术风格相仿，三是地域性的相似。这三种类型常是交叉的，而且每个类型中还会包含多种多样风格流派的。如果说，依据上述许多"大致相同"现象，可以将这批老一辈作家列为一个文学流派的话，大致可以属于第三种即地域性相似类型，而且又是与唐代"边塞诗派"那样以地

域题材相似为主要特征的文学流派。从创作实际看来，广东文学这个流派是早已事实存在着的，只不过是有实无名而已。至于要不要为事实存在的这个流派作出文化定位？应以什么样的名义定位？则是应当深入研究讨论的。

1986年3月，老作家吴有恒发表《应有个岭南文派》一文，就当时秦牧的《愤怒的海》、陈残云的《热带惊涛录》、杜埃的《风雨太平洋》等华侨题材的长篇小说连续问世的广东文学现象，提出了这个文学流派主张。

1991年1月，黄伟宗在《开放时代》杂志发表《论珠江文化及其典型代表陈残云》一文，首倡珠江文化概念和理论，并首次从文学流派中探究水域和地方文化课题。

1992年1月，黄伟宗在《广州日报》发表《已经有个岭南文派》一文，就余松岩新作长篇小说《地火侠魂》的出版，及其所代表的中年一代作家已经成长起来的新现象，而作出这个文学流派的理论判断。

1992年2月，张绰在发表的《从文化视角论黄谷柳》一文中指出："如果有岭南文派的话，黄谷柳应当是岭南文派最早的耕耘者之一。"

有趣的是，这些对广东文学进行文学流派探讨的理论文章，是断续发表的，连续时间有数十年之久，至今仍未能取得共识，以至造成这班老一代作家的群体现象成了一个有实无名的文派！如果是因为取名岭南文派不妥，谓珠江文派如何？理由是：这文派的文学创作与精神，尤其是在其山水乡愁记忆的作品中，文化底蕴与核心都是珠江文化。

有俗语戏称："广东人只会生孩子，不会起名字。"这是缺点，也是特点。恐怕广东早有个文派事实存在，却几十年未起名字也是这个特点所致。这也不奇怪，因为务实性也是珠江文化重要特质之一。但毕竟是有实也有名才好，无论是将这文派作为历史现象而定格留存记忆，或者将其作为典范而予以借鉴承传，也当名副其实。这样做，对于山水乡愁记忆文学和文化的倡导，对于城镇化中山水乡愁记忆的保留，以至对山水乡愁文学精品和精神的保留与弘扬，都有莫大好处。

（2015年9月3日抗战胜利70周年纪念日脱稿于广州康乐园）

# 欧阳山作品选及简析

## 欧阳山生平

欧阳山（1908—2000年），原名杨凤岐，1908年12月出生在湖北荆州一个城市贫民家庭里，因家贫几个月时被卖给广东一户姓杨的人家。养父母没有生育，视欧阳山如同己出，只是收入也很微薄，为了生计不得不四处奔波。欧阳山跟着养父广泛接触了社会的底层，这也是欧阳山后来写作难得的生活基础。欧阳山于1924年开始文学创作，第一部短篇小说《那一夜》发表于上海的《学生杂志》，1926年肄业于中山大学。1928年到上海，陆续有《陶君的情人》《莲蓉月》等小说发表，成为职业作家。1932年创办"广州文艺社"和"广州普罗作家同盟"（后改为"中国左联广州分盟"），得到鲁迅、郭沫若等大家的帮助和扶持。抗战爆发后，欧阳山积极投入抗日救亡的活动，1940年在重庆加入中国共产党，1941年到达延安，写有长篇小说《高干大》，这是被毛泽东所称赞的"新的写作作风"的代表。新中国成立后，长期担任文艺界的领导工作，历任中国作协广东分会主席、广东省文联主席、中国作协副主席、广东省人民代表大会常委会副主任等职。他创作的代表其最高文学成就的作品是长篇小说《一代风流》（五卷），是一部旨在表现"革命的来龙与去脉"的史诗性作品，特善于通过日常生活的描摹去透视历史风云的变幻。1988年花城出版社出版了《欧阳山文集》十卷。欧阳山是中国现代文学史上有影响的文艺大家。

# 欧阳山作品选析

一说起文学作品中的广州记忆，很多人心目中立刻就会想起欧阳山。欧阳山是现代作家作品中呈现广州记忆的第一人。很多人认识广州，尤其是认识老广州，依凭的就是欧阳山的《三家巷》，欧阳山对于20世纪20年代广州生活与风情的描写，至今依然具有典范性意义。

《三家巷》是欧阳山多卷本长篇小说《一代风流》的首卷，创作于20世纪50年代后期。在当时的环境下，书写地方风情并不具备独立自足的文学意义，因而也不可能成为作品的主要目标，事实上它服务于一个总的主题，也是欧阳山为自己的系列小说所设计的总主题——写出"革命的来龙与去脉"，这个主题是通过主人公周炳的成长历程来形象地体现的，而《三家巷》恰恰处于"革命的来龙"和周炳的"成长初期"这个阶段，因而能合法地展示革命起源阶段和革命者成长的"复杂环境"，自然地容纳一些地方生活风情的书写，但是它对于地方风情的描写依然是有它的时代性特征的。比如，三家巷的"三家"就象征了20年代广州的社会结构和阶级关系。周家以及和周家来往密切的区家、胡家等，代表的是城市贫民和农民阶级，是革命的主体和革命主要依靠的对象；陈家是商人、买办资本家阶级的代表，由于广州长期以来对外通商，形成了中国最早的买办阶层；何家是官僚地主阶级的代表，他们是中国传统的统治阶级，而在20年代的广州，又形成官商地主合一的形势，势力最是广大，生活也最为腐朽，所以在欧阳山的笔下他们家才有姨太太，而陈万利尽管也好色，公开的太太还是只有一个的，代表了一种比较现代的家庭关系。他们的房子也是不同风格，陈家是当时新兴的西式小洋楼，而何家是传统的西关大屋，只有周家，房子是日见破烂了。所以欧阳山是将阶级关系寓于地方风情的描写之中的。

也许作家不是为风情而风情，只是为建立人物成长的实体环境而不得不如此，所以欧阳山的《三家巷》与现在一些有意识地表现地方风情的小说相比，反而显得更加真切、自然，不做作，富有流动感。他似乎是不经意地把广州生活写活了，写美了，他的地方风情在整体的历史画卷之中，在活态的变化着的生活之中，他因此留下了关于广州20年代历史生活的永久底片——人们从此大体按照欧阳山所写的广州去认识和回忆那时候的老广州。

本书所选的"从端午到乞巧节""幸福的除夕"和"人日皇后"三个章节，

可说是最集中地表现广州的地方生活之美的段落，也是作品最为脍炙人口的经典篇章。端午、乞巧、除夕、人日是中国的几个传统节日，但是在广州依然有自己富有特色的过法，有它特殊的重视程度，直到今天，广州的端午划龙舟依然是延续下来的节目；农历七月七日乞巧节在广州的某些村落也还能得见，从近代以来至今，广州就是一个既能西化又将传统的东西保存得很好的城市，欧阳山的节日书写也体现了这一点。比如写"人日皇后"一节，人日春游是一种极古老的习俗，在汉代就有了，区、陈、周几家的兄弟姐妹十六人遵循这一旧俗进行了春游，但他们的言谈、举止、服饰却是走在时代前列的。小说写几个女孩子的发型："在一千九百二十五年的广州，剪辫子的风气还没大开，但是她们六个人是一色的剪短了头发，梳成当时被守旧的人们嘲笑做'椰壳'的那种样式。区桃的头发既没有涂油，又没有很在意地梳过；那覆盖着整个前额的刘海，——其中有两绺在眉心上叠成一个自然妩媚的交叉，十分动人。"而她们的郊游之美，小说接下来有这样的描写："她们缓缓地走着，从远处望过去，就不觉得是一群人在走路，而是一大簇鲜妍的花儿在田基路上移动。"而他们看似随兴即起的话题，关于"工农商学兵"的排名先后的讨论，也是一个时代的话题，包含着阶级性的萌芽。

爱怀旧的朋友一定可以在欧阳山的《三家巷》中还原一个20世纪20年代的广州地形图。从人日春游和年三十卖懒、逛花街的路线图等来看，作为小说的《三家巷》也几乎实描了那个年代的广州地理空间。那时候"北京路"还叫"永汉路"，中山路则叫作"惠爱路"，长堤显然就是现在的沿江西路，著名的"西关"之外，还有一个现在人已经不用的地名，叫"南关"，旧时广州的南城墙根儿，在今天的北京南路天字码头一带，包括沿江路、珠光路、太平沙等地。小说中的区家就住在南关珠光里。周炳和区桃原本说去西关逛花街，结果却走到了"大东门"，然后又到了西堤，最后才到西关，在人群之中区桃看周炳想搂一下她的腰之后，在一声"你坏！"的娇嗔中，"又拧回头对他用天生的、特殊的魅力露齿一笑，就往前跑，一眨眼就像一只野兔钻进稻田里去似的，跑到无影无踪了"。真是活泼通脱的描写！人性人情之美在集中表现旧广州习俗的节日描写中表露无遗，这也是作品超越时代至今具有不变的艺术魅力的重要原因。

（李俏梅）

# 欧阳山作品选

## （一）

## 从端午到乞巧节①

（节选自《三家巷》）

　　旧历五月初五那一天，周炳就到南关珠光里区华家里去当学徒。大清早起，周杨氏就忙着给他收拾东西。家里没有别的人，只剩下他母子两人。周铁一早就上打铁铺子去了。周金在石井兵工厂做工，一个月难得有两天在家。周榕和周泉都上学去了。可就是母子两人，却比往常更加热闹。衣服鞋袜，手巾牙刷，堆满了整个神厅。依周杨氏的意思，这也得带上，那也得带上；依周炳的意思，这也不带，那也不带，光带一条洗脸手巾，一把牙刷就行。一个包袱解开了又结上，结上了再解开，两个人争执不休。后来妈妈还要在包袱外面，再捆上一张草席，这才算停当了。周炳扛起了那分量不轻的行李，兴高采烈地举步就走。妈妈一直送出大街外面，望着他走远了，才转回三家巷，一面进屋，一面擦眼睛。

　　区家那天停工过节，全家人都穿了新衣服，在神厅里和天井里玩耍，十分快活。大表姐区苏和二表姐区桃都涂了胭脂水粉，梳了光滑粗大的辫子，十分漂亮。区苏一见周炳，就剥粽子给他吃。区桃拿了几个喷香的蒲桃，揣在他的衣兜里，又拿雄黄、朱砂在他的天堂上画了一个端端正正的"王"字。周炳一面嚼着蒲桃，一面捧着区桃那张五官精致的杏仁小脸，拿雄黄、朱砂给她点了一颗圆圆的眉心。点完了，大家就嘻嘻地笑。区细和区卓本来在天堂上已经画了"王"字，看见姐姐点了眉心，又缠住周炳要点眉心，点了眉心又要画脸，后来都把脸画得像大花脸一样，大家这才无忧无虑、无牵无挂地大笑一阵。中午的时候，全家大小都和客人一道，围坐着一张矮方桌子吃过节饭。栗子炖鸡，猪肉做汤，还有大盘的鱼，大盘的菜。区华还让周炳喝了半杯双蒸酒。周炳从来没有喝过烧酒，从来没有吃过这么香的菜，没有跟这样快乐的人一道吃过饭，

---

　　① 标题是编者所加

很快就红了脸，眯起眼睛，痴痴迷迷地笑着，昏昏沉沉地又饱又醉了。吃过饭之后，周炳就闭上眼睛，躺在神厅里的杉木贵妃床上。这时候，他的两边脸蛋红通通的，鼻子显得更高，更英俊，嘴唇微弯着，显得更加甜蜜，更加纯洁。他的身躯本来长得高大，这时候显得更高大，也更安静。初夏的阳光轻轻地盖着他，好像他盖着一张金黄的锦被，那锦被的一角又斜斜地掉在地上一样。姑娘们都没事装有事地在他跟前走来走去，用眼睛偷偷地把他看了又看。周炳睡了一会儿，区华又叫区桃推醒他。以后，区华就带着区苏、区桃、周炳、区细、区卓这五个孩子，到长堤外面去看龙船。看了一会儿龙船，又带他们到海珠戏院，买了几张"木椅"票子，爬到最高的三层楼上面去看戏。这一天，直把孩子们乐坏了。

后来，在皮鞋匠区华家里的事实可以证明：周炳不单是不笨，也不是光爱玩耍，不想干活的懒人。不管什么手艺，画样子，切皮子，上麻线，砸钉子，打蜡，涂油，他都一学就会。加上他手劲也大，心思也巧，干活又实心实意，一坐在板凳上，就干到天黑，也不歇手。因此不久，区华把皮鞋、布鞋，缱鞋、补鞋，什么活都交给他做，他也都做出来了。区华常常摸着他那剃光的圆脑袋说："好小子，不到十五岁，你就会变成一个真正的皮鞋匠了！"周炳也想过自己会成为一个真正的皮鞋匠，并且想得很远。他悄悄地拿眼睛瞅了一下坐在缝纫机后面车皮鞋面子的三姨区杨氏，就想到将来他有一天会像三姨爹那样坐在铁砧子后面砸皮鞋，而坐在缝纫机后面车皮鞋面子的不是别人，正是自己的表姐区桃。不过他虽然这么想了，却没敢说出口来。那左邻右里的孩子们跟他们一道玩耍的时候，也常常拿小两口子这一类的话来取笑他们。周炳听了，心里高兴，脸上可不敢露出来。区桃只是红着脸，低着头，不做声。大人们听见了，也没有说什么。提起左邻右里的孩子们，周炳觉得十分快活。在三家巷的时候，那儿只有陈家跟何家的孩子在一起玩儿，官塘街外面的孩子不大进来，他们也不出去，就是那么死窟窟的几个伴儿。珠光里这边可是大不相同。这里是通街大巷，时常有二三十个朋友，在一起玩耍。其中，有些是跟区苏在一起做工的，有些是跟区桃同出同归的。有些男孩子，都是十二三岁年纪的，像手车修理店小工丘照，裁缝店小工邵煜，蒸粉店小工马有，印刷店小工关杰和清道小工陶华，都跟周炳十分要好，有空闲在一道玩儿，有好戏在一道唱，有东西在一道吃，有钱在一道赌，有架在一道打，简直谁也离不开谁。这样讲义气的朋友，从前在打铁铺的时候，隔篱邻舍还有那么两三个，在三家巷里是再也找不出来的。

不过在这许多好朋友中间，也有一个他最不喜欢的人。这个人是南关大街上青云鞋铺的少东家，名字叫林开泰，今年十六岁，整天穿着一套香云纱衫裤，游手好闲，不务正业。他喜欢东家串一串，西家串一串，一串就是半天，也不用人家招呼，自己看见地方就坐下，光说一些不等使的废话。那些话也不过是香港的市面如何繁华，澳门的赌场如何热闹之类，全无斤两。有时在街头玩耍，他总仗着他家是珠光里最老的住户，又在永汉路上开着铺子，就恶言恶语地欺人，有时还动手打人。大家都管他叫"地头蛇"，没有谁不恨他。有一回，周炳拿了八双礼服呢、浅口、翻底学士鞋到大街上青云鞋铺去交货，恰好碰上林开泰坐在柜台上打盹。也不知道他什么地方不舒服，把那八双鞋子看了又看，就是不肯收。问他什么道理，他说那不是区华亲手做的活，一定是学徒做的活，手工不好，要重做。可那八双鞋子是礼服呢配的面子，恰恰是有名的匠人区华怕周炳做不好，自己亲手做的。当时周炳把鞋子拿了回去，区华气得不得了，用切刀把麻线都切断了，扔给周炳重新上线，又愤愤不平地说道：

"那狗仔既是嫌我的手工不好，你就给他做吧！"

快活不知时日过，不知不觉又到了旧历七月初六。三家巷的人们听说周炳这许久都没出岔子，还在区华家里相安无事地干活，都觉得十分希罕。① 也不知道那皮鞋匠使唤什么神通，把他降得服服帖帖的。那天，区桃歇了一天工，大清早起，打扮得素净悠闲，轻手轻脚地在掇弄什么东西。神厅前面正中的地方，放着一张擦得干干净净的八仙桌子，桌上摆着三盘用稻谷发起来的禾苗。每盘禾苗都用红纸剪的通花彩带围着，禾苗当中用小碟子倒扣着，压出一个圆圆的空心，准备晚上拜七姐的时候点灯用的。这七月初七是女儿的节日，所有的女孩子家都要独出心裁，做出一些奇妙精致的巧活儿，在七月初六晚上拿出来乞巧。大家只看见这几盘禾苗，又看见区桃全神贯注地走出走进，都不知道她要搞些什么名堂。偏偏这一天，青云鞋铺的少东家林开泰上区家来闲串，看见区桃歇工在家，就赖着不走。每逢他的手把拜七姐的桌子摸了一下，区桃就皱着眉头，拿湿布出来擦一回。林开泰想看区桃，就故意把手不停地去按那张桌子。区桃没奈何，只是拿着湿布，紧皱眉头，把桌子擦了又擦。后来他索性坐下，吹起他的"香港经"来了。

"你们看，我这只袋表。"他一面说，一面从前胸的袋子里掏出一块黄色的袋表来，摇晃着，摆动着那黄色的链子，接下去道："是有历史的。是真有历史。"②

---

① 希罕：同稀罕。——编者注
② 标点用法在作品发表年代是被允许的，现代标点用法为接下去道："……"——编者按

18

周炳点头赞叹道："是真有历史。是真没地理。"

大家笑了。林开泰发脾气道："你懂什么，快闭嘴。这只表，不光是全金的就算数，它还是一件有价值的古董。有人出过八十块钱，我都没卖给他。你们知道么？当初，一个英国人把它送给一个美国的情妇，那美国的鬼婆把它送给一个法兰西的小伙子，那法国的年轻人娶了一个葡萄牙姑娘之后，不久……"

周炳忍不住，又给了他一句道："你讲你的表吧。又拉出那么些亲戚礼数来！"大家又笑了，林开泰本人也笑了。笑了一会儿，他又另外给大家讲吃西餐的故事。

"你们猜猜看，人家鬼子一顿饭要吃几道菜？"他卷起袖子，好像当真要动刀叉似地说道：①"我去吃过一回，简直把我的脖子都吃累了。后来一数，不多不少，一共十九道菜！第一道是南乳扣肉，第二道是炖海参，第三道是全鸭，第四道是蒸禾虫，第五道是蒸虾卵，第六道是……"① 后来大家又笑了，他自己实在扯不下去，也笑了。隔不多久，他又忽然没头没脑地讲起英国人爱认"唐人"做干儿子的事情来。他说在香港，只要稍微有点眉目的"唐人"，没有一个没有"红毛"干爹，干爹越多，就越体面。区华问他道：

"泰官，想必你也是有的了？"

林开泰骄傲地扭歪了嘴唇说："你这个人真是！我又不象周炳那样傻，② 怎么能没有？人家还抢着要呢！"

周炳瞅了他一眼，没生气，也没开腔。区杨氏的缝纫机哒、哒、哒、哒地响着。她忽然插问了一句："你那干爹是什么人？"

林开泰十分神气地站了起来，装出用两边大拇指勾着吊带的姿势回答道："你们知道什么！他是一个纯正血统的红毛鬼。身材高大极了，一把胡子硬极了。他是一个大花园的看门人。你们笑什么？真不文明！你们别当给大花园看门是下贱的事儿，那可不像你们绱皮鞋呀，打铁呀，尽是笨活儿！在西人看来，大花园看门人的身份可高贵着呢。"

就这样，林开泰把他们结结实实地缠了一个后响。好容易等他说够了，伸了一个大懒腰，回去吃饭了，区桃才又央求周炳给她帮个忙，把那张八仙桌子重新擦洗一遍。

到天黑掌灯的时候，八仙桌上的禾苗盘子也点上了小油盏，掩映通明。区

---

① 似地：同似的。——编者注

② 象：同像。——编者注

桃把她的细巧供物一件一件摆出来。有丁方不到一寸的钉金绣花裙褂，有一粒谷子般大小的各种绣花软缎高底鞋、平底鞋、木底鞋、拖鞋、凉鞋和五颜六色的袜子，有玲珑轻飘的罗帐、被单、窗帘、桌围，有指甲般大小的各种扇子、手帕，还有式样齐全的梳妆用具，胭脂水粉，真是看得大家眼花缭乱，赞不绝口。此外又有四盆香花，更加珍贵。那四盆花都只有酒杯大小，一盆莲花，一盆茉莉，一盆玫瑰，一盆夜合，每盆有花两朵，清香四溢。区桃告诉大家，每盆之中，都有一朵真的，一朵假的。可是任凭大家尽看尽猜，也分不出哪朵是真的，哪朵是假的。只见区桃穿了雪白布衫，衬着那窄窄的眼眉，乌黑的头发，在这些供物中间飘来飘去，好像她本人就是下凡的织女。摆设停当，那看乞巧的人就来了。依照广州的风俗，这天晚上姑娘们摆出巧物来，就得任人观赏，任人品评。哪家看的人多，哪家的姑娘就体面。不一会儿，来看区家摆设的人越来越多，有男有女，有老有小，哄哄闹闹，有说有笑，把一个神厅都挤满了。大家都众口同声地说，整个南关的摆设，就数区家的好。别处尽管有三四张桌子，有七八张桌子的，可那只是夸财斗富，使银子钱买来的，虽也富丽堂皇，实在鄙俗不堪，断断没有一件东西，比得上区家姑娘的心思灵巧，手艺精明。

　　大家正在得意留连的时候，① 忽然有个姑娘唉呀一声惊叫起来。大家回头一看，原来是青云鞋铺的少东家林开泰正从外面挤进来。他一面往女孩子们中间乱挤，一面动手动脚，极不规矩。大家没奈何，只得陆续走散，避开了他。站在一旁的周炳、区细、区卓跟他们的好朋友丘照、邵煜、马有、关杰、陶华，都气得目瞪口呆，心中不忿。周炳想说句什么话儿，把人们留住，可是怎么的也说不出来，只瞪着眼儿干着急。区苏、区桃两姊妹也不理那林开泰，只顾点上香烛，祭拜七姐。拜完之后，两姊妹一人一个蒲团，并排儿跪在香案前面，区杨氏一个人给一根针，一根线，叫她们两个人同时穿针，看谁穿得快。区桃露出洁白整齐的牙齿，把线头咬了一下，用手指把线头捻了一捻，跟着，只见她的小脑袋微微一低，她的细眼轻轻一眨，小手指动了一动，就把线穿进针孔里，站了起来。那动作的轻巧敏捷，十分好看。大家正看得入神，忽然林开泰在旁边浪声浪气地叫起好来。大家都吃了一惊。区桃生气了，脸红红的，鼻尖上冒出汗珠子，站在八仙桌旁边不动。林开泰走到香案前面，伸手就去抓那朵莲花。区桃忍无可忍，就大声吆喝道：

　　"不许动！那是莲花！"

---

　　① 留连：同流连。——编者注

20

林开泰嬉皮笑脸地说："怎么莲花就动不得？就是桃花，我也要动呢！"说罢，就用手把区桃那娇嫩的脸蛋拧了一下。区桃受了侮辱，那眼泪簌簌地直往外流。周炳看见这种情形，一步跳到家私柜子旁边，顺手捞起一把铁锤，又一步跳开来，往林开泰那只不规矩的胳膊上，使劲就是一锤！林开泰捂着手臂，哎哟、哎哟直叫唤。他本想扑上前去抢那把铁锤，看见周炳那突眼睁眉的样子，又看见周炳后面，一平排站着丘照、邵煜、马有、关杰、陶华几个小家伙，个个咬牙切齿，怒目而视，就软了下来，只在嘴里不停嚷着："好，你敢打人，你敢打人。你别走，你等着瞧！有本事的，你别走，你等着瞧！你等着瞧！……"一面嚷，一面溜掉了。

七夕过后不久，有一个在南关的商会办事处帮闲的人来找皮鞋匠区华。他郑重地介绍了自己的身份以后，就说区华这里的伙计拿凶器伤人的事，南关的大小商号都传遍了。商会的值理们都非常震怒。他又着重地指出，商会有权叫房东收回区华的房子，商会有权叫全市的鞋铺不把定货发给区华，① 商会还有权叫牛皮厂子不卖牛皮给区华，而如果惊动了官府，大概区华的营业执照就会被吊销。他是本着一片好心，来给区华通风报信的。要是区华能够马上把那行凶的伙计辞歇掉，值理们的怒气消了，事情也许就好办得多。区华拿了一块钱茶钱把他打发走了，就叫周炳收拾包袱回家。

周炳对他三姨爹说："可是咱们没错呀！"

区华斩钉截铁地回答道："对。没错的人总得避开那有错的人！"


# （二）

## 幸福的除夕②

（节选自《三家巷》）


区桃、区细、区卓、陈文婕、陈文婷、何守义、何守礼、周炳这八个少年人一直在附近的横街窄巷里游逛卖懒，谈谈笑笑，越走越带劲儿。年纪最小的是区卓跟何守礼，一个十一岁，一个才八岁，他们一路走一路唱："卖懒，卖

---

① 定货：同订货。——编者注

② 标题是编者所加

懒，卖到年三十晚。人懒我不懒！"家家户户都敞开大门，划拳喝酒。门外贴着崭新对联，堂屋摆着拜神桌子，桌上供着鸡鸭鱼肉，香烛酒水。到处都充满香味，油味酒味，在这些温暖迷人的气味中间，又流窜着一阵阵的烟雾，一阵阵的笑语和欢声。这八个少年人快活得浑身发热，心里发痒。转来转去，转到桂香街，却碰到了另外一个年轻人。他叫李民天，是常常在三家巷走动的那李民魁的堂弟弟，和陈文婕是大学里预科的同班同学，年纪也一般大小，今年都是十九岁。他一看见陈文婕，就长长地透了一口气，站住了。大家望着他，他一面掏出手帕来擦汗，一面说："你累得我好找！不说假话，我把每一条小巷子都找遍了！"陈文婕只是嗤嗤地、不着边际地笑。大伙儿再往前走，李民天和陈文婕慢慢落到后面；一出惠爱路，借着明亮的电灯一看，他俩连踪影儿都不见了。陈文婷噘着小小的嘴巴说："咱们玩得多好！就是来了这么一个小无赖。咱们不等他了，走吧！"走到惠爱路，折向东，他们朝着清风桥那个方向走去。马路上灯光辉煌，人行道上行人非常拥挤，他们这个队伍时常被人冲散。有一次，区桃站在一家商店的玻璃柜前面，只顾望着那里的货物出神。那货柜可以说是一个国际商品展览会，除了中国货以外，哪一个国家的货物都有。周炳站在她后面，催了几次，她只是不走。陈文婷和区细、区卓、何守义、何守礼几个人，在人群中挤撞了半天，一看，连周炳和区桃都不见了，她就心中不忿地顿着脚说："连周炳这混账东西都开了小差了。眼看咱们这懒是卖不成的了。咱们散了吧！"区细奉承她说："为什么呢，婷表姐？咱们玩咱们的不好！"陈文婷傲慢地摇着头说："哪来的闲工夫跟你玩？我不想玩了！"说罢，他们就散了伙。区细、区卓两个向东走去，陈文婷、何守义、何守礼朝西门那边回家……

周炳和区桃两个人离开了货柜，其余的人都找不见了。周炳正在暗中着急，忽然看见区桃那张杏仁脸上，浮起两个浅浅的笑窝，十分迷人。他知道她是使了金蝉褪壳之计，[①] 就笑着说："阿桃，你倒聪明。"区桃拿那双细长的眼睛灵活地扫了他一眼，说："学生还能比先生更聪明么？"凭着这迅速的、闪电似的一瞥，周炳看清楚了她的细长的眉毛：弯弯的，短短的，稀稀疏疏的，笼罩着无限的柔情和好意。周炳感到舒服，就更加靠拢一些，低声问道："咱俩现在该怎么办才好？"区桃被他吸引着，也更靠近他一步，简短回答道："表弟，随你。"到哪里去还没有定论，他们只顾信步往前走，你望着我，我望着你，不说话，也不分南北东西。在区桃的眼睛里，也没有马路，也没有灯光，也没有人

① 金蝉褪壳：同金蝉脱壳。——编者注

群，只有周炳那张宽大强壮的脸，那对喷射出光辉和热力的圆眼睛，那只自信而粗野的高鼻子，这几样东西配合得又俊，又美，又四称，又得人爱，又都坚硬得和石头造成的一般。走了一程，周炳提议道："咱们逛花市去。"区桃说了一个字："好。"这真是没话找话说。他俩哪里像是去逛花市呢？花市在西关，他俩如今正朝着大东门走去。又走了一程，两旁的电灯逐渐稀少了，区桃就提醒周炳道："表弟，你看，咱们敢情把方向闹错了。"周炳挥动着他的葵扇般的大手说："没有的事。走这边更好！"实际上，他们从大东门拐出东堤，沿着珠江堤岸走到西堤，又从那里拐进西关。也不知道走了多久，就把这广州城绕着走了一圈。到了花市，那里灯光灿烂，人山人海。桃花、吊钟、水仙、蜡梅、菊花、剑兰、山茶、芍药，十几条街道的两旁都摆满了。人们只能一个挨着一个走，笑语喧声，非常热闹。周炳看见人多，怕挤坏了区桃，就想拿手搂住她的腰。没想到区桃十分乖巧，她用手把周炳的手背轻轻打了一下，嘴里象相思鸟低声唱着似地说道："你坏！"① 又拧回头对他用天生的、特殊的魅力露齿一笑，就往前跑，一眨眼就象一只野兔钻进稻田里去似的，跑到无影无踪了。在这乱哄哄、人头汹涌的花市里，这大个子周炳显得十分笨拙，他自己也知道，要想钻进人缝当中去追赶区桃，可不是一桩轻便的事儿。他努力向前赶，出了满头大汗。撞了人，赔不是；掉了鞋，拔不起。——闹了多少笑话，可哪有半点影儿！

# （三）

## 人日皇后②

（节选自《三家巷》）

来参加郊游的人都到了。来的人当中，除了区苏、区桃之外，还有陈家大姐姐陈文英、大姐夫张子豪，李大哥李民魁和他的堂兄弟李民天，加上原来在这里的周榕、周泉、周炳，陈文娣、陈文婕、陈文婷，何守义、何守礼两个小孩子，登时把一条三家巷闹得乱哄哄的，又追又打，又说又笑，谁的衣服如何，

---

① 似地：同似的。——编者注
② 标题是编者所加

23

谁的鞋袜怎样，有人忘了带手巾，有人嚷着带水壶，十分高兴。临出发的时候，何守仁说肚子疼，想不去。陈文娣走到他跟前，说："你怎么啦？你看大家多么高兴。只当做你赏脸给我好不好？"他才勉强笑着答应去了。这十六个人当中，数陈文英年纪最大，已经二十七岁了，何守礼年纪最小，才八岁，其他多半是二十上下的青年人，个个都是浑身带劲儿的。当下沿着官塘街、百灵街、德宣街，朝小北门外走去。街上的人看见这八个男、八个女那么年轻，又那么兴致勃勃，都拿羡慕的眼光望着他们，觉着他们都是占尽了人间幸福的风流人物。出了小北门之后，他们沿着田基路走进一些小小的村庄，穿过这些村庄，向着凤凰台走去。走在最前面的是李民魁、张子豪、周榕、何守仁、杨承辉、李民天六个人，他们在继续谈论善后会议呀、国民会议呀、孙中山呀、段祺瑞呀，谈得津津有味儿。这些人多半都穿着黑呢子学生制服，有新的，有旧的。只有李民魁在国民党党部里面做事，穿着中山装，浑身上下，都闪着棕色的马皮一般的光泽；张子豪从中学毕业之后，又进了黄埔军官学校第二期，出来当了军官，因此穿着姜黄色呢子军服，皮绑腿，皮靴，身上束着横直皮带。这两个人都十分神气。加上大家谈话，都按着学校里的习惯，彼此称呼某君、某君，只有他两个彼此称呼，都叫"同志"，这也使得他们的地位，十分新颖，十分出色。

走在当中的是周泉、陈文娣、陈文婕、陈文婷、区苏、区桃六个姑娘，加上一个小伙子周炳。他的左肩挂着一帆布口袋饼干，右肩挂着一帆布口袋甘蔗，还没有出城，就已经累得满头大汗。这些表姐表妹们都穿着漂亮的新衣服。周泉和陈家三个都穿着短衣长裙，有黑的，有白的，有花的，有素的，有布的，有绒的，有镶边的，有绣花的。区家两个是工人打扮，区苏穿着银灰色的秋绒上衣，黑斜布长裤，显得端庄宁静；区桃穿着金鱼黄的文华绉薄棉袄，粉红色毛布宽脚长裤，看起来又鲜明，又艳丽。在一千九百二十五年的广州，剪辫子的风气还没大开，但是她们六个人是一色的剪短了头发，梳成当时被守旧的人们嘲笑做"椰壳"的那种样式。区桃的头发既没有涂油，又没有很在意地梳过；那覆盖着整个前额的刘海，——其中有两绺在眉心上叠成一个自然妩媚的交叉，十分动人。她们缓缓地走着，从远处望过去，就不觉得是一群人在走路，而是一大簇鲜妍的花儿在田基路上移动。不知道由于受了男子们的影响，还是由于什么偶然的原因，她们也在争论着一个什么问题。边走边谈，指手画脚，热闹得很。走在最后面的是陈文英大姐和何家两个小兄妹，他们对于青年们的论题也好，对于姑娘们的论题也好，都没有听出味道，就离开大家，落在后边很远，这里看一看花，那边斗一斗草，倒也自在快活。

　　姑娘们的争论，是从陈文娣引起的。她在一间郊外茶寮的菱形窟窿眼儿篱笆上看见一张宣传标语，就气嘟嘟地说："这是什么道理？到处都写着工农兵学商！那工就一定在最前，那商就一定在最后。算是哪道圣旨？"区苏在她近旁走着，就答腔道："这不过是人们说惯了罢了，哪里有什么意思呢？"陈文娣睁大那棕色的眼睛说："没有意思，那就巧了。我把它颠倒过来，说成商学兵农工成不成？"区苏天真地笑着说："娣表姐，那可不成。人家都不习惯。"陈文娣紧接着道："我说呢。这里面就有道理。不是我爸爸做生意，我就偏帮商人。依我看，商人对国家的贡献不一定最小，工人对国家的贡献不一定最大。"区苏觉着陈文娣不讲道理，就有点生气，声音也紧了，说："劳工神圣这句话，你也打算推翻么？依你说，就是商学兵农工才对？"陈文娣一想，区家是她三姨家，那一家人全是工人，觉着不好说，就没有马上回答。大家沉默下来，在风和日暖的田野里慢步走着。菜田里是绿油油的一片，稻田里还漫着水，最初来到岭南的春光紧紧跟随着这一群出色的女孩子。一会儿，陈文婷插嘴进去说："别怪我人小，不知世界。我看论功劳大小来排，应该是学商兵工农才对。学生应该领头。工人要是押尾，也有点委屈。农民虽然人多，但作用不大，又没知识，该掉一掉。"陈文娣说，"这我也赞成。五四运动就是学生搞出来的。带头也成。商人之中，那些有力量、眼光远大的新式商人，其实也都是学生出身的。还有外洋的留学生呢！"区苏说，"就是这样，我还要反对。谁能离开工人的两只手？没有工人，就什么也没有了。"区桃接上说："我也反对。共产党也好，国民党也好，都承认工人最重要。"后来陈文婕加入了她姐姐这一边，周泉加入了区家姊妹那一边，就旗鼓相当地辩论不休。谁知越辩论越带意气，说话慢慢就离谱儿了。陈文娣赌气地说："阿苏表妹，反正你说的话，我听来都不对头。你应该多读点书！"区苏也气了，就冷笑一声，高声说道："这我知道。娣表姐你饱读诗书，我没法给你争。可是你大人自有大量，何必多余我一个没要紧的人呢？"陈文娣一听，就听出了一些弦外之音，是沾到周榕的身上去了。她也不甘退让，就说："谁跟你争来？你要是有什么不遂意的事儿，那该怪你自己，怪不得我。我是不屑跟你争什么的！"区桃还没做声，陈文婷就帮上去了，说："苏表姐的话，反正我到死那天，也不能赞同。"区桃在旁，也接上说道："大人日的，别说这样不吉利的话。我可是相反，娣表姐的主张，我无论怎样还是反对！"周泉和陈文婕都比较胆小怕事，就齐声劝阻道："算了吧，谈别的吧。要不就让别人来谈一谈，咱们听一听，多。"① 区桃说，"对。"又拿手让一让到如今为止还一句话没说过的周炳道："炳表弟，你说一说！"周炳好像很有准备似的，一点也不谦逊就说出来道："我当过工人，如今又是学生，谁也不偏帮。说老实话，我是工农兵学商派。商人当然不能带头。带了头就出陈廉伯，办起商团来，从英国人那里弄来些驳壳枪，请孙中山下野。这是不行的。学生带头也不行。莫说学生不齐心，就是心齐了，顶多也不过罢课。帝国主义和军阀都不怕罢课，只怕罢工。这一点，这几年还看不清楚么？"陈文婷听了，觉得自己这边占了下风，就高声向前面叫道："榕表哥，你来！"周榕丢下了善后会议，跑到后边来，听了听双方的议论，就说："这问题很大。大家要慎重研究，不忙做结论。文婷提出来的疑问是有道理的。商人来领导革命是不是一定不好？学生坐第一把交椅是不是就不行？工人不带头是不是就算不重要？这些题目都很有趣味，值得咱们平心静气，坐下来慢慢探讨。大家知道，陈独秀就主张资产阶级来领导革命，资产阶级不就是商人么？"他说完，就赶到前面去了。周泉拍手笑道："好呀，好呀，四票对四票，这个议案只好保留了。"陈文婷说："不对。是五票对四票。你没有把陈独秀的一票算到我们这边来。"提起陈独秀这个响亮的名字，大家就不做声了。

姑娘们继续拨开山光和云彩往前走。路旁的柳树摇摆着腰肢，紫荆花抬起明亮的笑脸，欢迎她们。陈文婷感到胜利的骄傲，就像黄莺似地唱起区家姊妹完全不能领会的英文歌来。走了好一会儿，到快要爬山的时候，前面的男子们停住了。李民魁一面掏出手帕来擦汗，一面兴高采烈地对姑娘们宣布道："我们六个人一致投票，选出了今天最美丽的姑娘做'人日皇后'，她就是区桃！你们赞成不赞成？"周炳问，"皇后要做些什么事？"陈文婷插嘴道："还没选定呢。你看你急得！"李民魁解释道："今天的皇后专管游山。到哪里，呆多久，食物怎样分配，都归她管。"陈文婷唧唧咕咕地自言自语道："好大一个皇后，怎么不把婚姻也管上！"她越想越生气，就抢先说道："我一个人，投一万张赞成票。论人才，除了桃表姐还有谁呢？咱们省城的大街小巷，哪一个不认得'美人儿'？光论相貌鼻子嘴，我倒认真赞成工农兵学商的排班次序呢！"说完，她就不理别人，一个劲儿往凤凰台山顶上冲上去了。她那心灵，刚才不久才叫胜利的喜悦滋润过，如今却又叫突然的失败给扯碎了。她淌着汗，又淌着眼泪。她掏出手帕来，既擦汗又擦眼泪。下面，大家伙儿又愉快又兴奋地往上爬着，

---

① 捉摸捉摸：同琢磨琢磨。——编者注

享受着这个春节的假日。区桃和周炳紧挨着走，看样子真令人羡慕。她脱去金鱼黄的文华绉薄棉袄，搭在手上，露出里面那件和长裤一样颜色的粉红毛布短裙子来，在温暖的阳光底下，简直就象一朵那种叫做"朱砂垒"的牡丹花一样。她微微喘着气，对周炳悄悄说道："表弟，你看她们把人欺负成什么样子？"周炳说，"你还不知道么？她就是那种脾气！你不要怪她就是了。"区桃说，"自然，我不怪她们。"说完，又灵慧地笑了。

# 陈残云作品选及简析

## 陈残云生平

陈残云（1914—2002 年），1914 年出生于广州市近郊，1935 年考入广州大学文学系。陈残云的文学和革命活动开始于学生时代，1938 年出版抗日诗集《铁蹄下的歌手》。抗战期间辗转于桂林、南洋和香港等地多年，于 20 世纪 40 年代中后期写出一批有影响的作品，包括长篇报道《走出马来亚》，中篇小说《风砂的城》及电影剧本《珠江泪》等。新中国成立后，陈残云从香港回到广州，历任华南文学艺术院秘书长、广东省作家协会副主席、主席等职，主要作品有长篇小说《香飘四季》《山谷风烟》《热带惊涛录》，电影剧本《羊城暗哨》《南海潮》以及散文集、中短篇集多种。他所编剧的电影是"南派电影"的主要代表，而他的小说和散文，也同样是珠江（岭南）文派的代表作。

## 陈残云作品选析

如果说欧阳山是描写老广州城市生活记忆的圣手，那么陈残云则是描写 20 世纪五六十年代社会主义改造过程中的广东农村生活的大家。长篇小说《香飘四季》、散文《沙田水秀》和《珠江岸边》等是这方面的代表作。《沙田水秀》和《珠江岸边》最初连续发表于当时党刚创办的最高理论刊物《红旗》杂志上，陈残云因此被称为"红旗作家"。

陈残云对于乡土有着深厚的感情。这首先与他的童年经历相关。陈残云生长于广州近郊的农村，家境贫寒，从小就干农活。新中国成立后，陈残云从香港回到广州，开始专业的创作，但亦经常在基层挂职，甚至担任实际的领导工作，因此陈残云对于农村的书写是建立在深知深解的基础上的。尽管与这个时期所有的创作一样，陈残云的乡土书写难免打上时代意识形态的痕迹，比如过于夸大了"大跃进"生产模式的先进性、优越性，带着某种乌托邦理想色彩去写人们的"战天斗地"，也有过于简单的价值观念和阶级观念，但是从某种意义上说，这也是时代精神和氛围的真实留存。而如果我们不因这一点而全盘否定20世纪五六十年代农村题材作品的历史真实性和艺术性，我们就会看到，小说《香飘四季》及散文《沙田水秀》等的确可以称得上农业合作化题材的史诗性"南派"作品，忠实地记录了许多历史的环节和细节，如在怎样艰苦的条件下去兴修水利，农业生产又是怎样的艰辛与效率低下，年终时一个穷社如何欠账，农民的生活理想又如何与"大跃进"迅速改变现状的理想主义合拍，等等。与此同时，与《三里湾》《创业史》等描写北方合作化道路的小说相比，又表现出浓郁的南国水乡风味和情调。

"水乡下棋"就是表现浓郁的水乡风味的一节。这节一开头就写了这个地方的地形地貌："环绕着东涌村的小河，河水向西南边流开去，转弯抹角绕几个弯，绕过了西涌镇，又向前流去，流入水波浩荡的珠江。"虚心上进、喜欢想事的青年许火照正是坐在河边开始他对于社里工作的沉思的。陈残云对水乡景物的描写总是那么清新而自然，又不经意地带入了一种时代的格调与氛围："小河上来来往往的小艇，扬起了轻快的水声，西涌社的社员们出勤归来的纵情欢笑声，和市街上熙来攘往的行人，彼此呼唤，笑谑，低谈高叫的复杂的声浪，交织在一起，在金阳斜照的小河边回荡，把许火照的沉思打断了。"景色是优美的，但东涌社的穷困又是摆在许火照心头的难题，不过再穷也不至于整天愁眉苦脸，思前想后，许火照认定"东涌不是注定穷的，事在人为"，正是在一种乐观主义的展望中，许火照被人叫去下棋了。

下棋实在是广东人非常喜爱的一种业余活动，街头巷尾、田间地头经常可以见到。小说写的是一天紧张的劳作之后，干部社员们在由古祠堂改做的乡党委办公室兴高采烈打牌下棋的场景。打牌的渐渐被下棋的吸引过去做了围观者，你一招，我一招替下棋的两位主角——较为富裕的西涌社的叶浩和较为穷困的东涌社的许火照支招，"好像谁都比火照和叶浩有本领"，下棋的气氛写得很生动。但是，这个下棋却不仅仅是一般的写下棋，在作家陈残云的笔下，那是步步有寓意，步步和棋者的心情、性格、愿望相吻合，与其说是在写下棋，不若说是在通过下棋写人物和将来的战略布局。比如写火照开始两步棋都是怪棋，为什么走怪棋呢？"世上许多事情都不是定局的，好比我们的穷社不是定局一般，下棋，为什么一定要按着定局的路子走？"林耀坤一面制止别人瞎动火照的棋，一会儿之后自己也忍不住动手包办去了，又不高明，乡党委书记区忠就语义双关地说："什么事情都要相信人家的智慧啊。"暗示了没有林耀坤这个老领导，新一代的许火照会干得更好。他冷静、沉着、智慧、坚韧，这些品质都通过下棋写出来了。所以这一段是寓政治于民俗，乡土文化与时代政治结合得很自然。

"陶陶居茶楼"这一节也是十分精彩。陶陶居是广州茶楼中的"百年老店"了，以精美的点心著称。"陶陶居"三字据传为康有为所题，这茶楼也是过去很多名流出入的地方。但是如果不看陈残云的《香飘四季》，可能很多人不太知道它的另一面——原来它曾经还是一个"侍妾市场"，"从前广州的官爷们、阔爷们、阔少们，要讨小老婆，总到那里物色"。"有些不正派的女子就利用自己的尊容，终日穿插在茶楼间，白吃茶，捞红包，自然，她们也学会一套应付男人的本领"。有意思的是，尽管新旧社会完全不同了，但是农村女青年许细娇和她"表哥"的相亲还是被安排在这里，她走进去的时候，茶客们看她的眼光也是带着历史的传承的"奇怪的眼睛"，在"翻天覆地"的社会巨变中，一些微妙的传承是我们今天所窥见的历史真实。除此而外，通过这一节，我们还看到了并不是所有的青年都想"扎根农村"的，许细娇也许就代表了另一种人——她们希望通过婚姻的形式改变在农村的命运——当然在小说中这种思想也通过许细娇一次次的失败得到了批判。而从荣茂老板对广州美食的炫耀中我们也可看出 20 世纪五六十年代之交的广州市面也还是相对繁荣的。当然小说更精彩的地方在于通过一场相亲，把几个相关人物写活了。比如写细娇，写一个在乡下算得上是漂亮大方的女子到省城大地方之后的局促和胆怯，是很丝丝入扣的。"尽管许细娇觉得自己很文明，学了一点广州姑娘的气派，但走进那样华丽又复杂的地方，迎接那么多新奇的眼睛，她感到很害怕"。她的漂亮中带些土气，虚荣中不失淳朴，胆怯中尚显机灵的形象很是生动。此外，荣茂表叔的精明而吝啬，祥表哥的殷勤而老练，许三财的"小贪财"，都通过人物的对话和动作跃然纸上，实在是一幅难得一见的 20 世纪五六十年代市井风情图。

《珠江岸边》和《沙田水秀》唤起了我们对于"大跃进"时代新农村建设的另一种记忆。"托儿所""办食堂"都是当时农村出现的新事物，目的是想让壮年的劳动力毫无后顾之忧的在地里劳动，虽然"大跃进"后来证明是一个巨大的失误，但人们的生活理想却不见得要被嘲笑，这种思路在另外的条件下也完全可以被实现。陈残云是从新事物、新面貌的出现的角度去歌颂"大跃进"的，文章也写得非常的清新、活泼，富有南国的泥土气息。比如《珠江岸边》开头的景物描写，《沙田水秀》写"一年中有五个月的时间水是半咸半淡的，勉强可以喝，其余七个月，根本不能喝"的日子，也的确引起人们对于逝去了的久远生活的回忆。

（李俏梅）

# 陈残云作品选

## （一）

### 水乡下棋①

（节选自《香飘四季》）

环绕着东涌村的小河，河水向西南边流开去，转弯抹角绕几个弯，绕过了西涌镇，又向前流去，流入水波荡荡的珠江。

西涌，是盛产香蕉著名的较大的墟镇。但在旧社会里，它著名的东西不是香蕉，而是酒色财气，烟和赌。那时候，它是杀人越货的"狗反之地"，土豪、土匪和流氓烂仔的"乐园"。在广州被绑票的人，如果无钱赎身的话，常常可以在这里寻到尸首。陈济棠时代，有些人称作"升平世界"，但著名的土匪头子袁虾苟、罗鸡洪、歪嘴裕，可以在此大摇大摆地留连。后来另一群"后起之秀"李朗鸡、刘法如、凤凰九、陈佳、刘老定、崩口庆等等，却是你争我夺，强拉乱杀，奸淫掳掠，勒索抢劫。国民党的党官党棍，汉奸，密侦，豪绅，地主，与他们彼此依凭，彼此勾搭，变成一窝吸血噬人的毒蛇。二三十年来，日日鸡飞狗走，夜夜枪炮连声，善良的人们没有过过一日安宁的日子，好好一片肥沃的土地，弄得蔓草寒烟，不愁水旱的鱼米之乡，变成荒凉贫瘠的厄境。凤

①　标题是编者所加

英的哥哥、二十九岁的青年许火照，就是在这昏黑的时势中长大的。什么"升平世界"呀？他闭上眼睛都能给人回答。真正的升平世界，是从1950年开始，以后渐入佳境，恢复了元气，并且景象一日比一日新奇和美丽。

现在，西涌镇的景色是醉人的。墟市连接着村庄，① 一河两岸，静悠悠的流水在中间流过。河中的小艇子穿梭如织，河岸的行人熙来攘往，斜阳淡照，暖风轻拂，繁盛又幽雅的水乡画景，生动地铺在人们的眼前。旧时代的罪恶，一切肮脏的东西，都被河水冲走了，在新的画景面前，谁还有兴趣去追忆它呢。年轻人，有兴趣的，苦心追求的，是吸引着他们前进的更新更美的事物。

许火照便是许多有为青年当中的一个。这位在饥饿中长大的雇农的儿子，正和他死去的父亲一样，有一种对困难不畏缩，对穷苦不绝望，对一切不如意的事情不怨天尤人的，坚忍，乐观，克勤克俭，沉着朴实的性格。不同的是，他父亲相信一句宿命的混话："人无三代穷"。意思是说：他爹当雇工，穷；他自己当雇工，更穷；他儿子不会再当雇工，比上两代都更倒霉了，② 所谓"天理循环，人衰运转"，而许火照却相信东涌社不会老是穷下去的，只要林耀坤想通了，社委的意见统一了，大家带个头，结结实实的把群众发动起来，把蛇窝那些坏田改好，把香蕉搞好，把猪养好，把大伙子的作风改好，立下雄心大志，勤勤俭俭，生生猛猛，拼命干它三两年，定然摘掉穷帽子，闯出一个好景象来。

许火照坐在河边，出神地想着社里的事情，想得很乐观，禁不住微笑起来。他的笑，好像对今天在会上乡党委区书记对他们的批评，作了积极的回答："是的，我们的社是有前途的，不应安于落后，不应在困难中踏步不前！"虽然区书记只点了林耀坤的名，说他"作风飘浮，害怕困难，安于落后"，但他觉着自己是社主任，不能把责任都推在林耀坤身上，甚至是，他觉着自己比林耀坤责任更多。虽然区书记跟他个别谈话时，语重心长地点了一下他"不敢坚持正确意见"，"有点软弱"，"老好人"，却是鼓励的多，像"作风踏实，艰苦朴素"，"群众关系好"，"对生产用心钻研"，"勤恳省俭"等等。但这都是上级对他的爱护和启发，他不能因此推卸责任。他想，如果区书记对他鼓励的话，全都是他的优点，也不能弥补他思想软弱的重大缺点。那怕优点更多些，③ 而不能把落后局面扭转，给群众带来好生活，那么，这优点又有什么值得表扬的呢？他

---

① 连结：同连接。——编者注

② 倒楣：同倒霉。——编者注

③ 那：同哪。——编者注

对自己严格地责备。

　　区书记的话，使这个向上的虚心的青年，开始正视自己的缺点。他想："如果我改好了，林耀坤改好了，徐炳华，何水生，以至每一个有缺点的社干部，都把缺点改掉了，我们的社就有好前途。蛇窝的田不是注定坏的，生产不是注定差的，东涌不是注定穷的，事在人为！"许火照越想越觉得乐观，越觉得周围都充满了生气和力量。

　　小河上来来往往的小艇，扬起了轻快的水声，西涌社的社员们出勤归来的纵情谈笑声，和市街上熙来攘往的行人，彼此呼唤，笑谑，低谈高叫的复杂的声浪，交织在一起，在金阳斜照的小河边回荡，把许火照的沉思打断了，仿佛这一切声音，都是愉快，乐观，生气勃勃的。

　　他抬起头，斜阳透过落了叶的凤凰树，照射在他的脸颊上，他的剃光了的圆脑袋，粗眉直鼻，五官端正的粗黑的脸膛，都闪出亮光。他仰起沉静的欣赏的眼睛，看一看小河的艇子，看一看横在河上的石桥上的行人，又沉下头来.悠然地联系到自己的村子，不禁沉思道："我们的村子不该穷的。"

　　一块甘蔗渣陡地落在许火照的头壳上，把他惊醒了，他回过脸来，看见一个黄铜脸孔，印堂饱满，有一双奕奕有神的大眼睛，戴着灰帽子的高个儿，咬着一支甘蔗，朝他走近来。"嗯，高佬浩！"许火照叫道，"是你——桂珍呢？"

　　"她是你们的人，你问我干吗？"叶浩走到他跟前，打趣道，"你一个人呆里呆气的，有什么心事呀？"

　　"没有。"火照摇头。随又玩笑地回他一句，"你可别耍个人主义，对我们埋怨呵。"

　　"一点不个人主义，"叶浩态度很爽朗，把手上的甘蔗折了一节，递给火照。"真的，你们社需要的人，我决不拖后腿。"

　　火照接过甘蔗，咬了一口，笑道："这叫照顾落后吧？"

　　"不，绝不……"叶浩摇手，"我们又不是隔着千山万水……"

　　"好呀，这是她自己作主的，"火照欢声道，"你们两口子不闹矛盾，我们也放心啦。"

　　叶浩笑笑，朗声说："可你别说我照顾落后呵。"

　　"那就叫帮助吧。"火照说，"欠你们的债，还要帮助一下，明年夏收清还。"

　　"行，秋收还也行。"叶浩很大方。说着，一把拉着他的衣领子，"走，下棋去，别呆里呆气的……"

　　火照坐着不动，叶浩大力一拉，把他那破旧的麻包外衣，拉开一条破缝。

火照很爱惜地摸摸破缝，叶浩又顺手扭住他的手，再用劲一扯，把他扯起来："走！"

火照随着叶浩走过热闹的街场，走到乡党委的所在地，一间两进深的经过修理改造的古旧祠堂里去。走进最末一间会议室，看见一堆人在高嚷大笑，兴高采烈地玩着扑克。他们是林耀坤、徐炳华、何桂珍、许金全、大乡银行办事处干部小李、香蕉收购站经理郭成，旁边还围着几个看热闹的人。

林耀坤高高的盘坐在桌子上面。这个国字口面、眉精眼亮的三十五岁的壮汉，声音铜锣一样地响亮，笑起来声浪几乎盖住了所有的声音。他有一个手指短了小半截，是小时候跟着堂叔父作泥水工，给砖头压坏的，拿扑克牌不很灵活。他旁边的徐炳华，也竖着两条粗腿坐在桌面上，居高临下，常常窥看坐在横头凳上的许金全的牌张。许金全有个别名叫"黑炭"，很黑，很粗，很老实，脾气挺好，好得有点"漏气"，驶牛插秧是个能手，玩玩手艺儿却是又拙又笨。他连自己的牌张都砌不顺，根本无法提防徐炳华的眼睛，可是他手气很好，很少"交公粮"。跟许金全并排坐的是何桂珍，因为身体较胖的缘故，把许金全挤在一边。玩耍"百花齐放"这种玩儿，她是个新手，但她心灵手巧，又认真的用心思，"公粮"也就收得最多。她的对面，是年轻的白面书生小李，常常暗里跟徐炳华换牌，欢喜闹笑。另一个是大胡子郭成，老成持重，规规矩矩。

火照站在"黑炭"的背后，帮他用个"小鬼"砌了个"同花顺子"，压住了何桂珍的"大灰路"，赢了一盘，何桂珍放纵地一叫："唉呀！"引得大家都放声而笑，林耀坤的有节奏的笑声，响彻了天阶上的晴空。

叶浩也笑了一下，拉走了火照："我们下棋去——"

叶浩拿了棋子，走出天阶，蹲在石板上，火照跟着也蹲了下来。两人经常交手，棋艺有点分量，虽然没看过《梅花谱》《橘中秘》之类，却也不同于胸中无谋，横冲直撞，"屎棋贪食卒"之辈，因此下起来都满认真，满过瘾。阵势摆好了，叶浩让火照先行，火照不假思索，走了个"卒九进一"。叶浩愣住，惊讶地叫道："怪，怪，向来没好手这样摆阵的！"叶浩不敢轻视这步怪棋，沉思了半晌，不敢动。

火照不是个鲁莽人，自然心里有数。他微笑说："世上许多事情都不是定局的，好比我们的穷社不是定局一般，下棋，为什么一定要按着定局的路子走？"

"别扯到社的事情去啦。"叶浩顺声答着，然后慎重地走了一着"炮二平五"，采取毫不示弱的"后手攻势"。

火照双马不动，走了第二步怪棋"象七进五"，眼白白放着一个中卒让对方吃。叶浩知道他平素稳重，不肯冒险吃卒，走个"马二进三"，以稳对稳。

火照第三步仍不出马看中卒，好像很有决心要让它牺牲，而是走第三着怪棋，"马八进九"。上七路象，起九路边马，是从来没有人这么走的，着实怪得出奇。叶浩看来这是个漏着，挺一路兵上前，让对方九路卒过河，他直车吃卒，既现车头，又牵住对方车马。但火照有意弃卒，跃马上前，走个"马九进八"。叶浩驱兵渡河，"兵一进一"。火照不慌不忙，来个"炮二进二"，打边兵。这一来，叶浩怔住了，如果继续驱兵前进，对方马炮很活，自己的车兵被牵死，如果等候兑车呢，对方双炮马归边，再后把右车调过去，攻势很猛，难于抵御。叶浩对火照这几着出奇制胜的怪棋，大为赞赏，他考虑了许久，决定退让一步，来个"车一进四"，准备弃兵避车。

正是"棋逢敌手，将遇良材"，以后彼此一来一往，互有攻杀。到最后，由于兑子太多，来了个和局。

第二局叶浩先行，用了个杨官璘的五七炮。火照也用屏风马正着防御。但这种局势很沉闷，牵得大家动弹不得，好像是要依靠耐性来求取胜利。他们在耐心的聚精会神的相持中，却引起了一些棋迷的注意。看扑克的几个人转了过来，另一些人也陆续地围了上来，围成了一个热闹的小圈，把一种静止的对垒气氛打破了。所谓"棋中无哑人"，围观的人不管自己的分量如何，总是突着紧张的眼睛，指手画脚，扬声高叫："将军，将军!"好像谁都比火照和叶浩有本领。但许多声音，扰乱不了火照的思绪，"旁观者清，当局者迷"的古老说法，他并不信服。

围观者的热闹而紧张的嚷叫，把玩扑克的人都吵散了，林耀坤、徐炳华、许金全，都围了过来。大胡子和小李，不懂得下棋，走了。何桂珍也是不大懂下棋的，但因她爱人是当局者，有一种不言而喻的关心他胜负的心理，她也围着来看，她挤不进去，便拿个凳子来，高高地站起。有时看见叶浩摆着一只挨吃的没有走动的车子，她也心急地叫起来："吃车啦，阿浩!"众人哄然一笑，她自己也跟着大笑。

围观者中最心急的是徐炳华，他经常不管火照同意不同意，自己就伸手动棋子，林耀坤几次打他的手，喝道："懵华，你屎得很，别动!"徐炳华笑道："又不是全国比赛，那么烂心烂肺干什么?"① 火照批评他道："不用脑，怎么会长进的?"以后徐炳华就忍着手，不再乱动。

---

① 那末：同那么。——编者注

许火照在别人动口又动手的扰嚷中，一直保持着清醒和冷静，不曾走过一步"盲棋"，也不会出什么漏洞。但后来不知为什么，只注意纠正别人却忘掉了自己的林耀坤，也动起手来，而且动得不大高明，给叶浩吃掉了一个象。接着局势转入被动了，他一半不忿气，一半为了要力挽颓势，动手动得更多，仿佛他就是正手，把火照摆在一边。

"耀坤，你不要包办代替！"围观者中有人发出带笑带劝的声音。这人三十多岁，不高不矮，身材四正，结实的明快的面孔，有一双敏锐的眼睛。他穿着一件褪色的浅黄色军衣，一条裤裆钉了一块大补钉的蓝斜布裤，看得出来是两三年前转业的军人。他一面说着话，一面挤在"黑炭"的身边，蹲了下来。

林耀坤打量他一眼，说："哦，棋王区书记来啦。"

乡党委书记区忠依然笑着说："什么事情都要相信人家的智慧呵，耀坤。"

"对，"林耀坤顺嘴答，"你看……这颓势怎么挽救？"

"你让火照下嘛。"区忠说，"等他下完了，你跟老叶再下一盘。"

林耀坤摇头道："不行，我不是他的对手。"

区忠笑说："你不是他的对手，那么你包办代替，不是把火照包坏了？"

林耀坤笑道："我在旁边动动，倒动得几步，自己作主却不行。"

"不，不会掌握全局，在旁边看也是不行的。"区忠瞧瞧火照沉着的脸孔，继续和林耀坤闲聊，"有人说，'旁观者清，当局者迷'，这其实都是旁观者为自己的低能辩护。"

突然，何桂珍又大声叫起来："吃车，吃车啦，阿浩！"她的幼稚，直率，和急躁的惊叫，又引起人们的哄笑。

许火照没有笑。他竭力要挽回被林耀坤叫作"颓势"的危局，当中也缠住了叶浩的攻势，但到底是"一着之差，全盘落索"，缠到最后，叶浩剩下单车一兵，火照只得双兵双士单象，正缺少一个象，守不住，败下阵来。

"你来——"火照抚抚剃得光滑的脑袋，把位置让给区书记。

区忠推给林耀坤，林耀坤摇头："刚说过，我不行。"区忠推给许金全，许金全说："我更不行！"区忠仰头望望何桂珍，逗趣道："桂珍，你来吧，新夫妇来个表演赛。"可桂珍咭地笑道："他让我双车，我也不行。"区忠谦逊道："那就让我跟高佬学点本领。"叶浩连忙谦让道："呵嘎，区书记，你手下留情，别剥光猪。"

区忠让叶浩先行，叶浩照例是"顺炮直车"。区忠以攻势对攻势，亦以"中炮横车"对付。这种剧烈的以攻对攻的阵势，《梅花谱》里有异常巧妙的着法，曾经很流行，棋差一着，往往是一败涂地。现今的著名棋手，却把它发展为能攻能守的基本局势的一种。区忠敢于用它，自然是心里有数。区忠身旁的许火照，是不懂《梅花谱》的，他却惊叹区忠的大胆凌厉，正如听什么人说过，和他在军队时打仗的作风一样。

果然，二十多个回合，区忠就取了先手，以后节节进攻，步步迫紧，一鼓作气，迫入重关，连何桂珍也来不及惊呼阿浩的"盲车"，就把叶浩杀败了。何桂珍拍掌一叫："好彩，没剥光猪！"

徐炳华说："要是区书记不留点情面，还不是剥光？"

何桂珍说："教你懵华，你早就给剥光啦。"

"不，"徐炳华拗气道，"连杨官璘也剥不光，顶多输就是了，他有什么法子把我剥光呢。"

叶浩要火照跟区忠也来一盘，火照很想试试。区忠见天色慢慢昏暗，说："快开会了。"随手把棋子捡起。

徐炳华转口问区忠："区书记，这鬼玩意有些什么道理没有？"

"有是有，我不懂。"区忠掠掠散乱的头发，环顾一下许火照、林耀坤、叶浩和许金全，问道，"你们懂吗？"众人都摇头，他随意道，"在我想来，指导思想是很重要的。"

火照探询地问道："怎叫指导思想？"

"开始时一定要有决心赢得胜利，"区忠用着愉快的声音说，"进攻也好，防守也好，目的都是要胜利，这就是说，进攻与防守，都不是盲目的，被动的，挨打的，而是有谋有略，有远见，有目的性。有了不害怕对方的取胜信心，才能冷静的大胆的部署自己的力量。"

何桂珍听不懂，抢嘴说："哎哟，区书记，你好像谈打仗。"

"是呀，有点像打仗，听说那'楚河汉界'，便是项羽和刘邦打仗的事儿。"区忠轻松地笑笑，续道，"那时打仗是兵对兵，将对将，恐怕没有游击队的。可我们有些下棋的人，却用了个游击战法，孤零零的送一两个子到对方去，'孤军深入'，给人吃掉。挨了吃，自己又心慌意乱，打个输数……"

林耀坤插话道："这情况你说中了我。"

"有一些人就是这样，莽莽撞撞的推几只子过河，大声喊几声'将军'，想把人吓倒，不愿意在苦战中求取胜利。"区忠的语气慢慢地好像有点离题，"世上许多事情，下棋也好，打仗也好，生产也好，办社也好，不深入钻研，不经过艰苦奋斗，马马虎虎，飘飘浮浮，说空话，吹大炮，是不会胜利的。"

何桂珍咭地一笑，说："你总记着打仗，生产……"

"呵，我扯到哪儿去？"区书记抹了一把刮光胡子的脸，也笑起来。"还是说下棋吧，如果给人吃掉一只要紧的子，就算车公吧，也不要害怕，单车难杀士象全，输了一只车也不是注定失败的。但头脑立刻要改变，设法兑子，求和。总说一句，要胜利，碰了好手不自卑，碰了坏手不自傲，能胜即胜，决不拖沓，不能胜利就退一步取和，切不可有失败的打算。当然，你棋艺不高，总不免是要失败的，就算棋艺高的人，也会犯错误，但失败是一回事，心理的失败又是一回事。"他顿了一下，把眼睛瞪着徐炳华。"至于像懵华这样的不三不四的水平，就得学会稳扎稳打，不要随便使用中炮，用上中炮象难保，象保不住，帅爷岌岌可危，一下子就给剥光猪的。稳妥的办法是先关上大门，上好士象，车马炮站好位置，不随便过河，这一来，怎么高明的好手，都会攻得很吃力。要杨官璘不把你剥光猪，这种法子较有保证。"

许火照很佩服区忠的道理，他想他说的虽然是下棋的道理，但对做工作，做人，都有启发。他正要赞扬那些道理，却给徐炳华抢先说了。徐炳华扬声叫道："对呀，我这莽撞人，该学会稳扎稳打！"

"这便是扎稳马步，勇敢前进，"区忠拉高嗓音续道，"稳而不前，能胜利不敢胜利，叫做右倾保守。保守者在棋坛上决不会获得冠军，在生产上，就会安于落后。飘浮和保守，实际都是安于落后的具体表现。"

火照频频点头，有所追求地说道："你像讲棋经那么剔透，给我们多讲些工作道理吧，区书记。"

"让你们自己好好总结吧，所有好道理，都是从群众里来的。怎么才能把生产搞好，才能把穷社的面貌扭转，群众一定有许多好道理，好办法。"区忠顺着火照的语意，把话拉到他们的社里去。他望林耀坤一眼，似乎要林耀坤警惕自己的飘浮作风。他像有许多话要对林耀坤说，看看天色晚了，开会的时间快到了，他就咽着不说。"哦，快开会啦。"他站起身来，平静地说，"今晚你们在小组会里，再深入的摆摆情况，看群众还有什么意见。明天，转入另一段，传达县委的指示，着重反对右倾保守，大跃进……"

许火照心里像有什么感受，眼珠闪着光彩，说："报上说哩，人家都在跃进！我们也该跃进！"

"对！我们也要跃进！"区忠朗声说，"反掉右倾保守，在思想上，生产上，一切工作上，都要来个大跃进！"

然后，区忠带着一脸笑意，走了。众人散去。

叶浩和何桂珍据说有什么"私事"，折出冷巷去。火照、林耀坤、徐炳华，三人一块走出大门。剩下一些没人注意的小事情，"黑炭"许金全自动地去照料，他端回何桂珍站过的凳子，收好棋子和扑克牌，才不声不响的走出门。

徐炳华要赶着回村子去，火照和耀坤陪他走了一段路。当中，耀坤告诉火照，他同意火照提出的年终分配计划，少扣公积金、公益金，拖一拖银行的欠款，多分一点现款给社员，而且要早分，有困难的人尽量帮助。耀坤说："大胡子希望我们搞好香蕉，还答应预付一点收购款，又给我们一些专用化肥。这一来，社员是会满意的。"火照听耀坤没有坚持彼此争论过的"多扣少分"、"先还后分"一类意见，特别没有再给他扣上"农民观点"的帽子，也就使他安下心来。"可道理还得跟群众摆清，"火照回答道，"要不，分那么一点钱，一些儿女多的劳苦人家，日子也不是很好过的。"随即他轻轻地拍一下徐炳华的腰背，又关切地嘱咐道："懵华，你不要说'肚子生不出钱'那些赌气话，学学区书记那副讲道理样子。"徐炳华爽朗道："行。"

# （二）

## 陶陶居茶楼①

（节选自《香飘四季》）

火照领了徐炳华、何桂珍、凤英、许文仔、许金全、许发、何牛、何开见、林福等十多个精力旺盛的人，摇了四只泥艇到广州积肥去。林耀坤也坐在火照兄妹同摇的艇子上，一块到广州，进了一间痨病医院留医。

同一个时候，许三财也领了自己的女儿，到广州作一件不平常的事——相亲，用广州人的说法便是"相睇"。这位善于捞钱的上中农，也趁着这个机会，拿了几个肥鹅和一篮子买来的鸡蛋到农贸市场售卖。他的女儿许细娇，对这种买卖原来是没有兴趣的，但因为跟着父亲来，也就帮了父亲一点忙。卖完了，她又完全被动地跟着父亲，进入一间名叫"陶陶居"的又大又辉煌的茶楼里去。

"陶陶居"是一间鼎鼎有名的茶楼，它的出名，除了莲蓉包和点心之外，

---

① 题目是编者所加

便是"看妾侍"。从前，广州的官爷们、阔爷们、阔少们，要讨小老婆，总喜欢到那里物色。这便成了个"妾侍市场"。据说这"市场"是很自由，又很斯文的；一个老太婆把一位打扮得尽量漂亮的女子，带来和男人吃一顿茶，聊聊闲天，彼此悦意了便通过老太婆议价还钱，一说即合。不悦意时，男的给女的一块几毛钱红包，各自散去。这风气一传开去，有些拈花惹草的西关阔少们、阔爷们，纵然不是讨小老婆，却也喜欢花一两块钱吊吊膀子，同时也就出现了一门："妾侍职业"。有些不正派的女子就利用自己的尊容，终日穿插在茶楼间，白吃茶，捞红包，自然，她们也学会一套应付男人的本领。这一来，"陶陶居"就经常有一批衣饰华贵、精神卑贱的"高等客人"。但这都是解放以前的旧事，初次进城的农村姑娘许细娇当然不懂，就连解放前也常常进城的许三财也都是不懂的。

现在"陶陶居"没有那种肮脏事了。但一些老茶客们，对走进"陶陶居"去的年青女子，却总带着奇怪的眼睛，习惯了似的，对她们贪婪地欣赏一番，发出了奇妙的猜想。穿得漂亮却仍然是有些土气的许细娇，进到茶楼里去，也就引起了茶客们的注视。尽管许细娇觉得自己很文明，学了一点广州姑娘的气派，但走进那样华丽又复杂的地方，迎接那么多新奇的眼睛，她感到很害怕。特别是她要和一个陌生男子相会，那男子可能成为她的丈夫，他可能改变她的命运，变成一个城里人，因而她的心情异样地紧张和害怕。

许细娇随着她爸走上二楼。

许细娇跟着她爸在宽敞的茶厅中兜了一圈，最后，在一个略为僻静的厢座里，看见两个人无言地坐着。一个年老的，秃脑袋，尖鼻子，红光满脸，好像刚喝过烧酒，穿了一套半新不旧的哔叽唐装。一个年轻的，跟老头一个板样，也是尖鼻子，却有一头梳得匀滑的黑发，面白唇红，眉长额满，穿上杏色呢子短打，衣袋上插了一对派克牌水笔，一表人材。许细娇看见他们笑嘻嘻的和她爸点头，老的站起来，后生小伙没有站。她猜想那后生小伙正是她要看的人，禁不住害臊起来。

"呵，表亲，等你很久啦。"那年老的人，用着殷勤的欢快的语气，和许三财招呼，"请坐，请坐。"

许三财一头招呼那老头，一头嘱咐女儿道："你叫声表叔呀，他便是西涌村的荣茂表叔，开杂货铺的。"

许细娇怯怯地叫了一声："表叔——"

"还有祥表哥——"许三财指指那坐着的年轻人。

许细娇羞怯地和那后生点个头，没有叫。那后生欠欠身，腿子没有动，扯起一脸笑意，贪婪地打量许细娇。

许细娇闪进茶座去，和那后生对面而坐。许三财也和荣茂表叔面对面坐着。荣茂表叔一面斟茶，一面说："阿祥没回过乡，连亲戚都不认得啦，我也久不回乡，真把家乡卖断了。"

许细娇实在不知道那是什么亲戚，低着头，一声不响，常常用胆怯的眼睛偷看那叫作表哥的人。

许三财接道："现今乡里乱糟糟，吃碗粗饭也吃得不安宁，你何苦回去？"

"到处杨梅一样花，"荣茂老板说，"我的铺子给改作'公私合营'以后，什么事情都懒得动了，就指望讨个好媳妇，平平安安的过个晚年。"这话有几分真实。荣茂老板向日开一间"雷公轰"当铺，捞了几个冤枉钱，解放后当铺开不成，就放些本钱开个杂货铺子，暗下里又作些乌七八糟的投机买卖。杂货铺子据他说是"共产"了的，他心灰意冷，只把心思落在投机买卖上。如今他要跟许三财对亲家，也是打过算盘的，一则可通过许三财搭个农村线，二则讨个来自农村的媳妇，少花钱，有人顾理家务，又不知晓他作买卖的底子。

许三财自然不晓得荣茂表兄的心思的，他点头道："是，是。就怕乡下人配不上。"

"不，我就喜欢知悭识俭的乡下女子，"荣茂老板瞥许细娇一眼，赞扬似的，"广州的女子，就爱讲时兴话，爱打扮，爱花钱，我不喜欢。这年头，就是乡下人好。"

"乡下人比城里人进步，"阿祥搭讪道，"一个合作化，又一个大跃进，把乡下人的落后思想都改变了，我喜欢乡下，喜欢乡下人。"显然，这位后生小子看上了对面的人，竭力想出一些动人的话来讨好对方。

许细娇虽然上台唱过戏，在村里是个挺开通的人，而此刻，她始终感到局促和羞涩，不敢扯话。但在内心里，她喜欢荣茂表叔态度慈和，没有小看她爸和她，当然也喜欢祥表哥，他相貌温文，俊秀，又有口才。暗地里似乎没有半点犹疑，愿意投身到他的怀里，愿意作他的妻子。她在默想中，出神地注意到祥表哥的每一个动作。

茶楼里捧着东西叫卖的伙计，走过一个又一个；此起彼落的有节奏的叫卖声，经常冲断了善于说话的荣茂老板的声音。这当中，他要了两碟金银卷，另外点了一个鸿图窝面，然后又殷勤地要三财父女吃。细娇拘束地拈了一块金银卷，侧着脸小心的咀嚼着。荣茂老板问她："好吃吗？"

许细娇轻轻点头，没有回话。

"广州好吃的东西多着呢，日后带你尝尝。"荣茂老板眯着细眼睛笑笑，很欢喜这位未来的媳妇似地。① "料想你听也没听过哪，好比蛇王满五蛇羹，太平馆烧乳鸽，利口福炒牛奶，务农牛奶鸡，愉园油爆虾，宁昌盐焗鸡，北园红烧鱼头，莲苑梅子蒸鹅，菜根香斋烧鹅……"他像念书似的，说得口沫横飞，教许三财频频用舌头舐着嘴唇。稍顿，续道，"还有荔枝湾艇仔粥，欧荣记云吞面，刘佳康炖狗肉，海珠路路边鸡，顺记雪糕，南方双皮奶，莲香三黄莲蓉，趣香园杏仁饼，成珠鸡仔饼，沧洲腊肠，莫记乳猪……嗨，多呢，一个月也吃不完。"

许三财很羡慕地接嘴道："我也没听过，何况她？"

"所以呀，广州什么都好，只有一样——"他歇歇嘴，把声音压得很低，"没有自由。"

阿祥用臂腋轻轻的撞一下他的老子，意思是要他不要乱扯。然后连忙夹起一小碗子鸿图伊面，送给细娇，很亲热地叫道："表妹，你吃，多吃一点。"

许三财自己吃着，也催促女儿吃："吃呀，在村子里吃不上的呢。往后你到了省城来，也带挈爸多吃一点。"

许细娇羞得脸孔发红，径自沉下头吃面。

"表弟，"荣茂老板高兴地拍拍许三财的膀子，倚老卖老地叫道，"我很喜欢跟你攀亲，亲上加亲呢，让我们喝点酒吧。"当即叫了两杯玫瑰露，又加要一盆下酒的锦卤云吞。

好大一会儿，两位不知什么时候攀起来的表亲老头，喝得有点飘飘然了，便借故要谈谈乡情，一起走到另一个厢座去，留着两个年轻男女自己相谈。

许细娇独个儿对着这陌生男子，更害羞了，她频频用手帕来揩抹嘴唇，有意掩饰自己心情的紧张。

"表妹，"还是祥表哥先开口，他一点不紧张，问道，"你喜欢看大戏？"

许细娇点点头，薄薄的小嘴咧开一点不自然的笑意。

祥表哥又道："罗品超、郎筠玉的《楼台会》，你看过吧？"

许细娇摇头，依然是露着笑意。

"演得不错呵，几时我带你看看。"

许细娇屏息着呼吸，想了半响，微微点头。

---

① 未来：同未来。——编者注

祥表哥东拉西扯的谈了好一阵，谈得轻快活泼，好象把许细娇的感情抓住了。

"看了那个戏，我觉着往日那些人很可怜，爱不到自己想爱的人。"祥表哥很老练，打蛇随棍上，一步步追入，"而今可不同啦，用不着遣媒问聘，要爱就自己爱。你有什么主意？"

许细娇愣住，不表示态度，用着似乎在发烧的眼睛，怯羞羞的打量祥表哥一眼。

祥表哥大胆地直白道："我就向你掏出心来啦，细娇表妹。"接着伸手往口袋掏东西。

许细娇鼓着勇气问："你干什么的？"

"当掌柜的。"

"一个月多少钱？"

祥表哥呐呐道："五十……五十来块，花不完，我爹还给我钱呢。"他掏出一只黄澄澄的戒指，是朱义盛假金戒指，送给细娇，"是我妈叫我送给你的。你莫嫌弃老人家头脑守旧，是个规矩呵，你戴着吧。"

许细娇不肯拿。祥表哥很勇敢地拉着她的手，把伪金戒指替她套上，她颤抖，偏着脸让他套。由于心情过分紧张，她的颤动的手，不由自主地拨掉了桌上一个茶杯，呼的一响，茶杯打碎在地上。她连忙弯下腰去，捡起地上的破杯子。这之间，她偶然发现祥表哥一条腿子有点异样，鞋子一只大一只小。她立刻冷静起来，睁着疑问的眼珠，想道："他是不是跛子？"但她不敢正面问他，仰起头来，对爸呼唤："爸——"没有回应，她便不安地坐着，默然地盯视着对方。

她爸许三财在另一个厢座里，正为她的婚事跟荣茂老板讨"聘礼"。他说："这阵子我不敢跟你讨聘金，可一场喜事，缝几套新衣，置张把棉被，打几件首饰，都是要钱的，你也得叫媳妇儿光鲜光鲜。"

荣茂老板道："一百块足够啦，老表弟，亲戚之间，我不会叫你过不去。要是从前，铺子没共产，我哪会跟你计较？"

许三财啬啬道："不瞒你表亲说，她的首饰和私己钱，也不少的呢。你当老板的，指缝漏出的米，也够我们种田人活一辈子。你别教我吃亏太多呵，我嫁出了女儿，失了一个劳动力，又得赔钱。"

荣茂老板竖起两个指头，很体贴似的："多给你二十块，这全是亲戚情面，你晓得，现今时势，不许要聘金的呢。"

"这我懂，我懂，"许三财觉着自己很明理，"我家细娇是个伶俐人，要讲聘金，抵得五百块。"他用着在市场卖鸡子的姿势，伸出一个巴掌，"再加五十好不好？老表亲。"

　　"别再跟我计较啦，"荣茂老板按住他的手掌，很知心地，"往后你到广州来，住的吃的都有个落脚处，卖点东西，也有个好门路，还跟我计较这点子鸡毛蒜皮作什么？"

　　许三财一想，觉得也是情理，于是不再坚持了。很大方似地笑道："那就算啦，往后还得要你多多带挈。"

　　"这不用说的。"荣茂老板为自己的跛脚儿子，完成了一件大事，感到很高兴。他满满地灌了一杯酒，转了语气问许三财，"你家里还有没卖的谷子么？"

　　许三财愣一愣，试探道："你问这个作什么？"①

　　荣茂老板小声说："要有呢，送到广州来，给你三倍价钱。"

　　许三财小心谨慎地想了好一会，吞吞吐吐地说："卖余粮那阵子，我呀，唔……藏着一点度荒用的，十来担，可不……"

　　"该卖啰，嫁了女儿，少一个人吃饭，藏着没用。"荣茂老板怂恿他道，"况且，万一给人查出了，不得了呵，表亲。"

　　许三财冲口说："我用瓮缸藏在地里的，很密，连细娇也不知道。"

　　荣茂老板道："俗语说，鸡蛋那样密都孵出小鸡，总归藏不住的，这时势，做人做事都要灵醒啊，表亲。"

　　许三财深深一想，微微点头。

　　细娇突地怒红了脸面，把它打开，连爸也不等了，跃起身往外走。

　　阿祥眨着失望的眼睛，生气地骂了一句："哼，要不是跛了脚，送上门来，我也不瞅睬你这乡下臭货！"

　　这时候，荣茂老板和许三财笑嘻嘻地走回来，阿祥却悻悻然地拐了开去。两个表兄弟晓得事情不妙，陡地睁起了惊异的眼睛。

　　许细娇从"陶陶居"一怒而走，走出街来，有点惶惶然。她想一个人走回乡去，又不知何处搭渡，就算问到了路，也觉着不妙，她独个儿不明不白的回到村里，少不免引起村里人的非议。倒不如寻凤英说个明白，跟她说说自己的心事，还可趁便跟她一起摇船子回村去。但凤英在何处？她茫无头绪。后来她

---

　　① 作什么：同做什么。——编者注

记起了，她听她爸说过，他也曾摇船来广州装过大粪，船子泊在叫作大沙头的河边，凤英们也许就停在那里。但大沙头在哪个方向，是远是近，如何走法，坐什么车子，她全都茫茫然。不过正象俗语说的，"盲公有竹，哑子有手"，盲公哑子都可以四围走路，她不盲不哑，怎么寻不到大沙头的去向？主意定了，她壮着胆子向人问路。

她不敢完全相信指路的人，因而车子也不坐，生怕车子把她带到更加渺茫的地方去，只是问一段，走一段，边行边问。走了大半天，繁华热闹的广州大城，扰得她头昏眼乱，腿子走酸了，鞋子夹得她的脚趾发肿发疼，还没有走到。后来顾不得漂亮不漂亮，土气不土气了，她索性把鞋子脱掉，赤脚而行，这样，又转弯抹角的走了不少路，直至太阳西下，终于给她走到大沙头。她在河边兜了一转，用打雀般的眼睛，搜寻村里的人，又终于给她寻到火照和"黑炭"。

火照和"黑炭"面对面的蹲在船头吃饭。船上载满了垃圾，别的几条船子，也载满了垃圾，却一个人也没有，看来火照和"黑炭"是留下看船的。许细娇寻不到凤英，但寻到了火照们，倒也叫她舒了一口气。

她走下船去，用手抹着红鸡蛋一般的淌汗的脸儿，细声叫道："火照哥。"

火照仰起头，瞅她一眼，问道："哦，细娇，你怎么摸到这儿来？吃了饭没有？"看样子，火照是早晓得她到了广州来的。

许细娇这时觉着肚饿，直白道："没吃。"

许金全让开一个位置，说："一块吃吧。"

许细娇放下鞋子，看看饭锅，想坐下来又犹疑："饭不够啦。"

火照拿个碗子，给她装了一碗饭，叫道："来，吃吧，马虎也够你吃的。"

许细娇感到火照对她很关照，也就感激似地坐了下来，端着饭吃。下饭的菜，只有莙达菜和咸鱼仔，但她吃得很滋味，仿佛比她在"陶陶居"吃的金银卷还滋味。火照和许金全到了城里来，还不上馆子吃饭，又吃得像在家里一般省俭，不禁使她觉着惭愧。吃着，吃着，她问："凤英姐？"

"全都看大戏去了，"火照道，"明儿摸黑就走呢，大家忙头忙脑的推板车，挑垃圾，忙了两天两夜，现今就抽个空看场大戏。你呢，你是个戏迷，看饱了吧？"

"没看过。"许细娇摇头，低眼垂眉，害怕火照窥透她的秘密事儿似的。

"你往日总嚷着要来广州看看名牌老倌，现今来了，怎不看个饱？"火照用着安详的眼睛打量着她，放下碗筷。

"我爸……"许细娇有点窘，含糊地，"我爸不让我看。"

# （三）

## 沙田水秀

在一个风和日暖的冬天，日头偏西了，我离开了虎门公社的太平镇，沿着一条珠江支流——水波悠悠的秀丽的小河，向瑞丰围村子走去。

沙田地区的道路很不好走，叫做"晴天一把刀，落雨一团糟"，我走得自然有点吃力。但沙田的景色是迷人的，丰收后一望无际的田野，显得特别宽广和美丽，纵横交错的小河涌，小艇穿梭如织，一排排翠绿的蕉林，相映着乌黑的牛群，这仿佛是一幅色彩鲜明的织锦画。高朗的天空，灿烂的阳光，温柔的海风，都为这幅彩画增添了美感。这使我感到，我们祖国的南天门，多么美丽和恬静。

走着，走着，我忘掉了疲劳。当我正要为我们日新月异的田野赞美的时候，却有一个声音把我叫住了，我站住一望，望见林亚达老汉，和他的女儿金女，摇着一只小艇靠前来。

"老陈，我远远就看到你啦，喊了几声你都听不见！"林亚达大声说，带着一个亲热而爽朗的笑脸，"上我们围上去吧？来，你坐上来。"

小艇子靠了岸，我带着轻快的心情走下小艇去。

林亚达，这位五十六岁的老农民，又圆又大的脑袋刮得光亮亮的，连胡子也刮掉了，穿上一件宽大的灰布制服，显得格外健壮。比十年前他过着农奴般生活时的那个样子，显得年轻了。他不大费劲似的，安安稳稳地摇着橹。

金女坐在艇子中间，含着忍藏不住的笑意，愉快地划着桨。她大概上了二十岁了，还有一副淘气的孩子似的面容，她穿上一件新缝的镶了蓝边的黑衫，把鹅蛋般的脸儿衬托得越发健美。看来，这父女俩都有一派办喜事的样子。

"陈同志，你一年多没到我们围上去啦。"金女说着，带着一种俏皮口吻，"我们那里，土地落后，人也落后，你怎么会去？"

"这一回来得巧，大概会碰上一件喜事。"我故意和她开个玩笑，我知道一年前，她和一位当民兵队长的小伙子闹恋爱。

"对对，这真是件大喜事，"林老头笑嘻嘻地说，"我们刚开过庆丰收大会，你看过了吧，要不是办了公社，哪来这么个大丰收，大喜事？"

"这我知道了。"我说，"我说的是你们家里的喜事。"

老头喜得笑眯了眼睛："嗬，你看——"他指着一个箩筐让我看。箩筐就堆在我的脚前，我好奇地把里面一些新买的东西挑来细看，有一顶白纱蚊帐，一个花式鲜艳的热水瓶；一对绣花枕头，和牙膏、香皂等等一大堆。显然，这些东西都代表了一位姑娘的秘密心事。

"我猜对了。"我笑道，"这一回我总算有口福，赶上喝一杯喜酒。"

"一杯太少哩，得喝上一碗。"金女很大方，一年之前那种带有羞涩的样子，已经没有了，"可别忙呀，你得先喝一口水。"

"好。"我点头说，"到那时候，为了庆贺你们的新式姻缘，我喝一碗酒，又喝一碗水。"

"不，现在就喝，喝河里的水。"金女当真的，用一个木壳子顺手舀了一壳清水，递给我，"你喝……"

这玩笑开得很认真，使我觉得这快乐的姑娘淘气得有趣。我把水接过来，没有喝。

林老头替我解围："傻孩子，现在我们都要讲卫生，怎么让人家喝河里的冷水？"

金女对父亲使了个眼色，起初老头还不明白，不断地摇头。金女用舌尖舔了几下嘴唇，焦急地对父亲示意，他明白了，乐滋滋地笑起来，朗声说："对呀，要喝，要喝。"

我奇怪起来，茫然地摇一摇头。

金女催促说："喝呀，不喝就不算自己人。"

她的话说得这样严肃和恳切，大概总有个什么道理吧，我果然喝了一口。

父女俩不约而同地齐声问："什么味道？"

"没味道。"

金女急忙道："咸的还是淡的？"

我说："淡的。"

"哎哟，老陈呀，你喝这口淡水，比喝一千碗一万碗喜酒，喜得多啦。"林老头又快活又激动，"你记得一年前，你到我家里吃饭时的情景？水是咸的，饭也是咸的——"

"你还装出个满不在意的样子，说了句趣话：'咸得有味道，吃饭不用菜'，可你一面吃，一面皱眉。"金女抢嘴搭上。这灵醒鬼，记忆力很强，头脑很敏锐，给我卖了一回关子之后，又用着按捺不住的喜悦心情，牵起我的记忆，"往后你问了爹许多事情，又说：'这样下去太严重了，你们应该想个法子改变，不然，算不得彻底翻身。'爹听了你的话摇头说：'难呀，潮水天天涨，谁有本领挡得住？'"

林老头听到女儿扯起他的保守思想，他频频用手抚着剃光的脑袋，张起嘴来，检讨似的："人老啦，脑筋不灵，赶不上呀。"

"真是变得太快了，我也赶不上。"我说。说真的，金女所说的许多事情，我全都记得，但离开那里才不过一年，就改变得这样快，这完全出乎我的意想之外。

我记得一年前，林老头和我说过的情况：这个被人称作"谷仓"的沙田地区，生产上有一个奇怪的现象，丰收时谷子多得不得了，失收时什么都没有，但它的丰收，常常是隐藏着许多人的灾难。比如珠江上游闹水灾，它就丰收，水灾越大，它越丰收。因为它在一年中有七个月是咸潮，珠江的洪水把咸潮冲走，又带来了泥肥，它就丰收了。如果天有点旱，禾苗就像腌咸菜似的，枯死了，"谷仓"就变成了"空仓"。

在这样恶劣的环境中，人们祖祖辈辈都逃不脱凄凉的命运。他们在官僚、地主、"大天二"三位一体的重压下，过着猪狗不如的生活，丰收不是他们的，"谷仓"不是他们的。这且不必说了，在糟糕透了的旧社会里，劳动人民谁不是挨饥受寒。但他们比别的人更痛苦，那就是缺粮之外又缺水。外乡人很难理解，而且也不容易同情"水乡缺水"的苦况。

一年中有五个月的时间水是半咸半淡的，勉强可以喝，其余七个月，根本不能喝。洗澡、洗衣服，只好将就一点算啦，但人要活，牲畜要活，这怎么办？只能家家划一个小艇，到二十里以外的地方取淡水，还要花钱买。花去一个劳动力，还得花钱，多冤枉呀，怪不得从来没有一个外乡姑娘愿意嫁到沙田去。

解放以后，人们忠心耿耿地依靠了党，把自己的奴隶命运扭转了，成为这个"谷仓"的真正主人。但正如金女所说，"土地落后"的局面还没有根本扭转。人们曾经花过许多脑筋，首先解决生活用水，比如挖一个池塘，雨季时储满水，不让咸潮涌入，却又失败了，原来经过一些时候，淡水也变咸了。

这是一年前，林亚达和我诉述的概况，而现在，这都变作噩梦一般的往事了。在我面前出现的，是一个神话似的奇迹，又清又淡的河水，多么秀丽，多么可爱，多么美，近十万亩的土地，变得更肥沃了，真成为名不虚传的谷仓了，土地的主人，年年月月都可以痛快地洗澡了。我和林老头父女一样，有说不尽的喜悦。

"真想不到变得这样快!"我重复地赞叹一句。

"我说呀,共产党毛主席最懂得农民心思啦。"老头几乎忘掉了摇橹,挺直地站着,有许多话要说似的,"先是领我们斗地主分田地,接着又办合作社,接着又办公社,一步步,一层层,一步高一步,一层高一层,就像上梯梯,越高越好看。"

"当初人家分地,你还不敢要哪。"金女故意戏弄他一下。

"这叫落后。"林老头咧着嘴爽声道,"那时你还不是呆头呆脑的?后来小学毕了业,学精乖了,又入了团,才当得上积极分子呢。"然后他又转向我,"嗨,老陈呀,说来又说,就全凭办了个公社,才办得起这桩大水利。你想想看,把咸潮堵住,又开了一条六十里的小河,叫山水听人使唤,这功夫多艰难呀。"

"你们的干劲真大。"我说,"到底是胜利了。"

老头说:"可不是?日夜苦战呵!"

"他还当上个模范呢。"金女带笑地望父亲一眼。

"呵,原来是老英雄。"我高声地赞美他。

"这这……不算什么,群众照料的。"老头好像不想承认,"说心里话,吃咸水的苦吃够了,要赶走它,我拚了老命也干。求得后一辈人安乐,多出一股力也是应当的,老陈,你说对不对?"

"对!"我说,"子孙万代都会记得,你们是建设社会主义的功臣。"

"说不上那样高尚,这倒是我们应该干的。"老头说着,抬起头来,非常醉心地欣赏着眼前的河水,"你瞧,这河水多听话,叫它怎么流就怎么流,流得有趣。大小河汉,都是灌得满满的;往后就算老天爷一年不下雨,也保证丰收啦。再说,从前人家说我们是泥里鸭,又咸又脏,可不是?洗也咸,不洗也咸,怎么不脏?如今可变啦。"他把敞露着的胸膛,自得地抚摸几下,"连我这老牛皮也滑溜溜的,一天洗它几次,连祖宗十八代的咸气都洗掉了,多舒快!"

金女咕咕的笑了起来,停了桨,打趣道:"你那老牛皮,怎么洗也洗不滑啦。"

"你总会跟我扯嘴,嘘嘘。"老头半笑半骂,"你小丫头命里有福,盼来个共产党,酸酸辣辣尝得少,要不,哼,你早变了人家大老爷的脚底泥。"

金女顿了一下,用手掠一掠被微风吹乱了的黑发,然后,依然用着无忧无虑的调皮口风:"陈同志,他又引我诉苦哩。"

"引什么?"老头愕然,"苦不苦你哪里记得?"

金女说:"我不也是吃咸水长大的?"

"这倒是真的。"老头说,"地主老爷的长烟斗,你可没尝过。"

"怎么没尝过?"金女摸摸自己的脑袋,"脑盖上还有个小疤痕!"

我连忙插嘴:"这真把你的苦引出来了。"

金女转过头,朝父亲笑笑,老头也笑。在快乐的日子中,说一点往日的苦事,好像更加增添了他们心情的畅快。

阳光渐渐地昏黄了,小河上微微泛起的金色的波光,显得特别美丽和多彩。河岸上新种的香蕉,长得异常茂盛,像一条拉直的绿带子,镶在静荡荡的水边。

我趁着金女不在意,把她手上的木桨抢了过来,转了一个位置,帮着划艇。金女没奈何,只好把父亲的橹接了过来,自己摇。老头看见我划得像个样子,很满意似的,坐着抽烟。

金女摇得蛮有劲,小艇子就像装上了小发动机似的,前进得很快,艇前,不时有小鱼乱窜乱跃。

我问:"这小河涌都养了鱼么?"

"全都养了,鱼长得挺快,这叫水肥鱼又肥。"老头得意地说,"真是一口井,福满村,一年苦,乐万年,搞好水利样样都好。大片稻子插上丰收牌,不在话啦,连种香蕉、种菜、养鱼、养猪,都是顶好的,怪不得省里的陶书记说,我们遍地是宝。"

"对呀。"我说,"陶书记还希望你们省吃俭用,积些钱建个新村。"

"公社党委跟我们规划好了,备好材料就动手。"金女快活地仰起脸来,用着又圆又清的嗓子说道,"茅寮全都拆掉,建砖房子,一河两岸,像个花园。看了那新图样真是乐坏了。"

"全是喜事。"林老头唱歌似的,声调拉得又高又宏亮,①"旧社会,一团黑,新社会,满天红,老陈呀,你再过一年来看看,准要摸错路。"

我说:"再过一年我不是跑路来啦,要乘你们的小汽船了。"

"这准办得到,我们公社闯了个八面玲珑的天下,什么事办不来?"林老头兴致勃勃地,"要说我这老牛皮从前脑筋不灵,而今可灵啦。莫说小汽船,就说要闯个共产主义,我全不生疑!有共产党毛主席领头,大伙儿挺着腰骨干,天下无难事。"

---

① 宏亮:同洪亮。——编者注

金女听得很高兴，赞扬道："爹，你越老越灵。"

我说："该说越来越年轻。"

"说真的，干起活来我不认老。"老头从背后痛快地拍了一下我的肩膊，欢天喜地的，"老陈，说实话，等我们的新村子建好，你先来喝杯酒吧。"

"呵，我倒忘了。"我转头望金女，"金女，你可要搬进新房子，才请我喝喜酒？"

金女撅一撅乖巧的小嘴唇，撒野似的："不请！"

"不请我也来。"我说，"我要乡亲们看着，我在新娘子面前喝一碗水。"

金女道："不让你再喝水。"

"好好。"老头欢声道，"我们一块喝酒。"

父女俩都得意忘形地笑起来，笑声在美好的，一望无际的田野中散去。

小艇子转了个小弯，就是瑞丰围了，我们靠了岸，离开了小艇，沿着斜阳淡照的蕉基，走向围里去。

# （四）

## 珠江岸边

冬天，珠江岸边的田野，还像春天一样，常绿的香蕉林、甘蔗林、荔枝园，和各色各样的数不清的果树，都有着欣欣向荣的景象。

我走进一个盛产香蕉的村庄，就像走进一个美丽的公园似的。珠江江上吹来的暖风，清新的香蕉气息，太阳蒸发着的菜花味儿，都使人深深地感到亲切可爱。

村子里很静，静得安详，静得有趣，鸡群和鸭群仿佛是它的主人。我走过一段石砌的小路，没有碰见一个人，鸡鸭们在我的面前好像显得格外骄傲。

我不是这个村庄的陌生客人，我知道人们到哪儿去了。这两三个月来，由于人民公社化的结果，村庄的变化真不寻常。老人和孩子都有自己的愉快而生动的生活，能到地里干活的人都在田野上无忧无虑地劳动。这一来，村子里就出现一种不平常的安静，我喜爱这种安静。

我带着喜悦的心情，沿着河边的青钢石路，继续往前走。突然，有一个声音呼叫："老陈，你又来啦。"我抬头一望，见明婶站在食堂门前，眯着眼睛直向我笑。

明婶是一个快活的人，挨近五十岁了，还有一点孩子气。她是无儿无女的寡妇，十年前有个名字叫"傻嫂"，其实她并不傻，只因当初到广州当女佣，老板嫌她粗手大脚，不懂得怎么侍候小少爷，便骂她"傻嫂"，跟着又把她撵走。以后她回到村子里，依靠自己摸鱼捞虾，过着半饥半饱的日子。解放以后，"傻嫂"这个不大好听的名字，也和她的倒霉生活一同被人忘掉了。于是她变得特别乐观。

我走近她的面前，她朗声问："你看我胖了还是瘦了？"

她的脸色油润润的，皱纹好像比从前减少了。我笑道："你快变成胖婶啦。"

"一觉睡到大天亮，不胖才怪哩！"她很满意自己的生活，说着，就咕咕地笑起来，引得她手里抱的胖娃娃也跟着她发笑。

我发觉她还背着一个孩子，我问："你给托儿所带孩子？"在农业社的时候，我总是在晒谷场上碰上她，没看见她背过孩子。

"是呀，队长说我当过保姆，又喜欢孩子，就挑我来哩。"从她的语气看来，她对这份工作很有感情，"共产党真会办事情，什么木造什么船，什么人干什么活，都挑得准准的。"

和我说话的时候，她不时露出母亲般的笑脸，逗孩子欢喜，她疼爱孩子的心情，充分地流露在眼睛和笑意之间。但是，这种爱护孩子的方法，是太落后了。我说："你抱一个背一个，不是太苦么？"

"不苦。"她说。

"你不苦孩子也苦呀。"

她已经理解到我话里的意思了，便解释道："我学过两个星期新道理，晓得新规矩，可你不懂啦，当妈妈的就爱对孩子抱呀背呀的，要不，就嚷着孩子给作践呢。"

"托儿所跟妈妈们开过会，讲过新道理？"

"讲哩，我们所长是个伶俐姑娘，什么道理都懂。"她说，"就是有些人不通。"

"有多少人不通？"我问。

"人家日忙夜忙，孩子放在箩筐里，都分不出手来抱他，真作践呀。如今日子好，孩子有福分，进了托儿所啦，就该多疼一下。说来也是实话，作妈妈的，总想人家多疼疼孩子。"

说着，她疼爱地亲一亲胖娃娃的脸颊。又道："这小宝贝也真叫人疼……"

然后她很满足似地，"当婆婆的，孙子不离手，媳妇就高兴啦，我们也该当个好婆婆。"

"你的新规矩就是这样么？"我笑起来，伸手去逗逗胖娃娃。

她没有回答，尽在笑。

这也难怪，人民公社化以后，村庄上出现了许多新鲜的事情，一下子就叫人没有守旧思想，都把事情办得十全十美，这是不大可能的。但像明婶那样的人，把全部感情寄托在孩子身上，结果，她一定会懂得"新规矩"，把孩子带得符合人们的要求的——我想。

我想着，明婶转口说："今晚你就在我们食堂吃顿饭吧。"

"我正想看看你们的食堂。"我顺声答道。

叫做火头炳的人，名叫刘炳，是个四十来岁的瘦子，二十年前在香港当过火头，人们就称他火头炳。以后回家耕种，村庄上每逢红白喜事，摆酒席的总爱请他作厨子。他曾向我夸耀过，"红烧扣肉'，是他的出色"名菜"。

他正在厨房里洗菜，听到明婶的声音，便一阵风似地走出来，瘦长的脸颊堆着笑意。他叫道："嗨，老陈，你过新年再来，试一试我的红烧扣肉。"

"要紧的是饭热菜香，别老记着红烧扣肉。"我说。

刘炳自负似地说："你问问他们——"

"没有好说的啦，他的饭又软又香，没有菜都啃得几碗。"明婶像害怕我对火头炳批评似的，连声赞美。

饭堂里还有几个带孩子的妇人，她们同声附和明婶的意见。

"连开水都是热的，你看。"明婶带我看看瓦缸里的开水。那瓦缸是用谷糠藏着的，还冒着热气。她称赞他很会用心思，很关心社员的生活。

刘炳受着妇女们的称赞，觉得很满意，不断地对我闪着快乐的眼光。他说了他的养猪、种菜计划之后，带我在食堂周围走动。这原来是一间地主的闲屋，潮湿而阴暗，但经过他的设计和带头苦干，样子已完全改观了，地面铺上了阶砖，墙壁开了几个朝南的大窗，又刷上了海白的灰粉，桌子摆得很整齐。他说，这都是用穷办法搞出来的，不花什么钱。

"这像不像一个茶楼？"刘炳问。

"像呀。"明婶快嘴快舌地代替我回答，"往日我们这些穷婆子，一辈子上不得茶楼，如今天天上茶楼哪！"

"蔬菜缺不缺？"我问刘炳。

"不缺，鱼，虾，蚬肉都有，就是缺猪肉。"刘炳说，"可过几个月猪就大哩，那时，真要叫你吃顿红烧扣肉。"

明婶嘻嘻地笑，笑得像个天真的孩子。

"别只管放宽肚皮吃呀，要记得城里的工人。"我说着，和刘炳一起坐在横头凳上。

这时候，有一个老头走进来。他叫刘二公，六十多岁了，身体还像牛一般硬朗。刚剃过头，脑袋和下巴都刮得光光的，穿了一套深灰色的新衣服，很神气。

"二公，你真像作新郎哥呵！"明婶调皮地和二公开玩笑。

"嘘，傻嫂，记起从前，你就没那么快活呢。"二公咧着带笑的嘴唇，有意挖苦明婶一下。

明婶说："你从前不也是破破烂烂的，几时看见你穿过新衣？"

"嗯！"二公愣住了。在我的面前坐了下来，低头卷着切烟。

我问："二公，你进了敬老院吧？"

"不，我不进。"二公似乎有点生气，"我还能干活，跟年轻人比手脚，我输不了，为什么要叫我吃闲饭？"

我说："老人家享个晚福嘛。"

"叫我不干活，才苦呢。"二公频频摇着脑袋，"还说享福！"

明婶插嘴道："他的工资不低呢，八八六元四，每月有六元四，还有奖励……"

"他是种香蕉的老手，香蕉留芽，留得很准。"刘炳对二公夸奖一下，"我们村里没几个，老宝贝啦。"

二公听刘炳这么一说，满心高兴。接着，他得意地谈述着香蕉经，他像一般老人家一样，很喜欢讲话，不管人家爱听不爱听，总是醉心地讲下去。古丁呀，龙牙呀，青皮仔呀，"苏联香蕉"呀，各种香蕉类型的生长季节，管理方法，和吃起来是什么味道，如何吃法，都说了一大套。我不知道香蕉中有那么多的学问和道理，听得津津有味。二公惟恐我不懂得什么叫"苏联香蕉"，着重给我解释了一下。其实这一点，我早懂了，这一带村庄，盛产着出口苏联的香蕉，农民们就把香蕉和苏联连在一起，名为"苏联香蕉"。

刘二公真是个经验丰富的老专家，在谈话中，他的眼珠闪动着快乐的光彩，他对香蕉有着深厚的感情。

但明婶对他絮絮不休的谈话，感到很不耐烦，她把背着的孩子解了下来，坐在椅子上，打了一个长呵欠。挑剔道："讲来讲去都是老套，没新的……"

"我的小孙儿就要作新郎哥啦，这新不新？"刘二公粗声地大笑起来。

刘炳道："这是你家里的事，算什么？"

"好，谈公家的。"二公很爽朗，好像觉得自己有讲不完的新事，"我们的香蕉试验田，用了个双株留种——双株留种就是密植，我不保守，很通，很通！这算是新的吧？"他望着刘炳，露出一种亲热的追问的神态，"你——火头炳，你有什么新的？"

明婶抢嘴道："他等猪养大了，请老陈吃红烧扣肉。"

"那你傻嫂子，就只会背娃娃啰"。二公对明婶嘲笑似的说。

"不。"明婶扭动着脖子，"你老头都不保守，我会保守？看我明天就有个新规矩——"

明婶的语气有点像吵架，引得旁边的妇女们都笑起来，二公和刘炳也跟着发笑。

"别以为我背背孩子是清闲的。"明婶不知别人为什么发笑，声音照样拉得很响，"小宝贝很娇，动不动就哭，操心得很呵！"

二公说："谁不操心？"

"是呀，大家都在为公家的事情操心。"刘炳敛住了脸上的笑容，像开会发言似的，"日子过得安安乐乐，谁不为公家的事操心，就不像个人啰！"

"就是，往日生生死死，世世代代，都为一顿冤枉饭，如今挨饥受寒的苦根斩断啦，操心也操得快活。"二公说得很是兴奋，宽阔而光亮的前额泛起红光，"真是……共产党毛主席想得真周到，想出一个切切实实断苦根的法子……可是，老陈……"

他定神地望着我，想说又咽住，我问："你要说什么？"

他吞吞吐吐地："你是……是懂得道理多的……你说——"

"长气鬼，想说又不说！"明婶轻轻地骂一句。二公搔搔光秃的脑袋，偏着脸说道："你想，会不会中途变卦？"

"什么叫中途变卦？"我问。

"好比说，公社会不会中途散伙？"二公的眼睛流露出老年人常有的忧虑，"我就担心这一条——"

"蠢人！"明婶朗声骂，"你安心干活就得啦！"

刘炳解释说："毛主席说过的事，哪一条是变卦的！"

"不会变的。我说，要变就是变好，不是变坏。人人操心公家的事，大家合力搞好生产，社更巩固，再过几年，会变得更好呢！"

二公说："这都是实在话。"他心里的疑虑，好像被我说跑了。

"新房子你敢不敢住？""明婶神气地插话，"汽车你敢不敢坐？"

"废话。"二公粗声地答。

"废话？"明婶追追道，"飞机你敢不敢坐？"

"你坐过没有？"二公不服气，"你傻嫂敢坐，我怎么不敢？"

两人好像要争吵的样子，我连忙挡住："都敢，都敢，将来我们的日子，比坐飞机更有趣呵！"

刘炳沉默了一阵，正要说些什么话，我却站了起来，准备走了。他硬要留我吃饭，我说我要看看另一个队的食堂，他就不再留了。他问我对食堂有什么意见，我轻松地说："等着过新年，我来吃你的红烧扣肉。"

明婶打横抢嘴："你怎么不看看我们的托儿所？"我笑说："等你改了新规矩我就来。"

明婶仰着脸，快乐而爽朗地笑着点点头。

我怀着轻快的心情走出了食堂。明婶，刘炳，二公，都是平凡而快乐的，在无数前进着的人们当中，他们一样是满怀兴奋与希望，在公社的道路上前进。

我们伟大的祖国的脉流，珠江的流水，永无止息地奔流，珠江两岸无边的绿野，一天天地生长和茂盛，珠江两岸的村庄，是一个和平静穆而又美丽的花园。人与自然，一切新生的东西都在前进。

我爱前进着的祖国，我爱前进着的珠江岸边的家乡！

一九五九年二月十八日

# 秦牧作品选及简析

## 秦牧生平

秦牧（1919—1992年），原名林觉夫，广东澄海县人。出生于香港，3岁随父母迁居到新加坡，13岁回国，在澄海、汕头、香港等地求学。抗战爆发后，他于1938年春从香港回到广州参加抗日救亡的宣传工作，从此辗转于粤桂黔渝，做过部队政工人员、报纸编辑、中学教师等多种工作。秦牧的文学创作开始于1940年代初，1947年在开明书店出版了他的第一本书《秦牧杂文》。新中国成立后，秦牧历任广东省文教厅科长、广东作协副主席、《羊城晚报》副总编辑等职，写作以散文为主，亦有小说、艺谈、儿童文学、剧本等多种，是能写能编的多面圣手。在当代中国文学史上，他被尊为20世纪五六十年代的"散文三大家"之一（另两位是刘白羽、杨朔）。他的散文以知识性、趣味性、哲理性著称，《花城》《土地》《海滩拾贝》《榕树的美髯》《鬣狗的风格》等是其中的名篇。写于20世纪五六十年代的中长篇小说《黄金海岸》《愤怒的海》是在海内外有深远影响的华侨题材小说。秦牧一生著述超600万字，1994年由人民文学出版社出版《秦牧文集》十卷，2007年广东教育出版社出版《秦牧全集》十二卷，是当代文学中卓有影响的文艺大家。

## 秦牧作品选析

秦牧的写作开始于1940年代，1950年代后期到1965年，可以说是秦牧写作的一个高峰期，散文集《星下集》《贝壳集》《花城》《潮汐与船》等皆出版于这个时期，它奠定了秦牧作为散文家的地位。秦牧唯一的长篇小说《愤怒的海》亦初成于1964年，由于政治环境的变化，直到1982年才正式出版。

本书所选散文《花城》《海滩拾贝》《土地》，是秦牧最有名的散文名篇，入选各级学校教材，尤其是《花城》，可以说，正是这篇文章使得广州有了一个家喻户晓的别名：花城。广州花文化的历史相当悠久，种花业至今有1700多年的历史；而一年一度的岁暮花市的形成，至少从清代中晚期至今，也有150年以上的历史。这和广州的气候条件当然有绝大的关系。广州地处亚热带，在北方犹是严冬之时，广州的春天早已到了。且由于气候的适宜，很多原产于北方或国外的花卉，都可以成功培植，如梅花、牡丹等等，所以广州得天独厚地能够在中国民间最大最重要的节日——春节到来之前举办花市。而广州人之爱花，也是别地的人们难以比拟的，据说抗日战争时期，日本的飞机经常来轰炸，但年末花市竟然照样进行！秦牧的《花城》写于1961年，1961对于"大跃进"失败陷入困境的中国人来说是一段严峻的日子，很多人难以想象在这样的年头广州竟然依然有《花城》中所写的盛况，以为秦牧是在纯粹的"粉饰太平"，但是有资料记载1961年广州的花市的确由原来的四个扩充到六个（增加了芳村、黄埔花市），由此可见广州人民对于花市之热爱，这的确是一种强大的地方文化传统。

秦牧对于广州的花市也是情有独钟。他一生中多次描绘过花市。1960年他写过《花市徜徉录》，1961年写《花城》，1979年写《花街十里一城香》，还写过两首关于花市的旧体诗，之一为"香街十里一城春，笑语喧声入彩门。疑是层峦采蜜使，幻城百万赏花人。"秦牧不愧为广州花文化的当代传人，很多外地人知晓广州的花市就是从秦牧的散文，而《花城》在他众多描写花市的文章中的特别之处在于，他不只是具体地描绘了花市的美丽，他给了这个城市一个新的命名：花城，一个城市的文化特质由此显现出来。当然，作为一篇写于1961年的散文，而当时的秦牧又是《羊城晚报》的副总编，担负着"寓共产主义理想于谈天说地之中"的使命，他文中的某些意识形态宣传意味也就在所难免。

如果说《花城》写的是陆上的鲜花，那么秦牧的《海滩拾贝》写的就是大海奉献的花朵——贝壳。秦牧童年时期在海中之国新加坡生活过十年，广东的海岸线也相当绵长，凡在广东生活多年的人没有不熟悉海滩的，《海滩拾贝》表现出的对于贝壳的丰富知识，一方面固然与秦牧对于知识的喜好相关，另一方面却绝对与一个海边人的生活积累相关。这篇散文表现了秦牧散文的重要特点，知识性、趣味性和文字的美感。但文章最有价值的思想还在于后头，秦牧写道："我们在海滩的时候，就是不去思念贝壳在人类生活上的价值，也没有找到什么珍奇的品种，我觉得单是在海滩俯身拾贝这回事，本身就使人踏入一种饶有趣味的境界。""人到海滩去常常可以纯真地变成小孩"，这大概是海洋文化给予人生的最有价值的启示之一。

黄伟宗早在1991年1月发表的《秦牧创作的文化意识特征》指出："《土地》这篇散文，将古今人们对土地的深情和创造精神熔铸一体，写得淋漓尽致……是一曲革命的、民族的、爱国的正气歌"（见《黄伟宗文存》中1358页）。现在看来《土地》从内涵到写法，都是一篇甚有气派的记住乡愁的典范作品。

多数人知道秦牧的散文，但是只有很少的人才真正读过秦牧的小说。秦牧在他晚年所写的《文学生涯回忆录》中讲到过为什么更多地写散文的原因，实在是因为真正用于专业写作的时间是很少的，一生当中大约也就是1961—1964近四年左右的时间，其余都是在繁忙的工作中挤出时间来写的，尤其是在报社时更忙。而一旦有了一段专业创作的时间，他就开始筹划和写作长篇了，他一生中唯一的长篇《愤怒的海》即写于这个时段。对于华侨题材，秦牧比别人有更多得天独厚的条件。他自己一家可以说就是华侨，从曾祖父开始就漂洋过海去谋生了，因此对于华侨的血泪生活，可说有切身的体会和观察。《愤怒的海》写的是去古巴的华侨，之所以选择古巴，与中古在20世纪60年代的交谊相关，写很多被"卖猪仔"卖到古巴去的华侨实际上在那边当了"蔗奴"，过着奴隶般的生活，于是在古巴人民起义反抗西班牙殖民者的时候，中国的华侨也起来了，他们与古巴人民一道，加入反抗的行列。关于这个小说，秦牧说"历史背景是完全真实的，人物和故事，则有许多是虚构的"，"1961年初，我用了大半年的时间专门读书，这张书单，包括范围颇广。有清代的历史、小说笔记，清朝外交官的日记，以及清代人物的画稿等等"，是在读史和自己见闻的基础上写就的。

小说的开头部分是"省城风光"，它所描绘的也是鸦片战争之后西风东渐的景象："市面上的洋货一天天多起来了……"然而又"到处牌坊林立"。景象实在是非常的光怪陆离的，一方面封建的东西十分顽固，"驻广州的八旗军每年十月就得领兵去攻打瘦狗岭一次……打掉南方的'王气'"，一方面各种洋的东西充斥市场；而另一方面是老百姓已经到了生存线的边缘，读书人、生意人、好赌的，天灾人祸的，人们由于各种原因活不下去，在走投无路的情况下把自已卖了猪仔，向未知的命运赌一把。整个看起来一幅清末社会的末世图景。这是广东侨乡的血泪记忆。

吴有恒在《应有个岭南文派》里讲到为什么提岭南文派，其中有一个很重要的原因是秦牧、杜埃等人写的华侨题材作品。他说广东有三分之一的家庭有海外关系，华侨题材作品是岭南文学中很重要的一块。在我们看来，的确这种海外关系也造成了岭南文化与其他地区文化的不同，它使得这个地方更易于受到海外文化的影响，但同时也更紧地咬住自己的传统之根。所以岭南的确是这样一个地方，它的"洋气"和"土气"、"传统"与"现代"总是奇妙地并行不悖，共同生长，这大概也是很多岭南文学作品所显示的文化气象。

（李俏梅）

# 秦牧作品选

（一）

## 省城风光

（节选自《愤怒的海》）

那时，大清帝国的杏黄色龙旗正在中国飘扬着。

广州，这座中国南方大城，虽然历经兵燹战乱，还是相当繁华。自从明代初年，把广州三座城合成一座以来，广州的城墙就已经相当壮观了。一座座城门：文明门、五仙门、归德门、大西门……在各方矗立着。城门口的兵士，在胸前各各绣上一个大"勇"字，打着绑腿，佩着长枪、大刀，守卫城门。进城出城的人多极了，抬轿的，骑马的，挑瓜贩菜的，引车卖浆的，徒手的，提篮的，人来人往，好不热闹。

鸦片战争时期，文明门外一带烧掉了千多间房子，城内各处中炮地点留下来的断壁残垣，这时候大都已经清理和修复了。这一二十年来，国内农民起义的战事大抵在江南、北方进行，日本忙着侵略的是台湾和琉球，广东的战事暂时稀少了，总督巡抚们也就乐得歌舞升平。虽然朝廷一向认为广州一带"王气"太盛，驻广州的八旗将军每年十月就得领兵去攻打瘦狗岭一次，向着荒山乱轰一场，像是禳灾一样，算是打掉南方的"王气"。捕杀太平天国余党也不遗余力，什么人只要"形迹可疑"，捉到制台衙门里去，就往往得被五花大绑，插上了斩标，推出东北郊外乱葬岗上砍下脑袋。但是尽管这样，广州城里，还是熙熙攘攘，十分太平的样子。

城里，到处牌坊林立，有颂扬禄位的，也有表旌节孝的。惠爱大街、十八甫等地，是最热闹的了。茶楼菜馆，高挂着"满汉大菜，应时小酌"的字牌，总是高朋满座。洋杂店、绸缎店、米店、当铺……一间挨着一间。经过这些年的"西风东渐"，市面上的洋货一天天多起来了，英国的呢绒布匹，日本的眼药仁丹，法国的香水，德国的眼镜，瑞士的钟表，美国的香烟面粉，这时到处涌现。街上来来往往的，除了身穿长袍马褂，或者便衣短打的中国人外，也有不少挥着手杖，戴着夹鼻眼镜，穿着窄裤管西装的欧洲人了。经过许多年的流血斗争，中国人不能阻挡西方商人进城来贸易，现在终于让这些由外国战舰护送来的西方商人意气骄横地走在自己面前了。

这个城市到处让人看到烟赌的气氛弥漫。在一列列店铺之间，夹杂着一些贴满花花绿绿彩纸的小店，他们卖的是白鸽票、铺票、彩票、山票，它们有十天开彩一次的，也有半月开彩一次的。更有一些门口高悬银牌字样的门帘，里面布置酸枝桌椅的赌馆，它们是赌番摊的。至于鸦片烟，虽然官厅也在讲严禁，好些店铺门口也贴着"禁烟强种"的标语，但是在路上尽可以看得出来，吸食鸦片烟的人可多得很啦，他们的特征就是耸着肩膀，瘦削的脸上有一种死尸似的灰白的颜色，烟瘾发作时，打起呵欠来就眼泪直流。甚至穿着黑色号衣，在胸前绣着个"巡"字，辫子盘在警帽里的巡士，也有烟容满面，踱着八字脚走路的。

在小街横巷里，写着"轿房"二字的牌子高挂着，好些轿夫正在翻看发辫，捉着虱子。游方和尚，化缘尼姑，乞丐，麻风病者也不时跑进这种巷子里来要点钱米。那些高门大户，门上贴着"神荼"、"郁垒"的洒金红纸，门楣上高悬着"大夫第"、"颍川世家"、"陇南世家"之类的牌匾，门前两盏大红灯笼上各各写着自家的姓氏，而大门呢，却总是闭得紧紧的。

和小街横巷的静寂形成强烈对照的，是大街上的喧嚣，来来往往的行人，在这个人身等级森严的社会里，各各按着礼制穿着一定颜色的衣服，一眼就可以大体看出那个人的身份来，戴草笠的，戴瓜皮小帽的，戴状如圆锥垂着松鼠尾巴般装饰品的官帽的，都各各有他们的举止气派。人们甚至从官帽的顶子的质地和颜色就可以知道那人的官阶怎样。戴瓜皮小帽的人，人们从那粒丝绒顶子的颜色，也可以看出他们有没有什么特别遭遇。因为顶子颜色吉服用赤，素服用黑，居丧的就改成白色了。在来往的行人中，偶尔有一两个在腰间扎一条红带子的，人们看见了，总是客客气气地回避，因为扎这等颜色的带子表示那人不止是个满人，而且还和皇族有点遥远的渊源关系，是碰不得，骂不得的。街上店户，但凡碰到这一类人物以及官吏豪绅，不管买卖做成没有，往往送到门口，不断打揖鞠躬，只苦了爷娘生下来的一条背脊，弯得就像只醉虾一般。

大街上不但人声喧嚣，而且不断有锣鼓唢呐声。也许是一个大官从珠江河畔的接官亭经过南关入城来了；也许是城内的大官互相过衙门会见了。这样的仪仗行列颇像游神赛会。兵丁们高举着"肃静"、"回避"的牌子，吹鼓手吹奏着音乐，后面就跟着富丽堂皇，六人抬，八人抬以至于十二人抬的官轿。轿夫旁边，也还有些跟班的，把手按在轿杠旁边，跟着奔跑。在轿子上肩或者安放的时候，他们就像赞礼生似的，鼓足嗓门，喊着"升——"，"坐——"。每逢这些队伍经过，亲兵们大声呼喝清道的时候，途人就四散奔避，站到路的两旁去。

奏着这种锣鼓唢呐的，不仅有大官们的仪仗队，也还有庆贺人家升官的报喜队伍，办红事白事的队伍，这样的行列后面，总跟随着一群小孩和叫化子……

那时候这座城市的庙宇多得很。光孝寺、大佛寺、都城隍庙、五仙祠、海幢寺……处处丛林都香火鼎盛不待说了，小的庵堂佛龛，更是随处都有，各种行业的人都找一些被神化了的古代人物当做祈福禳祸的膜拜对象。读书人拜孔子，木匠拜鲁班，银号钱庄拜赵元帅，演戏的拜田元帅，草药医生拜神农氏，打铁的拜尉迟恭。至于武馆里面，则到处在拜着红脸关公，而向如来佛祖和观音大士叩头烧香的，不用说更到处都是了。路上行人拿着香烛元宝到庙宇里去求神许愿的，端的不少。在一些庙宇附近，钟磬的声音，香火的烟雾，使这座古老的城市，更笼罩了一层神秘和灰暗的色彩。

沿着浩浩荡荡的珠江，来自东、西、北江的帆樯云集，这里面也还夹杂着一些外国兵船。沙面被划做租界已经有好几十年的历史了，东桥西桥，站着来自西欧的兵士和印度阿差，他们呵叱着中国人，暗堡里的枪眼对准着隔涌的行人。那上面出现了许多欧洲式的建筑和一些尖顶的教堂，和这片古老的土地上原来的景物形成强烈的对照。来到这里的欧洲商人，不但搜刮了珠江三角洲的蚕丝金银，临走时也总要带走些烟枪、弓鞋、泥佛、发辫、翎顶，回国去可以凭借这个来把这个东方古老的帝国作为谈笑的资料。珠江河岸这一带地方现在一天天畸形地繁荣起来了。

集在原来的拾翠洲（后来的沙面）的华丽的妓艇，现在迁到大沙头去了。那里一到夜晚，更是繁弦急管，笙歌如沸。一艘艘妓艇，密密麻麻地排列着。有叫做"海镜舫"的，有叫做"醉芳舫"的，也有叫做"烟波舫"、"华月舫"的。船舱上用上等木材和嵌花玻璃搭成了标致的厅房，垂着珠帘，还在船首处围着矮小的朱漆栏杆，置着酸枝桌椅。万家灯火一亮起来，这里就成为广州城最热闹的地方了，官、吏、绅、商、士子，但凡有几个钱的，总喜欢到这里来寻欢作乐一番。

夜里，那些盖上两块人字形木板，鸽子棚状的煤油街灯亮起来了，这时又出现了好些新的景象。盲眼的"师娘"一个拉着一个的衫尾，跟着年老的落魄的琴师，走遍了大街小巷，到处卖唱。伴随着二胡的乐声，她们唱着沉痛苍凉的歌曲："花咁薄命，命薄如花。每想向着花神，仔细一查。往日鲜花一朵，误种在污泥下……"这声音，夹杂着零食贩子的叫卖声，行人的木屐声，老妇们为家里病人禳灾的带着恐怖气息的喊魂声，回荡在广州的上空……

这就是我们的故事开头的地方，十九世纪末年时代的广州。那时候，正是一八九二年，光绪十八年的初秋。

一天，快近黄昏的时候，有两个张贴"长红"的洋行杂工，从广州的外国租界沙面走入市区，他们都把发辫盘在头上，像刚从茅厕里出来一样。其中有个人一手提着一桶浆糊，一手拿着支刷子，走在前头。一个人臂弯里搁着一叠"长红"，跟在后面。他们一路走，一路在贫民麇集的路口处张贴招工广告。把写有"天皇皇，地皇皇，我家有个夜啼郎，过路君子念一遍，一觉睡到大天光"之类字样的红纸条，"花柳灵丹"、"戒烟善后药"、"调经至宝丸"之类的广告又压到下面去了。这些"长红"，一贴到街上，浆糊还没有干，早已经有一大群人围着看了。

原来那"长红"讲的是招工到古巴垦荒种地的事情。上面提到古巴的水土怎样好；起居怎样便当；开矿种蔗、卷烟熬糖，可做的工种又是怎样的多；工钱又是怎样的高；合同三年为期，期满自由回国；签合同时还有一笔安家费……那时候广州米珠薪桂，许多手工业作坊，已纷纷歇业。十个人里面，倒有七个人失业闲居，见面一谈，就是柴米油盐酱醋茶那七件惹人头痛的事儿，因此，围看的人不免纷纷议论道：

"真的有这样好，那也不错呢！出去三年五载回来，自己买几亩地，或者开一爿小铺子，好过现在上天无路，入地无门，天天在熬粥水。"

"好是好，就不知这上头说的，成色怎样。你去到外埠，地生人不熟，怎知那些外国人把你怎样看待！"

"怕什么，光天化日，难道会给人生吞了不成！我们住在省城的人少出洋，这些年，台山四邑的人到花旗国去的，潮州汕头的人，坐红头船到暹罗新加坡去的，还少么？我可不怕，既有这个门路，总得试一试。"

"我说呀，到外埠去，自然也好，只是，已经生有一两个儿子，留在家里守香炉的，自然没有相干，不然，这样漂洋过海的事情，可不是闹着玩的！"

…… ……

正在人们窃窃私议的时候，忽然有一个人提出疑问："古巴，究竟位在何处，是哪一国的地界？"这样一问，好多人都发愣了，真不知道，这古巴竟是在哪一个国哪一个洋。于是许多轿夫、小贩、学徒、失业者又议论起来：

"真没听说呢，只听过金山、小吕宋、暹罗、新加坡……可不知道古巴在哪里！"

"一个地方总属一个国呀，是英国的，花旗的，还是出'荷兰薯'、'荷兰水'的那个荷兰的？"

这时候，有一个戴眼镜的老头儿眯缝着眼睛，想了半响，搔搔腮巴，终于慢条斯理地告诉大家道："这古巴就在美洲花旗国旁边，属日斯巴尼亚国，日斯巴尼亚，人们也叫它做西班牙，大吕宋。"老者是从上海刊行的《东方杂志》上看到这些东西的，现在，记起来了。

大家看到这个戴眼镜的老人，肚子里倒像是有几滴墨汁的，也就相信了。

"这样说来，可不是水路迢迢么？"

"哎哟，恐怕大火船都要驶几十日啦！"有人禁不住伸出了半截舌头，摇摇头。正在这时，人群背后发出了一声沉重的叹息。

好些人不禁被这声深沉的叹息惊动了，人们回过头来一看，原来却是一个秀才模样的人物。他天庭饱满，目光深沉，微有胡须，看来约有二十六七岁。腋下夹着一卷东西，仿佛是字画之类。从衣着看来，显然是个落魄人物，但神色间却在聪明中带有傲气。这人也不管旁人怎样用打量的眼光瞅他，一边看着"长红"，一边兀自摇头叹息，看了好一会儿，就施施然走向对过，踏着斜阳跑进一间当铺里去了。

这个落魄的读书人叫做宋思惠，是到当铺里当东西的。当铺正门，高竖着一块木牌，屏风不像屏风，隔扇不像隔扇，朝门处用朱砂写了一个大"当"字，倒像个大腹便便的阔佬正在笑吟吟地俯瞰着这些前来典当东西的升斗小民一般。觉得当物羞耻的人们就躲在这大木牌背后典当东西。他们把衣物托上高高的柜台，那朝奉就用一种不屑一顾的神色，随便解开袱布，草草看了几眼，随便给个价钱。不愿承当的东西便给一手推开；愿受的，朝奉就高声报价，那账房马上就开出一张鬼画符一般的当票来。也有些来当珠宝玉石的，朝奉就拿起个放大镜，眯起一只眼睛左右端详，无论如何贵重的东西，总无法改变那朝奉一副怀疑和瞧不起的神气。前来典当的人，只有两种受到例外的待遇。一种是原本有钱人，一时手紧，想挪点现金抱注，自己摇着一把折扇，还带个跟班捧着个首饰盒子，进得铺来，到柜台前招呼一声，当铺老板马上开了柜台侧面一扇铁门，请到里面的小客厅去，坐在酸枝椅子上，敬烟献茶，慢慢议价，就像大开中门侍候一般。另一种人，是无赖泼皮，嘴巴上叼根香烟，衣服空悬着一只袖子，进得铺来，虽没有被请进里头客厅，但是朝奉见他那个模样儿，先就畏他三分。这些烂赌烂食的人，随便把件衣服抛上柜台，喝声"尽当"，朝奉哪敢怠慢，带笑翻着那件烂衣服，就给一个较高的价钱。有时给的价钱低了一些，那些大汉就搬爹骂娘，大喊道："丢那妈，只值这个价钱么？眼睁大些！"朝奉往往又添给了几个钱。这些人得了钱，却把当票折成一团，或者插进帽檐，或者放进耳朵里，扬长而去。不属于这两种人的一般来典当的穷苦人物，朝奉根本不放在眼前，你越老实，他越好像穿了黄马褂，在紫禁城骑马一般的威风。当时宋思惠把一卷东西托上柜台，说声"请你看看"。那朝奉拆开包纸，看见是卷字画，双眉一皱，就推了出来，连声说："不当，不当！"宋思惠急了，又推了回去，忙说："请你无论如何看看，看了再说，不当也不迟。这是林良画的花鸟，林良是明代广东著名的画家，他的墨宝是可遇不可求的。这幅画我无论如何不卖，现在当来周转一下，只要你们写十两银子罢了。"那朝奉听见说得如此稀罕，就半眯起一只眼睛，带着几分不屑的神气，展开了画幅。果然，一幅喜鹊玉兰图，栩栩如生出现在眼前，三只喜鹊可真活泼，就像引吭鸣啭，尾巴正在翘起放下一样。宋思惠看见朝奉正在端详，本来还想解释："这林良是广东有史以来第一个大画家，最擅长画翎毛，他画的花鸟，拿去和宋代的院画一比，也毫无逊色。"但是他看见朝奉那个爱理不理的神气，话到喉头，又咽下去了。朝奉看了几眼，卷起画幅，宋思惠心想："这该成了吧？"谁知朝奉又沉下脸来道："不当！"宋思惠不禁有几分气恼，就质问道："明明是好东西，为什么不能当？"那朝奉口里啧了一声，以藐视的神气扫了这读书人一眼道："为什么不当，这叫做同行公议。你拿衣服来，多烂多破，都可以当几个钱给你，但是字画我们就不当。不信，你自己看吧！"说着，右手朝墙壁一指。宋思惠跷起脚跟看时，果见青砖墙上贴有一列红纸，写着这样一串字样："神袍戏衣不当。""旗锣伞扇不当。""低潮首饰不当。""皮货无袂不当。""古董字画不当。"宋思惠看了，不禁睞了几下眼睛，① 悻悻地道："既然是同行公议，你何不一早就指给我看，还看画做什么？"朝奉听了，瞪一瞪眼，没好气地道："不是你喊看，我才不看呢！现在看了，就有什么损失不成？"正说话间，有一个破落商人模样的人走近柜台，从包袱里解出一根象牙镶银斗鸦片烟枪来，朝奉忙着看货色，又把那卷翎毛花卉图推给宋思惠道："拿回去，都城隍庙那边的书画铺怕就有交易。别阻人做生意。"说着，再也不理睬了。宋思惠怀着满腔怒气，狠狠地看了那朝奉一眼，也不答话，把画卷朝腋下一夹，抹一抹汗，又走出当铺来。

他走过街口，看见刚才那张古巴招工的长红，现在又围上了新的观众，人们仍在窃窃私议。宋思惠悄悄地叹息了一声，在斜阳中拖着一条长长的影子，回家去了。

# （二）

## 珠江水长

（节选自《愤怒的海》）

一天早晨，珠江河畔一个码头旁边，密密层层麇集了五六十人，里面绝大多数是男人，但也间杂着几个妇女。看样子他们大多是逃荒的农民，但也有一些像是城市失业的手工业者。他们大都穿得十分破旧，虽然秋天的早晨，已经有些凉意了，但是还有不少人穿一种两个袖子齐肩截去的"裋仔"，因而裸露着两臂。这些人不少都是肌腱突露，皮肤颜色像古铜似的，显得是做惯粗活的人。他们几个人一堆，蹲着，坐着，站着，只有少数人在聊天，大多数人都显出一种木然的神色，沉默着。或者忧愁地在吸生切烟。那时候，有身份的男人除了上厕，才把辫子盘在头顶，在街头有谁会这样做呢？但是这群汉子，倒有不少人把条辫子盘在头顶上。在他们身边，则是一堆堆可怜的行李，那是一些蒲席卷子，蓝布包袱，油漆剥落和变了形的阳江箱子，以及装上衣物的竹

---

① 睞：同睒，眨巴眼，眼睛很快地开闭。——编者注

篮……奇怪的是，在这些可怜的行李中间，还有几把椰胡洞箫之类的乐器，求神拜佛用的茄楠香，它们长长的身子似乎不是那个细小的包裹卷所能容纳得了的，因此，一端就在包裹卷里翘出来了。

包工头骆威雇用的"伙计"，几个彪形大汉就在这群人周围逡巡着，每当陆续有人到来的时候，他们就喊道："到黄埔搭大火船的么？这边是，在这里等一等，一会就开船，怎么现在才来！"

在这等候搭船的人群中间，吕保均夫妻也在其内。当吕保均带着妻子来到的时候，风姿标致的江瑞香曾经使许多人投以惊异的一瞥，那些目光，似乎包含着这么一句话："这样漂亮的女人也到外洋去做工！"但是在这里候船的都是些饱经忧患、穷困潦倒的人，正像每件物体都有它的影子似的，在他们背后都各各拖着一段凄凉的故事。他们困倦，忧伤，愤慨，辛酸，因而也就没有太多的精神去端详别人了。只有那些在四围逡巡的彪形大汉，不时以灼灼的眼光盯着这个美丽的妇人，有时甚至窃窃私议几句，阴阳怪气地笑着。另外好些候船的妇女也不时打量江瑞香几眼，其中一个面上有很多雀斑的，鼻子尖尖，嘴唇薄薄，略微有点哨牙的女人尤其瞧得起劲。面对着这些迫人的目光，江瑞香不觉有点羞赧地低下头去，就只当没有看见一样。

吕保均蹲在那里，不时东张西望，他正用目光搜索着宋思惠的踪迹，但是始终不见宋思惠到来。江瑞香低声问道："你说的那个秀才没有来吗？"吕保均道："大概是来得迟点吧，现在还没见到。"江瑞香道："莫不是他临走想定了，又不去吧！"吕保均面上神色一黯，沉吟道："不会的，拿了钱，打了手指印，地保那边都已经说清楚了，怎能够由得你不去！况且，他的景况比我们还糟，不去又怎样？"讲完了话，在默默无语当中，吕保均回想起一年多来的颠连苦楚，一个好好的家现在变成了支离破碎，在出洋做工的合约上盖了手指模之后，虽说还清了债，身上还有十几个鹰洋，但漂洋过海之后，命运怎样，现在还是茫茫难以预测。心里又是凄凉，又是愤慨。想到这一切都是徐大奎和县里的猪官狗官，皂隶差役们迫成的，不觉咬牙切齿。转念一想：徐大奎毕竟已经横死了，这才真叫做报应。但是他究竟是怎样死的呢？为什么他会突然淹死在一个池塘里，难道真的有什么"天谴"，是什么迷了他的眼睛，鬼拖了他的后脚不成！天下难道真有这样的事？还是其中有什么内情？这是吕保均最近一静下来就时常思索的。每当想起这些，他的浓眉不觉蹙着，瞳孔仿佛随着呼吸，一下子放大，一下子收缩，颧骨也显得更耸了。

又过了好一会，那个在"鸿泰行"里办事的，曾经向吕保均他们解释过到外洋去的各种问题的中年人来了，他依旧戴着一副铜边眼镜，背后一条细长的辫子一直垂到屁股，还用绸带扎着裤管，几个在旁边逡巡的彪形大汉一见到他来了，就迎上前去喊"七叔"，那人张开长着浓胡的嘴巴含笑点头，露出一口长长的黄牙。他们几个人围在一堆，窃窃私议了好一会，一个镶着两颗金牙齿，手臂上刺了一朵青色荼藤花的汉子挥臂大呼道："现在上船啦，不等了，迟到的人另坐一条船，要拉屎拉尿的，就快去吧，这里到黄埔，划船要划两三个时辰呢。"①

于是岸上的人群，扰攘起来，也有几个来送别的，嘤嘤啜泣。过了好一会，人们终于提着破烂的行李卷，走下码头，通过那些小艇构成的通道，又踏上一艘大运货船，分别走下了两条中型的木帆船，不一会，船就撑起了风帆，朝东顺流而下了。

源远流长，汇合了几条大江的珠江，日夜浩荡奔流，它在这广阔的流域铺开了一个巨大而又复杂的水网。各江的船只带着自己的特色，有的是船头高翘、漆着两颗眼睛的；有的是阔腹的；有的是长身的；有的是桐油闪闪发亮的，纷纷驶到了这珠江之畔的名城，航运显得异常繁忙。准备开到这个巨大水网各处去的船只，麇集在沿江一带，很多在船上插上一根根长方形的红底白字的旗帜，上面绣着"梧州"、"肇庆"、"佛山"、"大良"等各埠的名称。也有一些由小火轮拖曳着，在江面上行驶的花尾渡，划开了一道巨大的扇纹，激起了浪花，使得那些在江上捞蚬，捕虾的蚬艇虾艇，摇摇晃晃，像是就要覆没一样。离开那船只密集的江畔，来到江心一看，珠江是越发显得辽阔了，在各种客船，货船，小艇之间，有一艘水警轮正在巡逻着，它高高插着一面大清帝国杏黄色的龙旗，船头站着一个水巡，胸上有一个醒目的"巡"字，他正把手按着手铳，在那里东张西望。这时一艘悬着英国米字旗的洋轮溯流而上，向着租界沙面的方向驶去，激起了浪花，那只水警轮就摇摇晃晃，水巡也缩回舱里去了。

木帆船趁风东驶，吕保均夫妇坐的那一艘，一共乘着三十来人，大家都不大说话，那个镶着两颗金牙齿，手臂上刺一朵荼藤花的彪形大汉金牙成坐在舵台旁边，也和大伙一起到黄埔港去。吕保均坐在舱里，和妻子紧紧挨在一起。心里像有十五个吊桶，正在七上八落。他想："宋思惠为什么没有来呢？难道临时出了什么事情不成！"并因此对于这次的出洋做工，更加感到忐忑不安了。

船顺流而下，秋风灌饱了船帆，驶得很快。不久，就听到了岸上一片鼓乐

---

① 荼藤花：同荼蘼花。——编者注

之声，有人从舱里站起来，朝外一看，喊道："接官亭到了！"许多人都跟着站起来看，原来岸上接官亭旁，正摆着一列举着官衔牌子的仪仗队，八音杂奏，鞭炮大鸣，一些穿着各色贡缎官服大褂，上面绣有雪雁、白鹇、鹭鸶、鸿鹚或者虎、熊、彪、犀牛之类图画的官儿正在跪迎一个大官。那些官服，绣野兽的比绣禽鸟的多，显然是一个将军之类的官员正在到任。但是岸上有人挥手制止船上的人们观看，掌舵的老汉连忙出力弯一下舵，船立刻更偏向南岸行驶，大家的脑袋也同时纷纷缩进舱里了。

　　船不久又到了大沙头，这里是妓艇云集的地方，那些"海镜舫"、"醉芳舫"、"华月舫"之类的妓艇，夜间游客们热闹过了，荒淫过了，来喝花酒玩妓女的官、吏、绅、商、士子、洋人，此刻早已星散，一艘艘巨大的朱漆栏杆的画舫死寂地躺在那儿，珠帘低垂。只是在船头船尾处摆着的矮桌上，酒瓶、酒杯、果皮狼藉，留下了昨夜人们在此纵情行乐的残迹。那些妓女们此刻大抵还高卧未醒，只有几个起得早的，头发蓬松，面色像块黄蜡，蹲在船尾洗脸刷牙，用一种银制的"舌刮"刮着舌苔，以一种茫然的神色望着江面来往的船只。

　　木帆船驶着驶着，越接近海，珠江江面越显得宽阔了。船里面那些准备去漂洋过海的乘客大抵默默无语。但是在每一个人多的场合，总是有人熬不住这种寂寞，要找些话题来逗人谈谈的。有一个汉子，面部狭长，眼睛老是流露着一种无可奈何的神色，鼻梁顶上突起一块骨头，颊上生着一颗大黑痣，上面又长出几条黑毛来，他闲来无事就老是搓着那几条黑毛玩。此刻，大抵是忍耐不住了，就自言自语道："真是奇啦；水路迢迢到外洋，也有这么多人愿去，我还以为就只是我们这几个衰品的人罢了。"话还没说完，旁边那个面上有许多雀斑，鼻子尖削，嘴唇薄薄，略微有点哨牙的女人就狠狠地盯了他一眼，撇着嘴道："我看你不说话也没有人说你是哑巴！还敢讲，你的脸皮怕有饭焦那么厚吧，人家是什么事情得到外洋去打工我不知道，你黎术要不是好赌，何至于连累我去跟你受这份活罪！"那女人这样一说，同船的人才知道他们原来是一对冤家夫妻。虽则有人仍然保持着漠然的神色，但是也有好些人眼光集中到他们身上了。那个被叫做黎术的汉子被老婆骂了，也不怎么恼火，想来在家也是挨骂惯的。他又搓弄着黑痣上的那撮毛，像是受了委屈，但是显然并不动气地申辩道："赌博嘛，谁不想赢钱，有谁知道他要输。想赢几个钱，还不是为了一家子，难道就是我一个人独酌不成！你也不是没有好过。运气的事，要衰就衰，要旺就旺，没得讲的！"黎术的妻子郑崧妹，听了这话，又白了他一眼，他们夫妻吵闹显然从来不忌惮人家在场。她又藐视地撇了撇嘴道："还说还说，吃过你几块鸡脚鸡骨，倒不知道流了几缸眼泪。真没有见过这样的人呢，斩断了一只手指，发过誓说不赌了，还是赌，也不知道那张嘴，是嘴巴还是屁股。"这样一说，那个黎术倒是不好意思了，他看到好多人的眼光集中到他的左手上，那上头的小指也的的确确断了一半，虽然伤口早已愈合了。他只好尴尬地搭讪道："穷有什么办法，赌博就像抽大烟似的，上了瘾，说什么都不成。如果一个人腰缠万贯，又何必到赌馆去熬夜，在家里享福不好么！"他的妻子崧妹又白了他一眼，嚷道："不知醜，要不是连我的东西都给你当尽卖绝了，我也不用陪你来捱凄凉，前世冤孽，跟着你这号人。"赌棍黎术被骂了，索性要起泼皮来，他说："你不愿去，你就回去好了，是我拖你下船的不成？好笑啦。世道艰难有什么办法，你问同船这些叔伯兄弟吧，他们不好赌，这不是和我一样，要到外洋去打工。"那个坐在舵公附近，从高处俯望着舱里，一面是"照料"大伙到黄埔下船，一面也是进行监视的彪形大汉，听到这儿，觉得似乎刺激了一些，就露出了金牙，半认真半嘲笑道："烂头蟀，你就少说几句吧！到外洋去，做个好仔，几年后还不是一样可以发达回来。"被叫做"烂头蟀"的黎术听了这话，感到很不是味道，就反唇相讥道："金牙成，你自己最好仔了，讲到这一门症候，你还不是和我一样，不过你们有人可以依傍，你们有通天本领，我黎术败在你们手下罢了。"那个金牙成一听这话，就像吃了一颗臭花生米，嘴巴一歪喷了一声，白了他一眼道："你这个人真是——难道是我们逼你不成！"那个黎术也不理睬，就闭上了眼睛，往后一靠，在鼻子里哼起戏曲小调来了。

赌徒黎术被人喊做"烂头蟀"，不是没缘由的。他原来在乡间，因为家里田地少，跟人家学捕蟋蟀为业，不久，就学得了一手本领。整个夏天，都提着一把小锹，一个蟋蟀笼，到夜里还加上一个灯笼，到荒郊野岭，坟茔荒草间去捕蟋蟀，他倾耳一听，就知道蟋蟀藏在哪儿，有时用草去拨几下，就能够把蟋蟀引出来。这样一直捕到立秋，才暂时停歇，去饭馆里帮人做临时伙计，生活倒也将将就就过得去。捉到的蟋蟀，有体力平常的，索几个铜钱，卖给小孩也就算了，也有的是"红头紫颈金花翅"的上好蟋蟀，价钱就高了，往往辗转贩卖，一手过一手，到了那些蟋蟀经纪的手里，价钱越抬越是惊人。老在行的蟋蟀买卖手，不但会看蟋蟀，还擅长养蟋蟀，他们只要往盆里看一眼，就知道那家伙真的能斗，还是只能振翅长鸣，徒有其表；是易发性还是撩拨很久才会昂首战斗的。他们把蟋蟀辗转贩卖，加工饲养，拿一个玻璃盆子盛着蟋蟀，从上面向下看，从下面向上看，又前后左右看，有时看一只蟋蟀，足足可以花上一两个时辰。蟋蟀身上腿上，哪怕有一丝毫伤痕缺点，也逃不过他们的锐利眼睛。

他们服侍蟋蟀就像孝子服侍爹娘一般。这样做不是没有代价的。大户人家，有哪几个不是手痒脚痒，喜欢赌博的，善斗的值得下赌注的蟋蟀，价钱往往从几十个钱几百个钱抬到几串钱，几十串钱，著名善斗的蟋蟀，有钱人购去蓄养的时候，还烧鞭炮撒钱，赛似迎亲一样，买回去就给养在象牙笼子里。两个大户养的蟋蟀比赛之前，还各各被用厘秤称过，体力相当的，才让它们角斗。好的蟋蟀既被这样重视，能够在大户人家穿门行走的蟋蟀买卖手，也就很能够赚钱，但捕蟋蟀的人可没有多少甜头，有时听到一只蟋蟀的身价抬到几串钱了，一探听，原来就是自己捕到的那一只，历经战阵之后被辗转贩卖抬到这个高价的。黎术有时气不过，也曾去找寻得了厚利的经纪人，买卖手论理，却反而给奚落了一场。他心里感到恨恨不平，凑巧那时省城有一个大户要找一个侍弄蟋蟀的人，每月有三吊钱，比兵营里的饷钱还要多些。黎术心想捕蟋蟀这一行，立秋以后就没事好干，那些好蟋蟀的高价钱，也轮不到自己的份，去外头闯一闯也好，这就答应下来了。到了省城之后，就专门给人侍弄蟋蟀，这种高门大户，吃饱了饭等拉屎的人家，厨子、奶妈、裁缝、花王、丫头、老妈子一大群，侍弄蟋蟀原是十分清闲的。经过一个厨子的穿针引线，不久黎术就和在街市卖菜的女人郑崧妹结了亲。日子本来也还马虎过得去，只是他一心想发财，不久就变成了赌徒，什么番摊、骰子、牌九、"十二位"，样样都来。染上了这门症候，手脚有时就不大干净，高门大户的那些老爷少爷，推牌九，斗蟋蟀的时候，输一百几十吊钱倒不在乎，察觉手下人偷偷摸摸沾点便宜，可就无法容忍了，于是黎术就给驱逐了出来，变成个流落市井的无赖汉。逢上包办筵席的酒楼雇临时工，或者什么富户有红事白事，要人抬妆奁，抬礼物，抬祭品，抬挽幛，他就去应卯混几个钱用。其余的时间，便赖在赌场里，输光了，就是呆在那儿看，也是好的。他有精神时想赌，没精神时更想赌，赌赢时想赢多些，赌输了又想翻本。想到正正经经营生，赚的不过是那几个可怜钱；想到一只顶上的蟋蟀就值那么多雪花花的银子，就不禁更加想赌了。赌赢的时候，那些耸着两个尖削肩膀，眼睛深陷的"摊场老鼠"、鸦片道友堆着满脸笑容，走上前来殷勤招呼道："大佬，恭喜你今天得手，横财直入。兄弟因为运滞落魄，江湖钱，江湖散，还请大佬高抬贵手周济几个。"在这种情形下，黎术也就随手散几个钱，再到茶楼箕踞大嚼，白切鸡，柱侯鹅，姣猪蹄，外加五加皮、双蒸什么的，再买包卤味给老婆开斋，钱很快也就散完了。输了的时候，就搔耳弄腮，千方百计张罗钱，把箱笼里老婆的一条较好的裤子也偷出来当尽卖绝。因此，两口子就难免你一句，我一句，在家里唱花面，打北派，直闹得一佛出世，二佛升天，输得凶的时候，黎术自然也面青面白，那颗心，跳得就像要跃出口腔一般。但是他相信"赌运"，认为运气一转，或者能辟去什么邪，就可以转败为胜。因此，当骰子在转的时候，他就会目不转睛一个劲儿叫喊："红！红！红！"但骰子可不听人使唤，却总是翻到另一面去。有时在推牌九的时候，他气急败坏，拿到骨牌也不敢正面地看，而是把它递过胯下，再拿出来看，好让下身把什么衰鬼赶开。但这样做了，似乎也没有好大功效，毕竟还是输的时候多。

有一次黎术穿着整套衣服出去，深夜回家时却只穿着一条短裤，其他的衣服都被赌馆剥个精光。这一来老婆自然禁不住大哭大闹，又是跺足，又是捶胸，又是推，又是捻，惊动得邻居们都来围观如堵了。只穿着一条内裤，大半身赤裸着的黎术也不免感到难为情，面上青一块红一块的，加上老婆气得发了昏，邻居的婶姆们一面忙着用铜钱蘸生油给她刮痧，一面也骂黎术"败品"、"贱格"、"驮衰家"、"好模好样生沙虱"，把个黎术骂得就像一只斗得大败、无路可逃的蟋蟀一般，只有缩成一堆的份儿。黎术心想，男子汉，大丈夫，也不过赌几个钱罢了，就给这些娘儿们这样羞辱，十分气不过；又转念一想，赌博也着实害人不浅，当时把心一横，气汹汹拿了一把菜刀，在天井里赌了咒，就把左手小指斩了一橛下来，这事直把邻居的妇女们，以至躺在床上刮痧的老婆，都吓得周身起了鸡皮疙瘩。那橛断了的小指被放进壁龛上的炉灰里，[①] 人们以为黎术从今转性了，该不会再赌了，谁知，诱惑就像块磁石似的，对金子不起作用，对于铁的吸引力可就大了。不过几个月，黎术手痒脚痒，又像一片铁屑似的，被赌摊那块大磁石吸引去了。因为他这样好赌，又爱谈蟋蟀，名字又叫做"术"，这一来就得了个"烂头蟀"的诨号，而且不知不觉就传开了。赌场的生活已经把黎术锻炼成个泼皮，这样的诨号对于他好比蚊子叮象，他也满不在乎。不久以前，在一次赌博中他大败亏输，家里神龛上的锡烛台，老婆拜神时用的一条裙子，也都偷去卖了，还欠了一屁股债，立了借据。那些包收赌场欠债的无赖流氓整天跟在他的后头，上厕进屋，都没得安生。黎术夫妇被迫得团团转，最后着实没有法子了，经常在摊场里鬼混的金牙成就半胁迫半劝诱地把他们介绍到外洋做工，他们按了手指模，还清了阎王债，又把生命去从事另一场更大的赌博了。

此刻船摇着摇着，越接近黄埔港，江面也就越辽阔了。河滩上，时常可以见到咸淡水交界处的奇特景观，成群小小的跳弹涂鱼在泥地里晒太阳，当船舶

---

① 橛断：同撅断。——编者注

激起了波浪，它们就从泥地里卜卜地跳回水里。秋天时节，北方的野鸭、雁鹅、鹈鹕、鹌鹑、长嘴鹬、禾花鹊等候鸟为了避寒，开始逐批南迁了；首批南迁的野鸭到达这辽阔的江面，夜里随波逐流睡觉的时候，给夜潮冲到海上去，早上醒来，又振翅飞回江面。野鸭群的出现，配上沿江一些山头上昔年堡垒破败的遗迹，更增添了秋风初起时萧瑟的景象，船舱里的人有的睡觉了，有的在发愣，也有的在细声交谈着。黎术斜靠在那里哼着《梨花罪子》，他的狭长的脸颊显得更狭长了，鼻梁上那块突起的小骨也显得更突了。哼了一会，他又觉得无聊，就撩拨身旁一个矮墩墩的，样子忠厚老实，厚嘴唇发黑，目光凝滞，光着两条臂膀，穿着裤仔的人谈话。黎术道："盛处哪里？没请教尊姓大名呢！"那人操着雷州口音回答道："我是雷州人，叫做郭榕根。"黎术随便找了句话来说："雷州，好地方呢？"那人一听这话，两只眼珠好像变成了斗鸡眼，嗔了黎术一下道："还说好地方呢，要是好，我们又何必到外头来。"黎术连忙赔了笑脸道："真是一乡不知一乡的事，盛处是怎样不好法呢！"这一来，话也就引开了。那郭榕根道："我们那边，最苦就是旱，五行缺水。夏天时天边时常行雷，可就是不下雨。我们那条乡，河也没有，沟也没有，打井打了十几丈都难得见泉，全乡就靠一个池塘蓄水，那水的颜色又青又绿，本来是喝不得的；但是，没办法，还是得将就喝。我们在池塘旁立了一块木牌，依照乡例，不准谁人下池洗澡洗衣，违例的要罚。真是说了不怕你笑话，几铺路外有一户人家要嫁女，来到我们乡里相亲，走得累了，在池塘里面洗脚歇凉，给乡里人抓住了，要罚他。那老汉问清楚了缘由，把罚钱摜在地上，就再也不肯把女儿嫁到我们那里了。所以我们邻乡有一句俗话说：'有女不嫁犁头乡，天热没水好洗凉。'其实也不止是我们一条乡，整个雷州，除了江边一些地方外，还不都是在闹旱！地土瘦，地租又重，老爷们对过分都不肯，要四六开，怎么种得下去，没办法啦。"黎术道："这样的地方，人怎样活呢？"郭榕根道："送子娘娘送你到那个地方投胎，你不在那儿又到哪儿去！因为缺水，我们那边的田都是望天田，天老爷肯下几滴雨水，就有得吃，天旱的时候，就要吊起个瓦煲。去年一年旱得厉害，没办法，园里的番薯，像个手指头那么大，像只刚刚出世，未开眼的老鼠那么大，就挖来顶肚了。这哪里是在吃番薯？是在吃心头肉哪！去年大家已经饿得脚软，谁料今年又闹了旱，白翼虫，金龟子又多，真可以说是什么都没得吃了。"

这些关于庄稼的谈话引起了周围好些人的注意，有一个肤色黧黑，柿饼脸孔，嘴角长了颗痣的汉子插嘴问道："那你们就一点办法都没有想么！难道就这样坐着等死不成？"郭榕根拍了一下大腿，不胜慨叹地道："有什么办法？要去远处开渠，各乡又不齐心，外地的乡绅又说什么会伤风水，怎能够开得成！眼看田地都晒得裂开了，大家只好到北帝庙去烧香叩头，不但拜了北帝爷，门口的石龟也都拜了，还舞了禾草龙，但这顶什么用，还不是一滴雨也没有。"

那个柿饼脸孔的黧黑汉子半喃喃自语半询问般地道："官府也没有什么法子么！"

郭榕根白了那人一眼道："他们除了收钱粮，抓人去坐牢，还管什么事。"说到这儿，他吞了口口涎，像是从牙缝里挤出声音来道："不过话说回来，你说他们完全不管，也是冤枉人的，县太爷初一十五都到城隍庙烧香。因为旱得厉害，他们还在神前杀了公鸡，把鸡血拌在几斗米里头，这些'血米'发到各乡，再由地保发几粒给我们，说是撒到田里，天老爷可以保佑无灾无祸。你照着做，还不是白白喂了田鼠，顶什么用！"

旁边的人听着，有的忍不住笑了。又有人问道：

"那你们那儿今年就没有收成了么？"

"禾草长得像是猫毛似的，简直可以说是没有收成。有些田离井近的，人们全家日夜挑水，磨破了肩膊皮，挑得肩头变死肉，也只收得个一成二成，其余的，就只收得一把稻藁草和几粒空心谷子了。俗话说，'三荒四绝五翻生'，今年到了五月，倒是最凄惨的。有的人跑广西，有的人卖儿卖女，有的人连屋顶的瓦片也拆一半来卖了。要不是这样，我还用得着来到这儿么！"说完这些话，这个矮墩墩的，厚嘴唇发黑的精壮汉子，眼光更加凝滞了，就像是挑了重担，跑了一百几十里路，放下担子之后，疲倦到极点，挨着大树在喘息似的，他摇了摇头，就不再说话了。

黎术也不断陪着摇头，他那搓弄面颊黑痣上那撮毛的手搁下来了，骂了一声："丢那妈，咁卵衰！"这是黎术的习惯，碰到气愤的时候，晦气的时候，高兴的时候，忧愁的时候，搬爹骂娘讲上几句粗口烂舌的话，心头倒轻松一些，他满足于这种表达方式，也没有更多的表达方式了。

那个柿饼脸孔的黧黑汉子听了雷州人的一席话，不胜感慨，就摇摇头说："真是一乡有一乡的事，一家有一家的事，你们雷州闹旱，我们顺德却闹水！"

旁边有一个人听了插嘴道："你们顺德是最肥的地方了，桑基鱼塘，又养蚕，又养鱼，又种禾，怎么能够和人家雷州那种穷地方比呢！"

那个柿饼脸孔的汉子道："风调雨顺就好，要是发了大水，崩了基围，就什么都不用谈了，养鱼的地方，又要水，又怕水。大水一来，鱼塘一给铺过了面，大头、鲢鱼、草鱼、鲮鱼都游到江里，出海去会海龙王了，存下几条野生的塘虱，鲶鱼，你吃什么！今年就是这样，桃花水过后又来了一场龙船水，我们的鱼都走光了。从前听老辈人说，立春那天要是逢到甲子，就要赤地千里；立夏那天逢到甲子，就要撑船上市；立秋甲子，白翼虫生；立冬甲子，就要牛马冻死。今年立夏那天刚刚是甲子，我们心里面已经有点害怕了，果然来了大水。从肇庆那儿买来的鱼秧，大的已经长到三个手指阔，本来七月盂兰节可以上市的，都给冲走了。"

"碰上一次大水有什么相干，你们还有蚕丝啦，你们顺德地方底子也还厚呢。"这边又有人议论道。

"话是这么说罢了。家底厚的人家自然不怕，可是我们光靠两口租来的鱼塘过日子的人家，给大水一冲，就什么都完了。何况乡里又在械斗，祠堂要收捐，派钱，真是迫得人无路好走！"柿饼脸孔的汉子说。

那个绰号"烂头蟀"的黎术，一听到械斗的事，兴趣又来了，他插嘴问道："逢到发大水，还有什么心机械斗呢？难道人都变成了蟋蟀公么！"

那个柿饼脸孔的汉子慨叹道："这样的事情，你们不知道的——"他正想继续说下去，却不料他旁边一个模样儿和他长得酷肖的汉子仿佛有点怒意，用手肘撞了他一下，不耐烦道："别说啦，好听吗？又说这个干什么！"

那个正在谈论顺德乡间情形的汉子给他这么撞了一下，就嘟哝道："我也不过随便讲几句罢了，有什么相干！"但是，话虽是这么说，他可是把到了喉咙口的言语停下来了。

因为那个劝阻同伴讲话的人，本来把一顶烂草帽紧紧压到眉梢上，没有人怎样去注意他。在讲话的时候，他把草帽挪动了一下，抚摸了一下新剃的头皮和后脑勺的头发，右手拿过那条辫子来，在左手掌里百无聊赖地捋着，这一来，人们就清楚地看到他的颜容。烂头蟀侧着头望住他们，脸上的肌肉抖动了一下，惊异地问道："你们两个干吗这么相像呀？是双胞胎吗？只是一个有痣，一个没痣罢了。真像是同一个做糕的模子里印出来似的。"

那个戴烂草帽的汉子毫无反应，那个大一点嘴角有颗痣的淡淡一笑道："这倒也不用问了，一看就知道的，我们两人是双胞胎，出世的时候，相隔还不够半支香的时辰呢。"

"你们贵姓名呀？"烂头蟀问道。

"好说，我们姓关，我叫做阿松，他排二，叫做阿柏。"

郭榕根问道："你们两兄弟都到外洋去做工么！怎么不留一个在家里捧香

炉呢？"

关松慨然道："没办法呀！事情由得你想么！"说了，就沉浸在抑郁的缄默之中。他的弟弟关柏，虽然一直没有怎样说话，可是面上涌现的那种愤懑之色更显著了，那个脸庞也越发显得黑里透红了。

这些话引起大家的惆怅，辞别祖宗庐墓，抛却父母妻子，离乡背井，漂洋过海到外国去的人们，谁不各怀着一段深长的隐衷！这时大家又都沉默下来了，本来，江瑞香和郑崧妹坐在一起，正在以妇女们特有的柔细的声调在窃窃攀谈的，这时候也都静下来了。

船现在驶到更宽阔的江面上来了，波浪撞击船腹的声音，船橹拨水的声音，构成了一种和谐的旋律。这里虽说是江，却很有点海的模样了。帆船开始有点颠簸。许多衣服单薄的人，蜷缩地坐在船舱里，把脖子都缩起来了。

不一会，那个坐在舵台上的金牙成喊道："黄埔到了！"许多人颤巍巍地站起来，向外陈望。呵！这里的水面是多么广阔呵！这个中国著名的深水内河港，万吨巨轮随便可以驶进来。它烟波浩渺，简直像是巨湖，又像是内海。但是，自从鸦片战争以后，朝廷在历次对外战争中都宣告失败，许多外国海船，完全不把中国海上门户那些残存的炮垒看在眼里，横冲直撞地驶进这个港口，什么收发报机，测深仪，测向仪，都原封不动地保存使用。各个国家的旗帜，也耀武扬威地高悬在他们的桅杆上。这里星罗棋布的海轮上面，就悬挂有米字旗，花旗，太阳旗，三色旗，还有德国，荷兰，意大利，丹麦等国的旗帜，悬着大清帝国杏黄龙旗的，却只有两艘小小的轮船。当人们站起来看大火船的时候，木船剧烈地在晃荡了。一个花白胡子的艄公急得大叫："坐稳，坐稳！欺山莫欺水！"人们又只好纷纷缩进船腹里了。

在那星罗棋布的轮船中间，有一艘三枝桅双烟筒，悬着米字旗和大红狮旗，船身髹上了蓝黑色的洋轮"黑天鹅"号，已经放下了软梯。一个金发蓝眼、鼻子中间屈曲了一下、两撇棕色胡子各各向上翘起的洋人，和那个扁阔鼻子，脸颊像潮州柑皮，笑时露出几个暴牙的骆威正在船舷上凭栏眺望，互相用英语交谈。木船收下了帆，向那艘洋轮靠拢。金牙成这时捋起了袖子，露出了手臂上青色的刺花，十分紧张似的。骆威高声问道："人都来了么？金牙成！"金牙成也向上眺望，用双手做成个喇叭筒，以免被江风吹散了声音，大声地回答道："后面还有两船，迟到的都派人去追了。"

木帆船终于靠拢了"黑天鹅"号，洋船上放下来的软梯一直垂到木船舱里，人们提着可怜的行李，胆战心惊地踏上那摇荡着的绳梯，一步一步地向上攀登，不久，船沿上就出现了一条由人体构成的线，远看起来，就像一群蚂蚁在爬一株烂树桩似的。不久，线的一头就伸进那深不可测的洋船的腹里去了。

# （三）

## 尾 声

（节选自《愤怒的海》）

时间像是流水一样，哗啦，哗啦地奔逝，构成了历史的长河。

时间像海涛一样，日夜喧腾拍岸，它使古老的岩石碎裂了，又使泥沙沉积变成了新岩。

时间又像是烈风，飞掠而过。有时它吹绿了原野，有时卷扫着败叶。它熄灭了炭烬，有时又吹旺了新的火苗。它拨动了大地风车的长臂，不断转动，就像钟表的发条拨动着秒针、分针和时针。

时间的坚定的脚步，不快不慢地走着，它跨过了一切的空间，像织布机上的经线，穿过了所有的纬线。

时间的无情的手，掀起了一次次的潮汐，撕去了一页页的日历，揭示了一次次的月缺花飞和花好月圆，带来了一次次的春华秋实和生生死死。那些永逝了的日子，堆成一月一月，一年一年，又积聚而成一个个年代，一个个世纪。但是时间的手又是有情的，它终究逐渐使和类人猿原本相差不多的人类有了文明，"文明是时间的长女。"流逝的日子有的被尘土封住了，有的却闪烁着光辉，照耀着未来。

十九世纪过去了，二十世纪来临了，并且已过去了一大半。古老的地球上的许多事物都已经变了样，一顶顶皇冠落地了，一个个国家独立了，生锈的奴役的锁链在地球上的许多区域断掉了。

经过一八九五——一八九八年的战争之后，古巴脱离了西班牙阿尔丰索王朝的羁绊，宣布独立。以红、白、蓝三种颜色作地的独星旗到处飘扬起来了。

色彩繁缛，充满了热带。腾调的哈瓦那，远处墨蓝，近处碧绿的海水环绕着它。蜿蜒的海岸线被浪花镶嵌上一条变幻瑰丽的银边。波涛不时翻过矮矮的防浪堤，喷溅到海滨大道的路面上。市区里面的革命广场上，屹立着学者型革命家何塞·马蒂严肃沉思的大理石坐像。海滨大道上，屹立着豪犷英勇的英雄马塞奥骑在腾跃的骏马上，威严注视海洋的铜像。古巴人民世代怀念着这些独立战争时代的英雄。

在那次独立战争的最后阶段，西班牙大势已去，美国眼看岛国快要独立了，就自己炸掉了一艘叫做"缅因号"的战舰，硬说是西班牙王国炸沉它的，派兵在古巴登陆，宣战三个月之后，就逼得焦头烂额的西班牙在巴黎和她签了和约。美国把西班牙统治的菲律宾、关岛和波多黎各都抢过去了，并且长期占据了古巴的关塔那摩作为军事基地。

在美国的枪尖下，古巴人被迫在马塞奥广场附近，建起了一座美国参战的纪功碑。两条高高的白色圆柱，上面站着一只象征美国的雄鹰……自然，后来，在六十年代古巴人民的革命浪潮中，这座纪念碑又给推倒了。

那时候的中国人后来又怎样呢？他们死了许多，幸存的，在古巴独立以后，大多数人就在当地侨居下来，生儿育女，繁衍不息。他们的子子孙孙，有纯黄种的，也有黄白混血的。自然，也有一些人，在各个历史时期重新回到了祖国。留在古巴的，又在哈瓦那、圣地亚哥等城市建立了唐人街。现在，在哈瓦那，离繁盛的皇后大街不远的山哈街，就是唐人街的中心。这些街道，洋溢着几分中国广东城镇的色彩。这儿的商店卖着屏风、瓷器、漆器和纸花等东西。许多铺户都写上了中文，有的门口还贴上对联。许多华侨团体，都在自己门口挂着写上种种名称的牌匾：中华总会馆，华侨衣馆总会，华侨生果行，黄江夏堂，陈颖川堂，李陇西公所，林九牧堂，南阳总堂等等。在这些门扇里面，各各有一串古代流传下来的震动人心的故事……

在那场独立战争中，由于许多参加起义的中国人和当地人民并肩英勇作战，因此留下了许多佳话。那些当上了上尉、少校的战斗英雄的事迹，一向为人们所津津乐道。以至于直到今天，古巴老百姓对于中国人的爱称，除了"奇尼多"之外，还有"格必丹"（上尉）这样的字眼。有些中国战士已经八十多岁了，仍在领着当地政府发给的"长粮"，在六十年代的时候，圣地亚哥市就有两个这样的老人存活着。

十九世纪一些到处施医赠药的中国医生，以及中国传播去的物产给人留下了很深的印象。直到今天，古巴的群众，对于病入膏肓的人们，或者什么极端棘手的事情，仍然用"这病连中国医生也医不好"这样一句独特的成语，来加以描述和形容。许许多多的瓜，也都被叫做"中国瓜"。

十九世纪末的那场独立战争中，由于中国人作战英勇，视死如归，战功煊赫，一位起义的古巴革命者龚萨洛将军说："应当建一座纪念碑来纪念当时参战的几千中国人，还应该在碑上镌上两句话：'在古巴的中国人，没有一个是逃兵，没有一个是叛徒。'"

这座纪念碑后来终于建立起来了，它耸立在哈瓦那 L 街的北端，是一座高达两丈的圆柱形建筑，黑色大理石碑座的铜牌上，果然铭刻着两行西班牙文："在古巴的中国人，没有一个是逃兵，没有一个是叛徒。"十九世纪，英勇的中国战士的后人、爱国华侨常常去瞻仰它。那些正直的古巴人，也常常去瞻仰它。六十年代初，我们这些远渡重洋的访问者，怀着缅怀先辈英雄乡亲的感情，也去瞻仰和抚摸了它。

所有的何塞·马蒂纪念像啦，马塞奥纪念像啦，华侨纪功碑啦，它们都是历史的见证者。这个加勒比海的岛国是多灾多难的，自从她号称独立以来，又有一些强国想取代西班牙王国来做她的宗主国。独立以来，她的十多个总统当中，有不少都是卖国贼。这就使人感到那位支颐深思的古巴国父何塞·马蒂的塑像，总是像蹙着眉头的样子了。古巴的"七·二六革命运动"的风云曾经震动了全世界，当时正直的人们都庆幸过这个岛国的新生。但是，历史的河流总是曲折的。后来，这个国家的上空又飘来了一团团政治的乌云……

不过，历史河流尽管曲折，乌云尽管能够遮盖一时，各国人民之间的友谊却总是长存的，为正义的事业献身的英雄总是永生的。

当年那些中国英雄们后来怎样了？读者如果想寻根究底，那就请到国外的唐人街去访问吧！向鸣着汽笛驶进我国港口的外国轮船访问吧，或者向四邑、珠江三角洲的侨乡探询吧！在那榕树、竹丛掩映的村落中，一家家的庭院，一户户的门扇，那里面常常各各锁着一串令人热耳酸心、荡气回肠的历史故事……

# （四）

## 花　城

一年一度的广州年宵花市，素来脍炙人口。这些年常常有人从北方不远千里而来，瞧一瞧南国花市的盛况。还常常可以见到好些国际友人，也陶醉在这东方的节日情调中，和中国朋友一起选购着鲜花。往年的花市已经够盛大了，今年这个花海又涌起了一个新的高潮。因为农村人民公社化以后，花木的生产增加了，今年春节又是城市人民公社化之后的第一个春节，广州去年有累万的家庭妇女和街坊居民投入了生产和其他的劳动队伍。加上今年党和政府进一步安排群众的节日生活，花木供应空前多了，买花的人也空前多了，除原来的几个年宵花市之外，又开辟了新的花市。如果把几个花市的长度累加起来，"十里花街"，恐怕是名不虚传了。在花市开始以前，站在珠江岸上眺望那条浩浩荡荡、作为全省三十六条内河航道枢纽的珠江，但见在各式各样的楼船汽轮当中，还错杂着一艘艘载满鲜花盆栽的木船，它们来自顺德、高要、清远、四会等县，载来了南国初春的气息和农民群众的心意。"多好多美的花！""今年花的品种可多啦！"江岸上人们不禁啧啧称赏。广州有个文化公园，园里今年也布置了一个大规模的"迎春会"。花匠们用鲜艳的名花瓜果外，还陈列着一株花朵灼灼、树冠直径达一丈许的大桃树。这一切，都显示出今年广州的花市是不平常的。

人们常常有这么一种体验：碰到热闹和奇特的场面，心里面就像被一根鹅羽撩拨着似的，有一种痒痒麻麻的感觉，总想把自己所看到和感觉的一切形容出来。对于广州的年宵花市，我就常常有这样的冲动。虽然过去我已经描述过它们了，但是今年，徜徉在这个特别巨大的花海中，我又涌起这样的欲望了。

农历过年的各种风习，是我们民族在几千年的历史中形成的。我们现在有些过年风俗，一直可以追溯到一两千年前的史迹中去。这一切，是和许多的历史故事、民间传说、巧匠绝技和群众的美学观念密切联系起来的。在中国的年节中，有的是要踏青的，有的是要划船的，有的是要赶会的……这和外国的什么点灯节，泼水节一样，都各各有它们生活意义和诗情画意。过年的玩龙灯、跑旱船、放花炮……人人穿上整洁衣服，头面一新，男人都理了发，妇女都修整了辫鬐，大姑娘还扎了花饰。那"糖瓜祭灶，新年来到，姑娘要花，小子要炮，老头儿要一顶新毡帽"的北方俗谚，多少描述了这种气氛。这难道只是欢乐欢乐，玩儿玩儿而已么？难道我们从这隆重的节日情调中不还可以领略到我们民族文化的源远流长，和千百年来人们热烈向往美好未来的心境么？在旧时代苦难的日子里，自然劳动人民不是都能欢乐地过年，但是贫苦的农户，也要设法购张画，贴对门联；年轻的闺女也总是要在辫梢扎朵绒花，在窗棂上贴张大红剪纸，这就更足以想见无论在怎样困苦中，人们对于幸福生活的强烈的憧憬。在新的时代，农历过年中那种深刻体现旧社会烙印的习俗被革除了，赌博、酗酒，向舞龙灯的人投掷燃烧的爆竹，千奇百怪的禁忌，这一类的事情没有了，那些要猴子的凤阳人、跑江湖扎纸花的石门人，那些摇着串上铜钱的冬青树枝的乞丐，以及号称从五台山峨眉山下来化缘的行脚僧人不见了。而一些美好的习俗被发扬光大起来，一些古老的风习被赋予了崭新的内容。现在我们也燃放爆竹，但是谁想到那和"驱傩"之类的迷信有什么牵联呢！现在我们也贴春联，但是有谁想到"岁月逢春花遍地；人民有党劲冲天""跃马横刀，万众一心驱穷白；飞花点翠，六亿双手绣山河"之类的春联，和古代的用桃木符辟邪有什么可以相提并论之处呢！古老的节日在新时代里是充满青春的光辉了。

这正是我们热爱那些古老而又新鲜的年节风习的原因。"风生白下千林暗，雾塞苍天百卉殚"的日子过去了，大地的花卉越种越美，人们怎能不热爱这个风光旖旎的南国花市，怎能不从这个盛大的花市享受着生活的温馨呢！

而南方的人们也真会安排，他们选择年宵逛花市这个节目作为过年生活里的一个高潮。太阳的热力是厉害的，在南方最热的海南岛上，有一些像菠萝之类的果树，根部也可以伸出地面结出果子来；有一些树木，锯断了用来做木桩，插在地里却又能长出嫩芽。在这样的地带，就正像昔人咏月季花的诗所说的："药谢花开无日了，春来春去不相关。"早在春节到来之前一个月，你在郊外已经可以到处见到树上挂着一串串鲜艳的花朵了。而在年宵花市中，经过花农和园艺师们的努力，更是人工夺了天工，四时的花卉，除了夏天的荷花石榴等不能见到外，其他各种各样的花几乎都出现了。牡丹、吊钟、水仙、大丽、梅花、菊花、山茶、墨兰……春秋冬三季的鲜花都挤在一起啦！

广州今年最大的花市设在太平路，就是历史上著名的"十三行"一带，花棚有点像马戏的看棚，一层一层衔接而上。那里各个公社、园艺场、植物园的旗帜飘扬，卖花的汉子们笑着高声报价。灯色花光，一片锦绣。我约略计算了一下花的种类，今年总在一百种上下。望着那一片花海，端详着那发着香气、轻轻颤动和舒展着叶芽和花瓣的植物中的珍品，你会禁不住赞叹，人们选择和布置这么一个场面来作为迎春的高潮，真是匠心独运！那千千万万朵笑脸迎人的鲜花，仿佛正在用清脆细碎的声音在浅笑低语："春来了！春来了!"买了花的人把花树举在头上，把盆花托在肩上，那人流仿佛又变成了一道奇特的花流。南国的人们也真懂得欣赏这些春天的使者。大伙不但欣赏花朵，还欣赏绿叶和鲜果。那像繁星似的金桔、四季桔、吉庆果之类的盆果，更是人们所欢迎的。但在这个特殊的、春节黎明即散的市集中，又仿佛一切事物都和花发生了联系。鱼摊上的金鱼，使人想起了水中的鲜花；海产摊上的贝壳和珊瑚，使人想起了海中的鲜花；至于古玩架上那些宝兰、均红、天青、粉采之类的瓷器和历代书画，又使人想起古代人们的巧手塑造出来的另一种永不凋谢的花朵了。

广州的花市上，吊钟、桃花、牡丹、水仙等是特别吸引人的花卉。尤其是这南方特有的吊钟，我觉得应该着重地提它一笔。这是一种先开花后发叶的多年生灌木。花蕾未开时被鳞状的厚壳包裹着，开花时鳞苞里就吊下了一个个粉红色的小钟状的花朵。通常一个鳞苞里有七八朵，也有个别到十多朵的。听朝鲜的贵宾说，这种花在朝鲜也被认为珍品。牡丹被誉为花王，但南国花市上的牡丹大抵光秃秃不见叶子，真是"卧丛无力含醉妆"。唯独这吊钟显示着异常旺盛的生命力，插在花瓶里不仅能够开花，还能够发叶。这些小钟儿状的花朵，一簇簇迎风摇曳，使人就像听到了大地回春的铃铃铃的钟声。

花市盘桓，令人撩起一种对自己民族生活的深厚情感。我们和这一切古老而又青春的东西异常水乳交融。就正像北京人逛厂甸、上海人逛城隍庙、苏州人逛玄妙观所获得的那种特别亲切的感受一样。看着繁花锦绣，赏着姹紫嫣红，想起这种一日之间广州忽然变成了一座"花城"，几乎全城的人都出来深夜赏花的情景，真是感到美妙。

在旧时代绵长的历史中，能够买花的只是少数的人，现在一个纺织女工从花市举一株桃花回家，一个钢铁工人买一盆金桔托在头上，已经是很平常的事情了。听着卖花和买花的劳动者互相探询春讯，笑语声喧，令人深深体味到，亿万人的欢乐才是大地上真正的欢乐。

在这个花市里，也使人想到人类改造自然威力的巨大，牡丹本来是太行山的一种荒山小树，水仙本来是我国东南沼泽地带的一种野生植物，经过千百代人们的加工培养，竟使得它们变成了"国色天香"和"凌波仙子"！在野生状态时，菊花只能开着铜钱似的小花，鸡冠花更像是狗尾草似的，但是经过花农的悉心培养，人工的世代选择，它们竟变成这样丰腴艳丽了。"天工人可代，人工天不如。"生活的真理不正是这样么！

在这个花市里，你也不禁会想到各地的劳动人民共同创造历史文明的丰功伟绩。这里有来自福建的水仙，来自山东的牡丹，来自全国各省各地的名花异卉，还有本源出自印度的大丽，出自法国的猩红玫瑰，出自马来亚的含笑，出自撒哈拉沙漠地区的许多仙人掌科植物。各方的溪涧汇成了河流，各地劳动人民的创造汇成了灿烂的文明，在这个熙熙攘攘的市集中不也让人充分感觉到这一点么！

你在这里也不能不惊叹群众审美的眼力。一盆花果，群众大抵能够一致指出它们的优点和缺点。在这种品评中，我们不也可以领略到好些美学的道理么！

总之，徜徉在这个花海中，常常使你思索起来，感受到许多寻常的道理中新鲜的涵义。十一年来我养成了一个癖好，年年都要到花市去挤一挤，这正是其中的一个理由了。

我们赞美英勇的斗争和艰苦的劳动，也赞美由此而获得的幸福生活。因此，花市归来，像喝酒微醉似的，我拉拉扯扯写下这么一些话。让远地的人们也来分享我们的欢乐。

一九六一年


# （五）

## 海滩拾贝

在艺术摄影中，常常看到这样的画面：无边无际的海滩上，一个人俯身在拾些什么；天上飘浮着云彩，远处激溅着浪花……这样的画面引人走进一个哲理和诗情水乳交融的境界。

这种情景是很引人入胜的。但是这样的画图，人却不难走到里面去。一个人只要到海滩去拾拾贝壳，就会很自然地变成那种影片里面的人物了。

许许多多的人都有爱贝壳的习性。有些人生活趣味本来很少，但一见到贝壳却会爱不释手，一跑到海滩去捡起贝壳来就往往兴奋得像个小孩。在这方面，似乎我们中有许多人还保持着我们远代的老祖先的审美观念，他们曾经震惊于贝壳的美丽，一致同意把贝壳采用做货币。也许由于爱贝壳的人的众多吧，广州文化公园的水产馆里陈列贝壳的那些玻璃柜旁总是挤满了观众。广州近年还有一间有趣的商店出现，它专门贩卖贝壳和珊瑚。香港也有这一类的商店。因为这样的缘故，现在开到南海群岛去的船只，就不止是运的海味、鸟粪，还有运贝壳和珊瑚的了。

但是从商店里买回来的贝壳，比较自己从海滩亲自捡回来的，风味毕竟不同。无论商店里的贝壳是怎样的五光十色，实际上比我们在海滩上所见到的，却总要贫乏得多。

凡是有海滩的地方，就有贝壳。但是有些著名的海滩，那种贝壳丰富的情形，却不是一般的小海滩可以比拟的。像海南岛三亚附近渔村一带的海滩，你走到上面去，可以发现每一步都有贝壳，而且构造千奇百怪，用句古话来形容，真可以说是"鬼斧神工"。据到过西沙群岛的人说，那边的情形就更可观了。

要找到特别美丽、离奇的贝壳就得到特别荒僻的小岛去。贝壳究竟有多少种呢？这样的题目正像问天上的星，问地上的树，问草丛里的昆虫，问碳水化合物有多少种那样的不易回答。有一些专门收集贝壳的"贝壳迷"，他们像古币迷、邮票迷……收集古币、邮票那样地搜集着贝壳。据说，世界各个角落的贝壳是千差万别的。有一个贝壳迷花了近十年心血，搜集到几千种远东出产的贝壳，而这，在贝壳所有品种中所占的仍然是一个很小的百分比。

令人目迷五色的各种贝壳，有大得像一颗椰子、一顶帽子、一枝喇叭的，它们的名字就叫做"椰子螺""唐冠贝""天狗螺"。也有一些小得像颗珍珠，可以让女孩子串起来做项链的。它们有形形色色的状貌，因此人们也就给起了一些五花八门的名字。像伞的叫做"伞贝"，像钟的叫做"钟螺"，像小扇的叫做"扇贝"，像蜘蛛的叫做"蜘蛛螺"，像骷髅的叫做"骨贝"，还有鹅掌贝、鸭脚贝、冬菇贝等等。有一些贝壳，只从它们的名字就可以想见它们令人惊艳的容貌，像锦身贝、凤凰贝、花瓣贝、初雪贝等就是。还有一些贝壳，给人叫做"波斯贝"、"高丽贝"，使人想见古代各国船舶往来，外国商人拿出新奇的贝壳来，人们围观啧啧赞美的情景。种类无比丰富的贝壳，使人不禁想起了一切瓷器的精品。所有歌咏瓷器的诗句，美丽的贝壳都可以当之无愧。像什么"大邑烧瓷轻且坚，扣如哀玉锦城传"啦，什么"雨过天青云破处，这般颜色作将来"啦，许多贝壳的模样儿、颜色儿，完全足以体现那种神韵。你细细看海滩上的贝壳，它们有像白陶的，有像幼瓷的，有的像上了釉，有的颜色复杂，竟像是"窑变"的产品。历史家们考据出来：地球上的各个区域，古代的人们日中为市的时代，一般都曾经采用贝壳做过流通手段，当铜和金还在地下酣睡的时候，这些海滩小动物建造的小房子就已经信用卓著地成为人们的良币了。在殷墟里面，和牛骨龟甲混在一起的，也还有贝币；说明三千五百年前这些奇妙的小东西已经普遍被人们用作交易的媒介了。直到今天，我们的文字里，许许多多和价值有关的字，像财、宝、买、卖、赏、赐、贵、贱等等，不写简笔字的时候，都还留有个"贝"字在里头。这情形，使我们想起了古代各洲的人们，在海滩上拾到美丽的贝壳的时候，那种欣赏赞叹的情景。在这方面，好像对自然景物的审美观念，千万代的人类之间，也还有一脉相通之处似的。自然，贝壳不容易损坏，不容易伪造，尤其是使它在人类货币史上占有光荣一席的主要原因。几千年前的贝币，我们今天在博物馆里看到的不是还很完好么？至于那么一种小玩意儿，似乎直到今天聪明的人类也还未能制造出一枚赝品来。

爱贝壳的不仅是初到海滩的人们。渔民和在沿海区域的一切居民，实际上也都是爱贝壳的。从这一点看来，可以说爱美的心理原很普遍。初到海滩的人兴高采烈地捡着贝壳，渔民和他们的孩子看到你那一种发痴的模样儿，也许抿着嘴善意地嘲笑着。但其实他们何曾不捡贝壳呢？只是他们"曾经沧海难为水"，一般平凡的贝壳，他们不放在眼里罢了。许多渔民的家庭，其实都藏有几枚美丽的贝壳，当我有一次在海南岛三亚附近的海滩上捡贝壳时，一个渔家老妇笑嘻嘻而又慷慨地说："来，我送两个给你。"于是她返身登上高脚的渔家棚屋里，拿出一个"小海星"和两枚"星宝贝"来像给小孩似的给了我。也还有一些渔家小孩，看到客人们拾贝壳拾得入了迷，也从他的家里拿出几枚美丽的贝壳让你看看的。一比较，你就知道他们目力不凡，通常的那种粗陶器或者素色瓷器似的贝壳他们是看不上眼的。他们所捡的贝壳都是像鬃了上等彩釉的珍品。例如那种"眼球贝"，四围一圈宝蓝色或墨绿色，中心雪白的地方有许多美丽的斑点。类似这样的东西，住在海边的人们才肯俯身去拾起来。

海滩上的人们和城市里的贝壳商店，也有把贝壳制成各种用具的。有的人用贝壳做成饭瓢水勺，有的用贝壳做了台灯。还有的人用各种各样的贝壳堆成假石山，有一些贝壳适宜做塔，有些可以做桥，有的可以做垂钓渔翁的斗笠。海南的渔村里就常有这样一些"贝壳石山"出卖，正像农民中有许多工艺美术家一样，这是渔民工艺美术家们的杰作。贝壳的工艺美术，在中国原有很悠久的历史。像"嵌螺钿"，那种用精磨过的贝壳，嵌在雕镂和鬃漆过的器具上面的工艺美术，在中国已有千年左右的历史。当玻璃还没有大量制造和流行的时候，有一种半透明的叫做"窗贝"的贝壳，已经被人用来代替玻璃。人们用贝壳做各种器具的历史是很悠久的，而且一直盛行不衰，看来这类工艺美术将来还要大放光彩。最近，粤东又有人用它来制造客厅里悬挂的屏条了，贝壳在这些屏条上给砌成了美丽的字画。

我们在海滩的时候，就是不去思念贝壳在人类生活上的价值，也没有找到什么珍奇的品种，我觉得，单是在海滩俯身拾贝这回事，本身就使人踏入一种饶有意味的境界。试想想：海水受月亮的作用，每天涨潮二次，在高潮线和低潮线之间有这么一片海滩。这里熙熙攘攘地生长着各种小生物，不怕干燥的贝壳一直爬到高潮线，害怕干燥的就盘桓在低潮线，这两线之间，生物的类别何止千种万种！潮水来了，石头上的牡蛎、藤壶、海滩里的蛤贝，纷纷伸手忙碌地扑食着浮游生物，潮水退了，它们就各各忙着闭壳和躲藏。这看似平静的一片海滩，原来整天在演着生存的竞争。这看似单纯的一片海滩，内容竟是这样的丰富，单是贝类样式之多就令人眼花缭乱。这看似很少变化的一片海滩，其实岩石正在旅行，动物正在生死，正在进化退化。人对万事万物的矛盾、复杂、联系、变化的辩证规律认识不足时，常常招致许多的不幸。而一个人在海滩漫步，东捡一个花螺、西拾一块雪贝，却是很容易从中领会这种事物之间复杂、变化的道理的。因此，我说，一个人在海滩走着走着，多多地看和想，那情调很像走进一个哲理和诗的境界。

当你拾着贝壳，在那辽阔的海滩上留下两行转眼消灭脚印时，我想每个肯多想一想的人都会感到个人的渺小，但看着那由亿万的沙粒积成的沙滩和亿万的水滴汇成的海洋，你又会感到渺小和伟大原又是极其辩证地统一着的。没有无数的渺小，就没有伟大。离开了集体，伟大又一化而为渺小。那个从落地的苹果悟出万有引力的牛顿常到海滩去的，他在临终的床上说过这样的话："我不知道世人怎样看我，但我自己却以为我是在未知的真理的大海前面，在海滩上拾一些光滑的石块或者美丽的贝壳就引以为乐的小孩……"这一段话是很感人的。人到海滩去常常可以纯真地变成小孩，感悟骄傲的可笑和自卑的无聊，把这历史常常馈赠给我们每个人的讨厌的礼物，像抛掉一块破瓦片似的抛到海里去。

我抚弄着从海滩上拾回来的贝壳，常常想起的就是这么一些事物……

一九五九年

## （六）

## 土　地

我们生活在一个开辟人类新历史的光辉时代。在这样的时代，人们对许许多多的事物都产生了新的联想、新的感情。不是有许多人在讴歌那光芒四射的朝阳、四季常青的松柏、庄严屹立的山峰、澎湃翻腾的海洋吗？不是有好些人在赞美挺拔的白杨、明亮的灯火、奔驰的列车、崭新的日历吗？睹物思人，这些东西引起人们多少丰富和充满感情的想象！

这里我想来谈谈大地，谈谈泥土。

当你坐在飞机上，看着我们无边无际的像覆盖上一张绿色地毯的大地的时候；当你坐在汽车上，倚着车窗看万里平畴的时候；或者，在农村里，看到一个老农捧起一把泥土，仔细端详，想鉴定它究竟适宜于种植什么谷物和蔬菜的时候；或者，当你自己随着大伙在田里插秧，黑油油的泥土吱吱地冒出脚趾缝的时候，你是否为土地涌现过许许多多的遐想——想起它的过去，它的未来，想起世世代代的劳动人民为要成为土地的主人，怎样斗争和流血，想起在绵长的历史中，我们每一块土地上面曾经出现过的人物和事迹，它们的痛苦、忿恨、希望、期待的心情？

有时，望着莽莽苍苍的大地，我骑着思想的野马奔驰到很远很远的地方，然后，才收住缰绳，缓步回到眼前灿烂的现实中来。

我想起了二千六百年前北方平原上的一幕情景。

一队亡命贵族，在黄土平原上仆仆奔驰。他们虽然仗剑驾车，然而看得出来，他们疲倦极了，饥饿极了。他们用搜索的眼光望着田野，然而骄阳在上，田垄间禾苗稀疏，哪里有什么可吃的东西！一个农民正在田里除草。那流亡队伍中一个王子模样的人，走下车子来，尽量客气地向农民请求："求你给我们弄点吃的东西吧！你总得帮忙才好，我们已经好几天没有吃的了。"衣不蔽体、家里正在愁吃愁穿的农民望了这群不知稼穑艰难的人们一眼，一句话也没有说，从田地里捧起一大块泥土，送到王子模样的人面前，压抑着悲愤说："这个给你吧！"王子模样的人显然被激怒了，他转身到车上取下马鞭，怒气冲冲地想逞一下威风，鞭打那个胆敢冒犯他的尊严的农民。但是一个上了年纪的、大臣模样的人上前去劝阻了："这是土地，上天赐给我们的，可不正是我们的好征兆么！"于是，一幕怪剧出现了，那王子模样的人突然跪下，叩头谢过上苍，然后郑重地捧起土块，放到车上，一行人又策马前进了。辘辘大车过处，卷起了漫天尘土……

这是《左传》记载下来的、春秋时代晋国公子重耳在亡命途中发生的故事。

为什么会发生这样奇怪的事情？除了因为这群贵族是在亡命途中，不得不压抑着威风以外，还有一个原因是：在他们心目中，土地代表着上天不可思议的赏赐，代表了财富和权力！他们知道，只要掌握了土地的所有权，就可以永无休止地榨取农民的血汗。

古代中国皇帝把疆土封给公侯时，就有这么一种仪式：皇帝站在地坛上，取起一块泥土，用茅草包了，递给被封的人。上一个世纪，当殖民主义强盗还处在壮年时期，他们大肆杀戮太平洋各个岛屿上的土人，强迫他们投降，有一种规定的投降仪式，就是要土人们跪在地上，用沙土撒到头顶。许许多多地方的部落，因为不愿跪着把神圣的泥土撒上天灵盖，就成批成批地被杀戮了。

啊！这宝贵的土地，不事稼穑的剥削阶级只知道想方设法地掠夺它，把它作为榨取劳动者血汗的工具；亲自在上面播种五谷的劳动者，才真正对它怀着强烈的感情，把它当做命根子，把它比喻成哺育自己的母亲。谈到这里，我想起了好些令人掀动感情波澜的事情。几个世纪以来，那些当年被迫得走投无路的破产的中国农民，漂流到海外去谋生的当儿，身上就常常怀着一撮家乡的泥土。那时，闽粤沿海港口上，一艘艘用白粉糊腹、用朱砂油头，头部两旁画上两个鱼眼睛似的小圈的红头船，乘着信风，把一批批失掉了土地的农民送到海外各地。当时离井别乡的人们，都习惯在远行之前，从井里取出一撮泥土，珍重地包藏在身边。他们把这撮泥土叫做"乡井土"。直到现在，海外华侨的床头箱里，还有人藏着这样的乡井土。试想想，在一撮撮看似平凡的泥土里，寄托了人们多少丰富深厚的感情！

过去，多少劳动者为了土地而进行了连绵不断的悲壮斗争，又有多少英雄义士为保卫它而英勇地献出了生命！在我国福建沿海地方，历史上就流传着许多可歌可泣的保卫土地的抗敌故事。在明末御倭和抗清的浪潮中，那里曾经进行过保卫每一寸土地的激烈斗争。有的地方，妇女的发髻上插着三支短剑似的装饰品，那是明代妇女准备星夜和突然来袭的倭寇搏斗的装束的遗迹。有的地方，从前曾经流行过成人死后入殓时在面部盖上白布的风俗，那是明朝遗民羞见先人于地下、一种激励后代的葬仪。在我国的湛江地方，有一座桥梁命名为"寸金桥"，就寓有"一寸土地一寸金"的意思，这是用来纪念当年抵抗帝国主义侵略的民族英雄们的。土地的长度和面积计算单位可以用丈，用公里，用亩，用公顷，然而在含有国土的意义的时候，它的计算单位应该用寸。因为它代表一个国家的主权，一寸土都决不容侵犯，一寸土都是珍宝。这里，我想到了我们中国的整个版图，在我们这一代人的手里，一定要使它真正的完整无缺，使台、澎、金、马等地回归祖国！

今天，在世界范围内，许许多多被殖民者奴役着的地方，也正在进行着驱逐侵略者、保卫国土的斗争。啊！一寸土，在这种场合意义是多么神圣！

提到了一寸土这几个字，我又禁不住想到一些岛屿上的人民战士。登上那些岛屿，你会更深地认识到"一寸土"的严肃意义。我到过一个小岛，它面积很小。然而，岛上的生活却是多么火热啊！这里的海滩、天空、海面，决不容许任何侵略者窥探和侵入一步，人民的子弟兵日夜守着大炮阵地，从望远镜里、从炮镜里观察着海洋上的任何动静。这些岛屿像是大陆的眼睛，这些战士又像是岛屿的眼睛。不论是在月白风清还是九级风浪的夜里，他们都全神贯注地盯着宽阔的海域。不仅这样，他们还把小岛建设得像花园一样美丽。本来是蛇虫蜿蜒、荆榛遍地的荒凉小岛，他们经过艰苦劳动，在上面建起了坚固的营房，辟出了林荫大道，种上了笑脸迎人的各种花卉和鲜嫩的蔬菜；还建起畜栏，竖起鸽棚；又从海里摸出了石花，堆成小岛的美术图案。看到这些，令人不禁想到，我们的一个个岛屿，一寸寸土地，都在英雄们的守卫和汗水灌溉之下，在迅速地改变着面貌。

看来很平凡的一块块田地，实际上都有极不平凡的经历。在一百几十万年之间，人类在这上面追逐着野兽，放牧着牛羊，捡拾着野果，播种着五谷，那时候人们匍匐在大自然的威力之下，风雨雷霆，电光野火，都曾经使他们畏惧颤栗。一百几十万年过去了，人类进入了阶级社会，一片片土地像带上了镣铐似的，① 多少世代的农民，在大地上流尽了血汗，却挣不上温饱。有多少人在这一片片土地上面仰天叹息，椎心痛恨！又有多少人揭竿起义，画着眉毛，扎着头巾参加战斗，把压迫他们的遗族豪强杀死在这些土地上面。到了近代，又有多少人民的军队为了从封建地主阶级手里把土地夺回来，和帝国主义的军队、剥削者的军队在这上面鏖战过。本世纪二十年代以来，中国共产党领导全国人民进行了革命斗争，打垮了反动统治者，推翻了剥削制度，进行了土地改革，土地的镣铐才被彻底打碎，劳动人民才真正成了土地的主人。我们热爱土地，我们正在豪迈地改造着土地，使它变成一片锦绣。当你这么思索的时候，大地上的红土黑土，黄土白土，仿佛都变成感情丰富的东西了，它们就像古代神话中的"息壤"似的，正在不断变化，不断成长，就像是具有生命一样。

几千年来披枷带锁的土地，一旦回到人民手里，变化是多么神速啊！你试展开一幅地图，思索一下各地的变化，该有多么惊人。沙漠开始出现了绿洲，不毛之地长出了庄稼，濯濯童山披上了锦裳，水库和运河像闪亮的镜子和一条条衣带一样布满山谷和原野。有一次，我从飞机的舷窗俯瞰珠江三角洲，在明净的天穹下，纵观秀丽的景色，啊，真美哪！水网和湖泊熠熠发光，大地竟像是一幅碧绿的天鹅绒，公路好似刀切一样的笔直，一丘丘田又好似棋盘般整齐。嘿！千百年前的人们，以为天上有什么神仙奇迹，其实真正的奇迹却在今天的大地上。劳动者的力量把大地改变得多美！一个巧手姑娘所绣的只是一小幅花巾，广大劳动者却以大地为巾，使本来荒凉单调的地面变得像苏绣广绣般美

---

① 带：同戴。——编者注

丽了。

你也许在火车上看过迅速掠过的美丽的大地；也许参加过几万人修筑水电站大坝工程的挑灯夜战，在那种场合，千千万万人仿佛变成了一个挥动着铁臂的巨人，正在做着开天辟地的工作。在华南，有些离开大陆的岛屿，由于人们筑起了堤坝，和大陆连起来了；有些小山被搬掉填到海里，大海涌出陆地来了；干旱的雷州半岛开出了一条比苏伊士运河还要长的运河；潮汕平原上的土地被整理得像棋格一样齐整。我们时代的人既在一块块零星土地上精心工作着，又以一千里，一万里，更确切地说，又以全部已解放的九百多万平方公里土地作为一个整体来规划和工作着。这十几年来，在千万年世代相传的大地上，培育了多少崭新的植物品种啊！每逢看到欣欣向荣的庄稼，看到正在翻犁的涌着泥浪的肥沃土地，我就想起了《红旗歌谣》中的民歌："沙果笑得红了脸，西瓜笑得如蜜甜，花儿笑得分了瓣，豌豆笑得鼓鼓圆。"这首民歌又使人想起带着泥土、露水、草叶、鲜花香味的大地的情景。让我们对土地倾注更强烈的感情吧！因为大地母亲的镣铐解除了，现在就看我们怎样为我们的大地母亲好好工作了。

事实上，无数的人也正在一天天地发展着这样的感情。你可以从细小或者巨大的场面中觉察到这一切。你看过公社干部率领着一群老农在巡田的情景吗？他们拿着一根软尺，到处量着，计算着一块块土地的水稻穗数；不管是不是自己管理的，看到任何一丘田里面的一根稗草，都要涉水下去把它拔掉。你看过社员们改良土壤的场面吗？他们进行了适度的深耕，撒下肥料，努力使土地变得膏腴起来。

几万人围在一片土地上修筑堤坝，几千人浩浩荡荡上山的情景尤其动人心魄，那呐喊，那笑声，尤其是那一对对灼热的眼睛！虽然在紧张的劳动中大家都少说话了，但是那眼光仿佛在诉说着一切："干啊干啊，向土地夺宝，把我们所有的土地都利用起来。我们这一代人一定要用自己的双手，搬掉落后和穷困这两座大山！"有时这些声音寄托于劳动号子，寄托于车队奔驰之中，仿佛令人感到咚咚战鼓和进军号角的撼人的气魄……

让我们捧起一把泥土来仔细端详吧！这是我们的土地啊！怎样保卫每一寸土地呢？怎样使每一寸土地都发挥它的巨大潜力，一天天更加美好起来呢？党正在领导着我们前进。青春的大地也好像发出巨大的声音，要求全国人民都作出回答。

选自《花城》（作家出版社）

# 杜埃作品选及简析

## 杜埃生平

杜埃（1914—1993年），原名曹传美，广东大埔县莒村人。幼年家贫，初中辍学。1933年进中山大学文学院学习。从学生时代起，先后担任多种地下刊物的编辑、副主编或主编，同时参加左翼作家联盟广州分会。1937年9月到香港。1940年赴菲律宾办《建国周报》等，从事海外抗战宣传工作。1947年回香港任《华商报》副总编辑。新中国成立后，历任中共广东省委委员、宣传部副部长、中国文联委员、中国作家协会理事、广东省文联副主席、广东省作家协会副主席等职。主要作品有小说、散文集《在吕宋平原》《丛林曲》《乡情曲》《花尾渡》《杜埃自选集》，长篇小说集《风雨太平洋》（三部）。

## 杜埃作品选析

花尾渡在珠江已经消失三十多年了。而从清末民初的1908到1980年代初，整整70年，花尾渡都是珠江内河航道上最主要的客货交通工具。珠江水系水网纵横，自古以来人们出行、货物运输，多用舟楫。"花尾渡"的发明，灵感来自当时广州富豪人家用于行乐和款待客人的画舫。实质上，它是一种综合了西式客货轮层楼结构和中式画舫特色的新型客货船，动力由前面的拖船提供，后面的驳船便可腾出所有的空间用于载运客货。由于没有机器的噪音，空间又相当的宽敞，而西江水流又宽阔平缓，据说其景观不亚于欧洲莱茵河上的游船，更兼有一些游乐的活动，所以在长达 70 年的时间里，花尾渡都成为西江上一道别致的风景。为什么叫花尾渡呢？据说是因为船的样子，船头有"镇魔压邪"的貔貅，船尾绘有海棠、牡丹、龙凤、麒麟等花卉瑞兽，一为美观，二为不识字的老百姓考虑，他们可以根据图案认不同的船只。花尾渡在 1981 年退出珠江航运，是因为 1980 年的两次船难，共死亡 400 多人，说明这种自身无动力的船只抵挡不了恶劣天气。

杜埃的《花尾渡》的写作背景是 20 世纪 50 年代公私合营初期。直到 1954 年，花尾渡都属于私营，1954 年开始公私合营，所以文章写到船头的一对红联："公私合营搞好运输事业，发展生产搞好社会主义"。整个作品也有着宣传社会主义的浓厚色彩，比如写老水手的精神面貌，写他对于在农业社的大儿子走合作化道路的开导，都说明这是一个境界很高的"社会主义老工人"的形象。而作品对于花尾渡的书写，是能激起老广州人的美好记忆的，"一艘花尾渡，像水上的三层彩楼"，"虽说已是严冬季节，南方的金阳，还是异常耀眼。透过金属格子的船窗望开去，如诗画一样的珠江景色，映现在眼际——那高耸在河堤上的水松，挺立着的桉树，那永远是绿色的富饶的南方村庄"。接下来所写的悠闲而富有情趣的旅途，有着崭新精神面貌的船员水手，写出了新时代的花尾渡在人们心目中的印象。

《风雨太平洋》是杜埃作品中的重头戏，写菲律宾华侨与居住国人民的抗日，有杜埃自己的亲身经历在其中。1940 年，廖承志派杜埃前往菲律宾搞海外宣传工作，在菲期间，他参与创办《建国周刊》等进步刊物，太平洋战争爆发后，他曾在菲律宾抗日游击区工作，与菲律宾华侨抗日游击支队（简称"华支"）关系密切，而自此之后的四十年中，杜埃一直怀有一种愿望：将当年所经历的在太平洋上的那场战争，战争中人物的历史命运以及岛国的风光风习写出来。20 世纪 40 年代实际上杜埃已经写出反映这场战争的一些短篇如《番娜》《萨克林田庄》《法布尔的家》等，收录于短篇集《在吕宋平原》中，这些短篇以明净的笔调写岛国的风物人情，是 20 世纪 40 年代后期文坛的重要收获。而历经 20 世纪 40 年代的酝酿，如杨义先生所言，菲律宾太平洋战争后的一幕，在作者恰如窖藏多年的老酒，《在吕宋平原》中只是开了个小酒馆，而在《风雨太平洋》中他却成了个酒业大股东了，他写成了"融政论与风俗，战争与人情于一炉"，具有"浑厚的史诗素质"的巨作。本书所选为整个小说的开头部分，第一章《霍斯特·李家族》。这是一个很奇怪的名字，在这里谋生，被迫姓了菲律宾的姓，但是还是要把根留下：李姓不能丢。小说描写了菲律宾的华侨对于祖国命运的关心，从他们的谈话中可以看出他们是在第一时间就了解了国内发生的"皖南事变"，自从日本侵略中国，他们就一直在组织捐款寄回祖国，并且告诫在学校读书的下一代"一个侨生须知道祖国的过去、现在和我们所希望的未来，这是根"。除此而外，小说对于菲律宾这个岛国的美丽以及华侨的生活风习也是有非常出色的描写的。小说一开头就写了一派迷人的热带风光：海湾的热风、棕榈的浓叶、高挺的椰树、缓缓坠入大海的美丽落日，夏夜管弦乐队的演奏，美国制造的四座位方形小车"罗里士"，那果木竹篱之中的两层木屋，也自有岛国的风味。……令人感受到岛国虽小，却绝不封闭，完全是中西本土多元文化的奇异融合。霍斯特·李家招待客人的饮食，也是这样的具有国际风味："二儿媳小心翼翼端上一大青花瓷钵的咖喱鸡。女主人们十分忙碌，又是牛肉阿多布，切片西红柿，牛油沙拉，广东叉烧包和厦门炒米粉。阔嘴的大玻璃酒壶盛满掺进冰块的仙美儿啤酒。"文化的多元性不但从饮食可感知，从这个家族的语言的多样性更可了解，小说写到他们家英语、菲语、西班牙语、广州话、闽南话、北平话都来得，"所以人们说李家是个语言学家族，连笑声都是带有世界各地某些语言的色彩的。"这的确是只有在岛国生活过的人才能深刻了解的文化特征。

　　岭南文化的一大特征就是它的海洋性，跟南洋的距离简直是近在咫尺，亲如一家，所以20世纪中国作家的南洋书写中岭南作家占了绝大的比重，包括许地山，祖籍也是广东的。杜埃的这个小说描写了鲜为人知的"华支"和菲律宾人民的抗日，又是站在一个广阔的国际视野上来写，的确为珠江（岭南）文派增添了光彩。

（李俏梅）

# 杜埃作品选

## （一）

## 霍斯特·李家族

（节选自《风雨太平洋》）

海湾的热风阵阵吹来，棕榈的浓叶瑟瑟作响，高挺的椰树摇曳着，一派热带风光。树林中间是一条滨海大道，光滑的柏油路面被烈日蒸晒得黑光闪闪。尽管希特勒正在肆无忌惮地蹂躏欧洲，中国战场进入犬牙交错的状态，可是这太平洋上的岛国，依然是和平景象。

这一带海滨，有块大幅空旷草地；在广场中央矗立着菲律宾的民族英雄黎萨铜像。每逢旱季的周末之夜，管弦乐队便来到铜像基座下的宽阔台阶上演奏；迷人的西洋古典的、民族和美国的爵士乐曲，醉倒了多少把音乐当作日常粮食的菲律宾人。

白天，海湾上扬起红色的、白色的、橙黄色的帆篷的小游艇，载着满船歌声，荡漾在蓝色的海面。岸边草地上许多身穿各种鲜艳衣服的小贩，她们大多数是年轻姑娘，在向游客兜售香甜可口的冰琪琳、鸭胎蛋、榴槤、青椰汁、香烟等等；此外，还随处可见一些光着脊背，灵活得象小兔子一般，在空地上穿梭往来走动替人擦皮鞋的小孩子。每当黄昏到来，忙碌了一天的人们都喜欢到这里来散暑乘凉；呼吸有咸腥味儿的海风；欣赏那冉冉坠入巴丹半岛后海的美丽落日。灿烂的霞光虽很短暂，但充满热带情调的绮丽景色，却能使游人的心胸开满花朵。"看日落"是马尼拉湾的一大胜景，对初到异邦的人，晚霞更能引动对海洋两岸祖国的遐想和恋情。

美国制造的四座位小方形罗里士轻便车穿梭似地络绎不绝，疾驶而过。在仑尼塔海滨大道上有一辆小车正向海滨的巴西住宅区驶去，最后在一座西班牙式的两层大木楼房前停下了。

同来的两位客人顺着许庚的手抬头一看，是一座颇为宽敞的两层木楼，楼前有块空地，种上了果木，用竹篱笆围上；房顶很尖很高，屋檐却低到几乎掩盖了上半个窗子。窗前吊着用空椰子壳作花盆栽种的各种热带寄生植物。这一切给人一种雅致、阴凉的感觉。大厅和卧室毗连处突出来一个小小骑楼，和一个有扶手的宽梯联接。① 梯子是用坚硬的木材做的，踏板用黄蜡擦过，发出光泽。霍斯特·李家族也象普通菲律宾人那样酷爱清洁。贫民买不起黄蜡，就用椰子壳内层丝络摩擦梯子和木楼板，保持经常性的光洁。因为穷人都睡在木楼板或竹楼板上，再没有其他的床了。

"噢，来啦！"斜躺在骑楼中一把长椅上看报的老人，蓦地站起，走到梯口迎接。

"老人家好！"许庚代表来人向他道了个安。三个客人便脱下皮鞋，穿着袜子踏上梯级。老人一面迎接，一面扭头向屋里嚷嚷："老大，客人来啦！"然后面对许庚，"嘿嘿，老弟，你也来得太少了。"口气有点责怪。

"早就想来，可没空呀。你老人家还是挺康泰的吧。"许庚说，转脸对同来的两个客人——傅里奥和不久前从江南劳军返菲的蔡杰介绍道，"这位就是老李的父亲，洪门老前辈。② 他是位老锅炉工，在美国海军船坞工作。"

"老人家好！"两位客人齐声道。

"托福，托福！"老人睁着一只有毛病的眼答道。他说起话来两个腮帮筋肉有点颤动，身高腰直，神态威严。充满热情的霍斯特·李赶忙迎出来，快活地嚷道："欢迎，欢迎。"说着伸手抓住两位来客，拉他们在大厅坐下，并叫来他的妻子欧芹、大妹妹锦芙和两个女儿；还有未分家的二弟一家大小，向客人一一介绍。霍斯特·李有个习惯：凡是他尊敬的来客，他必定向他们热情地介绍他的家族，他觉得只有这样才表示尊重客人。大妹妹锦芙是个三十出头的女人。她端庄地走前两步，把合着的两手伸出一只跟客人握手。不知为什么，当她跟许庚握手时，眼帘垂下，拘谨而温柔地低声问道："你很忙吗？多久没光临了。"霍斯特·李的大女儿，这会儿端着托盘给客人送咖啡，显得很有礼貌。

这天是星期天，霍斯特·李的家族，全都呆在屋子里。午饭后全家都在等待预约好的客人的到来。听说老李的妈妈、二妹和二弟媳都在楼底准备晚饭。客人就从二楼内层的宽木梯走下去。喔，这木楼的底层可真够宽敞，屋外靠墙是一排三间的厨房，浴室和杂物房。楼下还有几间卧室和一个大饭厅。老妈妈瘸着腿，两只手搓着围裙，一拐一拐走过来，用中山县龙都话跟客人攀谈；老

---

① 联接：同连接。——编者注

② 洪门是历史悠久的民间中下层互助性质的团体，多为手工业工人，讲义气，爱祖国。祖国的洪门于解放后改称致公党，是民主党派之一。

李的二妹锦治一边搓面粉，一边开颜畅笑招呼客人。

"这楼底真荫凉，好舒服呀！"

"我就喜欢住楼底，菲律宾天气长年累月都热得炙死人，可在楼底，就没那么热了。"

蔡杰见老李一家为他们忙碌，忙叫他们别张罗，随便吃点什么便好了。还说他和傅里奥虽然很少上门作客，① 跟老李却是认识很久了的，又是知己朋友。

可是女主人们却十分兴奋，象过节日似的。

"不会吃穷我们的！现在到处都在打仗，听说德国又打苏联，世道乱纷纷，难得见面，稀客呀！"老妈妈说。

"我来做个阿多布给你们尝尝，② 这是挺可口的。"高大肥胖的李锦治，象孩子般笑着说道。

老妈妈突然抓住了傅里奥一只手问："你说说，日本人会打来菲律宾吗？"说话间紧蹙眉头，显得忧心忡忡。

"这，很难说。"客人道。

"日本军占咱中山县四年了。唉，国内到处家破人亡，光饿死的就不知有多少！"

"家乡还有什么人吗？"

"有堂侄两家人。我们捐钱给同乡会汇回去，也不知到手没有，几年来连个回信都没见到。"老太太不断摆摆脑袋，有点忿忿然，喃喃自语，"会不会给国民党刮了去。他们是'刮地皮'刮惯了的呀！"

"这很难说。除了国民党，还有伪军、地主，还有恶霸劣绅在把持呐！"

"惨呀、惨呀，你们说说日本会打菲律宾吗？"她提出这个日夕担心的问题。

"现在世界大战正在扩大，还是要有个准备。"

老妈妈一听，心里凉了半截："要有个准备？"说着叹了口气，双手搭在膝盖上，"那么这个家……"停了好一会，默不出声。

楼上大厅的客人，正和霍斯特·李家族在议论国内发生的皖南事变。

霍斯特·李的大妹妹李锦芙给客人添咖啡。她身材高大，肤色白皙，穿件低领米色连衣裙，衬着她那丰满的胴体和端正的脸庞，越发显得举止大方。她

---

① 作客：同做客。——编者注
② 一种西班牙菜式。

是华侨建国中学的美术教员兼女生班的裁缝老师，年纪不小，还是个"云英未嫁身"的大姑娘，笑起来就跟她妹妹一样老带点童稚气，叫人感到她心地很纯真。

"什么政令军令统一？统来统去，不就是统给蒋介石去了，国民党真是！"李锦芙坐下来，自己却不喝咖啡，忿忿然骂道。

"那还用说，统一就是消灭。"霍斯特道，"记得去年八月，第十八集团军举行了华北'百团大战'，出动了一百一十五个团兵力，从几十个地方一齐展开攻势，战斗了三个多月，毙伤日军二万，伪军五千，俘一万多。这是抗日战争以来最大的一仗。军威大振。躲在后方的老蒋一面颤颤抖抖，一面咬牙切齿。"霍斯特喝了两口咖啡，拿出埃德加·斯诺公布的一份材料，引述给大家听。

那份材料列举的许多数字，说明蒋介石慷慨允许新四军开去华东敌后是为了借日军之手消灭他们。但新四军一开到敌后，大量杀伤敌人，威震中外。在新四军到达京、沪、杭一带之前，日军只用三个团就能够统治这个地区，新四军到达之后，日军就不得不增加到三个师的兵力了，真是所向披靡呀！在江苏、安徽收复了相当于两省三分之一地区，新四军由最初的一万五千兵力扩大到了十万人。即使在南京近郊，要是没有警卫，日军也寸步难行，仅仅一个南京城，就要有七千名日军警卫部队。蒋介石统治集团因新四军英勇抗战，收复了大块国土，建立了根据地，为此大为恐惧，便密谋消灭新四军。一九四一年一月，蒋介石诬蔑新四军"叛乱"，出动大军，进行突然包围袭击，发生了震动国内外的"新四军事件"。新四军军长叶挺被俘，副军长项英以下九千人壮烈牺牲。这种亲痛仇快的事，引起全国哗然，华侨愤恨，纷纷谴责蒋介石的不义。而汉奸汪精卫的南京政府则欢天喜地，举行庆祝，反共高潮来势汹汹，中共和各爱国党派揭发了这次事件的整个阴谋，全国呼吁制止蒋介石反共内战……

霍斯特突然转脸向自己的女儿："丽姐儿，你知道吗？在祖国，抗日还是有罪的！"说罢猛地抽了两口烟。

"我不明白为什么委员长会这么坏。"十九岁的丽姐怔怔地听爸爸议论，有点呆了。老眨巴着两眼，又激动又惊奇。

"咳，我的孩子！你问得多奇怪。他是刽子手，反共起家的大坏蛋，他同希特勒一样。我跟你爸爸，十三年前就是受这个刽子手的迫害逃亡来菲律宾的。"做姑姑的李锦芙道，"你别只顾钻课堂的英文书本了，你没看咱们出版的《建国报》吗？它正天天跟华侨中的反动报纸辩论什么'军令政令统一'的谬论呢。"说后李锦芙用谨慎的态度望望许庚，"人家许叔叔是《建国报》的社长呀！"

许庚微微一笑，含着他那栗色大烟斗。

丽姐冷不防受到姑姑一顿教训，不由脸上泛起红晕，讷讷道："阿三，你……"她用亲昵的"阿三"的称谓，对她的三姑表示柔声抗议。其实，《建国报》一出版她就抢着看的。

"你是未回过国的侨生，国内事情懂得太少了。一个侨生须知道祖国的过去、现在和我们所希望的将来。这是根。今后……"姑姑说到这里，把脸扭向许庚，"你的读者还要扩大呀。"

许庚"唔"了一声："报份增加，要靠妇女界多做点宣传……"说着用鼻子指指傅里奥，"这位叔叔写了许多揭露蒋介石制造皖南惨案的文章，驳斥这里的反动华文报的谬论。你都看过了吧？"

丽姐腼腆地抬起头来，微微颔首。心里想："原来是你写的呀"不由得用无邪的眼光盯视傅里奥片刻，心中不禁涌起敬佩的感情。

"劳联①进行得怎样了？"李锦芙关切地问大哥和许庚。

当老头子知道已有几批大款汇回去，劳联属下三十六行业工会和洪门团体还在继续捐献时，便插进来道："我们洪门从来不输给你们的。"神态很自得。

丽姐也说她们华侨学生都捐了款，许多人连手饰也拿出来了。

大家正热烈议论，二妹妹锦治走上楼来，招呼大家下楼吃饭去。

大餐桌周围，一家大小加上三位客人，坐得满满的。二儿媳小心翼翼端上一大青花瓷钵的咖喱鸡。女主人们十分忙碌，又是牛肉阿多布，切片西红柿，牛油沙拉，广东叉烧包和厦门炒米粉。阔嘴的大玻璃酒壶盛满掺进冰块的仙美几啤酒。这是一顿别具风味的中西式晚餐。

慈祥硬朗的洪门老大哥接过孙女儿递来的湿毛巾，抹了抹手。伸伸两条露满筋络的红铜色手臂，邀请客人用餐。

这位六十五岁的老锅炉工，还不肯退休。他是个瘦长个子，身体硬朗，短短的灰白发下，虽然左眼球蒙上一层膜状的东西，但右眼却发出加倍矍铄的亮光。脸孔褐色带红，也许因长期司炉的缘故，结实的骨架，紧绷着一身肌肉，象一个铜人。他取了个包子咬了两口，又深深地喝了两口啤酒，便翘起一只大拇指，清清嗓子，急于要把久已憋在心里的话一泻而出地高声嚷道：

---

① 劳联：菲律宾华侨劳工团体联合会的简称。

"哈，好！痛快！我们洪门是讲义气的。对兄弟披肝沥胆，路遇不平，拔刀相救，是洪门的宗旨。讲历史，自太平天国起我们就是爱国的。哼！岂有此理！老蒋爱什么国？手里拿着三四百万军队不打日本，却打抗日的新四军，伤天害理呀！我刚刚看过《建国报》上驳斥国民党的文章，驳得真痛快！"老人又咬了一口叉烧包，嚼了嚼吞下去，接着又大声道，"那班家伙净说一个党一个政府，一个领袖，一个军队，还不是依然闹独裁！刮民党好话说尽，坏事做绝，现在只死剩一张烂嘴。你们看看这里的国民党言论，嘿嘿，他那个总支部还在把我们华侨当阿斗呢，你们说气人不气人？我来菲打工四十年，对国内事也尽过力，出过钱，恼火的事太多啦！"

"爷爷，你净顾讲话，客人都吃不成饭啦。"小孙女提醒道。

老霍斯特歉然一笑，看看全桌子老少，都在静听他的话，忘了动刀叉。

"吃吧，吃吧，都是自己人。"老人咧嘴笑道，"你们尽管吃，别讲那么多礼节。可我还得把话讲完……打国共分裂，老蒋上台就没做过一件好事。现在欧战正紧，德国又大规模进攻苏联，国内抗战十分艰苦，人人都应该关心国家存亡大事……"说着说着脸上露出威严的笑容，十分豪壮地说道，"好！报上驳得好。痛快！来！"他向坐在身边并不很熟的傅里奥举起了杯子，邀请大家喝啤酒。

大餐台上的刀叉盘碟微微响动。霍斯特·李叉起一块咖喱鸡肉往嘴里送。他边嚼边说："国内人民不会容许他们那么横行霸道的。宋庆龄、何香凝、彭泽民等等都向蒋介石提出抗议了。"

"这些人才是真正的孙中山国民党。"老人赞赏道。又说他是中山县人，孙中山死后他就留心究竟还有哪些人走孙中山的路。

"老伯，还多着哩。国内的民主政团同盟，工商各界，知识分子……"许庚道。

"独夫民贼不受点压力，什么坏事都会干得出手的。"老人十分愤慨，又呲呲牙道，"老蒋这人周身都是反骨！"

在席上，欧芹和锦芙老是忙着给客人递食物，还十分体贴地照顾老人。孙女们则温驯得很，只顾埋头静静地吃饭；锦治和她的二嫂子神情专注，倾听男人们说话，不插一句嘴。

"现在的事就是要作好后盾。"许庚道。他告诉大家，现在急需支援国内民主势力，继续捐款慰问新四军，继续发通电。

"捐款可有保证落到新四军、八路军手上吗？"老锅炉工问道。

"在香港设有第十八集团军办事处，已经汇去几批了。"老许道。

老人表示他可以放心了，却又联想起另外几桩事："九·一八"马占山东北抗日，"一·二八"蔡廷锴十九路军淞沪抗日，"七七事变"全国抗战开始，菲律宾华侨节衣缩食，每次都捐了大笔大笔款子回去。可是，都给刮民党刮掉了。

席间，霍斯特·李和几个客人，立时商定劳联和各抗日侨团要开个联席会，布置布置。

饭后，客人正准备离席。这时李锦芙拿来宿务岛产的甜杧果。① 接着，丽姐又捧上经她精心制作的两大盘奶油蛋糕和甜食。

霍斯特·李家族人口不少，但女的占压倒多数。父亲是老华工，母亲是农村出身的妇女，腿有点瘸，三顿不离厨房。还有不少忙碌事。整天手脚不停，也没午睡习惯，可晚上睡得特别早。霍斯特·李的弟弟是个化学工程师；他的妻子也是个忙碌人，替人洗衣服，浆浆烫烫，整日不闲。她有三个女儿。霍斯特·李的妻子欧芹，是个小学语文教师，生养了两个女儿。大的丽姐，满十九岁了；小的丽英，才十五岁。霍斯特·李的两个妹妹都是中学教师，还兼小学一点课。

霍斯特·李本人原名李炳祥。为什么他叫霍斯特·李呢？因他在厄斯柯达街美国一家公司当经纪人，为了方便工作，同时由于种种原因，菲律宾华侨有不少人也安上一个菲律宾名字，所以中外人士大都习惯叫他霍斯特·李。又因李没有男孩，便从孤儿院招来一个叫披罗的少年做义子。这样一算，他的家族，人口就不算少了。锦芙两姐妹都很疼爱这群大小侄女儿。李锦芙特别宠爱丽姐儿。这姑娘是在她臂弯里抱大的，天天睡在一起。牙牙学语时就教她叫"三姑姑"。那时她只会叫个"三"字，后来又多个"阿"字，叫成了"阿三"。慢慢叫惯了，现在还是学儿时的叫法；"阿三"二字，成了丽姐对姑姑李锦芙的昵称了。

这个家族还有个特点：是一个能懂几种语言的家庭。李炳祥兄弟和两个妹妹都上过大学，且生长在菲岛，英语固然能讲能写，还能说一口毫无瑕疵的达加济语。因为他们自小就跟菲人在一起；他们也懂西班牙语。丽姐虽然还在上大学，也跟他们一样掌握了几种语言。又因为这一家是广东华侨，广州话固然是这个家庭中的主语。闽南话也讲得非常地道，因为这里的华侨百分之八十是

① 杧果：同芒果。——编者注

闽南人。还有少数来自浙江、山东的华侨。华侨的中小学校是用北平话讲课的，渐渐他们又懂北平话。每当闽南人和广东人对不上话的时候，特别是初到菲律宾的知识分子，就用普通话来交谈。霍斯特·李的老父亲也懂得英语。因为在美国海军船坞当锅炉工，不懂英语是不行的。但他会讲不会写；对菲语也是如此。所以人们都说李家是个语言学家族。每当一家人聚在餐桌旁时就热闹了。这个有意讲几句闽南话，那个立即接上几句广州话，第三个又说上几句西班牙语，然后，谁又用英语喊一句："verygood！"或用菲语说一声："沙拉末。"于是，桌子周围爆发出带有世界各地某些语音的笑声。

霍斯特·李社交关系不少。他和许庚一样因从事爱国工作和华侨总商会头面人物有来往。李跟重庆政府驻菲大使馆为人厚道的莫副领事是知交。为办《建国报》，需要编辑，傅里奥等就是通过莫副领事办进口手续，聘请来菲的。他跟许庚全是"劳联"的主脑。因共同反对东西方法西斯的残暴战争，经常与菲方民主社团有联系，结识了加斯特和巴鲁查。后者是菲民主律师公会负责人，是华侨劳联及《建国报》法律顾问。

还有一件事值得特别一提，就是李炳祥、李锦芙兄妹的英语和普通话讲得十分流利，有他们的一段缘由：

一九二五年——一九二七年，国内第一次革命战争时期，那时刚十八岁的李炳祥和十五岁的李锦芙，就怀着满腔热情回国去参加当时如火如荼的大革命。那时缺外语干部，小小年纪的李炳祥就是苏联顾问鲍罗廷将军的英语翻译之一。妹妹则做宣传工作。兄妹二人随着革命队伍，走过许多省份。一九二七年蒋介石叛变后，白色恐怖弥漫全国，到处捕人杀人，兄妹二人几经危险，辗转逃往包头、蒙古，然后转入苏联；在那里吃过一个时期的黑面包，然后又从苏联绕道几个国家，最后从马来亚回到了菲律宾。但这段曲折的经历，在华侨社会只能秘而不宣。大革命的洗礼，使他们兄妹俩在心坎上留下了永不熄灭的火苗。菲岛华侨社会的政治情况非常复杂；蒋介石国民党公开合法的在菲岛设有驻菲总支部，各州府有分支部，势力不小。直至"九·一八"事变后，华侨救国情绪高涨，霍斯特·李和有类似经历的许庚，以及一些从国内逃亡来菲岛的左派分子才起而组织"抗日救亡协会"、"华侨劳工团体联合会"，开展爱国运动……

## （二）

### 乡情曲

#### 白棘花

暮春，一九四六年。乡野的四处。风声鹤唳。白棘花。开放在沟沿的荆丛上，点缀着那凄苍的绿野。

那刚翻过的田地，穆肃而愤怒，耕牛已脱轭而去，田坎那边，倒放了一张破犁耙，庄稼汉，被过路的蒋匪军拉了去，当了枪靶。血，在湿渍的三月泥土上，凝结了。

一只白鹤，静肃地飞来田间，田间依然显出冬来的荒凉，乡村已阒无人烟，浩劫后，人们都到山上去。空荡荡的田野。只有那发绿的灌木林，颤颤摇摆枝叶，对着白茫茫的白棘花，倾诉到处的凄惶。

忽然有人唱着哀歌。跑下了山坡，在松林的出口处，一个老农妇，叩着地神哭号。

野生的白棘花，在绿叶子上，片片飘落，为这变色的田原悲伤。

呵！我们底乡土，① 暂时失去了武装，我们这亲爱的南方。②

春天的山雨，冲出了牺牲者的骸骨，旷野停止了呼吸，没有一丝声息，苍茫的白棘花，俯伏在绿叶子上，庄严地为悲哀的土地挂丧……

多久的，多久的，丛林终于发出一声鹰叫，一阵风吹过了草丛，黑松林，象一片深藏的海，喧嚣哗响。多少人想起了山那边的伙伴，多少人确信：一到度过这阴暗的暮春，叫魔鬼们知道，那发光的红棉花，将代替苍茫的白棘花，四面八方，满山遍野，怒放在这盛夏的南方土壤……

#### 挂　旗

带着希望，迈进了一九四六年的夏天。你，走进了夏天的村舍。

村舍在燃烧。

纵火者已扬长而去，你回头向山谷探望，山谷也在愤怒中燃烧，那撤退未

---

① 底：同的。——编者注
② 抗日战争胜利后，东江纵队被迫北撤山东省。

归的人们，火红的仇恨之眼，向着他们心爱的乡土，投下阴沉的一瞥。

呵！工作者，你摘下一片绿叶，走近了原日墙屋外面的篱笆。然而，篱笆的灰烬，却圈绕了整幅的园地。看，纵火者干得多么得意，香嫩的油菜花，已给烧得枯黄憔悴，连一块土碑，也给拔去，比日本人干得还彻底。土壤上，几口野灶，总算被建立了，美国造的香烟盒子，啤酒瓶，空罐头，香口胶的包衣，伴着一大堆的黄色鸡毛，撒满了整幅草地。呵！那吃美国供给品的"草头军官"威风凛凛，①曾在这里祝贺他们的"胜利"。

你带了一本《人民不死》走进村场的中央，这儿曾是儿童的学校，民兵的操场，村政的议事堂。呵！一切都在火焰中毁去，只留下匪军们"重点攻势"的"战迹"，和着几幅"戡乱"标语，粘贴在布满枪洞的白垩墙上。

你一定异常激动吧！在夏天的榕树下，拾得一块马蹄铁。是的，虽说它生锈了，却发出异常明亮的黄光，呵！要想起的，想起它的主人了——一匹为战斗奔驰的栗色马，它驮着我们这一带人民的英雄，奔向遥远的战斗的北方。无可怀疑，他要回来，他一定带着众多的人马，不久便要回来，那时南方将和北方一样，南方的土地，将得到彻底的解放，南方的海洋，也将掀起凯旋的波浪。

是的，好的工作者，是个开荒的能手，任何时候，不感孤立，任何环境，不会气馁，退去了的高潮，重又到来。呵！你拿出一块染血的粗布了，站在废墟似的村场，向山谷呼啸，召唤每一个弟兄，你拿着红布爬上了草棚的杆顶上，重新挂上了斗争的红旗……

## 壕堑

战斗的步伐，迈进了一九四七年，大反攻的号角声，传到了南方。黄河的波浪，载着人民的兵队南下。黄河的波浪，走上了陆地，攻势浪头，一个紧接一个，扫荡着黑暗的中原，胜利的雄师，迅速地来到了长江边沿。

这时，南方的山野，那被炮击过的岗峦、壕堑长满了野藤花，画眉鸟又在啼唱。这扼守乡村的堡垒，曾阻止敌人的兵马，如今，岗峦上的队伍，已开拔走了，胜利的战争从山地、发展到平原。

岗峦宁静，画眉鸟在舒展它美妙的歌喉。热情的鹧鸪，也在大声放胆啼唱。岗峦完全复归了自然，让鸟兽们去占有。人民已重回到了平原的村庄，胜利也回到了村庄，根据地也回到了村庄。

---

① "草头军官"，即蒋匪军官。

是的，通过漫长的战争，我们的队伍，壮大了。解放战争显示了无比威力，给大地的一切，带来了青春。看呵，村庄的四处，蜿蜒的群山，起伏的岗峦，是我们的铁城环。听，躺在平野上的河流，唱着赞美歌：

> 解放区的天，
> 我们的天……

乡村的道口，"输送队"又来了，"草头军官"骑上一匹高头骏马。保安队，像一条秋天里的草花蛇，每秒钟吐着五次毒舌，在日本人走过的公路上，凶恶地向前爬。

山城又在烽火中崛起，壕堑瞅住村野，那刚休息了五分钟的枪，又指向乡村的道口，子弹飞向草头军的马蹄，爆炸声落在美国式的卡车旁，天空喷射火星，河流重唱战歌——

> 保卫解放区，
> 保卫新起的家……

## 希望底花朵

胜利的岁月，希望之苗，在阳光下，火焰一样的开了花。喜鹊出现在狂热的秋天，向着家家户户，频频报着一九四八年的秋季战讯：乡村，一个个的，解放了。

那曾引人凄凉之感的白棘花，让它代表苦难的日子，永远逝去吧！红色的枫树林，在秋日里，成了一个新标志，红光扫除了四野的哀愁。虽说秋天才到，春天的步子，已在枯瘠的土地上，开始移步。

向忧郁的怀乡病，永远告别吧！向古旧的乡土气息，挥手吧！田野脱去了惨淡的灰色，迸发晶亮的黑光，土地重回了老家，披上红色的新装。

乡村的道上，人们交换着胜利的消息，那积聚了千年愁痕的苦脸上，贫雇农们第一次豁朗地笑了。

灾难的日子，留下了深沉的记忆。那贪婪而狡猾的面孔，曾是多么威风，他们网罗了地面，以长期的阴影笼罩了人民。现在，倒霉的恶运临到他们了。那丧失了独占权的鹰爪手，在绝望地发抖了。

让那吸血的旧制度，退避到角落去，让他们在暗处投放最后怨毒的一瞥吧！没有什么怜悯，路，走到尽头了，人民将把他们永远送走，送到历史的存积箱里去，连同那些横行乡间的恶霸、地痞子，他们的武装和刑具，田契和账簿子，一齐送去，把留下的阴影，也一齐送去。

歌唱的人们，在田野里跃动，新的生活日程表，在乡村出版了，冒着兴奋的热汗，人们争议着计划书，迎接新的生产和创造。

这美丽的画面，行将出现在我们的乡土，鲜红的旗，飘扬在村场的中央，望着她，人民的脸上，开放了希望的花朵。


一九四七年


# （三）

## 花尾渡

一艘花尾渡，象水上的三层彩楼，飘着五星红旗，打着各色彩幡，愉快而平稳地在珠江内河行进。

虽说已是严冬时节，南方的金阳，还是异常耀眼。透过金属格子的船窗望开去，如诗画一样的珠江景色，映现在眼际——那高耸在河堤上的水松，挺立着的桉树，那永远是绿色的富饶的南方村庄。

水手们忙忙碌碌，走来走去，给那边的旅客们取毡子，拿茶水，分发晚餐的票子；给解放军同志送扑克牌；给这边的旅客送象棋；给孩子们送连环画册；时而回答这一个所问的航程，时而回答那一位所提的问题。大厅上，站着个老船员，高举着用浮木做的救生袋，用广东话和不大流利的普通话，轮流向旅客们讲解使用法。这已成为船上的制度，不管有无风险，都当作必须向旅客履行的责任。在冬天，这一带经常有台风。然而，在平稳的船舱中，谁也不去注意这事情。

一只意见箱挂在餐楼上，写着"欢迎批评和建议"。一块布告牌写着几条职工学习总路线的讨论提纲，旁边的一角用图钉按着一叠招领的钞票和钢笔、眼镜一类的遗失物。可是，看起来，主人们好像永远把它们忘掉了。

这里是第三层的船楼，它有着宽阔的大厅，地板上砌着的方格子白瓷砖，闪闪发光。大厅的两旁，排列着分为上下两层的整齐卧床，十盏一簇的大华灯吊在中央，大幅的玻璃镜在船舱两头对照着，映现出那乳白色的大灯罩，就象十朵刚开放的白荷花。初搭这船的人会感到，这里俨然是座富丽的厅堂。

船头那面大玻璃镜两旁贴上一对红联——一边写着"公私合营搞好运输事业"，一边写着"发展生产建设社会主义"。一个老水手穿着整齐的制服，走过来了，他的名字叫张大海，拿了一把短扫帚，笑着在做清洁工作。

"同志，你看这船变了样吧！"老水手向我拉话。

"你那样积极，还看不出来吗！"

"公私合营，走社会主义道路啦，还能不积极？"他顺口答道，"我干了几十年啦，解放后咱们斗倒了把头，实行了民主改革，不久前这船公私合营，咱们成立了基层工会，进行了民主评薪和选举模范，大伙就更积极啦！"

他是一个很容易接近的老头，话很快就拉开了。我问他有了几个儿子，解放后是不是常常回乡去。

老水手伸直腰站了起来，把一只粗壮的臂膀靠上我的床架来。

他容光焕发地告诉我，两个儿子都成年啦，大儿子在乡下分了田，是农业社的积极分子。二儿子参军去了，还在朝鲜。说到朝鲜，他很矜持地微笑着，露出骄傲。

"原来是光荣军属。"

他听了，瞪了我一眼，好像责怪我，"你现在才知道？"随即严肃地说道：

"劳动的人不能忘本，没有毛主席，哪有今天。"他爽朗地答道，充满感激之情地笑起来。

"常回大儿子家去吧！"

"这几年，每年总有一趟回去的。"忽然眯起眼来，把声音放低了，"说实话，每趟回去我都要摸摸那分给我儿子的几亩土地哩！"他别有所感地说出心里话。

"现在农村搞合作化，你舍得将土地入社？"

"我舍得。儿子初时倒舍不得。嘿嘿，多少代来盼望着的几亩土地，盼到土地改革才分到手，难怪嘛。一要搞合作化，他就犹豫起来啦！我回去告诉他："搞集体化有什么不好，拖拉机怎能在方格子里犁田？"儿子还算懂得一点道理，党的乡村支部书记和他谈过话，他前思后想了几个晚上，后来也就想通了。"他手一摆，把我定定地看着，"我是工人阶级呗，还能比儿子落后？"说后，显得好神气。

他接着说他曾在海员俱乐部看过一部叫《方形耕作法》的电影，他说，"集体化，太好了。同志，你说是不是？不合作化，哪能集体化，机械化？"

看来他比一个普通农民要懂得更多，具有水手的愉快心情和爱聊天的习性。他拿着短扫帚又俯首扫地去了，忽然又转回来，悄悄地告诉我他本想辞职回去抱孙子的。他说一想到家乡有了农业社，耕作的事他们大伙会料理，集体养了几千只鸭子，百多头毛猪，生活变得越来越美。珠江三角洲的沙田区，土地肥沃到简直像闪着油光的黑金哩！儿子们都成了生活的主人，而生活加上合作化，就更美了。三十年来他都在船上，在家日子很少，这下子辞职回去不是很好吗？但这时船实行了公私合营，这件事对船员的鼓舞是很大的。过去，这里的船员都不愿呆在私营船做工，他们瞅着那些公营厂的工人，老是感到冤屈，他们搬进新盖的宿舍，有自己的医疗所，有学习，有自己组织的晚会，兴高采烈地开展劳动竞赛。可是，张大海他们这里呢？就没有这些，你看连码头上的搬运工人都有了自己的托儿所。有些船员就说起怪话来：都是工人阶级嘛，人家在"过渡"，我们却陪着资本家捱"改造"哩！他们派代表到海员工会去，要求给设法提前合营。但是，海员工会不能解决这些问题，只好憋着一肚子气回来了。渺茫得很，大家都感到暗淡。事情就这样拖了下去。

过了三个多月，忽然宣传这船公私合营了，船员们狂欢起来，觉得有了光明前途。这里也开始走社会主义道路啦！老头兴奋地说道："我干了几十年海员，这下子还愿改行？真怪，我怎么也离不开这只船，好像它和我一生的命运联结的那么紧。我捎口信对大儿子说：'我不回来了，咱们竞赛吧！你搞农业，可少不了我这运输业。'"他突然用询问的目光望着我，说道："大家不都在谈过渡吗？我就要从这只船上过渡到社会主义去哩！"他俏皮地笑起来。

"张大伯，你高岁多少？"

"五十五。"他不经心地答道。像想起什么，又瞪起眼来："这也算老？解放后，我有一种怪心情，不喜欢人家说我老！"他率直地表示生气。

"五十五，不算老，你很健壮，像四十多的汉子。"

"当然不算老，我还要看到共产主义哩！"他一边轻松地说着，一边把目光往江岸溜去，嚷道："南瓜湾到了！"他匆忙跑到楼梯口去。

不知什么时候，三弦琴奏起来了，对面床架上几个年青海军在激动地唱着曲子——

蓝色的海岛呵

你是祖国海洋上的哨岗
你是我们富饶的谷仓
我们一定要把蒋匪消灭
使你重回祖国怀抱

站起来吧
亲爱的土地
英雄的海岛
噢，我们蓝色的海岛，台湾

　　歌声回荡江面。浪花轻打船舷，花尾渡像一个文静的姑娘，在徐步夜航。

　　夜深了，船舱一片宁静。在华灯的白光下，那睡在我左邻的几个赶赴建港工地去的技术人员，已放下了扑克。人们像躺在自己家里一样舒服地休息。

　　骤然，驾驶室传来金属敲击声，汽笛鸣了三响，随即花尾渡的速率放慢了。江岸上闪耀着无数的电灯白光，这美丽的花尾渡驶到了容奇镇的口岸。

　　打开船窗，那矗立在夜空中的烟突在吐着白烟，还在转动着的起重机，正把一大捆一大捆甘蔗从船上吊到滑车上去，这是一座巨大的糖厂。在这紧张的榨季里，机器的响声彻夜不息，电灯光照耀着一列列新盖的工人宿舍，整齐得像一队穿着白衣的护士，在诗一样迷人的夜色中列队迎接来往的船舶。宽荡的江面上，闪着小火轮上的红蓝彩色的信号灯，向远处行驶。

　　我从床架上下来走向甲板，经过海员基层工会办事室的门口，一块惹人注目的红榜开列着模范船员的名单，望上去，那名列第一的正是张大海。我激动地想着我应该再找他谈些什么，甚至渴望着和这水手做一个朋友，一种感情骤然来到心中，我觉得从来没有像现在这样喜欢这只夜航中的花尾渡……

# 吴有恒作品选及简析

## 吴有恒生平

吴有恒（1913—1994 年），广东恩平人。出身于书香门第，七岁能诗，少时读书名列前茅。1931 年"九一八"事变后，积极投身于抗日救亡运动。1936年在香港加入中国共产党。1940 年底到延安，参加过党的"七大"。1946 年后回到华南，先后任粤桂边区部队司令员、粤中纵队司令员，为解放华南做出了贡献。新中国成立后，曾任广州市委秘书长，广州市委书记等职。1958 年被错划成"地方主义分子"，下放广州造纸厂工作，长篇小说《山乡风云录》于1962 年写成初版，好评如潮。根据小说改编的话剧、粤剧亦获很高声誉。"文革"期间曾抓入监狱，受尽磨难，晚年任《羊城晚报》总编辑。吴有恒的主要代表作有长篇小说《山乡风云录》《北山记》《滨海传》历史小说集《香港地生死恩仇记》、散文集《榕荫杂记》《榕荫续记》和杂文集等。秦牧曾经评价吴有恒是"当代作家中的辛弃疾"，因为他无论干哪一行，不管是打仗、做官还是写作、办报，样样出色，这样的人实属"寥寥无几"。吴有恒晚年还担任广东省人大常委会副主任职务。

## 吴有恒作品选析

早在 1986 年，吴有恒就提出"应有个岭南文派"，他说音乐有岭南音乐，绘画有岭南画派，文学怎么就没有个岭南文派呢？从康有为、梁启超说到他的老朋友秦牧、杜埃、陈残云等，虽然他没有拿自己的作品来举例、但吴有恒的文学创作实在堪称"岭南文派"的代表。

岭南之所以有富有独特地域特色的文学，首先与它特殊的地理生活环境相关。这种特殊性表现为山、江、海相连成为一体的自然环境，它既以南岭与岭北相隔，又以海洋向世界敞开，特殊的地理环境也造就了它独特的社会生活，所以文学自然也会有它独特的地域特色。吴有恒的作品，从题目看，就是岭南地域特色的表现，《山乡风云录》《北山传》《滨海传》《香港地生死恩仇记》，分别写的是南方的山区、海滨和香港的故事，而以地名作为"传"主，也鲜明地表现出作家的自觉的地方文化意识。作者所描写的这些地方，都是他战斗、生活过多年的地方。他对于他所写的山川地貌、人物风俗甚至一草一木，都熟悉而亲切，《山乡风云录》的引子、后记里，他都提到一种叫"山稔子"的植物，矮小如草而实是木，在贫瘠的土地上扎根很深，正是这种南方山区常见的植物引发了他创作的欲望，使他最终创作出《山乡风云录》《北山传》《滨海传》的"南方革命历史三部曲"。

吴有恒的"南方革命历史三部曲"的最大的特点在于将战争风云与地方风情结合起来写，真正形成了"风云与风情的协奏"。与北方描写大场面的革命战争小说《保卫延安》《红日》等不同，南方的游击战争是小规模、小场面的战争，是通过深入群众做细致的发动工作之后形成的"人民革命战争的海洋"，所以小说中纯粹的战斗场面不多，它往往是与当地的节日、婚丧嫁娶的仪式等等结合起来写，从中也体现出游击队员和群众的智慧。比如《滨海传》里的"端阳节"一章，写游击区女英雄柳三春和同伴们包了许多粽子，粽子里下了毒，三人挑着担子像是去亲戚家过节的样子，有意与参加龙舟活动的国军队伍遭逢，结果这伙人抢吃粽子，一个个"痛得满地乱滚，呼喊呻吟"，"一下子就损失了三分之一的兵力"。在《山乡风云录》里，这一招更是用得出神入化。负责"桃园堡战役"的刘琴，打入敌人内部，甚至充当了他们中秋拜月活动的执事，结果她将演木偶戏的游击队引了进来，出其不意取得胜利。不过在今天看来，小说写得更精彩的还在于作家对于"桃园堡"中拜月仪式的细致描写，剪纸贴花，张灯结彩，在巫师引领下着白衣白裙，念拜月经文如"宇宙乾坤之始，两仪分奠。……"，读来真是诱人的南方风习。这也说明吴有恒因为原本出身大户人家，对于这套古朴而奢华的礼仪非常熟悉，才不至于将"地主阶级"的生活漫画化。从小说看，吴有恒不仅对于地方风俗非常熟稔，对于出身不同阶级的各种地方人物，也有精到的描写。比如他笔下的地主，有的明显地有着受海洋文化影响的"洋味"，如"番鬼王"等，有的言谈举止不失风雅，而模仿小资产阶级知识分子凌云志的"象征派诗"，也可说惟妙惟肖。总之在阶级倾向性中能保持人物、生活的历史真实性，是吴有恒的长处。

本书所选《山乡风云录》一节，是小说的开头部分，写的是邓祥领导的游击队伍在海边被打散后向山区转移，接受新的任务的故事。选文开头部分即有对山乡地貌风景的描写，"终年有不谢之花，四季有长青之草。樵歌唱遏飞霞，牧笛吹咽流水"。吴有恒有很好的古典文学的修养，写景状物简洁传神而文辞优美。受限选文于篇幅的关系，有许多优美的描写未能展示出来，比如写南方山村的夏末初秋之夜："会场是西坑村外的一个晒谷场，众人聚坐在灰沙地上，放低声音，你一言我一语地谈着。这时月色微茫，浮云低漫，风吹草动，夜气清凉。邓祥感着凉气，坐久了有点怕寒，打了几个喷嚏。"这样清雅的言辞在《山乡风云录》中亦时有所见，实在是 1950～1970 年代的小说中所少见的。

《山乡风云录》一出版，即受欢迎；后改编成粤剧，经红线女主演，被称作"北有《红灯记》，南有《山乡风云》"，至而今读来依然引人入胜，不能不说与作家深厚的生活底蕴及对于南方地方风习的精彩描写相关。

（李俏梅）

# 吴有恒作品选

## （一）

## 入　山

（节选自《山乡风云录》）

那横山地当三县边界，幅延二百余里，山势雄厚，林壑深邃。以主峰为界，分为山南山北山东三部，各皆峰峦重叠，曲水依山，回峰抱水；其中有开阔谷地，辟为田洞，水土肥沃，人烟聚集；也有植茶种杉人家，依山结村，住在那高山上深沟里。总之，这个山区，地僻而土不荒，山深而人不少，入山之人，初来此境，是会常常遇到"山穷水复疑无路，柳暗花明又一村"的佳景的；尤其是到了那开阔的田洞，那就更是满目良田美池，随处茂林修竹，足以使人流连忘返，不觉入山深了。

这真是个锦绣似的地方！终年有不谢之花，四季有长青之草，列峰排空，常住霭霭烟云，曲径通幽，时吟细细风雨，樵歌唱遏飞霞，牧笛吹咽流水。这是世外桃源，人间乐土么？不，这是典型的南方山乡，风景秀丽，物产富饶，人民勤劳，生活贫苦。只要仔细一看，便可以看出那竹庐茅舍之外，往往有几处高垣大厦，崇楼杰阁，严城峻堡，那就是山区地主们的庄园。山区地主多建筑了城堡式的村寨，聚集而居。城堡附近各村农民，大半都是城堡中地主们的佃户，因此，每个城堡便都实际割据一方，而堡中当权的地主，也就是当地的一方之主。城堡里有民团，那是地主们的看门狗，大地主还各自有一些打手。这些城堡，这些民团打手，驱压着农民们凿山开渠，种竹栽树，经过无数世代，把山区整治成富饶之乡，而农民们则自祖及孙，汗流尽，血流干了。唱樵歌的女人衣不蔽体，吹牧笛的孩子骨瘦如柴，这又是山区风景的另一面。

由南面入那横山，走大路，一定要经过山南谷口的径口墟。那横山的山南谷地，由那横山主峰下的水尾村直到径口墟，南北长七八十里。谷地当中是一条山溪，名山南水。这两山夹水形成的开阔地，中间微狭，成个葫芦形，那北面的一部分，叫里洞，南段叫外洞。又有一处叫西洞，那是外洞西南，由那横山西脉形成的一个较小的谷地。那里也有一条溪，名西水。山南水和西水都顺着环回的山势，曲折地流到径口墟汇合出山。径口墟只有三四十家店户，大半经营收集转运山货的买卖。山南水能行小船，西水能走竹筏，径口墟每日有一二十只船筏来往经过，是山区的水陆交通要冲之地。但径口墟并非那横山南区的经济中心。山南区的经济中心，是外洞的外洞墟，那里周围的村庄更多，人烟更密，而且，更重要的是它靠近一个叫做桃园堡的堡子，那堡里住着全区最大的地主，全堡住着百余户地主，拥有几乎占外洞全洞三分之一的土地。那堡子向来是山南区的政治中心，堡子附近的外洞墟，也就很自然地成为经济中心了。全区最主要的农产品，很多是在外洞墟集散的，地主们每年都从那里把大量的谷米运出山外去。外洞里洞西洞共有九个城堡，各堡都有民团。又在外洞墟设了个九堡联防办事处，立了个九堡联防大队。那墟上还设有警察所、税所等机关，有所谓地方自治委员会、戡乱建国委员会等组织，这便更显得那地方是个"重镇"。外洞墟有赌场、烟窟、茶楼、饭馆，街上的闲汉多，地主们无事便到街上蹓跶，表面看来，比较热闹。而径口墟则除了墟日以外，都是很静的。这是不大引人注意的地方。进山的人，在这里歇歇脚便走了；有些下行的船筏，经过墟外，也只是顺水趟了过去。人们初进山，走到这里，会觉得这里仍保留着集则为市，散则成虚的古风，有时甚至还觉得这地方大概千百年来也很少有什么变化，这里的人，也像是仍然生活在鸡鸣犬吠相闻，民至老死不相往来的古代社会里似的。

山区的人很少出山，外面的人不大进来。每日，经过径口墟来往的人是不多的。一天下午，有一个手撑褪了色的蓝布洋伞，脚蹬绑耳胶底千里马鞋的人，从大路进山，直到径口墟，去那街尾的木作铺里，对那正坐在木作凳子上凿着榫眼儿的木匠叫了一声："老陈！"那老陈仰头一看，忙答："啊！老邓！原来是你。"放下斧子凿子，便招呼那人往里间坐，对来人说："我前天接到通知，说有熟人来找我，没想到就是你。我在这里等着你们来，可等得急死了！"那人说："怎么？等了三天便等得急死了？"老陈说："邓祥同志！你知道，我在这里不是等了三天，而是三年了！我是前年派进山来的，那时我在支队政治处当敌工干事，特委要调我走，你起初还不大愿意，后来却向我动员说：'你去的那地方的工作很重要，你先去，我们随后便来。'那时组织上是估计日本鬼子如向内地扩大进攻，这里会沦为敌后，才叫我来这里开了这个木作铺做交通站，准备陆续调干部来开展工作，打下基础，到时便把部队开过来打游击的。但是，我来这里三年了，你们却谁也没有再来。"来人正是我们熟识的邓祥，他果然离县城到这里来了，他对老陈微笑说："现在我不是来了吗？从前国民党占着这山头，还装着抗日的样子，我们不好意思来，现在他们公开反共，这倒是请我们来了。"老陈说："我听组织上传达要加强这里的工作，你是来这里不走的了？"邓祥说："刚到，工作还未开始，怎会便走呢？还会有人来哩：老陆也快到了，就是以前在支队政治处当过民运股长，大家都叫他做秀才的老陆。"老陈喜说："哦！仰山同志也来了！真是三年不来，一来便接一连二，都是老上级，老熟人。听说部队也来？"邓祥说："是的，人不多，先来的二大队剩下的十几个人，由小文带着。"老陈听了这话，像被突然刺痛了一下，敛了喜色，叹一声说："唉！二大队才剩下十几人！"二人都沉默了半晌。

不久，又有一个人到来。这人也携一把洋布伞，还带了个青布搭袋。他三十余岁，身体粗壮，略显肥胖，满腮胡子新剃了，一圈青光；他脸色较黑，嘴角有两个浅涡，这使他常若带笑。他给人的印象是诚朴的，和善的，乐观的。他就是陆仰山。他进了里间便对邓祥说："又在一起了。你的病怎样？"邓祥说："好些了，不再麻烦你这医生。"原来陆仰山是个乡村中医生的儿子，自幼跟父亲念书学医，在部队里有时也替同志们摸摸脉，开个方子，同志们便戏称之为医生；又因他念过的古书多些，说话每每爱引用几句书上的成语，之乎者

113

也的，带点文绉绉气，同志们喜欢他，又叫他做秀才。其实，这"秀才"的绰号和他粗壮的外貌、豪放的性格是不相称的。现在，他一进来，屋里便热闹了。他说："噢！这地方真好！我一见便爱上它了。从径口岭上往北望，但见群峦叠翠，一山还比一山高，黑压压地遮了半边天；那山势却又似飞龙舞凤，蟠旋宛转，山环水聚，气概壮阔，深藏而不露，外张而内厚，这是个进可以攻退可以守的天府之国！"邓祥笑说："你说得有点像个风水先生。"陆仰山说："我说的正是这里的地理形势。"老陈说："这里的地理形势实是好！"邓祥说："你介绍一下吧！我们正要入乡问俗。"老陈说："我只说山南。这山南三洞，连各处高山深沟，合共有七八万人口。有九个堡子，那是富村，大地主们多住在那些堡子里，别的村子却穷。这里的地方大权，全握在几个大地主手里，他们能随便杀人，也不用惊官动府。穷人们生活比我们海边的还苦，只是世代住在山中，知识闭塞了些。不过，他们虽然落后，终是要求革命的，他们每人肚里都包着一团火，一点便着了。一旦在这里闹起革命，打掉地主们的城堡，这几个洞便能容得下千军万马。"邓祥说："你说得也太容易些。我们在这里的工作基础薄弱，山南只西坑村有个党支部，其他地方，并没有多少可以利用的现成关系，我们是要赤手空拳在这白地上建楼阁的。"老陈说："只要你们来了便成。万丈高楼从地起，逐步做去，自然建成。这里的人，很好相与。一次生，两次熟，要在他们中间展开活动，其实不难。我初来时也人地生疏，我每日去各村修盆箍桶，这便和人们混熟了，也已经结交了一些可以作为发展组织的对象的人。我们来这里只劳动，绝不剥削人，易和劳动的人交上朋友。"邓祥听了高兴地说："你这是很好的工作经验，要劳动，才能和劳动人民交朋友。你是个木匠，才能有这种体会，要是个秀才，他便不懂这道理。"老陈笑指陆仰山说："他也是个秀才，可是他上得山，下得田。"说得二人俱笑。邓祥问陆仰山："你准备怎样开始活动？"陆仰山指着他带来的布袋说："这是个药囊。我会看脉，也会挖药，赠医施药，这正好结识群众。我那'秀才'是假的，'医生'倒是真的。又是个土医生，能穿薯莨布短衫，着草鞋，随便和农民食宿在一起，不比现时那些洋医，洋里洋相，下不得乡。"邓祥说："你这办法也好。"三人谈着，不觉便谈起工作上的许多问题。

老陈宰了店中自养的一只母鸡，招待邓祥、陆仰山二人吃晚饭。二人怪他破费，老陈说："一别三年，今始相遇，正该请你们吃盏酒。"邓祥见老陈热诚，便开怀多饮了几杯，不觉略带醉意，欢喜地说："这里的工作，看来，是会顺利的。"陆仰山说："尚未开始，你怎能便只看到它顺利呢？"邓祥说："是，是。我这话片面。应该是准备困难，一定胜利。"陆仰山说："你又太认真了，我随便说一句，你便自作检讨。"邓祥说："不，这确实是我的毛病，没有胜利信心不好，把事情看得太容易也是不好的。"邓祥这样说时，是有他自己的感触的。他是个水上人，做事有一股翻江倒海的劲，缺点就是有时会不够冷静，较为轻浮。他念过一年初中，在几乎尽是文盲的渔民之中，算是个知识青年。抗日战争初起时，他已经是共产党的地下组织的党员了。以后组织抗日游击队，他便成为海边地区的人民武装的领导者之一。他是经历过胜利，也经历过严重的失败的。现在他刚到这新的地区来工作，却无意中说了些忽视困难的话，他觉得自己不沉实，竟有点惭愧。

吃过晚饭，这山南区唯一的党支部的支部书记徐满，按照约定，也来到老陈的木作铺。徐满是个贫农，约四十岁，略识字，会泥水木作织席补锅诸般手艺，出外做过工，他是在外面做工时入党的，回乡后发展了些党员，建立了支部，在西坑村中活动了几年，能掌握群众。西坑村现在已有十多个党员，就一个村子说来，力量是不小的。徐满对山区的情况，了解的比老陈又更深些，更多些。根据党的特委的决定，为了开辟那横山区的工作，要成立山区临时工作委员会，这委员会暂时只有邓祥、陆仰山、徐满三人，以邓祥为书记。当下邓祥便在老陈的木作铺里和陆仰山、徐满二人开了个会，三人分了工。陆仰山是要去山北区活动的，邓祥留在山南和徐满在一起。陆仰山已选择了以行医为职业掩护进行活动了。徐满问邓祥会做什么，邓祥说："我会捕鱼。"徐满说："这里是没有人专以捕鱼为职业的。"邓祥说："我还会做豆腐皮，我们海边人喜欢带这种东西作干菜出海。"徐满说："这却好！我的叔父以前在村中开过这样的作坊，他去年去了世，作坊关了门，那厂房家生倒还在，你便到我村开那作坊吧！我们村中的同志们大家凑点钱，拿出点豆子，我去找个熟手的人帮你，说是和我合伙的，这便没人疑你了。"邓祥听了，自然同意。

第二天清早，邓祥便和徐满去西坑村，陆仰山去山北。老陈送三人出墟外，他站在路口上，远望那横山主峰高插云霄，群山左右奔腾，起伏环绕，这时晓日初出，满天红霞，薄雾方收，水汽弥漫，这那横山也似比从前更生动，更有朝气。"好！"老陈这样赞了一句，像是赞山景，又像是赞他送走的这三个人或他们所做的事，他随着又自思："是时候了！"是什么时候呢？他没有说明，甚至他当时也未想得很清楚，不过，我们是能猜到他的意思的。

那横山啊那横山！千百年沉睡的那横山，你这次是要欠伸而起了吗？我这一段叙述，本意是要向读者们介绍几个人物，他们是将在这寂静的山乡卷起翻天覆地的革命风云的。然而我没有写出他们有叱咤风云的气概。徐满不够活泼，陆仰山平平无奇，邓祥近乎浅薄。这些人将怎样唤醒千百年沉睡的那横山呢？风云欲卷，江山不闲，也许我说的这些人，并没有卷起这山乡风云，而只是风云卷起他们吧？老陈的感想，和我不同，他根本不管谁卷起风云或风云卷起谁这类闲文，他说是时候了，那就是说这山区的群众性的革命斗争要起来了。这是最实在的，正是我们在后面要详细说的。

我刚才说那横山千百年沉睡，这话也不尽准确，其实那横山也有过觉醒的时候。邓祥到了西坑村，便遇到一个奇怪的老头子。邓祥住在豆腐皮作坊里，徐满找个年青的党员名叫徐四九的来帮着，收拾房舍和制豆腐皮的诸般家生。那厂房坐落在村边，是泥砖砌墙一明一暗的瓦屋，向南开了一列竹槛窗子，窗台下排着一列灶，安上十来个蒸煮豆浆的小铁锅，窗外一片空地上架了晒豆腐皮的架子。邓祥见地方宽广，出入方便，也很合意。村里的群众，听说徐满和朋友合伙开这作坊，也有来看看的。那天，傍晚时候，来了个六十多岁的老头子，进门便自向邓祥说："我叫徐大同，大小的大，同心的同。你是阿满的朋友，那就和我也是自家人了。你不要客气！有什么事便告诉我去办！我在这村子里上不怕天，下不怕地。"这样没头没脑地说了几句，指责徐四九尚未收拾好的一些地方，帮着搬弄一下，又自己走了。徐四九告诉邓祥，这人外号"老农会"。西坑村在民国十五六年时，有过农民协会的组织，这老头子那时参加农民协会，受过革命影响。他为人最硬直，敢说敢做，对人谈起旧事，最喜赞从前的农会第一好宗旨，村中人口顺，也就叫他做"老农会"。关于这个人，邓祥也听徐满提及过，现在见了面，果然觉得这老头子脾气是有点怪。到快睡觉时，老头子竟又来了，他提了个竹篮子来，对邓祥说："初见面，请你喝碗酒！没有什么好吃的，刚才去捉了几只石蛤，炒熟在这里，且拿来下酒。"说着便摆出那酒肴，自己先坐下来。这老头子很不避生，三杯落肚，说话更多，谈呀谈的便又谈起从前的农会了。他问邓祥："你知我村的人为什么热心立农会吗？"他又自答："我村是有名的穷村，又穷又大，全村五百多户，没有多少家是自有田土的。租种的多是桃园堡财主的地。那桃园堡也有四百户人家，却有百来户是财主。有年收万多石租的，有收几千的，有几百的。桃园堡离我村有十余里地，每年秋后，便从我村开一条牛车路往桃园堡送租谷，那路所经之地，也大半是桃园堡财主所业，你看那桃园堡多富！我村的耕田人的血，每年就变作谷子，顺着那牛车路向桃园堡流，被吸干了。这地方上有几句话：'富桃园，穷西坑，桃园风流西坑冷。'我村的人，受饥捱寒，最是难忍，总是愿意拼了命和财主们相斗，所以我们西坑人，又有名叫'西坑牛'。我们有一股子牛性，在这地方上，财主们说个是字，偏偏便有我们敢说不。有时在墟场上和桃园堡的财主的狗腿子们争哄打架，我村的人，也最敢上前。我们就是这样起意办农会的。带头办农会的是共产党。农会办起来，第一条宗旨就是打倒土豪劣绅。农会势大，土劣们很害怕，大的逃跑了，小的在村中要向农会投降。有敢捣乱的，农会便捉他游刑，要他自己敲锣叫：'我再不敢做坏事了！'那时的农民真威风啊！"邓祥很感兴趣，便问："那时的财主们真怕得这样厉害？"老头子神气十足地说："嘿！那还能不怕？凡是办了农会的村子，都立了农军，农军把村中民团更夫的枪全缴了。农民有了枪，腰把子便硬，我们要减租，说减就减。"邓祥问："减成了吗？"老头子说："减了，哪个财主不肯减，农军便去捉他，当土劣办！"邓祥又问："以后呢？"老头子突然沉了声音，叹息说："唉！以后国民党反了水，杀共产党，杀农会的人，各乡农军便集起来去打县城，没有打开，农军却被国民党兵打散了。我那时也当农军，去打过城，事败后逃往外处，流落几年，才回乡来。这些年，不见共产党，没有了农会和农军，到处只是土豪劣绅们的世界！唉！……"老头子难过，不再多说。他大概是每逢谈起这事，最后总是难免带来伤感的。

老头子是个性情倔强的人，他心里难过，却又自己忍受着，两眼炯炯发光，神色又似忧愁，又似愤怒，但他不流泪，只是皱着他那已经像鸡皮一样的脸，咬着已经缺了的牙，扁着已经瘪了的嘴，手微微发颤，身子也坐得不安定。邓祥也像被老头子感染似的心中激动。他想找句话安慰老头子，一时又找不出。老头子是从革命的暴风雨中过来的，知道革命，知道共产党，比他邓祥还早，邓祥能对老头子说些什么样的安慰的话呢？除非是那革命的暴风雨又复来临，不然，谁也难使老头子宽畅。老头子说："这些年，不见共产党，没有了农会和农军，到处只是土豪劣绅的世界。"这话也刺激了邓祥，使邓祥有点不安。他也是个共产党员，正和老头子对面坐着，然而他就是没有能够让这个真诚怀念着革命，怀念着共产党的人看到新的斗争，新的胜利。邓祥想到这点，忽然便又觉得现在坐在他面前的不是个瘦骨伶仃的老头子，而是二十年前成千成万扛枪提刀捉土豪劣绅游刑的农军，他不禁对老头子肃然起敬，他端起酒碗对老头子说："大同伯！你的话开通了我的思想。请你喝了我敬你的这口酒！我对你说，我们马上再立农会和农军好不好？"老头子没有想到邓祥这样问他，他迟疑了一下，望着邓祥说："真的吗？"邓祥说："真的，我不向你老人家说假话。"老头子问："谁来领头呢？"邓祥说："共产党。"老头子说："自然是共产党呀！可是，哪里去找他们呢？"邓祥说："远在天边，近在眼前。大同伯！你要找共产党，共产党也找你呀！他们会来的，他们来了。"这话像一道电光从老头子眼前闪过，老头子忙放下刚接过来的酒碗，双手把住邓祥两臂，突然叫喊说："唉！我的老弟啊！你为什么不早一点说？你们又回来了！又回来了！……"老头子感动得手足无措，把桌上的酒碗也碰了落地。

老头子猜知邓祥是共产党，便越发不肯离开，酒也不吃，却一直坐到更深，不住地说话，说过去的县农会委员某人是共产党员，言谈举动便像邓祥；又说共产党员某人是从香港罢工回来的海员工人，某人是个学生，读书最聪明等等。还说这地方上的地主哪个最凶恶，哪个最狡猾，哪个最无廉耻。总之，把他认为该赞颂的，尽量赞颂了，该诅咒的，尽量诅咒了。

第二天，邓祥对徐满说："昨晚大同伯在我这里坐了半夜，他对革命极为热情。你们过去似很少吸收他参加工作。"徐满说："他人很好，只是口疏，我们常怕他泄露秘密。"① 邓祥说："他在革命最高潮时接受了革命思想，那时的革命工作是公开大声大响，大刀阔斧，雷厉风行地搞的，他从来没有做过秘密工作，我们又不教育他，他当然不懂得要守秘密。他是个革命老人，我们不能光因为这一点顾忌，便把他搁在一边。他性格很豪迈，正如他自己说，上不怕天，下不怕地，我们在这山区闹革命，正很需要有像他那样有勇气的人。"徐满说："是的，这是我们的关门主义，做了几年地下工作，有点缩手缩脚，过分注意保守秘密，不敢大胆发展力量。"邓祥说："问题也许正在这里。在革命低潮时活动惯了，是不易理解革命高潮时需要的那种活动方式的。我们是要在这里发动群众搞革命的，也是要捉土豪劣绅游刑示众的。一九二五到一九二七年大革命时期，我党的党员数量不多，工作经验也少，即如你们西坑村，那时便还没有一个共产党员。但是那时的同志，却能很快便把群众发动起来，那声势之大，发展之速，这甚至我们在海边打游击时，也没有见过。革命高潮时，是有登高一呼天下响应之势的。这一呼很重要，呼得适时，呼得适合群众要求，这便能产生极其伟大的力量。"徐满说："夏收快到了，当前群众的普遍要求是减租减息，我们也该组织农会领导这种斗争，先在我村搞起来，然后推开，这倒是可以的。"邓祥说："昨晚大同伯和我谈时，我也这样想过。这事要先在支部讨论，使大家有统一的认识。"

徐满便去召集支部会议。西坑村的党员，除了支部宣传委员徐明光是村中

---

① 泄漏：同泄露。——编者注

的小学教员外，其他都是农民，他们听说要组织农会搞减租，无不赞成。有的同志说："这事是要先在群众中秘密串连好然后公开的。① 既然目前主要是搞减租，何不便叫做租规会，自立租规，实行减租，这样去宣传，群众更易懂，也少些顾忌。"众人都说："这样倒好，也可以麻痹那些地主，不让他们一下子便猜知有共产党在这里活动。"当下决定了，各人便分头半公开地去串连组织群众，只瞒住村中的地主富农。

徐满去找徐大同，只见老头子正在家擦洗一支土造单响步枪。徐满问老头子擦枪做什么？老头子说："捉地主游刑！"徐满问他怎个捉法，他说："农会下令，农军去捉。"徐满笑说："你先知道消息了。"老头子低声说："你把共产党的同志带了回村来，怎不告诉我？你怕我走漏消息么？我糊涂也不会糊涂到那个地步。这是大众的事，我是不会去向人前胡说八道的。"徐满说："这样便好，我正找你商量一件事哩。"便把组织租规会的计划向老头子说了，老头子说："这农会换个名目叫做租规会，倒也可以，只是没有农军，你叫农会也好，叫租规会也好，地主还是不让你减租的。必须立支农军！"徐满说："你最关心农军！"老头子说："这还能不关心？没有枪杆子，事闹不成，还要人头落地！"徐满说："是的，我们也在意，这农军也是要先秘密串联组织的。"老头子笑说："这就是了！"这老头子虽说能守秘密，但他也难掩遮他过度的心情兴奋。他去向人谈起组织租规会之事，便不免会悄悄地对人说："喂！来了！来了！"人们问他什么来了，他便又神秘地说："嘻，那么一天来了。"人们也有知道他这话的原意的，也有不大清楚，只觉得这老汉返老还童，说话有点像小孩子，没纹没理。

西坑村像一条苍龙，横卧在山坡上，密排排的房屋像一身鳞甲，尾朝西，那是村西的一列竹林，头朝东，那是村东的巨大的老榕树，榕树下是社坛，那便像个龙口。这村子的人向来传说，这村子的龙是条睡龙，三十年一转侧，百年大翻身，龙一翻身，世界便变。这龙现在是微微动着了，在那些矮屋之间，三更半夜还有人串来串去，三五成群，谈着要组织租规会闹减租之事。"老农会"徐大同，更像只夜鹨子，点着支松明火，从这屋到那屋，最后又跑去豆腐皮作坊找邓祥说："老弟！我今天串通了某人某人。"邓祥也笑答他说："好！"这实在是好！这龙也有筋络，它现在正在舒筋活络。

邓祥那豆腐皮作坊，每天晚上都有秘密集会。邓祥在那里办了个党员训练

---

① 串连：同串联。——编者注

班，又办了个游击战术训练班。自从邓祥来到，这村子里的党员和一些平日与党员相接近的进步群众，便常到他这个作坊来。邓祥每日都要给那些人谈话，晚上又给训练班上课，到他疲倦得要上床睡觉时，徐四九又起来磨豆浆了。这屋子就是这样，整夜灯火不灭的。这屋子恰在村东的村边，那不灭的灯火，便又像正要翻身而起的苍龙的额下的夜明珠。这明珠闪闪发光，吸引住村里的人们废寝忘餐，要作出惊天动地的事。

一天，邓祥和村支部的几个党员在豆腐皮作坊里，看着由径口墟木匠老陈处送来的一封信，邓祥看了那信，对几人说："来了！来了！"他这话也和这几天徐大同老头子说的那话一样无头无尾，不知所指，但徐满他们几人的神情立即便紧张起来。徐满问："进山前路上的接应都布置好了？"邓祥说："是老陈去布置的。沿途有几个可供他们在那里掩蔽休息的站，那是安全的，大概不会有什么问题。"徐满说："进山前不出事，进山后是安全的。我们派去带路的两个同志，路很熟，走的是山间小路，不会有危险。"他们说的什么呢？原来他们是说那曾在海上漂流的文治平中队十二个人进山之事。前次特委的那位老梁同志提议调这十二个人进山，经过这些日子的准备，现在他们果然来了。来的人数虽少，但是党的武装队伍，因此这"来了"的消息，便特别引起西坑村的同志们的重视。他们是以接待一支前来解放这山区的大军那样的心理来接待这支游击小队的。

一个土名十三石耕厂的地方，被指定为文治平他们进山后的宿营地。那地方在西坑村西面二十余里的深山中，是个小谷地，共有十三石田（每石等于三亩），当地并无人家，只盖了几间棚厂，供由村中来这里耕作的人居住，因此那地方也就名为十三石耕厂。那田是由西坑村的党员联合几家贫农共同承耕的，人很单纯，地很偏僻，正好让远道初来的队伍在那里掩蔽休息。

由海边到山区，要经过国民党军的许多道封锁线，和一片过去尚未有我们部队活动过的地区，虽说已经布置了沿途的接应，邓祥、徐满二人，毕竟是放心不下。在约定到达的那天晚上，邓祥、徐满和西坑村的党员都到了十三石耕厂，徐大同老头子也去了，有些人是有任务去的，有些只是要去看看自己的队伍的。徐大同对邓祥说："你真是说一是一，说二是二，说立农会便立农会，还调来了农军。"徐明光说："这是红军。"老头子说："难道农军是白的？"众人不和他争辩，都动手去打扫房舍，支整床铺，给部队的同志准备休息的地方，惟恐有一点不干净。到了下半夜，又去烧了水，煮了粥，准备部队同志吃的。扰攘了半夜，谁也不去睡。过了四更，未见队伍到来，人们便开始焦急了，生怕路上有失，不过谁都不说，只有徐满问邓祥："为什么还不到？"邓祥说："不会出问题的。"口这样说，心里却也正怕着。这也奇怪，邓祥过去在海边时，部队哪日不有调来调去的？那时却不怕发生意外。这大概是因为在那战争环境里，意外之事常会发生，早已习以为常之故吧？而现在，这即将到这里来的十二个带枪的人，却是邓祥指挥之下的唯一的一支队伍了，他是要求十二个人绝对安全到达十三石耕厂的。至于西坑村的同志，他们又有另一种和邓祥不同的心理。他们还没有见过自己的武装队伍，所以都渴望地等待这次的相会。等到天将亮，听得耕厂外面狗吠，众人都出屋外，才见向导带着十二个人，整整肃肃地走近耕厂，走上耕厂前面的晒谷场，一字儿排队站住了。文治平走出来，向邓祥行了个军礼，报告奉命到达，又和各人握了手。众人看那场上，小队的全体同志，仍然整整肃肃地立在那里，枪未下肩。"噢！我们的队伍！"这时耕厂的人们都在心里这样叫唤着，涌起一种说不出的感激之情，霎时之间，竟然眼欲泪，鼻垂涕，心觉热，是喜还悲，欲言又止，甜酸苦辣辛，五味齐来。至于何以感激，何以竟然有如此复杂的感觉，那就只有当时亲自经历的人才能回忆起来了。但这终归也是说不出来的。

耕厂有个十三四岁的放牛孩子，名叫吉宁，一早醒来，忽见这些带枪的人，不禁惊奇。徐大同老汉没等吉宁问，便对他说："这是我们自己的兵。"吉宁听明白了，又还不明白，他忙看自己的兵，数一数，总共十二个人，穿着灰布衣服，背着包袱和笠帽，都带着枪，有长枪，有短枪，有大枪，有小枪，有一人带一支的，有一人带两支的。这些兵正在那里讲话，先是一个方脸的大哥讲："来到这新区，三大纪律八项注意，大家须谨记！好好地休息，准备接受新的任务。"那人讲的不是山里人口音，讲的事，吉宁也听不懂。那人讲完便说："现在，请邓政委指示！"吉宁仍然听不懂。可是他一看，什么邓政委？原来就是新来村中磨豆腐的高个子老邓。咦！原来就是老邓！只见老邓站出来，那些兵霍的一声立正，老邓举一举手，对那些兵说："同志们！这里也是我们的家。我们要在这里安下家，创立新的根据地，不完成任务，不离开这山区！"这些话吉宁却认为自己确是听懂了。这些人是要在这里安家的，要在这里耕山种水的。于是他留心看看各人的面貌，见各人都端端正正，服色又一模一样，他竟一下分不清谁高谁低，谁瘦谁胖。只有两个人是特别的，一个长得清秀，虽然把发脚卷入八角帽里，也还认得出她是个女的。另一个圆脸大眼，笑眯眯的，却是个孩子。吉宁一见有孩子，他便乐了。这耕厂除他之外，都是大人，有了这孩子，他便有伴。吉宁心想："这小哥和我一起放牛，顶合适！我们那黄牯牛欺生，要告诉他小心！"这样一想，吉宁暂时算是把心中的疑问全解决了，他没有再猜想别的，便去吃早饭，吃了早饭，又去放牛。放着牛，他才想："既然是我们自己的兵，莫非是要去打桃园堡的民团的？"西坑村的人最憎桃园堡的财主，也最憎那里的民团。那些民团有时护着财主们来村收租或议什么事，吆吆喝喝，捉人打人，凶神恶煞。西坑村人把所有的民团和联防队，都一律称之为民团狗。有句话："夏至狗，无处走。"乡间一逢夏至，处处都捉狗杀狗，家家都吃狗肉。吉宁憎那些民团狗，忽然又记起似乎快到夏至了，我们的兵一定是要去打民团狗的。想起打仗，孩子有点怕，但也不怕，他想我们的兵打民团，这是最爽快的事，他要跟着去看。他怕我们的兵已经去了。他心急，过午不久，便赶牛回耕厂。

耕厂有个管煮饭养猪的妇女，人家都唤她做双生女二婶。吉宁回到耕厂，便见双生女二婶拦住那兵孩子，不让他进厨房门。双生女二婶吱吱噪噪地嘈："你这孩子！老进来摸盘摸碗做什么？二婶会替你们做饭。"那孩子说："阿婶！我们是共产党的军队，凡事不敢烦扰老百姓。"二婶说："你们是共产党的兵，难道我们不也是共产党的人？你娘老子也是百姓呀！"任那孩子怎样说，二婶也不让他进去。那孩子没法，只好站在门外，无聊无奈地自把着手撕手指甲。双生女二婶是个说一是一说二是二的人，她三十岁时死了丈夫，产下一对双胞胎的女孩子，那时有人劝她把孩子溺了，她不肯，自咬实牙，靠一条扁担，早出晚归，上山割草，趁墟挑担，撺大了两个孩子，如今年方一十六岁，长成碧玉似的好容颜。人们因二婶没了丈夫，便只叫她做双生女二婶。吉宁心知二婶的脾性硬绷，见那兵孩子被二婶又得进退两难，他便上前去朝那孩子叫了声："阿哥！"这却替那孩子解围了，那孩子跟吉宁走开来，帮吉宁捉牛虻，一边捉，一边谈话。吉宁问："你叫什么哥？"那孩子答："我叫小灵。""你家有牛吗？""没有，我家是做海的。""什么做海？""就是出海捕鱼。""你当我们的兵多久？""四年了。""你打过仗吗？……""打过。""打日本鬼子吗？""是的。我们是抗日游击队，常打日本鬼子。我们打死过很多鬼子。""你也打死过鬼子吗？""打死过两个。""怎样打的？""去年年初七，日本鬼子到鹅寮村抢劫，捉了村里井头大伯娘家的兰姐姐，我们部队赶去救，半路上截着鬼子打，我爬到前面，扔了个手榴弹，炸死两个鬼子，救了兰姐姐。""好厉害！后来呢？""我们打日本鬼子，打到鬼子投降。后来国民党军又来打我们，国民党军就是大财主们的兵，和民团一样，他们的头子都是大坏蛋。我们又和国民党军打仗，后来便来了这里。""哦！"吉宁又赞了一声。他对他这个新朋友非常钦佩，他从来没有见过这样了不起的人，才比他大一两岁，便打日本鬼子，打民团狗，而且救过兰姐姐。他对兰姐姐有了兴趣，于是他问："兰姐姐也是我们的兵么？"小灵答："她没有参军，只在家里做抗日工作。她心很好，家很穷。""她对你很好？""好！你看，她送我一个手榴弹袋哩。"小灵说着便从身上解下手榴弹袋给吉宁看："这是兰姐姐亲自绣的花，上面绣的是双凤朝阳，下面绣的是二龙争珠，当中绣的是'抗日救国'四个字。这花绣多好！"吉宁接过那袋儿，仔细看那上面的花绣，果然是好。吉宁又问："兰姐姐也会到这里来吗？"谁知这一问便使小灵惨怆，那孩子沉着声对吉宁说："她死了！国民党杀了她，剖了她的肚子！"啊！小灵极力想不哭，但又忍不住，喔的一声，眼泪鼻涕一齐喷出来。这真是个晴天霹雳，吉宁像被斧子砍入脑壳，眼睛里进出满天星，耳朵里嗡的飞出一群蜜蜂，这孩子慌了，他懵了一下，才紧紧地抱着他的朋友的胳膊，也"雪雪索索"地哭起来，泪水滴湿了那握在他手上的绣花的手榴弹袋。

唉！那时有谁能安慰我们这两个孩子呢？拼生甘死才把个姐姐从日本鬼子的刀口下夺回来，又被国民党杀了，而且挖肠剖肚！小灵啊！你十二岁参军。那年大旱，竹子开花结米，你的老娘饿肿了脚，不能劳动。你怕娘饿死，便去本村地主孤寒种的竹园采竹米回家给娘吃，没想到那地主说你偷他的竹米，带了更夫来你家，当着你娘的面，把你毒打一顿，又罚你娘拆卖你家的茅屋作抵偿。夜里，你娘对你说："儿！娘活不成了！你逃吧！逃到你姨母家去，那村子有共产党，救济穷人，你逃到那里去，能不饿死。"你那时太年幼，舍不得娘。睡到天亮醒来，一望见你娘吊死在梁上，披头散发，目睁口开，舌头伸出有二寸长。你怕极了，不敢哭，也不知道去告诉人，开了门便逃出村外。逃到很远的一处路口，你迷路了，不知怎样去找你姨母，也不知怎样回家去，你这才知道哭，坐在那路旁的石头上嚎啕大哭。幸得有抗日游击队的同志路过那里，收留了你。你们那中队长，姓刘名琴，是个女同志，最爱惜你。她劝你："小灵！部队就是你的家，你留在我们这里吧！将来一定替你报仇！"你在部队里有同志，有亲人，便真的以部队为家了。后来部队打了你们那村子的汉奸守备队，捉了那当汉奸的地主孤寒种，果然替你报了仇。可是，你死了娘，也没有像死了兰姐姐这样时时引起伤心呀！吉宁啊吉宁！你是个孤儿，无父无母，在耕厂放牛，双生女二婶待你如子，你平日跌破了头也不吱一声，现在，你为一个不相识的远在海边的姐姐哭了！

两个孩子不知哭了多久，才有邓祥、徐满、文治平从棚舍里出来，见两个孩子哭，三人走近来，文治平问："小灵！为什么哭？舍不得离开海边老区么?"小灵摇头不答。文治平又问吉宁:"小弟弟!你为什么也哭了呢?"吉宁不晓得怎样答,只是把手上被泪水滴湿了的手榴弹袋递了一下。文治平明白了,对邓祥说:"这是小灵又记起兰姐了。兰姐就是鹅寮村井头大伯娘的闺女,去年正月初七,被日本鬼子捉了,我们赶去截击,小灵扔了个手榴弹,救了那闺女,那闺女便绣制了这个手榴弹袋送给小灵。这事你是知道的。隔了一年,到今年正月,那闺女又被国民党捉去杀了!"邓祥听了,看看小灵,又看看吉宁,双手抚着两个孩子的头,轻轻地对他们说:"哭吧!该哭的!该哭的!"但小灵却擦一擦眼泪站了起来,吉宁也站了起来。小灵是决意不哭了,只是他扯着邓祥的手,叫一声:"政委!"竟又呜呜哇哇,像江河倾泻似地放声大哭。

邓祥对文治平说:"小灵是第一个在这里交上朋友的,我们在这里必须做到和这里的群众同喜怒哀乐!"文治平说:"同志们有决心去深入群众,做好工作,但对于目前还不能带着枪去活动这一点,大家有些不习惯。"邓祥说:"这地方和海边不同,群众从来还未见过革命部队,对我们还不了解,我们带着枪去做群众工作,未必比化装了去方便些。我们人少,有些大村子,如果带了枪,现时还是进去不得的。与其过早暴露了我们在这里的武装活动,引起敌人警惕,倒不如先用别的办法,普遍去联系群众准备群众,更为实在些。"文治平说:"是的。现在做的好比战前准备工作,不一定便动用武器。我们过去做侦察工作,也常常是化了装去的。"

分散去做群众活动,这在战士们,可以说是半通半不通。通的是大家都承认有此必要,不通的舍不得收起武器不用。尤其是小灵,他是不肯不挂他那驳壳枪和手榴弹的。他因为年小,没有分配去各村工作,只留在十三石耕厂帮吉宁放牛,还有个女同志,是卫生员肖女,也留在十三石耕厂,负责在十三石耕厂建立个交通联络站。小灵首先是不愿留在耕厂,待说服他留下了,他却又向文治平提出让他仍然带着他的驳壳枪和手榴弹。文治平说:"你带着枪去放牛么?"小灵不答话。文治平又说:"武器是拿去打反革命的,你去放牛,拿着武器打谁呢?"小灵说:"我只是怕以后不能拿它。"文治平笑说:"小鬼!你担心这个做什么呢?如果我们以后一辈子也不用再拿枪杆子,那我们真是求之不得哩。可惜的是反动派总不肯让我们闲着,仗总是有得你打的。"但小灵还是闷闷不乐。他无情无绪地坐在耕厂门前,双生女二婶问他:"孩子!你想家么?"小灵说:"我没有家,我的爹娘都没了。"二婶说:"那你便拿我们这里当家好了!"小灵说:"不,部队才是我的家,部队到哪里,我便跟他们到哪里,部队要走遍天下,我便走遍天下。"二婶说:"你是打算一辈子扛枪的了?"小灵说:

"革命是长期的嘛。"二婶觉得小灵答非所问，但她也不再问了。她认为这要走遍天下的无父无母的孩子，正是要她特别关照的。她是个寡妇，比一般的母亲更知道要爱惜孩子，她对小灵说："来！我给你好东西吃！在我们这里养胖了再去打天下！"一手拉着小灵便往厨房去，小灵挣也挣不脱。

深谷里全无闲人来往，文治平小队在十三石耕厂住了几天，每天来看他们的，只有西坑村的一些同志和少数有关系的群众。他们都是带着深情厚谊而来的，还尽可能送来一些好吃好用的东西，有送一篮鸡蛋的，有送一篮桃子的，有送干笋的，有送豆子的。双生女二婶的双生女也来了，二女容貌一样，性格不同，姐姐爱动，妹妹爱静；她们带来一面小小的绣花锦旗，上绣着"革命胜利"四字，那是村中秘密的革命妇女小组送的。这几天，深谷里的人们是欢乐的，由海边来的战士们，不知不觉的便都爱上这块自有天地的地方。这地方和不久以前他们所处的孤帆远影碧空尽的景色极不相同。这深谷里，时时都能闻到草木的清香，只几天，同志们便觉得他们已经熟识了这里的一草一木，他们也要在这里落地生根了。晚上天气热，同志们在晒谷场上露宿，小灵睡在文治平旁边，文治平问他："小灵！明天同志们便各自分手了，你舍得吗？"小灵说："舍得，又不是真的分手。"文治平说："你想通了？不怕留在这里寂寞？"小灵说："不，到处都有我们的同志，一样的。"他们谈了几句，便没有再谈。小灵躺着，仰望天空，见满天繁星，闪闪发亮，偶尔有一颗流星，划破长空，从天这一边滑到另一边，划出一道光的线，又迅速消失，似乎是和另一颗星合在一起。小灵心想："这是星星嫁女。"他是否因此想到他们这十二个人也是一道灵光，像星星嫁女一样，从海边闪进这山里来，和这里的革命之火会合了呢？没有，他还是个小孩子，心理很简单，是不会这样想的。他只是心内安乐，很快便睡着了。

# （二）

## 端阳节

（节选自《滨海传》）

释放了被捕之人，港湾的罢工工人就复了工，学生和市民中一时激起的群众性的爱国民主运动的风潮，暂时又平静下去。国民党运兵去北方打内战的军事运输又紧张地进行。原定第一步运走的一个军已陆续走清，原定暂留在这滨海地区"扫荡"当地人民武装，等第二步才走的一个军，又要陆续起运了。

这些担任"扫荡"当地人民武装任务的国民党军，经过几个月的反复"扫荡"，迫使人民武装转往其他地区分散活动，或在地方上化整为零潜伏活动；在"扫荡"与反"扫荡"的战斗中，人民武装确也有不少的损失。这样，国民党军的指挥部，就认为这滨海区的共产党的武装力量，已经大致上被肃清，他们国民党的主力军中央军可以调走，只留省保安军同一些地方团队，就可以使他们在这地方上的统治，确保无虞了。在国民党的中央军调走以前，国民党的地方党政军各级机构，都极力大事扩充，加强实力，特别是他们的地方军，包括海湾市的警察局长包得奎兼任司令的海防警备队之类，以及等而下之的县政警队、自卫队，区、乡联防队，自卫队之类，无不拚命招兵买马，以准备接即将调走的中央军之防。那些原由共产党领导的抗日游击队从日军手中解放了的解放区，已经没有了国民党政权的，现已普遍重新建立起国民党的各级政权。他们纠集了逃亡的反动地主、兵痞、土匪，还有摇身一变改了旗号的汉奸分子，组织成铲共还乡团，依靠这一班匪类，去各区乡建立国民党政权。他们把这种所为，叫做收复失地。现在，国民党大小官员们，也一般地都认为他们的失地已全部收复，只是还有少数共党分子逃散藏匿，尚未缉捕归案，只须把这些人也搜捕击杀，那就斩草除根，无有后患了。在临近国民党军主力要调走之时，国民党军对原滨海解放区游击区的"扫荡"，并没有放轻，他们用大兵扫过了以后，又分兵去各乡村搜捕，其目的一则是要捉他们认为尚未结案的共党分子，二则也是为了去奸淫掳掠，还为了去征兵、征粮、征税。他们大量地捉壮丁、直接补充到即将调走的中央军和准备接任的各种地方军，有的也解往设在海湾市的师管区司令部以备上缴和调拨。师管区司令部是国民党地方军在这一地区的统一指挥机构，它管征兵和训练新兵这事。

柳三春回去工作的都朋区，情况就是这样的。

阿仲思念他妈妈柳大姑，这几天在拘留所，他沉默寡言，大半是为了思念他妈妈之故。那天他将所带的文件和物件交给妈妈之后，就迅速主动地缠住警察，让妈妈同所带的物件安全。妈妈也机警，她眼见着儿子出事，也沉着镇定，未露声色。好妈妈！人们都说她是女旋风，其实她不只会刮风，她懂得的事多哩。可不知她将儿子被捕的消息报告给苏姐同志没有？她回乡下去了没有？阿仲这些思念，到他出狱后再见到苏平时才放下。柳姑见儿子被提了去，她忙上

126

搭载她的渔船，把文件和物件藏好，立即去将情况通知了苏平，然后乘那船回都朋去。她不肯久留，她急于回去工作。她来时，区里的一些同志约定了等她回去，她是受同志们的委托来同上级取联络，报告请示的。现在既已取得联络，接受了上级的指示，她当然急于回去传达执行。她的任务是回去恢复已被破坏了的区委会，恢复党在这地方的组织，领导群众在新形势下，恢复和展开各方面的革命活动。她深知这些工作很艰难，敌情很严重，而我们的有组织的革命力量，则几乎已全垮了散了，剩下的只是个别人员和临时结合在一起的三几个人的小组。由于未识得运用灵活的适应当前困难情况的斗争方式，一些同志对敌人的搜捕、"扫荡"所作的抵抗，都失败了。这些人其实也只是各自为战，并不形成为有组织的抵抗。同志们对于工作该如何做，感到彷徨无计，渴望得到上级指示，渴望上级派人来领导。柳三春正是为此去找上级的。谁知，上级派不出人来，却把这领导的责任交给柳三春。柳三春的肩头象压着两扇石磨般重。她将怎样工作呢？她想着这问题，没顾得去多想她的儿子，虽然她眼见儿子被警察捉了去，作为个母亲，她是很挂心，很情切的。

柳三春乘渔船回到都朋区。都朋区海边一带的村庄，是半渔业半农业的，村民有的以出海捕鱼为业，称为做海，有的以耕田为业，称为做百姓。有的人农忙时做百姓，农闲时去做海，也是半渔业半农业。柳三春的船没在大村庄靠岸。这时敌人统治得严，大村庄有国民党的乡公所、警察所，有的则住着来这一带搞"扫荡"的兵。柳三春不去那些村庄，她那船去一个小村庄靠了岸，向村内群众问过这两天有无国民党兵出动骚扰。晚间，柳三春上岸，走了十余里，去到另一处小村子，叫开一间屋子的门。一个老头子出来开门，让了柳三春进去，再关了门。屋里点亮了小煤油灯。老头子五十余岁，筋骨硬朗，以打铁为业，他姓涂名兴，人们叫他打铁兴，他那形容，也使人见了会感觉到他是个打铁的。他是个党员，是他同柳三春商量过，要三春去海湾市找关系的。

涂兴知三春找到了关系，忙问怎么样。三春说："上级派不出人来，要我同你，还有方田，组成区委会，负责全区工作。"涂兴愕然说："成吗？"柳三春说："不成也得成。这地方的情况我们最熟，既然上级把责任交给我们，我们就应该决心把工作搞好。三个臭皮匠，凑成个诸葛亮。也许我们会搞好的。"涂兴说："对，我们合计着做。我去叫方田来。"原来，方田也是同柳三春、涂兴商量去找上级关系的，他掩蔽在附近另一处村子的群众家里。涂兴去叫了方田来，他们三人开了会，新的都朋区委会就成立了。成立了区委会，三个人就分头去活动，展开工作。

方田以前是区政府管文书的助理员，二十七八岁，中学毕业，当过小学教员，性情文静。他对全区各乡村的人，识得的很多，对各方面情况，知道的也多。他同柳三春，都是被国民党当地军政机关列入缉捕名单的。柳三春的罪由是：共军干部家属，著名的积极分子。涂兴和二人不同，抗日战争时，他在抗日游击队的枪械修理所工作，修理所是秘密的，掩蔽在村庄内，外人不知道。他住的那村子，就曾经秘密设立修理所，全村群众都为修械所保守秘密，日本鬼子汉奸兵来查，也无人泄漏。现在，那全村的人，也仍然为共产党保守秘密，涂兴仍住在村里，柳三春有时也掩蔽在村里。

　　区委会迫切要做的工作是：将已暴露的党员和活动分子，组织成武装工作队，进行非法形式的斗争。将未暴露的党员和活动分子，组成秘密工作系统，进行利用合法形式的斗争。斗争的主要口号是反对国民党的征兵、征粮、征税，即反三征。柳三春他们就是这样做的。柳三春去找上级关系时，她和涂兴、方田，本已联络了区内一些被打散了的同志，现在用区委会的名义去活动，不到半个月，就把更多的人串连起来，有几十个党员，有百多个"解放军之友"，还组织了一支武装工作队，人数三十人，配备全是短枪，由一个叫柯展武的党员做队长。柯展武原在抗日游击队，受伤留在地方养伤，伤好了碰上敌人大"扫荡"，部队转移了，未能归队，留在地方，现在就由他任这武工队长。他约三十岁，打过几年游击，有作战经验。这武工队的政治委员，就由区委书记柳三春兼任。武工队人数虽少，活动地区却阔。这都朋区，不是按国民党原有的区级行政地界划分，它是按抗日游击队过去一个大队的活动区域划分的，是过去相沿下来的建制，整个活动地区差不多相当于半个县，但也不只属于一个县，它地处两个县的边境，是个"边区"。所以，这都朋区武装工作队目前人数虽然少，它实际还是个独立活动的大队，这区的区委书记，就兼任这武工队的政委。通过区委会，将会使武装活动同地方上的各种革命活动结合起来。

　　国民党的中央军一个军，担负"扫荡"滨海一带的共产党的任务，现在认为已完成任务，即将调走了。这个军的一部分已开进海湾市，准备上船北运；一部分则在防区集中待命。这些中央军的防务，就交由省里派来的保安军和其他名号的地方军接手。都朋区的中央军亦已集中待命，由省保安军的一个团，同由海湾市警察局长包得奎兼任司令的所谓海防警备队的两个营接防，防务正在交接中。

　　从海湾市北调的国民党中央军的这最后的一个军，是调往山东进攻华东解放区的。现在是一千九百四十六年六月了，国民党的最高统帅、中国的独夫民贼蒋介石，决定了于这个月的下旬，开始全面地向西北、华北、华东、东北各个解放区大举进犯，决定要在三个月内占领延安，占领解放区其他主要城市和交通要道，将解放军的主力歼灭。远在华南这个滨海区的这部分国民党中央军，就是奉蒋介石这狂妄的命令而北调的。这军队中的军官们，几个月以来，在这地区以绝对优势的兵力对绝对劣势的人民武装作战，把人民武装打散了，打走了，他们在这地区杀人放火，奸淫掳掠，横冲直撞，所向无敌，自以为不可一世。现在，他们要走了，他们自以为已经替地方上敉平了所谓"共祸"，功德无量。他们要求地方上的绅商们，地方官员们，对他们的功德，应有所酬劳感谢。地方上当权的一些反动地主绅士们，一些既是绅士又是大商人的所谓绅商们，还有许多官员们，对于中央军为他们征服了人民，他们确实是相与庆幸的。这些人思量了，要搞一个隆重的劳军庆功仪式，欢送离防的中央军，欢迎新调来接防的省保安军，也慰劳原已在当地驻防的海防警备队和其他地方团队。这样，就选择了在旧历端阳节，举行龙舟竞渡，招待官兵观看，也吸引附近以至海湾市的人来观看，作成这么个盛会，以示乐庆升平。

都朋区属于水网地带，一条河道经过这里出海，那段河道叫龙江，江边有个龙江墟，附近各村，向来有赛龙舟的风俗。据说这是很久的历史上流传下来的风俗。元朝灭亡宋朝之时，双方的水军曾在这地方作过战，宋军失败，宋朝也亡了。宋军有少数水军将士幸而未死，流落在这地方，他们不忘亡国之恨，便以赛龙舟为名，教子传孙，要子孙练划一种名为长龙盼水军的快艇，以便有朝一日得以报仇复国。时日太久，这种风俗的历史意义，人们早已不复注意了，它渐渐只偏于表现了参加者之间争强好胜心理这一方面，而且带有一定的封建迷信性质。参加赛龙舟的单位，是按古老相传的村、社、乡、约或姓氏宗族组织的，赛前要集中操练，聚众会餐，祭神祈福，大饮大食。得胜之后，庆祝胜利，又祭神还愿，那就更加铺张浪费了。因为太花钱，所以这种比赛，平常时期，也不年年举行；抗日战争时期，完全未举行过。只是现在，才为庆祝所谓什么胜利，又复要举行。这次举行，其中也还有个因素，那就是有些人要乘此机会赌博。这是向来就有的习惯，比赛之前，你赌这船胜，他赌那船胜，各投赌注，等赛后见输赢。抗日战争前，海湾市曾是有名的赌城。抗日战争结束后，国民党名义上禁了赌，实际上仍然秘密开赌，由若干个有势力的人物包庇着，开设秘密赌场。海湾市警察局长包得奎，就是最大的秘密赌场的场主，他过去也是个大赌场主。由海湾市以及其他地方来龙江看赛龙舟的人，许多是来赌钱的。

包得奎最主张搞这次赛龙舟。在这地区，他地位特殊。他的兵向来就驻防在这里，从这一点说，他是个主人；但他又受慰劳，也是客人。是他指使人搞这场热闹的。为了筹集举办的经费，他要都朋区的各个墟市用地方戡乱建国协进会的名义，征收一种名为胜利费的苛捐杂税，除按店户大小摊派一定的数额外，还在屠宰税，市场管理税，谷米交易税以至所谓担头税等等方面，也附加征收。农民去市场上卖一只猪，一担谷，一担柴，一只鸡，都要除原已要纳的税外，还附加若干所谓胜利费。这当然弄得群众怨声四起。然而包得奎们是不管的。他们还从海湾市募捐得一部分钱，总之他们是要筹得这笔钱，把这次盛会办起来。对那些参加这次赛龙舟的村、社，他们一方面用强迫办法，不容哪个村社不参加；一方面补助他们一些使费，以怂恿他们参加。一般群众的心理，这时候实在仍是兵荒马乱，而且三黄四月，旧谷吃完，新谷未上，青黄不接，不少人正害饥荒哩，谁还有什么心思去划龙船？无奈为势所迫，也只好参加就是了。这样，这事就终于办了起来。

要过节了，柳三春同女伴金兰赶着包过节用的粽子，同她们一起忙着的还有金兰的妈妈金五婶。这里的风俗，过端阳节时家家吃粽子，拿它当饭吃，还担了去探亲戚。柳三春现在是个被国民党的军警指名要缉捕的人，她没敢住在自己的家，带着十岁的小女儿阿珠，今天住在这个群众的家，明天住在那个同志的家，流动不定。有时干脆把女儿交给别人照顾，她就像只没尾飞砣儿般飞了去，无影无踪，才又忽然回了来。如今她当了区委书记，四处去活动，责任重得很，工作忙得很哩。她是带着女儿来金兰家暂时掩蔽一下的，怎又制作起什么粽子来，而且制作得那么多呢？难道她还探亲戚？难道是金兰她探亲戚？金兰是方田的对象。她自小就在地主孤寒种家当婢女。她家欠了孤寒种的债，孤寒种拿了她去抵债。孤寒种是有名刻薄残酷的地主，她在那财主家受尽了凄凉辛苦。日本鬼子来了，孤寒种当了汉奸。好得这地方起了共产党，立了抗日游击队和抗日民主政府，镇压了汉奸孤寒种，她金兰才离开财主家，得到解放。还"自由"了个对象。方田在区政府当文书，金兰是民兵基干队的女民兵，二人因此相识。初时二人都害羞，未敢讲白，后来还是金兰先坦了"白"，这才定了的。原打算打败了日本鬼子就结婚，没想到国民党又来大"扫荡"，至今仍未成得亲。金兰并没有什么富亲贵戚，她制作那么多的粽子去探谁？

制作这些粽子去探谁？柳姑没讲，金兰没讲，金五婶也没讲。连小妹珠（柳姑时时这样叫她女儿）也没听到她们讲。她们不让小妹珠参加制作，只让她去房里，读她哥哥买给她的那书，拿铅笔写字。后来，又叫小妹珠睡觉了，她们三人还忙了半夜。足足做了差不多有两百个粽子，装在竹篮子里，装成两个担子。柳姑试一试担子，微笑说："够他们吃的。"她一笑，她那脸上的酒涡就现出来，① 是一个心中得意的样子。

这时，方田到了来，他看过了担子，问柳姑："还是你去？"柳姑说："我去，这是第一次行动。"方田说："不，我看让金兰去，这妥当些。你已经暴露，怕路上会有什么特务、探子、反动地主、狗腿子之类见着你，那就不好办。金兰她却还没那么多人识得。而且，她同五婶去，两个是母女，好掩护些。"柳三春说："对付这种事，我比金兰老水些。"方田说："你现在领导着全区的工作，你没有必要去冒这样的险。"柳三春说："怎么，我才当了几天这个领导，就要让你拿我当首长般保护，不许我冲锋在前了。"她还是说要由她去。方田说："涂大叔快来了，这事等涂大叔来了才商量决定。"不一会，涂兴到来，方田讲了他同柳三春的争执，涂老汉听了说："应该金兰去。"柳三春还要说话，打铁兴说："你别只是一阵旋风般，什么都刮！你现在的任务是指挥。用不着你去挑这粽子担！你应该相信，有些事，换别一个同志来做，也许比你更好，并不是每件事都要非你不可的。"柳三春一下找不到话来回答。涂兴又说："我们来表个决。二比一，少数服从多数，你可得服从了吧？我们是个集体。"柳三春觉得二人说的也是理，也就只好同意了。她提出要金兰和五婶带她小女儿去，说带着个小女孩，更像探亲戚；她小女儿在日本人来了的时候就常跟着她跑情况，国民党来了更常常跑情况，很懂事，很机灵的。涂兴和方田倒同意她这意见。

一支兵队从都朋墟走向龙江墟。这是驻在都朋墟的中央军的一个营，他们是要去龙江墟参加所谓劳军祝捷大会，观看龙舟竞渡的。他们还有个任务，是去龙江中学的操场作军事表演，拿他们的一些美国武器去吓唬老百姓。这中央军驻在都朋区的有一个团。现都已集中驻在几个大墟市和大村庄，准备开拔。防务已由新来的省保安团接了去，他们是闲暇无事的。这个团的团长同所属的这个师的师长，对地方上搞的这次所谓劳军祝捷大会，颇有兴趣。那些地方绅商们，除了要向军队的军官们献感恩锦旗献万人伞之外，还要在龙江墟河边筑座碑亭，立个纪功碑，以纪念他们这次的所谓"剿匪"胜利。因此，这个师的师长也重视此事，他亲自到龙江墟参加这大会，观看龙舟竞渡。他对龙舟竞渡，从来未见过，觉得是新鲜玩艺儿，所以他要看。这师长下命令叫附近的一些部

---

① 酒涡：同酒窝。——编者注

队也来参加观看，让这些部下们也开开眼界，吃喝玩乐一顿。这大会的筹备会，已准备了杀牛宰猪，大大慰劳犒赏，是有东西吃的。

这行进中的兵队，情知这回出动是去看赛龙舟，去吃喝玩乐，不是去打仗，用不着有什么敌情观念。几个月前，他们初到此境"扫荡"共产党的抗日游击队时，还曾遇到过较有力的抵抗，以后就没有了，只遇到一些零星的抵抗，以后就零星的抵抗也很少很少了，最近以来，简直是完全没有。他们以为这地区的共产党大概已被消灭尽，这样，他们也就不会有什么敌情观念。这天的天气很热，这兵队走了二十余里，走了一大半的路程，已是人人都汗流浃背，口渴肚饥了。他们走得吊儿郎当，渐渐地不再成个整齐的队伍。

这时，有三个人从路旁的竹园边转到这大路上来，在这兵队前面走着。三个人，一个是健壮的少女，穿一套花布衣服，挑着一担竹篮子；一个是约五十岁的老妇人，穿的也还干净，也挑着一担竹篮子；还有一个是约十岁光景的女孩子，也穿花衣。看样子，这三人是端阳节担节礼去亲戚家过节的，那少女和那小女孩子，大概是老妇人的女儿。

三个人前面走得慢，后面的兵队来得快，眼看快要跟上了。忽然，前面的人发现后面有兵队来，那少女回头一看，她惊慌了，左右张惶了一下，不知所措地放下了担子，便钻了进路旁的树林子里面去，小女孩也跟着躲了进去，她叫着："妈！来呀！来呀！"那老妇人也就不知所措扔下担子便走。她扔得重，把篮盖子也掀开了，原来那篮子里装的是粽子，倒了一地。兵队里的兵们见了这情况，哈哈大笑。有几个兵首先走了前来，说："好东西！是粽子，特地送给老子过节的。"便去拿那粽子，一拿便拿许多只。后面的兵涌上前来抢着拿。一个军官喝叫："不准抢！分！一个人一只。"那些兵也就不再抢了，一个个走着来，每人去篮子里拿一只便走，一边走，一边便解那粽子吃。只一会，几篮的粽子便给拿光了，只剩几只空框框的篮子在那路上，那老妇人、少女、小女孩已不知躲了往哪里去了。

兵队继续行进着，兵们更加吊儿郎当，嘻哈说笑。忽然，有人叫起肚子痛，接着又有几个人叫痛，刚才叫分粽子，一个人分一只的那军官，他是个连长，他也吃了只粽子，他也肚子痛，又有更多的人叫肚子痛。那连长醒觉了，他大叫："中毒！中毒！快找解毒药！"他顾不得管队伍了，路旁有间庙，他奔了进庙里去找解毒药，见庙祝的母鸡窝里有几只鸡蛋，他就拿起来敲碎了吞下去。兵队全乱了，吃了粽子的有一百三十多人，个个肚子痛得倒地乱滚，呼喊呻吟。有些人分得粽子，却还未吃。后面的队伍也跟着到了来，营长也到了来，见状大惊，他立即叫兵队就地布防警戒，叫抢救病人，叫扎担架抬人去龙江墟的团部找军医，去找什么医生抢救，叫传令兵骑马急奔去龙江墟向团长火速报告。

这兵队一下子就损失了三分之一的兵力，乱得像被捅了窝的蜂一样了。

原来，那担粽子的少女是金兰，老妇人是她妈妈五婶，小女孩是柳姑的小女儿小妹珠。这一计名为粽子计，是柳姑原就同涂大叔、方田商量好了的。粽子里放有毒药，是砒霜，是柳姑从海湾市带回来的。当时就说过，要千方百计地打击敌人。果然如此。

金兰她们三人钻了进树林子里去，见敌人已中计，她们就忙远远的走了去，从另一边走出树林子，那里有人接应她们，三人马上又分开，跟着接应的人，走上另一条路混入去看龙舟竞渡的人群当中，装作是去看热闹的群众，向正在准备开始赛龙舟的龙江江岸走了去。

龙江两岸，密麻麻都是等着看赛龙舟的人。有些是兵，也集合着在岸上看。有些是从别处坐了船来看的。那船就靠在岸边。还有只汽船，是海湾市的一些所谓绅商们坐着来的，他们就在那船上看。岸上，在龙江墟的码头上，搭起一个彩棚子，棚子上坐着包得奎、即将调走的中央军的一个师长、一个团长、新调来的省保安军的一个团长，还有本县县长、国民党县党部书记长以及当地著名的几个大绅士等等，都是大头子，他们就在那彩棚子上看，比赛结束时，由他们发奖。

龙江墟码头对开的河面上，间格地一字儿插上八条竹竿，竹竿上扎了枝小旗儿，这便是竞渡的起点线。现在，八只参加比赛的龙舟，已排列在那里，等待时间一到，号炮声一响，就出动了。

开赛时间将到了，驻都朋墟的那个营的兵队还未到，在彩棚上的那个中央军的团长正怪他部下不守时间，忽然，一骑马突然急驰到了码头来，骑马的传令兵下了马，急步上了彩棚，向团长报告：兵队在途中食物中毒，中毒者有百余人之多，情况极严重，现正在急救中。事太突然，团长忙问什么，传令兵再讲了个经过情形，团长紧张极了。他们郝师长也当场听到，他勃然大怒，喝叫："这是共产党捣的乱！这赛龙舟也一定有共产党捣乱！赛什么？赛个屁！停止！不准赛！马上停止，勒令所有的人都散去，不准再聚众生事！我命令：所有的侦察人员都出动，缉捕潜伏的共党分子！"他吼了几声，就同他那团长急急离开，去处理他们那急事去了。临走时还命令：在场的他们的队伍全部到团部集合候命。

包得奎同彩棚上一班大头子们面面相觑。保安团长说："还犹豫什么？下命令！解散！停止！这些人群里，一定有潜伏的共党分子乘机捣乱。"这团长便自下命令，叫在场的他的部队马上集合，去驱散等着看赛龙舟的群众。包得奎也只得叫他自己的部队这样做。那些兵们听说是不赛龙舟了，心不满意，亦莫明所以，有些鼓噪，给军官们喝住，这才去喝令群众："不赛龙舟了，走开！走开！"驱走群众。群众忽然听说不赛龙舟，亦鼓噪起来，不肯解散，那些准备着参加比赛的划龙舟的人即那些划手们，尤其不满；他们大声呼叫，不肯散去，要涌上彩棚子来找主办的人理论，兵们阻拦不住。包得奎喊叫："这里面就有共产党捣乱，谁不肯散去就捉起来！"他拔出手枪向天开了几枪。那些兵们也就有向天开枪的，有向群众打了枪的。枪一响，群众惊了，这才一哄而散。有两个人被打死了，有几个人受伤了，有些人则被认为是带头闹事之人，捉了去。被打死的是划龙舟的，受伤的被捉去的也有划龙舟的。

# 黄谷柳作品选及简析

## 黄谷柳生平

黄谷柳（1908—1977年），1908年1月出生于越南海防，童年在云南外祖母家度过。9岁上小学，16岁考入昆明联合中学，因无力缴纳学杂费，半年后停学，改考入公费的云南第一师范学校。1927年到香港谋生，白天打理小生意，晚上去读新闻夜校，毕业后做了《循环日报》的校对，其间开始学习写作。1931年，黄谷柳到广州陈济棠军队做政训工作。"卢沟桥事变"后即赴抗战前线，是亲历"南京大屠杀"的幸存者，他后来写成小说《干妈》，这是中国作家第一次以文学的形式反映"南京大屠杀"的史实。国共合作期间，黄谷柳经常与左翼文艺工作者接触，1943年到重庆任三青团总团宣传处《文化新闻周刊》的总编辑，因转载中共机关报《新华日报》的材料被撤职。1946年3月再次回到香港，在极度贫困中写出长篇小说《虾球传》，小说以引人入胜的故事情节和浓郁的地方风情获得各方好评。在夏衍等左翼人士的影响下黄谷柳迅速倾向革命，1949年入党，新中国成立后在《南方日报》任记者，1953年后成为专业作家。1957年被错划为右派。"文革"中惨遭迫害，1977年1月因脑溢血去世。黄谷柳以不多的创作跻身现代名作家之列，为中国现代文学尤其是现代珠江（岭南）文派做出了独特贡献。

## 黄谷柳作品选析

纵观黄谷柳一生的创作，其数量并不算多，唯一使他博得盛名的是《虾球传》。《虾球传》不但在20世纪40年代末期很受欢迎，自发表出版70年以来，一直不缺少读者。《虾球传》对于现代文学的贡献可以说主要体现在两个方面：一是完成了左翼文艺与市民文艺的结合，二是众所公认的浓郁的南粤风情。

40年代的香港文坛，最有影响的领导力量是左翼文学。《虾球传》之所以在香港迅速打响，跟它与左翼文坛的关系也是分不开的。黄谷柳的《虾球传》第一部《春风秋雨》初一脱稿，就与夏衍取得了联系，在《华商报》上连载，随后左翼批评界又组织了较大规模的对于《虾球传》的讨论，尽管不全是赞扬，客观上对于黄谷柳及其《虾球传》的传播起到了推动作用。左翼文艺界此时花那么大功夫推介《虾球传》，不仅仅是因为黄谷柳与左翼文坛的关系渊源，更是因为黄谷柳写出了他们所期待的作品。随着40年代后期政治形势的变化，左翼文艺界意识到他们的任务不仅仅是"教育农民"，城市广大市民阶层的阅读将是一个大问题。尽管解放区已写出了"群众喜闻乐见的作品"，但城市市民的生活环境和阅读趣味毕竟跟解放区农民有极大的差异；而以往的市民文学在左翼批评界的眼里，又是庸俗堕落，充满毒素的。但黄谷柳的《虾球传》是令人耳目一新的作品。首先它非常富有市民气息。用茅盾的话说就是："虾球那样的流浪儿及其一群伙伴（其中有和虾球一样的扒手，有大小'捞家'，走私商人和投机商人等等），正是香港小市民所熟悉的人物；虾球的倔强和自卫的机智，损人（扒窃）而又被损害被侮辱（受制于比他大的流氓）的矛盾生活，引起了小市民的赞美与同情，而'曲折奇离'充满着冒险的与统治阶级所谓法律和社会秩序开玩笑的故事，也满足了小市民的好奇心，让他们得到一种情感上的发泄。"而同时《虾球传》又是很"进步"的作品，因为它写的是虾球这个"小混混"最终走上革命道路的故事。本书所选第一节是《春风秋雨》的末节"跨过狮子山"，这正是虾球转变的关键环节。虾球为什么会转变呢？最大的刺激因素是扒窃扒到了自己父亲的身上，弄得这个在海外卖了15年苦力的"金山伯"精神失常，强烈的愧疚心理使得虾球下定决心要与从前的生活彻底斩断。而小说的第三部《山长水远》则写了虾球经过种种艰辛挫折之后终于实现了自己的梦想，成为一名机智勇敢的游击队"小鬼"的故事，主人公的成长、追求的方向是非常符合左翼文学的进步要求的，所以说它完成了左翼文艺与市民文艺的成功结合。

小说的第二个特点，可以说也是它最大的魅力，就是它浓郁的地方色彩。近代以来，岭南小说开始兴起，其中或多或少都会表现岭南地理民俗，但是像《虾球传》这样将香港、广州及珠三角地区的语言、地理、风俗、人情世态立体地、动态地、原汁原味地端出的实在不多见。

《虾球传》的地方风味首先表现在对港、粤两地地理生活空间的描绘上。从大的方面来说，小说表现了粤港两地连成一体，易出易入的地形地貌。香港在鸦片战争前原本就是广东宝安的一部分，因此无论在地理还是语言、饮食、风习上都是一体的，香港英属以后，在文化上有了更多西化和殖民化的特点，但从地理上来说依然是一体的，并且直到40年代，两地之间仍然可以自由往来。从本书所选的两节看，无论是陆路（如虾球跨过狮子山），还是水路（如鳄鱼头乘小艇逃离香港警方的追捕来到广州黄埔），都十分近便。从小说的描写，我们可以看到在粤港两地生活多年的黄谷柳，不管是对两地的水陆交通线路，还是香港和广州的城市内部地理，都十分的熟悉，把黄谷柳所写的关于修顿球场、佐敦道、红磡码头、广州沙溪、鱼嘴、多宝路、黄沙码头、沙河顶、新亚饭店等等画面联系起来，基本上可以复原一幅粤港两地40年代的历史地图。

《虾球传》地方风味的另一个重要表现在于黄谷柳笔下的人物和社会生活世相的描写。香港是一个"大鱼吃小鱼，小鱼吃虾米"，贫富悬殊，互相构成食物链的地方。无论是小贩、工人还是艇家，都生活在社会的最底层，然而又有无数潜规则制约着他们，比如再穷的小贩也要受"收规人"的盘剥；做街头混混，也有无穷多的级别，鳄鱼头可以说是混混中的"高级人物"。《虾球传》所写的人物，可谓包含三教九流，包括了小贩、工人、退伍军人、黑社会头目、官僚、走私客、艇家、扒手、警探、马仔、妓女、金山伯种种，他们共同组成了一幅粤港地区的人物生活画廊，这些人物无论从职业、谋生手段、价值观念上可以说都带有某种地方文化的特色。比如小说中所写的鳄鱼头，就是这样一个人物。鳄鱼头曾经是黄埔军校某一期的学员，因种种原因流落江湖，可以说走私、偷窃、勾结官员，无所不作，从本书节选看，他"混江湖"的本领真是一流。他干练果敢，反应一流，见人扮人，见鬼扮鬼，能屈能伸，善于自我补偿，总之，这是现代文学史上一个特别的反面人物形象，他的特别在于这样的人的确是这块土地所长出来的"怪胎"。

《虾球传》地方风味的第三点表现在小说的语言和地方风习的描写上。《咸水歌》的引用说明黄谷柳对地方民俗的熟悉。此外人物的语言甚至人物本身的称呼都非常富有地方色彩。如"亚娣""虾球""蟹王七""鳄鱼头""烟屎陈"等。人名之外，小说也常常恰到好处地使用一些独特的粤语词汇，如称"钱"为"银纸"，把"谋生"叫做"捞世界"，一起干某种营生叫做"同捞同煲"，"敲诈勒索"叫做"勒收行水"，形容一个人机灵叫"眉精眼企"，要人机智一点叫做"醒定一点"等等。这些词语传递了粤地生活气息，甚至使非粤语圈的读者感受到了粤语的独特表现力。

李俏梅

# 黄谷柳作品选

## （一）

### 跨过狮子山

（节选自《虾球传》）

虾球脚步轻轻地踏上楼。他的心跳动得好厉害。他想起六姑的一句话："等你发达，你妈妈进棺材了！"她老人家不会这样快死掉吧？他站在最后一级楼梯上，他没有勇气拍门。他静静地侧耳倾听里面的人声。

包租婆二婶的熟悉的声音震动着虾球的耳鼓。她对他妈妈说道："大婶母，多谢你的火腿呀！你自己舍不得吃，还送给我们这样多！"他妈妈答道："我本来留下等虾球回来吃的呀！天晓得他何月何年才回来呢？现在，趁——"虾球不由自主地在门外大声喊："妈妈！"跟着就高兴地敲门。他妈妈，这五十多岁给贫困的生活煎磨得脸色清黄的老人，她不相信她的耳朵。再静听时，门外果然是喊："妈妈！"那的确是她日夜思念的儿子的声音，她飞跑过来开门了。

"妈！我回来了！"

"哦！虾球！我记挂得你好苦哟！"

虾球即刻塞五十块钱在他妈手上，作为重逢的见面礼。他妈妈把他拉到尾房自己的房间来，一屋人用兴奋的眼光，望着他们母子俩，一直目送他们走进房间去。

在房门口，这老人家在她儿子的耳边轻声说道："你爸爸回来了！"虾球非常惊喜，急急问道："真的吗？爸爸怎会找到这里来？"他妈道："你晓得，我常常到台山旅店去打听他的消息，托人写了不知多少封信，他都收不到，亏得我留下住址在旅店老板那里，你爸爸前天才查问到。"虾球道："这就好了。打了这么多年的仗，大家都没死，现在只差哥哥还没消息。——怎么，白天关上房门干什么？"他妈妈道："虾球，你还不晓得，你爸爸一回来就病倒了。公医局的医生说他神经错乱，发了神经病。刚才打了针，他睡着了。唉，没有钱也吧，病倒也吧，总算自己把骨头亲自带回家来了。你想想看，你爸去金山半辈子，中间回来过一次就养你了，他还没有等到看你出世呢！打这几年仗，我们到处走难，他还当我们死光了呢。唉，虾球，你进去喊他一声爸爸吧！"说罢她就轻轻拉开房门，同虾球走进房间去。

一个六十多岁的面孔黑鳌鳌的老人静静地躺在床上。他闭着眼睛。一副死人一样的绝望的神色……

虾球"唉呀！"一声叫喊起来，几乎仆倒在地上。[1] 他伸出双手，扶住床沿，支持住自己的身体。他再一再二再三地辨认他的爸爸的面孔：一点也不错，就是他十多天前在大同酒家门口碰掉他的大衣的那个金山伯！那就是他自己的爸爸！天啊！

他伸手去按摸这老人的额角，老人张开无神的眼睛望一眼他，又合上眼。他用凄梗的声音唤他一声"爸爸！"老人又张开他的眼睛，望他一眼。他那双无神的眼睛不认得他是谁，又合上去了。

虾球妈妈在虾球身边道："医生才替爸爸打过针。你肚饿了吧？我弄饭菜来给你吃。你送到家来的火腿，我一直留到今天。才蒸了一点，又送了一点给同屋的人。"说罢就走出房间进厨房去了。

老人在床上揉动他的厚嘴唇喃喃自语："十五年血汗，十五年血汗，十五年血汗……"每一句话似一把尖利的刀，刺进虾球的心窝。虾球骇怕极了，他用手蒙住老人的嘴唇。可是一放开手，老人又"十五年血汗，十五年血汗……"声音微弱，像念咒似的念出来，虾球听来就像是巨雷的声音一样震裂他的心胸，他摇摇晃晃地摸出了房门，走到厨房，告诉他妈妈道："妈，我出去一会！"他妈应道："我把火腿蒸在饭面上，饭就快熟了，不要走呀！"他还是照旧那句

--------

① 仆倒：同扑倒。——编者注

话："妈，我出去一会！"他就摸下楼，走在马路上了。

他让一双脚作主意，带着他走。他的脑海里好像想得很多很多，又好像什么都没有想到。

他走到尖沙咀码头，倚在那岸边的铁栏杆上，抬起他那一双无所不见又好像什么都见不到的眼睛，望着海面。深沉的，痛苦的神色，烙印在他的脸上。

一艘大轮船船身的油漆，已经给风雨剥蚀得斑驳褪色了，工匠们又吊下踏板，重新油饰粉刷一新。秋天的白云，飘浮在太平山的顶上。前浪逐后浪的海水，在他的脚下打着有节奏的拍子。海鸥自由地飞翔，扑攫着水上的小鱼……大自然的景物给了这十六岁的孩子心灵一种怎样的启示呢？……他爸爸在加利福尼亚省农场辛勤劳苦积蓄了十五年的血汗钱，给他碰了一下，就完蛋了。牛仔窃取，或者他亲手窃取，或者是别的扒手窃取，还不是一样？损失的老人还不是一样会疯狂？一只水鸟攫哝了一尾小鱼飞在半空中，虾球就幻想这尾小鱼就是他自己，就是他的爸爸。他"唉呀！"一声惊叫起来，沁出了一额的汗水。……

他天天都在这里站立好几个钟头，他像是逃避惩罚般逃出他的家。有一天牛仔寻到他，知道他伤心痛苦的原因，他就径去找王狗仔和一哥，说明这种情由，王狗仔叫了虾球去，说"凭良心"，给了虾球带回一百块钱港币，得到这笔小款，他爸爸的神经病依然没有医好。

虾球每天在外面浪荡不回去过夜。他晚上就和牛仔一起睡在人家的楼梯脚下。白天象"撞晕鸡"一样，毫无目的地到处乱跑。他受了这番重大的打击以后，心灵受伤太重，一时不易复原。牛仔天天陪着这个心神恍惚无精打采的虾球，也感染了他的痛苦，心里怀恨着王狗仔的无情，又懊悔他自己亲自动手窃取虾球爸爸的钱，难过得使劲咬着他的小嘴唇，把嘴唇咬出血来了。

虾球觉得这个鬼地方不能待下去了。再待下去，他也许会苦闷得发疯，也许会干出一些连他自己也料想不到的危险的事情来。他决心离开这个鬼地方。到哪里都可以，做什么事都可以，只是再也不做扒手了。

离开香港到哪里去呢？走他爸爸的老路到海外去，没有这个可能；剩下只有回祖国内地一条路。回去干什么呢？这是不能由他选择的。他想到他可以砍柴卖，可以打散工，可以当小兵。他想到他可以去找丁大哥帮忙。他不管这些想法是否切合实际，是否冒险，是否能够实现，他都不管，只要能离开这个鬼地方就好了。他没有前怕狼后怕虎的许多顾虑，最大不了就是挨饿，送命，此外再没别的什么可以丧失的东西了。好，回祖国去！他下定决心了。

他不曾知道，他要逃避开的这个鬼地方，正有许多人从内地往这里挤。那些人跟他正走着相反的方向。那些拚命挤到这里来找饭吃的人所怀抱的梦想，跟他爸爸几十年前离开故乡台山时所抱的梦想是一样的。

有一天，虾球和牛仔两个人走到红磡船坞的附近，看见架空的煤斗，来来往往地输运煤炭，两人驻足看了一刻。牛仔指着站在柱架上解煤斗钩的人对虾球说道："虾球哥，你看！这个家伙的工多容易做！我也会。"虾球不响。过了一会，牛仔又道："虾球哥，你想做工吗？这里晚上有一个工人市场，有很多内地的乡下人出来应市找工做。"虾球大声答道："哪会轮到我们！"

他们又往前走，走过土瓜环，向九龙城方向走去。虾球望着九龙城背后的那座狮子山，山顶的形状好象一头俯伏着的狮子，虾球问牛仔道："牛仔，你知道前面那座是什么山？"牛仔道："不知道。"虾球道："是狮子山，我上去砍过柴。萝卜头日本鬼在香港时，我爬山去过新界。再走不远就是中国地了。"牛仔问："你到过中国地界吗？"虾球道："没有，我到过沙田。再走不远就是中国，我现在想回中国去。你看怎么样？"虾球说时态度很认真，牛仔望着他，又望望那座狮子山，他也在心里打他自己的主意。他扯一下虾球的手道："虾球哥，真的吗？你会一个人偷偷走掉不带我去吗？"虾球道："你也去？"牛仔道："不跟你；你叫我跟王狗仔一世吗？"虾球道："但是我们没有钱了，我的钱给了妈妈，你的又赌输了。两个人挨饿走路，不好。"牛仔道："你不会回去偷你妈妈二三十元做路费吗？"虾球笑道："牛仔，你出的好主意。你下次再提一个偷字，我就踢你的屁股！"牛仔还赖皮笑道："肚子饿，不偷不抢吃什么？"虾球飞起一只右腿，向牛仔屁股轻轻踢了一脚，骂道："我不要你这个小流氓跟我回中国去！你以为我回去还是做扒手么？"牛仔看见虾球这一副认真的样子，就低下头不再响了。

他们走到宋皇台畔，肚子已经很饿了。虾球望见右侧山边有一座竹棚盖搭的房子，门口挂着一块"难童施饭站"的招牌。他叫道："牛仔！那是施饭站，去看看开饭没有？"牛仔跑进去一看，里面挤满衣衫褴褛的妇人小孩们，有的坐在地上吃饭，有的正在列队等候分菜饭，牛仔跑出来告诉虾球："我们来得正好，饭还热呢！"两人走进去，门口边有一个坐在桌子前填写表格的西装中年人，他抬头看见他们，问道："你们干什么？"虾球大声答道："来吃饭！"那人问："饭票在哪里？"牛仔答："我们刚来到，哪会有饭票，先生你发给我们两张吧！"那人问虾球："你多少岁？"虾球答："十六。"那人向他们一挥手，说道："出去！十四岁以下才有资格在这里吃饭。"说罢又低头填他的表格。牛仔还想跟他吵，虾球一把拉他出来，很生气地对牛仔说道："他妈的！他们哪里是真的救济难童，他们不过是摆摆样子骗人罢了。我们走！"

走到九龙城，他们两人翻开了所有的口袋，翻出了七八张角票，通通拿去买了面包。虾球郑重对牛仔道："我决定不再留在香港了，我即刻就要走回大陆去，你跟不跟我来？"牛仔道："只怕你不带我。"虾球道："你咬手指发誓：大家要有难同当，有福同享！"牛仔真的放一只食指在牙床上想咬出血来，虾球止住他道："牛仔，得了！"两人友爱地互相望了一眼，就朝狮子山走去。牛仔过去曾经一个人走上罗浮山去想学剑，现在虾球怀着类似这样的心情，走回祖国去。他喜爱丁大哥手上的那枝步枪，他想起丁大哥对他讲过的那番话。他梦想能学放枪，学打仗，做一个正派的有用的中国人。能够找到一件堂堂正正的事来做，不叫六姑失望，他就满足了。他在心里盘算：我一定要找到丁大哥，跟他学打游击。他是一个好人，他一定能收容我。牛仔呢，他也不问虾球究竟要到哪里去，总之，见路就走。他走路从来就是这样的。他一个人无牵无挂，在这世界上，除了这跟前的虾球外，他再没有第二个亲人了。走着走着，太阳当中的时候他们走到山腰，太阳斜下的时候他们翻越过山背去了。

# （二）

## 旧缆断新缆续

（节选自《虾球传》）

香港海面上有一只小艇，掌舵的艇家佬是九叔，划船的是他的老婆九婶和他的女儿亚娣。雇艇人是鳄鱼头老洪。他这个冒险的大捞家，在香港站不住脚了，现在打算另换一个码头。

黄昏时分，这只艇划到荃湾海面。鳄鱼头打发九婶上岸去买一床新棉被和一张草席，决定连夜赶程，逃过香港警察的追捕。九婶上岸时，他又吩咐道："九婶，回来买两樽五加皮，再买十元熟菜，大家同九叔饮一杯！"九婶遵命上街去了。

这时，旁边的一只花艇上，传来男女对答的歌声：

女："新打薄刀共哥斩缆，斩开大缆免畀人弹。"

男："大缆斩开小缆又续，续番条缆共妹痴缠。"

鳄鱼头问亚娣道："亚娣，你会唱'咸水歌'吗?"① 亚娣道："我不会。"鳄鱼头笑道，"水上的艇妹，谁不会唱咸水歌呀!……你听!"

女："买木唔知心里烂，拣人容易拣哥难。"

男："买包花针随路撒，揾针容易揾妹难。"

女："正月芥蓝二月荬菜，绕埋头髻等哥开来。"

男："拆只大船装只小艇，得来方便带妹埋城。"

女："船头擦穿船尾擦烂，擦穿擦烂不见人还。"

男："装只大船还有两样，想妹唔到实在心伤!"

鳄鱼头听罢哈哈大笑起来。他觉得"新打薄刀共哥斩缆，斩开大缆免畀人弹"这句歌，也正是唱出他此时的心境来。他在香港几十件犯法案子都一齐给人破获，他跟香港联系的一条大缆，不能不一刀两断了。他今天正在苦心计谋，怎样来一下"大缆斩开小缆又续，续番条缆共妹痴缠"。想到这里，他不禁有点黯然。他的露水太太洪少奶，此时不知落在谁家? 她究竟跟了马专员远走高飞，还是勾搭上了魏经理藏在金屋呢? 听着隔舟的情歌，他忽然心酸起来。他今晚得借一杯烧酒，在这荃湾的海边，浇一浇他的愁肠了。

亚娣是懂得唱咸水歌的；她听见邻舟的缠绵歌声，再看到那艇上窗帘低垂，灯火摇曳，自己也有无限的感触。她想起那个痴心少年虾球，今天不晓得流落何方? 生活怎样? 自从那次他在养生米店病倒，在他迷迷糊糊的梦呓中，她曾亲过他的脸摸过他的心窝以后，就不再见到他了。虽然她到过鳄鱼头公馆去探望他，那两个娘姨又不让她进去，她至今还怀恨在心。现在鳄鱼头在艇上，她三番几次想探问虾球的下落，又不好意思开口。

鳄鱼头想到这次逃亡，还有好几天舟程，恐怕艇上粮食燃料不够，他又打发九叔上岸去备办一切，九叔接过钞票，有神无气地上岸去了。鳄鱼头等九叔走远了，就回过头来对亚娣道："亚娣，现在他们都上岸了，你有什么话要对我说?"亚娣道："说什么? 我没有什么话要对你说。"鳄鱼头道："我看出你好像要对我说什么的样子。说呀，有什么尽管说。我鳄鱼头上天下地，什么事情，人家不敢做不能做的我都可以一手包办!"亚娣想了一想，觉得跟这个人答话，要特别留神。她"眉精眼企"地望了他一眼，就问道："洪先生，你到底要雇我们的艇到什么地方去呢? 你说明白等我们好打点。"鳄鱼头笑笑，说道："这不用你姑娘操心，有水路可通的地方我都要去。我暂时离开香港一个时期。我

---

① "咸水歌"——水上人民当中流行的民歌。

雇你们一天，我就给你们一天人工伙食。你想这两年来，我鳄鱼头可有亏待过你们？"亚娣素来风闻这个人名堂大，不好惹，那些杀人不眨眼的流氓，也敬他三分。今天他下艇时，虽然神色慌张，象个被人追赶的失魂狗，但腰上有两支手枪，皮箧内有大把金器银纸，还是小心应付他为上。她说道："洪先生，你往日待我们的确好。今天你要到哪里去，也不妨告诉我们呀。"鳄鱼头道："事关秘密，今天你不必问，迟两天你自然明白。"亚娣道："你不带一两个使用人吗？你丢虾球在香港怎样生活？"鳄鱼头睁大了他的眼睛，诧异她说他丢虾球在香港，他含糊道："我老婆还在香港呢，何止虾球一个人？"亚娣道："你太太有钱呀，她饿不死，虾球他到哪里吃饭？油麻地码头的人，个个都说养生米店给警察封了，他再也没便宜米吃了。"亚娣说罢留心看鳄鱼头脸上的神色，她觉得他的样子很难看。鳄鱼头道："你放心，我临走给了他一百块钱。"亚娣进一步追问他："一百块钱够吃多少时候呀？"鳄鱼头道："啧啧，这才怪！你多么记挂着他啊！你比我还担心我家工人的死活，好，等我住定下来，我一定写信叫蟹王七把他带来。"亚娣听鳄鱼头说把虾球带来，她并不掩饰她心里的高兴。鳄鱼头在她的眼色中看到一种他猜不透的东西。到底她把虾球当亲弟弟看待，还是当作心爱的情人看待呢？这姑娘的心事可猜不透。

九婶在街上替鳄鱼头买棉被、草席、五加皮酒和烧鹅、乳猪，合起来她一共揩了鳄鱼头五块钱的油，她但愿天天替鳄鱼头买东西，天天揩油，不久她就可以打一只金戒指作为私己了。她碰见九叔，九叔问她："你踢到银纸吗？这样欢喜！"九婶道："我揩他的油，不吃他，吃谁？"九叔道："你慢开心，你晓得他要到哪里去？"九婶道："管他到哪里，他天天支人工伙食，他到没雷公的地方我也去！"九叔道："你真开心，你不知道鳄鱼头这个人不好惹，他身上有枪，警察到处要捉他，你能料到路上不会出事？"九婶道："你这老鬼，我没有见过你今天这样胆小，'萝卜头'在香港时，① 你走西贡走南头不怕死，今天你怕死，要断穷根，就要卖命呀，死老鬼！"她把老头子骂了一顿。九叔不跟她吵，他到米店去买米，又到柴铺去叫人送柴，回到艇上来，一齐动手弄晚饭。

弄好饭，鳄鱼头吩咐他们把艇摇出去，然后才开饭。在艇上吃这一顿晚餐，鳄鱼头不胜今昔之感。他一面向九叔联络敬酒，一面想自己的心事：想当日我鳄鱼头何等威势，上自便衣探长，下到地痞流氓，贵人如驻港专员巨公，红牌如石塘名花妓女：谁不卖我的账，洪哥前洪哥后地巴结我！如今在这个艇上，

---

① "萝卜头"——香港人对日寇的称呼。

跟这几个蠢猪似的艇家吃饭，还要陪小心请他们喝酒，防他们走漏风声，知情报信。我鳄鱼头今天可算是落魄英雄了！……他举起酒杯来大声对自己说道："落魄英雄干一杯！"九叔莫名其妙，也跟他干一杯。他们把两樽五加皮喝完了，鳄鱼头就举起一双筷子，点着九叔的额角说道："九叔，你听着！我们出来捞世界，你敬我一尺，我敬你一丈，你要眉精眼企，醒定一点呀！我叫你到东，你就到东；叫你到西，你就到西；想发财，就跟我来！你张大眼睛看吧，我鳄鱼头四海为家，随处落地生根。三个月后，我做一番大世界给你看，风水佬哄你十年八年，我只要三个月就包你一身光鲜，装过一只新艇。九叔你醒定一点呀！"九叔一时想不出该怎样答他，九婶就应道："洪先生，我们水上人也是四海为家呀，只要你先生给人工给饭吃，远到没雷公的天边，我们都愿去。"亚娣瞪了她妈一眼。她心里真不愿意漂泊，她宁愿留在住熟住惯了的香港，她在这里出世，香港才是她的故乡。但她作不得主。她这只小艇，一天天靠近珠江口，直向内地驶去。

第二天黄昏时分，他们的艇湾泊在一个叫做鹤咀洲的岸边。鳄鱼头在艇前看见渔舟三五，岸边人影幢幢，他觉得这里的形势不好，恐有意外，叫九叔再沿江驶上去。九叔一把火道："你当我是牛吗？牛也要休息吃草呀！"

珠江沿岸，向来堂口众多，土匪如毛。如今战后百业凋零，加上国民党的黑暗统治，弄得人民求生无路，借贷无门，很多铤而走险，上山落水，各寻活路。鳄鱼头也早知道河水不靖，路途艰难，但他在江湖上混了这么多年，自信应付那些草莽英雄；还有多少本领。他把那些人分为四类，预想好对付他们的手段：一类是勒收行水拦途打劫的土匪，他就自认是三枝香大头佛的拜把兄弟，请他们高抬贵手；一类是退伍官兵落草为寇，他就说自己也是黄埔军校出身，现在走投无路，请给他打多一份数；一类是统字头的缉私人马，他就数出他在日本侵占香港时期地下工作的成绩来，求他们网开一面；一类是黑社会中的三只手，他就摆出两度手势，叫他们叩头认他做前辈老大哥……他思虑得很周密，加以身边有两支枪，如有什么冬瓜豆腐，就打穿他五脏六腑，看看我鳄鱼头的厉害。因此，九叔不愿再驶上去，他也就算了。吃饭后倒头便睡。

鹤咀洲原来是走私的孔道，这地方港湾曲折复杂，河流交叉蜿蜒，且属三不管地带，素来是私枭丛集的地区。一到天黑，便电棒云集，到处是闪去闪来的电火信号。鳄鱼头在棉被中解开他两枝左轮手枪，[①] 上满子弹，一枝放在枕

---

① 枝：同支。——编者注

边，一枝放在肘下。他不时撩开被角向外瞭望，侧耳静听外面的动静。小心准备，以防方一。

半夜，岸边有一个小心的走私客，用电筒照照九叔小艇尾巴上的号码，发觉不是中国政府发的牌照号码，他狐疑起来，恐怕是香港派来的侦探船。他转头回去告诉鹤咀洲的土霸烟屎陈，说有一只香港来的小艇，形迹可疑。烟屎陈刚抽足大烟，一骨碌爬起床来，一手拿电筒，一手执起驳壳手枪，跟走私客出去看个明白。

机警的鳄鱼头看见电筒光在他的艇上晃几晃，他就叫醒九叔、亚娣道："九叔，快起来！亚娣，快起来把艇摇出去！"他自己却依旧蒙被装睡，静听外面的动静。走私客带烟屎陈走到江边时，鳄鱼头的艇已经摇开岸好几丈远了。

走私客、烟屎陈两人坐一条舢板追上来。这时一轮明月当空，鳄鱼头俯身伏在艇面上，看见舢板一起一落的双桨，在水面上拨起了一道道闪亮的银光。他看清楚舢板上只有两个人，两人中只一人有一枝短枪，他自己暗地偷笑起来。他吩咐九婶道："九婶，用力划呀！不要怕；不要叫嚷救命，我一个人就可以收拾他们。"在舢板上的烟屎陈也叮嘱走私客道："不要出声，靠近他们艇边再说话。千万别打草惊蛇！"

双桨的舢板像箭似的追上来，眼看着就快要赶上他们了。亚娣掌舵，九婶、九叔拚命划艇，鳄鱼头扎紧裤带，握好手枪。他心想：不发一弹擒人是上策，讲数口放下买路钱松人是中策，格斗打死人是下策，给人打伤是失策。鳄鱼头吩咐九叔道："九叔，你好好招呼他们，先君子后小人，你听我指挥，不要乱动！"他看看舢板已快追到了，就命令亚娣道："亚娣，转右舵，打横艇！"艇一摆横，烟屎陈的舢板已经贴近鳄鱼头的艇了。烟屎陈左手射电筒，右手举起驳壳枪，喝道："乡里！你们赶投胎吗？划得这样快干什么？"九叔应道："今晚月色好，想早点回去呀！"烟屎陈道："阎罗王还没这样快点名，你急什么？快说！船上装的什么？"九叔道："没有什么，一位亲戚病了，不能起来，我送他回乡下去。"烟屎陈道："见你的鬼，我要检查！"九叔道："检查？你高兴检查就上来吧！"烟屎陈就跳过艇来，走私客用绳把舢板拴在艇边，也跳过艇来。

烟屎陈用脚尖踢开鳄鱼头的被角，鳄鱼头撩开被就顺手举起右手的左轮手枪，烟屎陈眼利脚快，他闪电似的飞起右脚尖，把鳄鱼头右手的枪踢落在艇上，用驳壳指着鳄鱼头的额头冷笑道："我烟屎陈吃的夜粥也不少了，你再回去学几年师吧！快起来让老子搜身！"鳄鱼头非常镇静，他借着月色，看见烟屎陈的驳壳的大机头还没有扳起，他笑道："嘿，有时候吃过几十年夜粥的老师傅也会失手被擒呢！喂，师傅，你看你的大机头还没扳起呢！"烟屎陈一看果然不错。他上艇时一时疏忽，忘记扳起大机头，这时他看见鳄鱼头的手枪还没拾起来，他就垂下手想在右髀骨上用力把大机头擦起来，但鳄鱼头的左手举起来比他更快，鳄鱼头喝道："不动！一动就送你命还阴！"他左手用枪指着烟屎陈，眼睛盯着他，右手就拾起另一支左轮，跪倒一边膝头，双枪指着他们两人，再喝道："丢下你的驳壳！我数三下，你不丢枪就对你不住！"烟屎陈听鳄鱼头数到第二下，就丢下他的驳壳枪。鳄鱼头叫："九叔，九叔，你拾起那枝枪！"九叔遵命拾起那枝驳壳。鳄鱼头又吩咐他道："九叔，在我的口袋里拿香烟、打火机出来。"回头又对那两个人说道："兄弟，站着很辛苦，坐下来歇一歇吧！"烟屎陈、走私客二人不知如何是好，想一想，只好坐下来，任由鳄鱼头摆布。九叔把打火机拿来，却忘记拿香烟。鳄鱼头对烟屎陈说道："有香烟吗？兄弟。"烟屎陈即刻掏出一包香烟来，仔细撕掉玻璃纸，揭开，弄一弄手势，露出三根香烟头，中间一根突出最高，左右两根稍低，仰手递给鳄鱼头。鳄鱼头很内行地伸手把中间最高的一根按下去，把最低的一根拔出来。

# （三）

## 黄埔登陆

（节选自《虾球传》）

这是鳄鱼头一种谦虚客气笼络对方的表示，他不自居老大哥，把突出的上位让给烟屎陈。这是香港黑社会千百种秘密手语中的一种。他们两人互相心领神会，紧张的空气顿时松懈下来。接着，就互相称兄道弟了。鳄鱼头向九叔道："九叔，把驳壳还给这位兄弟，我们刚才误会了。"又向烟屎陈拱手道歉："大哥，失敬失敬！"烟屎陈也拱手道："刚才得罪，还望大哥海量包涵！"鳄鱼头问走私客："请问这位大哥高姓大名？"烟屎陈代答道："他是何老板，我们的熟客仔。"何老板问鳄鱼头："阁下尊姓大名？"鳄鱼头答道："小姓洪，单名斌，不是广西宾阳的宾，是左文右武的斌。"何老板连声道："素仰素仰！素仰素仰！"客套一番之后，烟屎陈就拱手对鳄鱼头道："屈驾洪大哥到茅舍歇歇脚好吗？如不嫌弃，虽然没什么好东西招待，黑白两米，倒是常便的。"鳄鱼头也很想上岸去实地踏看一下这里的地形，以便将来万一旧地重临，可以驾轻就熟；

但转念上岸固然好，留下皮箧在艇上却难保安全，万一艇家借水而遁，你到哪里去追他？还是留点情分，有机会再续前缘吧。他主意既定，就从内衣袋里数出港币三十六元，递给烟屎陈道："多谢大哥盛意，小弟下次再来打搅。这点小意思，请带回去给兄弟们饮茶，实在不成敬意。"烟屎陈再三推辞不受，鳄鱼头道："这样，就看不起小弟了！"烟屎陈只好收下。他问道："洪大哥打算到哪里去发财？"鳄鱼头道："我暂时先到黄埔，将来再去广州。总之，这条水路，我常来常往，再来时一定拜候。两位有缘到黄埔鱼珠，也请到一景楼探我。"说罢就掏出两张名片来，递给烟屎陈和何老板。何老板道："我也时常到黄埔，我在新埠天成金铺出入，天成何老板是小弟的同乡族人。"鳄鱼头问："是沙湾姓何的吗？我听你口音就听出来。"何老板点头称是。烟屎陈道："洪大哥到广州河南替我带个口信问候张果老，大哥如有生意，他可以给你搭路。他老人家是李灯筒手下十大罗汉之一，近年因为风湿骨痛，走动不便，已收山不出。我们一班弟兄，当年都多得果老提拔。可惜洪大哥行色匆匆，不能拜托带些礼物孝敬果老。"鳄鱼头道："陈大哥你放心，张果老也是我的老师，没有问题。"这两个不打不相识的家伙，又谈了半天珠江一带的行情，直到天将发白，才互道顺风而别。

鳄鱼头对于由香港到广州这条九十海里的航道，比出生在水上的九叔九婶亚娣都还熟悉。时速十海里的轮船，要九小时的时间才能走完这条航道；至于小艇帆船之类，既要看风，又要观水，最后又得计算上人力，走完全程，最快也要三天。一路上鳄鱼头简直是一个船长，又好象是一个带水人，口讲指划，把沿途的小地名背得烂熟。例如青洲、灯台、交椅洲、汲水门、大磨刀、小磨刀、沙洲、铜鼓灯台、孖洲、大产、小产、三板洲、大莲花、小莲花、猪头山、鲤鱼岗等等小地方，连普通地图都没有记下来的，他也十分清楚，令九叔异常惊佩。鳄鱼头还有一个本领，他看河水混浊的程度，就知道离广州白鹅潭有好远。他告诉九叔道："广州长堤码头边的水色和荔枝湾的不同；荔枝湾的又和白鹅潭的不同；白鹅潭的又和黄埔的不同；黄埔的又和虎门的不同；我一看就分得出来。"九叔问道："洪先生，你看，我们现在来到什么县了呢？"鳄鱼头道："我们右岸是东莞县，现在将要到番禺县境了。"九叔道："看水色也分得出县境来的吗？"鳄鱼头道："我是看岸边的水草看出来的。"九叔道："这可奇怪了，水草哪里没有呢？有水的地方就有水草。"鳄鱼头道："九叔，这个你又知其一不知其二了。"亚娣插嘴道："到处杨梅一样花，到处河边一样草，我看不出有什么分别。"鳄鱼头指着岸上道："你们看呀！那种草不是野生的草，是人工种的草哩。就象我们种田下秧一样，种草的人把草种在潮水涨落的河边。这种草是东莞县的特产。英国驻香港的商务专员，很看得起这种草哩。英国人说，用这种草织成地席，铺在名贵的地板上，地板就不会生白蚁。还可以用来织草帽做窗帘，用途多得很哩。"他们往岸上一看，果然见绿油油地一片青草，高高的，很整齐地竖立在岸边，一望无涯，显然是人工种的。再过两个钟头，快到太阳西下的时候，就看不见这种草了。

鳄鱼头站在艇头，他看见远远的左前方有一座高高的中山纪念铜像，露在黄昏的炊烟中，他异常兴奋。一首多年不唱久已忘记的黄埔军歌，突然来叩他的脑门，他张开喉咙就唱起来：

"怒潮澎湃，党旗飞舞，这是革命的黄埔。主义须贯彻，纪律莫放松，预备做奋斗的先锋。打条血路，引导被压迫民族，携着手，向前行，路不远，莫要惊！亲爱精诚，继续永守。发扬吾校精神！发扬吾校精神！"

他反反复复地唱，开始唱得很雄壮，后来给河面的风扑面一吹，吹得他一连打了三个喷嚏，唱不下去了。

亚娣看见鳄鱼头唱歌和打喷嚏的怪状，忍不住笑道："洪先生，你唱的是什么歌呀？"鳄鱼头一边拭鼻子一边答道："嘿，你不晓得，这首歌呀，是鼎鼎有名的黄埔军歌。番鬼佬听见要发抖，军阀听见要磕头呢！"亚娣道："真有这么灵验的歌吗？这样灵，岂不是比东莞婆招魂喊惊时唱的歌更厉害吗？"鳄鱼头随口吹牛道："我怎能讲得你明白呢。比方你们唱咸水歌，可以勾到一个男人，或勾得一个女人，唱成一头亲事；至于我们唱军歌去打仗，就可以打倒一百个军阀，或者消灭十个帝国主义。"九娣在旁边问道："什么？唱军歌可以吃得豆角煮鱼？"鳄鱼头又好笑又好气。他催促她们快划船道："别噜苏了！讲一世你们都不会明白。你们什么都不懂，只懂得豆角煮鱼。快划船，今晚我们可以到黄埔吃黄埔炒蛋了！"

小艇在宽阔的江面上行驶，一阵西南风吹来，加快了船的速度。前面的景物渐渐明朗了：左边看得见长洲，中正学校，落船坞，白头关和平岗；右边看得见黄埔新埠和鱼珠；正中偏左看得见新洲和黄埔村背后高耸半空的琶洲塔。右边的黄埔新埠和左边的长洲是隔江遥遥相对，右边的鱼珠又跟左边的黄埔军校旧址、中山铜像隔江遥遥相对；正面偏左望过去的黄埔村又跟对面的东圃遥遥相对。右边的黄埔新埠、鱼珠、东圃都有公路和粤汉铁路的黄埔支线经东山直通广州市；左边的新洲、黄埔村也可经新造、市桥、河南小港直跨海珠铁桥到广州市；这就是整个黄埔形势的外貌。在江面上，停泊有几艘上海直航黄埔的货轮，大小象香港昂船洲常见的数千吨载重的轮船。左边靠海关的码头上泊有三艘美国造的炮舰，大小象香港尖沙咀轮渡，舰首昂起，炮塔上露出四管小钢炮；舰尾低近水面，是便利装载汽车或坦克车登陆的；鳄鱼头已早从烟屎陈口中打听清楚，这是属于国民党海军第六炮舰司令管辖下的武装。此外，还有不少川流不息的拖渡和小艇，维持四乡的交通和货运。鳄鱼头站在艇头极目四望，他像一个探险家似的，对着眼前的景物作意味深远的微笑；好象这当前的一切，不久就属于他所有，完全为他囊括似的。

一艘电船拖渡的"嘟！——嘟！"汽笛声把鳄鱼头的幻梦叫醒。他吩咐九叔道："九叔，靠右边，我们泊鱼珠！"他们在一艘"仲恺"号轮船的旁边经过，半点钟后就靠岸了。

鳄鱼头提着手提皮箧，走到卫生部广州海港检疫所的门口，抬头向楼上临街的窗口看了几秒钟，然后吹两声口哨，跟着大声喊："老杨！"

老杨是香港油麻地养生米店的司理，盗米案给港政府破获的时候，他预先得到密告，和鳄鱼头分途逃亡，预约在鱼珠会面的。鱼珠这个地方，形势很好：一来远离广州市区，容易掩藏；二来水陆路交通便利，进可以攻，退可以守；三来他们赁租政府办公机关的楼上，有时携械出入，别人看见也不诧异。老杨在这里已等了鳄鱼头两天了。他闲来无事，唤了一个诨名叫黑牡丹的私娼陪他在房间里抽大烟，客厅上开了一台麻将，聚赌的是一些本地捞家。其中一个诨名叫死蛇的瘦长汉子听见口哨声，他就对坐在上手的一个诨名叫鸡眼的汉子道："喂，鸡眼，有人叫老杨，你打开窗眼看看是谁？"鸡眼道："死蛇，你坐近窗口，你不会开吗？"鳄鱼头又在下面大叫"老杨！"老杨听见鳄鱼头的声音，连忙把烟枪丢在床上，跑出来开门，直走下去。

两人在街上会了面，好不欢喜。互相简单报告了逃走的经过后，老杨问："吃过晚饭没有？"鳄鱼头道："这几天在船上又闷又饿，身体脏痒得不舒服。我即刻要冲凉、松骨、饮酒、抽烟、最好还有……"老杨接下去道："有有有，什么都有，嫖赌饮吹，四门齐全，从心所欲！"老杨接过了鳄鱼头手上的皮箧，请他上楼去休息。黑牡丹看见老杨招呼鳄鱼头到隔房去，那种殷勤恭敬的态度，知道此人来头不小。厅上打麻将的捞家们，也停手几分钟，从头到脚打量一番这个新客。老杨一面叫厨子烧开水给鳄鱼头沐浴，一面叫一个赌客到一景楼去叫一围酒菜，还特别叮嘱要炒一碟黄埔蛋。鳄鱼头冲了凉，酒菜也送来了。他打发老杨去叫九叔、九婶上来一同吃饭，留亚娣看艇。饭后横床直竹，一灯如豆，鳄鱼头、老杨两人卧谈计划，黑牡丹在替鳄鱼头捶背。鳄鱼头道："这回一切都要从头做起。我只担心马专员给撤差查办，如果这条缆断了，那是非常可惜的。"老杨道："这个你不必担心，有好消息！今天马专员登报寻你。"老杨说罢，就伸手从他垫着的高瓦枕头的洞孔中，夹出一张广州越华报来，他指着报头下面的一段广告给鳄鱼头看：

> 斌兄：
>
> 　　别后系念良深嫂夫人寄寓魏经理公馆拟电召来穗一叙兄居有定着盼来电话九九八〇一约期良晤
>
> 　　　　　　　　　　　　　　　　　　　　　　　　　　　弟　马

　　鳄鱼头看了这段寻他的启事，真是悲喜交集，心里说不出是什么滋味。他喜的是马专员这个人真是了不起，闯出了偌大的一件耸动国际听闻的贪污案子，他还能自由自在不给政府查办，他背后的靠山一定很大，和这样一个不倒翁合作做事，自有说不出的好处；悲的是他对自己的太太这样关心，竟公开告诉他"电召来穗一叙"，居心可鄙，偏做得这样"光明磊落"，长此下去成何体统？鳄鱼头恨恨地用烟针戳穿启事上的"马"字，发泄他心头的愤恨，可是他嘴上却对老杨说道："老马是一个不倒翁，我们少不了他！"老杨道："看情形他在国内还很红，我们当然少不了他，但我们要设法使他少不了我们才是上策。"鳄鱼头心里很难过，他知道马专员此时少不了洪少奶，但过了一些时候，有了新的趣味或对象时，他就可以不需要她了；挟太太以自重，这不是最聪明的办法。他觉得老杨到底足智多谋，讲话很有份量，一句话就讲到了家。老杨猜透了马专员这个启事的真正作用，不过是伪装"君子"罢了，目的并非一定要和鳄鱼头"良晤"，更谈不上提拔借重了。鳄鱼头对老杨道："你的意思不错，我们搞我们的，有他的助力固然好，没有他，我们一样要顶天立地，到处生根。我且不忙去找他，你说好不好？"老杨喷了一口烟，望着烟雾袅袅上升，半晌才答道："如果你想早日公婆团聚的话，我以为最好是今晚就去一个电话给他，约他见面；如果还有其他更重要的事情要做的话，十天八天后再去找他不迟。"鳄鱼头听了老杨这句三思过才说出的话，他心里骂道："你老杨这么可恶，竟敢主张我做乌龟。好，我也给点颜色你看看！"他说道："你今晚早点睡觉，明天绝早第一班车赶到广州去，把老马的最近情形调查清楚。回来时买一只云南宣威火腿，两盒上等寿面，我要去见张果老。入乡问禁，入庙拜神，这是少不了的。黑牡丹今晚留在这里替我捶背。"他说罢想看看老杨的尴尬脸色，老杨却满不在乎，他让鳄鱼头占有黑牡丹，并不算得是他的损失；等于马专员占有洪少奶，并不算是鳄鱼头的损失一样。

老杨走后，鳄鱼头便叫黑牡丹陪他过夜。

这一晚，鳄鱼头追问黑牡丹这十年来在珠江三角洲一带所"阅历"过的重要人客，不论是过江虎或者是地头龙，不论是衙门老爷或者是草莽英雄，黑牡丹把记得起来的都坦白告诉了他。其中连日本侵占时期的市桥皇帝李朗鸡，三枝香的大头佛，沙湾的何先生端，河南的张果老以及鳄鱼头的搭档伙计杨老板都网括在内。鳄鱼头听她坦白地说出她的身世阅历，觉得她胸无城府，毫不隐饰，认为她是一个可用之材，决心把她收伏。①

第二天早晨，老杨不去惊扰他们，悄悄搭早班营业汽车进广州市，他在东山梅花村附近遇见一串长蛇似的私家漂亮汽车，向黄埔鱼珠方向飞驶。他的汽车停在一旁让路。宪兵在路口挥动手上的红旗，命令对面开来的一切汽车停驶，让路给这些漂亮汽车中的贵客先生们。开路的一部是褐黄色的军用汽车，里面坐着一群手提冲锋枪的卫士。老杨大约一算，私家车在十辆以上，乘客中有国民党官员也有高鼻美国鬼，有太太也有小姐，他猜想他们大概是到黄埔去作周末旅行。

鳄鱼头起床不久，听见街外一片汽车声，他推窗一望，骇了他一跳。他看见一个猴子形似的矮小人物，看样子最多不超过八十磅重，却给一大群中西贵客簇拥着，逢迎着，他们叽咕着英语和宁波话，浩浩荡荡直向码头走去。

---

① 收伏，同收服。——编者注

# 黄秋耘作品选及简析

## 黄秋耘生平

黄秋耘（1918—2001 年），原名黄超显，1918 年 10 月出生于香港，原籍广东顺德。祖父是中医，父亲开西药房，家庭经济条件比较优渥。中学时代曾在一所爱尔兰人创办的学校里读书，1935 年考入清华大学国文系，积极参加抗日救亡运动，1936 年秘密加入中国共产党。1937 年，他离开沦陷后的北平，经武汉去广东、香港，曾先后在八路军办事处和其他部门做军事工作和地下工作，主要是打入日本人和国民党军队内部，做职业情报工作。黄秋耘的创作开始于1930 年代后期，但建国前始终以军事为主，建国后才开始专职的文化工作，先后在《南方日报》《文艺学习》《文艺报》《羊城晚报》、广东人民出版社、广东出版事业管理局等单位任职。1950 年—20 世纪 60 年代初，黄秋耘最有影响的代表作是文艺随笔《不要在人民的疾苦面前闭上眼睛》及历史小说《杜子美还家》《鲁亮侪摘印》，在极左年代表现了敢讲真话和为民请命的勇气。"文革"结束后，黄秋耘写了大量文艺评论、散文、回忆录及自传性小说，其中散文以《雾失楼台》《丁香花下》，小说以中篇《没有硝烟的战争》最为著名，而回忆录《风雨年华》于 1983 年出版时被海外媒体惊呼为"这是中国'克格勃'的第一本回忆录"。黄秋耘一生中写得较多的还是文学评论，包括《苔花集》《古今集》《琐谈与断想》《黄秋耘文学评论选》等多种。

## 黄秋耘作品选析

　　黄伟宗早在20世纪80年代初《雾失楼台》刚问世时，即发表《意境的创造——谈黄秋耘〈雾失楼台〉漫笔》一文，其中指出：《雾失楼台》所写的"雾"，不仅是自然景色中的雾，所写的楼台，也不仅是人们所住的楼台。它是有两层含义的。第一层的含义："雾"是指"文化大革命"所造成的十年动乱生活的情景；"楼台"是指住一间破旧小楼房上的人，即被打成右派的小提琴教师江韵和他的女儿江薇。"文化大革命"的风暴一来，江韵被斗致死，江薇下落不明，人去楼空，正是"雾失楼台"景象。第二层含义，"雾"是当时社会心理状态的概括，是人心惶惶、前路迷茫的社会氛围写照；"楼台"则是指江韵父女的崇高心灵和与"我"之间的高尚友谊。这又是一层更高更深的意境。现在看来，这种意境创造的思想和艺术功力，在记忆乡愁题材创作中，是很值得学习借鉴的。

　　尽管《危驿孤灯照别愁》不是黄秋耘最负盛名的散文，但是它唤醒了我们对于抗战后期广东危难生活的一种久远记忆，又触及到对于革命自身敏感问题的反思，是一篇既能填补某种记忆空白，又富情感性和思想性的好文，入选本书自有它的价值和意义。因为对本地或本人切身经历的历史或重大事件的反思回忆，也是一种重要的乡愁记忆。

　　《危驿孤灯照别愁》写于1983年，是对历经40年依然萦绕于怀的一件往事的痛切回忆，题目即显示了当时的环境和凄清氛围。文章写的是1944年深秋，也就是抗战后期局势极为危重的时刻，"我"作为地下党员负责送一对想要奔赴共产党领导的东江游击区的青年学生上火车离开坪石。但在送行的当天，"我"突然接到组织通知，那位女青年不能走。对于这对热恋中的青年来说，这个决定未免过于残酷了。无论是作为送行者的"我"还是他们自己，都意识到瞬息变化的战争局势，使得"每一次生离，都有可能变成死别。人们一分手，往往就消息渺然、死生莫测了"。但"我"不得不向他们宣布这个残酷的决定，并目睹他们海誓山盟后凄凉的告别。为什么不让女青年走呢？"我"后来才打听到，原来是怀疑她的哥哥跟某"托派嫌疑人"有来往。最终查清楚的结果是，这事跟她毫无关系，她哥哥也不是什么"托派"。而这时坪石和韶关都相继陷落，去东江游击区的交通断绝，女学生始终没有去成游击区。作者牵挂他们的命运，不知道他们是否因为这样一个"偶然的事故"而终身分离。

　　黄秋耘曾承认自己有一种忧郁的气质，这种忧郁的来源恐怕有一个就是革命的理想与革命的现实之间永恒的距离。黄秋耘从不后悔自己所选择的道路，因为他认为一个人人有温饱、有尊严，能够做国家主人的世界是唯一正当的世界，这个世界不会自动的到来，要通过革命者的努力。但是在现实的革命过程中所发生的一切又往往使他痛苦，比如革命队伍中的争权夺利，革命的过于世俗而复杂的一面，有时甚至是革命的严酷的原则都使他痛苦，他原本是一个人道主义者，人道主义是他最根深蒂固的信仰。如这篇文章所写的，他对于让自己去充当拆散一对恋人的角色是很不情愿的，但"这是组织规定的任务，没有价钱好讲的"，"我"跟这两位青年讲话所用的调子也是"心肠冷冷的"、"公事公办"的，可谁知道这个表面冷心肠的人内心有多么的同情他们，怕男青年失魂落魄的记不住联络地点和暗号，硬是让他当着自己重复了三遍。有意给了他们一个单独谈谈的机会，而他却在外面轻轻吹着告别的"骊歌"。而40年后还来写这篇文章，说明他一直未能忘怀于心。有些萍水相逢的人的命运假他的手改变了，这是无论如何难以释怀的事情。黄秋耘在这里并没有流露过于尖锐的批判，作为经历了那段岁月的人，他理解一些不近人情的做法是必须的，甚至难以避免的，所以错处很难归结于"某一个人，或某一级组织"，当时白色恐怖十分严重的情况下，被怀疑错的同志不止一个，经常发生。但是"不管怎样说，因为哥哥有某种莫须有的政治嫌疑就株连及妹妹，这未免太不公平"，黄秋耘在80年代初的文章只能写到这个具体的、就事论事的份上。但实际上对于黄秋耘来说，矛盾是终生的，他是一个有个人思想和丰富情感的人，不是一个教条主义的革命机器，时常要经受这种矛盾的折磨，以至于终生都在这种折磨之中，忧郁就成了挥之不去的情绪了。

　　此外，《危驿孤灯照别愁》篇幅不长，非常精炼，却包含着丰富的历史信息。如果我们知道更多的背景知识，对这篇文章的理解当有帮助，比如关于1944年深秋的战争形势，关于东江游击区，关于文章中所提到的"托派"，甚至关于当时的韶关、坪石是个什么概念。自从1938年广州沦陷，广东的临时省会就变成了韶关。而坪石这个原本偏僻的小地方也集中了几所大学，当时的中山大学就在韶关。1945年1月，韶关、坪石、乐昌等地也陷落。

　　读这篇文章还能勾起我们对于黄秋耘本人传奇的革命生涯的记忆，虽然作品中仅仅提到一句："当时我是受地下党派遣打进国民党军事机关的一名'中校军官'，持有盖着第七战区长官司令部大红印的'军人手牒'，胸前佩戴上黄边胸章，戎装佩剑，腰间还掖着一支崭新的勃朗宁手枪。凭我这身打扮去给他们送行是可以起点掩护作用的，至少对盘查旅客的宪兵和小特务有点威慑力量。"想当年黄秋耘以一介书生，投笔从戎，多年从事最危险的间谍工作，出生入死之中始终有一份文学情怀，真是令人感慨。而文章的标题，《危驿孤灯照别愁》和他的著名散文《雾失楼台》《月迷津渡》一样，透露了深厚的古诗词素养和情趣，也显露了黄秋耘善于以诗意的氛围和意境升华主题的艺术风格。

（李俏梅）

# 黄秋耘作品选

## （一）

### 雾失楼台

早在十年动乱的前两年，我由于受到"中间人物"事件的株连，已经无法从事正常的工作而处于"靠边站"的状态了。我记得很清楚，我最后的一篇文章是在一九六四年六月间发表的。从此以后，我就再没有回去编辑部上班，在家里过着"员外郎"的生活。"员外郎"的生活，可能是恬静闲适、自乐其乐的，也可能是百无聊赖、坐困愁城的。在当时的情况下，我所能过的生活只能是后一种。

我闲中也读点书，再没有情绪去读长篇小说了，只好以吟诵旧诗词和校点古籍自遣，偶尔在王国维的《人间词》中读到他的一首《浣溪沙》：

> 掩卷平生有百端，饱更忧患转冥顽。
> 偶听啼鸿怨春残。坐觉无何消白日，
> 更缘随例弄丹铅。① 闲愁无份况清欢。

尽管时代不同，忧患的内容也不相同，但这首充满着感伤情调的词，倒是

---

① 指校勘文字用的朱砂和铅粉。

十分贴切地描绘出了我当时的情怀和生活的。

　　我的住处是一个很幽静的四合院，平日上午八点钟以后，大人上班去了，孩子上学去了，独个儿坐在书斋中，静得连一根针掉在地上的声音都听得到。但是这个四合院的隔壁却有一座破旧的两层小楼房，恰巧俯瞰着我的书斋。楼上不时传出小提琴的琴音，总是那么如怨如慕，如泣如诉，牵动着我的忧思愁绪。我虽然对音乐并不内行，但一些熟悉而深情的乐曲，比如说，《骊歌》(Auld Lang Syne)、《肯塔基老家》、《老黑奴》、《伏尔加船夫曲》、《松花江上》、《渔光曲》等等，都能把我引进一种感情微醺的境界，有时甚至潸然泪下。我自问不是一个多愁善感的人，前半生，我大部分时间都过着戎马生涯，什么悲惨的事情我没有经历过呢？什么残酷的场面我没有看到过呢？也许人到中年，就更容易伤于哀乐吧！那把小提琴拉出来的哀伤的乐曲，特别是莫扎特的那支《安魂曲》总是像梦魇一样的折磨着我的心灵，使得我悲从中来，泪湿青衫。

　　我听得出来，小提琴的琴音是出自两个人之手的。有一个是很熟练的甚至相当高明的小提琴手，另一个是初出茅庐的但天分很高的小提琴手。我对音乐的欣赏虽然远达不到周瑜的水平，"闻弦歌而知雅意"，但隐约地也感觉到，那位老练的小提琴手心情有些忧郁，他的琴音中往往夹杂着无限怅惘与哀愁。另一位提琴手的感情是随着乐曲的情调而转移的，他大概是个"为艺术而艺术"派吧，他把《西班牙斗牛士》演奏得那么倜傥欢快，把《摇篮曲》演奏得那么亲切深情，把《圣母颂》演奏得那么肃穆庄严，又把《小夜曲》演奏得那么缠绵悱恻。

　　奇怪的是，我虽然几乎日日夜夜都跟这两位小提琴手"神交"，但是从来没有机会见过他们的面，他们是男性还是女性，是老年人还是青年人，我都一无所知。我也不打算去结识他们。在当时的政治气氛中，我冒昧地去登门拜访两位素昧平生的邻居，恐怕是不大合适的吧。患传染病的病人应当回避别人，何况我患的是"政治性传染病"呢！

　　有一天，一个偶然的机会使我了解到这两位拉小提琴的芳邻的一些情况。一位女民警到我家里来核对户口。按职务来说，我当时还算是个起码的"高干"，政历上又并无任何可疑之处。至于文艺界的风风雨雨，谁受批判，谁犯错误，只要不转化为敌我矛盾，公安人员向来是不过问的。在那位女民警的心目中，我俨然还是个"首长"，让"首长"了解一下邻居的一般情况，又有什么不可以的呢？在闲谈中，女民警告诉我，住在隔壁小楼上的那家人只有父女俩。父亲名叫江韵，已经四十六岁了，原来是一间音乐学院的小提琴教师，一九五七年"犯了错误",下放劳动了两年,一九六〇年摘掉了帽子,又回到音乐学院工作,当然再不适合"为人师表"了,让他当了个教务员。他的爱人在他下放劳动期间就带着一颗破碎的心离开了人世,留下一个女儿,叫江薇,只有十七岁,还在高中三年级上学,她的性格本来是很活泼开朗的,但由于父亲的不幸遭遇和母亲的悲惨死亡,难免给她的青春抹上一层淡淡的哀愁的色彩。

从女民警的简略介绍中,我对这两位芳邻的身世稍为有些了解了。经过反复考虑,加上由于难堪的孤独感所驱使,我下了决心去拜访他们。我想,对于他们这样的人家来说,我这么一点小小的"政治性传染病"已经算不了什么可怕的危险。何况,我上他们家里,无非是想听听音乐,决不会谈到政治或者其他"干预生活"的话题的。尽管程度不同,我们都是命运的"弃儿","同是天涯沦落人,相逢何必曾相识"呢?

第二天碰巧是星期六,这是一个深秋的晚上,北风从老槐树上刮下最后的残叶,沙沙地滚过庭院,路灯把黯淡的光芒投射在我们两家的门前。我终于鼓起勇气,从侧门走上隔壁的阁楼,轻轻地敲了敲这道油漆早已剥落的房门。

"谁啊?"门里响起一个沙哑的男中音,它远不如小提琴琴音那么美妙悦耳,主人带着诧异的神色给我开了门,他是个年纪跟我差不多的中年人。

"江老师,我是住在隔壁的,姓黄,您叫我老黄就得了。好几个月来,我一直欣赏着你们演奏的小提琴,有时令我欢乐,有时又令我伤心和痛苦。今晚我特地登门拜访,一来是表示感谢,二来也想就近听听你们的演奏,我是十分喜欢音乐的,可惜是个外行。"

江韵瞪大着眼睛,从上到下打量了我一会儿:"唔,黄同志,原来我们是邻居,怪不得那么面善。欢迎!欢迎!我们在这里练琴,不会打扰您吧?不瞒您说,您真是个稀客,五年来,您是第一个登门来看我们的客人,一个素昧平生的'知音'。您不会见怪我这样冒昧,管您叫作'知音'吧?"

江薇一边收拾着饭桌,一边稚气而天真地瞟着我说:"黄叔叔,您不认识我,我倒认识您呢!前几年,我就经常在报纸刊物上读到您的作品,您不是写过一篇《杜子美还家》的小说,还写过一篇《中秋节的晚餐》的散文么?我还为那个叫做小兰的女孩子掉过泪呢!可是近来很少读到您的作品了,您大概是生病了,您的脸色不大好。您喝口热茶提提神吧!"她给我沏了一杯滚烫的浓茶。

"谢谢!我没有什么病。哈哈,你的爸爸管我叫'知音',那么,你也可以算是我的'知音'了!其实,你大可不必为那个女孩子伤心,她死在解放战争的战场上，倒是死得其所，比我们许多人都死得有价值得多。"

"黄叔叔，我们的老师和同学有时候也议论您，他们说，您的作品都是挺忧郁的，不健康的，这样不好，一点也不好，缺乏'时代精神'。不过我和几个要好的女同学倒挺喜欢读您的作品，读了直叫人掉泪！"

我不想把这样的谈话继续下去，这很容易会牵扯到政治问题上去的。我呷了一口热茶，为了转个话题，就很有礼貌地建议说："江老师，还是让我们的音乐会开始吧，我来您这里，是为了听音乐，我请求您为您的'知音'演奏点什么，然后，我也希望我的'知音'给我演奏点什么！"

江薇的脸刷地红了："我什么都不会，还是让爸爸给您演奏吧。"

那天晚上，江韵给我演奏了好几支古典音乐的名曲，有萧邦的，有贝多芬的，有莫扎特的，有柴可夫斯基的，有舒伯特的……他的指法真是没说的，从琴弦上拉出来的旋律，真好像行云流水一样，有时是轻轻地拂过，有时是沉重地触动着听众的心弦，虽然只有我孤零零一个听众，他仍然一丝不苟地在演奏。我想，这样的音乐就是在中山公园的音乐堂里给几千名听众演奏，也会博得经久不息的掌声的。在我的恳求下，江薇最后也演奏了一支萨拉萨蒂的《茨冈人之歌》，也许，她是想冲淡一下这沉重的气氛吧！

从此以后，不管是雨雪霏霏的寒夜也好，还是黄埃散漫的刮风天也好，几乎每一个星斯六晚上，或者是星期天下午，我们都举行一次这样三个人的音乐会（包括两个演奏者和一个听众）。有时在江家的阁楼上，有时在我家的客厅里，无论是演奏者也好，听众也好，都是全神贯注，如醉如痴。

这种现象很难解释，人们的心灵有时是那么不容易相通，共事十多年也没有说上一句推心置腹的话；但有时又很容易相通，通过音乐作为媒介，我跟江家父女不久就成为真正的"知音"了。我们谈音乐，谈文学，甚至彼此都敞开了心扉，谈到人生的意义和命运的奥秘，谈到少年时代某些悲惨的往事和甜蜜的往事，使人永志难忘的往事和使人不堪回首的往事。当然，我们还是小心谨慎地回避开政治性的问题。

我有两个朋友了，两个"知音"了……这意味着多么甘美的幸福啊，特别是正当我的心境十分荒凉孤寂的时候。我们之间的友谊虽然还未达到倾心相许、剖腹相示、生死患难与共的程度，但几乎可以无话不谈了。我真是得天独厚，倘若真有所谓上帝的话，上帝赐给我的幸福也许已经远远超过了我那坎坷的命运。由于我有了可以倾诉、可以慰藉的朋友，这么一点点精神上的委屈毋宁是值得欣慰而无可抱怨的事情了。

好景不长。史无前例的十年动乱终于打断了我们这个小小的音乐会，同时割断了我们刚刚建立起来的友情的纽带。一九六六年的冬天特别寒冷，三月里，街道上还是积雪没胫，好不容易盼望到丁香花盛开的五月上旬，天气变得暖和和舒适起来，香椿树也吐出嫩芽来了。可是政治气候却越来越冷酷，呈现着一种"山雨欲来风满楼"的不祥征兆。在这种气氛底下，谁还有心情去欣赏音乐呢？我闷坐在书斋里，从窗口仰望着那座小楼房，房子似乎被一层浓雾笼罩住了，只露出一个灰色的若隐若现的轮廓。它曾经对于我是那么亲切，那么可爱，那么值得留恋，那么深情地抚慰过我那受尽了创伤的心灵。但，如今我已经没有勇气再踏上这座小楼的楼梯了，仿佛有一个隐形的魔王在那儿君临着一切，监视着我和我的邻居的一举一动。

五月底的一个黄昏，夕阳把忽明忽暗的余晖投射在那座小楼房上，窗户虽然紧闭着，那里面还偶然传出几声小提琴的琴音，琴音是那么轻，那么低，仿佛是悄悄的絮语，生怕叫别人听到，但即便是那样，我已经感到无限安慰了，我知道那座小楼里还有人居住，我的朋友还好好地生活着，没有受到迫害。我那个琴弦上的好梦啊，至少还没有完全破灭，完全消逝。

天已入黑，满天星斗，空气里弥漫着一阵阵槐花的芬芳，这是一个多么美好、多么柔和的初夏之夜啊。平时在这样的夏夜里，该有多少对恋人在公园里，在东长安街上，携手同行，偎依并坐，享受着青春的幸福。可是，在这个不平凡的夏天里，青年男女们全都打着"造反有理"的大旗，穿上草绿色的套上红袖章的"红卫兵服"，拎着标语和浆糊桶出入于大街小巷，去"破四旧"，去"抄家"，去"揪走资派和反动学术权威"，去"横扫一切牛鬼蛇神"……哪里还顾得上去谈情说爱呢？虽然在战争时期也会有人谈情说爱的，但，这是一个比战争时期还要严酷得多的年代啊！

忽然，从小巷深处传来一阵异样的声响，有跑步声，有喊口号声，有唱语录歌声……越来越近，我有点紧张起来，以为这股"革命洪流"准是冲向我家里来的，但是我猜错了，他们经过我家门口，冲上了隔壁的小楼。

接着，小楼的楼梯给踩得咯吱咯吱直响，至少有二十个红卫兵上了楼，接着就是一阵震天价响的口号声："坚决打倒老右派江韵！""横扫一切牛鬼蛇神！"……口号声像一颗颗重炮弹，集中轰击着这座小楼，这座本来早就摇摇欲坠的破旧楼房好像快要被震塌了。掺杂在口号声中的是碰东西的声音，从各种不同的声响中，我大致分辨得出碰的是什么东西，首先是那个紫红色的大花瓶，接着是那个雕花的竹笔筒……这些毫无疑问都是属于"四旧"，最后大概是有人发现了那个小提琴，要拿来砸，江韵边喘着气边恳求："这个……这个请你们不要砸，这不是'四旧'，是乐器，你们大家也都拉过的。它是我的命根子，砸了，我就活不下去了！"江薇伤心地号啕大哭起来了，可是她没有哀求，她知道哀求也是无济于事的，况且她是个有骨气的、倔强的孩子呢！

小提琴不是被砸在地上，而是用大力拍打在江韵的头上，琴盒一下子就四分五裂了。江韵啪的一声仰面朝天，倒在地上，立即拥上来一些人，推的推，搡的搡，把他架起来拥下楼梯。有一个年青小伙子还大声吆喝着："别躺下来装死！把他揪回学院去批斗，不能让他舒舒服服地呆在家里。听说前两天这个老右派还在偷偷地拉他的小提琴呢！阶级敌人都是一个样儿，像大葱似的，皮烂肉焦心不死！"

这场可悲的闹剧不到半个小时就收了场，街坊邻里没有一个人敢出来看热闹，其实也没有什么热闹可看的。在那个年头，这样可悲的闹剧在整个北京城里不间断地演出，每条胡同，每个小时都在演。"少见多怪"嘛，见多了，自然就不足为奇了。

当天晚上十点多钟，已经是更深人静了。我冒着很大的风险（谁知道那些红卫兵会不会卷土重来呢！），悄悄地爬上隔壁那座很熟悉的小楼，房门已经被砸烂了，房子里好像经过一场大地震似的，一切都给翻得乱七八糟。小江薇抱着那个破碎的小提琴俯伏在床上，捂着脸啜泣着。琴弦全断，她就是想拉一曲悲歌来排遣排遣自己的哀愁和痛苦也不可能了。

我轻轻抚摸着她的肩膀："小薇，这儿住不得了，到我家里去住一宿吧。你跟小梨睡一张床。（小梨是我的女儿，那一年只有十二岁，比小薇还小五岁。）至少今天晚上，我家里还是安全的。再说，你大概还没有吃过晚饭吧，好孩子，快去，我叫蔡阿姨给你煮碗鸡蛋挂面吃。"

江薇双手绞着那条湿透了眼泪的小手绢说："谢谢您，黄叔叔。可是以后的日子怎样过呢？明天大清早，我还是到温泉公社白家疃我大姨家里去住吧，她家是庄稼人，不会有事的。我明白，在您家里住下去，会连累您的。再说，您家很快也会给抄家的，您的命运不见得会比我爹好多少。"

江薇第二天早上就走了。我噙着眼泪给她收拾行装，送她上车。她的话，果然不幸而言中，一个星期以后，发生在江家的那种可悲的闹剧又在我家里重演了一遍。我自己，也被造反派宣布为"走资派"、"反动学术权威"、"漏网右派"三合一的罪犯，隔离审查。

我的运气还算好，到了一九六九年以后，"文化大革命"的重点转移到抓

"叛徒"和"特务"，什么"走资派"、"反动学术权威"、"漏网右派"等等，都已经构不成多大罪名了。因此，在被隔离审查整整三年之后，到了一九六九年的晚秋，我就被"解放"，完全恢复自由了。

恢复自由后的第一天，我就回到自己的老窝去，还好，除了被抄走了一部分书籍、手稿和信件之外，人口平安，连那只小花猫也安然无恙，不过已经长了三岁，变成老猫了。我稍事安顿下来，就爬上隔壁那座小楼上去，想打听一下江家父女的下落。住在小楼上层的是一个公共汽车司机的家，他们是一九六七年年初才搬进来的，根本不认识江家，也没有人告诉过他们，这座小楼从前的主人搬到哪里去了。

我还不死心，又向住在楼下的那一家人打听，起初他们什么话也不说。后来一位好心肠的老大娘把我拉到一个旮旯里，悄悄地凑近我的耳边说："老同志，您不是住在隔壁的那个老黄吗？您刚回家来？我差一点都认不出您来了。您打听的那位江老师，早两年就去世了，听说是死在学校里，怎样死的，咱说不上来。他那个小闺女，叫什么小薇薇，怪可怜的，一直没有再回来。有人说，她上山下乡到北大荒插队去了。像她这样的人，这时哪里还能住在北京城里呢？小薇，多好的孩子，又聪明，又听话，又懂事，又孝顺她爹，她招了谁、惹了谁啊？唉！这世道……"

我独行踽踽地、心情黯淡地沿着那条柏油路面的小胡同来回走着，走了一段路，又痴痴地回过头来望那座小楼房一眼。这是一个忧郁的晚秋的日子，眼前的一切景物都被淹没在傍晚的苍烟和夕照当中。当年我常常跟江家父女俩在这条胡同上散步，我们一边走，一边谈音乐，小江薇跟在后面哼着她所喜爱的曲调，有时是气势雄壮的进行曲，有时是情调低沉的小调。而现在，只留下我一个人沉重的脚步声了。

"雾失楼台。"我所失去的不仅是这座小小的楼房，而是我在患难中结识的两个挚友，一个大朋友和一个小朋友。爱和友谊，是永远不能忘记的，永远。虽然已经经过十五年了，这一件刻骨铭心的往事，我还能记得清清楚楚。

我忽然记起聂绀弩同志的两句旧体诗："今朝日出云开了，旧侣含悲酹一觞。"我想借用这两句诗，献给我的亡友江韵在天之灵！我甚至还在想，总有一天，我会打听到那个可爱的小江薇的下落的，没准她在哪里偶然读到这篇文章，会突然给我写一封信，通过出版社转给我，告诉我她生活得很好，很幸福。现在她已经人到中年，可能是一个很出色的小提琴手了。

# （二）

## 危驿孤灯照别愁

（选自《黄秋耘回忆录》）

　　按照规定的时刻，我要在下午六点钟以前赶到坪石火车站，给一对青年男女大学生送行。他们是通过我地下党的关系，投奔到东江游击区去的。那时是一九四四年的深秋，日本侵略军已经占领了长沙和衡阳，在南线，把兵力集结在英德、清远一带，企图打通粤汉线，坪石、乐昌和广东省的临时省会韶关都已经处在朝不保夕之中了。坐落在坪石和附近一带的几间大学早已停课，师生投亲靠友，各散东西，一些有进步思想的青年男女都纷纷想投奔到东江游击区去参加抗日救亡工作。东江游击区的形势很好，战斗部队和政工人员都要大事扩充，准备迎接即将到来的抗日战争最后胜利。我军对志愿到游击区去参军的青年知识分子十分欢迎，只要政治上没有疑点，身体基本上健康的，都一律接受，由我方驻韶关的联络站派人护送他们去游击区。

　　我对这一对青年男女并不太熟悉，仅仅见过一次面。只知道那个叫叶伟的男青年是个魁梧奇伟的小伙子，念教育系的，那个叫何小翠的女青年是个纤细文静的姑娘，念国文系的，他们都是中山大学师范学院的学生。至于他们的关系是恋人，还是一般的同学，我都一无所知。当时我是受地下党派遣打进国民党军事机关的一名"中校军官"，持有盖着第七战区长官司令部大红印的"军人手牒"，胸前佩戴上黄边胸章，戎装佩剑，腰间还掖着一支崭新的勃朗宁手枪。① 凭我这身扮去给他们送行是可以起点掩护作用的，至少对盘查旅客的宪兵和小特务有点威慑力量。

　　他们组织上的领导人事先就向我交代好，要等到他们乘火车离开坪石去韶关之前半个小时左右才能把我们在韶关的联络站地点、联络人姓名和联络暗号告诉他们，不能太早通知，以免万一他们临时变卦，就会造成"泄密"事故。他强调说，这些二十岁刚出头的小伙子和大姑娘，一时感情冲动，什么样的蠢

---

　　① 当时国民党军官按照军阶的高下分别佩带三种胸章：将级军官佩红边胸章，校级军官佩黄边胸章，尉级军官佩蓝边胸章。

事和错事都会做得出来的。

直到当天上午，那位领导人匆匆跑来通知我说，情况又发生了变化。组织上同意叶伟去游击区，但对何小翠却有所保留，要她留下来等候进一步的审查才能作出决定，要我耐心说服他们。理由呢？他没有告诉我，我自然也不便多问。根据我的经验，这一类事情一旦出了故障，以后能够在短时间内就顺利解决的可能性是很少的。假如他们是一般的同学，倒也罢了，分道扬镳就是。假如他们是一对恋人呢，这一出悲剧只好由我来导演了。我很不乐意充当这样的角色，但这是组织决定的任务，没有价钱好讲的。

我沿着公路，从铁岭走到水牛湾，六里多路差不多走了一个钟头，一边走，一边心里嘀咕，终于在暮色苍茫中来到这个小小的坪石火车站。那一天乘客并不拥挤，我一眼就看到叶伟和何小翠偎依并坐在候车室的长椅子上，简单的行李就放在身边。他们一看到我，就高兴得跳起来，跟我握手，照例说几句寒暄话："表哥（这是事先约定好的对我的称呼），要您亲自来送行，真是过意不去！我们都准备好了，打了火车票了，火车误点，大概七点半钟才能到站，还有个把钟头，您坐下来休息一会儿吧！"

我心里乱得很，原来想好了的话，一句也说不出来。沉默了好一会儿，咬了咬嘴唇，我这才硬着心肠冷冷地说："恐怕你们还得退掉一张票。小叶今天晚上就可以走，小何大概还得等一阵子才能走。"

对于他们来说，我这几句话简直赛似晴天霹雳，叶伟还能够勉强自持；只是脸色阴沉得很可怕。何小翠急得扳着我的肩膀，旁若无人地大叫大嚷："表哥，为什么我不能走？什么时候才能走？不是早就说好了我们一块儿走的么？路上也好互相照顾，您该知道，我是个女孩子嘛！"

我察言观色，一下子就判断出，他们并不是一般的同学关系，而是一对正在热恋中的情人。在这个关头，硬是要把他们拆散，强逼他们分离，这对于我来说，也是十分痛苦的。但是无法可想，只好勉强安慰他们说："别难过，你们暂时分开几天，将来还是可以团聚在一起的。至于小何什么时候才能走，老实说，我不知道，这件事也不是我所能决定的。"

叶伟突然凑近我的耳边悄悄地说："那么，我也想过几天再走，跟她一道走，您看，可以吗？"

我明知道按照组织纪律，这样是行不通的，而且何小翠的问题肯定不是十天半月就能解决得了。但是这样的话又不好明说出来。我只好板着脸孔，公事公办地说："那就随你的便吧！不过，小叶，要是你今天晚上不走，什么时候才能走，将来是否还能走得成，这一切，我都不敢保证。目前战局很紧张，交通秩序又很混乱，情况随时都会发生变化！"

沉默了大约有好几分钟，叶伟这才作出斩钉截铁的决定："好！我还是今天晚上就走！"然后他又回过头对何小翠说，"小何，我在那边等你，等一年、两年、三年……甚至等八年、十年，一直等到抗战胜利的那一天。你放心好了。只要你不变心，我到死也不会变心！"

人们所常说的"海誓山盟"，大概就是这样的吧。但，在那个兵荒马乱的年头，"海誓山盟"又能有几分牢靠呢？在山的那边，海的那边，爆炸和流血是日常的节目，每一次生离，都有可能变成死别。人们一分手，往往从此就消息渺然、死生莫测了。

何小翠泪眼汪汪地睇视着在斜阳中飞舞着的一双双燕子，无限感伤地说："唉！为什么鸟儿还可以在天上一块儿飞，鱼儿还可以在水中一块儿游，人儿却偏偏不能在一块儿生活呢？"听了她的话，我感到一阵难堪的惆怅，但是也无话可说。以我的身份，说什么话都不合适。同情她吗？这违反原则。批评她吗？我又于心不忍。

过了不久，我只好把叶伟叫到火车站外面的金鸡岭脚下，把韶关联络站的地点、联络人的姓名和联络暗号一一告诉了他，他拿出笔记本要记下来。我禁止他这样做。我看到他这个失魂落魄的样子，真担心他一转过背就会忘记得一干二净，我要他当着我的面复诵了三遍，证实他完全记住了，我才放心。

回到候车室，何小翠已经泪流满脸、泣不成声了。幸亏那时候夜幕已经降临，火车站又没有电灯照明，候车室里只吊着一盏放射出黯淡的黄光的煤油灯，人们谁也没有注意到她。我想让他们有一点时间单独谈谈，临别赠言也罢，互诉衷情也罢，也许这一辈子就只有这么一回了。我故意走出车站，在凄厉的秋风中散步，轻轻地吹着口哨，为他们奏了一曲"骊歌"，也借以排遣我心情的忧郁。在"长亭外，古道边，芳草碧连天"的曲调声中，我自己也几乎情不自禁地掉下泪来。直到列车到站的铃声响了，我才走进去把叶伟和他的行李送进车厢。叶伟对我最后说了一句话是："表哥，麻烦您多照顾一下小何，她的感情挺脆弱，我怕她会经受不住。至于我，请您放心，我会好好地干的！"

送走了叶伟以后，我不放心让何小翠一个人走夜路回到距离车站还有十多里路的管埠师范学校，就花了几块钱在水牛湾的韶光公寓里租了个小房间，把她安置在那里面，并且再三嘱咐她一定要等到第二天天亮了以后才好回去。回去后就对同学说，因为身体不舒服，临时没有走成，让小叶一个人先走，在韶关舅舅家等候。我虽然答应过叶伟要好好照顾小何，我所能做到的，也只限于此了。我还有别的任务。

从此我就再也没有见到过这两个年青人，也不知道他们的命运如何？他们的"海誓山盟"是否始终不渝？大约过了一个多月，才从那位和我联系过的领导人那里打听到，当时组织上没有同意何小翠去游击区，只不过因为听到有人说，她的哥哥跟一个有"托派嫌疑"的人有些来往，因此她也受到株连。后来事情终于弄清楚了，跟她毫无关系。她的哥哥也并不是什么"托派"。但到了那个时候，由于粤北战局逆转，不久坪石和韶关都相继陷落，去东江游击区的交通线断绝，小何始终没有去成游击区。漫天烽火，分隔开了这一对互相热爱着的灵魂。

看来人世间有些悲剧，往往是由于一件偶然发生的事故，或者一两句不负责任的流言蜚语所造成的。这很难归咎于某一个人，或者某一级的组织，当时白色恐怖十分严重，敌我斗争的形势又十分复杂，怀疑错一个同志，这样的事情是经常会发生的，甚至是难于避免的。但不管怎样说，因为哥哥有某种莫须有的"政治嫌疑"就株连及妹妹，这未免太不公平。假如小叶和小何至今尚在人间，而又始终没有机会结合成幸福的一对的话，也许他们一辈子都会埋怨着我，怪责着我，把我当作破坏他们的美满姻缘的罪魁祸首吧。其实我跟他们的事是毫不相干的。我当时那种复杂心情，他们也永远不会理解。

人生总有些故障是难于超越，总有些缺陷是难于弥补的，何况这一切，都发生在战争时期。

一九八三年三月

166

# 杨应彬作品选及简析

## 杨应彬生平

    杨应彬（1921—2015 年），笔名杨石。1921 年 10 月出生于广东省大埔县一个贫农家庭。他五岁破蒙，读过三年私塾后转入小学，又半工半读地读了两年初中，后又到广西南宁的国民基础教育研究院当工读生。1935 年秋天，他去上海，进了陶行知创办的山海工学团当小先生，一边学习一边教书，并于这一年出版了《小先生的游记》。1936 年加入中国共产党。1937 年"八一三"上海抗战爆发，他受党组织派遣，先后参加党领导的"上海文化界内地服务团"和"第八集团军战地服务队"，时国民党名将张发奎为第八集团军总司令。后张发奎调任第四战区司令长官，杨应彬在他手下潜伏十年，在 1946 年截取了蒋介石发给张剿灭东江纵队的密令，为革命立下汗马功劳。解放战争时期任粤桂边、东江游击队的参谋长、营长等职。解放后历任广州市军管会副秘书长、广东省人民政府办公厅主任、广东省政协副主席等职，"文革"中受到冲击。20 世纪 60 年代开始，杨应彬主要从事散文创作，出版有《岭南春》《春草集》等散文集，代表作有《山颂》《水的赞歌》《说梅》《爱竹》等篇。

## 杨应彬作品选析

    正如杨应彬在《山颂》这篇文章里所写，广东是七山一水二分田。在广东境内，山是很多的，尤其是在作者写作此文的年代，海南尚未划分出去作为一个独立的省份，所以"无论是粤北的石坑崆，海南的五指山，粤东的揭阳岭，粤西的十万大山，都是那么气势磅礴，气象万千"，当然更有不是那么磅礴大气而显得平凡清秀的小山小水。"一水"大概仅指陆上的水，若是算起海洋里的水来，这个比例就要打破了，总之，广东是有山有水有城乡的一个省份。这也是选作者两篇文章的原因，其中《山颂》是他的名作。杨应彬的这两篇散文，当然带有时代留下的痕迹，比如他写："只有在我们伟大的社会主义国度里，山区才真正变得富饶、美丽起来。"可是作者写作此文的1960年，山区并不是那么富饶美丽的。而水的自然属性也被刻意赋予了主观的意志："流水到海洋去的意志是坚定的。""在决定性的时刻，水却如此坚定、勇猛，表现了义无反顾的、为追求伟大理想而献身的崇高精神！"

杨应彬的散文亦有着60年代散文追求文辞华美的特点。不过《山颂》的最大的好处却在于它不仅仅是华美的高调，它的动人处在于它是饱含着童年生活和年轻时战斗生活的记忆的。童年时期，"总以为山里面有一个奇异的世界"，"老人家说，用扁担把彩虹打断，会有许多珍珠宝贝流出来"，山和人们对美好生活的想象是联系在一起的。而年轻时的战斗岁月，固然对山依然有美好的想象，更多的时候却和来不得半点想象的生死是联系在一起的，"我们常常为获得一个有利的伏击地形而高兴，常为守住一条隘路而煞费苦心，常为攻占某个山头而付出血的代价。"当真实的生活经验从中透露出来，它依然有着打动人心的力量。

（李梢梅）

## 杨应彬作品选

### （一）

#### 山　颂

我特别爱山。大概因为是山区长大的，从小就对山有了感情。傍晚，看见日落西山，月上东山，总以为山里面有一个奇异的世界。有时雾重云低，山好像伸出半截在天外；有时日朗风清，青山又紧接着蓝天，好像上天去的梯子。每当雨后斜阳，就可看到一道彩虹从山的这头连到那头，老人家说，用扁担把虹打断，会有许多珍珠宝贝流出来；而在月落星沉的黑夜，群山又突兀峥嵘：怪模怪样，引起人关于虎豹豺狼、妖魔鬼怪的许多联想。所有这些，都在童年的记忆中留下了不可磨灭的印象。小孩子的希望、幻想、追求，以至喜怒哀乐，都离不了山。

在参加革命战争的岁月里，更和山结下了不解之缘。那时候，走过许多深山大岭，攀过许多峭壁危崖，钻过许多山坑石洞。当时也常被造化之功所感动，被大自然之美和丰富蕴藏所吸引，设想着有朝一日在那里搞一个垦殖场，在那里建一个水电站，在那里辟一个疗养区。但是更多的是计划着该在哪里驻军，在哪里放哨，在哪里屯粮，在哪里摆伤病院。我们常为获得一个有利的伏击地形而高兴，常为守住一条隘路而煞费苦心，常为攻占某个山头而付出血的代价。这时候，同山的感情就不是一般的感情，而是革命的感情了。山区有一个奇异的自然景象，当黑夜将尽，黎明到来的时候，地平线上最初露出的一抹红光，总是首先照射在山头上，阳光灿烂，山色苍翠；这常使我联想到山区的革命群众。他们在最艰苦的日子里，总是坚决地跟着党走，不顾一切地出尽力量来支援人民子弟兵。因而在人民革命的记功碑上，山区贫苦的革命人民，总是被排在第一列。

真正认识山区，更加热爱山区是在解放以后。全省知名或不知名的山看了不少，它们都以自己雄伟的气魄吸引着人。无论是粤北的石坑崆，海南的五指山，粤东的揭阳岭，粤西的十万大山，都是那么气势磅礴，气象万千。或则拔地而起，独傲群峰，"离天三尺三"；或则叠嶂西驰，万马回旋，倒海翻江卷巨澜；或则奇峰兀立，直指苍穹，"刺破青天锷未残"。人们都喜爱岭南气候。岭南气候的形成，除了纬度以外，南岭山脉起了决定作用。是南岭山脉挡住了从西伯利亚南来的寒流，使岭南四季如春，万花簇锦；也是南岭山脉拦住了太平洋上飘来的大量水蒸气，蕴蓄着每年一千七百毫米的雨量，滋润着万物。你看，山总是自己承担着狂风暴雨，而把温暖和雨露给予别人，一千年，一万年，也岿然不动。

岂但如此而已！山从来就是人类慈祥的保姆。五十万年以前，人类的远祖就是终年生活在山里的。搬到平原以后，仍然向山区索取着大量的生产资源和生活资料。但是，只有在我们伟大的社会主义国度里，山区才真正变得富饶、美丽起来。如果你从空中鸟瞰一下地面，就会发现下面的一片锦绣山河如何逗人喜爱。在重峦叠嶂之间，忽然山环水绕，碧波万顷，那是新丰江、流溪河和数不清的人工湖、大水库；一忽儿，万绿丛中数点红，那是林区工人在进行着社会主义的红旗竞赛；一忽儿，云烟弥漫之中闪耀着珠光电炬，那是矿山工人在宝山取宝；一忽儿，白云之上飘着稻花香，那是山区人民把水稻种上了山岗。试想想吧，黎母岭的白藤，凤凰山的茶叶，北山的冬菇，广宁的篱竹，怀集的木材，东兴的桂皮，阳春的砂仁，德庆的果子狸……所有山林草木之利，有哪一个时代能像今天这样，发挥着如此重大的作用呢！

　　但是，山区可能给予社会主义社会的远比已经给予的多得多。广东全省是七山一水两分田，这就可以看出建设山区对建设社会主义的重要意义了。今天珠江上的夜明珠——广州，二千多年前不过是白云山麓的一个小渔村，汕头市在一百多年前也只是桑浦边的一片荒洲；茂名市和海南的通什，更是几年之间在空地上建设起来的新城市。留恋城市不如去创立城市，让我们继续响应党的号召，到农村去，到山区去，到海南岛去，随着矿场、林场、畜牧场、垦殖场的建设，把千千万万个新城镇建设起来，把山区和农村建设得更美丽吧！

一九六〇年一月六日

（二）

水的赞歌

　　水是生命的摇篮。地球上最早的生命是从水里诞生的。

　　从自然科学的角度来看，水是无机物。其实，水的活动本身是一个跳跃着的生命，是一首充满着战斗和胜利的凯歌。

　　你大概不止一次地看见过从地下冒出的清泉，或者在如茵的绿草旁边淌着的流水吧？你有没有注意到，当它还是涓涓细流的时候，就表现了倔强的意志和旺盛的生命力。人们为了拦住一洼泉水，曾特意挖了个小潭，潭口围着石块，潭边长上青草，还点缀着五颜六色的野花。对于刚刚冒出地面的泉水来说，这未尝不是一个熟悉的、安逸的小天地。它蛮可以在这里留连徜徉，直到春花凋谢、秋草枯黄，让这些东西沉落到潭底，变成渣滓，连同自己一起在干涸的冬季成为一滩烂泥。但是，不。涓滴之水，志在海洋。小水潭挽留不了它，小石块阻拦不住它，小花草吸引不了它。打了一个转身，滑下斜坡，它唱着歌，汩汩地向前流去。

流水到海洋去的意志是坚定的。它日夜奔忙，无休无止，永不停下前进的步伐。但是，当它还是细流的时候，并不被人注意；为了去东南大海，有时不得不绕过西北高山，因为它还缺乏巨大的威力。直到走过了无数的九曲十三弯，汇合了许多径流以后，它壮大了，成了小溪河。就在这个时候，它面临了严峻的考验，来到悬崖之前。怪石狰狞，峻岩峭立，多少人会在这里胆战心惊呵！水在这里却表现了坚强的意志。为了到海洋去，它反而加快了脚步，毫不犹豫地冲下去。它冲击着岩石，溅起无数雾珠，映出半天虹彩，发出震耳轰鸣。一瞬间，又在岩下重新聚合起来，迈开脚步，继续向前。我看过不少瀑布，不论是世界有名的贵州黄果树大瀑布、庐山瀑布或是鼎湖瀑布和从化的百丈飞涛，都具有同样的性格，都表现得同样的刚烈。从来，人们总爱把水作为温柔的象征，说什么"似水柔情"。在严峻的考验面前，在决定性的时刻，水却如此坚定、勇猛，表现了义无反顾的、为追求伟大理想而献身的崇高精神！

北方的江河有冰冻，南方的江河多险滩。封江以后的流水艰难地活动在冰层之下，沉着而有毅力。在险滩、峡谷中的流水则那么慷慨激昂，威武雄壮。它对准拦路的礁石和危岸，聚起巨大的浪头，全力扑去，粉身碎骨，在所不计。倏然之间，蔚成一幅"乱石崩云，惊涛拍岸，卷起千堆雪"的壮丽图画。礁石和危崖年年被削弱，终于崩塌到江心里去了，而水却冲出了最后一个峡谷，浩浩荡荡，一泻千里，奔流到大海里去。出了三门峡的黄河，出了三峡的长江，乃至我们南方出了肇庆峡的西江和出了清远峡的北江，都莫不如此。这个时候，回过头来看一看，后面云山万里，重重叠叠，路途那么艰险；看一看前面海阔天空，红霞如醉，无限前程。江水豪迈地笑了。

当然，入海口并非目的地，毋宁说，这才是生活的真正开始。你看，展开在江水面前的是一片多么浩瀚的世界啊！海洋是多么活跃喧闹啊！有时它呼啸奔腾，排山倒海，百尺高潮蓦地而起；有时它碧浪皱皱，银波细细，温存地轻抚着沙滩；有时它互相追逐，与海鸥共作欢乐的嬉笑；有时它深入谜一样的海底，滋育着玉树琼瑶。它要挟着温带和热带的暖流，乘长风而鼓万里浪，去消融南北极地冰雪；它要带着人民的感望和战斗的友情，去消融南北极地冰雪；它要带着人民的感望和战斗的友情，从东半球流向西半球。

水能载舟，也能覆舟。水也有性格，也有爱憎。它永远载负着社会主义和共产主义的航船，向着霞光万道的东方，破浪前进。对于海盗们的贼船，则掀起滔天巨浪，把它永远埋葬在千寻海底！

一九六〇年二月十日

# 杨奇作品选及简析

## 杨奇生平

杨奇，1922 年生，著名报人，广东中山人。从抗日战争时期起到 20 世纪 90 年代，先后担任过粤港两地七家报纸的领导职务。1941 年 3 月加入中国共产党后，接受党组织安排到东江游击区办报，历任《新百姓报》编辑、《东江民报》主编、东江纵队机关报《前进报》社长。抗日战争胜利后赴香港创办《正报》，后任《华商报》董事经理、代总编辑。1949 年 10 月，参与筹办《南方日报》，任南方日报副社长、总编辑。1957 年与报人黄文俞等一起创办《羊城晚报》，并任总编辑，主持《羊城晚报》工作达 9 年，推出《花地》《晚会》等名栏，在当时环境下显示了一个报人的眼光和胆识。"文革"后曾任广东省新闻出版局局长、新华社香港分社宣传部部长、秘书长，后任香港《大公报》社长，为香港过渡期做出重要贡献，2007 年 8 月，获中央驻港联络办颁发的"特别荣誉纪念证章"。主要著述有《香港概论》，回忆录《虎穴抢救——日军攻占香港后中共营救文化群英始末》《风雨同舟——接送民主群英秘密离港北上参加政协始末》等。

## 杨奇作品选析

切身经历的重大历史事件的回忆录，是一种特别珍贵的记忆乡愁文献。杨奇作为一个从抗日战争时期起就开始为党工作的老报人，他的一生，就是一部关于中国、尤其是广东新闻界的一部活历史，只是他在回忆录方面惜墨如金，目前我们仅见到他亲笔书写的两部回忆录，都是关于中共在香港抢救和接送文化人士的，我们这里选的是较短的一篇《风雨同舟——接送民主群英秘密离港北上参加政协始末》。

接送民主群英北上参加政协是一件政治意义非常重大的事情。40年代以来，多个民主党派陆续形成，它们在反对国民党独裁统治方面与共产党始终站在同一战线上，风雨同舟，它们也各自形成了自己的舆论影响力量，其中的很多人士都是著名的知识界精英，如梁漱溟、柳亚子、张伯苓、李济深、章乃器等等，所以在解放战争形势已经全面扭转，建立一个新国家的任务即将由梦想变为实践的时候，将这些民主群英安全地送抵解放区，参加全国政治协商会议，就变成一件迫在眉睫且有重大意义的事情。当时内战正在进行，很多民主精英都旅居香港，所以开辟一条从香港抵达解放区的运送民主群英的安全通道，就变成摆在周恩来面前的棘手问题。周恩来甚至筹划过从香港—英国—苏联—哈尔滨的专门航线，可见未来的国家领导人为了这个事情真是煞费苦心、不计成本。是这一线路走不通，他才决计采取从香港坐船到大连或营口的方式进入解放区，而这一条路最大的障碍在于不安全因素，因为其中不少地区还是国民党统治区。正是在这样的情况下，中共中央香港分局接到了这一光荣而艰巨的任务，而本文作者杨奇正是参与这一事情始末的干将之一。所以这篇文章的宝贵之处在于它是重大历史事件亲历者的书写，这样的书写如郭沫若所说的，属于集历史的创造者和记录者于一身，是弥足珍贵的，它是第一手的史料。

当时的杨奇正在《华商报》任董事兼总编辑，他也被抽调到这个接送民主人士的秘密工作小组，全程参与了这一事件。出于史料保存的目的，求真求实是这篇文章最大的特色，故事性、传奇性倒不是作者所特别追求的，相反，它基本上保持了新闻人为文的所有特点：什么人，在什么时候，接受了这一令人"兴奋与担心"交并的任务，谁领导、谁属于这个秘密班子的成员，整个安排和部署是怎样的，第一批至最后一批都有些什么人上了船被安全运抵东北，全文基本不作描写和渲染。但是，作为历史的亲历者，有些细节还是局外人士难以捕捉到的，比如作者自己，"为了完成这个秘密任务，我把自己打扮成一个采购货物的小老板，为此花了120港元买了一件英国制造的燕子牌'干湿楼'，每次外出执行任务时就穿上它，出入都坐'的士'，并留意有无小车跟踪。"而接李济深的那一段，倒是全文最具戏剧性。由于李济深中国国民党委员会主席的特殊身份，他与中共、港英当局及美国领事馆都有频繁接触，港英当局就在他所住楼的马路对面租了一层楼，派特工人员日夜监视。而李济深就在如同平日一样的高朋满座、宾主交欢中借上厕所之机金蝉蜕壳，被我方人员接走了。不过即使这样传奇的情节，作者在叙述的时候也是非常平实，毫不渲染的。

作为历史的亲历者，杨奇对待史料的态度之严谨也非常令人钦佩。本文写于 2004 年，在香港回归前夕作者与夫人曾经写过同一题材的一篇文章发于 1996 年 6 月的《广角镜》（香港）和同年 7 月的《群言》，胡绳先生看到后，发现关于自己如何离港的说法有误，随即写一信至出版社订正，杨奇知道后非常高兴，在本篇回忆录中即有关于胡绳和沙千里如何离港的特别说明。

总之，《风雨同舟——接送民主群英秘密离港北上参加政协始末》是一份非常珍贵的文献，它以亲历者的身份记录了历史转折时刻华南人民的智慧和重大贡献，值得我们特别重视。

与《风雨同舟》的史料性相比，《罗浮礼赞》是一篇更加饱含情感的散文，同时亦不乏历史史料的价值。罗浮山是广东的三大名山之一，是著名的道教和佛教圣地，风景优美，名胜及名人题咏繁多，但杨奇之所以咏罗浮，却主要并不因为它的风光名胜，而是因为这是作者当年作为东江纵队的重要一员战斗和生活过的地方，它的一石一木、一洞一观，都充满了战斗岁月的亲切回忆。从冲虚观到朝元洞，一路重游，眼前景和过去的回忆相叠加，或者说眼前景不过是一个进入过去记忆的入口，作者常常是深深地沉浸在过去的光辉岁月中了。通过作者的笔，我们也才知道在那些今天的庙宇亭台之中曾经驻扎东江纵队的哪些首脑机关，哪些重大的活动和重要的历史事项与罗浮息息相关，我们也才知道罗浮曾经容纳过怎样的生命激情与悲情。总之，《罗浮礼赞》是一篇情文并茂的革命乡愁之作。

（李俏梅）

# 杨奇作品选

## （一）

### 风雨同舟——接送民主群英秘密离港北上参加政协始末

#### （1）

怎样才能把旅居香港的民主群英尽早地、安全地接送到解放区来，始终是摆在周恩来面前煞费苦心的重大问题。

由于战争正在进行，香港与解放区的陆上、空中交通都已中断，周恩来最初曾经试图开辟香港—英国—苏联—哈尔滨的专门路线。为此，他密电潘汉年，布置萨空了（中国民主同盟常委、《华商报》总经理）去找香港大学副校长施乐斯（港英当局内定与中共和民主党派人士接头者——编者注），通过他向港督葛量洪说明：李济深、沈钧儒等想经伦敦去苏联转赴东北解放区。可是，葛量洪表示要请示英国政府，并且强调不可能很快答复。这显然是敷衍搪塞之词。所以，周恩来当即决定放弃这一设想，而采取从香港坐船到大连或营口进入解放区的海上通道。

1948年7月底至8月上旬，周恩来一再致电中共中央香港分局，要求尽力"邀请与欢迎港澳及南洋民主人士及文化界朋友来解放区"，"为他们筹划安全的道路"。他还具体要求潘汉年、夏衍、连贯负责这项工作，将打算同民主人士协商的名单电告中央。

中共中央香港分局书记方方接到这份电报时，深知这是一项极其重要的政治任务，既光荣又艰巨，他随手写上一句话："兴奋与担心交并"，表达出他和战友们的心情。接着，香港分局和香港工委便决定成立一个接送民主人士北上的五人小组，由潘汉年掌管全面，夏衍、连贯负责与各民主党派的头面人物联络，许涤新负责筹措经费，饶彰风负责接送的具体工作。

为此，饶彰风还从《华商报》等单位抽调人手，组成一个秘密工作的班子，有专职的，也有兼职的，先后参加这个班子的有：罗理实、罗培元、杜宣、陈紫秋、周而复、杨奇、赵沨、吴荻舟、陈夏苏等人。他们分别同准备北上的民主人士联络、租赁轮船、购买船票、搬运行李、护送上船，等等。这些人员分头活动，你做你的事，我做我的事，分别向饶彰风和夏衍汇报。

与此同时，周恩来又在1948年8月2日发电报通知早前已从延安派到大连市成立了中华贸易总公司并担任总经理的钱之光，要他在大连租用苏联商船来往香港，以运载货物作为掩护，迎接民主人士北上。电报还指定钱之光自己去香港一次，与中共中央香港分局直接联系好，协同行动。

钱之光接到电报后立即动身，跨过鸭绿江，到了朝鲜新义州，转乘火车到平壤。同行的有祝华、徐德明和译员陈兴华三人。在平壤，他们向苏方办妥了租船手续，再到罗津港，登上了"波尔塔瓦"号货船，装载了大豆、猪鬃、皮毛等土特产，便远航去香港。到达时，苏联船务公司驻港办事处派汽船前来迎接。钱之光等上岸之后，先到他们设在香港的联和贸易公司，与袁超俊、刘恕商定，由联和公司将土特产出售，再购买西药、纸张、轮胎、电讯器材等物资，运回大连转到东北解放区去。

紧接着，钱之光与中共中央香港分局接上头，在九龙弥敦道108号4楼方方的寓所，他向方方、潘汉年作了汇报，商量好今后分批运送民主人士北上的分工：凡是上船之前的联络、搬运行李、送上货船的工作，统由香港方面负责；钱之光的贸易公司则承担租赁货船，并派人在船上照顾民主人士的生活。

（2）

就这样，接送民主群英离港北上参加新政协的这项"系统工程"，各个环节都衔接好了，马上就可以付诸行动了！

从1948年9月起，民主党派和文化精英离港北上的方式都是从海上运送。

这里，着重记述具有代表性的七批民主党派人士和文化艺术界人士乘船北上的情况。

第一批北上的民主人士主要有沈钧儒、谭平山、章伯钧、蔡廷锴和他的秘书林一元等，人数不多。这是由于租来的苏联"波尔塔瓦"号货船不大，客房极少。同时，当潘汉年、连贯在1948年9月4日到李济深家开会落实名单时，有些人说手上有些工作尚待处理，来不及第一批离港；还有个别人担心经过台湾海峡是否安全，只有沈钧儒、蔡廷锴等毫不犹豫，全无顾虑，说走就走。这一船北上时，由中共香港工委书记章汉夫陪同，钱之光则派祝华、徐德明随船照顾。

为了安全起见，民主人士的行李由连贯派罗培元先行运走，自己离家时只带一个小提包。大家先到连贯家，吃过晚饭，还化了装。沈钧儒、谭平山胡须甚长，很难收藏，只能当作老大爷；章伯钧打扮成一个大老板，身穿长袍，头戴瓜皮帽；蔡廷锴则穿着褐色薯莨绸，足登旧布鞋，俨然一个商业运货员。他们随着罗培元步行，大约10分钟就走到铜锣湾海边，随即坐上事先雇好的小艇，向着停泊在维多利亚港的"波尔塔瓦"号货船划去。当大家扶着摇摇晃晃的吊桥走上货船之后，紧张的心情才松弛下来。

1948年9月12日上午，这艘负有特殊使命的货船，顺利驶离香港，向北航行。9月16日在澎湖列岛遇上强劲台风，"波尔塔瓦"号被狂风恶浪冲进一个荒岛，眼看将要触礁了，船长下令救船。蔡廷锴奋起参加，和船员一起，拿着工具，合力顶住岩石，终于使货船得以脱险。蔡廷锴同众船员一样，全身湿透，冷得发抖。

经过16天的海上航行，"波尔塔瓦"号终于在9月27日早上抵达朝鲜的罗津港。中共代表李富春受周恩来委托，提前到了罗津迎接。上岸休息过后，乘车向着朝中边境进发，当晚在图们市歇息。9月28日下午继续北行，29日到达哈尔滨市。中共中央东北局高岗、陈云、林枫、蔡畅、高崇文等负责人在火车站热烈欢迎。晚上，东北行政委员会设宴招待。

1948年10月3日，毛泽东、朱德、周恩来打电报给沈钧儒一行，表示欢迎他们到解放区来筹备召开新政协。随后，周恩来又将他亲笔起草的《关于召开新的政治协商会议诸问题（草案)》，经由高岗、李富春转送，请他们提供意见。

第二批北上的民主人士，主要有：马叙伦、郭沫若、丘哲、许广平母子、陈其尤、翦伯赞、冯裕芳、曹孟君、韩练成等。由中共香港工委书记连贯陪同，宦乡随行，钱之光派王华生随船照料生活。

本来，按照计划，这批民主人士是在1948年10月中旬北上的；由于从大连租用的"阿尔丹"号货船到港时与另一艘船相撞，要入坞修理，因而另行租用一艘挪威货船"华中"号载客，迟至1948年11月23日深夜才从香港开赴大连。

每一批民主人士离港北上，都高度重视保密。在这批精英中，郭沫若工作较忙，从这一年的8月25日开始，他在《华商报》副刊《茶亭》上撰写《抗日战争回忆录》，每日一篇。为了掩饰自己离开香港北上，不让连载中断，郭沫若在离港的前三天赶写了七八篇文稿，预先交给报社，直至12月5日才连载完毕；文末有一个《后记》，日期写的是"1948年11月21日于香港"。其实，文章登出时，郭老已经离开香港十多天了。

## （3）

第三批北上的民主人士较多，护送工作也更加谨慎，特别是要筹划李济深安全离港的工作，更是困难重重，精心安排，大费周章。

根据有关记录，以及当年船上签名留念的复印件，可知这一批北上者主要有：李济深、朱蕴山、梅龚彬、李民欣、吴茂荪、彭泽民、茅盾、章乃器、洪深、施复亮、孙起孟、邓初民、王一如、魏震东、徐明等二十多人，中共香港分局派李嘉人陪同，卢绪章随行，钱之光则派李海、徐德明二人在船上照顾一切。

李济深是中国国民党革命委员会主席，除了中共同他联系密切外，港英当局与他常有来往，美国领事馆也接触频繁。这个时候，国民党政权已经四面楚歌，美国正在加紧拉拢"第三势力"，一些"小蒋介石"也在策划"划江而治"。有人挑拨李济深说：千万不要去解放区，否则易进难出，身不由己。白崇禧就曾亲笔写信给李济深，敦请任公（李济深字任潮）到武汉"主持大计"。后来由于国民党进步人士何香凝、梅龚彬等的劝说，李济深并没有上当。

为了团结各党派一起召开新政协，也为了李济深本人的安全，中共方面是希望李济深能够在第一批北上的，但他说时间太匆促，来不及走。到了1948年12月中旬安排第三批民主人士北上前，李济深虽然表示想尽早离港，但又说家属人多，往后的生活还未安顿好。为此，方方专诚上门拜访；恳谈之中，李济深透露尚差2万元现钞安家，方方当即表示帮助，这才使他全无后顾之忧，确定在第三批北上。

然而，如何才能将李济深安全地送出香港，仍然是大伤脑筋的事。李济深寓所在中环半山区罗便臣道，港英政治部在马路对面租了一层楼，派了几个特工人员住在那里，名为"保护"，实则监视。中共的五人小组经过研究，拟定了一个周密的计划，决定在圣诞节次日的夜间上船，12月27日凌晨驶离香港。到了12月23日，饶彰风向我下达新任务，要我负责运送李济深的两件行李，并负责护送李济深等人登上苏朝合营的货船"阿尔丹"号。

为了完成这个秘密任务，我把自己打扮成一个采购货物的小老板，为此花了120港元买了一件英国制造的燕子牌"干湿楼"，每次外出执行任务时就穿上它，出入都坐"的士"，并留意有无小车跟踪。接着，我到跑马地凤辉台一位朋友家里，把饶彰风、吴荻舟从李济深家提取出来暂存在那里的两个皮箱拿走，作为自己的行李，到湾仔海旁的六国饭店租了一个房间住下。

1948年12月26日，太平山下仍然沉浸在节日欢乐气氛中，李济深的寓所也热闹非常。像平日宴客一样，主人家居打扮，身穿一件小夹袄，外衣则挂在墙角的衣架上。宾主频频举杯，谈笑甚欢。这一切，对门那几个持望远镜的特工看得一清二楚。晚宴开始不久，李济深离席到洗手间去，随即悄悄出了家门，在距离寓所二十多米远的地方，一辆小轿车戛然停下，李济深迅速上了车，直奔坚尼地道126号被称为"红屋"的邓文钊（《华商报》董事长）寓所。方方、潘汉年、饶彰风等早已在此等候，同船北上的"民革"要员朱蕴山、吴茂荪、梅龚彬、李民欣也已到达，何香凝老人和陈此生亦到来送行。这时，晚宴才真正开始，大家纵情谈论国事。

时钟敲过九响，我这个"小老板"起身向主人告辞，先行回到六国饭店打点一切。当我看到岸边和海面平静如常，便通知服务台结账退房，由侍应生将行李搬到我雇用的小汽船上；与此同时，我打电话到邓文钊家，按照约定的暗语通知饶彰风："货物已经照单买齐了。"于是，饶彰风借用邓文钊的两辆轿车，将李济深这五位"大老板"送到六国饭店对面停泊小汽船的岸边。这时，周而复负责接送的彭泽民等三位民主人士也按时来到。会合之后，我和周而复便带领他们，沿着岸边的石阶走上小汽船，朝着停泊在维多利亚港内的"阿尔丹"号货船驶去。

（4）

李济深等上了货船，看到章乃器、茅盾、邓初民、施复亮等十多人已由别的护送人员陪同先行到来，甚为快慰。船长和海员被安顿在船长卧室，其余各人也分别住进较好的海员房间。

当一切停当之后，我和周而复与这些"大老板"一一握手告别，请他们放心休息。回到岸上，周而复径返英皇道住所，我则到中环临海的大中华旅店找到饶彰风向他汇报。我们两个虽然十分疲倦，但不敢入眠；直到清晨知道货船已通过水师检查，驶出鲤鱼门了，这才放下精神重负，蒙头大睡。

1948年12月初，悬挂挪威国旗的"华中"号终于驶进渤海湾，大连在望。但是，由于大连处在苏联管辖之下，码头军用，不准外国货船进港卸货，因此要继续驶往接近丹东市的大东沟抛锚。中共中央东北局负责人李富春、张闻天前往迎接，送往丹东，转乘专列经沈阳转赴哈尔滨休息和参观。

马叙伦一行到达哈尔滨时，正好遇上辽沈战役胜利结束，东北全境解放。捷报传来，大家欢欣鼓舞。马叙伦更是亲自执笔，以中国民主促进会名义，致电中共中央主席毛泽东和中国人民解放军总司令朱德，表示祝贺。电文说：

"人民解放战争，未及三年，胜利无算；虽由同胞自觉，共起并持；实赖两先生，老谋荩画，领导有方"；"遂使民主之光，焕若朝阳；独裁之焰，微同爝火。全球为之刮目，美帝于焉坠心。行见敌势山崩，吾威海泻；叩秣陵于指愿，得罪人于豫期。凯歌讴遍，大业永昌；作大寰民主之矜式，为世界和平之保障。谨抒庆贺，何任忭欢"。

电文中充分表现了马叙伦对共产党、解放军衷心拥戴之情。

马叙伦等这趟船不能在大连停泊这件事，又一次引起周恩来的关注，他立即致电大连中华贸易总公司的冯铉、刘昂，要他们同苏联驻大连的有关部门交涉，今后租用的轮船，一定要在大连靠岸；上岸后，要安排最好的旅馆，民主党派负责人应住单间，并要确保安全。与此同时，周恩来给钱之光发了电报，中称：已经送起了两批客人，很可能引起外界注意，今后行动要更加谨慎。事实充分表明，自从考虑接送民主人士离港北上之日起，周恩来一直要求把保证安全放在首位，做到万无一失。

这里，应该补记一段既离奇又惊险的插曲——关于胡绳、沙千里两人离港北上的经历。

按照原定计划，连贯分别通知了胡绳、沙千里，商定在1948年10月中旬与郭沫若等人一起，乘坐苏联货船"阿尔丹"号前往大连。由于该船抵达香港时与另一轮船碰撞而要入坞修理，不知拖延到什么时候才能成行；于是，连贯出了一个"怪招"（这是胡绳在逝世前半年所写文章中的说法，因为在此之前和以后，都没有用同样方法送人北上）；要他们从香港乘坐公开营业的外国客货轮，先到韩国仁川，找到连贯介绍的商人，再从仁川搭走私的机动帆船到大连去。

谁知胡、沙二人1948年10月下旬到达仁川时，情况已经发生变化。当地商人害怕国民党的兵船在海上打劫，不敢再冒险走私货物到东北各地了。因此，胡、沙二人不得不滞留在仁川，进退两难。这时，祖国正在进行波澜壮阔的淮海战役，而他们却陷在人地生疏的韩国，心中的焦急可想而知！

到了1948年11月底，绝处逢生，胡绳、沙千里终于找到一艘走私布匹的商船，愿意运送他们到大连去。然而，当这只走私船在海上漂流了几天，接近大连的时候，船主用望远镜发现左前方有一艘大船，估计是国民党的船只，于是急急驶往一个荒岛，躲藏了一夜，次日观察清楚，知道大船已经远离，这才继续开往大连。胡绳、沙千里上得岸来，与接待单位接上头，这才知道：他们躲避的那艘大船，其实就是运送马叙伦、郭沫若、丘哲一行的挪威货轮；而两个月前提出要他们自行到仁川这个"怪招"的连贯，也正是同马叙伦、郭沫若等一起抵达大连的。

（5）

第四批北上的民主人士和文化精英是：柳亚子、陈叔通、马寅初、包达三、叶圣陶、郑振铎、宋云彬、曹禺、王芸生、刘尊祺、徐铸成、赵超构，张伯、张志让、邓裕志、沈体兰、傅炳然以及柳、叶、曹的夫人，包启亚小姐、邓小箴小姐等27人。中共香港工委书记夏衍派了胡绳的夫人吴全衡等陪同，负责接待工作。

这次租用的货船又是挂挪威国旗的"华中"号。1949年2月28日早上开航之前，港英海关人员照例上船检查，他们在马寅初的皮箱中，看到一张他在抗战期间的照片，合照的几个人西装革履，衣冠楚楚，同眼前这位货轮"账房先生"的身份很不相称。海关人员怀疑马寅初会不会是被通缉的要犯，当即下令扣船，不准出港。船上的职员上岸交涉，再三解释，又私下塞了200元"请饮茶"，对方才肯签字放行。

一场虚惊过后，大家才松了口气。

第五批北上的人数最多，共有二百五十多人，既有民主党派名流，又有文化艺术精英。他们是：李达、周鲸文、刘王立明、李伯球、周新民、黄鼎臣、杨子恒、谭惕吾、阳翰笙、史东山、曾昭抡、费振东、汪金丁、罗文玉、严济慈、沈其震、狄超白、胡耐秋、黎澍、徐伯昕、薛迪畅、臧克家、丁聪、特伟、于伶、李凌、张瑞芳、黎国荃等。还有应邀到北平出席全国妇女代表会议的代表杜君慧、郑坤廉、张启凡、何秋明、杜群玉，以及刚被港英当局封闭的达德学院的同学五十多人。中共香港工委由文委副书记冯乃超陪同，邵荃麟还派了三联书店的曹健飞、郑树惠随船接待。

这次租用的是大兴船务公司挂挪威国旗的"宝通"号货轮，载重四千多吨。早在1949年1月15日天津解放后，香港工委就接到通知，说华北解放区橡胶、西药等多种物资奇缺，希望香港工商界朋友尽量采购，运往天津销售。于是，饶彰风、邵荃麟便通过亚洲贸易公司、京华贸易公司，利用社会关系，大量采购急需的物资运往天津，因而租用这艘较大的远洋轮船，既装货物，也载客人。由于客房不多，特地买了200张帆布床，放在大舱和甲板上。除了少部分人住房间外，大多数人都只好睡帆布床。

考虑到这船货多人多，为了避免例行检查时出现麻烦，饶彰风同意别人的建议，送了3000元给黄翠微，托他转送有关人员饮茶。果然，海关和水师的检查虽然严格，但是没有故意刁难。3月1日早上，"宝通"轮顺利起锚起航。

经过七天的航行，"宝通"号轮船在1949年3月7日驶抵天津市第二号码头停泊。由于这是天津解放后第一艘外国轮船进入市区，引起众多市民在码头观看。天津市长黄敬、秘书长吴砚农前来迎接，并于次日举行了盛大的欢迎宴会，3月9日的《天津日报》以《津市黄市长欢宴民主人士——文教部昨召开座谈会黄松龄部长席间致词》为题，作了详细的报道。这批北上人士在天津休息了三天，才由北平各有关部门分别接往北平去。

第六批北上的民主人士较少，主要有黄炎培和夫人姚维钧、俞澄寰、盛丕华和他的儿子盛康年等。钱之光派刘恕随船护送。

他们乘坐的是挂葡萄牙国旗的客货轮，1949年3月14日驶离香港，在公海上先后与两艘国民党军舰相遇，都曾受到盘问，但船长应对得宜，有惊无险。

3月20日，货轮直接驶抵天津第二码头。中共中央派了董必武、李维汉、齐燕铭前往迎接。他们在天津休息参观了几天，3月25日抵达北平，正好赶上26日举行的各界欢迎民主党派人士的盛大集会。

第七批北上的大多数是应邀到北平出席文代会的代表。同船的有：于立群和她的三个子女、钟敬文、陈秋凡夫妇和两个子女、黄药眠夫妇、王亚南、陈迩冬、傅天仇、舒绣文、方青、盛此君、张文元、巴波夫妇等一百多人。

香港工委由文委副书记周而复带队，还派了姜椿芳、曹健飞三人随船协助。由于这次租用的是太古船务公司的"岳州"号客货轮，船上有客房设备，因而较为舒适。1949年5月5日下午从香港起航，一路平安无事，他们在旅途中也办了一份手写的《岳州报》，由姜椿芳、姚平芳从收音机上收录新华社的重要新闻，由老报人和书法家陈迩冬编写。这份报纸很受大家欢迎，认为既是一支"轻骑队"，又是一件"艺术品"。

除了上述七批民主人士和文化精英外，经中共香港工委个别接送、坐客货轮头等舱抵达北平的尚有：何香凝、陈嘉庚、司徒美堂、胡愈之、沈兹九、蒋光鼐、龙云、黄绍竑、黄琪翔、钱昌照、许宝驹、千家驹、马思聪、郭大力、萨空了、刘思慕、庄明理、王雨亭等多人。

据中共广东省委党史研究室查核档案统计：从1948年9月至1949年9月，接送民主人士和文化精英北上的工作，大大小小二十多次，共有一千多人，其中民主人士三百五十多人。

1948 年 12 月，民主同盟负责人胡愈之和夫人沈兹九由香港经山东到达河北省平山县李家庄。

回顾护送工作的整个过程，堪称一项伟大的"系统工程"，上自中央，下至地方，南起香港岛，北达哈尔滨，真不知费尽多少人的心血；而在这过程当中，担负"总司令"职责的是中共中央书记周恩来。在他周到而妥善的指挥之下，完全可以说是：缜密策划，精心安排，忙而不乱，全无错失。

（《风雨同舟——接送民主群英秘密离港北上参加政协始末》（上、中），
《同舟共进》2004 年第 10、11 期）

# （二）

## 罗浮礼赞

汽车驶过增城，进入博罗县境以后，广东三大名山之一的罗浮山，便清晰地映入眼帘。

罗浮山海拔 1300 米，纵横 263 公里，全山共有 432 峰，980 多处瀑布，自古被人叹为难以遍游的"仙山"。然而，它今天之所以特别唤起我们最亲切的感情，则是由于抗日战争期间，东江纵队的首脑机关曾经设在这里。我们这次重游，东起朱明洞的冲虚观，西达飞云顶下的朝元洞，把当年各个机关在山上的驻地都跑遍了。

冲虚观是罗浮山最大的庙宇。1945 年 1 月 15 日，日本法西斯轻易地进占了惠州，博罗的国民党军队闻风而逃。东江纵队的主力挺进罗浮地区以后，司令部就驻扎在冲虚观里，领导着整个东江前线敌后的抗日斗争。那时候，多少决定敌人命运的命令从这里发布出去，多少胜利的喜讯又从四面八方飞向这里来。当王震将军率领的三五九旅某部，从延安南下，经历千辛万苦，快要到达广东南雄的时候，东江纵队派出的北上先遣支队，也就是在冲虚观誓师出发的（后来因日本投降，国共《双十协定》公布，王震将军的南征部队奉命北撤至中原地区）。我们抚摩着庭前那株苍翠依然的"米仔兰"，十多年前繁忙紧张的战斗生活，又一一重现在脑海中。

冲虚观左侧，有块浓荫覆盖的广场，谁也没有给它起过什么名字，而它却

是一处具有历史意义的地方。1945 年 7 月，中共广东省代表会议就在这个广场举行。那是 1942 年广东党组织遭受国民党严重破坏以后第一次召开的大会。在漫天烽火之中，从潮汕平原到粤桂边境，从粤北山区到海南孤岛，各地党组织的代表聚集在一起，共同研究抗日根据地的各项政策问题，以及游击战争与大后方的民主运动配合等问题。这次大会分析了敌人已经打通了粤汉路、国民党反动政府已陷入瓦解状态的新形势，号召全党立即动员全省人民，开展全省规模的抗日游击战争；并且选出了新的领导机构——中共广东区党委。我在这里徘徊瞻仰，不禁入神地沉思起来。

如今，冲虚观一带，已经成为疗养的胜地了。冲虚观后面，葛稚川的炼丹炉和洗药池依然如故；观前不远，会仙桥也还是静静地躺在那里；但是，桥下的小溪早和一个新建的人工湖相连；湖心的红亭，在朝阳中显得分外鲜明。湖畔不远，屹立着一幢巍峨壮丽的建筑物，那是疗养院的电影院。疗养院的住所，则散落在两旁的山谷中，花木掩映，湖光翠色，景色十分宜人。这个素有"名胜清幽"之称的所在，现在真的是"名山有主"了。

离开冲虚观，我们到了当年东纵政治部所在地的白鹤观，然后继续西进，登黄龙洞去。

攀登高峰大抵都是这样的吧：开头，并不感到特别吃力；往后便是考验人的意志的时候；只有即使感到体力难支却仍不退缩的人，才能领略到达群山之巅的好风景。登黄龙，情形也是如此。我们登山这天，正值"大暑"，烈日当空，走了一个小时，早已汗流浃背；但我们仍然鼓足勇气，继续向上攀登。忽然，羊肠小道消失了，一幅清泉石上流的清奇景致顿现眼前！那就是我们当年的"小鬼"最感兴趣的"黄大仙洗脚处"。站在印有"大仙脚印"的岩石上极目眺望，但见晴空万里，江流如练，不用望远镜，也可看到东莞石龙的田野房屋。这时，我们才真的领会到"心旷神怡"这四个字的含意。

从"洗脚"处往上再拐一个小弯，就到达黄龙洞唯一的寺观——黄龙观。这里是当年东纵敌工科的驻地。反对不义之战的日本友人，曾经在这里和我们的同志共同草拟日文传单，被俘的日本官兵也住在这里。"依——呵——吓——嘿——"当年的日本朋友和日本战俘，都爱这样猜拳；后来，连我们的"小鬼"也学会了。

从高高的黄龙洞顶下来，走了一段不长的路程，有名的孤青峰出现在眼前，但我们的目的地只是半山的华首台。

我们拾级而上，不多久就可看到寺门了。这座千年古刹，当年是东纵一个电台驻地：那时候，司令部一共有四部电台，分别设冲虚观、华首台等地方。借助于手摇发电机和通讯设备，延安和罗浮山就能够保持密切联系，使得东纵能够经常得到党中央和毛主席的亲切指示。这里，当年又是《前进报》社油印部的所在地。毛泽东同志的《论联合政府》、朱德同志的《论解放区战场》等，就是由电台抄收以后立即交由《前进报》社出版的。其他书刊如《整风文献》，广东区党委出版的《广东党人》，政治部编辑的《政工导报》，各种各样的小册子，以及大大小小的宣传品，也都是在这里印刷发行的。

在华首台一株参天古树下休憩了一会，我们又继续翻山越岭，拨开高过人身的野草，沿着当年《前进报》社的同志经常来往的道路前进。这时，大家都已感到饥饿和疲乏，但是，为了要在落日以前赶到最后一座大观——朝元洞去，连路边的野果也不多采摘了。

朝元洞坐落在特别深幽的山谷里。当年，这里曾经响彻了《前进报》社的社歌：

> 密林深山是我们的工厂，
> 生产了万千的精神食粮。
> 我们的步伐一致，
> 我们的目标一样：
> 争祖国的自由，
> 求人类的解放。
> 谁说我们不会打仗？
> 钢板，铁笔，
> 就是我们的炸弹和钢枪；
> 我们的油墨泼向法西斯强盗，
> 我们的笔尖刺破反动派的脸庞！

从朝元洞向下看去，山麓尽是稻田，黄白房屋的村落，就是1945年东江全区首先掀起退租退息斗争热潮的福田乡。那时候，《前进报》社刚刚搬到那里，我们看到农民受到春荒的严重威胁，而地主则把米粮偷运到敌占区去，于是，积极发动农民起来斗争，并且取得了胜利。我们的做法受到政治部的重视，《政工导报》第三期曾经刊登过这次斗争的经验。以后，当地方党组织从博罗县城弄得一部铅字印刷机，经过长宁、福田一带群众的帮助，在朝元洞安装起来以后，报社才搬上山去。但是，这个"纸弹兵工厂"的文化兵，仍然经常摸黑下山去做群众工作，而当地的群众也经常披星戴月地把纸张油墨送上朝元洞，从各方面支持报纸的出版工作。

除去冲虚观至今还保存完好以外，罗浮山各个寺观在东纵北撤以后，都因年久失修而残破了；但是，没有一座寺观的创伤可以和朝元洞相比。我们这次看到的朝元洞正殿，只剩下一堆瓦砾。1948 年，我们党在罗浮山重新开展了游击战争；国民党反动军队在一次三路"围剿"失败以后，竟然迁怒于朝元洞的三位道士，凶残地把他们枪杀了，其中一位白髯垂胸的老道人，遇难之时已经80 多岁。他们杀人还不算，临走时又纵火焚烧，这便是那堆瓦砾的由来。

疯狂的虐杀，罪恶的纵火，怎么也挽救不了国民党反动派灭亡的命运。粤赣湘边纵队的红旗，一直高举在罗浮山上，直到南下大军解放博罗全境之日。

傍晚，我们告别朝元洞，返回冲虚观附近的招待所去。沿途举目远望，晚霞披满了罗浮群峰，一钩新月又已挂在天边。深入高山绝铃采药的长宁公社社员，带着丰收的喜悦信步下山了。华首台升起一缕炊烟，那是罗浮林场的养蜂人在准备晚餐……呵，美丽的景色，幸福的人间！我们不禁纵情歌唱，赞美这座雄伟的红色的名山——我们党的儿女曾经在此战斗过的罗浮山！

写于 1961 年建军节前三天

（原载 1961 年 7 月 30 日《羊城晚报》，1979 年被收入《广东散文特写选》第 202－206 页）

# 萧殷作品选及简析

## 萧殷生平

萧殷(1915—1983年),广东龙川人,原名郑文生,笔名萧英。作家,文学评论家。新中国广东文艺评论工作开拓者,《文艺报》创办人之一。1938年入延安鲁艺学习。曾任《新华日报》编委等。新中国成立后,历任《文艺报》主编,暨南大学教授、中文系主任,中共中央中南局宣传部文艺处处长,广东省文联、中国作协广东分会副主席,《作品》月刊主编等职。一生主要从事报刊编辑、文艺教学、文艺理论研究,对培养青年作家不遗余力,王蒙、陈国凯、吕雷、金敬迈等都是萧殷发现和培养出来的作家,王蒙称"我的第一个恩师是萧殷,是萧殷发现了我"。萧殷的主要著作有:小说散文集《月夜》,评论集《论文艺的真实性》《给文艺爱好者》《谈写作》《鳞爪集》《习艺录》《论生活、艺术和真实》《给文学青年》《萧殷文学评论集》《萧殷自选集》等。1985年荣获广东省首届文学评论荣誉奖,1986年荣获第二届鲁迅文学奖特别奖。

## 萧殷作品选析

《桃子又熟了……——忆仓夷》,是一篇以写时代重大转折事件和战友仓夷的回忆而记忆乡愁的散文。这篇散文,将我们带到抗日战争和解放战争的艰难岁月。尤其是仓夷的身份——新加坡华侨,更使我们回忆起艰难岁月中东南亚华侨给祖国的抗战和革命所作出的巨大贡献。据研究资料，抗战爆发前，东南亚地区已有华侨800万左右，占全球华侨总数的80%，他们上至富商巨贾，下至小贩劳工，无不以各种方式支持和参与祖国的抗战事业，从捐款捐物到认购公债，从回国参军到抵制日货，处处可见他们活动的身影。1938年国民政府正式宣布征募海外华侨参军，消息传出后，东南亚各地华侨群起响应，积极参军入伍，他们有的辞去工作，有的放弃学业，毅然奔赴各地的抗日战场，将青春与热血洒在了祖国的土地上。本文的主人公仓夷就是这无数热血青年中的一个。1938年，仓夷十六岁就辞别了父母，辞别了刚刚订婚的未婚妻来到祖国参战，整整八年过去了，除了极稀有的家信来往，仓夷未曾见到过自己的亲人包括最为思念的未婚妻，然而1946年8月的一天，仓夷永远地回不去了……

萧殷的回忆文章写于1957年4月，仓夷离开整整十年之后。这是一个复杂背景下的生死存亡故事，不求章法而要讲清楚几乎不可能，因此这篇朴素的回忆性散文其实又是非常讲究文章之法的。"桃子又熟了"中的"桃子"，就是贯穿全文的一个意象，它使众多的有关主人公生活片段的回忆联结为一个整体，并且起到一层一层地推进内容和情感的作用。桃子的第一次出现是在作者与仓夷最后相处的时刻，1946年的8月8日，他们奉命去北平参加第二十五特别执行小组的工作，路上，仓夷还在吉普车里构思他小说中的一个片段，到了飞机场的休息室，忽然看到有水蜜桃卖，"满脸堆笑"地捧了十多个大桃子回来，对它的味道赞不绝口，而他的小包却已鼓鼓囊囊，不得已只好塞到了"我"的包包里，仓夷的音容笑貌、性格嗜好通过这一段的书写已经跃然纸上。而在之后的讲述里，"桃子"多次出现，如"夜里，我将那些大桃子安放在一个高脚的玻璃盆上，为防止它们发干，我又在桃子上洒下一些清水。""我担心地抬起头来，那几个大桃子又映在我眼前""玻璃盆上的那些桃子，已经由柔软逐渐腐烂起来，可是仓夷的消息，却越来越渺茫了……""桃子的季节，一转眼已经过去"。而文章的最后是："啊啊，多雨的季节已经过去，桃子又快熟了。……可是，可是仓夷啊，他却永远不再归来！……"桃子是仓夷特别喜爱的水果，几乎每一次内容的推进，都由"睹物思人"而引起，而"桃子"意象的出现，也大大加强了作品的抒情气氛。

文章内容的推进，分为两条线索。一条是仓夷被美兵找借口阻挠登机之后到底经历了什么，如果说文章的倒叙手法使我们早已知道仓夷已经不在人世，那么到底是什么导致了他的死，他遇难的过程是怎样的？这一悬念紧紧揪着读者的心，真相一点一点地披露，恰如作者获知它的过程，读者也与作者一样地担忧着仓夷的命运，祈祷奇迹的出现，而奇迹终于没有出现，永远不会出现；第二条是在仓夷不再回来的日子，"我"点点滴滴的对于仓夷的回忆：第一次壕沟里的见面相识，在北平并肩战斗的日子，仓夷对于未婚妻和家庭的讲述等等，事过十年，细节历历在目，清晰如昨，足见萧殷与仓夷之间手足般的情谊。而回忆的过程，也是仓夷的性格和人格形象凸显的过程。在北平的复杂环境里，仓夷的一次晚归怎样让朋友们担惊受怕；仓夷对国民党记者和日本战犯竟然亲密握手的震惊和愤怒；仓夷机智地救出解放报同仁，仓夷利用国民党例行的记者招待会传出他们的丑闻等等，这些看似琐细的回忆一一道来，一个热情、机智、充满正气，为党的事业不惜出生入死的新闻工作者的形象就树立在读者的眼前；而同时这个人物又不是那么完美的，甚至有一种在复杂环境中可说是"致命的弱点"的东西：太天真，孩子气，"忽略了对敌斗争的复杂性"，"对国民党反动派的一些恶毒的措施，常常是极其大意的"。这或许正是仓夷遇害的一个原因：轻易地跟着国民党代表上了车，轻易地相信"已出了国方的最前线"，全然没有意识到自己已经成了被杀的目标。

对于今天的读者来说，读完全文后要理解仓夷这个人以及作者对于他的深挚感情是完全可以的，可《桃子又熟了……》可能还是一个特别复杂的历史文本，要真正读明白需要我们了解"故事发生的年代"和"讲述故事的年代"。就故事发生的年代说，作者和主人公仓夷的相识和交往主要发生在 1945 年 11 月—1946 年 8 月，这是抗战胜利后国共两党从和谈到内战发生的时期，1946 年 1 月在美国总统特使马歇尔的调停下签订了《国共停战协议》，并在北平成立了由国、共、美三方代表参加的"军事调处执行部"，以处理国共之间发生的局部武装冲突问题。但 1946 年 4—5 月间在东北发生的武力争夺已使和平进程进入严重的危机之中。中共也对美国政府一方面派人来调停，另一方面又向国民政府转售战争剩余物资的做法强烈不满，于是进行了大规模的反美宣传运动，尽管中共强调"不要和美军发生军事冲突"，但是在一种仇美的情绪中，还是发生了文中所说的"安平镇事件"。安平镇事件发生于 1946 年的 7 月 29 日，据杨奎松发表于 2011 年第 4 期的《史学月刊》的《1946 年安平事件真相与中共对美交涉》的考证，这实际上是一次中共基层部队向路过安平的美国海军陆战队运输车队进行袭击，造成美军十余人死伤的事件，但因部队首长未弄清事实就向中共中央报告这是美军联合国军侵犯我解放区，"我军被迫还击"的事件，双方各执一词，在这样的情况下成立了文中所说的"第二十五特别执行小组"，作者萧殷和仓夷都是奉命参与这个事件报道的记者。调处的整个过程与萧殷文中所写差不多，萧殷其实是简约而忠实地记录了在牵挂好友仓夷的生死命运的过程中自己所参与的紧张的谈判工作，美国以戴维斯上校为首，认为事实简单而清楚，证据充分；国方同意美方；而我方则要求重新展开全面调查，最后我方的意见得到了通过。调查延期了这个事件的结案，而随着国共矛盾的加深，全面内战不可避免，美国的调停作用已经不大，所以尽管在周恩来等的严肃追问下，中共高层最终获知了事件真相，但还是采取了"让此案成为悬案"的处理策略，而在正式的宣传中依然采用前说，这些即使是参加了调处工作的萧殷也无法知道的，因此在《桃子又熟了……》一文中萧殷对于安平镇事件的立场还是认为这是一个美国联合国民党军队侵入我解放区的"阴谋事件"。尽管就事论事地说，在这个事件中美方并没有任何责任，但就大的方向说，国民党想借取美国的力量对付共产党还是符合历史真实的，而仓夷的死也的确是国共矛盾所致。文章略感不足的是，最后写到刽子手抓到，那么这个刽子手到底是谁，是不是那个国军上校的勤务兵？他出于何种原因、得到何种指令要杀害仓夷？这些应该有所交代的。当然也许在作者看来，历史细节不必一一呈现，他要呈现的是主人公的内在和外在。

（李俏梅）

# 萧殷作品选

## （一）

### 《桃子又熟了……
### ——忆仓夷》

一

我永远忘不了一九四六年八月八日那一天。

火红的石榴花，在我眼前开放过十次，也凋谢了十次；南飞的雁群十次在我头上飞过，我又十次望见它们飞回北方。……时光的流逝，有如湍急的溪流，一转眼，竟把一九四六年远远地抛在后面。然而，时光不能冲淡我的记忆，也无法冲淡我心头的悼念。

就是在这一天的早晨，我们乘着一辆敞篷的吉普车，从东山坡向飞机场驶去。初升的太阳，迎面照射过来，我们都眯缝着眼睛，沉默着。一向爱笑爱闹的仓夷，这会儿却出奇地沉静，他好像正在想着什么心事，把眼睛眯成一条缝，凝神地望着前面。

我没有打扰他的深思，只把背脊贴紧了靠椅，翻阅看当天的《晋察冀日报》，几个炫目的标题立即映入我的眼帘：大同周围的战事正紧，平津公路上的安平镇又发生了所谓"共军袭击美军"的事件；北平军事调处执行部为了这事，还成立了第二十五特别执行小组……

现在，我和仓夷正要赶到北平去参加二十五小组的工作。事情为什么这样凑巧，二月间，也是我和仓夷两个人，一起到北平去的；我们一起在那里紧张地斗争了四个月，国民党的暗探也整整在我们身后跟踪了四个月；后来，只因《解放三日刊》被封闭了，我们才不得不在六月初回到张家口来。在解放区里，我们也同样地忙碌着，但却可以自由地走来走去，这儿的一草一木，都使人生爱，甚至天上的白云或晚夕的霞光，也会给我们带来特别愉快的感觉；然而，一想到北平那种使人窒息的空气，却要使人恶心。……

飞机的嗡嗡声，把我从沉思中唤醒，我抬起头，见一架草绿色的飞机斜斜地向机场降落。可是仓夷却还是那副架势，沉静地凝视着前面，他好象什么也没有听到。

"怎么啦？"我拿拳头重重地在他肩膀上捶了一下，"有什么心事呀？"

他猛然回转头来，露出那两颗闪光的金牙，微笑着："我正在构思我那个中篇小说里的一个战争场面哩。"

"这几天，老看你趴在桌上写，快写完了吧？"

"哪里，一半还不到哩。"他兴奋起来，脸颊泛起红晕。"我打算等二十五小组的工作一结束，就回到张家口来，赶快把这篇小说写完，然后，至迟过了中秋节以后，我就到延安去！"说到这里，他习惯地耸耸肩膀。"你知道，我一直到现在，还没到过延安，也没见过毛主席啊！"

"可能吗？"我问他。

"没有问题，领导已经同意了。"

我听他说得那样轻松，侧过脸，微笑地望着他："如果美国鬼子不同意怎么办！"

他呵呵地笑起来，好象他又觉察到他自己又一次忽略了对敌斗争的复杂性，于是，狠狠地拿拳头向前一劈："鬼子不同意？妈的，就跟他泡下去！他们不让我到延安去过十月革命节，他们也休想回美国去过圣诞节。……"

吉普车忽然停住了，原来我们已经到了飞机场休息室的门前。我们跳下车，在休息室里转了一圈，然后在一张大沙发上坐下来。然而，仓夷并没有安静下来，他东张西望了一阵，忽然象发现了什么希罕物件，又象被沙发弹起来似的，急忙向水果柜那边跑过去。我抬头一看，已猜到七八分：那里摆着许多水蜜桃，我知道仓夷是很喜欢这类水果的。接着果然捧来了十几个大桃子，满脸堆笑地走回来，一面还称赞着："你看，这桃子多大！多漂亮呀！"他啃了一口，几乎手舞足蹈起来。"老萧，你尝尝，水真多呀！象这样的好桃子，到了北平就很难吃得到啦！"

我一向对桃子没有什么兴趣，经他这么一称赞，就拣了个最熟的啃了一口；水的确不少，但味道并不美，我连忙摇摇头，表示不同意他的说法，仓夷见我对桃子这么冷淡，就闪出顽皮的眼色，叹息起来："简直是蜜味的，你不吃，多可惜！到了北平，你可不要后悔呀！"

这时，又一架飞机，在机场上降落。……

我看了看壁上的挂钟，长针已指着"4"字，再过十分钟飞机就要起飞了。于是我望着仓夷笑起来："怎么？你打算把这一大堆宝贝桃子怎么办？通通塞进肚子里？还是带到北平去？"

这时，他才发现他那胀鼓鼓的提包，已经到了饱和点，桃子再也塞不进去了，于是他又格格地笑起来："劳驾！劳驾！你的提包还空着不少地方，与其在这里囫囵吞枣地将这些好桃子啃光，反不如带到北平去细细地来品一品它的蜜味。"

当我刚刚把八九个桃子塞进提包里，翻译同志来了，他说飞机就要起飞，叫我们立刻上飞机去。

走出休息室，翻译同志领着我们向最近的那架飞机走去。一掌平的深草，在我们面前展开，青碧一色，一直迤逦到远远的山麓和村边。我用力吸了一口气，仿佛第一次闻到这样清新的掺和着草花香味的空气。……回头再望望远处那些红色的屋顶，依依的别情，就不禁涌上心头："再见吧！人民的城市！"

我们刚踏上飞机扶梯，一个长着满脸肉刺的美国兵，忽然拦住舱口，用极快的速度吐出许多"特"音和"斯"音，同时也以同样的速度喷射着大量的唾沫；经过翻译，我们才闹明白了，他是说，这架飞机是专到大同去的，他不能把张家口的人载到北平去。

于是我们从扶梯上退下来。紧接着有个通信员背着一大捆的报纸走上扶梯去，那个惯于把唾沫向别人脸上喷射的美国兵，又张开两臂拦住舱口，用奇怪的眼光望着那捆东西；翻译同志就告诉他，这是《晋察冀日报》。

他问："带这玩艺儿干吗？北平的报纸有的是。"

"执行部中共代表团需要这些报纸。"他摊开双手，耸耸肩膀，表示他无法理解这样的事情，但他不再阻拦通信员把报纸送进机舱里。……

于是，我们向另一架飞机走去。

两个美国人正坐在机翼下面谈话，见我们走近扶梯，其中一个红头发的瘦个子，连叼在嘴上的烟卷也未拿开，就含含糊糊地问："是到北平去的么？"

"是的。"翻译同志回答他。

"几个人？"

"两个。"

瘦个子向我们三个人从头到脚打量了一阵，然后把脸扭到一边，继续吸了两口烟，爱理不理地说："这架飞机，只能坐一个人。"

"为什么？"

瘦个子站起来，狠狠地拿烟头往身边一摔："为什么？因为这架飞机上只有一个降落伞。"

仓夷说："我们不需要降落伞！"

"你们不需要是你们自己的事，但没有降落伞，我可不能把你们带到空中去。"

这样谈下去，显然只会闹成僵局，翻译同志改换了语气询问他，这是不是北平—张家口的班机？既然是班机，你们当然知道有多少人要搭机到北平去的，……

没有等翻译同志把所有的问题都提出来，那个美国人竟脸红耳赤地吼起来："不管你有多少理由，现在我既然只带了一个降落伞，就只能让一个人坐这架飞机到北平去……"接着他吐出了一连串极粗鲁的话。

看情况，即使继续交涉下去，也不会有什么结果了；仓夷显然很激动，但他只反复地说："真没有道理！真没有道理！"

我们之间彼此交换了激动的眼色，最后，翻译同志对我说："萧同志，你先上去吧！"

我望着仓夷。他微微一笑，说："我回头搭那架飞机去，到大同就到大同，多在空中绕个圈子罢了。他还难得住我！哼！真没道理！喂！老萧，你在北平机场等我啊！我估计十一点钟就可以到了。"

我走上扶梯，靠着舱口，向他们挥了挥手，他们才走开。我望着仓夷的背影，南风飘起他那雪白的衣襟，那条他最喜爱的红领带却给飘到肩膀上，摆动着。他正在指手划脚地向翻译同志谈论着什么，① 但忽然，他转过脸，用双手作成喇叭向我高喊："我……们中午……到东安市场……吃奶酪……一同去……去……哈哈……哈！"

不久，飞机起飞了。我凭着小窗眼，恋恋地望着弯弯曲曲的清水河和张家口市区的红屋顶；可是，机翼一摆一摆的，只摆了几下，红屋顶和河流都被摆到群山背后去了。于是我回过头来，发现偌大的机舱里，只有我一个人；几只大汽油桶和十来个扁木箱，占去了机舱的一半；顺着往舱顶看，我忽然看见十几个降落伞，整整齐齐地塞在悬架上。……

一股怒火涌上我的心头。我觉得脸上热乎乎的，大概我的耳朵都红了。……我沉思了一阵之后，猛然翻开笔记本，狠狠地写了四个字："欺人太甚！"也许是我用了全身的力量去对付这四个字吧，铅笔竟折断了两次。……

我还准备写点什么，但忽然感到气浪冲激着我的耳膜，② 我急忙张开嘴，可是已经迟了：耳鼓里仿佛给塞进了一块什么，嗡嗡地响着。望窗外，飞机正急速下降，闪光的昆明湖和翠绿的万寿山，刚刚在机翼下面掠过，飞机就斜斜地俯向跑道冲下去。

走出了机舱，我在机翼的阴影里坐下来。我准备等仓夷一起进城去，然后一起到东安市场去吃奶酪。于是，为消磨时间，我拿出卡达耶夫的《妻》来阅读。这里很静，除了草虫的叫鸣和不时地传来一阵飞机的嗡嗡声之外，几乎什么声音也听不到了。……不知不觉我已把小说读了半本，时间也已经到了十一点钟，然而，然而仓夷却没有来。每隔三五分钟，就有一架草绿色的军用运输机降落，尽管我费尽眼力，可是没有看见一个穿白西服的人。最后，我离开了机翼的阴影，走到一处每架飞机所必经的跑道旁边；飞机虽然不断地从空中降落，每架飞机虽然都走出一群人，但却始终没有仓夷。时间已过晌午，太阳火一样地烤着地面，草叶都卷起来，有的叶尖已低垂下去，远处还冒着发颤的热气。我渴极了，但我仍站在那里，向耀眼的白云堆里搜索着黑点。等黑点逐渐变大，于是我又怀着希望；可是当这黑点逐渐飞近，逐渐由嗡嗡声变成隆隆声，

---

① 指手划脚：同指手画脚。——编者注
② 冲激：同冲击。——编者注

当它已经滑到了跑道的终点，当一群人从它那里走出来的时候，我又失望了。

在这短短的时间里，我心头曾怀过多少次的希望，又尝过多少次失望的痛苦啊。慢慢地，由失望到怀疑，由怀疑到心情焦灼。一直等到下午三点钟，太阳已经西斜了，才怀着一颗焦虑的心，离开了飞机场。……

二

当晚，那捆《晋察冀日报》已经送来了；可是仓夷没有来到。……

夜里，我将那些大桃子安放在一个高脚的玻璃盆上，为防止它们发干，我又在桃子上洒上一些清水。然后，我走进隔壁的华同志的房间里。他又一次问起仓夷是否来到了？我只摇了摇头；他默默地沉思了一会，然后说："大概不会有什么问题。近来，国民党的特务的确很猖獗，这确实应当引起我们的警惕。在半个月之前，他们竟敢在西直门绑架了我们代表团的工作人员，连同刚从延安运来的一汽车物资，一起被弄到特务机关里。一直找了好几天，我们才找到了线索……"他顿了一会，忽然问我："在北平工作的一段时间里，你觉得仓夷怎样？"

我一时弄不清他这问话的意思，只说："很好嘛。"

"不！"华同志大约发觉自己没有把问题说清楚，忽然自己笑起来，"我不是问这个，我是问仓夷在工作中和生活中，你感到他有什么不够的地方没有？"为什么问这些呢？我仍然摸不清他的意思；我匆匆把脑子里的杂乱印象整理了一下，说："我认为仓夷无论在哪方面都是很好的，他不怕任何困难，敢到处钻，到处闯；为了党的利益，他敢出生入死，不顾任何危险！其次，在和一般人接触中，他时刻都维护着党的利益，维护着党的声誉，遇到有损污党的声誉的言论，不管对方是什么人，他会严加驳斥……"

在华同志的脸上，泛起一种柔和而又亲切的笑容，但他立刻打断我的话："这些，我全知道……"

"你别忙呀！"我抢着说，"总之，我觉得仓夷在工作中，是个好干部；在生活中，是个好朋友！当然，我并不是说他没有缺点，譬如说，他在北平工作的这段时间里，我就感到他对国民党反动派的一些恶毒的措施，常常是极其大意的，有时候，他对这方面好象完全失去了警惕……"

"对！"华同志喷出一口浓烟，连连点头，"对！我有同样的感觉。"接着，他又转了话题，猜测着仓夷现在的情况，据他看，一方面仓夷可能没有登上飞机，现在也许还留在张家口；另一方面，仓夷可能已经到了大同。可是，他接着问自己，"那捆《晋察冀日报》已经到了，但仓夷为什么没有到？那架到大同去的飞机既然不让他上去，是不是到了大同之后那飞行员又找他的麻烦？现在大同周围打得很紧！……我所担心的，倒不是仓夷是否到了大同，使人担心的，却是他有时表现出来的那种孩子气！"说到这里，他向窗外的星空瞥了一眼，呵呵地笑起来，说："我们也许是多虑！人家仓夷也许现在正坐在桌旁写文章哩！"

他这一笑，的确减轻了我心头的焦虑。于是我推开门，走到露台上，依着栏杆，俯视着冷静的长安街，嘘出了一口气……

月亮，快要西沉，夜，已经很深了。

第二天黄昏，我的心情又沉重起来。刚刚从张家口来的同志告诉我："仓夷昨天已搭飞机离开了张家口。"此外，他再也没法告诉我任何别的情况了。于是我又焦灼地等待着执行部美国代表团的答复；时间过得真慢！一直到七点钟，秘书处的刘同志来告诉我："美方的答复：简单得近似敷衍，只说仓夷到了大同，又被送回解放区去了。"刘同志立即又补充说，已向张家口和大同执行小组发出急电，大约明天早上就能将情况弄明白的。

是怎么回事？我脑子里塞满了疑问，也塞满了焦虑。

可是这一夜，我却无论如何也无法使自己的心境平静下来。我虽然翻着书页，但仓夷的脸影，却不断地在我脑海里闪过。……

大约是一九四五年十一月最末的几天，是我到达张家口半个月左右的光景。这一天，我从办公室里走出来，发现天气格外晴朗，蓝天里只飘着几朵薄棉絮似的白云，这是塞外冬天少有的好天气。但是当我刚走到一片旷阔的空地，河对岸却忽然响起了凄厉的空袭警报，猛一抬头，几架国民党的飞机已进入市空，紧接着是一长串的机关炮；我急忙跳进近边的壕沟里，伏卧着。不一会，敌机回转头来，又向这一片空地扫射了一阵，碎石片和子弹在空中呼啸着，就在这忽儿，一个人"呼"的从我上头跳下来，敏捷地趴下去，跟我正面对面地俯伏着。从他的动作看来，这个小伙子是蛮机灵的，在浓浓的眉毛下面，闪着一对很有神采的眼睛，他微微地笑着，两颗金牙在嘴里闪了一下，他问："同志，你是哪个单位的？"我说："晋察冀日报社。"

"咦？"他表示奇怪，"我也是报社的，怎么不认识你？"

"我才来半个月。你呢，贵姓？"

"我叫仓夷。"

……等警报解除的时候，我们已经成了朋友了。我们跳出了壕沟，拍去了身上的泥土，就并肩地回到宿舍里。这天下午，我们谈得非常痛快，由文艺谈到生活，由战斗又谈到各人的经历。也是从这次谈话里，才知道他是从新加坡回来的华侨，一九三八年，也即是他十六岁的那一年，他就从遥远的海外回到祖国；就在那一年，他经过千山万水跑到吕梁山，开始了革命的生涯。……

从这以后，我们之间的接触就多起来，我们的友谊也就更加深厚了。

到了北平之后，有一天他忽然拿出一张照片给我看，那是一个美丽的姑娘。从微微阔拢的嘴唇上和水灵灵的眼眸里，都流露出少女无限的情意；她似乎在含笑凝思，但又微微有点忧伤。……

我问："她是谁？"

"是我的未婚妻。在我回国那年，我们就订婚了。"他的音调变得柔和了，音调里包藏着炽热的爱情，"整整八年没有看见她了，就是在战争最紧张的日子里，我也没有忘记过她；可是，那时候我们无法通信。最近我一连收到她两封信，并且还寄来了照片……"

我很感动，也替他高兴。他静默了一会，继续说："家里来了几次信催我们结婚，我同意了；我希望她回国来结婚，将来我们可以一起做革命工作；但我妈妈认为这是人生大事，一定要我回到新加坡去结婚，老人家的态度很固执，看样子，大约我们今年还不能见面……"

"你自己怎么打算？"

"只好延迟一两年再说，家里的老人是不习惯从政治上来想问题的。你想想，现在四平街打得这么紧，国民党还扬言要夺取长春和整个东北；我看，一场大战很快就要爆发。在这年头，我怎么能回新加坡去结婚？内战的炮火一点燃，交通就断了，那时要回解放区就难于上青天了！……"说到这里，他使劲做了个手势，像要紧紧同党的主力靠在一起。接着他顺手把衣架上的草帽戴到头上，推着车子匆匆出去了。……

仓夷的那副神气和他那背影，现在仍然在我的眼前闪动。我继续无意识地揭着书页，但我竟看不清其中的任何的一行字和一句话；仓夷的面影仍旧固执地出现在我的眼前；但这一次，却是一张带着几分淘气表情的脸庞。……

记得那是三月间的某个深夜里，时间已过了十一点钟，但仓夷还没有回到报社来，我们曾打电话向中共代表团各单位去询问，但都说那里没有他。自从我们的报社搬到方壶斋九号以后，国民党反动派不但派出大批暗探和打手分住在报社周围的家家户户；同时，还在我们经常出入的宣武门加强了岗哨；一到晚上七点钟，就有二十个全副武装的哨兵，分成两排把守着城门洞，两溜刺刀闪着寒光，如临大敌。这情况，仓夷是知道的；并且曾经告诉他，如果没有特别事故，一定要在七点以前回到报社。……然而，一直到十一点半，他才笑嘻嘻地回来，一问他，他悄悄伸了伸舌头，微笑着；他说，他正要离开北京饭店，忽然遇到一位刚从延安来的老朋友，因多年不见，一聊开了话就没有完，竟把时间也忘了。说到这里，他又淘气地伸舌头，格格地笑了。

"同志，"我劝告他，"在这里不象在解放区，胆大是好的，但还要心细，你对于国民党的特务，可不能大意呀！"

他仍然微笑着："不要紧！他们敢对我怎么样！"

……我担心地抬起头来，那几个大桃子又映在我眼前，我不禁地叹息起来："仓夷呀！你这种孩子气曾使多少同志为你担惊！"

三

上午九点钟，我照例到协和医院三楼去参加二十五特别执行小组的会议，然而会议的情况跟昨天几乎完全一样，也同昨天那样只开了十分钟，就散会了。

美国的代表戴维斯上校，照例坐在主席的席位上，照例把两只毛茸茸的手臂撑在桌面上，还拿一只手不断地抚摸着他那多肉的下巴。他矮小而肥胖；只有极稀薄几绺黄发，贴在前脑的两侧；虽然他费尽心机拿一绺横贴着前脑，但却盖不住那秃得发亮的脑瓜。在这下面，便是金丝眼镜罩着的两只灰绿色的矜持的眼睛，和一个象小榔头似的鼻子。他傲慢地但慢吞吞地重复着昨天的话："……关于安平镇事件的调查，今天就请美军士兵丘克君……来作证，他们已经来到休息室。共方的意见怎样？"

我们很明白，戴维斯有个阴谋，他妄想拿美国士兵的所谓"作证"来代替全面事实的调查，并且企图拿他一方面的"作证"当作调查结果向世界公布。他根本不打算听到安平镇我方驻军的报告。因此，我们的代表提出，必须先确定双方证人发言的程序；在程序未确定之前，不同意丘克等来报告。

当译员翻译这段话时，戴维斯一时望望窗外，一时又看看他的手表；还未等把话听完，他就侧过左边，向国民党的代表问："国方的意见怎样？"

国民党的代表显出一副奴才相，应声虫似的嗡嗡着："我们完全同意美方的意见。"于是戴维斯宣布："现在请丘克来作证。"我们的代表立刻严词指斥戴维斯："在外交史上，从来不能找出这样的事例，在我方的译员还没有译完我的意见，你就打断了他的话，现在我要向你这种无理的举动提出抗议！其次，我再一次重申我方的意见，在程序未确定之前，不同意丘克等来报告。"

戴维斯不动声色的听完了这段话，然后用毫无表情的声调宣布："现在散会。明日九点继续开会。"

我回到宿舍里，心里仍然非常激动。为了完成我对每次会议的报道任务，我不能不回忆戴维斯那副嘴脸。我发觉他同机场上那个红头发的家伙很相似，他们都善于耍无赖和玩弄流氓手段；同时我也看到，在这些流氓手段的背后，都隐藏着美国白宫最毒辣的阴谋。……我顺着这条思路想了很久，最终我摸着了戴维斯的诡计的实质，于是我急速地写着，我激动，我要向世界宣布他们这恶毒的诡计。……

可是，还没等把新闻电讯写完，有人敲门了，原来是秘书处的刘同志。一看见他，我立刻又想起了仓夷，于是我性急地问；他的眼色已经表明他的内心十分焦虑，但他仍用极平静的音调告诉我：张家口已复了电报，说只知道仓夷八日搭飞机离开了张家口，此后，再没有听到关于他的任何消息了；大同小组的复电没有说情况，只说今日下午有人来北平，准备面谈。

沉默了一会，我问："刘同志，你估计仓夷会不会遇到什么意外？"我明明知道这是一句傻话，但还是忍不住地说出来了。

刘同志犹豫着，舌头似乎僵硬了，憋了好一会，才说："大概不会吧！"

"我也这样想，大概不会吧！"

于是，我们都苦笑起来。……

午饭时，我知道大同小组的那个翻译同志已经来到；一吃完饭，我就到三楼去找他。他告诉我，那天那架飞机到达大同时，事先并不知道那里有我们自己的人，所以机场上没有我方的人员。当天，他只因偶然的事情到飞机场去了一趟，可是，当他走进机场时，风波已经结束了，只听说有个新华社的记者被送走了。……后来，还是从美方一个翻译的嘴里才弄清了事情的经过。

那架飞机在九点钟就飞到大同，降落后不久，就有十几个国民党的党棍拥上飞机去，他们看见机舱里坐着一个挂着新华社小牌牌的人，就嗡嗡着，要求驾驶人员拿出名单来查对。

不久，那个惯于把唾沫喷到人家脸上的美国兵，手里捏着一个纸夹，从前舱走到后舱来，他望着仓夷，竭力装出滑稽的样子说："亲爱的朋友，劝你别上来，你说多坐一个人没关系，好！你看！现在该怎么办？"

仓夷脸红红的，显然有点为难；但他挺直胸膛，不动声色地坐在那里。

党棍们要求立刻查对名单，于是那个美国兵问了仓夷的名字，接着他宣布：

从北平执行部带来的名单里，没有仓夷这名字。

这一来，机舱里立刻迸出一阵狗吠似的吼声：

"叫他滚下去！"

"别占着我们的座位！"

仓夷气极了，愤愤地站起来，登登地下了飞机。① 他才走了几步；有个别着上校领章的军人在背后呼喊仓夷，那人自称是大同小组的国方代表，后面还跟着一个勤务兵。首先他对仓夷不能立即到北平去，表示遗憾，接着他说："由于共军的围攻，大同已经朝不保夕。执行小组的共方代表，说回去请示，但到现在还没回来。执行小组已决定撤出大同，北平大同之间的班机下星期就要停航。在这样混乱的情况下，你如果留在大同，想再到北平去，困难只会一天天增加。小弟的意思，你不如即刻回张家口去，从那里到北平的机会多，不知你的意见怎样？这纯粹是替你设想，你如果不同意，你当然也可以留在大同……"

仓夷大概被刚才那阵吼叫气晕了，他一直没有说什么，最后，他只冷冷地向对方问了几句简单的话，然后就跟那个国民党的代表坐上一辆吉普车，驶出了飞机场……

听到这里，我的全部神经都紧张起来，忙问："到哪里去啦？"

"以后的情况，是由我们的司机同志向一个替国民党代表开车的司机那里打听出来的。"

他用力吸了一口烟，继续往下说：

……出了飞机场，大家都没有说什么话，路很不好，汽车走的很慢，大约走了一刻钟光景，在离前面村庄还有三四里的一处野地上，上校叫把吉普车停下来。他首先从车上跳下来，紧跟着，仓夷跳下来；接着，上校的勤务兵跳下来。

上校指着前面的村庄，对仓夷说："喏，你看，前面这个村庄就是国方的最前线了，再过去，就是共方管辖的地区。为了让我能知道你已安全地离开了国方的最前线，我希望你到了这村之后，给我写个简单的字据，好让我放心！……勤务兵，你记住，把这位先生送到村子以后，千万别忘了带回字据来！好，你走吧，我不便往前走了。……"

仓夷默默地走开，勤务兵在后面跟着。……上校没有立即离开这里，只嫌太阳晒得头痛，叫把吉普车开进一处树荫里。他似乎很愉快，一个接着一个的

---

① 登登：同噔噔。——编者注

烟圈，不间断地从他嘴里喷出来。

大约过了四十分钟，那个勤务兵果然带着仓夷的字据回来了。……

"写些什么？"我问。

"后来，我们问国民党代表要来了这张字据，据熟悉仓夷的人说，确是他的笔迹。上面写着'我已出了国方的最前线'，下面是签字。"

"出了国方最前线？"我问自己，"那么张家口为什么会一点不知道？"

"问题就在这里，"翻译同志说，"据我们所了解的情况，国民党在那一带的防线，其纵深不会那么浅；其次，根据那个汽车司机所谈的情况，那一带哪里有一点最前线的迹象呢？可是，国民党代表却一口咬定：仓夷已安全地出了国方的最前线，他认为最有力的证据，莫过于仓夷自己的亲笔字。……"

是凶呢还是吉？似乎越想越渺茫了。

也许是由于战事太紧，也许由于旁的原因，所以前沿部队还来不及给张家口发电报？也许，张家口今天才收到前沿部队的电报？也许明天这里就会收到张家口的电报？……

也许，仓夷会突然出现在我的眼前。……

于是，我又向那盆桃子洒了一些清水。……

四

又是黄昏。

刚刚结束了紧张的白天生活；我又站在露台上，望着街头的黄昏出神。

要是在张家口，正是我和仓夷在东山坡僻静的小径里散步的时候。我们常常喜欢迎着柔软的晚风，踏着自己瘦长的影子；一面慢步地走着，一面谈述着战斗的故事和各人有趣的见闻……就这样，一直踏尽了黄昏的影子，远处的灯光才把我们召回。……然而现在，当晚霞同样变幻万状的时分，仓夷的消息却渺茫了。

我怅然地望着西边的天际。当几面飘卷在晚风里的美国国旗清晰地映入我眼帘的时候，我感到气闷；戴维斯和那个红头发的家伙，以及那些喝得烂醉的满嘴臭话的美国丘八，那些到处横撞直闯狂妄自大的"M·P"……①都一齐掠过我的脑际；那曾在四月三日早晨闯进解放报社的特务们以及二十五小组那个令人切齿的奴才，都一齐掠过我的脑际；我恨不能把他们的牙齿都敲掉！……

_____

① "M·P"是"宪兵"的英文简写。

"仓夷啊！在这斗争最激烈的时候，我们是多么需要你！"

在过去斗争的岁月里，他的智慧、他的忠贞以及他的勇敢，都曾闪过光。……

记得二月间的某一日，北平的许多中外记者去参观日本战犯的时候。仓夷进去时，几乎使他吃了一惊：许多国民党报纸的记者，竟和日本战犯亲热地握起手来，并且亲昵地向这些刽子手问寒问暖；于是这些杀人犯乐起来，恢复了他们进行大屠杀时的劲头，畅快地笑开了；他们俨然成了这间房屋的主人，谈笑自若地与人握手，交谈。……仓夷被这情景激怒了，当一个日本战犯笑呵呵地走近来与仓夷握手时，仓夷冷冷地把手收起来，然后望定对方，严峻地斥道："谁跟你笑？你乐！你乐什么？难道你们忘记了自己屠杀了多少中国人吗？"这一下子，全场立即变得鸦雀无声，杀人犯们站着不动了，一大群国民党报纸的记者也愣住了。仓夷直挺挺地站在那里，向所有的人扫了一眼，但谁敢抬起头来接触这严峻的目光？……

于是我又想着，在四月三日那一天的斗争中，仓夷的表现也是出色的。那天清晨，国民党特务机关原想在天亮之前，就偷偷摸摸地将《解放报》的全体人员"一网打尽"的。在他们强拉硬扯地拖走一部分同志之后，我们发觉了这一二百个军队、宪兵和警察，只受一个人指挥。这个人穿着美式军服，耀武扬威地吼叫着，从这个房间走到那个房间，他到了那里，那里就会有人被捕；只要他一离开，喽罗们就会没有事情可做。① 这时，这个穿美式军服的特务，正在楼上指挥捕人，他自然就无法顾到楼下，自然更顾不到门外了。我们利用了这个漏洞，当喽罗们把我们押到大门口时，我们再也不走了。我们的人，一个一个地被弄出来，人一多，形成一种声势，我们嚷开了，四邻的居民都悄悄地从门缝向外探望着，仓夷就凑近门缝，大声说："乡亲们，因为我们的报纸替老百姓说了话，国民党反动派就恨我们，现在还想逮捕我们……"西茶食胡同口这时也拥来了很多老百姓，一个警察想去赶，被我们的一位女同志喝住了："你为什么赶？你们干的事是不敢见人的吗？"……仓夷很活跃，跑来跑去；一会他把照相机拿出来了，一会他告诉我："已经有人给叶剑英同志打了电话了。"果然，不多久中共代表团的人来了。这时候，那个特务才从里面溜出来，仓夷准备把他的嘴脸摄下来，拿照相机对着他；那家伙象遇到照妖镜，急忙把脸扭向墙边，一面拿手枪对着仓夷；而仓夷则毫无畏惧地继续拿眼睛对着镜箱，瞄着

---

① 喽罗：同喽啰。——编者注

他；快门刚响过，这个特务缩头缩脑地蹑蹀地绕过了墙角，就撒开腿向胡同口跑去……

这一天，恰好是星期五，匆匆吃了早饭，仓夷就骑着车子出去了，他要赶去出席伪北平市副市长张伯谨的例行记者招待会。他到得很早，为了将消息尽快地透露出去，仓夷故意只向个别记者私语着。记者们见他们这样悄悄私语，反而注意起来，都围上去，但仓夷没有改变声调，继续细声地谈着，到最后几乎所有的记者都围拢来，静静地听着。有些没听清楚的，还提出问题来问他。……不久，招待会开始了，当张伯谨念完了那篇枯燥乏味的，没有一点真实内容的发言稿之后，仓夷立即站起来，用宏亮的声音问："副市长，今天早晨，有大批的军警宪特绑架解放报社人员的事件发生，你知道么？"

"不知道。"

"不知道么，"仓夷继续说，"事情是这样：……"他说得很快，但很清楚，只说了六七分钟，就把事件的经过说完了；最后，他加重语气说："……这事关系到国内的和平，请你注意。"

张伯谨显然有点狼狈，他竟没有回答记者们提出的问题，就匆匆宣布结束招待会。

刚走出门口，有个记者对仓夷说："这次招待会的发言人，不象是张伯谨，倒似乎是老兄了。"

……想到这里，我几乎想笑起来；但忽然，一种刺耳的刹车声，将我从沉思中惊醒；往下一望，竟不由地全身战栗了一下：有个女孩子，被一辆飞快驶过的吉普车轧得血肉模糊。烂醉的美国兵只停下车望了一会，又吼叫着把车子开跑了。

"混蛋！总有一天咱们要狠狠地把你们赶出去！"我不忍再看，愤愤地回到房间里。……

夕阳，血红地映在窗玻璃上。

五

戴维斯继续玩弄他那套流氓手段，会议没有什么进展。一星期过去了，十天也过去了，会议的程序问题，还没有解决。……

玻璃盆上的那些桃子，已经由柔软逐渐腐烂起来；可是仓夷的消息，却越来越渺茫了。……

# 六

八月二十四日早晨，我要回张家口去。在我离开北京饭店之前，华同志递给我一封信，他稍微有些激动，说："这大概是仓夷家里寄给他的信，已经在我这里搁了三个星期；现在还是交给你吧！将来也许你还能看见他。请你记住，希望你一回到张家口，就写信来！"

接过信，我一看那纤秀的字迹，知道是仓夷未婚妻的来信，我小心地把它放进提包里，然后就下楼去。……

八点钟，我到了张家口机场。这里还象半个月以前那样，仍然是草色青青，一片碧绿，蓝色的小花比半个月前开得更欢了；然而，我的心境却不象离开时那样平静，再也无心去欣赏这美妙的景色了。我匆匆向机场的休息室走去，急着去找熟悉的人。刚进门，就看见翻译同志，我第一句就问："仓夷回来了没有？"

他收敛了笑容，摇了摇头："没有！……"

我的心本来是悬挂着的，听了他的话，心一沉，什么话也说不出来；一直静默地站了几分钟，然后才坐到桌边，摊开纸，心绪纷乱地写着：

华同志：

　　张家口也没有仓夷。我看是凶多吉少了！

　　我不愿意胡思乱想，但是从各方面的事实来看，却不能不使人担心！

匆匆

　　祝你好！

萧殷 8 月 24 日飞机场

……我一回到报社，许多同志都围上来探问仓夷的信息，然而我的回答，却使他们变得沉默，有的竟叹息起来。……

等我把行李整理停当，又把仓夷未婚妻的来信连同她的照片，都妥帖地压在我书桌上的玻璃板下面之后，我正准备到办公室去，这时，墙外忽然传来一阵响亮的叫卖声"水蜜桃呵，又大又甜的水蜜桃！……"

# 七

桃子的季节，一转眼就已经过去，塞北的天气渐渐寒冷起来；小径里已堆满了落叶，篱边的白菊花也开始枯黄。……

随着秋风的加紧，战火，也越来越迫近张家口的大门。不久，怀来前线的激战开始了，张北的战云也开始弥漫。从十月九日起，敌人的飞机疯狂地向张家口轮番地轰炸了两整天。市区的空际不断地卷起黑腾腾的浓烟。丈把高的火苗从屋顶冲上来。

十日傍黑时分，我们才从东山坡回到宿舍里。然而屋里天花板被震得破碎了，七零八落地悬在上面；地板上是一层厚厚的泥土、木屑和玻璃碎片；玻璃窗全被弹片打得稀烂，冷风从窗缝里灌进来，使人全身都觉得冷飕飕的。

电灯已断了电。我点着两支蜡烛，急忙坐下来编发明日报纸的副刊稿；可是稿子还没编齐，老陈忽然急匆匆地闪进房来，他通知我，不要编稿子了，马上要撤出张家口。……

这个通知使我吃了一惊："为什么？东线不是打得很好吗？为什么要撤退？"

"东线的确打得好！可是张北方面不太妙！从张北望张家口是居高临下，不能不防！好，我不能多耽搁，请你抓紧时间把要带走的东西收拾一下，八点半集合！……"

老陈一走，心绪更加纷乱。脑子里尽是"为什么？"虽然我明白"不在一城一地的得失"的战略意义，可是当我回想起这个城市在这一年中的巨大变化，劳动人民和我们的干部在这一年中的辛勤创造，以及广大人民在这一年中所获得的一切，唉！到明天，一下子全都要落到敌人手里，心里却不免感到难过。……

烛光被一阵阵的冷风吹得摇摇晃晃，屋子里寒冷而又阴暗。……

我正收拾着书籍和衣物，我的视线却忽然落到玻璃板下面的那封信上，那几个纤秀的字，仿佛格外显眼地映在我眼前。我即刻把它取出来，准备一起搁进提包里，可是我又惆怅起来：仓夷什么时候才会读到这封信呢？他还能读到这封信么？仓夷这时候在哪里呢？是在黑暗的牢房里？正在那里沉思？还是正在忍受着残酷的拷打？……或者是，他已流尽了自己的热血，早已离开了人间？……

一阵冷风从破窗口吹进来，烛火给刮灭了；天花板上沙沙地掉下许多沙土来。我又将蜡烛点着，继续对着那封信发怔；我仿佛又看见那微微阖拢的嘴唇和那水灵灵的眼睛，我心头感到一阵寒冷。……

仓夷也许能读到这封信！我们好些坚强的战士，不是经历过种种非凡的遭遇之后，又从死亡的门口回到生活的路上，又拿起武器继续跟敌人战斗吗？仓夷大概也会是这样！他是不屈的，说不定有一天，他会冲破敌人重重的障碍，回到解放区来，回到他的亲爱的战斗伙伴中间来。到那时候，我再把这封信原封不动地交给他。……

于是，我将信夹在一本书里面，再把它搁进提包里，然后，我才离开了这寒冷的房间，向集合的地点奔去……

天上，有暗淡的月色，但冷风却越吹越紧了。……

八

到第二年，桃子熟了的时候，我们的大军已突过了黄河，浩浩荡荡地向中原地区进发；华北各战场，我军也正到处向敌人展开了攻势……

虽然那封信还平平正正地夹在书页里，然而仓夷呢？仓夷的消息更加渺茫了！……

到一九四八年的秋天，当桃子又熟了的时候，辽沈战役已接近胜利结束，淮海的大歼灭战刚在开始；当我们正满怀信心，用更坚实的工作来迎接胜利的时候，可是我们还是听不到仓夷的消息……

九

一直到一九四九年的七月末杪，当我们天天都因接到胜利消息而欢腾鼓舞的时候，当全部大陆快要解放的时候，我终于听到了仓夷的消息了；可是一直到这时候，我才痛心地叹息：他的确再不能读到那封信了！

杀害仓夷的刽子手，已经捕获！从刽子手的口供里，我才知道，原来就在一九四六年八月八日上午十点钟，当我正坐在飞机的阴影里读着卡达耶夫小说等待他的时候，刽子手就拿刺刀将仓夷活活地杀死了。……

血，必须用血来偿还！刽子手自然逃不脱人民的惩罚！

啊啊！多雨的季节已经过去，桃子又快熟了。……

可是，可是仓夷啊！他却永远不再归来！……

一九五七年四月于北京

207

# 华嘉作品选及简析

## 华嘉生平

华嘉（1915—?），原名邝剑平，出生于广州。因家贫失学，1932年参加"广州文总"领导下的秘密读书会，阅读介绍马克思主义的书籍以及国内外进步作家的作品。1934年秋去上海，由司马文森和周钢鸣介绍，参加了左翼文化运动领导下的青年组织。1937年抗日战争爆发后回广州，投身于抗日战争，1938年加入中国共产党。1939年到桂林，任《救亡日报》记者，写了大量战地通讯和报告文学。1941年随夏衍等到香港，任《华商报》记者。香港沦陷后又辗转桂林、重庆，抗战胜利后由广州去香港，任《华商报》副刊编辑并与夏衍等人创办人间书屋。1949年夏返广东东江解放区工作，不久随军进广州。新中国成立后历任《南方日报》副刊编辑、华南文联秘书长、广东省文联副主席等职。自1934年发表作品以来，主要作品有长篇小说《冬去春来》，散文集《海的遥望》《奔流集》《满城风雨》《华嘉散文选》，评论集《春耕集》《门外戏品》《论方言文艺》，小说集《复员图》等。

## 华嘉作品选析

华嘉的《荔枝湾的夏夜》写于1956年8月，是一篇难得的保留了20世纪50年代广州城市记忆的好散文。荔枝湾原本是广州的名胜，它的历史据说可以追溯到广州建城之初的2200多年前。相传公元前206年，汉高祖刘邦派遣陆贾来广州向赵佗劝降，当时陆贾以今天的西村为驻地，筑泥城，并在河边种植花、藕和荔枝，始建这一名胜，"荔枝湾"因此得名。又经历代经营建设，如唐代建"荔园"，南汉建华林园、昌华苑，清代富商建"海山仙馆"等，遂使荔枝湾更加声名远扬。荔枝湾河涌纵横，与珠江水相连，最盛时可划船数十里，"一湾溪水绿，两岸荔枝红"是荔枝湾最迷人的景致。20世纪40年代开始，随着广州城区的扩展，城市人口增加，荔枝湾两岸成为菜农、贫民聚居之地，砍掉了不少荔枝树。与此同时，西村成为广州市近代工业的基地，河涌被污染，也难以适合荔枝树的生长。但是一直到20世纪50年代，荔枝湾都还是保持着它的风景名胜的地位。荔枝湾的消亡是在1958年，开辟了荔湾湖公园，保留了部分湖泊和水道，但各水系的各支流被填平成街道，被保留下来的水道也渐成臭水沟，终于在1992年泮溪至逢源桥的最后一段水道被覆盖，荔湾涌成为一段历史。直到1999年市政府才提出"重建荔枝湾故道"，复建工程于2009年开始，亚运前夕完成第一期，要恢复荔枝湾的昔日盛景，尚任重道远。

华嘉的《荔枝湾的夏夜》写的正是1958年大规模地填埋毁景之前的荔枝湾。这实际上是一个新旧交替的荔枝湾。从新的方面来说，时代不同了，荔枝湾所置身的文化政治环境不同了，这从文章一个小小的细节可以看出。荔枝湾著名的一景——"海角红楼"这样文艺的名字换成了"荔湾人民游泳场"，可能作者写作的时间政治环境尚显宽松（"双百方针"时期），华嘉直接在文章中表示了不满，"实在扫兴得很"，不过，"水上的艇家们可还是照老名字叫的，因为她们毕竟喜欢那样的好名字"。而可喜的是，水上人家（蛋民）作为劳动人民中的一员，他们的地位上升了，他们的生活有保障了。"她们在旧社会是过着受歧视、受迫害的生活的。以前她们不大敢走到陆上来。……现在情况当然两样了。她们自己组织起来，按着次序开艇，租艇费用也由她们自己订定了，因此她们的生活有了保障。现在，她们会满脸笑容，滔滔不绝地给你介绍荔枝湾风光。"当然前来游玩、享受夏日清凉的人也不同了，他们都是"经过了一天辛勤工作"的普通劳动人民。所以华嘉笔下的荔枝湾是一个昔日的繁华尚在，而又有些新的时代气息的荔枝湾。

在华嘉的笔下，20世纪50年代的荔枝湾依然是一个非常市民化的、带有世俗的享乐气息的荔枝湾，可见50年代初中期，广州人民的日常生活并没有太过政治化的色彩。"和同伴们下到一艘小游艇里去，围着一张小桌子坐下来，或者下象棋，或者打扑克……"，"这里有水上菜艇，都是由一些著名的广东菜的厨师主持的，艇上有厨房，也有可以容纳五六桌酒席的座位。这里有专卖小吃的小艇，有些是卖活生生的鲜虾的，有些是卖此间最有名的'艇仔粥'的，有些是卖炒粉炒面的，有些是卖水果汽水的……"，"这里不仅仅是一个游泳场，还有溜冰场，游乐场，舞厅，饭馆"。人们在这里享受着清凉美景，享受着广州西关特色的美食，也享受着种种的娱乐，华嘉实在是给我们留下了 50 年代的珍贵城市记忆。

《怀念粤剧薛马流派》中所选诸文都是关于粤剧的。薛觉先和马师曾是粤剧界的前辈大师，作者虽说自己是个"门外人"，但一个"门外人"能对粤剧大师的表演风格及精彩之处谈得头头是道，足以说明粤剧在 20 世纪 80 年代之前的群众基础，像华嘉这样"懂戏"的戏迷是很多的。如果往前推，在粤剧最为繁盛的 20 世纪三四十年代，薛马在广州香港两地争雄的时期，懂得其中三昧的戏迷当更多。正是这些戏迷的存在，促使粤剧不断地推陈出新，提高艺术表演的水平，使之发育成为地方戏种中的明珠——周恩来总理赞之为"南国红豆"。《关于薛马》这一短文，虽说写得比较简单，但是看得出作者对薛马在粤剧史中的地位是很清楚的，对薛马争雄中又惺惺相惜，且争雄本身给粤剧发展带来的积极作用也是有中肯的评价的。这篇文章写得比较早，但后来更为详尽的介绍或研究在基本观点上都不出其右。这里需要稍稍补充一下的是，粤剧的历史可以追溯到明代成化年间（从有地方戏班算起），到清代已经成为特点较鲜明的地方戏种。早期的粤剧戏班，乘坐专门租用的"红船"沿珠江内河穿梭往返于各埠演出，故又称粤剧艺人为"红船弟子"。清末民初，广州和港澳等地陆续修建戏院，此后出现流动于大中城市之间的省港大班，名伶辈出。1929 年，薛觉先（1904—1956）在广州成立"觉先声"粤剧社，1933 年，马师曾在香港成立"太平剧社"，开始了薛马"十年争雄"的时代。正如华嘉文章所言，两人都是粤剧的革新派。薛觉先出身粤剧世家，又学过京剧，又导演演出过电影，因此他就把京剧的京锣和武打等引入粤剧，全面提高了粤剧唱念做打的水平；他又把一些西洋乐器如小提琴、色是风、吉他等大胆引入伴奏，形成了"合南北剧为一家，综中西剧为一体"的戏剧观。而他自己的演出，则生旦净丑样样皆能，尤以小生为最擅长，潇洒俊逸中透出高雅庄重，唱腔字正腔圆，韵味深长，他是把粤剧风格引向开阔和高雅的粤剧传人。而马师曾（1900—1964）则使粤剧朝着大众化的方向又进了一步。他擅长于演丑角，常常穿着破衣烂衫，唱着一口"乞儿腔"，唱念结合，揭露批判又诙谐幽默，常常赢得满堂大笑的剧场效果。新中国成立之后，两人都回到广州，可惜薛觉先早逝（因突发脑溢血倒在了演出剧场），未能再有发展；而马师曾则晚年舞台更有创新，他成功地移植改编了其他剧种的剧目如《搜书院》《关汉卿》等，根据人物角色扬弃了他的乞儿腔，发展成一种朴实深沉中带风趣机智的表演风格，为粤剧赢得"南国红豆"的美誉贡献了自己的力量。另外，华嘉对马师曾及其《搜书院》的品评皆精当到位，这里不多说了。

（李俏梅）

# 华嘉作品选

## （一）

### 荔枝湾的夏夜

暮色随着晚风慢慢来了，白天的暑热好像关在屋子里的烟，一时还不能散发出去。这时候，人们经过一天的辛勤工作，吃过了晚饭，很自然地便会想到需要找一个凉快的地方来度过漫漫的夏夜。

西郊，沿着一条古老的街走去，两旁高大的树荫，带来轻微的风意，已经使你有凉快的感觉。当你来到了桥头，眺望那两岸夹着的浅窄溪流，排成行列的小游艇，艇上装饰着美丽的小电灯，艇头站着年青的水上姑娘，她们清脆地叫唤着："叫艇呀！游河呀！"一种南方的特有的水上城市的情趣，富有吸引力的把你带进一个亚热带的诗的境界。

于是，你按照习惯，和同伴们下到一艘小游艇里去，围着一张小桌子坐下来，或者下象棋，或者打扑克，或者上下古今的谈天说地，或者静静地靠在船板上，开始你的愉快的水上生活。这时候，健美的水上姑娘，在艇头用一支长篙，轻轻地点离了岸，然后，一篙一篙的向西撑去。在平静的溪水上，一艘接着一艘的小游艇，好像长龙一般的拖得很长很长，互相碰撞着，叫唤着，更增加了不少情趣。

穿过一座高高架在河上的木桥；溪流拐了个湾。迎面是残留下来的一个半破何仙姑庙的牌匾。老广州人来到这里，少不免得要跟你讲一些美丽的传说，因为这八仙中的唯一的一个女神仙，她原是广东人，为当时的"灾黎"做了不少好事，于是有那么一天，她白日飞升了。这些传说倾吐着古代人民意愿：肯为大家做好事的人，即使死了也还活在人民的心里的。

再穿过一座现代化的火车桥，浅窄的小溪流向宽阔的大河，这时已经来到平静的珠江河面。这时候，出现在你眼前的是一座灿烂多彩的水上城市。靠着岸边的是西郊人民游泳场，利用天然的河水围成各级游泳池，灯火辉煌。喜欢游泳的南国儿女，正在那里戏弄着水波，洗去一天的困倦。靠着游泳场的西边，一排大小船只，构成一个热闹的市场。这里有水上菜艇，都是由一些著名的广东菜的厨师主持的，艇上有厨房，也有可以容纳五六桌酒席的座位。这里有专卖小吃的小艇，有些是卖活生生的鲜虾的，有些是卖此间最有名的"艇仔粥"的，有些是卖炒粉炒面的，有些是卖水果汽水的，……这些小艇，在这水上市场划来划去，艇上插个色彩鲜明的布帘，随风吹来一阵扑鼻的引起食欲的香味，吸引了不少的小游艇在这附近寄泊，于是，很自然地便形成一个热闹的水上区域。

河对岸又是另一个海市。光辉灿烂的五彩灯光，远看好像是一座巍峨的大建筑物。这就是有名的"海角红楼"。几年来不断的整理扩建，这里现在已经成为比较完备的水上文化宫。当你乘着小游艇，轻轻地摇着桨，渡过平静的宽阔的珠江，靠岸上去的时候，你才发现这雄伟的建筑物原来只不过是用竹子和木板在水面上搭起来的。这种竹棚式的建筑是此间劳动人民的伟大创造。他们完全是用智慧的手，把一根竹子接着一根竹子这样盖搭起来的。把这样美丽的建筑物命名为这样美丽的名字："海角红楼"，实在是很合适。可惜有些不喜欢诗的干部，今年却把这样好的名字改掉了，现在叫做什么"荔湾人民游泳场"，实在扫兴得很。不过，水上的艇家们可还是照老名字叫的，因为她们毕竟喜欢那样的好名字。

这里不仅仅是一个游泳场，还有溜冰场，游乐场，舞厅，饭馆。每个星期日，不少人拖男带女的来这里休息。因此，这是一个很好的水上文化休息公园。

广州的夏季很长，也很热。生活在广州的人们，十分需要一个这样的可供消暑的地方。这就是有着悠久历史也植根在人民心上的——荔枝湾。这是个吸引人的可爱的名字，这是个使人流连忘返的地方。有人说，谁要是在夏天没有到过荔枝湾，谁就等于没有到过广州，这话不是完全没有道理的。

荔枝湾的使人流连是和水上的艇家们的劳动分不开的。使荔枝湾美丽起来的，不是荔枝，而是我们的水上人民。这里大概有百多号游艇，还有不少那种更小的舢板。这种游艇叫做"四柱大厅"，那是很讲究的美丽小游艇，又轻快，又舒适。过去还有一些大游艇叫"紫洞艇",近年来很少见了。要是没有这些美丽的游艇,没有这些美丽的水上人民,荔枝湾不过是条浅窄的溪流罢了。广州有好几万这样的水上人民,她们在旧社会是过着受歧视、受迫害的生活的。以前她们不大敢走到陆上来,即使偶有个把女人嫁给陆上人,也常常发生悲剧的。封建把头们卡着她们的喉咙,把她们辛勤得来的收入拿到自己的腰包来。现在,情况当然两样了。她们自己组织起来,按着次序开艇,租艇费用也由她们自己订定了,因此她们的生活有了保障。现在,她们会满脸笑容,滔滔不绝的给你介绍荔枝湾风光。

当你在游艇上,和她们谈起家常来,是十分愉快的。肥肥胖胖的水上孩子,黑圆的眼珠十分精灵,身上挂着一个浮水的木葫芦,在艇上走来走去,逗人喜爱。有时,在夜静的河上,远处飘来水上人家的青年男女唱的动人的"咸水歌",那清脆的声音,柔和的调子,一唱一和,更增加了不少游兴。

夜深了。轻轻的海风,吹散了白天的暑热,电恢复了游人的一天工作的疲劳。这时候,当你游兴阑珊,于是,又从宽阔的珠江,顺着浅窄的溪流,回到荔枝湾桥头,上得岸来,你还免不了回头来多看荔枝湾夜色几眼。荔枝湾夏夜的情趣,留在游人心里的印象,总是愉快的,难忘的。

一九五六年八月,广州

## (二)

### 《怀念粤剧薛马流派》①

#### 关于薛马

提起传统剧,忽然想起薛觉先和马师曾。回顾一下历史,有时会对将来看的清楚些。广东人恐怕很少不知道薛马的,一本粤剧史,至少要写上关于薛马这样重要的一章。

先说一个插曲。一九五六年十月,薛觉先在广州病逝,马师曾亲笔写了一对挽联,有人忆录如下:"当年角逐艺坛,犹忆促膝谈心笑旁人称瑜亮;今日栽

① (本文原题是《门外戏品续篇》,现题为选析者所加)

培学业，独怀并肩日子悲后代失萧曹。"这确实是马师曾的肺腑之言，他抒发了真挚的感情。他不讳言"当年角逐艺坛"，却笑旁人把薛马比作瑜亮。而薛马之间有促膝谈心的友情，也有过萧规曹随的并肩日子，都对粤剧的发展作过贡献。薛马的功过得失，不是这里要说的。我有幸认识薛马，都是黄宁婴同志所作介绍，那是一九四九年春的旧事了。如今黄宁婴同志已作古人，他早年打算写一部粤剧史和一部薛觉先的艺术生涯，已经成为无法完成的遗愿了。将来如果有人撰粤剧史，也应为黄宁婴同志写一笔。这并非闲笔。如果说我对薛马略有所知，都是黄宁婴同志告诉我的。

当年薛马角逐于粤剧艺坛，应该说是对粤剧艺术的发展起了一定的作用的，当然，有起了好作用的一面，也有起了不好作用的一面，这是当时的历史条件决定的。没有竞争就没有发展。薛马的竞争促进了粤剧艺术的发展，所以薛马可说是粤剧的一代艺人。

薛马在粤剧艺术上的成就，有同有异。相同之处，都是粤剧的革新派；相异之处，各以不同的风格开创了影响一代的艺术流派。这都是薛马的难能可贵之处。薛马虽已相继去世，但他们对粤剧艺术的影响，风范犹存。这是粤剧行家所公认的。

薛马之成为粤剧流派，都在解放之前。解放后，薛觉先可惜早逝，来不及有所创造和发展。到如今只留下薛派几出名剧，在舞台上还可看到他的艺术风貌。从《姑缘嫂劫》《范蠡与西施》，到《胡不归》，在当时是创新的薛腔，确实是"萧规曹随"，到现在仍是粤剧唱腔的优秀传统。至于薛觉先带头采用的京锣和武打的北派，却给粤剧艺术以新的色彩，也一直沿用至今。马师曾从香港归来后，晚年的舞台生涯更有所创新，为粤剧艺术争得"南国红豆"的盛誉，出了他的一分力。愿有志粤剧研究者为薛马立传，借以论述粤剧春秋。

一九八〇年一月二十七日于广州

## 怀念马师曾

最近看了黄志明演出的《苦凤莺怜》、《搜书院》，使我深深怀念马师曾。

远在解放前夕的一九四九年春天，曾有过关于马腔的争论。有人认为马师曾的"乞儿喉"，没有什么艺术价值，例应淘汰；有人却不以为然，马腔既为群众所喜闻乐见，那是淘汰不了的。那时我是个副刊编辑，双方的论争都公开发表，至于我自己却是倾于后者的，当时我还不认识马师曾，而且只随黄宁婴同志看过一次马师曾演的戏。那是《苦凤莺怜》，马师曾演的是余侠魂，唱的是那一曲"我姓余"这著名的马腔。老实说，我当时并不喜欢他，但是满堂大笑的剧场效果，使我不得不考虑他的唱腔为什么有这样大的吸引力。如今马师曾去世十六年，打倒了"四人帮"的封建法西斯统治，重新演出了《苦凤莺怜》，现在已是新一辈粤剧演员唱的这一曲"我姓余"，剧场效果还是一样的不减当年。观众也在怀念马师曾，好像他的舞台风貌，音容宛在，耐人吟味。

看了黄志明演出的《搜书院》，也有同样的感觉。黄志明是师法于马师曾的，学的颇像，形神近似，念白的咬字吐音也十分讲究，这是苦学之功。当然，艺术流派是不应停止于模仿，还得要创造和发展，这就要更下苦功和勇于探索了。

我看，马师曾自己也是不断的创造和发展马派的。解放后，马师曾就创造了好几个新的角色，而且这新的角色和他在解放前赖以成名的角色很不一样，甚至绝不相同。一个是《搜书院》的谢宝，一个是《关汉卿》的关汉卿，一个是《乔老爷上轿》的乔老爷。这都是新的创作剧目。虽然这三出戏都是移植改编于其它剧种的创作剧目，我相信，后世人是会承认这些都是粤剧的优秀传统剧目的。而且，我还相信，这三出戏不仅是马师曾在解放后的新的创造，甚至可能是马师曾这一艺术流派的代表作，比之他在解放前的《苦凤莺怜》还要更胜一筹。我这样说，可能有点武断，因为我毕竟是个门外人，这里也不去详细的评论，留待粤剧研究者进一步去探讨。

我这里只想说明一点，解放前的旧社会可以产生薛马两派，而且出了不少唱家，解放后的新社会，我们应该有这样的信心。

一九八〇年二月二日看戏归来

## 《搜书院》初探

一出《搜书院》救活了粤剧，为粤剧赢得了"南国红豆"的美誉，是粤剧艺术发展的一个里程碑。虽然是从琼剧移植改编的，但我仍然认为是一出粤剧的创作剧，多少年来经过千锤百炼的从粗到精的修改提高，确是集体智慧的艺术杰作。这一出戏的艺术经验，很值得探索，很值得借鉴。

这一出戏的突出的艺术成就，我认为是把这一个书院掌教谢宝老师写活了。

这一个谢宝，在第三幕步月抒怀才出场，笔墨不多，言简意深，给人以栩栩如生的印象。"一轮明月照海南"，一语惊人，才开口就不同凡响。林伯赞他"无所不识"，他却对以"有所不晓。一不晓阿谀谄媚，二不晓颠倒是非，三不晓伤天害理"。林伯夸他"此所以得人称赞"，他又对以"此所以得罪权奸"。随后一段中板，夫子自道："吏恶官贪真堪叹，刑清政简再见难。附势趋炎吾不惯，卑躬屈膝太无颜。甘愿清茶和淡饭，荣华富贵当等闲。非是老夫脾性硬，应留正气在人间！"这一个谢宝给勾划出来了。① 随后他婉责林伯多事，让等在那里的轿夫空轿回去，自己步月夜行，用行动来证实他是个关心"民间多疾苦"的书院掌教，而且为迅即转到收容翠莲引起风波一折穿针引线，写人写戏，十分简练，朴实无华。

这一个谢宝，到第五幕镇台搜院一折，才再出现，更是淋漓尽致，多方面展现了复杂而闪光的性格。开场时一曲梆子慢板："一片读书声，满门桃李好。不枉教二十年，犹是宝刀未老。公道在人心，疾风知劲草。决不攀权附势，宁守淡薄清高。利禄功名何足道，我行我素乐陶陶。"这一个谢宝自以为清高，实际却是迂腐。一曲唱罢，林伯即报上，镇台派兵围困书院追捕翠莲。风云突变，观众焦急地等着看他如何应付。

这一个谢宝，当他知道翠莲确是逃来了书院，并且了解其中苦况后，他一边赞翠莲是个"硬骨头"，一边又责张生："她出奔则有志，淫奔则不该。你救之为同情，纳之为非礼。差之毫厘，谬以千里。"几句迂腐的滥调，把个清高的掌教的复杂的内心世界，充分的揭示出来。究竟屈于权势还是主持正义，已经到了最后的抉择的时候了。

经过复杂而又激烈的思想斗争，下了决心的谢宝，对付那愚蠢的镇台，却又是一个新的境界。林伯提出的一藏一放，引出了一场针锋相对的好戏。谢宝的从容应付，妙语双关，把个恃权弄势的镇台，弄得出乖露丑，真是大快人心。这一个谢宝写活了，在观众的心里留下了生动而又深刻的印象：正义毕竟终于战胜了邪恶。

这一个谢宝出场不多，戏也不多，但着眼于写人，人写活了，戏也写活了。这比之一些着眼于写戏，头绪纷繁，情节复杂，见戏不见人的戏，我认为是更值得我们吟味的。这也许是我的偏爱，不知行内人以为如何？

一九八〇年二月十七日于广州

---

① 勾划：同勾画。——编者注

## 《搜书院》二探

这一出《搜书院》的另一个突出的艺术成就，我认为是马师曾把这一个书院掌教谢宝老师演活了。我还认为，马师曾创造的这一个谢宝老师的艺术形象，是把他自己创造的马派表演艺术发展到一个新的境界，远远超过他在解放前艺术生涯中的成就。

马师曾是以丑行成名的，一出《苦凤莺怜》可说是代表之作。在旧社会里，他能够独辟蹊径的创造那样一个小人物余侠魂，从而获得观众的称许，应该说是很有胆识的。在崇尚豪华服装的旧社会，他穿的是破旧的衣衫；在标榜英俊的文武生的旧戏班，他演的是个貌不惊人的文丑；在讲究柔和音韵的旧唱腔中，他唱的是呾呾呾的"乞儿腔"。这在彼时彼地的粤剧行里确是难能可贵的。他之所以在那个时候获得成功，称赞他的说他的艺术接近一般的普通观众，贬低他的也不过说他迎合小市民趣味。解放后，马师曾回来了，他和他的马派艺术的前途究竟如何呢？这是爱好粤剧的观众十分关心的。一出《苦凤莺怜》的余侠魂，虽然没有使人失望，但也没有使人赞颂。一出《昭君怨》的毛延寿，使他无法施展特长。还演了一些旧戏，都没有得到声誉。这时候，不能不引起马师曾的忧虑和思考了。

我记得，周总理希望粤剧到北京演出，陶铸同志和有关方面决定，马师曾和红线女赶排《搜书院》赴京汇报演出。这一出《搜书院》，救活了粤剧，也救活了马师曾。马师曾成功地创造了这一个谢宝，使马派艺术得到了发展。

实践证明，一个艺术流派也必须在批判地继承的基础上，才有可能向前发展。马师曾把这一个谢宝演活了，就是因为他批判地继承和发展了自己创造的马派艺术。

马师曾演这一个谢宝，他没有发挥他的丑行的特长，但却运用了丑行表演给谢宝增添了机智、风趣和幽默感。这一个谢宝的迂腐和刚正，自命清高和愤世嫉俗，玩世不恭和大义凛然，多方面的性格特性，他都采用了朴实无华的老生行当，演的淋漓动人，而又不失于寸度。特别在下决心智救翠莲之前的激烈而复杂的思想斗争时，这一个谢宝背着双手，回首案前，凝视壁上孤松图，背着观众，沉吟无语。在这片刻冷场的时候，只见他两肩轻抖，左手在背后轮指，然后骤然回过身来唱一段滚花。这一段戏我记得梅兰芳看了，曾对人说，马师曾背着观众也会演戏。这确实是伯乐之言，行家的真知灼见。

马师曾演这一个谢宝，在唱腔和念白的艺术上，确有独到的创造。他也没有完全照搬那一套吧吧吼的"乞儿腔"，但充分发挥他自己创造的马腔的特长，甚至把马腔发展了，把表现余侠魂那样小人物的夸张而带花俏的马派唱腔加以改造，使之成为更加能够表现这一个谢宝的唱腔，但仍然是观众所熟悉的马腔。特别值得研究的，马师曾演这一个谢宝，唱段和念白并重，而唱段的调式变化不大，淳朴古雅。一段古老中板，一段梆子慢板，再就是滚花，还有一曲就是海南曲。为了塑造这个谢宝，马师曾在唱法上也是采取朴实无华的表现形式，而不是采取调式多变的讲究"燃腔"的浮浅华丽的唱法，可见马师曾的唱法是唱人唱戏，唱出这一个谢宝的人物性格来的，这一出《搜书院》，可以看到马师曾的艺术造诣的深厚。马师曾把这一个谢宝确实演活了。

一九八〇年二月十八于广州

## 《搜书院》三探

这一出《搜书院》，还有一个突出的艺术成就，就是把个林伯写活了，也演活了，为这一个谢宝增添了色彩。这也是值得我们探索的写人写戏、演人演戏的艺术经验。

我记得，周总理每一次看《搜书院》都很称赞林伯。有一次上台祝贺时，还特别问演林伯的演员的姓名，从此以后他老人家就没有忘记尹伯权演的林伯。尹伯权确实是把一个林伯演活了。

本来，一出戏是没有闲角的。没有闲角，没有配角，也就没有主角。拙劣的作品不重视写好闲角和配角，呼之即来，挥之则去，那是缺乏经验的原故。[①]"台上无闲角"，古已有训，但真正做到这样，确也不易。闲角行动不多，配角虽然有戏，但到底是配角，要三几笔刻画出这一个人物性格，倒实在要点功夫。

这一个林伯，确实写得好。两句定场诗："之乎者也听人读，书院敲钟四十年"，把这个林伯的年龄、工作、性格，一笔就点了出来。没有这一个林伯，这一个谢宝确实失色不少。步月抒怀一折写得好。正如谢宝说的："你见的是半边明月，我见的也是半边明月，合起来岂不是一轮明月。"这幽默的对话，从另一个方面说明了一个道理：这一个谢宝，配上这一个林伯，合起来就是一出好戏。

---

① 原故：同缘故。——编者注

这一个林伯，在谢宝的日夕熏陶下，也不相同于一般的家人或普通的奴仆。谢宝听到翠莲的悲声时问林伯，"何来悲声隐隐？"林伯一答"想是孤雁哀鸣"，再答"莫非杜鹃啼血"，三答以"潮声？……风啸？……猿啼？……鹤唳？……"这才引起谢宝的感叹："非因风弄竹，不是雨淋铃。人间多疾苦，四野有悲声。"主仆两人一问一答，确有念白抵千斤。寥寥数笔，把个林伯的艺术形象朴素简练而又十分有力地塑造出来了：尹伯权演来也恰到好处，真是增一分嫌多，减一分嫌少，把这个林伯的艺术形象留在观众的心里，久久难忘。至于镇台搜院一折，这一个林伯更是说话不多。一是同情张逸民和翠莲，只说一句"原来是你"。二是痛恨镇台，自告奋勇拖延镇台，献了一计："我说老师还未下课，正在讲解《离骚》。"好一个讲解《离骚》，把满腔正义感不露锋芒的漫不经心的宣泄了出来。三是热心救助，在关键时刻献计：一是"先找个地方把她收藏"，二是"再行远放"。这就点醒了谢宝，定下了一藏一放的妙计。这一个林伯就是这几笔就写活了。

一出戏，尽管在剧本里把人写活了，只能说完成一半，还得在舞台上把人演活，那才算完成了这个艺术形象。有些配角演员有时是不十分认真追求演人的表演艺术的，总以为配角的戏不多，几句口白，无关重要，思想上不重视，马虎应付，想不到因此而影响一出戏的艺术效果和社会效果，这是很值得我们深思的。尹伯权不过是个普通的演员，声色艺都不算上乘，甚至还可以说是其貌不扬，但是，他却把这一个林伯演活了，不仅为周总理赏识，而且为广大观众留下深刻印象，实际上凡看过《搜书院》的观众，都投票选他为最佳配角演员。但愿再演出《搜书院》时，我们能够看到更多更好的尹伯权，把这一个林伯演得更好更活。我们应该重视培养配角演员。

一九八〇年二月十九日于广州

# 林遐作品选及简析

## 林遐生平

林遐（1921—1970年），河北石家庄辛集市白龙邱庄人，少时家贫，当过学徒、店员等，1947年考入南开大学英文系半工半读。1948年加入中国共产党，后随军南下到广州。曾任中共中央中南局干事、中共东莞县委宣传部长、《南方日报》副刊主任。1957年调广东省委《上游》杂志社当编辑，后在中南局政策研究室、宣传部工作。1960年加入中国作家协会，曾任作协广东分会理事。1965年任《羊城晚报》社秘书长。

林遐从1943年开始写作，创作以散文、特写、评论为主，其创作高峰期在1957年至1966年间。他的散文受朱自清、秦牧等大家影响较深，风格清丽，富有地方色彩，是建国后岭南散文的重要代表。主要著作有散文集《风雷小记》《山水阳光》《撑渡阿婷》，剧本《船在航行》等。"文化大革命"中惨遭迫害，于1970年含冤去世，年仅49岁。

## 林遐作品选析

林遐是生长于北方，而大半辈子扎根岭南的作家，是岭南散文的重要代表。虽然他的作品大部分写于五六十年代，难免带有那个时代的意识形态特征，但他毕竟是以真诚之眼，在深入细致地观察生活，抒写体验，所以除了表达那个时代比较普遍的政治主题如"歌颂社会主义新人新貌"之外，他的散文留给我们的是一幅幅南方生活的清丽画卷。林遐堪称描写岭南风光景物的名手，文笔细腻，飘逸潇洒，南方的天空、大海、暮雨、落霞，小镇上的集市、榕树下的闲谈以及茶寮的夜聚等都在林遐的笔下得到鲜活的描写，南方的自然之美和人情之美是林遐散文仍然吸引和打动我们的地方。

林遐的散文讲究章法，抒情与叙事相结合，现实与往事相结合，虚实相生、摇曳多姿是他的特点。选文第一篇是《大海》，大海是很多南方作家不止一次地描写过的对象，林遐在这篇散文里也浓墨重彩地表达了对大海的深情："我们是阔别了十几年的老朋友了。""这样辽阔，这样深邃，这样激越，这样自由"。这是林遐歌颂大海的基调，也饱含着作者的生命理想和政治理想，但又是用向大海倾诉这样的笔调写出来的。在抒情的笔调之后，作者回忆起了少年时代和青年时代两次和海的相遇。两次的相遇，都激发起"我"的自由、平等的梦想。第一次是少年时代，离开母亲和故乡到"一个半岛上去求生存"，老板和富人们坐的灯红酒绿的头等舱和自己"象货物一样"被放在甲板上的布棚下的待遇，是"我"人生的第一堂课，"阶级的仇恨"也即社会平等的梦想在这个少年的心里埋下了种子。第二次航行是抗日战争的时候，怀揣民族解放梦想的年轻人要越过敌占区到"自由的解放天地里"去，回想日本鬼子的暴行，心头如烧灼一般，"于是总是跑到甲板上去看你，去看你自由的浪花，去看你磅礴的气魄"，并将象征民族自由解放的抗战刊物《文艺阵地》撕成碎条扔进大海的怀抱。作者从一个回忆的视角讲了既是个人经验也是民族阶级的共同经验的故事之后，返回现在的视角，与当时的很多作品一样，对"现在"的描写当然是赞美性的，但与很多作品不同的是，这篇文章始终在"自由""幸福"的基调上赞美大海和今天的新生活。

更能体现林遐的风格特征和才情的散文作品是《撑渡阿婷》。这个作品主题上是属于"歌颂社会主义新人新貌新风尚"之作，但是是散发着泥土芬芳的清新自然之作，亦可见作者当年常在基层活动的身影。作品一开头就写出了南国水乡的特点："在这浩渺的珠江上，有多少渡口，有多少渡船，有多少撑渡的？谁也数不清，谁也不知道。单说那撑渡的，他（她）们日夜和那只渡船厮守着，和珠江厮守着。不论是珠江上的晨雾迷蒙，不论是珠江上的细雨纷霏，也不论是珠江上的朝霞和夕阳，这些在我们看来要为之击节赞叹的景物，他们早已经司空见惯。"人与景的相依相存，被作者用概括而优美的文笔给描绘出来了。而作者更要突出的是景屏上的人，这个人就是文中的主人公"阿婷"。作品对阿婷的描写是很让人想起沈从文《边城》中那个撑渡的老人的，只是一个是在湘西的边城，一个在南国的珠江；一个是风蚀残年的老人，一个是正当壮年的妇女。但二者都是在风光如画的背景上被细细描出，二者都是美好的人物。阿婷所撑的渡船，不仅是撑到对岸的，还要撑到"江心"，每天早晨赶那一班"去省城的花尾渡"，这就是珠江上特有的景致了。而渡人赶花尾渡是最见阿婷撑渡的功夫的，因为总有几个是要匆匆忙忙、慌慌张张赶来的，这时阿婷的"不要慌，赶得上的"，以及不顾船上人的嘟哝，埋怨，"拨转船头，回到渡口"，"勿使慌嘛"的口吻，都可看到阿婷在撑渡这个行当真是做到了从容淡定，大将风度。而她"不落下一个人"的心理，与其说是社会主义新风尚，不如说还是某种古道热肠。而她撑渡技术之娴熟，动作之优美简直要让人感叹，这完全是撑渡的"艺术表演"："她也真有本领。等到人都上齐时，她就拼命把小渡船向上游划去，待至船要到江心时，她船头一斜，顺流而下，迎着那趾高气扬的花尾渡箭一般的飞去，正好两条船一齐停落下来。这时候，乘客的埋怨和焦急，早化作殷勤的笑意和感谢。"这是珠江上的撑渡人和沈从文沱江上的撑渡人不一样的风采，而乘客与阿婷之间的对话所透出的生活气息和人物性格更是让人回味。短短一段文字，人物的精气神跃然纸上，不能不说是大手笔。而之后几个小故事的讲述也更丰满了人物的形象，最为精彩的是阿婷怎么解决晚上过渡的事情。晚上阿婷是呆在她的小木屋里的，对岸的人要过渡喊是听不见的，可是你只要点起一盏灯笼，阿婷渡船上的灯也随即点起，人家问她"晚上不睡觉吗？"阿婷的回答竟然非常诗意："我的心上也有一盏灯。岸上一有灯，我心上的灯也就亮了。"写到这里，不禁让人着急，林遐是要这样地拔高人物吗？原来并非如此，一是阿婷找到了解决的方法：在木屋向江处开个窗户，床就摆在小窗户前；二是心里真是装着晚上有急事需过渡的人："总是睡一段醒一阵"。确实好像有感应似的，往往对岸的灯一亮，她也就醒了。当然文章在今天看来也并非十全十美，"抓特务"一段就有明显的时代烙痕，这是为了突出人物的政治觉悟而设的，但是瑕不掩瑜，林遐的《撑渡阿婷》的确是五六十年代难得的散文精品。

（李俏梅）

# 林遐作品选

## （一）

## 大 海

早晨，一醒来，睁开眼睛就看见万里无边的大海了。

是你，这样辽阔，这样深邃，这样激越，这样自由。

我们是阔别了十几年的老朋友了。没错，你一切还都是老样子。

昨天夜里，你把我从梦中摇醒了，你为什么发怒呢？你想把我们的船掀翻吗？你想把我们的船吹出它们的航线吗？你想把我们吹到一座遥远的荒山上去做鲁滨孙吗？

不，也许你想把我的小房舱的门扉敲打开来做客人吧？你敲打着，用你的特有的规律的声响，用你千万只白色的手掌。你是那样的执拗，你是那样的不肯罢休。还是以前那样的老脾气呵！

我正在做陆地上的梦呢，你就来了。你把我的茶杯从茶几上摇落；你把我的衣服从衣架上摇落；你也想把我从我的床上摇落吧？嗨，你未免太没礼貌了。

我从床上起来，趴在窗口，掀起窗帘，往外看你。你浴在月光下面，象万条银蛇，飞舞奔窜；你把你珍珠一样的水粒摇到舱面上来。我多么想打开窗子，打开门扉，走出去，站在月光下，和你会晤呵！可是，你在发脾气，摇的我的心紧紧地，我只能在房舱里小声儿，无限深情地向你说一声：呵，我们又重逢了！

海，我的老朋友！你使我想起很多事情。你使我想起了我的充满了屈辱和愤怒的苦难的过去。

十几年前，我才十几岁，我跟着老板航行在你的怀抱里，到一个半岛上去求生存，去找出路。他坐在头等舱里，而把我象货物一样，放在甲板上的布棚下。我还记得，在船靠上一个口岸时，一个老父亲带着一个小姑娘到船上来卖唱。老父亲拉着凄厉的胡琴，小姑娘用颤抖的声音在唱："昨夜晚，吃酒醉，和衣而卧……"她的年龄多么象我的年龄呵，她的声音里的"泪"多么象我眼里的泪呵！我不知道为什么竟失声地哭了起来，哭得那样悲哀，那样不能抑止。

我在哭什么呢？我在哭我的遭遇吧，我在哭我的渺茫的前途吧，我在哭我远离开的母亲和故乡吧，也许在我的小小心灵里，在哭祖国的贫困和人民不幸的命运！

在船上，成天落着雨。你为什么那么无情，总是用冰冷的手把带咸味的水掀到甲板上来；我的衣服被掀湿了，就是连头发也湿淋淋的了。可是头等舱里，灯红酒绿，乐声悠扬，那些紫铜栏杆，擦得锃明瓦亮的。门关得紧紧的。他们不肯打开门，怕的是我们的脏鞋弄脏了蜡油打得泛光的地板。嗨，我的老朋友，就在你身旁我上了人生的第一课，我的心里生长出阶级的仇恨。

我又想起我的另一次航行。那时候，民族解放的烽火燃烧起来了，我再不能忍耐那奴隶一样的生活。于是，我出走了。我要通过敌占区，到自由的解放天地里去。我曾激昂地想过：或者是把生命的意义提炼到最高度；或者是把生命贡献出来，为了祖国，也为了我自己。因此，我又一次航行在你的怀抱里了。

我们几个人睡在一条船的货舱的铁板上，大家睡不着的时候就谈着各种各样使人气愤又使人警惕的事。有人说：当船靠岸时，鬼子们叫人站成一个圆圈，机关枪对准人们。一个人因为带了一把割纸的小刀，他们怀疑这些上岸的人有"阴谋"，用机关枪把这些人统统给扫射死了；尸首扔在海里。有人说：有一个青年人因为带着一支钢笔，被认为有"危险思想"，被装在麻袋里扔到海里。我忍受不了这种窒息，好象有什么东西在我心里燃烧，我于是总是跑到甲板上去看你，去看你自由的浪花，去看你磅礴的气魄。有时候，不管风吹，不管雨淋，我看着你，我思索着。我说：海呵，叫我们的国家，叫我们的民族，也象你一样的自由吧！

在船只驶入港岸以前，我把我带在身边的几本《文艺阵地》统统地撕成一条条的，扔在你的怀里。我把它们撕成一只只的海鸥，然后又一只只地放出去。我心里说：飞吧，这些自由的思想，象海鸥一样地飞吧，飞到每一个中国人的心里去。

当我看到鬼子兵在岸上架着机关枪等着检查时，我上岸了。海，我的老朋友，你知道我当时多么深情地向你做了最后的一瞥。我心里想：也许是最后一次看见海了。

但是，我们今天又重逢了。当我听到你的呼啸，看到了你的容貌时，我是多么激动呵！于是，我不能不想起那痛苦的过去。这，正是因为我们的祖国早已经象你一样的自由了，而且在一日千里地向着更高峰推进了。而我呢，我今天是要去拜访那些新建立起来的港口；去拜访那摆脱了悲惨命运的渔民。我要歌颂他们。普希金没有歌颂过他们；海涅没有歌颂过他们；郎弗罗也没有歌颂过他们。因为他们的天才没有办法超越时代。

朝阳从你和天空的缝隙中钻出来了，它照红了船，照红了你的波浪，多少人带着惊奇而又欢愉的神情来看这海上的日出呵！他们赞美着，他们欢呼着，一支熟悉的歌，唱起来了，先是孩子唱，然后大人跟着唱，最后就成了大合唱了。《东方红》的歌声响彻云霄。

但是，你为什么老是不安静，老是这样的吵来吵去？是不耐烦我唠唠叨叨的叙说吗？那么，你讲吧，温柔一点儿，我的老朋友，在这美妙的时刻，不要讲过去的悲惨，只是讲今天的欢乐。

一九五七年四月十五日南海上

# （二）

## 撑渡阿婷

在这浩渺的珠江上，有多少渡口，有多少渡船，有多少撑渡的？谁也数不清，谁也不知道。单说那撑渡的，他（她）们日夜和那只渡船厮守着，和珠江厮守着。不论是珠江上的晨雾迷蒙，不论是珠江上的细雨纷霏，也不论是珠江上的朝霞和夕阳，这些在我们看来要为之击节赞叹的景物，他们早已经司空见惯。他们把珠江上的一切神秘早已探索殆尽，把珠江上的一切瑰丽的景色，也早已领略得够了。

我住在花溪公社的时候，常常到花溪大队去。花溪大队和公社所在地隔着即将入海的珠江。每次去，都要过渡。日子一久，就跟撑渡的阿婷熟了。

阿婷是四十开外的妇女，无子无女。丈夫在省城的钢铁厂做工。人很开朗，又好说话，搭渡的人跟她熟了．在渡着宽阔的珠江的时候，总跟她山南海北地聊些什么，或者开几句带善意的玩笑：

"阿婷嫂，为什么不去省城找你那钢铁老公，舍不得这条江么？"

"这条江有什么舍不得！我舍不得咱们大队。我怕我不在，没人渡你过江。"

这回答好象是随意答出来的，其实，可是真情。搭过阿婷的渡船的人都会

225

晓得，这条江，每天早晨都有一班花尾渡去省城。凡是附近的搭这条船去省城的，都是由阿婷撑渡到江心，人们由这里再上船。人家说：阿婷撑渡以来，从没有一个人误过船。有时候，远远地看见花尾渡驶来了，机器的扑扑声也充耳可闻了，搭船的人才到得渡口，慌慌张张地要上船，阿婷总是稳住他：

"不要慌，赶得上的。"

小渡船一解缆，滴溜溜离开渡口。偏偏这时候，山坡后面又转过一两个人来，她们或提着篮子，或背着孩子，一边急匆匆地走，一边高声的呼喊：

"阿婷嫂，停一停，搭渡去省城呵！"

这时候，阿婷总是拨转船头，回到渡口，等那后来者上船。那早来的这时候总要有些埋怨，嘟嘟哝哝。阿婷眼神扫他一眼，总是又是责备又是安慰的说：

"你勿使慌嘛。不行使别人搭不上渡嘛。我保你十点钟到省城。"

她也真有本领。等到人都上齐时，她就拼命把小渡船向上游划去，待至船要到江心时，她船头一斜，顺流而下，迎着那趾高气扬的花尾渡箭一般的飞去，正好两条船一齐停落下来。这时候，乘客的埋怨和焦急，早化做殷勤的笑意和感谢。

人家又说：阿婷的耳朵是最灵的。阿婷的眼睛是最尖的。这说法，一点也不夸大。这渡口到那渡口，小船要划上二十分钟。站在这边岸上就看不清那边岸上。有时候，你有急事要过渡，偏偏阿婷的船又在对岸，你急得了不得。靠在水榕树上，两只手掌做成喇叭，扯着嗓子喊几声阿婷，说也怪，那岸的小船动了，阿婷摇着它飞驰过来了。有时候，你有急事要过渡，偏偏又在晚上。阿婷这时候在岸上那间小木屋里。喊是听不见的。你只要把一盏灯笼点燃起，拿着它晃来晃去，不一会儿，岸那边也就亮起了一盏灯笼，原来这正是阿婷的渡船上的灯。有那好奇的就问阿婷：

"阿婷嫂，你晚上不睡觉么？怎么那灯笼一亮你就看见了。"

阿婷只是笑而不答。问得急了，她就说：

"我的心上也有一盏灯。岸上一有灯，我心上的灯也就亮了。"

有一次，她才对我们说：她知道晚上过渡都是有急事的人。不是送紧急通知，就是请医生。开始的时候，她不知道怎么办。后来在小木屋向江处开了一扇小窗户。她的床就摆在小窗户的前面。睡着的时候，总是睡一段醒一阵，一看见对岸有灯笼晃，就忙着点灯划船。后来习惯了，总又好像有什么声音在耳边似的，对岸灯一亮，就醒了。说到这里，她就笑起来：

"现在不兴迷信了。要不，我真的认为我的心上也亮了一盏灯呢。"

226

我们也笑了。我们倒不是笑她的想法。我们笑的是从另外一个意义上来解释，她说得是满有道理的，很深刻的。

因为我们经常来往于花溪大队和公社之间，所以和阿婷很快就厮混熟了。她很喜欢吸烟，一见我们上船，总是先打一个招呼，然后问有没有烟。我们坐好，把烟点着，然后就聊起天来。开始的时候，我总是为珠江上的景色迷住。那朝霞，把珠江的水抹上胭脂；那雾和霏霏细雨，给珠江罩上朦胧的面纱；那丽日直搅得满珠江金蛇乱窜。但是，到后来，我就为阿婷的谈话迷住了。她告诉我打鱼用的网、缯、罟之间有什么分别；她告诉我江心那小岛上在抗日战争时曾发生了多么惊心动魄的斗争。而最使我们（我和公社党委书记老陈，因为花溪大队是公社的重点队，所以老陈隔几天总要去一次）感到兴趣的，是她在谈话中谈出了许多我们没有了解到的情况和问题。

有一次，她跟我们说：

"我有一个问题不明白，现在做田间工夫的，这个问题解决了，可是，我们这些做散工的，到而今还没解决。就说我，今天过渡二十次也是八分，过渡两次也是八分，晚上有过渡的也是八分，没过渡的也是八分。你们千万可别说我在这里争工分，我是听见我们这样工作的人们都有意见。我就想这个问题不解决，这部分的社员的积极性就发挥不出来。我就想：我一定找个机会反映给你陈书记。我反映给大队两次，人家说我是嫌工分少。我要嫌工分少，早就不在这里撑渡了。"

后来，老陈一了解，确实存在着这个问题。他们召开了一次会议，把这个问题解决了。老陈笑着跟我说："这就是搭渡船的好处。"

后来，我离开了花溪公社，很久也没有过花溪渡了。但是，我有机会碰到公社的人，总打听一下阿婷的情况。他们也总是告诉我一些阿婷新发生的事情。

有一次，老邹告诉我，今年春天，两个特务在一个晚上逼着阿婷划他们渡江。阿婷的眼最尖，她一眼就看透这两个是什么人，但是她一点也不动声色。待至两个特务上了岸，看准了他们走去的方向，她才跑着报告了民兵队长。不出半个钟头，我们就把两个特务捕获了。老邹还说：这可不奇怪，因为我们早已经结就了天罗地网。

有一次，老陈到我家里来。他一见我就忙着说：告诉你个坏消息，在刮台风的那天晚上，我们的阿婷丢了。我慌着问他怎么回事。他告诉我：那是台风刮过后的清晨，很多人要过渡的时候，才发现木屋里没有阿婷，渡口上没有渡船。开始时，大家有点不相信自己的眼睛，因为几年来，不论怎样的天气，渡口上都没缺少过阿婷。待至对岸又不住地呼喊，人们才意识到阿婷不见了。大家驾起几只小艇沿江去找，找了好半天也找不到。

我听到这里急了，抓住老陈问他到底出了什么事情。老陈却噗哧笑出声来，他挣脱开我说：

"你不要急嘛。后来才知道，那天晚上在刚起风的时候，对岸上有灯笼摇晃，阿婷摇船过去，却是公社卫生院的助产士小吴。她说要到古涌大队去接生。那边很急，顾不得风雨，她径自跑来了。两个人一合计，怕时间来不及，竟顺流直向古涌摇去。船快靠岸时，台风到了，仗着阿婷的本领，她们总算靠了岸。后来，孩子顺利地接生下来了，阿婷和小吴却都病倒在那里。"

我这才长嘘了一口气，把心放下。但是，老陈却又在引诱我，他说：

"你快点回去吧，我们那里的新人新事层出不穷，象珠江的水，讲不完，也写不完。"

我笑而不答。但不知为什么，我当真把阿婷，把小吴，把我接触到的新人新事跟那浩浩荡荡流向大海的珠江水联系在一起，并且在我的眼前，当真又出现了珠江上那变幻无穷但又都引人入迷的景象。

一九六二年十二月于梅花村

# 韦丘作品选及简析

## 韦丘平生

　　韦丘（1923—2012 年），诗人，原名黎思强，广东清新县人。1938 年毕业于清远县中学。初中时辍学参加抗日战争，1939 年加入共产党并在国民党军队内做地下工作。1942 年调到第七战区政治大队工作，从这时起开始创作活动。1945 年，他到广东人民抗日游击队东江纵队，任东江纵队武工队指导员、政工组长等职。1950 年，到中南军区创作学习班学习，1955 年任中南军区文工团创作员，同年调到作协广东分会《作品》杂志，历任编辑部主任、副主编，作协广东分会副秘书长，中国作家协会广东分会副主席等职。韦丘主要作品有小说集《不算坎坷的旅程》，诗集《红花集》《瀑声》《万水千山总是情》《迈出窗口》《枫丹绿梦》等，散文集《纽约44小时》《亮点，就在那一片绿》，诗评集《诗的人生》等。

## 韦丘作品选析

　　韦丘的《沙田夜话》是 20 世纪 60 年代广东家喻户晓的作品。使得《沙田夜话》如此闻名的，不仅是诗歌本身，还借力于艺术家李丹红的一曲南音说唱，至今《沙田夜话》仍然是广东南音的"保留节目"。南音是至少有三百年历史的一种粤语曲种，在木鱼歌、龙舟歌的基础上吸收融合潮曲和江浙南词而成，有凄婉之美。而五六十年代流行的南音，则被称作"红色南音"。"红色南音"在某种程度上丰富与改变了传统南音的基调，它的基调是欢快向上的，当然唱到旧社会生活时依然显得哀婉动人，可以说它时而清新优美，时而哀婉悲切，时而又刚健有力，在音乐表现上有更丰富的情感变化。

而韦丘原本是把《沙田夜话》当"龙舟歌"来写的。龙舟歌也是一种即将要失传的民间说唱艺术，2006年被列入了第一批国家级非物质文化遗产的名录。与"南音"以女性演唱为主不同，传统的龙舟歌的演唱没有女性艺人，只有男性。据传，龙舟歌起源于清代顺德地区，艺人们一般手持一条半米长的木质小龙舟，胸前还挂着小鼓小锣，走街串巷进行演出，歌词是由艺人自编自唱或口耳相传的，浅白通俗，长于叙事抒情，是情节比较完整的叙事诗。新中国成立后，有大众基础的龙舟歌得到广泛的推广，人们用这种形式来宣传各个时期的党的政策，韦丘的这一首应该也是在这样的背景下创作的，不过用南音演唱起来效果也相当不错，因为广东的各种地方音乐原本有相通之处。

从诗歌本身来看，《沙田夜话》写的是生产队长李广英建了新砖屋之后忘不了旧茅寮的忆苦思甜的故事，诗歌写于1963年，从内容上看应有粉饰之嫌，比如开头一段唱："新盖瓦房屋檐相并，家家户户灯火通明；电线高悬马达飞转，油灯绝迹只有电灯。"因为此时正是三年困难时期刚过，老百姓的生活刚刚有点恢复的时期，生活远没有那么美满，但那是五六十年代文学作品的共同特征：总是把理想当成了现实去歌唱，然后再忆苦思甜，鼓足干劲，去争取更好的未来："茅寮开会讨论增产指标，新的战斗又开始了"。但是在艺术上，《沙田夜话》却自有可圈可点之处。首先，它是带有一点悬念的叙事诗，这也正是龙舟歌的形式特征之一。生产队长李广英建了新屋之后为什么舍不得拆旧屋？这一悬念是推动诗歌前行的动力，直到最后，通过一家人相继登场问答倾诉，谜底才一步步揭出："从新屋走到旧寮，十步都不要，从茅寮到新屋却是万里迢迢。留它在家门，当作一面镜子时常照，对着艰难困苦就不会屈膝弯腰；若把过去遗忘，就是连祖宗都不要，又怎能艰苦奋战，建筑通往天堂的幸福桥？"原来茅屋是一面镜子，照出今昔对比；茅屋也是一种动力，联结过去、现在和未来。第二是诗歌的语言魅力。为什么一些文学作品，尽管主题似乎已经"过时"，但老百姓仍然喜闻乐见，语言的魅力是一个很大的因素。《沙田夜话》的写景语言清新，写出了南方水乡月夜的宁静之美；而人物语言则非常生动，且富有地方色彩，如果用粤语念出来，则人物的声口气象如在目前，比如阿苏女笑爸爸是"爹啊，新庙门前怎能容得旧庙？新娘头上，怎能插枝烂芭蕉？你去住茅寮，也不怕乡亲见笑，笑你有鸡不吃吃薯苗……"这样的比喻，很有创造性，生动诙谐，又接地气。第三，是作品的音乐性。《沙田夜话》每一节都押韵，换一节又转韵，朗朗上口又有变化，这也是它能被改编成南音作品，并且至今传唱的原因。

（李俏梅）

# 韦丘作品选

## 龙舟歌《沙田夜话》①

春夜暖，月色清，
沙田水秀渠道纵横；
万顷良田方方正正，
月光照射亮似水晶。
新盖瓦房屋檐相并，
家家户户灯火通明；
电线高悬马达飞转，
油灯绝迹只有电灯。
茅寮逐日被砖屋排挤出境，
疏疏落落好孤零。
说不尽春夜沙田好美景，
且谈一个生产队长李广英：
他新屋建成合家高兴，
家人都说要拆去旧草棚。
唯独广英不答应，
还要留下床铺被席共油灯。

---

① 龙舟歌是广东民间喜闻乐见的一种小演唱，有一定句式，通俗易懂，生动活泼，边敲锣鼓边演唱。

他说新屋好睡就怕难知醒，
不时去住一晚，才觉安宁。

阿苏女，笑弯腰：
你还舍不得那座烂茅寮？
爹啊，新庙门前怎能容得旧庙？
新娘头上，怎能插枝烂芭蕉？
你去住茅寮，也不怕乡亲见笑，
笑你有鸡不吃吃薯苗……

苏女说话，阿炳在深思：
阿爹心事费猜疑；
几十年狂风，几十年雨，
半生寒冻半生饥，
今日有了新屋还要在旧寮居住，
这般行动，实在古怪离奇……

儿不语，母开腔：
老头做事太荒唐！
旧屋算来，不满丁方一丈，
翻风落雨我就心慌。
好似大海行船，天摇地晃，
又似水浸金山，一片汪洋。
天热有如住在炼钢厂，
天冷好比入了大冰箱；
腰伸不直就无须讲，
一时大意就碰破鼻梁。
你是有"自"不"在"，有福不享，
十足是做惯乞儿懒做官！
往日生活困难，难怪你无法可想，
今日新屋都入伙了，为何还死抱住间烂草房！

广英听罢，说话滔滔：
我好比黄连、苦瓜，曾在苦海煎熬。
往日只有一只烂船，几束禾秆草，
半条麻袋一支竹篙；
哎！正是半船风雨半船雾，
河涌江海啊，到处漂浮。
我头壳叩穿，才把几亩沙田租到，
你阿妈膝头跪烂，才借来几升糙米把稀粥煲；
竹篙当屋梁，墙壁是禾草，
天寒地冻啊，你兄妹冷得痛哭嚎啕。
万顷沙田，耕沙人只有一条窄路，
只容你下田受罪，挑谷交租！
捱死捱生，养肥了地主的肚，
有日交租不起，就要连夜拆屋开船把命逃。
随水漂流，随风摆布，
避开雨箭又遇风刀；
何处是家，只有天公知道，
何年何月，才得红日当头照海涛……

潮水涨落，花谢花开，
红旗自北向南来！
珠江终归要流入大海啊，
沙民此后要脱难消灾；
万顷沙田，披红挂彩啊，
耕沙人啊，苦尽甘来！

土地改革，好比铁树开花，
斗得地主恶霸在脚下爬。
农会握着兵符和印把，
沙民在自己的土地上立业安家；
虽然是泥土糊墙，禾草当瓦，
落地生根就会发新芽……

这座茅寮搞过合作化，
新芽长大开出了鲜花；
从此拔尽黄连种下甘蔗，
前途似锦一片光华！

这座茅寮曾经被风吹雨打，
牛鬼蛇神想把它摧垮；
幸得共产党似太阳普照天下，
幸得兵符印信在人民手中拿。
阴云扫尽，茅寮稳如铁塔，
升起红旗三面，好比大鹏展翼呼啦啦！
总路线、大跃进和公社化，
光芒万丈，照亮了海角天涯。

骑快马，驾东风，
记得当年江边奋战气如虹。
服海驯河兵马众，
指挥作战亦在这座茅寮之中；
我彻夜不眠双眼肿，
只为筑起金堤百里，架起电线似游龙。
今日不怕洪峰和巨涌，
今日家家谷围堆起尖峰，
今日砖屋建成一百几十栋，
怎能忘却这座旧草棚……

雄鸡初唱，田野静悄悄，
月光如水照茅寮。
禾草似银清光照耀，
荆花盖顶，把它打扮得更加妖娆。
一家人走进里头，把油灯点着了，
好似亲人久别相见在一朝；

默默无言心在跳，
思前想后泪涌如潮。
茅寮正是我们沙民的祖庙，
我广英怎能建了砖屋就把它丢？
从新屋走到旧寮，十步都不要，
从茅寮到新屋却是万里迢迢。
留它在家门，当作一面镜子时常照，
对着艰难困苦就不会屈膝弯腰；
若把过去遗忘，就是连祖宗都不要，
又怎能艰苦奋战，建筑通往天堂的幸福桥？

沙田夜话，说通宵，
只见红日当头瑞气千条。
广英队长请来了贫农代表，
茅寮开会讨论增产指标；
新的战斗又开始了，
开始了！
你看珠江澎湃掀起高潮……

　　　　　　　　　—一九六三年四月至五月写于广州

# 芦荻作品选及简析

## 芦荻生平

芦荻（1912—1994年），原名陈培迪，著名诗人。广东南海西樵人，父亲是华侨，长期在秘鲁经营小生意，母亲及兄弟三人靠侨汇过活。13岁到广州读书，进中学后喜欢上新诗并开始发表作品。1937年毕业于中山大学社会学系，于同年出版诗集《桑野》，这是一首反映家乡西樵农村生活的长诗。广州沦陷后，他到广西北海前线搞文艺宣传，编刊《诗歌战线》。后又到桂林，主编《广西日报》副刊《漓水》。抗战胜利后，他离开桂林返粤，随即到香港，任教于中学并参加香港文协等活动。1949年8月，他离港进东江解放区当战士。新中国成立后，他先后在军管会文艺处和华南人民文学艺术院工作，1953年至1990年起任广东作协历届理事。1960年起任暨南大学中文系教授，直到1986年离休。出版有诗集《桑野》《驰驱集》《远讯》《旗下高歌》《芦荻抒情》《芦荻诗选》《鸥缘》等。

## 芦荻作品选析

芦荻是广东老一辈诗人中成就最高的诗人之一。他是属于有较好的古典文学修养而写新诗的诗人，晚年也写旧体诗。他早年的诗受到田间、艾青、蒲风等人的影响，有对于美丽而悲怆的乡土的描绘，有对于凶残的侵略者及腐败无能的国民党当局的痛恨，感情炽烈深沉。比如他的长诗《桑野》开头这样吟唱："我走着，走着/走向桑野/我吃过你的乳汁/受过你的爱抚/你给我质朴和单纯/烙下我幼年生活的印记"。"岁月的流转跟着时势变异/村庄的景物也改变样儿/桑野掠过死静的风/柴门零落剩几只鸡犬/杨柳轻拂着灰黯的黄昏/户户人家给萧索罩住/活流流的河水也寂寂的凝止/春天，秋天/蚕儿吐不出青色的丝/结不成金的茧/桑树也垂垂欲谢/圩场上的丝厂/咽住了尖叫的汽笛"。写的就是国民党治下乡村破败凋零的景象。抗战爆发后，他出版了《驰驱集》以及《送友人赴陕北》等若干短诗，以诗为号角，鼓舞战士们英勇抗敌。

新中国成立后，芦荻和当时的众多诗人一样，唱的是时代的颂歌，《渔村潮汐》也属于"颂歌"之一种，只是比起一般的政治抒情诗来，这首诗并没有特别直露的政治宣传色彩，是那个时代难得的清新优美之作。作品写于1961年8月，尾注上标明写于"闸坡"。"闸坡"位于广东阳江，是全国著名的十大渔港之一，历来是广东的"鱼仓"，景色也十分的优美，现在已被开发成著名的海边旅游胜地。《渔村潮汐》是一个组诗，以"星夜""晓月""日出""归渔"四个时间节点，也是四个画面组织诗歌，描绘了"秋汛"到来前渔民们一次出海捕鱼的全过程。诗歌的景物描写十分出色，"天上星星，海上渔火，星星、渔火、闸坡"，颇有点马致远"枯藤老树昏鸦"，仅仅以名词描写画面的效果，只是新时代诗人的吟唱是清新愉快的。"星星，撒满海上，渔火，照亮银河。"星星与渔火在海天之间互相辉映的美景实在是美丽而壮观的。当然自然美景一定是和生产过程结合在一起的，"千帆万网迎秋汛，银河碧海起渔歌。"诗歌短小、清新，但自有一种豪迈和大气在。

"渔歌"是广东海边和珠三角地区流传的一种民谣，芦荻的《渔村潮汐》也可以看成新时代的"渔歌"。比起传统的渔歌来，多了轻快欢愉的色彩，它描绘的是丰收的喜悦，而传统的渔歌基本上都是悲怆的，唱的是打鱼人的悲惨生活。比如闸坡一带原来也流传着这样的渔歌："世世代代水为乡，年年月月海为床。有女莫嫁渔民佬，渔民成年无家归。海水当粮风当被，暴风来时没路逃。"芦荻的渔歌则轻松而愉悦，"千张大网一撒，气吞海里蛟龙。"又写出了现代渔民的豪迈。《归渔》的图景也是十分瑰丽迷人的，"夕阳天际红烧，海边滚滚落潮。"描绘了一幅黄昏时的海景图，既宁静又美丽，五光十色的不仅是晚霞，还有"锦鳞紫蟹妖娆"。总之，芦荻的《渔村潮汐》写的是新时代渔民生活的新气象，充满了战斗的豪情和丰收的喜悦。在表现形式上，虽然是新诗的形式，但又有古典的韵味和意境，在 1960 年代初的诗歌里还是相当有美感的一首了。

（李俏梅）

## 芦荻作品选

### 渔村潮汐

#### 星　夜

天上星星，海上渔火，
星星、渔火、闸坡。

星星，撒满海上，
渔火，照亮银河。

千帆万网迎秋汛，
银河碧海起渔歌。

#### 晓　月

一声螺角海月晓，
白帆片片醒来了，
长风十里趁早潮，
试抛一网知多少？

#### 日　出

日出千帆风动，
水波万点飞红。
一流水，一流风，

笑声溶入波中。

船队逐浪箭发，
"海鸥"展翅凌空；①
千张大网一撒，
气吞海里蛟龙。

## 归　渔

夕阳天际红烧，
海边滚滚落潮。

一群水鸟飘过，
晚风轻送归桡。

金波银波潋滟，
锦鳞紫蟹妖娆。

一九六一年八月，闸坡

① "海鸥"，渔业大队名。

# 贺青作品选及简析

## 贺青生平

贺青（1931—?），原名张汉青，1931年11月出生于广东揭西河婆镇下滩村。毕业于河婆中学高中部并留校任教。1950年入党并于同年以学生代表身份出席广东省首届人民代表会议。1951年底调到广州，长期在党委机关和宣传战线工作。1963年调中共中央中南局任陶铸的秘书。1966年赴京，在中共中央任陶铸的秘书。"文革"期间下放江西和广东的"五七"干校劳动。1972年分配到南方日报社工作，历任采编组组长、党委副书记、副总编辑。1978年12月任中共广东省委副秘书长，1985年任中共广州市委副书记，1992年起任广东省第七、第八届人大常委会副主任。从1949年起，一直坚持业余写作，出版有《挑灯集》《故乡的榕树》等多种散文杂文集。

## 贺青作品选析

榕树是广东随处可见的树木。一个人不管他是土生土长于广东，还是外来扎根于广东，或者仅仅是旅游经过，都可能如作者一样，对这种生命力特别强的亚热带树木发生敬仰之心。作者作为一个土生土长于广东的人，榕树对于他又是一种与童年、与故乡息息相关的生命记忆。故乡流过的江叫"榕江"，故乡的县城叫"榕城"，而故乡有个村子就叫"榕树寮"。故乡的渡口那两棵古榕，更是在作者笔下得到了形神并茂的细描。那些气根就像"是它皮肤上暴突的血管"，它的躯干是那么雄伟，如果没有那些伸向四面的枝丫和浓密的叶子，真是像从地底下冒出来的一块黑黝黝的岩石。这是故乡的"这一棵"榕树，陪伴我的童年的这棵榕树的"长相特征"。"我"和榕树的感情正是在点点滴滴的童年记忆中建立起来的，水中的嬉戏与老榕树相关，口中的哨子也与老榕树相关，"采青"的民俗活动也与老榕树相关，甚至天上的白云也要透过榕树的缝隙才觉得分外美丽，所以榕树就这样融入了一个广东孩子的心，甚至对其他古榕的"神往"也来自于儿时的感情基础。

而榕树惊人的生命力作者也通过了两个例子来进行描写。一是北江发洪水的时候渡口冲坏了，榕树岿然不倒。不倒的秘密在于根系扎得深，扎得广。而传说中故乡的老榕树在一次洪灾中坍倒最终也被证实是谣传，倒的是榕树边的茶亭，而不是榕树本身。这种生命力在作者的联想中被联系到了革命前辈和先烈们的塑像，这是一个时代特有的想象联系。

《杜鹃的叫声》也是一篇很有意思的文章。作者从杜鹃喜爱单个儿活动，彼此保持一定的距离联想到人类的生活。自然村落的形成，以及一个村镇各种职业的人员的比例，也是根据生存的规律来的。作者在1962年能写此文，还是很难能可贵的，"详细摸清每一件事情的来龙去脉"，革命热情和干劲并不能"超越客观情况所许可的条件去计划自己的行动"，这或许是对前一个阶段"大跃进"的反省和总结，而《故乡的榕树》则是对不被灾难所压倒的革命意志的赞美。

（李俏梅）


# 贺青作品选

## （一）

### 故乡的榕树

很久以来，我对榕树就怀有敬仰之心。日子一长，这种感情也变得越发强烈。

在我的故乡，到处是榕树。有的村庄榕树特别多，干脆连名字也冠上"榕树"两个字，比如榕树寮。从我们村子前面流过的那条清澈的河流，叫做榕江。我们的县城，就叫榕城。就在那条河流的靠近我们村子的一个渡口，大家叫它"渡船头"的地方，有一株特别粗壮、想必年纪也很大很大了的老榕树。这株参天古树，从人头高的树干上，向四面八方伸出苍劲有力的臂膀。有的远远地俯身到河中间去，像是要倾听流水的低诉，又像是要痛快地喝一个够；有的像骏马似的昂起头来，望着河对岸的宝塔。在它的躯干和丫杈上，爬着许多发育长大了的"气根"。它们紧紧地贴附在树干上，有些实际上已与树干成为一体。有的笔直，有的弯曲，有的平伏，有的隆起。就像是它皮肤上暴突的血管，又像是一个身经百战的战士，周身披挂。古榕的这副外貌，使人感觉到一种凛然的刚劲。但是，那些从枝丫上垂挂下来的一束束"美髯"，随风飘拂，又给人们带来一种和蔼可亲的印象。它既像一位天不怕地不怕的铮铮汉子，又像是一位饱餐风霜的慈祥的老人。

我无法说出这株古榕的年龄，究竟多大。打从我开始学会走路，跟着母亲到河里去洗衣服，或者到河滩上去漂夏布的时候起，这渡口的古榕，就屹立在那里，并且就是那样的庞然大物。它的躯干是那么雄伟，颜色又是那么深沉，要是没有那向四面八方伸展的枝丫，以及树枝上长满的又浓又密的叶子，真像是从地底冒出来的一块黑黝黝的岩石。那时我自然是不懂什么的。但我和榕树的感情，事实上从那便开始了。绕着它的躯干转圈子，从地上一粒一粒地捡那紫红色的熟透的榕树籽，在当时都是莫大的乐趣。长大了一点的时候，便时常和小伙伴们，脱光衣服，爬上老榕树，扑通、扑通地往水里跳。

平日，我们也喜欢爬到老榕树上去，让身体靠在长着薜苔的丫杈上，顺手摘一片光滑的嫩叶，卷成哨子，悠然自得地吹着。从树叶的隙间望上去，天上一片片浮动的白云，缓慢地飘过，好像是听到了哨声，翩翩起舞。我们这样一直在树上呆得很久，不肯下来。

每逢旧历正月十五日，我们乡下的风俗，家家户户都要"采青"。这份"差事"，往往都是由我们小孩包下来。吃过早饭，便兴致勃勃地采撷了一大包带树籽的榕树叶，还有一些竹叶子，抱回家去插在大门两边。这时，老人们就教我们唱："采榕，健过龙！采竹青，牛鸡满岗岭！"热闹了一阵。这是取个"人畜两旺"的吉祥之意。

也许正是由于儿时的这些记忆，深深地印入自己的脑海，所以每次出门，在各地看到苍劲伟岸、盘根错节的古榕时，我都感到无限神往。

去年夏天，忽然听到传说，故乡渡口的老榕树坍倒了。我不知怎的，感到怪不好受。但我执拗地不相信真的有这么回事，老榕树已在风风雨雨里屹立了多少年。当我能够记得起的时候，它就是那个样子，稳重，沉着，无所畏惧；而当我几年前回到故乡去时，它依然是那个架势，而且枝叶比过去还要繁茂。古树逢春，我当时深深相信它是稳如泰山的。固然，什么事情都会变化，会不会是古榕太苍老了，经不起强风暴雨的摧折？我曾经这样反诘自己，但随即我又推翻了这诘问，依然一个劲的不相信那株榕树会坍倒。理由何在？我一时也说不很清楚。

　　不久以后，我出发到北江的清远县去，在江边渡口上也有一株古老的榕树。去年北江的洪水来势特别凶猛，渡口给冲坏了。老榕树根座的表土，被水冲刷掉一尺多，埋在地下的树根，露出了一截。这时，我才惊异地发现，原来榕树的地下根丛，是这么奇妙，这么洋洋大观。我俯身张望，就像从一座神奇的建筑物的窗口往里瞧一样，只见密密竖立着千百根扭曲的圆柱，每根圆柱底下又分成若干较小的柱子。有的平行插进地下，有的互相交织着；有的像蛟龙出海，有的像猛虎下山。它们默默地埋头往地下钻，一点也不轻浮，一点也不松劲。它们好像知道自己肩负的使命，既不图侥幸，也不存幻想。

　　至于这千万条向四面八方蔓延伸展的根丛，它们盘踞的面积的大小，就更是可观了。榕树是一种有着又厚又密的绿叶，覆盖面极宽的乔木，一棵古榕，就像一座小山。即使是单株的大榕树，它的浓荫也足够盖住半个篮球场。据说它的地下根所伸展到的地方，面积比叶子的覆盖面还要大。榕树有这么发达强劲的根部，根丛扎得那么深，散得这么广，稳扎稳打，因而也就有着极其倔强的生命力。难怪在凶猛的洪水面前，这株古榕却泰然自若。尽管至今它的枝丫、叶子和气根上，还挂着洪水留在那里的枯枝败草，但咆哮的洪水只能冲刷掉它根座的一层表土。它那根丛同心合力地紧紧攫住大地，大地也毫不吝啬地敞开自己的胸怀，护卫着它。就这样，洪水虽然强暴，也不能得逞，结果只好悄然退走。古榕，这倔强的老人，依旧岿然屹立，面对着北江的滚滚波涛。

　　直到我们上了渡船，驶向江心时，我还连连回头望着这株北江岸边的古榕。它那像山一样稳重，沉着，又像岩石一样坚定的形象，深深地打动了我的心。随着渡船的摇晃，眼前仿佛闪过了一个又一个革命前辈和先烈们的塑像。他们那炯炯有神的目光，迸射出对敌人的仇恨，同时又充满着无比的自信。正是他们，在长期的曲折的斗争途程中，发挥了中流砥柱的作用。任何风雨雷电，都刮不倒，打不垮，劈不开，击不碎。这种不屈不挠的性格，难道不正是我们从古榕身上所看到的吗？我的脑子里还掠过了十年前土地改革运动中的许多画面。那时我们背着简单的行囊，奔忙在刚解放的农村里，开展扎根串连运动。我们的扎根工作做好了，腐朽的封建地主阶级，就被千百万贫苦农民用有力的臂膀扔进历史的垃圾箱里去。"扎根"，"扎根"，这口号提得多好，又是多么重要啊！根深叶茂，今天，我们的革命事业，在党的领导下，正蒸蒸日上，欣欣向荣。就像这北江岸边的那株古榕一样，它那茂密的绿叶，迎风摆舞，洋溢着青春的活力。江水在为它欢呼，风儿在为它歌唱。虽然渡船离它越来越远，我就要登上对岸了，但是它那山一样的形象，却越来越显得高大。它虽然没有华丽的花朵，一年四季就是那件深绿色的外衣，但是我却觉得，从它身上，时时刻刻都在闪烁着一种美丽的不灭的光辉。

这时，我又想起故乡渡口的那株据说不幸坍倒了的古榕。不过，现在我越发不相信这个传闻了。难道能够这样认真扎好自己的根，有着这么发达强劲的根丛，紧紧地同大地同呼吸、共命运的参天古树，竟会坍倒下来吗？

最近家里有人从乡下来到省城，我第一句话就是询问故乡渡口老榕树的遭遇。她笑着说："那是一次大洪水，把榕树旁的茶亭冲垮了。老榕树，过去怎么样，现在还是怎么样。"

我不禁吐了吐舌头，但随即又轻轻地舒了一口气。这场洪水，既然能把一座用灰、石修建起来的那么坚固的茶亭冲垮，那的确是够厉害的了。但是，那株古老的榕树，却岿然不动。这恐怕不是单用"奇迹"两个字所能说清楚的罢。

一九六二年一月

# （二）

## 杜鹃的叫声

不久以前，我听得一位长者说，曾经为历代诗人所反复吟咏的杜鹃，有着一个怪脾气：在平常日子里，它们喜爱单个儿活动，彼此的距离，大概以互相听不到对方的叫声为限；否则，它们便会打起来，直到战败者狼狈逃开为止。

我十分钦佩这位长者观察事物的精细。杜鹃鸟的叫声这事，使我开了点窍。

我觉得，它对于我们看问题，做事情，都很有启发。杜鹃不喜欢听到同伴的啼啭，彼此保持着一定的空间距离，这是禽类生活中一件有趣味的客观存在。除非有那么一天，杜鹃的习性变了，否则这局面还得继续下去，而不以人的意志为转移。这一来，就引起我的许多联想。

我想起了村落的分布。熟悉农村生活的人都知道，村庄的分布是有不少学问的。过去有所谓"五里一村"的说法，当然是指其大概而言，究竟隔多远有一村落，还得具体地依据时间、地点和条件而定。村庄的分布，一般说来，是自然形成的。其中很重要的一条，是看村子周围的，人能够赖以生存的自然条件，例如有多少土地，多少山林等；"民以食为天"，要建立村庄，先得解决吃饭问题。同时，为了利于生产，免得跑老远的路，许多地方的村子一般都比较小，在偏僻的山区，三家村，甚至单家独屋的，也很不少。至今还沿用下来的"自然村"的称谓，正好说明村落分布的这种自然形成的特点。当然，村庄的座落，① 方向，在旧社会里，还受到风水先生的影响。但有些村庄坐落在半山腰，人们挑水要走一段崎岖的小径来到山下的水涧，然后再拾级而上，这种麻烦与其说是由冥冥之中的"风水"所造成，倒不如说是人们的生活经验的结果；因为说不定哪一代的祖先曾经吃过这种亏，当时他们为了取水方便，就在山沟底下搭起房屋，而雨季的山洪一来，什么都给冲跑了。对于村落分布的情形，要是站在高处，可以看得很清楚，它们的高低，远近，大小，都是有其一定的道理的。至于坐在飞机上，就更加一目了然了。当你看见那像白练般的河流，那绵延起伏的山脉，而大大小小的村庄，星罗棋布地散落在各个不同的所在，心里不禁低低地喊出一个"妙"字。要是有人不考虑村落分布的这种自然形成的原因，硬要把许许多多的村子并在一起，这就像硬要两只杜鹃在一株树上唱歌一样，实际上办不到。

由村庄的分布，我又想到人的生活。长久以来，人的生活也有其一套自然形成的习惯的。以做买卖来说，在分散的农村里，依据村子的大小、疏密，在一个地区有多少墟镇，多少店铺，多少商贩，都是有个定数的。所谓"五家之堡必有肆，十家之村必有贾，三十家之城必有商"（龚自珍：《平均篇》），就正好说明，在过去，一个地方有没有生意人，有多大的生意人，也是随具体条件而定的。如果在一条村子里，人民生活本来需要有家杂货铺，需要有一个游街串巷的货郎担，而有人却不问这种情况，把店铺和货郎担都取消掉，或者设得

---

① 座落：同坐落。——编者注

过多，都是不符合客观需要的；不是使人感到不便，就是浪费人力物力。商业网的分布是如此，就以阉鸡师傅、牵猪郎的多少来说，也是如此。一个阉鸡师傅管几条村，一头公猪足够为几户母猪户的母猪配种。在正常情况下，也都有个定数。甚至旧社会的巫婆，也不是每条村能产生这号"人物"的，因为巫婆的生意在正常情况下也有个定数，人一多了，有的就会找不到赚钱的对象，就要饿肚子。

推而广之，人们的耕作技术发展，城市的形成过程，一个地区的生产方针等等，也无不如此。插秧的密度多密，不是凭空来的；我们只能参照老祖宗的经验，再考虑今天耕作条件的变化，定出合理的密度，而不能任意为之。上海市只能出现在长江三角洲，而不可能在巴颜喀喇山麓。广州市所以能够成为华南最大的城市，也不是偶然的；地处西江的肇庆，或者东江的老隆，都不可能具有广州的规模。

所有这些，与前述杜鹃的叫声，都属同一道理。想问题，做工作，多考虑一下这点，一定大有好处；这就是所谓尊重实际，从而也就可以避免主观随意性。

杜鹃的啼声，自来拟为"不如归去"，充满着哀怨，甚至有"子规啼血"的说法。其实这不过是由人的感情所引发出来，是人把杜鹃人格化了。这些，与本文概不相关。相信也不致有人会从"不如归去"的杜鹃鸣声中，认为本文是主张踏步不前，甚至只向后看的。对于无产阶级革命战士来说，从来都是朝前看，高瞻远瞩的；而为了要实现我们的革命目标，就要有充沛的革命热情和干劲，敢于创造。这是作为一个革命者的根本特点。但是，这并不是说，一个人可以无根据地胡思乱想，可以超越客观情况所许可的条件去计划自己的行动。我们既要鼓足干劲，又要实事求是；要将两者结合起来。正是从这个意义上说，当我们鼓足干劲从事各项革命工作的时候，详细摸清每一件事情的来龙去脉，既考虑需要，又考虑可能，有时甚至多观察一下以往已走过的道路，并没有什么坏处；相反可以增长见识，吸取教训，最大限度地掌握事物发展的客观规律，从而保证革命事业的成功。

一九六二年二月

# 郁茹作品选及简析

## 郁茹生平

郁茹，女，原名钱玉如，1921 年出生于杭州，祖籍浙江省诸暨县三江藻村。幼年家贫失学，直到 1938 年流浪到重庆，才以同等学历考入艺术专科学校当试读生，但只读了一年书就离开学校，进入中国制片厂做图书管理员，在那里结识了进步文艺界人士，被介绍到茅盾主办的《文艺阵地》社协助编辑，从此开始正式创作。后辗转兰州、上海到香港。1949 年新中国成立后回到广州，在《南方日报》工作，历任记者、编辑和文艺部副主任。1957 年调到中国作协广东分会，担任过作协副主席，《少年文艺报》副主编等职。主要作品有《遥远的爱》《龙头山下》《小猴王大摆泥巴阵》《郁茹作品选》等。

## 郁茹作品选析

郁茹的《落雨大，水浸街》虽然是一篇主旨反映改革开放初期的深圳新貌的作品，却包含着很多的地方历史文化记忆。首先题目及运用于篇尾的《落雨大，水浸街》就是一首历史悠久的，几乎家喻户晓的广州民谣。广州雨多，一下大雨就水浸街，在儿童的眼里，会看到好多有趣的景象：阿哥担柴上街卖，那不是越担越重？打扮得漂漂亮亮的阿嫂出街，淋个落汤鸡。正如作者所言："它那样自相矛盾，又奇特地统一与和谐"，这大概吻合了作者对改革开放初期的深圳的观感。

作家郁茹虽然不是土生土长的广东人，但大概因为在广东生活大半辈子的缘故，对于广东的风土、人情、语言、历史都有很深的了解。除了引用《落雨大》这样的民谣外，她描写的对话里，"捱生捱死"、"捞不上世界"等也是地道的粤语词汇。尤其是对于粤港两地生存关系史的了解，那是非常深入的，这一点与陶萍形成了有趣的对照。① 作者当然不是为了显示自己比陶萍更高明，而是陶萍在这里其实充当了一种"外来者"的视角，可能当时很多人对比如"逃港""归来"等的看法也跟陶萍一样，仅仅是一种政治或政策式的表层理解，而郁茹却能够从生存的角度去做更同情更深刻的理解。比如在一般人觉得"逃港可耻"的时候，郁茹展现的是一幅被生存所逼、不得不冒死求生的惨景。"特区未成立之前，边防军常要收捡逃港未遂者的尸体，有次我车过梧桐山，看到那山只有石头，没有树木，阴森，恐怖，听说山的那边就是香港，人从这边爬上去，能滚落到那边，就到了另一个世界，而更多的人确是这样进入生命的终点。刚开发特区时，靠海的工地人员也经常要捞从海上漂来的浮尸，都是些年青人啊！"广东人通过深圳大面积"逃港"是在六七十年代。这个时期是香港发展迅猛而内地因为搞"大跃进"和"文革"弄得民不聊生的时代，两边的对比是如此的鲜明，怎么能不叫人铤而走险呢？更何况其中除了经济上的原因外，有一部分还是政治上的"贱民"。所以郁茹的文章对于"逃港者"是有深切的同情和理解的。更何况在更早的过去，深圳和香港之间并没有"阴阳二界"，如果说香港是"大都市"，深圳就是香港的郊区，通过为它提供农产品而获得生存，农民们可以很自由的出入，所以他们不明白，"为什么上一代人迈迈脚就能过去的地方，现在多走一步就成了罪犯"，这就是六七十年代大面积逃港的历史原因。

俱往矣，文章通过一个"三进三出"的逃港者陈荣志的个案，写出了改革开放政策给深圳带来的巨大变化。首先是进出的方向发生了变化，过去是从深圳逃向香港，现在是从香港一批批地回归故里。过去是去香港"捱生捱死"，发的是极少数，大多数不过混口饭吃，现在是回到深圳创业，做祖祖辈辈的农民都没有做过的事，搞养殖，办企业，建度假村一样漂亮的新房，一幅欣欣向荣的景象。深圳人不再羡慕香港人，相反香港人可能会羡慕深圳人："他们银行里虽有存款，但要弄间花园住宅就不容易了，但我们村里却家家都……"而现

---

① 陶萍：同时代作家，在本书后文中有对该作家简单介绍及作品选析。

248

在离作者写作此文也过去了三十多年，深圳改革开放的成绩已经有目共睹，它完全不再是一个给香港大都市提供农副产品的郊区地位了，它本身已经成长为世界性的大都市，并且集中了国内国际的许多优秀人才，高科技、金融、服装、农副产品等各项产业都走在中国大城市的前列，广州与香港两大城市已经时时处在被深圳超越的危险中了，想想这些变化真是令人感慨。

（李俏梅）

# 郁茹作品选

## 落雨大，水浸街

八月，南国骄阳正炽，我和陶萍到深圳西丽湖"作家之家"避暑。行前，工作人员对我们说："因为只有一周，很难在那边写作，算是休息吧。"

西丽湖风光极美，但我们居处离这约五里，是疗养院的一栋别墅，疗养院新成立，建筑物和设施都好，只是周围树木未茂，出门就是烈日当空，只有早晚可以散步。我们不免有些寂寞，但要写作，又静不下心来。

偶然听一位同志谈起，离这十数里就是南头区，我听了，忽然忆起过去什么时候听闻过："火车到了樟木头，下车奔南头，是走香港的好码头。"我问："这南头现在是个什么样子？"

"现在呀！可不比过去那样荒凉罗，镇上热闹、繁华，公路四通八达，商店、茶楼、酒家林林总总，那些老板、经理一副港客派头，听说都是近几年从香港'逃'回来的本地人……"

"哦？在外面发财了？"

"那也不见得，这些人当初担惊受怕逃出去，到外面也是挨生挨死，发起来的只是少数，捞不上世界的还是大把，在港澳转转悠悠混了不少年，现在又转到这条逃港跳板的这一头，倒反而转了运啦！你去看看吧！"

我和陶萍商量，这么个地方在广东颇有代表性，值得去看看。最好还找几个人谈谈……

"是啊，浪子回头嘛。"陶萍也产生了兴趣，不过她是外省人，只从理性上知道逃港可耻，回乡才是正道，因此认为这么个地方是值得采访的。

这晚，我和陶萍话题离不开"逃港者"，她总觉得苦海无边，回头是岸，用这些人的亲身经历来教育广大读者，是件大好事。我想得更多的是那些悲惨故事，特区未成立之前，边防军常要收捡逃港未遂者的尸体，有次我车过梧桐山，看到那山只有石头，没有树木，阴森，恐怖，听说山的那边就是香港，人从这边爬上去，能滚落到那边，就到了另一个世界，而更多的人确是这样进入生命的终点。刚开发特区时，靠海的工地人员也经常要捞从海上漂来的浮尸，①都是些年青人啊！我还听说，有一对姐弟泅水逃港，中途弟弟溺水而死，姐姐虽达彼岸，不久被人拐骗沦为下贱，而在广州的母亲，每月都能收到姐弟各自来信，细细地叙述他们在港所过幸福生活，母亲常拿信送给亲友们听，大家也颇为艳羡。年复一年，母亲贫病交迫，写了许多信要儿女寄钱接济，却再也得不到回音，母亲怨悔而死却不知过去所有的信都是女儿一人手笔，捏造事实以安慰老母的……这样的事以前听得太多了，现在一一忆起，心情由喜悦转回沉重，反觉得匆促决定这么个采访，实在不够明智……

早晨照旧烈日炎炎，只是天际有一抹铅色云层，仿佛预示老天爷可能会变脸，于是，我临上车时又带了把伞。

谁知小车把我们送到小镇的入口处，就驰走了，说是十二时来接我们回去午餐，逾时不候。我们茫然下车，抬头看天，乌云已升得更高。我们摸进党委办，说明是事先约好的，出来个大青年，把我们让进会客室，送过一张名片，"南山企业公司梁XX"我看了，觉得有些牛头不对马嘴，但特区的一切都是新事新办，不好问他是否"搞错"，只连忙又重新申明来意。

小梁爽直地笑说："这样罢，我领你们去南三村，你们找陈荣志谈谈，也许他能满足你们的需要。"

"陈荣志是个什么样的人？"

"他是南三村新选的队长，养蚝兼种果的专业户，还在我们这儿一个最大企业工程管基建……"

"这……恐怕不是我们要采访的对象吧？"我吞吞吐吐。

"唔！你们不是想找逃过港的本地人吗？他是三进三出的老牌逃港者，特区成立后才回来定居的，关于这方面的情况，他最熟悉……"

"那，现在他表现怎样？"陶萍不放心地问。

---

① 飘：同漂。——编者注

"没什么，您听听他担任的各项工作，就知道这人是信得过的了！"小梁笑着："我们走吧，天可能会变！"他亲自驾车送我们上路。

"你是部队转业？"我问小梁。

"不，我从兴梅地区调来，因为也爱写点东西，所以抓了宣传！"

"那你该多写点东西嘛，你们开发区，好题材多着哩！"陶萍大加鼓励。"像你说的南三村，不是就很典型吗？"

"对，南三村原来是个靠海滩涂地的，全村过去有千多人，二十多年断断续续走了七八百，连村干部也全家全家的逃港。不过，话要说回来，这种边界农村，解放前本来就是自由出入的，种田并不是他们本分，他们实际上是香港的郊区，靠山吃山，靠水吃水，他们是依附大城市谋生的，解放后……"

"哗啦啦"，雨下来了，水点儿又大又密，车在雨帘下穿行，车窗外一片迷蒙，小梁顾不上再说话了。

我留神窗外，车走了好久，还是一片雨淋水浇的旷野，不过，我知道特区建筑速度是全国闻名的，十几天就能完成一幢高楼，也许，我们今天车子开过的这些空地，再来时就会是雄伟壮观的大型建筑群了。

我问："这工程是属什么部门的？"

"南海石油联合开发公司的一个后勤基地！我说的陈荣志就在这儿管基建！"……小车像一匹难于驾驭的野马，有时前仰后翻，有时一蹦老高，水花在车轮下向两边溅射，小梁聚精会神开车，自言自语："还得从后面绕道……"

车子转了方向，道路平稳了，窗外的景物已起了变化，闪过一丛丛的浓绿，这是大片果树园。然后，路面变狭了，进入了一个花园别墅区，一座座小楼房，彩色缤纷的外墙，小巧玲珑的阳台，花枝掩映，绿荫如盖，好高级的住宅区！我想：可能是为哪儿的外国专家设的招待所吧？如果是晴天，这儿倒值得观赏一番。

车子在花园楼房中左穿右拐，又驶出大路，停在一座简易工房前面："到了。"小梁说："你们先进去吧！"

我和陶萍冲过雨帘，飞快地闪进屋门。小梁随后进来，他开门见山地介绍："老陈，这两位是记者，专为采访你而来！"

那个坐在写字台前的黑大汉上上下下地打量我们，有个姑娘递上两杯橙汁。

"你们想知道一些什么情况？"老陈沉稳地问。

小梁笑嘻嘻地说："她们想了解一些从香港回来的人和事，区委推荐她们来找你谈谈！"

"找我?"他有些意外。

"是啊,"陶萍热切地说:"听说你回来后表现很好,而且也发家致富了,和你在香港生活对比,你一定有很多感想和深刻体会吧?"

"是啊,是啊!刚才区委的同志已对我们作了一些介绍,现在主要是听你自己谈……"我伸手按一下录音的键钮,可是心里却在埋怨自己说话笨拙,我也觉得这样开场未免有些唐突。

老陈还是沉默,只用他锐利的眼光轮流地观察我和陶萍,然后,他又转头问小梁:"区委指名要我谈?"

"唔,唔……"小梁回答有些含糊。

老陈又把头转回来,他直视着我,忽然问:"我好像见过你?"

我心中"格登"一下,觉察自己要"撞板"了,但还是努力再挤出了笑模样来:"可能,我到深圳来过不止一次,也参加过一些会,有可能在某种场合见到过你……"

他又沉默了一阵,才慢慢地、极有分量地说:"因为我算不得个好典型,而在南三村这几年发起来的人比我好的尽多,我没什么好谈的。"

"但是,你的表现好啊!"陶萍急急地说。

他摇头:"我不能谈!"

屋子里静极了,除了屋顶那一阵阵急雨,没人说话,大伙的眼光都在注视着我们俩,气氛变得和老陈的脸色一样严峻。显然还带有点谴责。

我伸出手,在老陈面前"啪"的按下录音机的键钮,并且还用手捂住了它,我对他笑着,点了点头:"我懂了,是的,是这样,真是这样,如果有人要采访我,要我谈我当年那些遭遇,我也会跟你一样,拒绝回答,不过,我得申明一下,我们不是记者,只是到深圳来观光的作家,我们年纪大了,这几年也很少下乡,对特区开放、改革以来的变化没有感性认识,所以想来和各方面的人交朋友,谈心,请你们帮助我们多长点见识……"

我慢慢地说,他那张严峻的脸也慢慢地在解冻,冷漠的眼神中闪出温和的笑意,他把手向前后左右一挥:"喏,这里就有各种各样的人,都是我们南三村的;这是转业军人,这是过去留下来的老知青,这是基建人员,现在都在这里落了户……"

屋子角落的大青年朝我笑了。"我是广州知青,下来十多年啦!"

"啊,和我儿子一样!"陶萍开心地喊:"可是他们早调回去了,你怎么还留下来?难道不想家?"

另一个人代他抢着回答："他以前没走后门，所以回不去，现在他在村里建了三层楼房，结了婚，有了孩子，他怎么还会想广州那个家？谁稀罕呢？"

"对啊，对啊！如今只有外面的人往我们这里迁，再没人肯走的！"又一个声音喊。

"难道你们都愿留在这里种田不成？"陶萍惊异地问。

大伙都要笑，而且还抢着讲话。"我们没有多少田，有点地也都给特区征用啦，我们现在都吃国家粮！"

"我们原有的土地，现在都在搞大工程，你们没看到？地图上很快会有的啦！"

"我们不种田，不过搞各种各样的专业，三鸟、水果、海水养殖，蔬菜……特区需要，香港也需要。"

"也搞技术，也开机器……"

"我们现在建设的是将来自己的工厂，自己的企业、商场！"

屋顶上的雨声淹没在说笑声中了，知道我和陶萍原来是这么"土"，对特区农村的情况知道得这么少，大家都想为我们提供各种各样的新信息！

在多种语言的倾泻中，老陈的话很少，但他眼光中一直盯在我脸上，只是脸上的笑意越来越浓……

我也一直打量着他，红黑的大脸盘上皱纹交错，但那双眼睛非常灵敏，非常年轻，非常自信，实际上他没有说话，却在不出声的诉说，我听见了，我说过我懂，我甚至能替他说……

南三村人曾经有过什么？祖祖辈辈聚居在这一块贫瘠的土地上，不过是海边摸些鱼虾，村头种点蔬菜，屋前养群鸡鸭，他们靠的就是邻近有座大城市能输送出这些农产品，他们就以小商、小贩作为谋生手段，养活妻儿老少，才能在这块土地上聚居。后来，这片土地上划成了阴阳二界，那边是禁区，不准进，这边呢，土地证是发给了村民，但农田种不上粮，做工入不了城，打鱼过不得界，连养鸡喂鸭都成了走资本主义，而天灾、人祸又像飓风一样一次又一次袭来，他们被逼上了绝路，虽经政府三令五申，他们仍然不明白，为什么上一代人迈迈脚就能过去的地方，现在多走一步就成了罪犯？他们不服气，也无可奈何，到了连稀粥也喝不上的苦难年月，他们就顾不上禁令了，只得又走了上代人走过的这条路，缺口一打开，人越走越多，这广东省地图上找不到的荒凉小村，渐渐成了某些人心灵深处向往的过"港"跳板，但这不是南三村人的错，他们只是到香港去用各种手段混碗饭吃，捞点钱接济留在村里的亲人，陈荣志

253

为啥要三进三出？他有个"窝"在南三村嘛，也许"窝"里有一群"小鸟儿"……

我从老陈眼光中看到这些诉说，也在自己心头品味到那苦涩和辛酸，这一切都已经成为过去。所以陈荣志不想说。我们的眼光继续交流，他终于开了口，他的语言响亮，简洁，像一股欢快的流泉，他告诉我：自己有妻子和三个儿女，大儿子在深圳市一家最豪华的餐厅当厨师："光是他赚的钱，就够我们一家生活了！"女儿被送去香港培训，准备回来管理企业，小儿子还在读书，他呢，正处在精力充沛的年龄，而且特区的一切吸引着他，他要成为一个新的开拓者！所以带头承包了海边的蚝田，开辟了一个荔枝园……

"是啊，养蚝是辛苦活，半夜就得起身，脱掉衣服，下海去采蚝。但这种海味如今能赚大钱哩，卖给国家收购站，或者自己划小艇去赶香港早市，大茶楼、酒馆都抢着要！"

"那荔枝树呢？"

"荔枝树我交给从高要县来的果农管，按劳力和肥料、农药成本加倍付酬，双方都有好处，我们村，这几年，这几年果树越种越多……"

"听说你也起了新楼？"

"盖新楼的多着哩，老实说，连香港人瞧着也会流口水，他们银行里虽有存款，但要弄间花园住宅就不容易了，我们村里却家家都……"他突然堆满欢愉的笑："你们应该在荔枝成熟时来，我的荔枝品种好，今年又是丰收，开园后，香港人成批开车来，我规定，在园里管吃够，走时还能各带五斤，每人只收六十元港币，那真是节日啊！香港人懂得享受，我们这儿，风景美，空气好，岭南佳果，新鲜海味，对大城市人有特殊的吸引力……"

"你收得太便宜了！"我笑。他也笑："我倒不是为了赚钱，香港人也是同胞嘛，我要叫他们看看家乡的土，家乡的水都是养人的……"他笑着，有点不好意思地看了我一眼……

小梁从外面进来，提醒我："你们不是赶十二点前要回吗？够钟啦。"

一屋人都站了起来，大家竟有点依依不舍，当我伸手拿录音机装回挂包时，笑着和老陈开了个玩笑："空的，什么也没有录下来！都装在我心上啦！"

他也笑了："欢迎你们再来！不过，这工棚很快就得拆掉……"

出门，才知道雨早停了，阳光和雾气一齐升腾，空气温暖而湿润……

我要求小梁："绕点路，让我们看一看南三村吧！"

"刚才我们不是从村里绕过来的吗？哦，怨我，忘了介绍。"

"就是那花园住宅区？"我猛然省悟。

"是啊，好，还从老路走！"

车子又在那花木扶疏、庭园如画如诗的村道上穿行，大雨蒸发得花、果甜香格外沁人，村中静悄悄，家家铁门敞开，却很少见人，特区人把时间看得比金子还宝贵，这时，想必都在外边忙着哩，嗬，现代化的村居，现代化的工、农、商居民！你们终于品尝到劳动果实真正的甜味！

车从荔枝园前急驶而过，把大块大块的浓绿抛在后面，我回头看，想象着那节日般收获季节，园中充满了欢笑，一双双急切的手从树上摘下红珊瑚球似的果实，吃得满口都是甜汁，而果园的主人，站在楼房的阳台上，他胸膛里荡漾着一股对家乡的土，家乡的水的感激之情，这土地如此坚实，如此丰裕，他眼光越过这一丛丛的浓绿，看到一幅不似香港、胜似香港的瑰丽景象，他将带着无限自豪和自信在这珍贵的土地上进行新的开拓……

天色澄清，阳光亮晶晶地照着湿淋淋的路面，我忽然想起一首广东古老的民歌，最近有人新谱了曲的：

> 落雨大，水浸街，
> 阿哥担柴上街卖，
> 阿嫂出门着花鞋，
> 花鞋、花袜、花腰带，
> 珍珠、蝴蝶两边排……

我不知道为什么会把眼前的景色、人物和这支古老的民歌联系在一起，但是我一向都喜欢这支歌，它那样自相矛盾，却又奇特地统一与和谐，既有永远的魅力又有深刻的启迪。

陶萍问："你在唱什么？"

我笑，我唱：

> 落雨大，水浸街，
> ……

# 黄庆云作品选及简析

## 黄庆云生平

黄庆云，1920 年出生，广州市人。她幼年在香港生活，初中时回广州升学，1939 年毕业于中山大学中文系。黄庆云早年读过不少进步书籍，尤其热爱儿童文学。1938 年广州沦陷，她到香港借读于岭南大学，大学毕业后，她再考入岭南大学社会科学研究院专修儿童文学，并在 1941 年创办了《新儿童》半月刊。她在刊物上发表童话、小说、诗歌及翻译外国儿童文学作品，里面还专门设了一个"云姊姊信箱"，和小读者通信谈心，受到广大小朋友的欢迎。香港沦陷后黄庆云到桂林，并复刊《新儿童》。1945 年日本投降后迁回广州出版，因为介绍共产党被国民党当局禁刊，只得重新迁回香港。1947 年，她到美国哥伦比亚大学教育学院进修，获硕士学位。回港后继续主编《新儿童》。新中国成立后，《新儿童》迁回广州出版，1955 年改名《少先队员》。1981 年，她与郁如一起创办《少年文艺报》，1987 年又与关夕之一起创办《少男少女》杂志。黄庆云的一生，是为儿童办刊、写作的一生，她出版过的儿童文学作品有二十多部，包括《庆云童话集》《庆云小说集》《小同伴》《诗与画》《七个哥哥和一个妹妹》《月亮的女儿》《儿歌新唱》等，以儿童诗、童话、散文为主。2015年，黄庆云获得"第二届广东文艺终身成就奖"。

# 黄庆云作品选析

　　黄庆云的儿童文学创作是带有她崇高的使命感的。她早年阅读鲁迅的《狂人日记》，深深地为其中"救救孩子"的呼声所震撼。而她自己的儿童时代据她自述，也是有些寂寞感的。一个大家族在时代的浪潮中分崩离析，而父母为了生计又整日忙碌，基本上顾不上孩子们的感受。黄庆云说她的父母因为信奉"玩物丧志"的观念，基本不给他们买玩具的。她小时候的娱乐就是看书，和相邻的穷孩子们玩耍，还有和姐姐互相讲故事。这讲故事的爱好可能就是她文学创作最早的雏形。在香港岭南大学求学期间，她也经常去孤儿院给孩子们讲故事，开始是"述而不作"，后来就写起来了，并成为终身的事业。而在她的写作开始之前，她已经大量地阅读过中外儿童文学作品，安徒生、亚米契斯、狄更斯、爱罗先河的创作以及鹅妈妈的故事等民间故事她都非常喜欢，而中国作家里面叶圣陶、张天翼、许地山等人也给她以有益的影响。她的作品是带有浓厚的人道主义色彩和浪漫主义色彩的，基调是愉快的、乐观的，她希望把美、快乐和智慧种到孩子们的心田里去。

　　《英雄树唱歌歌》是黄庆云儿童文学中较有代表性的一篇，写的是富有岭南特色的树种木棉树，也被称作英雄树。这篇童话某种程度上是带有一点科普的性质的，比如孩子们读了之后，就会知道木棉树的种子像"黑珍珠"，被种下之后长得很快，"一个箭似的往上蹿"，很快就能超过周围的树，变成所有树里面最高的，木棉树又是先开花，后长叶，开出的花火一样的红。木棉花煮水熬粥可以治腹胀，花心里的棉絮可以做枕头等等，这些看起来都很科普，但黄庆云的科普又是很富有诗意的科普。比如种子是美丽的蝴蝶衔来的，而蝴蝶是"会飞的花朵"。而诗意里又是蕴含着一种生命的意识和哲理的："我长得高，我要把花朵像火炬那般举起来。人们一看见就知道春天已经到来了。""我要飞到更高的天空去，追求自由自在的生活"。"你要飞上天，我还要飞下地呢"等等，都是含义隽永的诗一般的语言。而儿童诗的确是黄庆云的强项，我们也可以看到在本篇里，故事的讲述中穿插了不少的诗歌，使得作品朗朗上口，富有音乐美，也富有行文上的变化感。

　　《一个传统的理想》则是从自己黄姓的家族文化出发讲到广东文化的特色的一篇散文。"别人的家族敬太公，我们的家族敬太婆"，的确，广东的黄姓是敬他们的米氏太婆的。在江门杜阮镇现在还有一座显赫的"米氏太夫人墓"，是江门的市级文物保护单位，每年都有成千上万的黄姓子孙从广东广西港澳等地回来祭拜。不过在黄庆云的文章中，这个米氏太婆很像一个神话传说中的人物，而据黄氏族谱的记载，则是南宋年间人，随其丈夫黄源兴来广东做官（南宋孝宗淳熙八年进士，曾作徐州知府和浙江都漕运使），据说这个米氏太婆医术高超，曾为皇后治好了乳疾，因此诰封为"邦显夫人"，也因此才有这座单独的显赫坟墓。作者所讲的米氏太婆的故事来源于自己的祖母，带有浪漫主义的神话色彩，"原本是皇妃，受了奸臣的迫害，就仓皇出走，到了广东来，受到了众人的保护。最后她跟我们的太公结成夫妇"，一个官方的文化符号变成了一个充满生机与活力的民间文化符号，这个祖母口中的米氏太婆的确是更有魅力的。而作者又引申发挥，将米氏太婆身上表现出来的"身居异境犹吾境，久住他乡即故乡"的生命精神升华为广东的一种文化精神，他们既开拓进取，又兼容并包。外来的人像米氏太婆一样在这里扎根了，给这里做出巨大的贡献，广东的历史已经不能和许许多多来到广东建基立业的人们分开了，从韩愈、苏东坡到林则徐、黄兴，他们都不是土生土长的广东人，甚至只在广东呆过极短的时间，但广东人民依然珍爱他们，把他们当成自己的亲人；而广东自己的人也有走出去的传统，众多的华侨就是明证。广东的孙中山也不只属于广东，而是属于中国。这篇文章的题目叫做《一个传统的理想》，其实歌颂的是广东一种既传统又现代的精神。

（李俏梅）

# 黄庆云作品选

（一）

## 英雄树唱歌歌

那是很久很久以前了。一只美丽的蝴蝶飞到和暖的南方来，有个小孩子和她追逐着。粘在蝴蝶身上的一颗圆圆的、黑色的珠子掉在孩子面前。

孩子小心地把那颗珠子捡了起来，称赞着说："多可爱的黑珍珠呀！"

那颗珠子却说：不！我不是黑珍珠。我是一颗比珍珠还要宝贵的木棉种子。如果你把我种在地里，我也会像你一样长起来的。"

地上有许多大树，孩子就高高兴兴地在许多大树中间挖了个洞，把木棉种子种下去，一面给浇着水，一面唱着：

你快快长高吧，
长得比谁都要高，
你开花吧，
花儿比火更要红。
你是人们的好朋友，
你是花中的小英雄。

孩子走了，小种子好容易才钻出土来。在大树中间，好像一个矮子给一群高个子包围着似的。他伸出了芽儿，芽儿变成树叶，又伸出了枝杈，伸伸手，直直腰，树叶儿在风里跳着舞，噼噼啪啪翻个不停。大树都觉得他有点顽皮了。

太阳在上面看见了，便问他说："好孩子，你这么一个劲儿往上长是为了什么呢？"

小木棉说："大树团团围着我，我要光明呀。"

太阳说："好，我把光明给你吧。"

阳光一洒到小木棉身上，小木棉就一支箭似的往上蹿，不久，就超过了所有的大树了。从前，他是高个子包围着的小矮子，现在他是雄视一切的高个子，在他旁边的树都成了矮子了。

木棉树长高了，就开始打着红色的花蕾。

他的旁边有一棵老榕树，取笑他说："人老了头发就变白，树老了就生出长胡子，这才显出树的尊严。你长得又高又大又威风，为什么要开出红色的花来呢？"

木棉树说："我长得高，我就要把花朵像火炬那般举起来。人们一看见，就知道春天已经到来了。"他就高声地唱起来。

我是太阳的宠儿，
我是春天的信使，
一朵花就是一团火，

把温暖送到人人的心里。

歌声随着春风飘得远远的，引得那只美丽的蝴蝶又飞回来了。木棉不认识蝴蝶，就叫住她：

美丽的小东西，
我来问问你，
你是不是会飞的花朵，
你要飞到哪里去？

蝴蝶说："不，我不是花，可我是一切花的好朋友。木棉呀木棉，你也是我带到这里来的呢。我还要飞到更高的天空去，追求自由自在的生活，你也要跟我一起飞吗？"蝴蝶就一边跳舞一边唱着：

飞呀快飞呀，
一飞飞上天，
把火红的花儿，
开到白云边。

木棉树说："我想开出美丽的花，我也想飞翔，可是我曾经许下诺言，要成为人类的好朋友，你要飞上天，我还要飞下地呢。"

蝴蝶飞走了，木棉树展开了它的花蕾，开出了大朵大朵的红艳艳的花，映红了半边天。种木棉的孩子被吸引过来了，他长高了，但是木棉树比他还要高，要仰起头才能看到木棉树的花朵。木棉树看到他，从心里高兴，从花心里飞出一丝丝的棉絮来。像雪一样洁白，像粉蝶一样轻盈，拂到孩子的脸上，落到孩子的手上，他唱着：

小棉絮，
白濛濛，
送给你做个小枕头，
送给你快乐的美梦。

孩子就对木棉树微笑着，说："谢谢你的好礼物！"他低着头把棉絮捡起来。

但是木棉树说："可是，该说谢谢的是我不是你呀，请问你，肚子饿吗？"

孩子说："不饿，我吃了许多东西，肚子快撑破了呢。"

木棉说："那么，治肚子饿的东西我不给你，治肚子涨的东西送给你吧。"

他就把木棉花落在孩子面前，让孩子拿回家去煮粥吃，烧茶喝，孩子再不怕闹肚子了。这样，木棉树就把身上的花花絮絮，都送给了孩子们。

在南方，哪里有阳光，那里就有木棉树，木棉树长在哪里，总是那里最高的树。他永远是人们的好朋友，人们叫他做英雄树，广州人还把他选做"市花"，因为，广州也是有着英雄历史的英雄城呀！


# （二）

## 一个传统的理想

别人的家族敬太公，我们的家族敬太婆。

这是小时候我祖母告诉我的，她说我们姓黄一族有一个非常了得的太婆。她原是一个皇妃，受了奸臣的迫害，就仓皇出走，到了广东来，受到了众人的保护。最后她跟我们的太公结成夫妇，从此就在这里生了根，开枝散叶。她养了二十一个儿子，她叫这些儿子分居到二十一个行省去，开枝散叶。她给儿子们写下一首诗，语重心长，我祖母说，只要能把这首诗背出来，走遍全世界的黄氏祠堂，都可以享受茶香饭热的招待。这首诗开头四句对我印象特别深刻。那是：

> 骏马匆匆出异方，
> 任人随地立纲常。
> 身居异境犹吾境，
> 久住他乡即故乡。

从那个时候开始，在我幼稚的心灵里，就常常出现这么一张图画：在一个阳光灿烂的早晨，突然马蹄得得，① 一个英姿勃勃，风尘满面的姑娘，来到我

---

① 得得：同嘚嘚。——编者注

们的田野上下了马。众人热情的接待她，于是她挽起了裙子跟大家一同下田，又提起笔教大家作文章，写诗词，她热爱这里的土地和人民，她连自己的过去也不愿再提了，人们问她姓什么。她就凝视着面前的稻田，深情地回答人家说："我姓米，是人们需要的米。是土生土长的米。"

在我想象中的米氏太婆，便是这样的一个人。

不纪念太公而纪念太婆，凭一首诗做通行的密码，这些做法都是很富浪漫色彩的。这正是表现了人们对这位襟怀磊落，热爱人民的妇女的敬爱和对她诗里的四海一家，到处为人们建基立业的崇高理想的向往。

想象一下这位米氏太婆单人匹马，逃出深宫，辗转各地的经历吧。她的眼界突然打开了，心胸也突然开阔了，这些经历教导她认识一个真理：她没有他乡和故乡之分，只是人有好人和坏人之别。在故乡，有人陷害她，在他乡却有人舍着身家性命，千方百计的保护她，在她的"故乡"，人们只是饭来张口的消费者，而在这个他乡里，人们都是宝中之宝的粮食创造者，这怎么能不使她产生了对人民的热爱，打破了地域观念，写出了"身居异境犹吾境"的诗句，使她勉励她的子子孙孙，要到一块有好人的地方，建基立业，成为人类最喜爱的"米"呢！

我们广东的灿烂的文化和光荣的革命传统是和许多到广东来建基立业的人分不开的。远之为唐代的韩愈，至今还被大家认为他是以千钧的笔力，驱逐鳄鱼，为民除害的神话式的英雄。宋代的苏东坡曾贬到广东来，写了许多诗句，在他的生花妙笔下，惠州与海南的山水也为之生色。他的手迹到现在人们都好好保存起来，而近百年的革命斗争中，全国人民都敌忾同仇，万众一心，谁能设想在广东人民反帝的斗争史上，可以没有林则徐这个伟大的名字？在瞻仰黄花岗七十二烈士时，会忽略黄兴这个光辉的名字来？

至于那领导人们推翻了几千年帝制的孙中山，他是广东人，甚至中山县也以他的名字命名，但他却是属于全中国的。

广东境内，有许多叫广东客家的人，血浓于水，你能说出他们是广东人还是外乡人吗？

广东客家有一个县，有些家族是杂技世家，杂技演员，人才辈出。有一次我到广东杂技团访问。正值他们举行毕业演出。原来毕业的不是本国的黄皮肤，黑头发的中国孩子，而是黑皮肤，鬈头发的非洲孩子，他们是由坦桑尼亚的政府特别选派来学习杂技的。他们与黄皮肤的中国师兄同台演出，顶缸啦，耍碟子，咬花弄魔术啦，水平已不相上下了。会后，这些黑孩子兴高采烈的告诉我，谢谢中国师父的耐心教育，他们回国以后，即将成为坦桑尼亚第一个国家杂技团的艺术家，非常感到自豪。我问他们为什么会有当杂技演员的兴趣，他们说，就是在坦桑尼亚看到了中国师兄们的精彩演出，为之羡慕不已的。

我看看这些中国师兄们，其实也是和他们年纪不相上下的孩子，这些中国孩子告诉我他们已经当过两批孩子的师兄了。而他们自己过两天也就要出发到欧洲去演出了。在他们的脸上，同样流露出那天真的自豪感。

这时，我顿时又记起了米氏太婆的诗来。当我是孩子的时候，我只想象到"骏马匆匆出异邦"是米氏太婆的自画像，这时我才想到是她对子孙的训勉。当时她的理想中的世界只有二十一个行省。可现在已是整个巨大无比的星球了。

# 紫风作品选及简析

## 紫风生平

紫风（1919—?），原名吴月娟，吴紫风。广东台山人，侨属。受家庭和环境的影响，自小读书勤奋。高中毕业后，因家境困难不能升学，到惠州一所中学任教职员，从此时开始向报刊投稿。1936年秋，考入中山大学哲学系。抗战爆发后，她参加了中大的抗日先锋队，投身抗日救亡运动，并创作了反映战时生活的长篇散文《萝岗篝火》。1940年大学毕业后，紫风到桂林《广西日报》工作，与秦牧结识，并于1942年结婚。1945年辗转到达重庆，参加中国民主同盟，并参加《中国工人》周刊的编辑工作。抗战胜利后，她先到上海，后转到香港，这段时间她写了讽刺小说《新镜花缘》《媒婆》《火腿科长》，历史小品《伐商》，讽刺话剧《垃圾下海》，中篇小说《学士帽子》等作品。新中国成立后，回广州工作，先后在《联合报》《广州日报》任副刊编辑，1955年后到中国作家协会广东分会，先任《作品》编辑，后转为专业作家，以写散文为主，出版有《写在泥土上的诗》《樱桃和茉莉》《海姑娘》等散文集。

## 紫风作品选析

紫风是广东台山人，大海可以说是她一出世就看到的景物，甚至说景物还不够，是她朝夕相处的伙伴，是她生存的襁褓，所以她的一曲《海恋》唱得格外深情。"当我从会睁开眼睛看东西开始，海就在我面前闪耀它迷人的颜色了。"紫风忘不了童年在海滩上留下的脚印，海风的气味，闪光活跳的鱼、虾，驮着硬壳的海螺，古铜色皮肤的渔人……大海的神奇和神秘给童年的紫风多少遐想！当她年纪稍长，离开了家乡，离开了大海，就如屈原一样，"惟郢路之辽远兮，魂一夕而九逝。"梦里魂里都是故乡和故乡人民的命运。而随着年龄的渐长，海与人的生存关系中苦难的一面也开始深深印入作者的心灵。文章中记录了许多渔人的悲歌："今年我吃鱼，明年鱼吃我。""蓝天当被海当床，四海漂流水为乡。年年海菜煮海水，祖祖辈辈饿断肠……"这些悲歌是渔人们祖祖辈辈的生存苦难的写照。紫风的《海恋》写于1962年，不免有一股"忆苦思甜"的时代气息，对渔民美好新生活的描绘似有拔高、粉饰之嫌，但是对于渔民生活的制度性的改变以及因此而来的精神面貌的改观，还是有比较客观的根据的。

相比于《海恋》，紫风写于1981年的长篇散文《阿螺姨母》已经完全没有了"政治传声筒"的痕迹，而成为紫风散文中极为精湛的一篇，就算放在现代散文史上来打量，也是内容独特深厚的一篇。阿螺姨母是"我"母亲的亲姐姐，因为婚姻的不幸，大半辈子住在"我们"家。而她的晚年，为了积攒她的"棺材钱"，不得已做起了"媒婆"这一行当。"媒婆"在中国传统社会中是一个非常重要的角色，在"父母之命，媒妁之言"的制度下，没有媒婆简直就成不了亲事，可是媒婆在中国文化中的地位却又非常尴尬。尤其是在从古至今的文学作品中，除了《西厢记》中的"红娘"，媒婆简直就没有什么好形象。而"红娘"一角，其实还不能算是真正的"媒婆"，它只能算是顺便成人之美的"临时媒人"，与以做媒为生计的"媒婆"是不同的。而典型的媒婆形象是伶牙俐齿，满口谎言，为了谋钱什么事都做得出，《金瓶梅》中的"王婆"为了给西门庆和潘金莲拉皮条甚至下砒霜毒死了武大郎，可说是媒婆恶劣形象的极致。现代文学中的媒婆形象虽然不多，但总之是作为封建婚姻制度的帮凶出现的。媒婆在古今小说中的形象可说是，她们从来都是跑龙套的（因为才子佳人才是主角），但是基本都是坏的。而紫风的文章中姨母阿螺却是一个主角，作者从亲人的角度给我们提供了这个媒婆真实、完整的一生，是现代文学史上真正以媒婆为主人公的文学作品。和所有的媒婆一样，阿螺姨母的口才是很好的，文中写到她"有一张连树上的鸟儿也哄得下来的利嘴，"还有用"雄辩滔滔"、"舌灿莲花"这样的词来描绘她的口才。但她靠这一行来谋生却不是那么容易的。她首先必须主动出击，到处去访问、了解谁家有待嫁女，谁家有待娶男。文章写她每天早出晚归，换上她的行装，带上她的打狗棍，去跋山涉水，周围三五十里的村乡、墟镇，① 她都踏遍了，可是这样的辛苦并不能赚到多少钱，还经常有被恶狗咬伤的危险。可是比恶狗更让人难受的是，假如婚姻不如意，她还有被打骂的危险。文章写到她在福音堂的前廊里被女方的家人指手划脚，临走还威胁她"老子的嘴巴饶了你，拳头可饶不过你！"这样的委屈辛酸，怕是只有对媒婆这一行当的艰辛深知深解的亲人才可写得出来。尤其是对于阿螺姨母在婚礼之中被戏弄逗乐细节的描写，比如被泼污水，被扔刺头果，被爆竹追放，"可怜的阿螺姨母当时好似一个跌在火海中的灯蛾了。""她越狼狈，人家笑得越开心。轻侮和捉狭的眼光，② 一直把她送出村门，把她的身影缩小，缩到最后只剩一个黑点，才把她放过了。"这说明媒婆也是被侮辱和被损害者，被她的"客户"，被她所置身的社会。他们需要她，但从来没有把她当成真正的人来对待。他们把她当成了某种不合理的制度的替罪羊，当成了永难如意的婚姻的替罪羊，当成了乱世之中人生变故的替罪羊。其实不仅是紫风笔下无知的村民们是这样，整个中华文化在这个问题上都有这样的倾向，这叫做"柿子拣软的捏"。

在紫风的笔下，阿螺姨母其实是一个民间文化孕育的精魂。她那个特别的名字也是妙手偶得，带有浓厚的海洋文化的色彩，"听说是她出生的那一天，外公出海捞鱼，捞起一双非常美丽的海螺，所以就给她起了这个名字。"螺是海产物中最富有音乐性的，据说把螺放到耳边侧耳倾听，是可以听得见大海的歌吟的，而阿螺姨母也是个天才的民间音乐家。文章对阿螺姨母音乐才能的描写令人过目不忘："记得无数'花笺'、'木鱼'和流行当地的哭嫁歌，唱到轻快的歌时，嗓子又甜又软，像一只温柔的手轻轻搔着人心窝。唱着生离死别的情景，歌声中带着呜咽，晶莹的泪水便滚动在她微陷的眼眶里，滴湿了带着补疤的围裙。逢着这时候，照例四周围着一群屏息倾听的妇人和少女，她们悄悄地走进来，呆呆的站着蹲着，宛如在她的歌声中化为石像了。"不但歌唱得好，还有满肚子的神仙鬼怪的传说，还记忆力好得惊人，一字不识而对所有的少男少女的生辰八字记得清清楚楚。怪不得作者要感叹："在一些国家的议会里，她也许可以成为一位活跃的议员，在一些都市的歌坛上，也许会当上一颗灿烂的歌星；可是在这个偏僻寒伧的小村里，她还能找到什么较好的职业呢？"

《阿螺姨母》和《海恋》的写作，说明作者受到过广东民间文化的深刻的熏陶，而除此之外，作者写人状物的细节性，对情感抒发的控制性，都说明紫

---

① 墟：同圩。——编者注
② 捉狭：应为促狭。——编者注

风其实是广东作家中非常出色的散文家。阿螺姨母最终因为把钱放在一家布匹店生息血本无归而生了重病，又在做媒的路上死在人家的茅厕里，这样离奇悲惨的遭遇，作者也不过是淡淡道来，而感慨却已经深含其中，这是紫风最值得赞叹之处。

（李俏梅）

# 紫风作品选

## （一）

## 海　恋

这些日子，海洋上传来多少令人振奋的消息呢！过去不敢捕鲸的渔人，这些年来时常捕到巨鲸了。过去很少出海的妇女，现在逐渐变成出色的渔人，扬帆远征了。一艘渔船下网的次数，船舱里渔获物的数量和新渔场的开辟，都不断出现新的纪录。除了这些以外，最使大家激动的是他们还送来了一连串胜利的捷报。我们的渔人像战斗英雄一样，正在海洋的岗位上叱咤风雷，他们勇敢地截击敌人，向匪徒抛下了法网……

面对着海，我的心再也不能平静了，许多关于海的故事和回忆都涌到眼前来。

我爱海，我常常以一个孩子的心情爱慕着大海。因为在那云海深处，浪涛滚动的岸边，有我自小生长的村庄。

当我从会睁开眼睛看东西开始，海就在我面前闪耀它迷人的颜色了。当时也分不清什么是天，什么是海，反正都是碧蓝碧蓝的。到我稍微长大一点，会迈开双腿走路的时候，沙滩上就印下我小小的脚印。软绵绵的，铺满了繁霜似的沙滩，走起来一步一个脚印，多好玩哪！有时，我和小伙伴们，手牵手，大着胆子向海边走去，在喧笑声中被浪花溅个满怀。有时，又踩在浅水的岸边摸蚬、捞虾，看洁白的泡沫冲洗着彩色的贝壳……

潮水来时，常有一艘艘帆船，不知从什么地方驶来，片片白帆宛如朵朵云彩，飘呀飘的，从天外飘到眼前来了。于是岸边立刻开了个五光十色的水产展览会：满地是闪光活跳的鱼、虾，驮着硬壳的海螺，缩着脖子的海龟，还有多手多脚的八爪鱼，青灰色的举着长钳的大蟹，庄重的鲨，喷着水柱的牡蛎……多么新鲜有趣呀！一阵阵海风吹来了浓烈的鱼腥味，但是海边的孩子却觉得它是亲切的、使人愉快的气味。在他们的心眼中，那群渔人可真是了不起的人物呢！你看他们攀上桅杆时敏捷得像猴子，绞缆、撒网时，两臂如有千斤的气力。他们全身的皮肤都被太阳晒成了古铜色，看来活像一条条铜浇铁打的好汉。还有他们的笑和歌声又是怎样的响亮，有时他们会使海岸都喧闹起来了，连波涛的声音都给压碎了呢。

这些海上的大力士们是我幼年崇拜的英雄。我不知道他们是打哪里来，往哪里去的。他们可曾捉放过金鲤，闯过龙宫会见过海龙王和他的公主么？啊，天，我把一切听过的关于海的神话都和他们联系起来了。我给他们的生活镀上一层虹霓色彩，却不知道滚滚海浪中掺杂了他们的血和泪。我还痴想着有一天跟他们出海呢。

我没有出海，倒是很快就离开了海，离开了家乡。在抗战那几年，生活在云贵高原的崇山峻岭间，更加远离大海了。

离开了海，对于海的思念就更深。

那时候，敌骑纵横，山河破碎的仇恨和痛苦正煎熬着人们。我常常怅望蓝天和白云，想念家乡，不由得叨念着屈原的诗句："惟郢路之辽远兮，魂一夕而九逝。"我缅怀这个要在一个夜晚九次回到自己家乡的诗人的灵魂。我悬念着波涛险恶的海上，家乡那一群渔人的下落。这些久经风浪的勇士们是不是已经找到了他们的"水泊"，还是依然在海上张开鱼网，擎起鱼叉呢？不过，我想他们的鱼叉可能不是叉向水产而是叉向敌人的咽喉了。

我极目南天，想念着……

再次见到海，已是抗战胜利的第二个年头，从群山之巅到了香港海滨，望着潋滟闪亮的海水，似千万匹蓝缎子在飘卷，海面犹如一块无边无际的蓝宝石那样晶莹耀目。但是我的心情却很矛盾复杂，说不出是甜是苦。在这块英国官吏、渔霸、把头横行霸道的地方，渔人们的生活都像黄连木榨出来的汁水。他们对着烂船破网幽幽叹息："今年我吃鱼，明年鱼吃我。"风过处，传来了他们沉郁的歌声："蓝天当被海当床，四海漂流水为乡。年年海菜煮海水，祖祖辈辈饿断肠……"白帆逐着海鸥远去了，哀歌却在水面回荡。

往后，我还听到一首渔歌这样唱着：

千金难买三寸土，

命苦最是行船人，

脚下踩着阎罗殿，

汪洋大海渔家坟。

……

　　这不知来自何方，哪个渔夫诗人的悲吟，却紧紧地扣着我的心弦。我看不见渔人们乘风破浪的豪情，只看见他们愤怒失神的眼色和穿着破碎衣裳在寒风中抖索的情景。他们的命运好似那群捆上浮木、系着绳索的船家小孩一样，给一条看不见的粗绳捆住了。

　　这些长着一身钢筋铁骨，两臂有千钧气力的人竟经常连两顿饱饭都挣不到。这些风里来浪里去，望一望天上的云光，看一看海水的颜色，捞起海底一把泥土就知道阴晴风雨、鱼群行踪，这样富有精深学问的人，却被认为愚昧无知，被剥夺了入学读书的机会。天地这样大，海空这样宽阔，但他们却"上无片瓦遮身，下无寸土立足"……他们劳碌一生，或死于疾病饥寒，或葬身于狂涛恶浪，光着身子生下来，空着两手离开人间，连三寸土的坟头也没有留下一个。只有那破船烂网，海涛涨落，渔歌低回体现了他们不幸的生涯。

　　对着大海，不由得使人沉思，叹息。

　　我爱海，我为海深深苦恼。我向哪里找回童年的海湾呢？渔人们豪爽的欢笑和歌声又失落在哪方了？……

　　十年，十五年过去了。历史向前跨了一大步。随着历史的脚步，我终于找到了欢乐的海和渔人的笑声。

　　有那么一天，在南海的一个小岛上，我看到了有生以来最美丽的海。

　　我说它美，并不是说这里的海水特别蓝，浪花特别洁白，也不是说在阴晴雨雾间，看到了大海瞬息万变的浩瀚瑰丽。是的，那飘忽的云彩，那散珠似的阵雨，那淡淡的远山，那闪闪烁烁的渔火……都曾使我神往。可是最使我内心激动的却是另一种景色：

　　我看到了海上渔人生活的晨光！

　　高尔基说："世界上最美好的事情是观察白昼的诞生。"在这里，我不但看见了火球般的红太阳怎样从水面上升起，还看见它从一条条渔民新村、一座座新建的船厂、一艘艘新修的渔船的桅杆、一个个快活的心尖尖上升起。在这里，小至一道波光，一道帆影，大至绿色的林带，金色的大道，无不沐浴在早晨的霞光中。千百年的黑夜给赶走了，悲惨的渔歌一去不复返了。气象台忠诚地为人民服务，巨型的防风堤伸出海中，像一个慈母的手，招呼着海上儿子的归帆。

我看见原来系上绳索和浮木的船家小孩，解除了束缚，正似小鸟般在草地上蹦跳，在他们面前有缀满鲜花的大道。我看见矫健的渔人稳坐在桅杆的绳椅里，两眼射出锐利的光芒，天是他们的，海也是他们的。他们那豪迈的胸襟和气魄正好和浩渺无边的大海相配合。我还看见那些头戴铜鼓帽，腰后飘垂着围裙彩带的妇女，正像编织她们喜爱的珠串一样，用双手编织美好的生活。在这里，移山填海，改造自然，使风浪低头，波涛让路的英雄人物和事迹，多如沙滩上的鱼鳞碎片，处处闪光。无数真实而又像是神话的故事正在流传：一个僻处海角一隅的老渔妇，千里迢迢去到了祖国的心脏——北京，看到了人民大会堂的灯光，听到了人民领袖庄严的声音。一群在风浪中翻了船的香港渔民，在死亡的边缘得救了，从此就生活在新的渔村，生活在伙伴们的友谊和温暖中。奴隶生涯和黑夜一齐结束之后，那些象征屈辱的旧名字也纷纷给丢到海里去了，人们换上了光辉美丽的称号……

我看见了这一切。

差不多的日子，在另一个渔港，我还看见渔人怎样欢度他们的佳节。那里，天比海还要蓝，海比天还要宽阔。无数渔船还等不到节日就纷纷回来了，海湾里集结成一个海上城市，光秃秃的桅杆组成了一片没有叶子的森林。在这喜庆的日子，地上的灯火比天上的星星还要多，人们面上的笑容又比灯火更加辉煌。小孩子穿着云彩般的衣裳，大人喝着甘露一般的美酒。鞭炮毕剥毕剥的烧着，喷射出一簇簇快活的火花。龙舟鼓咚咚咚地敲个不停，敲得整个渔港都响遍了。那深沉激动的声音不像是从鼓上发出来的，而是从渔人们巨大的胸腔里发出来的。当那一群群赛龙夺锦的勇士们挥动排桨，划着龙舟，闪电一般掠过海面时，浪花飞溅，万众欢腾，红旗飘舞，碧海如沸……这一瞬间，我犹如飞回童年的家乡，看到了那些神话中的英雄人物了。

在那里，我看见一个个古铜色的面孔都涨得红通通的，也不知是多量的美酒还是大量的欢乐把他们灌醉了。在一个欢宴席上，一个老渔人连干了三大碗之后，举起三个指头说："我们现在是'三有'，就是有钱，有权，有面子。"他喝酒多了，说话也不大清楚，但我却清清楚楚地听到，这是一首新生活的赞歌，是我所听到的一首最动人的渔歌。现在，面对着大海，这首歌又在我的耳边响起来了，那一群红通通的面孔又在我眼前晃动着，我仿佛看见就是这些海上英雄们怎样把巨鲸拖到沙滩上来，怎样把匪特打下海底去，怎样把生产和战斗的捷报送给后方的亲人……

写于一九六二年

# （二）

## 阿螺姨母

假日里，我常常走进林子去，聆听雀鸟的啁啾。有时，又坐在山泉旁边的石上，欣赏溪水琮琮铮铮的流响。偶然，参加音乐会，每每为一两节低沉或激昂的歌声所陶醉，浮沉在音乐的浪涛中。但是，我得声明自己对音乐是一窍不通的，唱一首短短的歌儿也会走调；尽管从小学起就上音乐课，而且身边还有一位出色的歌唱老师，也是我生命中的第一个老师——我的阿螺姨母。

半个世纪过去了，往事如烟如雾，许多人事已不可记忆。但是不管在什么地方，什么时候听到悠扬的琴音和动人的歌曲，阿螺姨母那柔和婉转、缠绵悱恻的歌吟，就隐约在我的耳边缭绕起来了。

人人都有自己的童年，各种色彩的童年。

我的童年是苦恼多于欢乐的。由于父亲早逝给母亲留下无尽的哀伤和叹息，我很小就识得苦和愁。但是阿螺姨母却给我们带来歌声笑语，使我那幅忧伤而黯淡的童年画面添上了鲜丽的色彩。

在夏夜的瓜棚下，在冬天的灶火旁，在弯弯的蛾眉月东升，在闪闪繁星缀满天际的时候，我们在花草的清香和虫声蛙鼓中，一次又一次听她讲牛郎织女七夕相逢的故事，讲老虎外婆、讲梁山伯祝英台的爱情悲剧，次次都讲得有声有色。她不但有一张连树上的鸟儿也哄得下来的利嘴，还有满肚子神仙鬼怪的传说，记得无数"花笺"、"木鱼"和流行当地的哭嫁歌，唱到轻快的歌时，嗓子又甜又软，像一只温柔的手轻轻搔着人心窝。唱到生离死别的情景，歌声中带着呜咽，晶莹的泪水便滚动在她微陷的眼眶里，滴湿了带着补疤的围裙。逢着这时候，照例四周围着一群屏息倾听的妇人和少女，她们悄悄地走进来，呆呆的站着蹲着，宛如在她的歌声中化为石像了。我小时常常在她的歌声中，飘然进入梦境。

阿螺姨母是我母亲的嫡亲姊姊。她为什么叫阿螺呢？听说是她出生的那一天，外公出海捞鱼，捞起一双非常美丽的海螺，所以就给她取了这个名字。从我会睁开眼睛看人的时候起，她的影子就在我的眼前晃来晃去。她从什么时候开始来我家的，开始时的方式怎样？这些我都感到如史前般的渺茫。但记得母亲说过，姨父还未去世，阿螺姨母就经常来我家和母亲作伴了。为什么她能长期住在我们家里呢？听人说她和姨父不大合得来，她只养过一个女儿，女儿出嫁了，才又接养了一个儿子。养子和她也没什么缘分，唯一的作用只是继承姨父家的香火罢了。但不巧中也有巧，这个养子和养父是同一类型的人物，老实得连人家摘了脑瓜也不大会做声的。他们父子俩就在隔我们三十里外的一座山村里干活，夜间在一片茅檐底下寻梦，逢着天雨时，便翻一个身躲到床底下睡觉去。姨父的耳有点背，还有点结巴嘴，讲起话来都是一串串的。这和舌灿莲花的阿螺姨母自然是格格不入了。

我和姐姐常常在姨父走后学着他那结结巴巴的样子讲话："你——你——你吃过过饭没有？……"

母亲听到了，每每厉声制止，但有时也一面叹气，一面怨恨起那尸骨成灰的外公来：

"真是给鸡啄了眼珠呀！把个花朵似的女儿埋在牛粪堆里去。"

"外公是不是给灌醉了订的亲？"姐姐试探着问。

母亲停下了手上的针线，茫然地望着远方，她的眼睛里有种梦幻的色彩，显然什么都没有看见，这只是她在怅惘中回想着一去不复返的日子罢了。

"唉！也怪她自己的命不好，越北村那头亲倒是不错的，男人知书识字，人家说比你父亲还强呢。可是还未过门人便死掉了。你姨母背着人也洒过几滴泪，有啥办法？按俗语说这叫做'打泻茶'，媒人懒得上门。一年大，二年小的，——谁呀？"

门一响，母亲怕姨母回来便打住了。她关于姨母的谈话常常是这样中断的。阿螺姨母的身世，我所知道的大概如此，而且是八九岁以后才正式听懂的。

但阿螺姨母却是个乐天派，至少表面上是这样。她来我家二十多年了，用她的话说"脚毛也留下了三担"。论年纪也五十开外了，可是人长得矮小、走起路来飞快，谁都说她比母亲年轻。她自己呢，也不服老，五十岁婆婆的黑布大褂下，跳跃着一颗童心：

"来啊，后生子，老婆婆来和你比比脚力！"她就是那种"跌在地上抓把沙"的人，兴头来时，更不肯认输。碰到左邻右舍，每次都是笑嘻嘻的和人家打招呼，摸小孩的脑瓜耳朵、问长问短。谁要她讲老虎外婆的故事，唱山歌，她没有拒绝过。有时人家婆媳怄气，她跑过去三言两语便解开了结。但是住在我家对面的猪肉贩子——我的族叔，对于这位"揩了"我家二十多年油水的

"外戚"，却是深恨痛绝的。

阿螺姨母有时对母亲说：

"这个地方住不下了，吃得笑眉粥，吃不得皱眉饭，猪肉佬又有冷言冷语了……"

"他管得着？又不是住他的、吃他的！"母亲板着脸说。

"不能那样讲，人家有闲话，自己就要识相呀。不过，我也听惯了。"

但是，阿螺姨母对于那些在背后，甚而是当面轻侮她的人，还是陪笑脸。人家麻烦她一些什么，她都爽快地答应下来。也许时间的洪流已冲淡了她的悲哀，不然，我简直不能想象她内心的蕴藏是这样深。不过，在嬉笑中，她掩藏不住一个恐惧：她怕死，怕没有一个可以躺下来伸腿的地方。我们村子里有个老例，不容许外戚甚至嫁出的女儿在那里咽气的，据说那会给全村招来霉头。回到三十里外的穷山坳去吧，自然是名正言顺，她可又不乐意。她讨厌养儿子的愚笨尤甚于那蹩脚的房子。这个问题困扰着她，常常在背着人时唉声叹气。到后来，还是母亲提醒了她。

"真是到了那么一天的话，就抬到墟上的茂兴（我家离村子二三里的店铺）算了。"

跟着，她的忧虑又落在寿木上了。经验告诉她，不能依靠别人太多。想着、想着，她终于想出一个招儿来，从此她那顶篾帽子的夹缝里藏满了红色的纸片，手掌里握着十几个少男少女的命运，她利用三寸灵巧的舌头，正式做起媒婆来了。在一些国家的议会里，她也许可以成为一位活跃的议员，在一些都市的歌坛上，也许会当上一颗灿烂的歌星；可是在这个偏僻寒伧的小村乡，她还能找到什么较好的职业呢？

夏历六月六，这里一带的早稻大都收割完了。如果年时好，晒谷场便堆满了新谷，水牛拖着大石磨辘辘的转，稻草香混入空气里，又清新，又甜润，让每个人享受愉快的呼吸。黄昏里，小村庄充满了升平景象，家家孩子捧着香气腾腾的白米饭，公鸡啼、母鸡叫，扑来扑去抢食，合奏着一曲喧闹的田园交响乐。

正像俗语说的，"禾熟米熟，媒人入屋"，阿螺姨母这个时候便大大忙碌起来了。

每天，太阳还未露面，她便爬起床，换上当年陪嫁的那套褐色云纱衫裤，胸前围上家织的夏布围裙，让长长的裙带飘扬在背后。脚上系上了胶底的千里马，几根寥寥可数的银发挽了一个小圆髻，髻上压一支银簪，一顶篾帽子遮住

273

了她的秃顶。在乡间，这是相当清爽的旅行装扮了。此外，肩上还搭一个布袋，袋里装着几包炒米饼，那是人家托她带口信时一并让送去的；手里还提着一根枯枝，作为随时打狗的武器。她的职业活动是劳碌的，要爬坡、涉水，一个人拖着一个小黑影踏过荒凉的郊野。口渴的时候，到山涧里喝几口冷水；饿了，随处摘把山稔子当杂粮。周围三五十里的村乡、墟镇，她都踏遍了。哪一个村子的狗最凶，哪一家的姑娘长得漂亮，哪一户地主的田地多，甚至哪一棵山稔子结的果子最甜，她都记得清清楚楚……

　　天黑了，阿螺姨母还没有回来，吃过晚饭了，也还没有回来，她不会给她常说的老虎外婆请了客吧？唉！我还等着吃她的山稔子呢。那种紫色而多核的果子，真叫人垂涎呀！可是母亲催我们洗脚上床了，大门关上了。母亲在喃喃地埋怨："看她跑断了腿才甘心。"

　　夜深了，巷子里的狗吠得凶，有人在打门，我们从梦中吓醒，阿螺姨母哼着进来了。她手上除了一根打狗棍，又多了一个烂灯笼，衫襟子撕了几条裂缝，手上脚上全是泥和血，我们吓了一跳。她倒摇摇手说不要紧，一面自己倒水洗净。"狗，也会欺负人，吠得发疯似的扑过来，我忙着打狗便踩了大石头，你看，借人家的灯笼都踩坏了，明天还得赔。"

　　接着，她又从篾帽子的夹缝里掏出一张张红招纸叫姐姐就着灯光念："王玉好，十六岁，正月十二日好时（即丑时）生。""陈带娣、十五岁，……"等念完了，她重新把那些招纸折好，放回原处。她大字也不识一个，小小的脑袋却载满了那么多的歌词、故事、年庚八字，真叫人奇怪。母亲问她说成了几对，她苦笑着摇头："那么容易吗？天老爷要落金了！

　　好几天，她没有出去了，手指脚趾的伤口在发肿化脓，她焦急的整天打鸡骂狗。拣一天清早，她扶着棍踮着脚带我到田野上摘草药。她一头摘草药，一头告诉我：凡是四方梗对门叶的草都可以做药，摘时要面对太阳往上摘。如果摘法不对，药是不灵的；摘的人跟敷药的人没有医缘，也是不灵的。顺手又给我摘了几片酸叶子做点心，我一路吃着回家。

　　墟期到了，阿螺姨母便整日呆在镇上，这家药店靠靠，那家茶馆站站，看看里面有没有熟人。自然，最多时间还是停在福音堂的前廊里，那俨然是乡妇们聚会的场所了。这时候，有梳着长髻的新媳妇来托她带口信回娘家；有想讨媳妇的中年婆娘向她讨庚帖；有小伙子跟她开玩笑；有兜售糖果饼食的小贩，和她搭七搭八胡扯……偶然，也出现一两个这样热闹的场面：几个人一窝蜂似地涌到她面前，指手划脚，大骂她嚼舌头不得好死。这时候，阿螺姨母也雄赳赳的站起来，一刀一枪地还击：

"你们的耳朵是棉花做的？就是光听我嚼舌头？你没有三番五次去查人家的祖宗三代吗？哼！你家的女儿好漂亮！不是我，等着当老姑婆吧！"

双方舌剑唇枪地吵了一会，看热闹的人纷纷走来，福音堂里的传道先生出来发话了：

"这是什么地方？你们懂吗？"

阿螺姨母温顺地点着头，对方也偃旗息鼓而去，但临走却霍地回过头来，指着她的鼻子来这一下："老子的嘴巴饶了你，拳头可饶不过你！"

"好啊，我等着你。"阿螺姨母看着那些人走了，忽然滚下泪来，但还没有让人看见就抹干了。她继续蹲在那里，一直等到暮色迷茫了，散市了，扫街人打扫了鸭毛、鸡毛、烂菜叶、牛粪、猪溺……福音堂前门上了栅，她恋无可恋，算是尽过了最后一分钟的努力，才摸着夜色回家。回到家里，我们都吃过了饭。她独自走到灶间燃起一盏小油灯，把一大束干草塞入灶里，毕毕卜卜地炒起葱花饭来，她吃得省极了，剩下来的一条菜梗都不舍得倒掉。蒸鸡蛋吃完了，只剩下贴着碟底的一点点，她还要用长指甲来刮，刮过了还用舌头来舐，舐个一干二净。

在阿螺姨母最忙的时候，也是她失去群众的时候，往日缠着她教唱歌的姑娘们，一看到她的影子就避开了，撞到面的时候，也是冷冰冰的。她们怕这个白头的小老太婆把她们带到一个不可知的异乡。她们不愿意离开自己的姐妹，离开虽然已经破旧却又亲切的家屋。这里的一根草、一块石头都是熟识的、可亲的，但是那未来的去处呢？是怎么样的一个地方？天啊！要陪一个怎样可怕的男人过活呢？要侍候一个怎样饶舌的婆婆呢？……

可是阿螺姨母还是奔波劳碌、废寝忘餐。不管人家对她怎样冷漠，怎样威吓，她嘴巴里的姑娘都是漂亮的，小伙子都是能干的。

腊月到，她的收获季节也到了。如果撮合了五六对，她就可以领到五六十元的媒人"利市"，还有酒菜、饼食。这些日子，她兴冲冲地领着吹鼓手、花轿、礼品，四处穿插。村女们看见她，眼里就冒出火来。要出嫁的姑娘早在十多天前便藏得连影子都不见了。照这里流行的规矩，每天吃过晚饭，姐妹们就来陪伴她，预备好了茶水生果替她解渴。全村的伯婆、婶姆、嫂子都挤到她的窗前屋后，侧着耳朵倾听她唱哭嫁歌。

"初更——鼓，唉，响——咚——咚呀，做人媳妇，唉，无笑容啦！早早起身，都话晏……"她开始叹息自己的命运了。

"花碗打开十八片，哎，阿妈养我未有十八年……"她在怨恨父母的狠心了。

接着便破口大骂起媒人的无良："画虎画皮难画骨，知人知面不知心！"显然，这还是阿螺姨母当年口授给她的呢。姨母听到了，也没说什么。

在十二月的夜里，凉风飒飒吹过竹林，听这些千回百转的歌词，又凄怆、又悠扬！她们从五六岁起便开始学唱哭嫁歌了，在牛背上，庭院里学唱的时候，是天真而且快乐的。但到她们真正用来表达自己的心情时，却变为悲愤的呼号了。她们哭别过去的黄金日子，哭得声嘶喉痛，眼红鼻紫，姐妹们陪着一起落泪。听说阿螺姨母当年出嫁里，一连哭过十八天，临嫁前夕还暗中策划过和五个身世不幸的姐妹去投江，被人发觉制止，才像被绑架般地塞进了花轿的。往事不堪回首啊，难怪她唱着和听着时，也常常泪光闪闪了。

上轿的吉时到了，锣在响、喇叭在吹，爆竹开着绿色的火花，新娘昏昏迷迷的给人背上了花轿。不料顽皮的孩子早把轿门藏过了。轿夫遍地去找，找到了，又有一群小淘气跑来骑在轿杠上面，压得轿夫抬不起来。轿夫赶走了一群又来了一群，急得团团转。阿螺姨母吃了两杯喜酒，脸红红的，冷不防，背后喷来一股污水，把一件崭新的官纱棉裰喷个湿透。她气得跳起来，来不及换呀！没办法，只好到鱼塘里洗洗。还没有洗好，耳边响起一阵喧笑声，辨不清是什么东西，一团团、一簇簇的从四周掷过来了。她只觉得头昏眼黑，来不及招架。一会儿笑声远去了，遍身摸摸，都是上蔓生的刺头果。拣吧，拣不了；不拣吧，全身发痒。正在迟疑，那边花轿子已抬起来了，没办法，只得追上去。爆竹像生了眼睛一般，一串串追着她爆放。可怜的阿螺姨母当时好似一个跌在火海中的灯蛾了。她越狼狈，人家笑得越开心。轻侮和捉狭的眼光，一直把她送出村门，把她的身影缩小，缩到最后只剩一个黑点，才把她放过了。

常常在饱受这些过度的刺激后，她才肯静静地歇几天。这时候，她便把那刚到手的"双毫"（广东银币）一个一个地拿起来细瞧、轻敲，用一种特制的厘秤称称它们的重量，然后珍重地卷起，送到镇上一家布匹店生利，每月拿些针线头绳之类来抵息。到了抗战那年，她已经积满两百元了。

抗战初期，母亲搬到香港暂住，留下阿螺姨母看守乡间的祖屋。我们姐妹早就离家外出，干事的干事，念书的念书了。广州沦陷那年，我曾经回过一次乡，她看不惯我那种战工队的打扮，但又不肯直接指出，只是摇着银白的头说："那太劳神了！太劳神了！"她用发抖的手拍掉我身上的灰尘，眼睛里闪着一种混浊的光，面上新生了许多黑色斑点（乡下人叫那做寿斑或"棺材钉"的），我不由地打了一个寒噤。

"姨母，你还做媒么？该歇歇了！"

她笑起来，由于牙齿脱光，嘴巴缩得更小，显得眼眶更深。她还东奔西走，一如过去。我问起村中同辈的少女，她说都已嫁光了，有几个还做了寡妇，有一个在去年冬天夜里投江死掉，三日后才浮起尸来。有一个的男人给抓了壮丁，几年没有消息，天天和婆婆吵架，泪水不知流满了几缸……

"没办法啊，没办法！"她又悲伤又旷达地，给别人也像给自己下着结论。

从那次分手之后，就再也没有见到阿螺姨母一面。到后来我听到她的噩耗时，她已经卧在荒郊的泥土下三年了。照乡俗，已经到了"执金"（把死者的骨头捡起来，放在瓦罐里重新安葬）的时候。想起雄辩滔滔的阿螺姨母，突然变成了一堆骨头，我真心痛得要发狂了！

一直到解放后好多年，乡间有人来了，我才知道阿螺姨母详细的死因。原来抗战到第七个年头，镇上布匹店的老板因为囤货，发了一笔大财，信用比以前更加昭著，许多人争着投资给他。但有一天，他新讨入门的土娼私逃了，席卷了他一切珍贵的首饰财物，布匹店从此就关了门。阿螺姨母天天站在布匹店门前号哭，像冤魂一样随在那个老板的身边。老板不断用话宽慰她："老人家，你放心吧！别人的钱还不还我不说，你这是'棺材本'我要吞没了，绝子断孙、五雷劈顶！"可是过不了几天，他也逃之夭夭了。姨母跟着得了病，她的女儿三天五天来看她一次，她又渐渐好起来。这个腊月二十四，她要送一个庚帖到附近的村落，可是在途中的一个小茅厕里，她一蹲下去就没有再起来了。半天后，有过路人发现茅厕里昏倒一个老婆子，喧嚷出来，许多人赶去认，认出是阿螺姨母，才把她抬到她的养子家里，她已经不会说话了……

这就是阿螺姨母，我的第一位歌唱老师悲剧的一生。自然，这只是旧社会千万悲剧中一个小小的插曲罢了。

阿螺姨母长眠地下四十年了，谁想到她的歌声还响在我的心上呢？每当在音乐会上，看到眼睛含着笑意，腰间围着绣花围裙的民歌手们纵情歌唱的时候，她那微陷而闪着泪光的眼睛和带着补疤的围裙也悄悄地在我的眼前出现了。这样的两种不同的眼神、两种不同的围裙，使我感情的泉水奔腾汹涌。啊，啊！我多么希望死去的人可以复活，某些过去了的日子又能回来，阿螺姨母能走出坟墓重新生活一遍，让她那歌唱天才爆放出灿烂的火花……自然，这是不可能的了。那么，我就希望现在台上高歌曼唱生活和爱情的人，永远不会再陷入阿螺姨母的命运，为了这个缘故，我甘愿付出自己的一切！

重写于一九八一年

277

# 于逢作品选及简析

## 于逢生平

于逢（1915—2008 年），原名李子熊，1915 年 11 月出生于越南海防一个华侨职员家庭，祖籍广东台山。童年就读于私塾，初中毕业时遇家道中落，无法升学，靠勤奋自修成才。1934 年从越南回国，年底发表散文《海珠桥下》，这是他文学生涯的开始。1936 年到上海，结识了一些左翼作家如丘东平、草明、欧阳山等，参与其左翼文艺活动。1937 年发表描写越南人排华的短篇小说《红河的黑夜》。抗战爆发后，于逢随欧阳山、草明回到广州从事救亡运动，并进《救亡日报》任记者、编辑等。1942—1944 年是他创作的一个小高峰，先后出版了长篇小说《伙伴们》（与易巩合作，于逢执笔），中篇小说《乡下姑娘》，短篇小说集《富良江的黑夜》，中篇小说《何纯斋的悲哀》等。关于《乡下姑娘》，茅盾曾称赞它的主人公何桂花"既不能说是我们现在所有农村妇女典型人物中写得最好的一个，那就一定是最有力的一个。"1944 年后，先后在《柳州日报》、《文艺世纪》、香港《大公报》等任职，1950 年回到广州，任华南人民文学艺术学院文学系教授、《华南文艺》执行编辑等职，1959 年发表描写珠三角农业合作化道路的长篇小说《金沙洲》，引出一场大的争论。另有长篇小说《金水长流》和评论若干。于逢是有才华和独特贡献的广东现当代作家。

# 于逢作品选析

从某种程度上说，于逢是一个在广东文学史上"生不逢时"的作家。1959年他出版了他的反映珠三角农业合作化题材的小说《金沙洲》，尽管这个小说也属于于逢所说的"遵命文学"的范畴，但他是比较信奉深入生活的文学理念的，确确实实在顺德农村蹲点了较长时间，所以作品在歌颂合作化的同时也比较真实地反映了高级社建社过程中的一些教条主义和官僚主义的做法，这使得它甫一出版，就引起了争议。著名文艺评论家萧殷在《文艺报》和《羊城晚报》上为此组织了长达七个月的讨论，并将焦点引向了文学"如何反映现象和本质""如何塑造典型人物"的理论探讨。按说，这样的争论确实扩大了作品的影响，但是后来于逢在吸收了讨论的成果对作品进行修改时却变得有所顾忌，主要是更加贴近当时的政治教条强化了阶级斗争，美化或丑化了正反面人物等，并于1963年出版了修改本。尽管如此，"文革"中于逢还是因这个作品被批斗。而等到新时期一来，文坛的热点风向已经改变，而于逢的《金沙洲》又因种种原因迟迟未能再版，直到1992年他才争取到花城出版社的再版（综合了初版本与修改本），印数仅1300本。怪不得这部原本很有影响的小说现在知道的人不多了。

本书所选的"龙舟节日"选自1959年的初版本，题目为编者所加。其实不管哪个版本，小说的地方文化特色和爱情描写都是两大亮点。而"龙舟节日"可以说恰好结合了这两大亮点。它写的是高级社初步巩固和发展之后，青年男女快快活活过端午节的情景。

端午划龙舟，在中国有着悠久的历史，它甚至比屈原所处的时代还要早得多。由于珠江水系的发达以及相对的富裕，珠三角地区的龙舟竞渡自古有名，而以作者蹲点体验生活的顺德为最。清初屈大均在《广东新语·舟语》中记载："顺德龙江，岁五六月斗龙船。斗之日，以江身之不大不小，其水直而不湾环者为龙船场。……斗得全胜还埠，则广招亲朋宴饮，其埠必年丰人乐，贸易以饶云。"1980年代以来，顺德的龙舟队曾多次代表中国参加世界性比赛，累计获得过六七十项冠军，至今稳居世界一流水平。所以《金沙洲》所写的龙舟节日确实是珠三角地区最为精彩的民间文化活动，而作者对于龙舟场面的描写也使人如临其境："一出大河，只见两岸人山人海，锣鼓喧天。河面上龙舟穿来插去，足有一二十只。长长的龙舟上插着无数彩旗，迎风飘展。每只当中都插有一只号旗，有三角形的，有长方形的，有红底白字的，有黄底红字的，写着某某乡，某某村，或某某社。舟中安着锣鼓，打一槌鼓，敲一棒锣，作为起桨落桨的节拍。大家拼命打着敲着，满河面都是蓬锵蓬锵的闹声，震得河水汹涌，震得两岸颤抖，震得人心沸腾。打锣打鼓的耍着各种花样。划舟的几十个人一排，一排排地坐着，一律打赤膊，晒得黧黑，一齐起桨，一齐落桨，远远看去，活像蜈蚣的爪子。"将龙舟赛的热烈场景恰如其分又非常形象生动地表现出来了，读来如置身其中，令人振奋。

作者的大场面写得好，而更主要的笔墨却还是落在大场面上几朵鲜花的描写上，即对于郭月婵、苏女和带着两个孩子的梁甜等几位女性人物的描写上，作者尤其聚焦于情窦初开的少女郭月婵的描写，并显示了他小说的细腻之处。郭月婵是一个性格活泼的少女，怀着一种幸福欢乐的心情加入了节日的庆典之中，不但因为这是一年一度的端午节，还因为心中怀揣的爱情使郭月婵更多了一份秘密的喜悦。小说对五六十年代农村少女的情怀是捕捉得很准确的，比如写她"两颊发红，两眼闪光"，在寻找一只龙舟，"而且是找龙舟上的一个人"，但她说出的话却是"怎么不见他们呢"？"怎么不见我们社的呢？"以对集体的关心掩饰对某一个人的特别的关心。"她看见站在舟尾跳荡着指挥的那个人，好像就是刘学新。幸福充满了她的胸膛，她有点透不过气来。"但她说出的话却是："我们社，……第一了！"少女的心真是欲盖弥彰。看到大家都在看她，为了掩饰自己，她索性怂恿苏女，和她一起跳下水去游泳，这又显示了南国少女泼辣大胆的一面。小说将南国少女识水性，在水中自由自在的场景写得很美，"从艇舷一滑，滑进水里去了"，"像两条小鱼似的，向河心游去"，但美中带拙，表现出浓郁的乡土气息，郭月婵游泳的姿势，也不过是乡下的"狗仔式"，"两脚把浪花打得老高，扑通扑通地乱响"。待到真看清楚哪个是刘学新了，虽然只一眼就闪了过去，郭月婵"已经浑身渗透欢乐，充满力量"，于逢对恋爱中的少女的心理把握得很到位。

端午节对于珠三角的人们来说，不只是一个划龙舟的节日，它是一系列快乐节目的集合，比如还包括逛街购物以及晚上的文娱节目等。到晚上的时候，青年男女们又去邻村活动，"玩乐器，唱歌，谈笑"，显示了社会主义新农村的时代特色。"几个男青年坐在北墙下拉着二胡，弹着秦琴，吹着喉管，打着蝴蝶琴。他们奏着轻快的粤曲小调，奏了一支又一支。"顺便提及，这些乐器也是非常富有民族特色和地方特色的，比如喉管，就是广东粤乐中特有的一种乐器，蝴蝶琴即我们通常说的扬琴，秦琴类似广东音乐中的大小阮。从这里我们可以看到，20世纪五六十年代农村青年的娱乐是非常健康，富有艺术气息的，包括后边写到的他们的唱歌。"新月好像一弯蛾眉，挂在湖水一样的天空上。淡淡的月色，照临着快乐的广场"，在月光下唱歌和娱乐，真是非常的富有田园牧歌的气息，当然时代气息和政治气息也是题中应有之义。非常有意思的一点在于，在他们唱着我们今天看来完全是家乡颂歌和政治颂歌的歌词中，他们竟然也发现了爱情和性的影子，并引发一阵阵笑声，一个时代的清教徒气氛以及由这种清教徒气氛所引发的对于性和爱的特别敏感，透过字里行间无意中表露出来了，比如"子孙万代乐悠悠""遍地幸福哟，遍地爱情！"这些歌词所引发的害羞和笑声，真是与当今时代形成了鲜明的对比。一个时代的文化就隐藏在这样的细节和密码之中，包括这一节的最后部分，郭月婵大胆地走到刘学新这个"蝴蝶琴能手"的面前，但是绝不能直接表达感情，而是稍显突兀地还书以及表扬他们的龙舟赛第一，说完之后又"连忙走了开来"，可这样的清教徒做派似乎丝毫不减少他们恋爱中内在的欢乐和美，这不禁又使我们怀恋起那个时代的某些方面了。

总之，于逢的《金沙洲》是20世纪五六十年代地方文化与时代文化相结合的范本，又建立在深厚的生活体验的基础上，的确是当代小说中不该被忘却的一本。

（李俏梅）

# 于逢作品选

## （一）

### 龙舟节日

提示：这篇作品节选自长篇小说《金沙洲》。长篇小说《金沙洲》初版于1959年，反映的是50年代中期珠江三角洲农业高级合作化运动的历史。当时全体农民围绕着应否走共同富裕的社会主义道路的问题，展开了一场尖锐激烈的斗争，展开了人际关系的诸种纠葛与和谐。这里选的是其中的一章，描写高

级社初步巩固和发展了，青年男女快快活活地过端午节的情景。原来无题，"龙舟节日"是节选时加上的。——于逢

　　节日到了，欢乐和幸福充满着少女的心。昨夜的冲突，像一场暴风雨似的过去了。郭月婵清早起来，显得似乎还有点憔悴，但她的心已经跳动起来了，一刻也不能安静。她这家那家串门子，又帮苏女洗粽叶，又帮梁甜包粽子。在外边转了几个圈，于是连最后的一片乌云都驱散了。她少女的心，又像十月的南方天空一样地清澈、透明。

　　好容易等到吃过中饭，她洗了碗筷，收拾了厨房的东西，就洗脸梳头，用两条红胶带扎了双辫子，穿起一套整洁的没有补钉的黑布衣服，在家里等着苏女。那件花衣裳，任由刘爱冰怎么劝她，她死也不肯穿。刘爱冰没有办法，只好给了她四块钱，让她自己去买。她在家里等了一会，听到远处已经开始有龙舟的锣鼓声经过，心里急得要死，于是自己出门找苏女去。原来苏女已经划了一只小艇来到涌下。她就和梁甜，带着凤娥和坤仔，一起下了艇。一只小艇载着五个人，沿涌划向马杏墟去了。

　　梁甜带孩子坐在小艇上，三个人打扮得整整齐齐。苏女坐在艇尾操桨，她穿着一条黑布裤，一件绿格子的短袖衬衣，像个市镇上的姑娘。郭月婵呢，坐在艇头，拿木桨用力划着，脸颊开始像火一样红了。

　　"月婵啊，今天大家都穿花衣裳，你为什么不穿呢？"苏女问。

　　"我没有花衣裳啊！"郭月婵歌唱似的说，接着隐秘地回头一看她们："嘻，今天我要剪料子了。你们给我选一选好吗？"

　　"好啊！"

　　"听，今年的龙舟可多啊！"郭月婵侧耳听着，兴高采烈地叫道。

　　不错，今年的龙舟果然比去年多！她们划着小艇出了大涌，就听到远远近近都是龙舟的锣鼓声，显出节日的热闹气氛。大涌上许多小艇相跟着，都向同一方向划去。她们碰到沙涌的人，也碰到金斗的人，龙塘的人。天空照着金色的太阳，有时洒下一阵小雨。小雨过后，涌边的青草，岸上的桑蔗，尽挂着点点水珠，闪闪发光。小艇划着、划着，开始比赛了，大家都要抢在别人的前头。涌面顿时水声直响，夹着人们的欢笑声，嚷叫声，闹腾起来。小艇碰着小艇，兀兀作响。郭月婵用力划着，又划又笑，终于笑软了身子，停下桨来。她们给别的小艇追过去了。

　　马杏墟边是一条大河，河边挤着无数的船艇。时间还早，只来几只龙舟。

她们把小艇划进了横涌，泊在一座石桥脚下，大家于是上岸进墟买东西。墟里三街六巷，挤满了各乡各村来的农民。姑娘们穿着花衣裳，像蝴蝶似的穿来插去。到处沸腾着人声，果然是一个热闹的节日！梁甜买了两条咸鱼，给凤娥、坤仔买了几颗糖果；苏女买了一个彩色的胶梳；郭月婵呢，剪了五尺半花布。东西买好了，到墟头墟尾逛了一转，就回到艇上，把小艇划出大河。

一出大河，只见两岸人山人海，锣鼓喧天。河面上龙舟穿来插去，足有一二十只。长长的龙舟上插着无数彩旗，迎风飘展。每只当中都插有一支号旗，有三角形的，有长方形的，有红底白字的，有黄底红字的，写着某某乡，某某村，或某某社。舟中安着锣鼓，打一槌鼓，敲一棒锣，作为起桨落桨的节拍。大家拼命打着敲着，满河面都是蓬锵蓬锵的闹声，震得河水汹涌，震得两岸颤抖，震得人心沸腾。打锣打鼓的耍着各种花样。划舟的几十个人一排，一排排地坐着，一律打赤膊，晒得鰲黑，一齐起桨，一齐落桨，远远看去，活像蜈蚣的爪子。一二十只龙舟，穿梭似的来来往往，有时几只碰上了，就比赛起来。擂着鼓，大喝一声，就蓬锵蓬锵地打着节拍，飞也似的从河面上滑过去，你追我逐。两岸的观众拼命鼓掌哄笑，呐喊助威。河面上，河岸上，全体人们都沉浸在节日的狂欢里。

这次操桨的不是苏女，而是郭月婵了。她两颊发红，两眼闪光，把小艇尽量驶近河心，靠着艇群的边沿上。有两次几乎和龙舟碰上，梁甜喝她也喝不住。她完全乐极忘形了，只管向前。她要找一只龙舟，而且找龙舟上的一个人。周围张望，龙舟一只只地飞过来，滑过去：赤花社的，龙岗村的，马杏乡的，旧寨墟的，……单单没有金沙社的。

"怎么不见他们呢？"她沉吟着说，有点失望起来。

"谁呀？"梁甜问。

"我们社。"

"月婵，前面有三只赛着来了；你看是不是他们？"苏女猛然叫道。

不错，前面有三只龙舟飞也似的向这边来了。河上河下，一片鼓掌声和呐喊声，自远而近，岸上人海汹涌，河边艇群挤轧。锣鼓声越来越紧，震天价响。说时迟，那时快，三只龙舟已经像箭一样飞到跟前。只见为首的一只，插着一支三角蓝边红旗，上面镶着"金沙社"三个白字。旗子有力地飘拂着。郭月婵满面红光，把眼睛尽量睁大，仔细一认，划舟的果然全是金沙社的人。她仿佛发现宝藏似的在艇上跳起来，尖声叫道："金沙社的！我们社的！"艇子一歪，她慌忙站住。待再看时，金沙社的龙舟已经去远了，另外跟着的两只也过去了。

她看见站在舟尾跳荡着指挥的那个人，好像就是刘学新。幸福充满了她的胸膛，她有点透不过气来。好一会，这才喘喘地对梁甜、苏女说：

"我们社，……第一了！"

"傻女，你看别人都在瞧你呢！"梁甜抿着嘴笑。

郭月婵一看周围，只见附近几只艇上的人都瞅着她。她羞得脸孔更红了，低着头。忽然斜眼一看，见河里有很多人在游泳。有男孩子，女孩子，也有几个大姑娘。

"苏女，我们也去游泳罗！"她低声怂恿着。

"不去，多难看！"苏女撅着嘴。

"怕什么！"她说，"我们浸在水里，等会儿一上来就划艇回去，不用怕！苏女，来吧！"

说着，她从艇舷一滑，滑进水里去了。只觉浑身一阵凉快，四肢轻飘飘地。睁开眼睛看时，水里多美啊！千万条光波在飘动、闪耀。她自由自在地浮了一会，就用乡下的"狗仔式"，划起水来。喷着鼻子，两脚把浪花打得老高，扑通扑通地乱响。她从水里露出了眼睛，只见天空金光闪闪，河岸在动荡，艇群在动荡。梁甜、苏女、凤娥、坤仔几个人在看着她笑，说着什么。她用劲划了几手，就像一条鱼似的滑到艇前来，一把抓住艇舷，从水里把脸抬起来。火红的脸上挂满了钻石似的水珠，笑嘻嘻地对艇上的苏女说："下来吧，苏女！满凉快呢！"

"不，人家要笑！"苏女一看四周。

"梁甜，你也下来吗？"她做一个鬼脸。

"傻女，我要把你这个调皮的——！"梁甜拿起木桨吓她。

她噗的一声笑出来，钻进水里去，立刻又抓住船舷，抬起头来：

"苏女，来吧！不怕！"

她一把抓住苏女的手往下拖，苏女连忙挣扎。但她一点也不放松，并且用另一只手开始泼水，把个苏女泼湿了。苏女没有办法。她忽然欢笑一声，也就纵身一跳，扑在郭月婵身上。郭月婵连忙一闪，逃走了。待苏女从水里钻出来时，她已经转向河心。苏女不肯放过她，衔尾直追。两个少女于是嘻嘻哈哈地笑着，像两条小鱼似的，向河心游去了。这里梁甜把凤娥、坤仔安置好，自己就坐到艇尾操桨。她含笑地看着游向河心的两个少女，心里似乎也跃跃欲试。她想起自己少女时代的一切，觉得今天是这样快乐和幸福。

郭月婵和苏女游到河心，她们不再厮打了。两个人自由自在地载浮载沉，两只脚踩着水。河面上龙舟来来往往。这时候，刚才那三只赛着的龙舟也回过头来了。它们慢慢地划着，锣鼓的节奏也变得舒畅了，惬意了。这次金沙社的龙舟跟在最后，它好像一胜利者似的，显着毫不在乎的样子。郭月婵纵恿着苏女说："划过去啊！"自己首先划着迎上去。龙舟近了。她仔细一看站在艇尾上的青年并不是刘学新，而是另外一个人。她于是向拿桨划舟的人排里找，给她一找就找到了。刘学新坐在人排末尾，浑身黧黑，闪着水光。两条臂膀这样粗大而有力，似乎可以看见那一块块肌腱在蠕动。快要来到跟前，他还没有看见她。但其他的人都看见了，朝她笑着。有一个青年拿木桨作势要戳她。她一斜长长的媚眼，欢笑一声，就扑前去抢。一溜手，沉到水里去，却又连忙钻出来，向他们乱泼水花，作为报复。拿桨的人一个个闪过去了。坐在排尾的刘学新到底发现了她，但跟着也闪过去了。在一瞬间，他们互相看了一眼，来不及说话。但郭月婵已经浑身渗透欢乐，充满力量。她追着龙舟划了几步，就回头来找苏女。苏女正在满面含笑看她。她觉得郭月婵从来没有过今天这样的美丽动人。

"他也在呢！"苏女说。

"谁？"

"还有谁！"苏女噗嗤一声笑，钻进水里去了。

"我把你个衰女——！"郭月婵向前一扑，也跟着钻到水里，两个少女又像两条小鱼似的在水里互相追逐着，嬉笑着。

她们尽情地玩了一会，就爬上艇子，划着回去了。这次是梁甜操桨，从大河转进了涌口。龙舟的锣鼓声远远地落在后面了，涌里显得格外清静。郭月婵和苏女扭着自己衣襟，解开辫子，散了头发，挤着水。她们一路都不戴竹笠，让太阳晒着。到得沙涌，衫裤头发都已经半干了。

节日的欢乐是没有完尽的。晚上，郭月婵、苏女和沙涌的几个大姑娘又一起去金斗村游逛。金斗村的男女青年早就聚在俱乐部的广场上玩乐器，唱歌，谈笑。她们加进了女孩子的一群去。新月好像一弯蛾眉，挂在湖水一样的天空上。淡淡的月色，照临着快乐的广场。几个男青年坐在北墙下拉着二胡，弹着秦琴，吹着喉管，打着蝴蝶琴。他们奏着轻快的粤曲小调，奏了一支又一支。乐声在广阔的空间飘荡，这样优美和动人。从街巷里，从村道上，引出了一群成年人和孩子来，围着观看。孩子们在广场上跳着玩着，翻着跟斗。渐渐地，男青年聚成一群，站在北墙下；大姑娘聚成另一群，坐在大门前的石阶上。他们各自唱歌、谈笑，好像双方谁都不管谁，其实正在互相注意。他们这样唱着、谈着，似乎有着某种渴望，充满难言的幸福。夜深了，成年人和孩子们都走了，剩下了一群青年男女。他们在这样欢乐的节日晚上，都不愿意散去。有的男青年开始在广场中间打拳、玩杂耍、扔石子。姑娘们看着他们，吃吃地笑。她们也分成几组各唱各的歌。渐渐地，歌声提高了，整齐了。可以听到她们唱着的是一支大家熟悉的民歌：

> 四季常春三角洲，
> 遍地黄金珠江头。
> 禾稻一望千万顷，
> 蔗林满眼绿油油，
> 桑基鱼塘风光好，
> 蚕丝织锦赛杭州。
> 农业生产合作化，
> 子孙万代乐悠悠！

　　这是一支带民谣风的歌曲，旋律朴素而单纯。姑娘们唱着，带了这样的热情，更增加了曲调的美丽。

　　"嘿，真好听！"一个调皮的青年叫道。

　　"什么？最后一句是什么？你们再唱唱看！"一个捣蛋鬼说。

　　"哎呀！你们这样也听不懂？'子孙……'"郭月婵说，但给苏女扯了一下衣袖，停住了。

　　"不要说！不要说！"苏女压低着嗓子。

　　"为什么？是'子孙万代乐悠悠'呀，没有错！"郭月婵大声说。

　　"还说！还说！"苏女一推她。

　　男的一群笑了起来。

　　"啊！原来是'子孙'呀！"调皮的青年怪声怪气地叫道。"咦！又有子，又有孙呢！哈哈！"

　　女的一群羞得不行，紧紧挤在一起。她们一排儿坐在那里，好像电线上的小麻雀。

　　"嘘！你们了不起，你们唱一个试试看！"郭月婵反攻道。

　　"真的，他们是不会唱的！"姑娘们于是吱吱喳喳地说。"他们不会唱！不会唱！"

　　"好！唱一个给她们听！"一个男青年说。

男的一群于是发出了雄壮的歌声：

我们的歌声响遍祖国的四方，
我们的青春有如初升的太阳。
我们一代是党所教育和培养，
我们要朝着社会主义奋勇前进！
前进！前进！前进！
任何困难都不能够阻挡！
前进！前进！前进！
我们将献出所有的力量！

蛾眉月已经向卧蚕山沉落了。周围暗淡了，星光显得十分朦胧，而且神秘。夏夜的田野是这样宁静、温柔，叫人不愿意睡。姑娘们于是同声唱起一支优美的歌曲：

珠江水哟，水长流，
滔滔滚滚流向南海边，
日日夜夜流不断呀，
好比人民力量大如天！

珠江水哟，水深深，
有时浑浊有时清，
有时涨呀，有时落，
过了黑夜是天明！

珠江水哟，水清清，
遍地珠宝遍地金，
遍地稻谷哟，遍地蔗呀，
遍地幸福哟，遍地爱情！

姑娘们唱着，沉浸在柔情、欢乐和幸福的憧憬里。悦耳的声音拖得好长，真的好像珠江水在歌唱。她们唱着，一边带着深思，一边带着回忆；但唱到最后两句，忽然好像警觉起来，声音低了，疏落了。只有两三个唱完最后"爱情"这两个字。男的一群自然不会放过她们。调皮鬼和捣蛋鬼于是七嘴八舌谈论起来。

"嘿，遍地什么？"一个问。

"遍地幸福罗！"另一个装着不懂。

"还有遍地什么？"

"遍地爱——情！"

他们哈哈地笑了起来。

夜更深了，天空中布着闪烁的繁星，广场上映着朦胧的微光。青年们比较自由了。两边的壁垒已经没有那么森严，开始互相玩起来。谁扯了扯一个姑娘的辫子，姑娘叫起来，追着他要打。一个姑娘要玩秦琴，男的不肯给她，两个人笑着抢来抢去。这边哄笑，那边尖叫。空气活跃起来了。郭月婵趁大家玩着的时候，她大胆地走到刘学新的面前。刘学新是一个蝴蝶琴能手，在黑暗中娴熟地打着。琴声这样清脆悦耳，丁丁冬冬地响，好像鸟语，又像泉鸣。他正在聚精会神地打着，郭月婵从怀里拿出一本书，递在他面前：

"喏！"

"什么？"刘学新一怔，抬起头来。他看见了郭月婵。

"书，还给你！"

刘学新把书接住，塞进衣袋里。他停住手，不再打琴。郭月婵浑身发起热来，呼吸紧迫。她似乎有许多话要和他说，又似乎什么话都没有。她困惑了几秒钟，于是用手一推刘学新的结实的肩膀，低声说：

"你们，今天赛龙舟，第一了！"

刘学新笑了一笑。她连忙走了开来。

整个夜里，郭月婵笑着、叫着、跳着。她玩得多欢啊！……

# 曾敏之作品选及简析

## 曾敏之生平

曾敏之（1917—2015 年）原籍广东梅州，出生于广西罗城。抗战期间参加中华文艺界抗敌协会，1942 年进入《大公报》，并作为《大公报》记者被派赴湘北前线作战地采访，是 20 世纪 40 年代大后方的名记者。1941 年出版散文集《拾荒集》，1945 年以短篇小说《孙子》被茅盾选入《抗战时期小说大系》。1946 年在重庆两次访问周恩来，撰写长篇访问记《十年谈判老了周恩来》，为中国新闻记者访问周恩来的第一人。20 世纪 60 年代初调任暨南大学中文系任教授。"文革"后于 1978 年奉派赴香港任《文汇报》领导工作。曾敏之于 1939 年开始发表作品，已出版的作品有散文、随笔、游记、古典诗词研究等共三十余部，包括杂文集《曾敏之杂文集》《观海录》，散文集《望云海》《岭南随笔》《文苑春秋》，专著《诗的艺术》《古典文学欣赏举隅》等，多有获奖。他还致力于向内地推介台港及海外华文文学，积极推进海峡两岸的文化交流，并任香港作家联合会会长。2015 年 1 月 3 日，曾敏之在广州寓所平静离世，享年 98 岁。

## 曾敏之作品选析

曾敏之的文学创作成果以散文为最丰，旧体诗词创作也享誉颇高。

居住在都市环境中的人，最大的乡愁大概莫过于对田园自然的怀念。《鸟声》和《桥》两篇文章都有表达。《鸟声》的开头，写作者搬了家，无非是"从闹市迁居到闹市"，跟旧寓比起来，并没有太大差别，只是楼层更高，"依然处在石头城的包围中"，"周遭没有一片花，没有一株常绿树。推开窗子，看到的是高耸洋楼直削高空所剩下的一角蓝天"。可以说，这正是大都市中人的生存常态。而对于寸土寸金的香港来说，有这么一个居住环境无论如何应该感到满意了。只是烦闷不期而生，直到一阵鸟叫声带来自然的生趣，精神才为之一振。作者循着这天籁之声，结识了养画眉鸟的邻居，听他讲了一番养鸟经，才知道"金丝的笼子、精致的饲料、细心的护理"这些现代化的调理都不是养好画眉鸟的关键，它们真正"需要的是原野、丛林、溪流、阳光和绿茵的草地"，于是老者每天的早课就是与有同好的人携鸟登山，这才使得他的画眉"高兴地活下来了"。鸟所失去的自然也就是人所失去的自然，鸟的生存经实际上也就是人的生存经，都市中的人也一样，每天住在高楼上鸽子似的笼里，吃着精致的饮食，又有什么用呢？文章不止一次写到香港的抑郁症、神经症病人之多，至于神经衰弱，那是"每三个香港人中就有一个"了。《鸟声》实际上是一篇借写鸟表达对现代都市文明的反思的文章。

曾敏之散文的主题宏大，但他的行文则是举重若轻，并带点诗意的。作为一个古典文学功力深厚的作家，他的文字又常常是精简雅致的，显示出与一般当代散文作品不一般的文化涵养。比如他写邻居长者："邻居是一位七十高龄的长者，留有长髯，丰神迥异"，"自从醒悟到这一点，我们养画眉的一干朋友就相约黎明即起，携着鸟笼，走到郊外"，都是这样精简贴切的文字。他还常常引诗入文，有时是自己的，有时是古诗，比如《鸟声》的最后，以古人对鸟性的总结以及欧阳修诗"百啭千声随意移，山花红紫树高低。始知锁向金笼听，不及林间自在啼"，既诗意盎然又引人深思，这种对古典诗意的回望其实也是中国人最根深蒂固的文化乡愁。

《鸟声》是写得比较集中的散文，而《桥》则显示了曾敏之散文自由开阔的一面。首先是童年关于桥的记忆，可称之为"平桥记忆"，写得非常诗情画意。小时候就是从这座小木桥跳下水塘游泳的，所以不管在哪里浪游，不管是得意还是失意，平桥总是"我"念兹在兹的地方，"那种带有宁静、古朴遗风的自然情趣，时时勾起我怀旧的情绪"。平桥之后，一座叫做"罗湖"的小桥又成为与我生命息息相关的一座桥。罗湖桥的一边是多难的内地，一边是香港，在战争年代，在新中国成立之后，在"文革"结束之后的新时期，"我"的每一次跨越，都是一种对于理想追求的选择。而关于香港的桥，作者又记录了最有香港特色的现代化的"天桥系统"，既有车行又有人行，它是世界上最庞大最完善的系统，既带来方面，又是立体的艺术形象。可是写到这里之后，作者的笔锋一转，写到一个与老熟人邂逅于香港天桥的故事，这个人生故事的政治历史内涵使人简直要担心作者还能不能回到"桥"这个话题和主题，可是讲完了这个有些沉重的故事之后，他写接到这个朋友发自深圳的信，原来他真的又"跨过了罗湖桥"，重拾了对生活与国家的信心了。最后，文章的主旨又有升华，这个"桥"成为了民族情感之桥。

曾敏之先生是一个有闲情逸致的人，但他的散文又不仅仅是闲情逸致，而是总是饱含着家国之思，《桥》即是明证。而《桥》中引入的几首他自己写的旧体诗，既使文章显得摇曳多姿，其本身包含的深邃情感和内涵也可以作为单独的欣赏对象，这几乎成为曾敏之散文文体的一个特征了。

（李俏梅）


# 曾敏之作品选

## （一）

### 鸟　声

从闹市迁居到闹市，依然住在石头城的包围中。周遭没有一片花，没有一株常绿树。推开窗子，看到的是高耸洋楼直削高空所剩下的一角蓝天，晴朗之日，常有浮云在碧空掠过，仅仅是这一点望中的天宇，似乎可以寄托有限的遐思了。

这次迁居，比起旧寓来，并没有太大的改变，但却升高到了二十层。楼宇是新的，狭隘中却也有小小的书室可供伏案挥笔。不过，能有这么小天地已是难得的了，岛居不易，寸土千金，屋租昂贵，所以我以能容膝而满足。

但是，不知道是自寻烦恼还是外界影响，日常生活总感到有一点空虚。其实，我之所谓空虚，是指无所寄托，有点像浑浑噩噩地过日子。

就在似乎浑噩之中，有一天早晨阳光射进窗来，却传来了一阵清脆的鸟声，根据我累积的经验，我听出了是画眉鸟的声音。

啊，这真是有如沙漠中遇上了绿洲，一阵阵鸟声把我的寂寞空虚填满了，忽然感到精神为之一振。

为了探究在这石头城中竟然有画眉婉转娇啼，到底这啼声来自何处？于是我从二十层高楼下降，去追寻鸟声的踪迹。

这鸟声并非从远处飘来，就在左邻一间阳台上。于是我以邻居的资格拜访邻居。

邻居是一位七十高龄的长者，留有长髯，丰神迥异，看来倒不是庸俗的唯利是图的香港人。这位老翁名叫袁槐，他说早年在美洲留学，后来从商，因为不愿老死异国，就迁回香港定居了。他的儿女都在美国工作，只有他只身回港。问到他为什么喜欢香港，他回答得很亲切："这里是中国的领土，百分之九十以上是华人，不论社会习惯，生活形态都是中国化的，也就是民族化的，在香港住下来，就像回到台山故乡一样了。"

袁老的生活是安静的，除了一位台山来的女佣之外，陪伴他的就是画眉鸟了。他平生爱鸟，特别欣赏画眉，因为在众鸟之中以它最擅长啼唱。他引导我看了他的画眉鸟，这真是精选的名种，以精美的金丝笼豢养着。

我好奇地叩问，于是问到了画眉的饲料、饮料以及其它护理上的细节。袁老说，画眉的饲料是买来的，有一间专售鸟类食品的商店，这间商店为养画眉的人备有名贵的金粟、蛋米、细虫，还有从远地运来的矿泉水，这些都是供应画眉鸟食用的。养鸟的人为了购买食料，所花的钱就不少。正因为有金丝笼、有精致的饲料、有细心的护理，画眉鸟真是有福了，它们养尊处优，只要取得豢养者的欢心，则轻啼巧啭，跳跃终日，甚至勇于与同类啄斗就可被评为上乘的画眉了。

可是袁老在谈到豢养画眉的经验时，却紧蹙了眉头，有不胜叹息之态：

"照常理说，侍候得好，住得好，画眉鸟应当矫健善唱。事实却不然。我豢养过几只画眉，却因不明不白的原因死去了。许多同嗜者都有过这样的经验。不仅画眉会悄悄地死去，还有因为不适应现代化生活而发生另一种悲剧。那是酒楼装置了空气调节器时发生的。有一次大家把画眉带到酒楼斗唱，却给冷气浸坏了，有的竟然死去。画眉的生活并不完全需要现代化的调理，它们需要的是原野、丛林、溪流、阳光和绿茵的草地。

"自从省悟到这一点，我们养画眉的一干朋友就相约黎明即起，携着鸟笼，走到郊外，寻找有绿色的地带，有树林的空间，让画眉鸟沐着早晨的阳光，吸取清新的空气，就是这样坚持下来，才勉强使豢养的画眉高兴地活下来了。当我们看到画眉鸟在新的带有野性的环境中欢跃的样子，才放下心来。如今，画眉鸟集会的地方是通向太平山的林荫之所了，所以我每天的早课就是携鸟登山。"

听了袁老的鸟经，不禁引起我深深的怀旧。记得童年时代也曾饲养过画眉鸟，但饲料不是什么精品，也不是金丝笼，而是宽敞的竹笼。我们是一群野孩子，把画眉挂在村前的老榕树的枝叉上，让它跟绿野丛林结为一体，每当春秋佳日，就在阳光之下绿草如茵的旷野上互逗画眉歌唱，我们还学会了逗引画眉竞唱的口技，谁的画眉唱得欢，唱得巧，就从草丛中捉来蚱蜢、草蛇（一种细小如蛇的虫类）给画眉享用。这时候，画眉真是欢跃得很，巧啭不绝，我们沉浸在童年金色的梦中……

我把童年时代侍候画眉的感受向袁老陈述。袁老说："要像你们那样豢养画眉，现代化都市的人办不到了，尤其是在香港这样的环境。不仅是画眉鸟儿享受不到，就是香港人也有许多患了忧郁症与神经病，至于患神经衰弱症的人就更多了，每三个香港人中就有一个。"

袁老叹息之余，说在眼下的情况豢养画眉，就只有结合爬山晨运以给鸟儿一点自然之趣了。

因说到自然之趣，不禁想到古人对鸟性的观察，曾有所谓"鸟之飞也，必还山集谷。不还山则困，不集谷则死"。所以欧阳修有诗云："百啭千声随意移，山花红紫树高低。始知锁向金笼听，不及林间自在啼。"而我也到了今天才领悟鸟声所包含的意义，可是童年时代的"自在啼"的鸟声已不复听到了，思之惆怅！

# （二）

## 桥

我对桥有一种特别感情，这是童年时代培养起来的。家乡是一个偏僻的小镇，镇郊有一个平桥塘，一潭碧水，横架一座小木桥，每逢夏天，那儿就是我游泳嬉戏的地方。站在桥上，双臂高举，"扑嗵"一声，跳入碧潭之中，常常游个半天，让酷炙的太阳把潭水晒得烫了，才尽兴地和小伴们跳跃地归去。

就是这么一段童年旧事，几十年来从未忘怀。"文革"后期，我在百无聊赖之中，忽然有还乡之想，于是轻装一袭，回到了故乡。因为离乡四十多年，中间又经历了无数动乱，叙旧之余，真是恍如一梦。我念念不忘平桥，踱步郊原，就到平桥觅旧。潭水清浅，桥还是旧的，似乎人世的沧桑变化，没有影响到这个小桥流水的地方，令我十分感慨，记得当时吟下了这样一首小诗：

> 休问浮沉身外事，且衔哀乐手中杯。
> 多情自有平桥水，照得天涯浪子回。

我这个浪游半生的浪子，在故乡只留了几天，就又投到繁嚣的都市中讨生活了。但是平桥流水的印象仍然是深刻的，那种带有宁静、古朴遗风的自然情趣，时时勾起我怀旧的情绪。我到过江南，也曾身历江南水乡的情境。那些水乡多的也是桥，如今我也曾用想象去捕捉江南的游踪，从而联想到"二十四桥明月夜，玉人何处教吹箫"的杜牧，联想到"芒鞋破钵无人识，踏过莺花第几桥"的曼殊，更联想到波涛汹涌激流飞溅的钱塘江大桥……。可是，"江南旧梦已如烟"，我今天离开它更远了。

更是出于意料之外，是过了几十年之后，我又为桥拨动了感情的琴弦。

那是一九七八年的冬天，我离开深圳，跨过罗湖的时候。过了深圳进入罗湖，就进了香港的地界。深圳与罗湖只隔一座桥，却分开了两个世界。出境的那一天，我挽着轻便的行囊，伫立罗湖桥头，回头望着深圳——它代表着多难的、伟大祖国的大地，不禁热泪盈眶。我说不出当时复杂的感情，似乎一刹那间集中了悲欢离合的滋味。回想三十年前，我从海外归来，踏上新生的祖国大地的时候，也经过这一座桥，那时候正年青，青年的活力和幻想充塞于躯体、脑际之间，有循着一个明确方向勇往直前的勇气。当年我哼着"解放区的天是明朗的天"跨过桥，挤在人流中，奔上开往广州的列车，重返祖国的城市。从此以后，每个人有着不同的经历，而我却在悠长的岁月中老了，如今发已星星，却又重踏罗湖桥头来到香港这个地方。

记得离开朋友们的时候，曾为这次的远行写下告别的诗篇：

> 又将策舸向沧瀛，此夕樽前别有情。
> 湖海论交肠共热，风尘历劫眼犹青。
> 涛声入梦抒怀抱，海月遥看忆故人。

正是冬阳频送暖，驰驱岂问发星星。

似乎感情都寄托在诗里面了。

我重到香港之后，这个城市于我已觉得陌生，三十年的时间使它的形貌变化得太大了。香港与九龙隔海对峙，现在已有地下铁路通火车，有地下隧道通汽车，可以畅通无阻地渡海了。但是渡海的天星小轮依旧行驶，乘客虽然减少了一些，依然是那么准时开航，从容不迫地乘风破浪。当我乘着天星小轮在海涛中渡海时，才依稀拾回三十年前的记忆。不错，三十年前我曾和许多朋友乘轮渡海，倚着小轮的栏杆，迎着海风在低声细语，谈诗、谈文、谈令人兴奋的形势。后来，朋友们都分飞了，有的北上，有的进入东江游击区……大家分手时心中充满了对新生祖国的激情，几乎不必用语言就能表达出各人的抱负，那就是为国家为人民做一番事业。而我也曾以豪迈的感情随着朋友之后，跨过罗湖桥重回广州。三十年来，分飞的朋友有的重聚，有的远离，有的却在残酷现实中牺牲了。因此这重拾的记忆显得十分沉重，我几乎带着一种凄然欲涕的感情来回忆他们的。

我既然来了，在经历一段时间之后，也就逐渐看清香港变化的轮廓，特别是在今年暮春季节，乘缆车登上太平山游览的时候。太平山是香港的最高点了，登山眺海，香港、九龙尽入眼中，但是令我印象深刻的倒不是那些高耸入云的摩天大厦和那些有如石林般的钢筋水泥的住宅屋村，而是驰名世界的天桥建筑。也许我对桥有着特殊敏感之故罢。我觉得香港九龙的天桥，可说是饶有趣味的现代化的一种产物了。不论市区、半山、僻野，常有飞桥横空，构成立体的艺术形象。据说香港的天桥系统，被称为世界上最庞大最完善的系统，它的特色是附设有和行车天桥分隔的行人天桥，另有隧道的安全措施，藉以保障行人安全横过马路。

香港有六十一条天桥，建筑工程是浩大的，耗资港币达七亿元。天桥群贯通南北，为城市交通开辟了新的途径。车如流水，行人如鲫，蔚为壮观。我对桥有感情，因此常常偷闲去天桥漫步。我喜欢山道天桥，其中干诺道西一条天桥有支柱二十三条，长度达两万多米。踏上工地一看，海港风光历历在目。另有一条在中环，长廊逶迤，宽阔而整洁，最堪留恋的是它面向大海，海风拂面，令人心旷神怡。海上有艨艟巨舰，有点点风帆；在浪涛飞溅、卷起千堆雪的远处，则有海鸥飞翔，构成特有的海景。倚栏望远，颇有"我欲乘风飞去"之慨。

但是，也就在中环天桥这个地方，我却邂逅了吕进文。他是六十年代的大学生，出生于印尼，读完高中之后，因向往祖国社会主义的美好前景，于是踏上迂回曲折奔向祖国的道路。二十年来，他完成了大学文科的学业，后来分配到潮汕侨乡当中学教师，中间经历了"文化大革命"的劫难，只因有海外关系而受到折磨……到了一九七七年，他毅然离开了祖国，像一个无根的浮萍一样，漂到香港来了。重返印尼暂难如愿，只好流落在这个"东方之珠"的地方。为了养家糊口，他在一个地盘（即建筑工地）当了工人。

　　这段天桥偶遇，于是我们在天桥的尽头倚着栏杆，打开了话闸。

　　"你在香港多年了，住在什么地方呀？"

　　"不怕你笑话，我住的是属于观塘范围的一个猪圈地。"

　　经吕进文解释，才知道他住的木屋区原来是做猪圈用的地，因为老板看到把猪圈地修建木屋出售有利可图，于是吕进文就买了一间木屋而作栖身之所了。

　　"香港按每平方英尺计算，是世界上人口密度最高的地方，连我这样的猪圈地也有寸土寸金的趋势了。"接着，他的声调转入深沉，"住这样的木屋区多危险呀，遇上台风防刮倒，遇上火警无处逃，我每天去地盘上工，都是提心吊胆的。"

　　但是，比较起来，吕进文总算有一栖之寄，已算幸运了。

　　吕进文在地盘做工，是一种危险的职业，因为缺乏安全保障，工伤死亡的事几乎无日无之。他在地盘认识了不少的人，包括有大学教师、工程师、医生……他说每人的经历都可写成故事及曲折的小说。

　　"香港不承认国内大学的毕业文凭，虽然地盘有不少是理工、医农或文科的专业人才，有些人也有专业经验，但都找不到合适的工作，为了养家糊口，只好到地盘出卖劳动力了。

　　"这两年来，我在思索、彷徨、苦闷中过日子，我这样活下去，究竟为什么？在这里学非所用，挣扎在生活的底层，精神生活非常空虚。由于担心、搏命、苦闷、紧张，香港已有六十万患了各种精神分裂症的人，青山的精神病院有人满之患。我这样下去，有一天也会得精神病的。

　　"我思索的结果，有了重归祖国之念……"

　　"难道你没有了余悸吗？"

　　"人民的觉醒是不会再容许历史车轮倒转的了。"吕进文似乎是经过深思熟虑之后才回答了这个问题。

　　自从在天桥和吕进文分手之后，我又日夜忙于工作，也没有去打听他的情况。有一天，我却收到一封寄自深圳的信，才知道他已把"重归之念"变为行动了。他说跨过罗湖桥进入祖国大地时，他哭了，也笑了。他这哭笑之间的感情，我很理解，也如我三十年前过罗湖时的那种纯真的感情，所不同的是他是怀了坚强的信念重归祖国的。

当我再到中环天桥踱步的时候，向着大海，我忽发奇想，想到有一天会有一座桥通过台湾海峡，让海峡那边的人跨海而来，涌向祖国的大地。因为我最近读到台湾报上刊登一则报道说，台湾同胞怀念祖国的情感越来越炽热了，他们在唱着："虽不曾看见长江美，梦里常神游长江水。虽不曾听见黄河壮，澎湃汹涌在梦里……"

不论海峡、长江、黄河……都需要桥，桥可以沟通伟大民族不可分离的情感。

一九八〇年八月于香港

# 曾炜作品选及简析

## 曾炜生平

曾炜（1919—2015 年），顺德乐从人，1919 年 11 月出生于广州，2015 年辞世。青年时代生活流离，读书不多。广州沦陷后，他参加了广东抗日先锋队。1941 年入广东省立艺术专科学校学习戏剧。抗战胜利后，写了《十六万以外》等一批讽刺国民党官僚的杂文，被追查后到香港，后转到东江游击区。1951 年，他调到华南文工团创作室，任专业创作员，1953 年起到广东省作协当专业作家，1985—1989 年任省作协秘书长。他的创作以戏剧为主，新中国成立后创作了《宽广的道路》《出路》等多幕剧和一批短剧。他还先后将欧阳山的长篇小说《三家巷》改编为电影《三家巷》，多幕话剧《三家巷》、电视连续剧《一代风流》《苦斗》等。散文创作有《凤凰岗巨变》《顺德风情》等。

## 曾炜作品选析

一个港口，一座桥，就是中国近现代史的缩影。曾炜的两篇散文《在湛江港口》《海珠桥抒怀》正是从这样的角度立意的。《在湛江港口》写于 1956 年，是对刚刚兴建起来的、新中国第一个自主设计施工的现代化港口的由衷的礼赞。湛江港前身是"广州湾"，学过中国近代史的人对于这个地名不会陌生，因为它就是 1899 年清政府与法国签订的不平等条约里租借给法国 50 年的港湾。

1943年日本人不顾法国人租借在先，出兵占领了广州湾，使它又成为了日本军国主义向南扩张的桥头堡。1945年抗战胜利后，国民政府也曾经雄心勃勃，想建设优良深水港并修筑铁路，可是因为连年内战而计划搁浅。半个世纪以来，法国人在此享受，日本人在此破坏，而国民党的接管也丝毫没有减少湛江人民的苦难，这个充满屈辱和苦难的海滨小城，却在新中国成立之初，以差不多举国之力建设成新中国当时最为先进的现代化深水商港。湛江港建设从决策到施工建成的速度的确是惊人的。据资料显示，1955年7月，时任交通部长的章伯钧向国务院递交建港申请，周恩来总理当天主持会议通过。为配合港口施工，铁道兵团司令员王震率十多万士兵民工，9个月完成黎湛铁路的修建。留美专家谭真为湛江港建造的总工程师，克服当时物力、财力和技术力量都很薄弱的困难，群策群力攻克了许多技术难题，把它建成当时世界上最先进的港口之一。《在湛江港口》作为最早记录这一社会主义伟大成就的文学作品之一，既有对宏大的建设场面的生动描绘，又追昔抚今，充满了发自内心的民族自豪感。的确，湛江港第一期工程在1956年的建成，称得上是一个伟大的奇迹，直到今天，这期工程的使用状况依然良好，只不过它现在的规模不可与1956年同日而语了。现在的湛江港依然是我国与东南亚、澳大利亚、印度洋沿岸和欧洲国家之间航程最短的外贸港口，在外贸经济中发挥着它巨大的作用。

海珠桥，是一座历经80多年风雨，与广州人民相依相伴的大铁桥，它已经成为广州风景不可缺少的一部分，至今仍然承担着繁重的交通任务，它的历史就是近现代广州历史的缩影。曾炜的《海珠桥抒怀》写于1976年2月，正是海珠桥刚刚扩建（从17米扩到33米）完工的时候。散文回顾了海珠桥的历史，基本的史实作者是遵从的，比如1929年始建，由美国的慎昌洋行以103万两的白银竞得，由马克顿公司施工，花了四年时间建成。海珠桥的建成对于广州来说是一件大事，因为之前河南河北之间的交通只能靠各种渡船。1949年国民党兵败如山倒的时候以破坏为目标，曾经人为地炸毁海珠桥，血流成河。但是可能因为作者写作时代的关系，这篇最早从"一座桥与一座城"的角度描写海珠桥的文章，很遗憾地有着许多"左"的意识形态遗迹。比如称这座桥的建设为"点缀升平"，"完全是作为军阀陈济棠的所谓'黄金时代'的装饰品"，"既可为他树碑立传，又可乘机搜刮民脂民膏"，又说建成之日，是"由国民党反动头目胡汉民剪彩，然后由他率领大小官员走上桥的"。按照现存的史料，最早走上这座大桥的，还真不是国民党官员，是特意安排了14位90岁以上的老人，其中最老的105岁，由他们先开步走过的，这里的象征意义不难理解。而这篇文章还遗漏了的一个史实是，1938年日本人侵略广州时，把海珠桥的开合器炸坏了，并把整套开合设备盗走。从前的海珠桥中段部分是可以开合的，当有大船经过，桥体就像翅膀一样掀起来，让大船通过，每天开合四次，也是海珠桥一景。自从日本人盗走这套设备，海珠桥不再能开合。但是不管怎样维修扩建，海珠桥仍然保持它最初建立的样貌，如两弯半月卧伏于珠江上，成为广州的大景观。

（李俏梅）

## 曾炜作品选

（一）

### 海珠桥抒怀

今晚上夜班，我踏着自行车冲上刚扩建完工的海珠桥。一阵南风吹来，舒畅极了。昂首望天，呵，月特别圆，特别亮。蓝天明净。万里无云。我忽然兴致勃发，趁还有点时间，索性把自行车推上人行道，对眼前的景物看个够。本来，我不知欣赏过多少次珠江夜景了，可从来没有像今晚那样兴致勃勃，心情激荡。确实，眼前的景色不寻常：秀丽的珠江泛起银光，各种各样客船、运输船只穿梭往来；沿江两岸的霓虹灯，正为迎接伟大的国庆二十六周年增添色彩，把一幢幢大楼衬托得更漂亮；往南眺望，呵，这解放后建起来的工业区，烟囱林立。数不尽的一座座雄伟的厂房闪着灯光；桥北的二十七层的广州宾馆灯火辉煌，把开遍鲜花的海珠广场映衬得更美丽……最使我感到新鲜而又奇异的，是我这个"老广州"，现在第一次站在新扩建起来的海珠桥的人行道上。这座新扩建的三十三米宽的大桥，雄伟地矗立在珠江上，真是"一桥飞架南北"！当然，它比起武汉长江大桥、南京长江大桥的宏大气魄，算不了什么，但却使广州人着了迷。就在不久前，九月一日凌晨五点钟，也就是这新扩建的西面新建的人民桥通车的一刹那，一个退休老工人，感情激动地昂首阔步第一个踏上新桥。他自豪地说："以前是皇帝行头，现在是我们工人行头。"确实，在一九三三年二月十五日，海珠桥通车时，是由国民党反动头目胡汉民剪彩，然后由他率领大小官员走上桥的。现在，换了人间，完全两样了。今晚，我站在这扩建的新桥上，和许多老工人一样，贪婪地观察着周围的一切……

一滴水，可看到太阳的光辉。我们常常透过一点一滴去观察世界。就说桥吧，我想，人们总走过各种各样的桥，可以说出一些和桥有关系的故事。我童年时，在乡下走过一条独木桥，因失去平衡掉进涌里，弄得全身像个泥人；解放后，我曾以惊讶和激动的心情，坐着火车经过武汉长江大桥、南京长江大桥。但海珠桥更令我思潮澎湃。这大概是由于我曾经亲眼看到它修建，看到它被国民党炸毁，后来我们把它修复，现在又扩建起来的缘故。它的苦难的、不平凡的历程，它周围的一草一木的变迁，都和广州人民连在一起，使我常常思考、寻味，使我和许许多多广州人一样，对它倾注了大量感情。

夜静了，这宽阔的新桥，来往车辆还是那样繁忙，在这又圆又亮的月下，上下班的自行车在飞奔。这晴朗之夜，衬上这新景，容易使人精神奋发，也容易把你带回过去的世界，和憧憬未来。

一九二九年春，广州报纸突然出现一条大新闻：广州要建海珠桥了。本来。珠江不算阔，江面只有一百八十三米，也没有惊涛骇浪，在今天来说，建这样的桥不值得大惊小怪。但当时确是大新闻。据《广州年鉴》记载，在清光绪年间，就有过建桥之议，甚至想"利用海珠礁石，横驾桥梁，贯通南北"。但最后还是一纸空谈。就是一九二九年要动工兴建时，广州仍然没有什么机械工业，这就难怪广州人把这新闻当成谈话主题了。那时我还是童年，就听到一个传说：为了要建这座大桥，要用五百个童男童女"打生桩"，才能保险把桥建成。这一骇人听闻的传说，确实吓坏了许多孩子，致使一些孩子不敢出门。其实。这完全是骗人的鬼话，是用来形容建桥工程的浩大，大得了不得，不仅要用钢筋、水泥，还要用人"打生桩"，来驱神赶鬼，以此来歌颂建桥的旧社会统治者的"丰功伟绩"，也更好为他们借建桥搜刮民脂民膏作口实。

桥，终于由美国慎昌洋行承建，马克顿公司施工，花了一百零三万二千两白银，用足四年时间建成了。可是，桥的建成，并未达到反动统治者要"使广州一跃而为世界名都"的愿望。那时的广州，是个典型的半封建半殖民地的商业消费城市。河南一带，除了大基头几间"裕泰银牌"赌馆外，商业凋敝，冷冷清清。河北桥头倒是"热闹"的，附近有用星铁、竹棚搭起菜栏，或是"凉茶大王"之类杂七杂八的小店；整天是叫卖声，扛菜者的劳动号子声；烂菜渣遍地皆是，臭不可闻。珠江两岸密密麻麻的湾泊着大大小小的、破烂的"横水渡"。这些"浮家泛宅"，常常发出凄凉的叫喊，多少水上居民的眼泪，像珠江河水一样长流！桥底，算是个"有瓦遮头的地方"，入黑，就睡满无家可归的失业者、流浪者。那些"猪仔头"（拉壮丁的人）常常在这地方拉壮丁，青年人入黑后都不敢经过桥底，真是个恐怖世界！那时广州也没有什么工业，只有制手电筒、火柴、制皂、酿酒、土制煤油以及丝厂等手工业。在机械工业方面，真是可怜得很，除石井有间制造步枪的兵工厂，丰宁路有几间修理汽车的工场外，再就是散落在街道的、有两三部小车床的小作坊，和河南一带的几个翻砂场。说来可笑，那些翻砂场，每次铁水出炉，都是用两个人抬着铁水煲浇注的……这一切，充分说明了，修建这海珠桥，完全是作为军阀陈济棠的所谓"黄金时代"的装饰品，点缀太平，显示其"繁荣"，既可为他树碑立传，又可乘机搜刮民脂民膏。这样，桥，就像黑寡妇似的立在珠江上，一天没有几部白鸽笼式的老爷汽车经过。行人也稀疏得很，哪里有半点所谓"世界名都"的影子！

就这么一座桥——这唯一"点缀升平"，由劳动人民付出血和汗，付出大量钱财的海珠桥，在国民党兵败如山倒的绝望时刻，在广州解放前夕，被国民党反动派炸毁了。

广州解放后第二天，我刚进城，就立刻跑到海珠桥现场，一看那情景使我大吃一惊。珠江还是泛起微波，可桥的平坡一段，已粉身碎骨，钢铁全飞走了，南北两段斜坡，分别坠在珠江上。人们没有思想准备，没有想象到国民党反动派如此残暴，附近居民，特别是水上居民，被炸死数百人，周围房屋塌了许多，离桥稍远的房屋，也有被揭开屋顶的，被震裂墙壁或震碎玻璃的。真个是尸体遍地，残垣断壁，满目疮痍，令人目不忍睹。

我坐"横水渡"过河南，忽然碰上一个远亲。他在桥附近一间五金店当"柜面"，炸桥那天刚好不在，是个幸存者。他非常悲观地对我说：海珠桥炸毁了，重五金运不过河，没生意可做了，店将要关闭，要失业了。我安慰他，说桥很快会修好的。他摇摇头，不相信，说：有那么容易的事？你也知道桥是怎样建成的？我再三对他说，毛主席、共产党能打败八百万国民党军队，就能把中国建成社会主义强国，这小小的海珠桥算得什么。他没有跟我争辩。但从他的悲观失望的神态看，他也和当时资本主义世界议论我们一个样，不相信我们能建设一个新世界。

果然，不到半年光景，这座所谓要用五百童男童女"打生桩"的、被说得神乎其神的海珠桥，修复了，通车了。而且，过了几年，比海珠桥不知大多少倍、修建难度也不知大多少倍的武汉长江大桥，也通车了，还有许许多多大桥，也陆续建成了。有一回，我在路上碰到那个远亲，他不能不表示信服，承认共产党的确有本领。

我们不但善于破坏一个旧世界，我们还善于建设一个新世界。我们在毛主席、共产党领导下，经过二十六个冬春的建设，广州已披上新装了。别说流花湖畔的交易会、宾馆、车站极为令人神往的新建筑群，就单看看河南一带吧，这是解放前吹鸦片、赌钱、吃狗肉之地，如今，一座座宏大的厂房矗立起来了。广州，不只能制造手电筒等那些小工业品，而且已经能够制造成套工厂、矿山和炼油设备，以至制造精密工作母机和万吨船了。今天的南郊已是新的工业区了。这样，来往海珠桥的人，都是成千上万乘着汽车，蹬着自行车，或是昂首阔步的劳动者。桥，走的人越来越多，车流不断，负担就越来越重，远远不能适应工业的飞跃发展。据统计，每天最高潮的一小时内，有一万一千多部自行车和六百辆汽车的流量。一九六八年，在沙面旁建了新桥，海珠桥的流量下降了百分之四十，但到一九七二年，又上升到原来的数字，而且每年每月都在发展，上下班时间，简直是汽车、自行车、人流，像三条巨龙挤拥着，耽误了多少劳动者的宝贵光阴。

真是形势逼人。在省市委领导下，一场扩建海珠桥的会战，在一九七四年底打响了。且不说这场会战怎样克服困难，出现了多少可歌可泣的动人事迹，相信人们会从报纸、电台里知道得更详细。但有几个颇有趣味的对比是令人深思的：原海珠桥修建时间达四年，我们扩建仅用九个月时间（比原计划提前九个月），而工程量不比原来少（从十七米阔扩到三十三米）；所使用的材料，全部钢梁，是中国工人阶级自己制造的，而原来的桥，是从荷兰一座旧桥拆运来翻新的；扩建的全部工程，从设计到施工，完全是工人阶级自己动手；更巧的是，夜以继日奋战在桥上的道路公司一工区一队长、共产党员郭成，解放前正是流离失所在海珠桥底露宿的落难者。我相信，参加建桥的不少劳动者的父辈，大抵也是和郭成一样尝够旧社会的苦头的。昔日的流浪者，现在是主人！这一切，充分说明，时代变了，广州，已经不是半封建半殖民地的消费城市，而是社会主义的工业城市！我们的社会主义建设事业正在突飞猛进！

夜深了，我还是站在桥的平坡人行道上贪婪地观察着周围的一切。广州，这个四季如春的具有亚热带色彩的城市，如今，在庆祝建国二十六周年的前夕，全城灯火辉煌，又增添了一条彩带似的，贯串珠江两岸的新扩建的海珠桥，美极了，真令人神往。我想，从一九三三年旧海珠桥通车，到一九七五年国庆前夕扩桥完成，相隔足有四十二年半。这四十二年半，前十六年半是暗无天日，解放后的二十六年却阳光灿烂。啊，二十六年，在历史长河中，只不过是一瞬，但在这短暂的一瞬，却是天翻地覆，换了人间！海珠桥的修建、炸毁、修复、扩建的历史，像一条线，贯串了一个历史时代的辛酸、苦难、喜悦、向上。它将为我们作证：旧社会，苦难深重；新社会，欣欣向荣。

再过一刻钟就是凌晨了，我得赶快上班去。我踏上自行车，在斜坡上飞奔而下。呵！我们的道路多么宽广！我迎着暖和的东南风，在又圆又亮的月下，飞越海珠桥！

一九七六年二月

# （二）

## 在湛江港口

黄昏，客车经过四百多公里的行程，终于抵达湛江海湾了。对海就是西营，只要驳轮把客车载过去，新型的湛江市就在你眼前出现。

天空下着微雨，碧蓝色的海水在和风中掀起波浪，波浪又带来一片白泡沫。在这暮色苍茫中，我又有机会站在海旁欣赏着海洋了。

我是在海边长大的。海，对我来说，并不陌生。在孩童时代，我曾听过父亲讲述过许许多多海洋生活中的惊险故事；我也曾住过海边，常常被海鸥所吸引，每当台风到来的时候，浪花就打在我的窗前，但我并没有生气，因为我懂得它的脾气，更懂得它在我们生活中的全部意义。我爱它，深深地爱着它，每当我在海滨散步，呼吸着海洋的清新空气的时候，真使我乐而忘返。

今天，我又能站在海边，呼吸着海风，眺望着碧蓝色的海洋了。然而，就在今天，我却有着一种异乎寻常的感情。我沉默了好久，我要寻找这异样感情的根源。终于，我意识到了：就是因为在这熟悉的南海岸边，正建设着一个新的海港——湛江港。

我爱海洋，我更深深地爱着这南海岸边正兴建起来的现代化的、巨大的湛江海港。

客车渡过了湛江海湾，进入西营，在两旁栽着椰子树的柏油路上疾驰着，我们到达湛江了。

傍晚，我趁着暮色巡视了西营。

如果你到过旅顺、大连、青岛、汕头，你总忘不了海，忘不了海滨城市的特点。是的，湛江也和它们一样，能看到海洋，呼吸到海上吹来的清风，看到千百条风帆捕鱼归来的晚景。然而，湛江却有它独特的风貌。房子是矮矮的法国式的，每幢房子都有围墙，围墙是用花格图案砌成的；透过花格图案，你可看到房子的四周都有小花园，栽着各种鲜花、果树；在外边，你到处都可以看到热带特有的椰子树，以及火红的凤凰树、美人蕉、草菊、家桃花。这里是四季常青的，当北方盖着皑皑白雪时候，这里还是开着万紫千红的鲜花，使你仿佛感到这里不是一个城市，而是一个大花圃……这一切，会使一个初到南方的旅客，突然感到像是走进了异国之乡。

这是一个美丽的城！

然而，谁又知道它过去曾是英雄的城，现在又是新型的商港？

的确，湛江在这半个世纪里，正写下了英雄的中国人民抵抗帝国主义侵略的史诗；也记录了帝国主义盘剥中国人民血汗的无可抵赖的事实。

远在一六六一年（清康熙辛巳年），法国"安排特理德"轮船因避台风驶进港里来，他们见到港湾良好，又险要，便绘图回去，从此埋下侵略野心。一八八九年，法国"白雅"号兵舰便载来了侵略军。当时无能的清政府并没有抵抗，但中国人民是不容易屈服的，就在这时候，掀起了中国人民自发的抗法战争。战争所动员的人民，所相持的时间并不比三元里平英团逊色。可是，在同年十月，清政府便屈辱地和法国签了字，承认把广州湾（湛江）租借给法国五十年。此后，法国人在这里建兵营，开赌馆、妓馆、鸦片烟馆，把中国人民随意侮辱。在这些日子里，法国人除了盘剥中国人民以外，并没有建设一个工厂，一个码头，只是建筑几十幢侵略者的别墅，在此享受剥削生活。难怪老百姓都说："这是帝国主义最不花本的生意。"一九四三年二月，日本人占领了这地方，差不多把它变成瓦砾之地，而国民党的接管，也没有丝毫减少湛江人民的灾难。

可是，英雄的中国人民，在解放后的几年里，在共产党的领导下，正在把它建设成一个现代化的新城。

现在，当你踏进这新城的时候，你再也看不到过去的痕迹了。所有的马路都铺着柏油，清洁、整齐，新的大楼一幢幢矗立着，工厂、俱乐部、电影院、剧场密布着，黎湛铁路在去年"七一"通车了，现代化的湛江港也快将开放了。现在，每当黄昏的时候，你可以看到工人、干部带着孩子和爱人在海滨公园散步，或是坐在椰子树下的石凳上纳凉；黄昏的时候，"北京路"两旁的椰子树下，你可以听到一双双恋人的细语。他们的生活多么美，多么有诗意啊！

夜，静极了。现在，虽是"争秋夺暑"的大热天，但海风从窗外吹进来，使人分外舒畅。我合不上眼，走到窗前欣赏着海洋的夜景。月亮发着微光，海水变得深黑了，浪花翻起银白的光芒；千百条渔船沉睡了，每条船上只有一盏发出微亮的桅灯，像银河的小星密布着……可是，往右望去，却截然是另外一个世界。那里灯火辉煌的长龙，如同白昼，各种挖泥船、打桩船在海面上不停息地干着祖国的豪迈事业，这就是我们自己设计、自己施工的现代化的湛江港。

当我一踏进港口工地，在工地上巡视，当我站在深水码头环顾四周的时候，我立刻感到过去所见到的竟是那么狭隘，也使我在这祖国豪迈事业面前感到自己渺小得可怜。

过去，我所见到的是稻子、番薯、甘蔗、鱼塘、桑基，完全是用体力的个体劳动的场面；就是解放后参观了一些工厂，看到的也只不过是车床、刨床和半机械化的操作，厂房的面积还是有限的。然而，这里却截然不同了。只要你往海面上眺望片刻，你就看到"吸扬式"挖泥船的二三公里长的巨大排泥管，像一条大长龙，从海上一直伸到陆地上；也可以看到"练斗式""铲扬式"等等各种挖泥船把海泥一大斗一大斗挖上来，抛下泥驳里，再由泥驳拖出去；你也可以看到海面上的各种各样的打桩船、起重船、运输船、测量船、登陆艇、交通船等等，正协同地在海面上为建筑各种码头，为开辟港池、内航道而繁忙地工作着。要是你站在深水码头再往陆地上望去，你更可以看到数不清的人们正在兴建中级码头、登陆艇码头和巨大仓库。这上万的开港工人，就是这样散布在数公里长的陆地上，和碧蓝色的海面上，甚至有着礁石的海底里。他们合唱着劳动之歌，构成一幅壮丽的图画，使你心胸豁然开朗。

我长久地站在深水码头上，看看蓝色的天空，看看蓝色的海水，这正是风平浪静的时候啊！然而，不知怎的我的心却不能平静下来，我贪婪地望着港口的一切，这一切不是别的，而是我们祖国自己建设起来的现代化巨港。是的，这是一个具有国际标准的巨大商港。虽然我没有到过旅顺、大连、塘沽新港，但从工程师们的介绍，从报刊上登出来的照片里，我知道他们的设备远不如这湛江港。就是英国经营了许久的香港吧，我也曾见过它们的码头停泊过万吨以上的远洋商船，但怎能与我们的湛江港相比呢？想到这里，我就更加珍重的欣赏着码头上的一切了。在我眼前的深水码头，正是能同时泊两艘万吨以上商船的巨大码头；码头上正排列着一排巨大的"龙门式"起重机，就在这巨大的"龙门"下面，正跨着两条铁轨，两列火车可以同时从黎湛铁路直开到码头的

"龙门"架下，只要"龙门"式起重机动作起来，就可以直接从轮船上把货物吊到像长龙一样的火车上，不用转到仓库，也不需要体力劳动，就可以把货物直接运到北京、全中国。我所见到的一切，真使人兴奋、激动。呵！我们祖国的南大门马上就要打开了！

这是多么难以想像的豪举呵！法国人在这里统治了半个世纪，然而，仅仅在西营建筑一条窄堤，千吨洋船就不能泊岸，至于建设大港，更是做梦也没有做过；不过，国民党是做过梦的，曾经在这里测量过，并想照现在的黎湛铁路的路线修铁路，可是，老百姓的房子被拆毁以后，却无声无色地做完这场幻梦了。然而，谁会想到，就在这地方，就在这几年前还是"不毛之地"的地方，就在法国人曾经拿着枪杆，迫着戴上枷锁的中国人捡海石修兵营的地方，我们却亲手把它建设成巨大的商港了。

我们华南人民，常常以靠近海洋而自豪，可是，多少年来，我们却没有自己的商港。我们所知道的，是旅顺、大连，在华南，只有香港，我们所消费的、出口的，都要从香港经过广九铁路转运；我们千万华侨出国，也要经过香港。香港呵，还是英帝国主义统治的地方，他们扼着商港，就像扼着我们的咽喉。我们多么需要在这南海岸边有着我们自己的商港呵！然而，今天，商港就在我们眼前出现了，而且是具有现代化设备的、吞吐量极大的商港哩！这商港对于我们祖国建设是多么需要呵！它能迎接着从欧洲、地中海、印度洋、东南亚所有国家运来的物资，再从黎湛铁路运到全中国；我们祖国的物资也可从这里运往各国。

过去，多少年来，不管哪一个国家，哪一类商船，只要它们欢喜，就不请自来；只要他们欢喜，我们所不需要的摩利士香烟、胶皮带……就源源不绝的运来。可是，这样的日子一去不复返了。现在，我们需要什么，他们才能来什么；我们需要哪些国家的商船进来，它们才能通过我们的海关开进来。因为，这港口是我们的。

想到这里，作为一个中国人，我的自豪感立刻涌上来了，我深深感到，我们今天生长在毛泽东时代是值得骄傲的！我们应该向伟大的共产党、毛主席致敬！向工地上的全体职工们致敬！因为，英明的党决定在这南海岸边开辟了祖国的南大门；因为，职工们在烈日下，在和大风浪的搏斗中日以继夜地付出艰辛的劳动！

美丽的湛江港啊！你将变成一座英雄城。

一九五六年八月

# 易巩作品选及简析

## 易巩生平

易巩（1915—?），原名梁植涛，1915 年生于广东省南海县海心沙乡赤岗村（今广州市芳村区东漖镇海南村）人。家中亦农亦商。1929 年考进南海中学附小，在进步老师影响下加入欧阳山创办的"广州文艺社"等，参与文学活动，宣传抗日爱国，1933 年 9 月被国民党当局逮捕，判刑 10 年，直到 1938 年才在郭沫若保释下释放出来。出狱后投身于抗日救亡工作中，在部队和地方做过多种工作。抗战期间影响比较大的作品有中篇小说《杉寮村》《穷途》，短篇小说集《少年夫妇》及与于逢合作的长篇小说《伙伴们》。

新中国成立后，易巩曾任华南文联秘书处主任、华南人民文艺学院文学系教授等职。1957 年"大鸣大放"期间，他因向中央的某些领导提意见而被错划成右派。1979 年落实政策后，历任作协广东分会副主席、广东作协文学院副主任、《作品》主编等职。作品有中短篇《在风雪到来之前》《"奈何桥"上》《偶然见到的事》等。易巩是广东作家中创作作品数量不多但却是颇有分量的作家。

## 易巩作品选析

易巩的中篇小说《杉寮村》写于 1941 年，是抗战期间有影响的华南小说。

它唤起了我们对于那个极其艰苦，人民在生死线上挣扎的年代的记忆，而它的风格，简直从某种程度上颠覆了我们对于南方小说的固有印象，它是如此罕见的粗粝，描写出极端处境中的蛮性生命力，令人想起萧红的《生死场》，甚至比《生死场》更多几分色块的狞厉。从小说的内容来看，他写的是日本军队在潮汕、海阳登陆之后，处于半沦陷区的粤东山地人民在多重压迫与蹂躏下的痛苦生活。小说以张二婆一家的遭遇为主线展开情节，先是晚稻成熟的时候，日本鬼子的"布袋队"将稻谷抢割去了，并且抢走了牲口掳走了张二婆唯一的儿子，剩下寡妇孤儿苦苦挣扎在生死线上；然后是当地的地富、乡绅、豪商在青黄不接的时候不顾穷人的死活，放高利贷，套购政府给予的不多的平粜米，非法走私给台湾的商人，甚至以慈善的名义骗取他们手头最后的几块钱；而当早稻即将收割时，一场飓风又袭击了这个村子，到口的粮食变成了烂泥。最后张二婆疯了，孙子阿明牯瘦得皮包骨头，但倔强的媳妇黄青叶还在地里劳动，令人绝望的景象中依然有不屈的力量。

小说在描写战争期间惨痛的生存图景时，表现出浓郁的乡土特色和地方文化特征。与萧红的《生死场》一样，小说《杉寮村》也很难说出哪一个是主人公，但它比《生死场》还是有更集中的人物描写对象，女性人物主要是张二婆与她的媳妇黄青叶，男性人物是作为反面对象的富商陈瑞庭和李庆材等。将女性作为生存苦难的主要承担者，一方面是揭露了日本人的罪行（他们抓走了家里唯一的成年男人），另一方面也是某种地方生存文化的表现。小说在开头的部分就讲到客家人与潮州人虽然在风俗习惯中各自恪守自己的传统，但有一点是相同的，"多少被潮州人那种经商的狂热与勇敢所传染……带着坚决的意志和美丽的憧憬，离乡别井地去海外谋生"，而女人们在家里包打天下。与潮州地方比，客家人因为他们的祖先是"迟到的避难者"，世代聚居于潮州平原以西的穷山僻壤，所以女人承担了更多的生活重负，生儿育女，开荒种地等等无所不干，所以"客家婆"的特点是如小说所写的"勤劳、倔强、朴素"以及"能够独立独行的男子气概"。在小说中我们看到为了千方百计挣点钱买米，黄青叶一个女人专门去替军队挑东西，一挑几十上百里路，靠一根扁担去养活一家三口；而媳妇做苦力去了之后，"这么一来，犁田、播种、分秧等一切耕作，差不多都落在二婆这副老骨头上"。只要这样子能挣来吃的，估计二婆和黄青叶不会有任何怨言，她们从未把艰苦的劳作看成是老天的不公，劳作之后依然解决不了迫在眉睫的饥饿问题才是她们的心头所恨。与这种粗粝的生存相应，小说对于客家地理山水的描写也几乎颠覆了南方山水在一般读者心目中的印象。即使在将军作家吴有恒的笔下，南方的山区也是秀美的，世外桃源似的，可是在易巩的笔下，它是野蛮雄壮的，"显出嶙峋的、峥嵘的面目"，整体的态势是"无数错杂的、含有浓厚横蛮意味的山脉从那龙钟老人的尖削的肩膊上急峻地流泻下来，带着怒号的、浩荡的声势向东南冲去"。它是如此的粗犷，像野兽派的油画，与人的艰难的生存互相映照。当然也像这个小说的艺术特征，在总体的粗犷中有非常细致具象的描写，这里的山水也有秀丽的一面："河水在中间嬉笑着，① 细小的浪花互相追逐。河岸上的水翁树、乌桕树、九里香、细叶榕和鸡屎果树迎着四月的温软的东南风欢欣摇曳，不时飘下一两片隔年的干叶在禾田里。"而在生的挣扎死的威胁之中，小说居然还表现了黄青叶等几个女挑夫唱客家山歌的一瞬。

由此我们看到小说在艺术上的另一个很大的特征，就是它的内容的复杂性和包容性。在一幅幅苦难场景的展示中，各种复杂的矛盾，包括民族矛盾、阶级矛盾、族群矛盾、家庭矛盾都纠缠在一起得到了表现，令人感叹一个中篇的容量！从民族矛盾来说，自然是中国人和日本人之间；可是在国难当头的时候，中国人之间并不能表现得同仇敌忾，共渡难关，相反是富人们觉得自己也受了损失，在可能的时候他们简直想加倍地从穷人那里夺回来，表现出冷血和人性的贪婪。无论是朱善余的高利贷，还是陈瑞庭的逼乡亲们"卖禾花"（指稻谷未熟之前贱价卖给庄家）以及张明达、陈瑞庭的走私救济粮，都可看出这一点。然而在有权有钱的人们算计欺骗老百姓的时候，作为难民的潮州人与当地在苦难中挣扎的客家人之间也有基于生存空间的敌意；而家庭关系也同样使人痛苦，越穷，互相之间越是一触即发的火药桶，张二婆与黄青叶婆媳之间动不动就发生激烈的吵架，原本应该相濡以沫的人之间竟然也是相互的折磨。所有这些，都反映出作者冷静的、充分的理性意识，并不因为需要对日本人的同仇敌忾就蒙蔽了自己审视国民性的眼睛，无论是对他所痛恨的还是他所同情的，他都尽可能地写出其真实复杂的状态，从这个意义上说，小说是高度现实主义的，做到了地方性、乡土性与国民性批判的结合；从文化学上说，这小说又是广东客家和潮汕两大民系在抗日战争时期艰苦抗争岁月的缩影，是一部饱含血泪的沉重乡愁记忆之作。

短篇小说《珠江河上》写于1946年，写的是抗战胜利后珠江河上一段艇家抢救济米的情景，通过这段描写，反映了当时广州社会的阴暗杂乱景象，尤其

---

① 嬉笑：同嬉笑。——编者注

是艇家女在撑渡过程中从头至尾的咒骂声，既是对社会有力的批判，又是珠江河上艇家风情的精彩描绘，不愧是一篇记住时代乡愁的妙文。

# 易巩作品选

## （一）

## 《杉寮村》（节选）

### 前 景

西方，凤淳县释迦崇的一千三百多米的主峰巍峨地雄立着，显着嶙峋的、峥嵘的面目，如像一个皱眉地苦思着什么的老人。无数错杂的、含有浓厚横蛮意味的山脉从那龙钟老人的尖削的肩膊上急峻地流泻下来，带着怒号的、浩荡的声势向东南冲去。渐渐地，缓缓地，山脉的浪涛平静了，无力地起伏着，倦怠地爬行着，迤逦地流布着，最后无声无息地沉入韩江西岸的平原里。

那广大富饶的平原，协随着从北方蜿蜒地流淌下来的韩江的雍容步伐和热情歌唱，以柔和的姿态向南铺展、伸延。在平原的广阔胸膛上，泡沫似的浮凸起海阳、彩塘、巷埠、汕头等无数繁盛的城市和乡镇，蠕动着五百万勤劳优秀的人民。

最后，平原尽头了——它变成蔚蓝峭拔的南海西岸。

就在这些绵密纵横的山脉里，隐藏着无数细小的村庄，生活着异常刻苦的客家人。虽然凤淳县在行政上属于潮州的区域，甚至这里的客家男人多少被潮州人那种经商的狂热与勇敢所传染，因而厌倦那种婆婆妈妈的耕作，喜欢经营小本生意，甚至激起和潮州人同样的热望和冒险心，带着坚决的意志和美丽的憧憬，离乡别井地去海外谋生；但这两伙移民长期以来仍然各自守护着自己的潮州话或客家话；不管地理上怎么接近，他们世代沿袭自己的风俗习惯，甚至于坚持对厨房和厕所的不同布局和建筑方法；特别是客家的妇女们，她们一贯继承着"客家婆"的勤劳、倔强、朴素的优良传统，以及能够独立独行的男子气概。

这里的客家人之所以这么局促地生活在贫瘠的荒山里的缘故，据说他们和广东的北江、东江的客家人同样：当他们的祖先为着逃避灾难的追逐，带着沉

311

重的心情踏进这肥美富饶的广东来的时候，他发觉自己来迟了。许多先来者早就把南海沿岸的肥沃平原盘占着了，只有那些偏僻荒蛮的山野还没有人烟。——而在潮州，几千年以前，潮州人便开始从河南迁移到福建，又从福建翻过五岭走进广东来，吸收着韩江平原的滋养，渐渐地繁殖起来，有的还渡过浩阔的南海，蔓延在琼州海峡的两岸。及至四五百年以前，从广东嘉应州各县分支出来的客家祖先来了。他望着这片膏腴的土地感叹了一番之后，便默默地带领他的子孙们进入被遗弃的山区里。

就这样地，客家人以惊人的忍耐和毅力在荒山里开拓着。经过了若干年月，终于在山脉平行或回绕所构成的山岬或盆谷里盖起了房子，在山坡上开出重重叠叠的梯田；巨大的岩石被凿开了，变成一条一条石板，横卧在无数激湍的韩江支流上。人们在荆棘丛里活动着，挥舞锄头和铁锹。脸孔和手脚给刺伤了，但把淙淙的鲜血揩掉后，又重新掘着。于是丛丛的榛莽被铲除了，长长的山径出现了。它穿过所有的岬谷，把许多大大小小的客家村连贯起来。——总之，他们曾经和山作过长久激烈的斗争，最后他们以智慧和血汗征服了它：把许多原来是曲线的都削成直线，把许多本来是立体的都铲为平面；并且在这里种植了人类赖以生存的粮食，养殖了家畜。

慢慢地，他们获得自给自足，不自觉地熄灭了对平原的幻想与嫉妒，觉得山才是自然的本来面目，而平原不过是少数偶然的景象罢了。他们相信而且尊重自己的劳动，每天吃的、穿的，都是他们勤劳的成果，即使是一粒三角麦、一条番薯那么微小的东西。

他们在没有人注意的山脉里生活着，经过了悠久的历史。

一

杉寮村是风淳县极西的一个山村，隐藏在山脉萦回的岬谷里。从五百米高的坐北向南的箭猪岗上，韩江支流的水源沿着那些巨大的、奇形怪状的岩石间潺潺地流泻下来，渐渐形成一条巉岩的山涧。激湍的水流在乱石的坑沟里旋转着，跳跃着，凶暴地撞击着丑陋的崖石。临着奔流的崖边，筑有三五间石室似的磨坊。那巨轮般的水车悠然地转动着，发出咿——呀——咿——呀的无休止的低吟。这声音是那么尖长幽婉，透过山涧的呼啸声，断断续续地，仿佛在向山下的居民申诉着它的不息的劳动。那嚣张巉岩的山涧流落到山脚下，绕过从箭猪岗右肩伸出来的好像一只长筒靴似的山坡，便完全平静了，变成一条宽阔澄清的石子河，横贯在盆谷的中间，养育着杉寮村的贫穷的人民。

这河是清浅的，河床两边袒露着，堆积着厚厚的小石卵和细砂粒。河水在中间嘻笑着，细小的浪花互相追逐。河岸上的水翁树、乌桕树、九里香、细叶榕和鸡屎果树迎着四月的温软的东南风欢欣摇曳，不时飘下一两片隔年的干叶在禾田里。和河岸平行的那条黄泥大路，是沿着释迦紫流脉里的黄寨、山阳、涧泉、紫下、黄沙坑各村蜿蜒而来的。它横穿过盆谷，又钻入左边一个山坳里，经过曲河、茅村，直达韩江西岸有名的黄流市；以后便可溯韩江北上，直通到客家人自己建设的繁盛的城市——梅县、兴宁去。

在箭猪岗的扇形山脚下，各式各样的家屋凌乱地堆置着，好像从一个性急的赌徒手里掷下来一大堆骰子似的。它们是依据山坡的高低而任意地、散漫地建筑起来的：有的隔着一片梯田吃惊地张着嘴巴，有的却傲然地凭着山坡，颤巍巍地俯瞰着脚下简陋的泥屋——它们胆怯地挤逼着，脊背抵脊背地挨紧着。几幢被烧毁的瓦屋展现在盆谷的低处，被烧焦的杉梁魔爪似地指着天空，老远便刺激行人的眼睛。

除了石子河边这条大路外，全村没有正经的平坦的街道。红黄色的泥泞小径在山坡上波浪似的起伏着，连接着如像脉络般的在家屋周围绕过的田基路。一条崎岖坎坷的鹅卵石路，从那些没有行列次序，没有按一定方向建筑的家屋、菜园、牛房、厕坑和梯田的空隙间诡谲地穿过，然后跨过一条曲折的坑沟，绕过一幢陈旧的瓦房，转一个弯，便翻过那长筒靴形的山坡去了。

这幢陈旧的房子位于岗脚下，建筑的规模看来和村中那些体面的房子一样：是两进深、三面通的；可惜它有一半不知在什么时候崩塌了，剩下的一半，原来灰白的墙壁已经黯黑了，而且有些地方已经剥落了，露出里面的黄泥砖来。四五尺高的白石墙脚，满布着藓苔，但石质还是完好的——只有它还在纪念着主人过去的富裕生活。

在这幢房子的正座大门上，用白灰塑成的横额里，写着四个楷书黑字："张氏宗祠"。

在这幢半废的祠堂里，住着老妇人张二婆一家。

她带着五岁的孙子阿明牯刚从梯田回来，① 在前厅里把洗净的衣服穿晾在一条长大的竹竿上。她大约六十岁年纪，一双被皱纹围困着的干燥的眼睛安详地藏在浮肿的眼皮下，泛着善良的、慈爱的光辉。她脸颊丰满的肌肉皱褶成粗大的条纹，蚯蚓似的蠕动着。嘴巴是干瘪的，下唇凹陷，老是失掉知觉似的颤

---

① 牯：当地客家话，对男子的幼称或爱称的结尾。

动着，好像咀嚼着什么。在她的颇为圆大的脑袋上，披着稀疏的花斑斑的头发。脑勺后盘结着一只鸭肾似的发髻。她上身穿一件阔大的、补缀过多的深蓝布衫、黑斜布裤管卷到膝盖那么高。她举着竹竿的手臂轻轻地抖动着，因为她已经撑持了许久。

她走下天井来，抬起昏花的眼睛张望。天空的黄肿的云层逐渐退净了，露出透明的青蓝色。一条美丽的长虹斜拱在高空里，彩色一时鲜明一时淡薄。到处传来山泉的淙淙声。

"明天一定晴了吧？观音菩萨有灵呵！"张二婆仰着头低声祷告着。早造开耕时所受的折磨又突然袭击她。她的心窒息了一下。

去年秋天的一个早晨，驻在海阳县城里的日本鬼带着一队什么"布袋队"打进杉寮村来，① 把成熟的禾谷抢割去了；而且把张二婆的一条黄牛和年青力壮的儿子张大洪也拉走了。这使今年春分过后，人们都准备开耕的时候，害得她到处奔走张罗。她朦朦胧胧地看见自己仍然站在富农朱善余的家里，伸出颤抖的两手接过半袋子谷种。

"就加三算吧，"朱善余拍拍手上的谷尘，满不在乎地说。"别人借的都是加三算利、利上起利的；不信，你问问他们去。"

"减轻点吧，大爷！"二婆请求道。"只要收成好，我一定本利清还的。就说去年晚造的租钱，天理良心说，实在也不是立心拖欠大爷的，实实在在是因为日本鬼……"

这句话还没说完，朱善余就板起脸孔来。

"你还说！你们种田亏了本，总是赖神赖鬼的。去年日本鬼打进来，我损失了千千万万，难道我要日本鬼赔给我么？我拿钱借给人家，还要求菩萨保佑人家平安大吉是不是！"

"大爷别生气，我只是……"

"你不要便算了，拿回给我吧！"

"我要，大爷，我要啊！"

种子和牛力都借到了。但比起往年来，今年开耕是多么冷淡悲惨呵！不但失掉儿子洪牯的得力帮助，就是媳妇黄青叶，自从杉寮村驻了"国军"后，也常常丢开田里的工作，被征去替军队挑东西去了。这么一来，犁田、播种、分

---

① 布袋队：日军在沦陷区组织的流氓匪类，在攻击乡镇时命令他们每人背大袋一个，搜刮我方财货。

秧等一切耕作，差不多都落在二婆这副老骨头上。好容易等到大秧长到五六寸长了，却又来了一场"黄瘟雨"，连绵不断地下了十八天，到前天才歇了；可是这两天来还没有出太阳。她怕得整天跑到田里放水，免得禾根给浸坏。因为人手不够，她把孙子阿明也带到田里去，不断地哄着他，教他拔杂草，捉害虫。

她把自己晚年的热情与温慰全部给予孙子阿明牯，把他当作宝贝似的爱抚着，怜惜着。这孩子有一副聪明的脸相。龙眼核般的眼珠，在润泽的眼窠里灵活地溜转着，比他的牵牛花似的嘴巴更会说出使人喜爱的话语。他两足赤裸，左脚戴着一只银镯子和两个小铃铛，走起来便叮铃叮铃地响着。他蹲在天井里一心一意地用手指撬挖石缝里的螺虫玩儿。随后，他在地上拾起一根小竹，站起来乱挥乱划，口里咿咿呀呀地唱着，模仿军队的那些青年宣传队员唱歌。他蹦蹦跳跳地向祖母扑来，揽着她的两腿，撒娇地说：

"阿婆，我要你教我唱歌。"

"唱你的头！"二婆愠怒地喝他，声音是爱昵的。"你这小鬼头，长大就会学野学坏，会唱山歌勾野老婆了。"

媳妇黄青叶今早替一位军佬挑行李到黄流市去，现在还没有回来，二婆便准备自己动手烧晚饭。她匆促走过满供着祖先灵牌的正厅，推开媳妇和孙子住的房门，走进昏黑的、塞满陈旧家具的厢房里，但当她走近那个古老的大柜时，便突然呆住了。她清楚地记起：放在柜里第三格上的那个装米粮的竹篮里，只剩下两条番薯和大半升木薯粉。

因为晚造失收，而且从去年冬天，杉寮村便陆续来了几百个从海阳城里逃出来的潮州难民，接着不久又来了一支"国军"，所以到今年春初，本地的粮食就非常缺乏。张二婆一家，早就没有闻到米气，全是靠杂粮过日子的。眼下早造才插下大秧，杂粮也一天比一天少了。今天清早，为了将剩下的十多条番薯匀做三顿吃，二婆已经踌躇了一番。后来青叶说，与其三顿都吃不饱，不如朝晏两顿多吃些，晚顿等她替军佬挑东西到黄流去把赚得的工钱买米回来。

——这日子怎么捱下去呢？张二婆在心里叫苦。——大人少吃点不打紧，阿明牯可饿不得的。好在早造的禾苗又青又壮，只要明天出太阳，再没有大风大雨，早造一定是大熟的。观音菩萨有灵有圣啊！

她拖着明牯走出张氏宗祠的大门口，站在石级上眺望。山村里到处显现农民的身影。有的三五个聚在家屋的门口，指手划脚地谈论着什么，时不时飘过来短促的吵嚷声。孩了们在高高的、蜿蜒的山径上吆喝着驯笨的黄牛，但他们自己的两腿也在红黄的泥泞里蹒跚地踏着。从张氏宗祠望开去，那片广阔的、绿色天鹅绒似的禾田，被石子河横剖做两面。河那边，靠近山坳的一个山丘下，杉寮村最体面的人物、乡长张明达的那幢"怀庆居"的瓦顶上，首先升起一缕袅绕的炊烟，在低空里浮游着，凝成一条长长的白霭，横断在岬谷里不散。在怀庆居门前的打禾场上，有几十个士兵横排集合着。一个女兵挥手教他们唱歌。她尖声地唱一句，士兵们接着齐声吼起来。在山丘背后，刚沉下去的日影，反射出一抹淡红的霞光。而在山坳的大路口，这时正有一个头戴笠帽、手拿扁担的女人走出来。

——这个是叶玛吧?① 二婆眨着眼睛问自己，不自觉地踮起脚跟来，脸上的皱纹时松时紧。

那个女人沿着大路从怀庆居前绕出石子河来，她一步一步走下河去，直到完全看不见她的笠帽的尖顶。

——不错，她是过河到这边来的。但是，当那妇人逐步踏上河岸的这边，张二婆才认出这不是她的叶玛；而是住在山坡后的潮州难民贞姑。她不禁长长地叹了一口气。

"怎么妈妈还不回来呢？阿婆，我饿了……煮饭啦!"阿明扭着祖母的粗茧的手指，颤声说。

"等等吧，你妈妈去黄流买大把米回来呢!"二婆用甜蜜的话哄孙子，但心里却愤愤地骂道：真是鬼勾魂魄的! 哼，回来非骂她不可! 只管在外面闲逛开心，不顾家里死活，不理孩子，自从阿洪牯……她心里一酸，眼泪差点儿没迸出来。

"妈妈给长官挑什么东西呀?"

"鬼知道!"二婆没好气地答。

"她可以赚很多很多钱吧?"

"望菩萨保佑。"

"可以买大袋大袋白米吧?"

"你异想天开!"

"她现在走到什么地方呢?"

"过了五里亭了。"二婆随口应道，心里却在胡思乱想。

"她会在那里歇歇脚，买碗茶解渴才赶路吧?"

"唔……"

她恍惚真的看见叶玛坐在五里亭的石凳上，用围裙揩着雀斑脸上的汗水。

---

① 玛：当地客家话，对妇女的幼称或爱称的接尾语。

接着便站起来，拿起扁担步步尺七地赶回家来。在她的肩膊上捐着一个沉重的麻布袋。

——她快回来了。二婆高兴地想，抚着明牯的头说：

"我们到厨房去洗净大锅，烧好开水，等你妈妈回来下米吧！"

片刻间，在破旧的张氏宗祠的屋顶上，飞出一阵缥缈的炊烟，渐渐地，混溶在那长长的白霭中。

二

暗哺时分，洪嫂黄青叶回来了，带着满脸屈气和周身疲倦。她一声不响地把扁担摔在墙角里，便坐在厢房门口的石槛上发呆。她浮肿的大眼凶狠地瞪着，闪着青光。她鼓着腮帮，本来灰黑的雀斑变得有点紫红。二婆谙知她又在发什么脾气了，便故意不理睬她，只在房里暗暗窥伺着。她瞧见扔在床里那个麻布米袋大半截是瘫软的，里面的白米显然不多。

——那骚货将工钱都吃光了，在外面还不快活么？二婆暗中骂着，正想探询媳妇今天赚了多少钱，买了多少升米；却不防青叶转过身来没头没脑地说：

"阿妈，黄流市给封锁了！"

"嘎，什么'封锁'？"

"不准船艇通过呀，什么'封锁'！"青叶没好气地顶了一句，接着又解释道："从今天起凡是从梅县松口驶下来的货船，一律只准驶到黄流市为止，黄流以下便不准放行了，说是防备人家将米粮偷运给海阳县里的日本鬼。"

她这么开始排泄积郁在心里的愤懑，正如揭开满盛开水的瓦锅盖子似的，灼人的蒸气便腾出来了。她激动地描叙黄流市今天怎样乱哄哄的：几百人挤着看一张告示；黄流河面，被几十只小艇横排封锁着；士兵们立在船头，用枪指吓着几条大船，不准放行；市内的三间大米店都挤满了人，大家抢着买米。她亲眼看见，在不到两点钟内，米价就变了三次——当她刚到的时候，还是卖八十五元一石的，到午昼便要九十一元了，但转头来，又突涨到九十五元了。人们还是争着抢购。

"米一贵，什么都跟着起价了！火柴都要一角子一盒；早上还是卖一角两盒的。真是凭空起价！"她从衫袋里掏出一盒火柴塞给张二婆。

二婆掂起放在床上的那一小袋白米，心里盘算着：

——九十五只花边一石，①九只半花边一斗，九角半花边一升——唉，一

---

① 花边：客家话，原指价值一元大洋的银币，引伸为泛指一块钱。

只花边只买得升把米！惨绝呵！冤枉呵！

她打开大柜，在第三格的竹篮里摸出两条手臂粗的番薯来，跑到厨房去，用清水洗净，用菜刀切成方形的小粒。

——用两抓白米煮稀饭，——她在心里计划着——多放点水，把番薯粒加进去，今晚总得吃顿饱的。

吃过晚饭，洗过热水澡，一家人便坐在宗祠的门口憩息。这时，对河山岗背后紫棠色的晚霞已经退净，苍灰的暮色从岬谷上慢慢地弥漫下来。二婆双手拥着明牯，把他夹在自己的两腿中间。她瘪陷的嘴巴依然微微地动着。两颗黄浊的眼珠定定地、没有目标地凝视着——她并不是沉思什么，只是习惯地这么静坐着，呆望着，享受一天中最悠闲自在的时刻。孙子阿明抚弄着祖母的斑发，用手指缠绕着一绺头发玩耍。只有青叶还是闷闷地坐着。她心里的委屈还没有消除，但又找不到发气的对手。她没由来地厌恶婆婆和孩子，觉得他们好像预先约定了，要和她捣蛋，虽然大家坐得这么近，但都不理她，仿佛互不相识似的。

一个军佬从右边石路拐过来，肩上搭着几件白色的内衣裤，手里捏着一个红色的肥皂盒子。他走近来，笑嘻嘻地对青叶说：

"阿嫂，你们有热水没有？给我一桶洗澡吧。"

"没有！"青叶瞥了他一眼。

"替我烧一桶吧！我给你钱。"

"谁要你的钱！你的钱很馨香吗！吃饱饭等屙屎！我没闲心！"

军官有点愕然，搭讪地走了。

"烧一桶热水费什么事呢，烧几把郎基草便得了，你真是……"二婆忍不住喃喃自语道。

"你去烧哇！"青叶的两撇眉毛高高地抬起来。接着她便一连串地骂道："军队都是没良心的！他们有什么理由规定只给人家两角子一堂路的工钱？① 到黄流六堂路，他就给你一块两角钱，不管这些钱能买多少米，不管你死活。我说过，我发誓，我今后死也不替他们挑东西了，除非他多给钱！那个死鬼乡长，见我们好欺负，就专门来张氏宗祠派人。屙痢肚！死绝种！"

"不挑便不挑吧，用不着噜呢罗唆，用毒口咒这个咒那个呵！"张二婆幽幽地告诫媳妇。

---

① 一堂路：相当于十华里。

"我罗唛？"青叶大声驳嘴。她登时认真起来，仿佛一堆暗燃着的火炭遇着风势吹拨便马上抢起烈焰来。"挑了一整天东西，赚不到两升米！我罗唛？是的，又不是你去挑，又不是你肩膊痛。你看吧，我说过不挑便不挑，没得吃，大家饿！"

在后面一段话里，二婆听出媳妇的自恃自大；而且显然讽刺她只会吃、不会做。这一气她如何受得！她决定将这泼悍的妇娘骂个透彻。干瘪的嘴唇剧烈地抽搐着：

"你有什么了不起哇！"她跳起来用手指戳着青叶的雀斑脸。"你不干我便要饿死了是不是？你说，开耕到现在，你下过几天田？你去做挑夫赚钱？哼，说得好听呵！我问你赚过多少钱回来？到黄流六堂路，人家贞姑早回来了；可你从天未光到天黑，不知死到哪里去了。你不顾家，不顾孩子，在外边玩昏了，记不起回来！"

青叶气得蹦蹦跳，她突起大眼，扬起眉毛，左手叉腰，挥动戴着竹节形银镯子右手，摇着头上梳成雄鸡似的发髻，摆好吵架的姿势，张大喉咙，抛出毒辣的词句。

"嘎，你说什么鬼话！孙子不是你的么！是我野老公生的不是？你不该领领他么！自从他阿爸走后，抵着人家笑骂赶牛犁田的是谁？① 你说，他是不是剩下十万八万给我？我空身进你们张家又怎么样，但我的两手和肩膊还没废啊！做生做死，自问没白吃你们张家的！哼，嘴巴放屁不馨香啊！"

激烈的吵架就这样开始了，照例要持续几个钟头，有时甚至整天整夜。在每次争吵中，不论谁先发动，青叶总占上风。她气雄声大，婆婆说一句，她抢着说十句，使婆婆没她的办法。她吵到起劲的时候，便双手叉腰，站在石阶上，或者索性找一张矮凳坐在厢房门口，作长期吵下去的模样。张二婆总是在祠堂里来回地走着，有时躲进厨房去，但立刻又走出来，在正厅里瞧这瞧那，摸这摸那，好像要做什么似的，但又什么都没有做。等到媳妇的声音沙哑，无礼的叫嚣告一段落，起身想走的时候，她才幽幽地、狠狠地、正占正经地回敬三几句，使青叶又像癫婆似的叫起来。

她们这样声势汹汹地吵骂着，浪费大量的唇舌，滥用许多恶言秽语，消耗过多的细胞，谁也不愿让步。直到大家都疲惫不堪，大家都沙着嗓子在明明白

---

① 这里的客家妇女承担一切苦工，但赶牛犁田一项必须让男人来干，这是一种不良的风俗习惯。

白地申诉着生活的忧郁和不幸。大家的眼睛都饱含泪水，大家都发觉到亲爱的阿明牯滚在地上哭喊着没有人理的时候，婆媳俩才走开来抱起他，一场风波便在互相怜爱的气氛中平息了。

……

## 尾　声

台风过去了。太阳在高空炫耀着，以千百万条辐射的金线赐给大地以光和热，使大地的一切感到自己内在的热腾腾的生命力。错杂的峰峦在晴朗的天气下好像波涛汹涌的大海。释迦崇的主峰远远地雄踞西方，显得这么玲珑剔透，它仿佛一个道貌岸然的仙人俯视下界受劫的苍生似的遥瞰着惨淡苦难的杉寮村。岬谷里到处洋溢着凉爽的南风。箭猪岗上的松林肃穆地向天边瞭望，① 把蓬松的绿发浸在金色的阳光里。山岭上有许多采樵的女人，淡红色的头帕点缀在万绿丛中宛如一些会移动的野花。石子河两边的杂树林恬静地站着，似乎为了排遣无聊和寂寞，它们隔河互相以柔软的枝叶惹弄飘渺的南风嬉戏。广阔的禾田和一层一层的梯田完全袒露着，挺起褐色的胸脯。

在广阔的田野上，只有疏疏落落的几个人在忙碌着。他们挥舞的锄头或五齿耙闪烁着炫目的寒光。在一块半月形的梯田里。黄青叶和三四个妇人家紧张耕作着。她们跨开脚步，一字儿排开，大家举起锄头发狠地掘下去。青叶从心底里升起一种朦胧的慰藉和隐秘的激情。她亲切地感觉到同伴们那颗诚挚的跳跃的心以及因沉重的劳动而抒发出来的热烈的呼息。

她横了心将田泥分做一畦一畦的长列，实行改种番薯、芋头，不再种禾稻了。开头她不敢将计划告诉别人，后来她发觉村里不少人家也这样干了，便更加立定主意，并且和她们合伙干起来。有个女伴放下锄头，站着喘气，用衫袖揩抹额上的臭汗，一面向青叶和别的伙伴探询：

"种番薯、芋头比种稻谷实在些，抓得紧，还可望有两次收成；可用什么来交租呢？人家要收谷租呀！"

"我管他！"青叶大声吼。"他有命收租，我可没命交租呀！人都快饿死了！"她忽然神色不安地说："听说昨天早上从西面传来的隆隆声，是日本鬼炮轰击壤城。哼，要是像去年秋天那样，日本鬼再打进杉寮村来，稻谷长得再好又怎样，不都是喂饱那些灾神的骡马么！"

---

① 了望：同瞭望。——编者注

几个伙伴其实都和青叶想到一块，听青叶这么说，就更加齐心了。

"好吧，你帮我，我帮你，赶快把番薯、芋头种下，大家好去黄流市做短夫呀！"

田野上还有点人声；但住宅区却是荒凉的、死寂的。新近又有几间屋倒塌了，有些杉梁从废墟里横伸出来。许多家屋的瓦面被大风揭开，露出肋骨似的桁桷，灿烂的阳光故意对准那些破洞直射进阴暗零落的屋里去。一群瘫软的饿狗躺在家屋的门口和街上，当行人跨过它们时也懒得爬起来；但它们的嗅觉和听觉却发展到极度，只要一嗅到人类在什么地方拉屎，一听到附近的厕坑门的响声，它们便触电似的跳起，一齐奔去。

街上静悄悄的，四周阒寂无声，只有张氏宗祠里还有人类的软弱活动。阿明牯赤身躺在天井里，沙哑地、无休止地哭着。他两眼无光，肋骨凸露，瘦瘪的肚子微微起伏。

"阿婆呀，我要番薯呀！阿妈呀，我要番薯呀！"他重复地哭叫着一句话，渐渐连字音也叫不清楚了，变成单纯的、含糊的"人"声。他叫到无力了，便不自觉地停了口，两颗眼核呆呆地瞪着天空，下意识地舐吮着自己的咸臭手指玩儿。但当他发觉没有自己的声音，这么孤单绝望，于是又"呀呀"地哭叫起来。

张二婆木头似的坐在正厅的泥地上，看着阿明在天井哭泣。在她的眼睛里，这个并不是她的亲爱的明牯，而是从前在义民区见到的那个可怕的孩子。她的神经已错乱失常，干瘪的嘴巴整天喃喃自语，仿佛老是跟人家理论着什么。她实在只有一副躯壳在现实环境中游荡，全部心神已陷在鬼蜮般的世界里。这个世界确曾存在过的，其中生活着主任陈瑞庭、乡长张明达、富家朱善余、表侄李庆材、几个凶神恶煞般的日本鬼，以及年青力壮的儿子张大洪和那头纯黄的公牛。这些人物都是她所熟悉的，而且在恍惚之间自己和他们还保持着原来的关系和纠葛。他们有时成群地显现在她的眼前，有时却个别走进她的心魂里。她生活在那些离奇怪诞的场景中，常常朦朦胧胧地觉得自己在义民区和李庆材说话，自己明明将三块钱塞在他口袋里……但转眼间，又恍惚站在梯田上，看着禾稻迎风摇摆着……她大声呼喊……但不知怎么一来，呼喊变成风飚的轰鸣，撕裂自己的脑筋。

她发起疯来便乱跳乱叫，眼珠闪着绿光。她有时披头散发，一边哭一边用脑袋猛撞在墙上；有时却脱掉上衣，横躺在街上。如果有谁走近看她，她会突然跳起来，追着那个人大叫："还我钱来！还我谷来！"

此刻，她定眼地看着摆在墙角的那台破旧的谷磨。许久许久，在她的绿色的眼睛里，便幻象出那头纯黄的公牛，同时叠映着儿子张大洪魁梧的体格。她带着碌碌的怪笑，移动着虔诚的脚步，在距离三四尺远的地方，突然张开两手直扑下去。她紧握着谷磨的摇柄，亲切得好像握着黄牛的头角，又好像儿子的手臂似的。她老泪纵横，号啕大哭。

但四周是这么寂静，不知道谁人能听到张二婆疯狂的号哭声和阿明牯饥饿的"呀呀"声！

一九四〇年八月一日开始于岭东黄沙田；
一九四一年二月八日完成于桂林施家园。


# （二）

## 珠江河上

刚刚离开码头，那撑艇的妇人就恶狠狠地骂起来：

"衰瘟鸡呀！十世不修德呀！碰上这样倒霉的码头，在这里撑艇的都没吉利呀！好人都给气坏呀！好像对岸那边发瘟疫似的，大半天都不见一个过渡的！你撑吧！你撑吧！从早撑到黑，撑得多少渡呀！又要码头钱，又要牌照费，又要艇租，又要孝敬那些'地头蛇'和'水上老鼠'。丢那妈，人心没厌足的老爷，坐地分肥的猛人！又不见水鬼拉他们下水呀！又不见他们吃了肠穿肚烂呀！"

她声势汹汹地骂着，尽量使用恶毒的话语。她涨红着脸，猛力挥舞着竹篙故意把这只叫做"四柱大厅"的小艇弄得摇簸不定，发出一种被扭痛的嘎轧声。艇子里仅有五个过渡的客人（照规定，每渡可以载运十个人），起初显得十分惶惑不安，后来弄清楚她并不是骂自己的，才安下心来，一致用严谨的眼光看着她，仿佛在竭力理解这个受委屈的灵魂。当艇子从小河驶出江面去，她悻悻地将竹篙摔在篷顶上，开始摇起桨来的时候，她回头向岸上大路瞧了瞧，咒骂又突然猛烈起来：

"唉，你说倒霉不倒霉？等了大半天才载得几个人！刚才望眯眼都不见有人来了；可一开船，就一连串地爬来了！你看，排长龙似的，从老娘裤裆里钻出来的么？你看，他们走成那个衰样，一个个像'发软蹄'似的，生怕踩死蚁么？快走几步，没人说你赶着去投胎呀！老娘的艇子不馨香么？会坐烂你的屁股么？"

五个搭客一齐昂起头向大路那边眺望，原来大路上又来了七八个人，另一只泊在码头边的"四柱大厅"正向他们热烈地招呼着。

有一个搭客，因为他将新做的黑胶绸衫裤翻转来穿，以致他整个人像一尊出土的生锈大炮，见那艇家婆气得这样厉害，就好心地对她说：

"那你就转头回去接他们好了。"

"转回去？"艇家婆瞪着眼睛反问，被汗水沾腻了的鼻子哼了一声，"不怕给人家打崩你的头壳么！"

另一个客人——坐在艇头的鸭贩子，一边整理他的鸭笼，一边补充道：

"不行的，有规矩的：艇子一离开码头，就轮到第二只接生意了，大家碰运气。"

"现在是争食世界呀！有人情讲吗？"那女人又发作了，"什么都给规定限死了，这样不行，那样不准，几十只艇争吃这口饭，如果不是给那些神主牌（水上官警）限死在这里，我还这样笨七给你撑来撑去么！捱一天也挣不到几两米，喂得口喂不得肚的，可惜你有翼难飞呢！你要去别处找食吗？他就取销你的牌照，① 还要拉人、封艇！"她歇了桨，指着钉在艇篷旁边的一块铁牌子说，"这块巴掌大的牌子他们就有胆要你一千一百二十元'关金'，比用真金打成的还贵。我说呀，他们回来了，贼佬才多起来哩，前天，这里就劫了金水的艇。等人家喊破喉咙，他们才装模作样地赶来，向天吠了几声送尾枪。有屁用么，只会出告示，定规矩，数钞票……"

"还有呢？"一个穿着全套蓝色柳条土布的年轻人，看样子像河南的织布厂或胶鞋厂的职工、带着很有意思的微笑问。

"还有个屁！你估他们是盏野（好人）么？"

"还有屙屎吃饭呢！他们整天摊死尸似的摊在巡船上，天天吃风流饭，屙风流屎，百万富翁都没他们舒服呵！"

大家都忍不住笑开了。女人用手臂揩着汗，一面哈哈地笑着，一面对迎面划来的一只"孖铃艇"叫道：

"看桨呀！"

---

① 取销：同取消。——编者注

……

小艇里流过一阵温和的静默，有人开始吸起烟来。

江水动荡，吐着饱腻的泡沫，给暴烈的太阳照射着，好像千万双怪眼，不安定地动着。渣甸货仓的红色建筑物慢慢移到左后方去了，宛如一只煮熟的螃蟹，死寂地俯伏在江边。它的被破坏了的码头斜伸入江水里，好像一条垂涎的舌头，朝着对岸的大坂货仓和邻近的永兴街码头贪婪地吞吐着——那边，非常鲜明地呈现着一片暴发的景象：原来的日本大坂货仓，被接收后现在改作联合国善后救济总署广州储运处的第二仓库了，巨大的劳动正在码头上进行。几只卸了帆的大船停泊在岸边，将肥钝的屁股重重地压在水里。无数的小艇，像一群龙虱似的麇集在它们的周围，发出烦躁的杂音，和搬运伕的呼喊声扭结在一起，飞到江心来。

"又卸米了。"鸭贩子说，眼睛盯着那边。

"卸了两天啦！"艇家婆没好气地答道。她一边用力把着桨，将艇子掉横，抵挡着从前面来的波浪，因为来往省港的泰山号轮船刚驶过去。"你看吧，米价又要涨啦！见得多了，这里一卸米，沙基街的米价总是跟着上升的。"

两个一直没有出声的中学生，这时就惊奇地问道：

"为什么？有洋米进口，米价就应该下降才是……你们不会去联合国领救济米么？"

"领我个屁！毛都没一条给你剔牙呀！"她说，眼睛只管向那边望着，"哎呀！你看多少艇子赶过去了，连永兴街码头的都撑开来了！"她突然提高嗓子，对那边的艇家兴奋地叫道："喂——！不用争呀！有得分给你们么？"

聚拢在大船边的小艇越来越多了。一个警察不断地驱逐着它们。它们退开了一点，又靠回去。每包一百八十斤重的白米从大船舱里搬上来了，堆积在船面和船桥上，由搬运伕陆续捐进仓库去。在每个搬运伕的背后，追随着一群赤身的小孩子，互相争拾着漏泻在地上的米粒。

突然，一场骚动发生了！所有包围着米船的小艇像耽食糖类的蚂蚁遇到猝然的袭击似地向四面散开，竹篙和木桨剧烈地碰击着，有人扑通地跳进水里去。米船上的管事人和警察给气得蹦蹦跳，一边摇着拳，一边呼喝着：

"丢那妈！丢那妈！米袋给戳穿了！"

"抓住她！通通抓住！"警察奔到码头边把手掌放在嘴巴上，对泊在江边的水上警察分局的小汽船叫道，"有人抢米呀——！喂——！快开驳船过来——！追呀——！"

过渡的五个客人一齐站起来张望。那两个学生哥慌张地问：

"什么事？什么事？赶快靠岸！赶快靠岸！"但艇家婆无心理会他们，只管焦急地对着前面逃跑的姐妹呼喊：

"走呵！走呵！阿带好呀，向顺水划呀！哎哟，金福婶那衰鬼呀，你懵了么？还没解缆呢！……解缆起篙啦！镇定些呵！"

她顿足挥手，完全忘记了自己的艇子，接着，她又猛力摇起桨来，似乎要赶到那边去；但给全体搭客制止住。

一只精致的驳艇从水上分局的汽船旁边驶开来了，篷顶插着一面三角旗子，两个擎着短枪的警察站在艇头，一面吆喝，一面追来。艇家婆又叫起来：

"分散走呵！别走在一堆呵！"

几个客人一齐附和着："别怕！分散走啦！他不敢开枪的！"

大多数的小艇都奔散到江心去了；但有两只"孖铃艇"给驳艇在尾后紧紧地钉着。起初它们绕着一艘日本的打鱼船打圈圈，后来就发慌地直向这边奔来。当它们从"四柱大厅"旁边擦过时，那妇人就伸出手来，低扼地说道：

"来，将米扔过来，我不怕……"

可是，它们来不及了，警察如飞地追过来。他们的驳艇是由两个穿着湖水色阴丹士林布的、梳着光滑的发辫的、年轻艇妹划着的。

"停下来！停下来！不停就开枪啦！"

驳艇驶近来，那妇人就故意用桨拨起水花溅向那两个艇妹去。

"慢些划嘛，衰女！追回来分给你一份么？当心人家咒死你呀！"

驳艇果然迟疑起来；但艇头的木板被警察的皮鞋一阵乱踢。他们用枪指着艇妹，命令她俩拼命摇桨。

"一定追到的。驳艇轻呵，又是双桨。"穿黑胶绸的客人忧心地说。

"追不到的！追不到的！用力呀！带喜！金娣！分路走呵！你们慌懵了么？"

那两只被追逐的"孖铃艇"这时才省悟过来似的，立刻分头逃跑，警察没办法，只好死钉着走得较慢的带喜艇，一直追向江心去，不断喝她停下来。

大家正在着急的时候，穿蓝布柳条衫裤的那位工友，一眼瞥见刚逃脱的金娣艇，正要驶进白鹅潭边的内港堤去，便突然跳起来，恐怖地叫：

"喂——！别靠近堤边呀！那里的卫兵会打枪开来的呀！那里的仓库藏的是军用品，不准船只靠近的，上星期才打死过一个艇家。"

听他这么说，所有的客人都紧张起来，大家又一起对前面那只危险的金娣艇呼喊着：

"喂——！当心呀——！划开些，别驶近堤边去，国军会打枪的呀！"

大家见金娣掉转艇头，向沙面那边驶去，才喘过一口气来。然而这一阵呼喊声，却不幸仿佛同时提示了驳艇上的警察，他们对剩下来的唯一的带喜艇放枪了。子弹射在水里，一连三响，使被威吓的带喜不得不停下来。

"抓着了！抓着了！"岸上有人惋惜地叫。

"总抓着一个的嘛。"穿黑胶绸的搭客说，"看哪个倒运的当灾啦！他们就拿这只艇来结案的，恐怕要坐牢呢。"

但"四柱大厅"的妇人还要作最后的努力，她大声提示那个遭难的姐妹：

"带喜！把米扔进水里去呀！别给那班衰神抓着证据呀！……快扔啦，笨七！"

带喜艇被警察押着回来了。一路上，摇驳艇的两个艇妹被江上的艇家咒骂着。那个摆渡的妇人骂得最凶：

"好威风么？好架势么？你去报功啦！去领花红啦！你不知衰呀！给人家包起来的臭货！塞鼻菩萨都嫌你臭呀！十条珠江水都洗不干净呀！你不想吃这条水了，你寿星公吊颈——嫌命长了！你有本事就爬上岸去食井水啦！死母猪！臭丫头！老娘把眼睛挂在竹篙顶看你最后的两年呀！"

她骂得起劲，连桨也忘记摇了。客人们也仿佛忘记渡江似的，大家都定眼看着她。后来那卖鸭子的小贩忽然叫道：

"喂，大嫂，快些摇吧！收了市，我的毛鸭就没人买啦！"

她于是急忙收了桨，用竹篙往水里一点，"四柱大厅"就轻捷地驶进河南永兴街的渡口去。

当客人陆续登岸的时候．她又愤愤地咒骂起来：

"通通赚了都不够一百块钱呀！又要艇租，又要码头钱，又碰着这样发癫的天气，逆风逆水的连吃奶的力气都出齐了。别以为我很高兴接你们呀，我跟她们去抢一份还好。我就整包米托他的走，他追得到我才不信呢！我今天撞邪了，碰着犯神了，有客接不到，眼光光看着人家发横财。艇又不是臭的，人也未曾发霉呀！抗战胜利了，衰气还没过完。祖先的灵位打瞌睡么？枉我早晚奉香灯了！我要把你们通通扔在水里，浸你一天一夜，你以后再不灵圣，就一个一个把你们破掉了当柴烧！"

一九四六年六月于广州

# 楼栖作品选及简析

## 楼栖生平

楼栖（1912—1997 年），原名邹冠群，是著名的文艺评论家、作家，中山大学教授。1912 年 6 月出生于广东梅县，少年时期一直在家乡读书，高中因家贫辍学，到新加坡一所平民学校当义务教员。1930 年回广州考入中山大学预科，读的是理科。但楼栖的文学兴趣却很大，少时受客家地区的乡土文学的熏陶，入大学前又阅读了一批进步文学刊物，预科毕业后，他转入了中山大学文学院社会学系，因与同学出版进步刊物入狱半年。1937 年大学毕业后，他到香港华南中学高中部任文史教员，从事业余创作。1941 年春，他在桂林《广西日报》任国际新闻编辑，后调任报社驻衡阳办事处主任兼特派记者。抗战胜利后到香港，先后任《评论报》副总编辑、《人民报》副刊编辑，参加中华全国文艺界协会香港分会。1947 年春任香港达德学院文哲系教授，常在《华商报》《文艺生活》等报刊发表杂文，并参加方言文学运动。1949 年广州解放后，他在广州市军管会文教接管委员会新闻出版处工作，后调任中山大学中文系当教授。楼栖的创作主要有散文集《窗》，杂文集《反刍集》《柏林啊，柏林》《楼栖自选集》《楼栖作品选萃》，中篇小说集《枫树林村第一朵花》，长诗《鸳鸯子》等，浓郁的客家乡土气息是他作品的主要特色。

## 楼栖作品选析

《周年祭》是读来令人潸然泪下的散文，写于 1941 年，纪念的是他夭亡一周年的长子。读楼栖的这个散文，首先感受到的是乱世中人生存的不易，家人团聚的不易。因为生活的不易，所以当年轻的作者夫妇知道有了这个小生命在腹中时，首先的反应竟然是憎恶和惶惑；但生命的动静足以唤醒父母的爱怜，当他在腹中蠕动，当他真实地降临世间，他便成了父母眼中无上的珍宝。可是在多难的岁月里，在战争的背景之下，身为孩子父母的作者夫妇，也不能时时护卫在孩子的身边，或者是母亲的远离，或者是父亲的出征，而常常一时的分离竟成了生死之隔。楼栖在文中写道，"急病夭折"的电报辗转来到手上时，孩子已经死去一个月了，这其中的辛酸憾恨恐怕只有亲历者才可真正体会。

作为悼亡之作，文章的风格自然是极其朴素真挚。孩子短短生命中的点点滴滴，是"不思量，自难忘"，寸寸节节，全是细节，孩子咿呀学语中的天真聪明，几乎是历历在目，而当我们读到"笑影娇啼仍宛在，儿生未死信犹坚"的诗句，感觉到简直是字字血泪了。

除了这一点之外，这篇作品还有一个很大的特点就是方言的使用。关于方言在文学中的运用或者干脆说方言文学，早在 1926 年欧阳山就在《广州文艺》杂志上撰文阐述过，并通过自己的写作实践加以印证。这一文学思想得到了广东很多作家的响应，楼栖也是其中之一，他甚至发表了《由文艺大众化说到粤语文艺》的理论文章。欧阳山及楼栖他们对于方言文学的主张和实践，有一个目的，就是大众化，希望为各地的老百姓所喜闻乐见，以唤起他们的抗日热情。但是《周年祭》里的方言运用，却与"大众化"无涉，仅仅是为了某种更为真切的私人记忆。楼栖是客家人，但文中记录的孩子的语言却是粤语的，只有其中一句当有人问孩子会不会讲客家话时，他用了一句客家方言来回答，可见孩子是两种方言都会讲的，只不过出生养育在广州香港，讲粤语多些。

作为看得懂粤语的读者，读到孩子那些童稚的话语时，一定会觉得非常亲切。比如"我个摇鸡同车子呢？鬼子要了去呀？""呸，呸，不要，出来吓，唔好入去吓！""贝贝滴滴哥，爸爸多多！""咪辱！咪辱！"（不要动），小孩的特有的思维和说话方式跃然纸上。尤其是小小年纪还会"以其人之道，还治其人之身"的"走！拾包袱！"简直使人忍俊不禁，知道小孩是不可以被欺骗的。

设若作者将这些话换成普通话，那么至少孩子在作者记忆里的声口气息就不那么真切了，一定程度上篡改记忆，而对于以自我治疗为主要目的的悼亡之作来看，不能不说是一个难以接受的失真。

所以其实可以说，我们有多种理由应该保留我们的一种文化之根——方言。一种方言，它就是一种特殊的地方文化，有其历史的和情感的沉淀，有其特殊的思维方式，价值观念，当它以文学的方式表达。

（李俏梅）

# 楼栖作品选

## 周年祭

生死的谜真不容易猜破，我还不高兴你来时，你却悄悄地来了。当我和母亲第一次感到有你小生命的存在时，憎恶和惶惑的暗影障蔽了结婚的愉悦，父母慈爱的情感还深深禁锢在神秘的锁钥里。"快要做妈妈了，还撒娇!"母亲的脸颊常常为了我的取笑而泛起红晕。

还在母怀里发觉到你会擎起小拳头慢慢划过腹壁，作颤动的小捣乱时，感情的锁洞漏进了一线慈爱的光辉，母亲脸上漾起一片爱怜的微笑；从此，你还未出娘胎的小生命就似乎孵育着欢欣的命运，温暖的幸福，隐隐地填上了父母的情感偶然剩下来的空隙。

你的出生给了我的情感向所未经的体验，恐惧，害羞，幸福……我仿佛这时才踏进了人生的门槛，想起一个陌生生的小娃娃将来要叫我做爸爸时，我好似躺在一个荒唐的梦境里。

难忘的一夜烙下了鲜明的记忆，看见母亲咬紧牙根，握紧系在产床上的两个木环拼命用力的痛苦，眼角上的泪珠，阵痛高潮时的呻吟和呼喘，一阵阵的痛疼像一阵阵的铁椎在我的心上捣：这何尝是生产，简直是和死神的搏斗！

苦痛的记忆是孕育幸福的摇篮，此后，你天真的笑靥像一朵灿烂的蔷薇，记录了全家人的欢乐。天亮了，迎着小楼上的朝阳，你开始了云雀的歌唱，洋溢着一片幸福的咿呀。

你仿佛生下来便喜爱宁静，从来不爱哭，从早到晚躺在床上，把两只小拳头和小圆腿摇来晃去，划小艇似的把自己往头顶划。

　　伴随着你来的是多苦多难的岁月，我刚念完大学的课程，卢沟桥的炮声响了。足足有两年长的日子，我在香港一间中学过粉笔屑的生涯。东山小楼上温暖的小家庭，早就给拆散了。头一年，你寄养在九江的外婆家，只有碰着一连几天的假日，我才能匆匆赶回去，以前次别离进的印象来衡量你长进的尺度。每次，你都以陌生的神态迎接我的归来，但也以鲜明的长进的记录博得我的爱抚。你以奇特的聪慧超过了同伴的才能，笑脸整日像清晨的红霞，逗引了熟识的或陌生人的羡慕。

　　第二年的冬天，广州沦陷后的一个月，外婆抱着你饱尝了一次逃难的苦味，取道石歧来香港。此后一提起外婆家，你就会想起留在那里的摇鸡和车子："我个摇鸡同车子呢？鬼子要了去呀？"你幼小的心灵里，早就萌发着对敌人的憎恨了。

　　母亲跟随学校跑回几千里外祖国的山城，每次来信都担心我不会给你以应有的慈爱。为了打发别离的寂寞，我常把你逗在身旁。这时，你已能念完第一册的幼稚园课本了。你几次要求我"买个先生界我，读也也。"

　　偏你有这么逗人爱的天真，吃饭时，把你放在跛脚的藤椅上，坐不稳，屁股一直往下溜，你恼了，呼喝着，"咪辱！咪辱！"（不要动）

　　吃饭时，你常常撒野。亚茹说："不吃么？我拾包袱走！"这样将你吓服了。但是，以后你再撒野时，便推她去，"走！拾包袱！"一句话先堵住了亚茹的嘴。

　　仅仅是两岁的稚龄，你却有叫人发惊的狡计。倘遇外婆还没有吃饱饭，你又要拖她去找阿虾他们玩时，你还记得怎样说吧："梗死婆婆点算哪！"

　　你也和别的小孩一样，老喜欢吃。吃饱了粥，看见我喝牛奶，便嚷着要。我说："你不是吃过了粥么？"你便呸着嘴："呸，呸，不要，出来吓，唔好入去吓！"

　　有一次，你要我手里的面包。给了你一半，你哭了。我打了你几下，你反抗地说："拿鸡毛扫打打爸爸！"我瞪你一眼，沉了脸。你却低了头，呜咽着："贝贝乖乖地啰！"你把冤抑向亚茹伸诉："亚茹呀，爸爸打你呀（你那时老分不清'你'和'我'！）亚茹问你为什么给了面包还要哭时，你可怎么说："贝贝滴滴哥，爸爸多多！"我这才知道你的欲望这么大。

　　碰着我忧郁时，你却云雀似的向我啾唧。我说："贝贝别缠我，我不大高兴。"你却安慰我似的睁起了无邪的眼睛："爸爸点唔高兴呀？"

你像一只喜鹊，像一朵解语花，没人不疼爱你的脸颊，不称羡你的智慧。有一次，邻房的同乡问你："贝贝，你会不会讲客家话？"你说："我会"，然后屈着指头，对他说："骨凿砧你！"（指关骨打你）大家都笑了。

前年，我回祖国时，挈你奔逐了几千里的长途。知道快要见到妈妈了，你高兴地说，"贝贝买面包吃妈妈（妈妈吃）。"

在山城住了几日，我又离开了家。你见我骑在马背上，也嚷着要骑马去昆明。你回到山城后，每天晨夕，老喜欢坐在窗口听牛马的脚蹄打落街心，常常学赶马人的斥马的吆喝，你老是做着骑马的梦。我没有答应抱你去，你哭了。从前每次别离，都是一脸娇笑欢送我，我走远了，你还在背后喊着"拜拜！"可是谁曾想到这次的哭，竟是我们的永别啊！

你"急病夭折"的电讯拍到柳州时，敌骑迫近迁江，柳州也很吃紧。我们的汽车队已迁往六寨去了。电讯辗转递到我手上时，已是你死后的一个月了，你仅仅病了一天，便在群医的束手下，死在大学的医院里！从此，妩仙湖畔的柏林下，一抔黄土永远埋葬了你稚弱的小灵魂！要是你还记得外婆家的玩具已给敌人毁坏了时，要是你还记得谁迫你到山城来让高原的气候摧残了这颗小蓓蕾的，你的小灵魂该有无穷的遗恨吧！

母亲也在山城患过一场病，是在她初来的春天，连医生都担心怕要救不过来了，幸而再生了一次，想不到这次却要轮到你身上，而且竟一病不起！这高原上的山城呵，我一辈子怕再提起它的名字！

你死后又是一年了，去年六月，我从几千里外归来，叩你墓门的黄土。在"山城诗帖"上我写下了"黄土的份量于你太重，无泪的悲苦于我却太浓。"以后，我就带着家人远走了，只留下你的孤坟在异乡的荒郊。迢遥路远，摸不着乡关，你的孤魂将永远留在山城作野鬼了。你也许会埋怨父母的残忍；可是，我们无声的悲痛，梦里的呼啼，你又何尝能听到？

虽然你死去一周年了，但你却永远活在我们的记忆里："笑影娇啼仍宛在，儿生未死信犹坚。"（《悼儿殇》）想起你的智慧和天真，我也许该活得更顽强一点吧？

然而，一想起你墓门的荒草这时也许萋萋垂绿了，周年祭日，远在几千里外的爹娘啊……

一九四一年二月十七日于柳州

# 关振东作品选及简析

## 关振东生平

关振东（1928—2009 年），笔名江南月、石央等，广东省阳江市埠场乡人，1928 年 4 月出生于一个乡村医生的家庭。1949 年冬参加革命，一直从事新闻出版工作。《南方周末》首任主编，广州市政协副秘书长兼《共鸣》杂志总编辑，《炎黄世界》杂志社执行社长。多才多艺，从事诗歌、散文、杂文、小说、文艺评论、传记文学、楹联、书法等文艺创作活动。1984 年参加中国作协。曾任广东省文联委员、广州文联副主席、广州作协副主席。主要作品有诗集《五岭笙歌》，小说散文集《春风吹又生》（与人合作），传记文学《情满关山——关山月传》。2009 年 6 月病逝。

## 关振东作品选析

珠江是祖国的第四条大河，是岭南地区的母亲河，所以写珠江的文学作品是多的。关振东的《夜游珠江》提供的是 1960 年代初的珠江记忆。与所有写于这个年代的文学作品一样，这篇文章所记录的也是"选择性记忆"，即时代苦难的一面被隐匿起来了，我们看到的依然是美好幸福的一面。从文章看，夜幕中的珠江是非常惬意迷人的，夜游的人们"有干部，有工人，有归侨"，"不是夫妇携同孩子，就是一对对凭栏细语的青年男女"，月亮升上来之后，"整条江都笼上一层白蒙蒙的月色，晃荡着细碎的银光”，而经典的景物如荔枝湾、白鹅潭和珠江石都得到了书写，“珠江夜月”的确不愧“羊城八景”之一。而独属于五六十年代珠江的特色记忆的当属这一描写：珠江三角洲一带的小艇，“在晚上把农副产品运出来，向广州的商业部门交售后，又连夜载着农具、肥料运回去。……艇上载满了嫣红的荔枝、碧玉般的香蕉、桔黄的木瓜、翡翠似的蔬菜。这些御风凌波的小艇，这些岭南独有的瓜果，把夏夜珠江的特色全点染出来了”。现在的珠江不再能看到这一幕的景致。

如果说珠江是岭南人的母亲河，马坝却是岭南人的发祥地。读关振东《马坝人的故乡》，使我们的思绪一下子延伸到十多万年前，广东人的祖先在这块土地上筚路蓝缕、刀耕火种的岁月。马坝人遗址的发现是一个伟大的考古发现，它至少证明华南地区也和中国的北方一样生活着古人类，它的文明创生史是同样的悠久。关振东的文章还复原了马坝人遗址发现的戏剧性过程。它原本是农民在积肥的时候的一个偶然发现，开始并不重视的，那些远古的人头化石和矿石混在一起，成为炼磷肥的原料，直到最后关头，才引起到马坝检查工作的广东省委第一书记陶铸同志的注意，把考古工作者派过来进行现场考察，于是才有了这伟大的发现。关振东同志感慨道，要不是陶铸同志及时发现，恐怕谁都不知道在人类发展的历史上生活过马坝人了。

不过根据最近的考古发现，广东人的历史还可更进一步推远。比马坝人更早的，是云浮郁南地区的“磨刀山”人，处于旧石器时代早期，而马坝人是旧石器时代中期。不管怎样，广东历史并不久远的说法可以推翻了，珠江文明同样是一个古老的文明。

（李俏梅）

# 关振东作品选

## （一）

### 夜游珠江

在广州住了几年，跟秀美明丽的珠江朝见面晚相逢，算得上老相识了。那柔波荡漾的江面，那拱立在江岸的富有南方色彩的古榕、木棉、荔枝、凤凰木，在梦里也常常浮现。然而，拨开迷人的夜幕在珠江上遨游，领略那"羊城八景"之一的"珠江夜月"，却还没试过。

最近，"珠江夜游"活动又开始了，在一个周末之夜，我们几个人作了一次畅游。

这是一个"绿叶荫浓白昼长"的盛夏之夜。白天虽然也热得很，可太阳一下地，几阵江风一吹，便暑气全消。天断黑的时候，我们登上了游船。游船分上下两层，楼上和楼下都是一个大厅。坐在厅子里，便可以驰目骋怀纵览珠江景色。这时离开航还有好几分钟，游客已坐满了；有干部，有工人，有归侨——这是从他（她）们的穿着举止上看出来的。游客中几乎全是结伴同来的，不是夫妇携同孩子，就是一对对凭栏细语的青年男女——谁猜得出他们是初游还是常客？

不知在什么时候，月亮已悄悄地升起来，圆圆的，正落江心。整条江都笼上一层白蒙蒙的月色，晃荡着细碎的银光。于是江面似乎豁然宽舒了，明丽了，象一幅蒙着一层水蒸汽的长镜，而两岸的高楼、大厦、树荫投下的倒影，则是镶在镜框的花边。我们的视野也似乎豁然开阔了，江上的归帆，河边的小艇，以至艇上挥桡荡桨的人儿，都看得很清楚了。

珠江上的小艇是数不清的，撑篙的，敞篷的，扯帆的，没桅的，大的，小的，不断在江上穿梭，像竹叶青醇酒似的江水，被划出条条浪迹，宛如鲤鱼翻身时泛起的鳞光。这些小艇除开用来摆渡、运货的而外，有相当一部分是属于珠江三角洲一带的公社的。它们在晚上把农副产品运出来，向广州的商业部门交售后，又连夜载着农具、肥料运回去。我们的游船经过长堤、沙面的时候，就碰到许多这样的小艇，像轻盈的燕子，一只只从我们的游船身旁掠过。艇上载满了嫣红的荔枝、碧玉般的香蕉、桔黄的木瓜、翡翠似的蔬菜。这些御风凌波的小艇，这些岭南独有的瓜果，把夏夜珠江的特色全点染出来了，叫人油然想起一年四季都是春天的珠江流域，想起那桑基鱼塘、蔗海蕉园，胸中涌起一种富足的喜悦之情。

不过，夏夜的珠江，最热闹最吸引人的还不是市区内河。在充满诗情画意的荔枝湾，那一队队舞着南风，弄着月影的荔枝树，从游船上望去，虽然只能看到朦胧的荫影，但海角红楼这边的灯光水影，却是看得真切的。那银灯照射的泳池，推波拨浪的水中健儿，以及熙来攘往于泳池旁边的游客，都历历可辨。自然，更富于诗意的莫过于轻桡慢桨的画舫了，一只只的浮满江面，那脉脉的水面上，东一颗西一颗的映着小电灯，就像天上撒下的无数星星，它们在颤动，而且溶到水面上了。远远传来一阵悠扬悦耳的手风琴声，还听到几个青年在引吭高唱，他们是工人还是学生，在这里欢度愉快的周末？

到过广州的人都会知道，珠江河面的水上居民是多得惊人的，共有六万之众。解放以前，这些人都是被污辱、被损害者，尤其是妇女，不少被迫为娼。于是，在荔枝湾这一带栖满了一种"妓艇"，专供"夜游"的官僚、地主和公子哥儿寻欢作乐。鲁迅先生在广州时，就曾对这些受凌辱的水上人家寄予过同情："前面的小港中是十几只蛋户的船，一船一家，一家一世界，谈笑哭骂，具有大都市中的悲欢。也仿佛觉得不知那里有青春的生命沦亡，或者正被杀戮，或者画龙点睛在呻吟，或者正在'经营腐烂事业'和作这事业的材料……。"①这种腐烂生活是腐烂的社会造成的。因此，当腐烂的旧社会被埋葬，这些腐烂的生活也就结束了。水上居民的屈辱，也被清澈的珠江水洗涤净尽。更叫人欣慰的却是"浮沉波浪里，生活海天涯"的浮家泛宅生活，早已变成历史。今天水上居民的咸水歌是这样唱的："梳髻修眉上岸来，新村处处是楼台。"看吧，在荔湾公园的旁边，就矗立着一座水上居民新村，从树荫丛中，闪射出点点灯光。

在珠江，很久以来就流传着这么一个故事，从前有一位外国商人怀着一颗摩尼珠坐船来珠江，船过"海珠石"（旧址在今新堤二十号码头附近）时，那颗摩尼珠忽然飞坠江中，从此坠珠的江面夜夜闪光。因此叫"海珠"；据说珠江也是由此而得名的。这故事当然是个无稽之谈，"海珠石"也在三十年前被填河筑路建楼房毁灭了。现在，在珠江上闪烁着光芒的却是像天蝎星座一样的灯光。

夜里在江上看灯光，确实是一种壮观，排列在两岸的街灯、码头灯，像是一支支万人游行的火炬；远处工业区的灯光更加灿烂，一簇簇，一丛丛，令人想起节日夜空的焰火，想起盛夏时怒放的凤凰花；而市区高大建筑物上的灯光，一个个方形花环似的，使人疑是珠环翠绕的天上宫阙。我们在海角红楼北望珠江大桥，看着悬在桥拱上的那十盏雪亮的水银灯，不禁为工人们的冲天干劲和伟大智慧而生起一种崇敬的感情。这座横跨珠江，把粤汉铁路和广三铁路紧紧拉在一起的珠江大铁桥，早在一九三三年就曾由美国马克敦桥梁公司承包建筑过，他们筑了三年零九个月时间，卷走了中国人民的大量钱财，结果只留下了

---

① 《鲁迅全集》第四卷第七页。

十多个七斜八歪的桥墩。可是，我们的工人，解放后，在党的领导下，只花了二十个月时间，一座双轨铁路、公路两用的大铁桥便巍然屹立在珠江上。我们就是带着这种自豪感，像喝了酒一样沉浸在感情的微醺中，溯江南下，鉴赏了珠江两岸的著名工业区的夜景。

船出白鹅潭，顿然水阔天空。这儿是西江、北江和东江三条内河航运的枢纽，是珠江河面最宽阔的地方。在这儿纵览徘徊，珠江尽在望中。此时月亮已由蛋黄变成银白；天空是明净的，像一块蓝色的大理石；星星很少，疏疏落落的嵌在大理石上，忽闪忽闪的像一些细碎的云母片。这儿的水却没有天空那么静穆，波纹比市区里的内河大得多，水流也急得多，在灯月交辉下，滔滔汩汩。"月涌大江流"，至此我们才猛可地意识到这是一条历史的大河，我们是漫游在祖国的第四条大河上。珠江，跟我国的其他三大河流一样，波涛滚滚，永不枯竭，哺育着我国人民。

> 珠江呵！珠江，
> 忆昔秦皇大略，
> 为你开拓边疆。
> 百代英豪崛起，
> 为你血战强梁……

浮游在这条祖国第四大河上，看烟波浩淼，流水滔滔，很自然想起《珠江之歌》中的这些句子。是的，珠江，她流着多少英雄的热血，多少战斗的欢歌，多少可歌可泣的斗争故事呵！她是中国近代革命的摇篮。一百二十年前，震惊世界的鸦片战争就是在这儿爆发的，中国近百年反帝斗争的历史就是在这儿揭开了第一页。而在中国共产党成立后，在党的领导下，珠江的革命浪涛掀得更高，在这儿发生了世界史上规模最大、历时最长的一次罢工——省港大罢工；在这儿，诞生了东方第一个苏维埃——广州工农民主政府……而珠江，就是这一切历史的见证人。

这时，月亮已经升到中天，南风凉快，月色正浓，游船要返航了。只见江左边树影幢幢的珠江三角洲，一片恬静，劳动了一整天的农民，大概都进入睡乡了。江岸的水上居民新村，灯火也一盏一盏的熄灭了，曾经终日为台风暴雨担愁的水上居民，现在大概也回到新居高枕无忧了。可是，广州市区却还醒着，一派喧腾，汽车来来往往，行人熙熙攘攘，珠江沐浴着明月的清辉，更显得妩媚了，在习习的南风抚拂下，晃荡着，晃荡着……

一九六一年七月

# （二）

## 马坝人的故乡

曲江马坝狮子岩虽说不是个风景区，但如果你出于一睹我们祖先发祥地遗迹，探寻远古文化遗址的愿望，到这儿瞻仰参观，那么你就会获得许多历史知识，引起许多瑰丽的联想，得到从别的风景区得不到的东西。这种情形，就像到北京周口店龙骨山去探访北京猿人之家；登八达岭，去抚摩古长城的秦砖汉瓦；游河南安阳殷墟，把玩三千年前的文化遗物时所引起的感情一样，充满了庄严、奥秘、幻想。

我就是怀着这种心情登临"马坝人"发祥地狮子岩的。

正是"已凉天气未寒时"，我们从曲江县城马坝墟坐车子到狮子岩去。出得马坝墟，一头昂首伏股，张口长啸的雄狮，似乎奋蹄欲跃。待到走近它的身旁，才看清楚，这座挺拔的狮子岩，其实是两座石山，一前一后，头高尾低，中间由一个山坡接连（那是狮腰）。远远望去，确似一头仰天长啸的雄狮。狮子口就是一个石灰岩溶洞，洞口直径约有十六七米宽。我们走进洞穴，抬头尽是支支倒挂的钟乳石，形状千姿百态，有的如刀，有的似剑，有的活像含苞待放的鲜花，有的仿佛是翻腾飞升的苍龙……洞穴往"狮身"不断延伸，长达四五十米，这个洞穴，就是举世闻名的马坝人化石遗址！世界上有多少历史学家、考古学家、人类学家、古生物学家为了亲眼看看这个珍贵的遗址，不怕舟车劳顿，风尘仆仆，不远万里来到洞穴探幽烛微。我们站在这个有历史意义的地方，但觉得阵阵清风，分外阴凉，想起十多万年前，我们的祖先"马坝人"就聚居在这里，我思想的翅膀不期然张了开来，飞到那远古的年代。我想，那时，这个洞穴里，一定铺垫着原始御寒的东西，比如干草、毛皮之类；而且岩壁下还放置着简单的劳动工具。总之，就像一座集体宿舍那样。那时，这个狮子岩洞周围，一定是古木参天，蓊蓊郁郁，也许还长着热带、亚热带特有的木棉、榕树、芭蕉、蒲葵，以及仙人掌一类的肉质植物。在这个森林里，出没着虎、熊、

337

象、犀牛、野猪、巨貘、熊猫等动物，树上到处有八哥、白燕、黄莺、百灵、山麻雀在鸣啭。马坝河就从这森林边哗哗流过，河岸长着丰茂的水草，河滩铺满鹅卵石，河水清澈见底，游鱼可数。我们的祖先就是在这个环境里栖息，劳动，生活，繁衍子孙。然而，今天，十多万年后的今天，随着人类的发展、进步，环境也全变了。狮子岩周围尽是稻田，驰名海内外的"马坝油粘"米，就是这里出产的。狮子岩洞里，由于长年的风化，钟乳石形状千奇百怪。我们到这个马坝人化石遗址，能够看到的，就是这些记刻着历史的脚印的钟乳石，除此别无他物。据说，二十多年前，也就是马坝人化石出土之前，这儿有许多燕子和蝙蝠，因此，洞穴里遍地都是鸟粪。但我们来游览的时候，却没有看见，或许不是季节，或许已经搬家了吧？

从马坝人化石遗址出来，我们参观了设在狮子岩旁边的陈列馆。马坝人头骨化石已被当作国宝收藏在北京博物馆。这里陈列的是复制品。它是一个完整的人脑壳，连着一只眼眶。前额比较低平，眼眶上方的骨头向前突出，比较粗壮，头骨骨壁较厚，鼻根比较宽，脑盖不很高。别小看了这块人头化石，据古生物学家们的鉴定，它是古人化石，地质年代属中更新世末或晚更新世初。北京猿人的发现，其最大贡献是给猿人阶段提供了确凿的证据，提供了代表化石。所谓"代表化石"，是因为我国古人阶段的化石，虽然还有"长阳人"、"丁村人"等，但"长阳人"只是一块残破的左上颌骨和一颗牙齿。独有马坝人化石才是头骨。完整的头骨，比之一块颌骨和几颗牙齿，其研究价值当然重要得多。考古学家、人类学家们从头骨可以了解到古人阶段人类更多的形态特征，这对于研究人类发展的历史是个了不起的贡献啊！怪不得外国的学者，也远涉重洋到马坝人的故乡来一睹真容了。

端详着马坝人头骨化石的复制品，使我自然而然地想起了陶铸同志。现在出版的有关马坝人化石出土的书籍，都是这样记载的：一九五八年六月，曲江县马坝农民发现狮子岩的洞穴里有许多鸟粪和磷肥，他们在积肥时发现了一具外形跟现代人有些不一样的人头骨，这就是马坝人。这种记载自然没错，但遗漏了一个极其重要的情节，这就是陶铸同志在这个过程中所起的决定性的作用。记得当时我正在粤北采访，曾经听人讲过事情的始末。简单地说，人们对在采磷矿石时发现的人头化石和各种动物化石，最初是并不重视的，把这些十多万年前留下来的无价之宝和矿石混在一起，"玉石俱焚"地炼磷肥去了。碰巧在最后关头，当时任中共广东省委第一书记的陶铸同志到马坝检查工作来了。他一听到汇报，就非常重视，马上叫人去从矿石堆拣些化石样品回来研究；接着就叮嘱曲江县委和马坝公社的领导同志，把已出土的化石保管好，并保护好狮子岩的全部现场。他回到广州后，立即通知广东省历史博物馆派考古工作者赶到现场考察。考古工作者把已经残破成好几块的人头骨，经过细心寻找、拼凑、粘接、修补，才整理了这块人头化石。试想想吧，要不是陶铸同志及时发现，这块人头化石怕早已碎成齑粉，化为灰烬了。然则，我们永远也不会知道在人类发展的历史上，曾经有过"马坝人"；更不知道在更新世中期之末或晚期之初我国不仅在华北有人类居住，在华南地区也已有原始人类生活着。以前人们总是说广东的历史不远，马坝人化石的发现，这观点便可以彻底改变了。

自从在狮子岩溶洞内发现了马坝人头化石后，考古学家对这座狮子山发生了浓厚兴趣，不断有考古工作者在这一带考察勘探。近年果然在狮子山腰左侧的田野上，发现了石峡文化遗址。我们到这儿游览的那天，北京的考古工作者正和十多位青年农民在田里挖掘。领队的是一位中年女同志，她很认真细致地向我们作了介绍。原来这是墓葬群，在一至二米多厚的堆积层中，分上、中、下三层，代表着三个不同时期的文化。上层以广东的夔纹、云雷纹硬陶和青铜器共存为特征，大约在西周晚期至春秋时期；中层以广东的印纹陶和石器共存为特征，大约在商代；下层以泥质陶、夹砂陶和磨光石器共存为特征，大约是新石器时代晚期，距今四五千年了。经过考古工作组的同志的指点，我仔细审视，果然察觉这三层的分界是非常明显的。这个墓葬群在七十年代开始时便已发掘，出土文物很多。在陈列室里，我们一一看过，有形式多样的磨光石器生产工具，如锄、铲、刀、镞和石箭头等；有各种各样的三足器和镂孔装饰；最引人注目的则是碳化了的稻谷和山枣核，后者说明，几千年前，我们的祖先已开始栽种稻谷了。

石峡文化遗址的发现，这对研究我国民族文化的渊源是非常重要的。以前在河南渑池县仰韶村发现的新石器时代晚期的文化遗址，即"仰韶文化"，以及在山东济南的龙山镇发现四千多年前的文化遗址，即"龙山文化"，使我们看到了黄河、长江流域古文化的缩影。这些文化遗址出土的文物，有力地驳倒了所谓"中国文化西来说"。如今，石峡文化的发现，还使我们看到了早在新石器时代，我们祖先同样在祖国的南方创造了古老的文化。而且，只要我们拿石峡文化遗址出土的文物，同仰韶文化、龙山文化作一对比，还可以看出，它们的文化风格何等相似！这些古代文物，以它们的存在雄辩地证明，广东是伟大祖国的一部分！

徜徉在马坝人的故乡，追溯人类历史长河的源流，抚摩几千年前我们祖先在劳动生活中所创造的文化遗迹，我深感得到了一种满足——文化的享受。我想，当我们畅游祖国名山大川、名胜古迹的时候，到这类古文化遗址、中华民族的发祥地来参观、游览一下，也不失是个好去处吧！

——九八〇年八月十五于广州

# 岑桑作品选及简析

## 岑桑生平

岑桑，原名岑汝仰，1926 年 12 月出生于广东省顺德市葛岸村。抗日战争期间，他随父亲避战乱于香港，当过小学徒。1949 年毕业于中山大学。岑桑出生于一个文化之家，受父亲的影响，他从小喜爱文学艺术，中学期间就开始向报刊投稿，多有发表。大学毕业后曾到香港任中学教师，1950 年回到广州，从此在出版界工作。"文革"中曾遭受迫害。1980 年参与创刊《花城》杂志。1984 年出任广东人民出版社社长兼总编辑。退休后主持《岭南文库》的出版工作，这是中国出版界集中系统地出版地方文化研究著作中起步最早、坚持时间最长的出版工程，为地方文化的建设做出了贡献。岑桑在出版工作之余坚持业余创作，主要作品有散文集《廿世纪的野蛮人》《当你还是一朵花》《岑桑散文选》《美丽的忧伤》，儿童文学集《野孩子阿亭》《石心姑娘》，小说集《躲藏着的春天》，诗集《眼睛与橄榄》及文学评论集《美的追寻》等，共 300 来万字。2015 年岑桑获"广东文艺终身成就奖"，并出版《岑桑自选集》。

## 岑桑作品选析

岑桑的短篇小说《如果雨下个不停……》，散文《填方格》都是关于"文革"记忆的。"文革"期间，广东文化界的不少知名人士都被下放到英德黄陂的"五七干校"劳动，岑桑也是其中的一位。而下放人员里边也是分为两类的，一类是普通文化人，谓之"五七战士"；一类是带有污名的，比如"反动文人""反动学术权威"之类，他们是"专政对象"。当时的岑桑正是带着污名的"专政对象"。如小说里所写，"五七战士"和"专政对象"在干校的待遇是不同的，"五七战士"有"营房"可住，"专政对象"却是住在营房之外的草棚里的。岑桑是1968年下放的，直到1971年方才从干校调回到原来的岗位工作。在《岑桑自选集》的序言里，作者这样写道："十年浩劫期间，自己的身受和见闻恍如梦魇。我是那个年代的受害者，备受肆意凌辱、折磨和践踏之余，又被押解'五七干校'监督劳动凡三年之久。那许多经历和感受是不能不将之稳稳记住的；一些人怪异离奇的表演，也很值得'立此存照'。劫难之余，我正是这样做了。记下那许多，为的是想让经历过那一段时光的人们回眸尚未遥远的过去，共同探讨那个时候，为什么一个伟大民族竟像着了魔法一般，集体失去理性，变得歇斯底里，干出许许多多反常的、荒唐的、愚蠢的、残酷的、血腥的以至种种匪夷所思的怪事来？为什么仿佛仅仅一夜之间，好些先前的谦谦君子忽然图穷匕现？原来慈眉善目之辈竟也有人突露狰狞？记下这许多，也为的是让赶不上经历那个时代的后来者知道：他们如今幸福地生活着的地方，曾经发生过什么荒诞得令人难以置信的咄咄怪事。那些人为的灾难再也不能让它发生了！"书写与重提都是为了抵抗遗忘，希望我们这个多难的民族不要再重蹈覆辙。

《如果雨下个不停……》是一篇写于1979年的短篇小说，属于揭露控诉"文革"的"伤痕小说"之列。与刘心武《班主任》、卢新华《伤痕》等更早的伤痕小说比，这篇小说所书写的故事是更为典型和惨烈的，它涉及到知识分子群体的受难，而这一群体之中作为"专政对象"的则更是遭受非人的待遇。作品中的地名"蓝岗"显然就是"黄陂"的对应。龙琪因为写过几篇杂文而成为了"小邓拓""三反分子"，妻子孙洁因为是"小邓拓"的妻子和"反动学术权威的女儿"也只能成为"次等战士"，这对夫妻已经整整四年没有在一起了，最近的两年虽然彼此知道在同一个干校，也不能正常相见，"龙琪是不可接触的政治贱民，哪怕是自己的妻子，也是不得与他亲近的"。一个时代的人性丧失可见一斑。但是，坚贞、善良、勇敢和无畏这样的高贵品质恰恰存在于这样的政治贱民身上。孙洁为了老邻居的托付，为了一桩冤案的昭雪，冒着危险如地下工作者一般向丈夫发出了暴雨之夜在獐子洞相会的信号，而龙琪则把它理解为"爱情之约"，不顾"罪上加罪"的后果，勇敢地赴约了。人性的光辉在非人性的时代熠熠闪光。但与此同时，人性的丑陋也在对人世间的美进行公开的绞杀。由于有人告密，专案组"及时"抓获了这对可怜的夫妻，而妻子孙洁为了不让材料落到这伙人的手里，选择了从悬崖逃逸，最终坠崖而死。但岑桑的故事至此尚未完结，他继续追写"专案组"成员令人发指的丑恶行为，他们为一桩"风化案"竟同时是一桩"反革命串联案"而激动、兴奋。他们销毁材料，逼人至死。历史的后来者可能会觉得作家这样写是不是有些过分了？人性有败坏到这个程度的吗？但岑桑在《自选集》序中说，他的短篇小说"故事情节有许多虚构成分，而所述故事发生的政治环境却真实而典型。我借助它们诅咒已成过去的那些带血带泪的黯淡时光"。

岑桑的《填方格》是他散文中的名篇。作为散文，它完全是岑桑亲身经历的写照。岑桑因为"填方格"（在稿纸上写文章）而被打入了"牛棚"，又进入"五七干校"，没想到在干校里还是和"填方格"结下了不解之缘。这是另一种"填方格"——在木模子里打泥砖。干校里最苦最累的活总是给这些"专政对象"干的。"冬天，我穿上麻包衣，冒着风霜；夏日，我光着胳膊，顶着炎阳，捧着木模子，拱背弯腰，打砖不息"。作家的文字辛酸中透着幽默和反讽："你瞧，我就是这样干的：——"一个行家里手一气呵成的打砖动作描绘得如在目前。"思想革命据说是要落实到泥砖上的，我岂能不赶快加以落实？"

意象原本是诗人追求的对象，可是岑桑的这篇散文却紧紧围绕"填方格"这一意象。或许因为岑桑原本也是诗人，他的散文也富有某种诗人的构思；或许这并不是所谓诗人的意象追求，而仅仅是生命过程中偶然的巧合所构成的奇妙的反讽。总之，岑桑从文字的风格写到泥砖的方格，又从泥砖的方格恍然进入文字的方格："啊，那坡地，那打砖场，那一方方由我亲手打成的泥砖，多像一张原稿纸啊！唉，原稿纸、原稿纸……""对于笔，我是死了心了。神圣化了的偏见，使我自己也几乎深信不疑：只应该用泥！只应该用泥！……"而十年以后，对于填文字方格的乡思当然得到了实现，并且对未来也充满了信念："我将以自己炽烈的爱情填满那一个个方格，将之献给现在，将之献给将来。"

（李俏梅）

# 岑桑作品选

## （一）

### 如果雨下个不停

一

这场秋雨已经断断续续地下了一整天。入黑以后，越下越稠。远天间歇地闪亮着电光，把这丘陵地区的群山轮廓映衬得格外狰狞。

现在已经挨近午夜时分。蓝岗五七干校七连营地上，那间孤立于"五七战士"营房之外的草棚里，漆黑一片。借着偶尔一闪的电光，可以看到那十多名被登入另册的"专政对象"，肩挨肩地并排躺在稻草铺上。他们大都睡得酣熟，有的打着呼噜，有的说着谁也听不清的梦话，只有龙琪一个人一直不曾入睡。棚外雨声淅沥，在他听来好似瀑布在喧腾，震撼着他的心头。

时间到了，不能再犹豫了，是龙琪下决心的时候了，去，还是不去？他必须立即作出抉择。

这决心真不好下啊！龙琪他，"小邓拓"，"三反分子"，"修正主义的黑苗子"，每天被手执水火棍的人们肆意役使的"牛鬼蛇神"，竟然胆敢冒天下之大不韪，在这半夜里偷偷溜出"牛棚"，到小石山上去会妻，这不是太胆大妄为了吗？！真是连想一想也有罪的荒唐事啊！然而龙琪经过激烈的思想斗争，终于咬咬牙，用衣袖揩掉冒出额角的冷汗，把决心下定了。哪怕冒多大的风险也罢，他也不忍拒绝妻子的约会，因为这是既为良心、也为感情所不容的。去！龙琪已经铁了心。他轻轻掀起带着一股霉臭气味的棉毯，爬起身来，然后把一大堆杂七杂八的东西塞进毯子下面，装成还有人在那儿躺着的样子，随即捡起那件军用雨衣，探头往草棚外面观望了一下，确信监管人员已经躲到别的什么地方避雨去了，这才借着远方天际间歇地传来的电光，向那离营地约有两里之遥的小石山走去。他活像一个逃犯，踉踉跄跄、慌慌张张地走着，不时回头张望。幸好，今天夜里监管人员放松了警戒，夜雨又给他打了掩护，叫他感到意外地顺利。

龙琪和孙洁是五年前偶然邂逅相逢，随即钟情相爱起来的。他们俩结识了一年左右便结了婚。婚后不到一个月，"文化大革命"便以它使人瞠目结舌的赫赫声威，风风火火地骤然君临了。龙琪这个因为写过几篇杂文而成为众矢之的的"小邓拓"，理所当然地被打进了"牛棚"；两年之后，又被驱赶到这五七干校来。这双年青夫妻劳燕分飞，已有四年之久不在一块儿了。谁会料到在这山穷水恶的地方，还会有这样一个充满罗蔓蒂克情调的约会呢？这约会是由孙洁以极不寻常的方式向龙琪提出来的——

见习记者孙洁，和她的丈夫同一所干校，只是不同在一个连队；龙琪在七连，她在八连，彼此隔着一座拔地而起的小石山。孙洁虽未被载入另册，但是由于是"反动学术权威"的女儿，又是"小邓拓"的妻子，所以只能算是干校里的一名次等"战士"。不过，据说她还算是这一类"黑夫人"中受到组织上特别照顾的了，要不，她怎么能从猪班调到八连的炊事班，来顶替那位回城分娩的"五七战士"呢？然而尽管孙洁的境遇业已有所改善，她在政治上始终还是比人矮了一截。可悲的处境使她要见见自己的丈夫也难之又难。在干校的两年来，这夫妻俩也曾偶遇过几回，有一次是在全校性的批判大会上，两次是在水库工地上。然而那是多么令人难堪的相会呀！他们俩只能老远的互相偷偷瞧两眼，撩起彼此心中的酸苦。龙琪是不可接触的政治贱民，哪怕是自己的妻子，也是不得与他亲近的。几年来，这夫妻俩彼此想念得快要发疯了。要是让他们两个在谁也看不见的地方欢聚一次，由他们自己爱怎么样便怎么样地度过一刻无所忌惮的时光，该多好哇！

这样一个机会终于来到了。——这几天，八连兴师动众挖山塘，由于劳力不足，征得七连指导员的同意，把"专政队"借用数日。为了免得往返费时误工，规定"专政队"中午就近在八连搭伙。这样一来，龙琪和孙洁便可以每天透过厨房卖饭的小方窗互见一面了。当孙洁那张秀气的、典雅的脸孔在小方窗出现的时候，龙琪感到自己怦怦跳动的心房简直要蹦出来似的。啊，那小方窗和窗口里那个人，在龙琪看来多么像是一幅美妙不过的肖像画！那双水灵灵的眼睛，那么温情，那么率真，那么勇敢！那笑靥，像是花朵，又像是梦幻……妻子虽则变得黑了一点，也野了一点，然而时间毕竟还来不及夺去她的青春啊！粗衣麻布也掩不住她苗条的腰肢啊！透过小方窗的一瞥，叫龙琪想起了他们新房正中悬挂着的那幅新娘摄影头像。啊，一模一样！一模一样！小孙并没有苍老，她还是一朵露水晶晶的鲜花！

然而从火烟迷目、充斥着油腥气味的厨房望出去，小方窗外龙琪的形象却使孙洁感到很心酸：他头发蓬松，满脸胡须，看上去至少要比他的实际年龄老十岁。他衣服肩部那一大块补丁，一定是他自己动手缝补的，手工粗劣得实在太不像话；裤子上那道破绽，甚至连补也不补一下，只用橡皮膏粘住算数……这一切，叫孙洁看了怎能不伤心！当她从丈夫伸进小方窗的手上接过饭兜的时候，她的一颗心和一双手都在颤抖着，她真想捉住那只变粗了的、沾着泥污的手，亲它，抚摩它，用它来抹掉自己那快要掉下来的泪滴……

这个下雨天，是夫妻俩在小方窗口相见的第三天了。孙洁接过龙琪递进来的饭兜，随即转身向饭箩盛饭，然后又用勺子从菜盘里舀了一勺菜，放在饭面上。龙琪接回饭兜，找了个可以避避风雨的檐下，便蹲下来津津有味地吃起饭来。当他把饭菜吃个七七八八的时候，忽然发现碗底有一张折叠着的纸片，立即意识到这是妻子写给他的字条。为了避人耳目，他连忙把那纸片连同饭菜一起扒进嘴里，觑了个空，才把纸片吐出来细看，只见那上面写着：

琪：今晚，如果雨下个不停，请在午夜时分到小石山上的獐子洞相会。切切！

洁

龙琪看过纸条，四顾无人，便把字条撕成碎片，捏成一团。随手扔到草丛里去了。那娟秀的字迹，深深刻印在他的心坎上，叫他跳荡不安的心情一直无法平静下来。整个下午，他一边挖泥、挑担，一边在设想那个即将到来的，令他兴奋却又使他害怕的约会。那是欢乐还是悲哀，是福祉还是灾祸呢？这真是只有天知道。他暗暗佩服一向胆小怕事的妻子这突然升腾而起的勇气。他觉得自己从来也没有像现在这样深刻理解爱情的力量；足以战胜死亡的爱情，自然是可以轻而易举地征服怯懦和恐惧的。他想起了那个卖饭的小方窗，想起了新房正中悬挂着的新娘肖像，想起了他和孙洁那个最初的约会，心中不禁怦然大动……

二

孙洁借着电闪的余光，踩在滑溻溻的泥泞路上，一脚高一脚低地朝小石山走去。

小石山就在面前了。孙洁熟悉这小山岗的身影：它面北的一边很陡峭，向南的一边坡度却比较小。沿着南边那杂草丛生、莴萝缭绕的山径往上走，走上那离地只有二十多米高的山腰，再往前走短短的一段路，便可以进入獐子洞的洞口了。獐子洞是个贯通小石山南北的山洞，有三十多米长，南边的洞口两人多高，越往前走，洞腔越狭窄，到了尽头，那洞口便不到一人高了。由于北边洞口外山势陡峭，所以人们平日很少走到这里来。这獐子洞是个还很稚嫩的岩溶山洞，洞顶有一些才成形未久的石钟乳，像一根根倒栽着的竹笋。也许这里从前曾是獐子出没的地方，要不它怎么会得来这样一个名字呢？可是蓝岗五七干校的"五七战士"们，谁也不曾看见这里出现过什么獐子；他们只知道这山洞黄昏时分常有蝙蝠飞进飞出，偶然还会见到三三两两的石燕飞到里面去栖息。

眼下，孙洁已经来到小石山的山脚了，娇小的她正在仗着电闪认路，开始摸黑登山。她走得很艰难，然而一点也不以为苦。她深信自己的努力不会白费，因为在记忆中，龙琪是不曾违拗过她的意愿的。

这个娇小的女人走着走着，雨水沙沙啦啦的打在她薄薄的雨衣上，阵风把她吹得摇摇晃晃。这黑乎乎、湿淋淋的世界，实在有点儿可怕。啊，要是在这呼天不应叫地不闻的荒山上，遇见了强徒，遇见了野兽，遇见了妖魔鬼怪……那该怎么办呢？然而她还是壮着胆子顽强地行进着，边走边惊异于自己这不知来自何方的勇气。她在荒山雨夜里的这一行动，同她平日那有点娇柔的性格太不协调了。从前的孙洁，是连独个儿走进一间空房子也害怕的。

借着电闪的余光看去，獐子洞已在眼前。突然，一阵猛烈的山风挟着豆大的雨点狠狠扑来，把她那件扣不牢的雨衣吹掉了，那轻飘飘的雨衣像一片梧桐叶似的迅即消失在黑夜里。雨水直接倾泻在她身上，沿着脖子，一直流遍她全身，叫她禁不住一连打了几个寒噤。幸好，离洞口已经不远了，她紧揿着怀里的一包用塑料薄膜裹着的东西，冒雨往獐子洞走去。当她走到洞口时，就像刚从水里爬上来似的……

獐子洞今夜显得格外阴森可怖。山风仿佛是一群群放荡的妖精，在山洞的里里外外，打着怪声怪气的嗯哨，往返追逐。洞里漆黑而阴冷，冰一样的水滴，从洞顶的石钟乳尖端滴落下来，滴在孙洁的肌肤上，使她觉得好像有谁在用锥子刺她一样。深潭一般的黑暗使她心里发慌。她从裤兜里掏出那支袖珍手电揿了揿，幸好还亮。她借着萤火般微弱的手电光，找到一个可以避避寒风的角落，坐了下来……

过了好一会，洞外忽然传来了异样的声音。孙洁连忙趴在一块大石头旁边，侧耳倾听外间的动静。她觉察到淅淅沥沥的雨声里，分明夹杂着雨点打在雨衣上的滴答声。啊，莫不是他真的来了？

是的，龙琪真的来了！仗着电光一闪，孙洁立即认出他那熟悉的身影。她早就料想他一定会来。一定的！一定的！现在他不是真的来了吗？孙洁朝思暮想的人，不是真的来到她跟前了吗？

"琪！"

"阿洁！"龙琪欢快地朝发出喊声的地方走去。

这时，孙洁把手电揿亮了，照着龙琪的赤足，让他一直走到自己身边。

就这样，这双年青的夫妻相会了。这是一次幸福却又辛酸的相会。四年了，他们俩才头一次彼此挨得这样近呢！

"阿洁，你全身都湿透了。这会感冒的。快把湿衣服脱掉……揩干身体……"龙琪说着，便要给妻子解衣扣。

"不！不！"孙洁推开丈夫伸过来的手。

"小傻瓜！"龙琪笑道，"你还怕旁边有只獐子偷看？"

她只好顺从了。不过解衣扣的虽说是自己的丈夫，但这男人毕竟已有四年之久没有和她在一块了，她不能不感到难为情，本能地用双手护着赤裸裸的胸部。龙琪把妻子的湿衣服脱掉拧干，搁在一边，随即解开自己的衣服，先用衬衣把妻子的头发、脸孔和整个上身擦干，然后用那件肩部有一块大补丁的外衣把妻子裹住，把她搂得紧紧的，用自己怀中的暖气温暖着她。

不消说，他们吻了，吻得那么深，那么甜，那么热烈，仿佛要在这瞬刻之间，把漫长的离别之苦全都补偿过来似的。孙洁在丈夫的怀里颤抖着，然而这并不是由于她感到寒冷了，也不是由于她感到恐惧了；这只是因为她一时承受不了这突如其来的、令她难以置信的幸福。幸福的感觉仿佛随着血液流遍全身。她禁不住轻轻哭了。丈夫发觉了她的眼泪：

"啊，你为什么哭？"

"谁说我哭了？！"孙洁装作坦然一笑，伸出手来，摩挲着丈夫的脸："唉，你的眼窝凹陷，胡子又长！头发像个鸦雀巢。唉唉，你是劳改场里的逃犯，还是从黄泛区逃荒出来的饥民呢？"

"眼下是亡命之徒。"龙琪苦笑道。

孙洁用她柔软的手掌爱抚着丈夫的脸庞，爱抚着他的脖子和肩膀。

"你一定很冷，"她说，"你身上起了鸡皮疙瘩。我暖着，而你却受冻，这不公平！"她使劲挣脱丈夫有力的臂围，掀掉他披在自己身上的衣服，紧紧把丈夫的赤膊抱住，两人身贴着身，用各自身上的体温温暖着对方。

"我羡慕穴居人，"龙琪打趣道，"一万年前，一定也曾有过一双配偶，在这同一个洞穴里互相依偎着取暖。"

"他们比我们有福气多了，"孙洁笑道，"他们可以在洞口生火，而我们连手电也不敢揿亮。"

"我们福气小，可勇气可大呢！"龙琪笑道，"爱情毕竟是无所忌惮的。像圣灵一样，不可抗拒，不可征服。爱情给了你惊人的勇气！"

"你说什么？"

"我说，爱情给了你惊人的勇气……"

"你想错了，"孙洁轻柔地笑了起来，"光是爱情，没这能耐。今晚，爱情只能算是我们的副业。"

"副业？"

"是的，"孙洁说着，她推开丈夫，揿亮了手电，把那包用塑料薄膜裹得严严实实的东西拿过来。"这份材料，关系到罗伯的案子，自然也关系到他一家的命运。我主要是为着这事情才甘愿冒这风险到这山洞里来的……"

## 三

孙洁的娘家和党校副校长罗庚贴邻。她当考古学教授的爸爸和罗庚是三十年代的老同学，十多年来又比邻而居，这两家人自然就也过从甚密了。罗庚的老伴周玲也是早年参加革命的老同志，由于健康不佳，早在五十年代就病休在家。这双老夫妻只有一个在外地工作并且已经就地安家的儿子，所以家居生活比较寂寞。孙洁从小就爱到罗家玩耍，周玲很喜欢她，一直把她当作自己的闺女似的。

"文化大革命"一来，考古学教授很快就以"反动学术权威"的罪名被打进"牛棚"。不久之后，罗庚也遭了殃，"帽子"越戴越重：先是"走资派"，接着是"反革命修正主义分子"，再往后又成了"自首变节分子"和"大叛徒"，对党犯下了"滔天大罪"。一九六八年，罗庚成了"扫地出门"的对象，被赶到蓝岗五七干校去继续接受审查，正好和龙琪同在一个连队的"专政队"里。他是作为这个连队的"要犯"而被着重监管着的。

周玲深知自己丈夫的清白。她为了证明罗庚的无辜，亲自走南闯北，通过罗庚的许多旧关系，终于在苏州找到两份足以帮助她老伴把问题说清楚的材料，带了回来。她必须把它们交到罗庚手上，这是因为老弱多病的罗庚，记忆力严重衰退，许多往事都弄糊涂了，让他亲自看看这些材料，有助于他记忆三十多年前的往事，把问题向组织上说清楚。

但是，怎样才能把这些材料送到罗庚手里呢？正当周玲为这问题苦恼的时候，孙洁因为母亲患病入院，请假回城来了。周玲把这事情跟她商量，她答应把材料带回干校，想办法交给罗伯。可是，她把材料带回干校已有一个多月了，一直找不到这样的机会。这几天，龙琪从小方窗递进来的饭兜，使她想出了这样一个主意：通过自己的丈夫，把材料转到罗庚手上。

"……就是这么一回事，"孙洁把事情一五一十地说罢，便将那包用塑料薄膜裹着的材料郑重地交给了龙琪，叮咛道："这东西万万不能丢，万万不能丢！"

"你为什么偏要挑这样一个下雨的夜晚？"龙琪向妻子问道。

孙洁呵呵一笑，说："你怎么还不明白？那些看'牛'的，每逢下雨天，不是杀狗，便是打纸牌。我们还是多亏这场雨呢！"

龙琪觉得妻子从来也没有像现在这般可爱。哪怕这山洞里漆黑如墨，他也仿佛感受到妻子心灵中的动人光彩。他禁不住把她重新拥到怀里，深情地爱抚着她柔弱的身躯：

"我的阿洁，"龙琪激动地说，"你又善良，又勇敢，又……"

"又可怜！"孙洁忧伤地苦笑道，"一个'罪犯'的可怜的妻子。她只能像个不正经的女人那样，偷偷摸摸地和她的男人幽会。唉唉，我们两个，现在要算是什么呢？夫妻？情侣？苟合的男女？……什么时候我们才能光明正大地在一起呢？"

"总有那么一天的，"龙琪说，"我们手挽着手，走上大街，走上剧场和公园。别人只能妒忌我们，可是谁也不会阻止我们、嘲笑我们。你相信吗？你等我吗？"

孙洁不说话，只是轻柔地一笑。这自然是表示肯定的意思。

"能等多久？"

"你是无期徒刑，我的等待得有个限度，说定了，只等一百年。"她把头埋进丈夫怀里，打趣道："过了这期限就不再等了，要改嫁了。"

龙琪凄然一笑。孙洁感觉到一颗微温的水滴掉落在她的脖子，连忙翻身过来伸手把手电揿亮。

"让我检查一下，"她说，"看你是不是哭了？……啊，哭了，真的哭了！怪可怜的。好吧，我再宽限一点吧！在规定的年限之外，再加三年，总共一百零三，怎么样？该满意了吧？……不过，现在我们可要分手了。呆得太久，会有山狗的。"

"阿洁，我才不让你走呢！"龙琪央求道，"等雨下得小一点的时候才走……"他把那件搁在一旁的雨衣平铺在地上，把妻子抱到那上面。

"噢，不，不，"孙洁用她娇柔的双手，要把丈夫推开。"我害怕，我害怕。"

"小傻瓜，你怕什么？"龙琪终于让自己的妻子驯服下来，吻了吻她冰凉的脖子，说，"这小天地里，就只有你和我了，而且我们俩是天经地义的合法夫妻。阿洁，你是我的妻子，我的妻子……"

"可是我却不能和自己的丈夫在一起，去过哪怕是正常不过的生活。不知道为什么，我好像感到我们俩正在犯罪，为天地所不容。谁想得到：我们夫妻俩，竟成了海盗，合伙来到獐子洞偷掘爱情。"

"那就让我们犯罪吧！"龙琪吻了吻他的妻子，又说，"为了你，我才不怕被缚赴刑场呢！"

火一样燃烧着的感情和作为妻子的义务感，毕竟使她顺从了。丈夫那双笨拙的手和刺痛着她脸颊的胡须，使她想起了四年前那个新婚之夜，那个刚刚组织起来的家，以及他们俩用凑合起来的积蓄买回来的那张柔软而温暖的眠床……

突然，洞外一齐射进来几支亮度很大的手电光，在这刹那之间，一闪而逝的镁光灯把这山洞照耀得如同白昼，接着便是摄影机的"咔嚓"一声。

"你们干的好事！"连队专案组长大叫了一声。

"快站出来！不准穿衣服！"

"捉住他们！捉住他们……"

孙洁推开丈夫，敏捷地把那件军用雨衣披在身上，便又一手抓住罗伯母那倾尽了全部心血得来的旁证材料，像一只小兔子般的往北边洞口奔去。

"快停步，不准逃跑！"专案组长领着众人，直追过去，强烈的手电光直射在孙洁身上，只见那件军用雨衣在她肩膀上奋拉下来，她那裸露着的一只胳膊发出白玉般的光泽。

龙琪也跟在她后面大喊："不要跑，阿洁！前面是峭壁……"

"不准逃跑！"

"捉住她，捉住她！"

可是，孙洁对这些叫喊都仿佛没有听见。此时她感觉着的只是羞耻、恐惧、悲愤和绝望；在这一切之上的还有一份道义的重担，这就是那用塑料薄膜裹着的一包材料。那是与一个人……不，与一家人命攸关的事情。万万不能丢！万万不能丢！

"阿洁！阿洁！不要往前跑，前面是峭壁……"

孙洁认出这是丈夫因恳求而变得凄厉的喊声。这声音在这狭长的獐子洞里震耳欲聋。她差点儿要屈服在这喊声之下了。然而，她仿佛听见一个更足以使她信任的声音，在心灵的深处向她呼喊：阿洁！阿洁！不要停下来！不要停下来！停下来便是意味着投降，甚至是意味着背叛！你必须带着人的尊严，还有带着一个可敬的老妇人的委托，走出这为可怕的手电光照亮了的洞穴。

专案组长领着众人追到洞口时，孙洁已经沿着峭壁下去了。龙琪赶到洞口时，只见妻子在几支强力手电光的照射下，颤巍巍地贴着峭壁爬行着，雨水无情地倾泻在她半裸着的身上。

"停下来！"专案组长向那个在淋漓的雨水中慢慢变得模糊的身影大喊："认罪比摔死好！"

"阿洁！"龙琪也忍不住喊起来："危险！危险啊，不要再往下爬……"龙琪的喊声还没有完，驻足洞口的人们便听见下面传来一声拖得很长的惨叫声。孙洁在滑溚溚的峭壁上，连同几块松脱的石头坠下去了。

随着这随即为风雨所淹没的一个女人遗落在人间最后的声音，龙琪昏倒在洞壁之旁……

四

善后工作的效率之高是惊人的。两小时之后，赤裸着上身的女尸便被抬到连队荒弃了的猪舍旁边那个小小的泥砖房，用那件刚才还贴在她赤背上的雨衣披盖着。这泥砖房是死者曾经在此安身立命的地方。在惨澹的灯光下，①浑身湿透的死者嘴角流着血，眼睛半张开，残留着恳求的神情，好像还在说着：

"这东西万万不能丢！万万不能丢……"

这东西没有丢，现在它连同几件湿衣服，一起落到了专案组长的手上。

专案组长和他的副手指挥众人完成了善后工作，回到他们那间整洁的双人房间时，已近凌晨了。他们挂起湿淋淋的雨衣，亮起明晃晃的电灯，便又点着煤油炉煮鸡蛋糖水吃，兴致勃勃地谈起刚才在獐子洞的"战役"来。

"哈哈……"专案组长兴高采烈地笑道，"我们这'让开大路，占领两厢'的战略战术，还用得真巧妙！"

副手陪笑道："那两个家伙不知是计，还以为我们的看守人员玩忽职守呢！

---

① 惨澹：同惨淡。——编者注

哈哈……"

"那个坏女人死也紧紧抱住的这包东西，一定有什么秘密。"副手一边把装满水的铝锅往那发出柔和的蓝色火焰的煤油炉上放，一边说。"快拆开来看看！"正在把热水瓶里的水倒进水桶里烫脚的专案组长，向他的副手命令道。

于是，副手解开了那个塑料薄膜包，把那两份材料拿到灯下细看。他一连看了两遍之后，对自己的顶头上司说：

"嗬，原来他们在搞反革命串连！想不到这桩风化案，竟引出了一桩反革命串连案！你瞧，这肯定是罗庚的同案人，串通龙琪夫妻搞翻案活动，这是两份关于罗庚的材料，其中的一份还挺有说服力呢！"

"什么，搞翻案活动？这真是额外收获！"专案组长兴致勃勃地从水桶里抽出双脚，抹也不抹一下，便趿着拖鞋，把那两份材料从副手的手里要过来，圆瞪着眼睛细看。

"怎么样？"副手问道，"我说的不错吧？'

专案组长没有反应。他点着了一根大前门牌香烟，靠在一张竹躺椅上，陷入沉思中。

"怎么样？"副手又问，"我说的不错吧？"

专案组长还是没有回答。他从竹躺椅那边走进来，移开煤油炉上那个正冒着水蒸气的铝锅，然后借着煤油炉那一团美丽可爱的蓝色火焰，把副手认为很有说服力的那份材料点着火，那几张写着密密麻麻字迹的薄纸，顷刻之间便化为灰烬。

副手看得愣了。

"你愣头愣脑的做什么？"专案组长向他诡谲地一笑。"难道还不明白？罗庚是注定要完蛋的！你知道这是谁的旨意？说出来吓你一跳。……所以，一切有利于他的材料，都不应该让它在世间存在。"他扬了扬那另一份材料，接着说："这份无关重要的，倒是应该让它留着，作为他们搞反革命串连的罪证。现在需要一口咬定：这是一桩极其严重的政治案件，叛徒集团通过龙琪的臭老婆上蹿下跳，大搞翻案活动，那个坏女人是因为阴谋败露，跳崖自杀身亡的。嘿嘿！这些家伙还满风流呢！明天照片一冲洗出来，生者死者都是够臭的了。怪不得说，政治上的堕落总是跟生活上的堕落分不开的。……唔，人家捡获交来那份揭发龙琪夫妻搞黑串连的罪证呢？"

"哦！"副手应道，"在这里。"他说着，把一张由告密者用牛皮纸托底拼凑复原的碎字条，从口袋里小心翼翼地掏了出来，递给他的上司。

专案组长眯缝着双眼，嘿嘿一笑，幸灾乐祸地念道：

"'琪：今晚，如果雨下个不停……'嗬，字迹娟秀，语气也甜。哈哈，串连罪证，照片，还有翻案材料，够齐全的了。这场雨夜的战斗，总算没有白费气力。这是我一生中的一次永远也忘不了的有趣经历。要是我会写小说，一定会把它写出来让大家开开心。哈哈，'如果雨下个不停'……还是多亏这场雨。如果不是雨下个不停，这出好戏还演不成呢！哈哈……"

这时，门外雨声淅沥。这场秋雨，下个不停。老天爷仿佛发了狠心，硬是要把大地上的血污洗刷得一干二净似的……

一九七九年

# （二）

## 填方格

文章是写在原稿纸上的，所以这里的人们把写文章戏称为"填方格"。我那填方格的生涯，也有些时日了，所以是颇知其甘苦的，只是怎么也没想到它竟会成为自己的罪孽。"史无前例"的浩劫一来，填方格的孽债便有了报应：像自己几乎所有的同行那样，我被打入"牛棚"，赶进"五七"干校，落户于山野。满以为从此唯有摸爬滚打于阡陌之间，忏悔、改造、赎罪，彻底与方格子永别了。哪晓得出乎意表，在那"必由之路"上，我竟还不得不继续同方格子结不解之缘。

事情是这样的——

"五七战士"们初来乍到这个"高温高速大熔炉"，住房奇缺，当务之急是安营扎寨，把一座座泥房子建起来。这就需要就地取材，大打泥砖。打泥砖这玩意儿，要算是我们这个古老大国的一门悠久的工艺了。我们沿用的正是史前人类早就用过的那种办法：开个泥塘，把泥用水泡软，然后仗着人们自身的体重，把泥巴踩得软绵绵、粘糊糊的，这叫做炼泥。把泥巴炼得又滑又匀、不稠不稀之后，便成了打砖的原材料，将之填进略呈方形的木模子里，挤压成形，让太阳晒干，便成为建筑材料……

这不也叫做填方格吗？

在打砖场上，我很快就成为填方格的里手。每天，我都在那个刨平了的山坡上大显身手。冬天，我穿上麻包衣，冒着风霜；夏日，我光着胳膊，顶着炎阳，捧着木模子，拱背弯腰，打砖不息，从事这种立竿见影的事业。你瞧，我就是这样干的：——把那个用稻草扎成的扫子蘸蘸水，当作润滑剂，弄湿木模子的内框，然后把木模子放在地上，随即扎开马步，把助手（居然还有助手呢！）送到跟前的装满泥巴的竹筐捧起来，使劲往木模子里一泻，顺手扔开竹筐，伸出赤脚往泥巴上又踩又压，接着用双掌拨掉木模子上多余的泥巴，同时把砖面摩得又平又滑，最后执住木模子的一双耳朵，巧妙地一抽，让它滑脱出来，于是，一个好像切削得整整齐齐的大块年糕般的泥砖，便宣告制成了……

如果你知道这一填方格的工种，是指定由"专政对象"包干了的，就一定不会误以为这是一种同蒸年糕有点儿相近的有趣玩意儿了。初干这活儿，总是把砖打得歪歪扭扭的，而且没打上十个二十个，就腰酸背痛、头晕眼花了。也许我在这方面有点天赋，不多久便成为里手。破本人保持的全连最高纪录那天，我的"战绩"是六百四十八个。这一成绩曾经传遍全连。但是凭良心说，它并不说明我的阶级觉悟业已有所提高，思想改造也已成效卓著了。不，这仅仅是因为我盼"解放"盼得心焦，而"思想革命化"据说是要落实到泥砖上的，我岂能不赶快加以落实？不是说不要相信神仙和皇帝，只有相信自己能够救自己吗？

等到我亲手打成的泥砖已经不计其数，我荣幸地得到解放了。我可不知道自己的解放，是否真的可以多少归功于我的那些结实而又四正的泥砖。不过，不管怎样，与木模子长时间相依为命，已使我对填方格产生感情了。一跃而为"五七战士"之后，我依旧与那个被泥巴摩擦得滑溜溜的木模子形影不离。它既是我的劳动工具，又是我的生活用具。听报告，听"讲用"，大会小会，我都离不开我这宝座。

当我取得"五七战士"的资格未久，干校由于要为恢复党员的组织生活作准备，开始了整党。党员人人下水、过关，在群众面前检查、交心。像我这样的一类刚从"牛棚"里超生的新"战士"，当然更是非将自己大骂一通，而且把"根"挖到曾祖父一代不可。

我交心说：我摇笔杆子已有好些年，同自己的笔真有点儿难舍难分。我真希望将来有一天还会用得上它，尽管我知道这只不过是一种不切实际的奢望罢了……

话刚出口，我便立即后悔起来。因为我怎么也想不到，这么一点点脱口而出的"心"，竟惹来一轮排炮：

"这是什么思想？分明是不服改造的表现！"

"哼，还想笔呢！你从前写的封资修破烂货难道还不够多，还想继续放毒吗？"

"要再填方格，这是痴心妄想！"

"要填，填这个罢！"有人嘲讽地指着我屁股下那个木模子说，"你就只配填这个！"

最后，主持小组会的小组长作出了权威性的发言：

"……你必须忘却从前的方格子，一心去填现在的方格子！"说到这里，他伸手向门外远处那个在火盆一般的炎阳曝晒下的打砖场，使劲地一指，说，"你的出路，就在那里！要填方格，你只能往那里去！"

我下意识地顺着小组长所指的方向望去，只见那宽阔的打砖场上，一行行，一列列的，整整齐齐地平躺着许许多多打成待干的泥砖。啊，那坡地，那打砖场，那一方方由我亲手打成的泥砖，多像一张原稿纸啊！哎，原稿纸、原稿纸……

昔日情景朦胧的浮影蓦地出现在我的心间：二十五瓦的灯光下，凌乱的桌子上铺着原稿纸，旁边照例有一杯清茶。我用吸足了墨水的笔去填方格，填满一张纸又一张纸。这就是我恬淡而又丰富的周末。我常常通宵达旦，舐尝这种生涯的甘苦，用我布满血丝的双眼去迎接窗前的曙色……

我的据说是十恶不赦的罪孽，便是由那无数的方格子和无数的不眠之夜构成的。那深重的罪孽几乎将我陷于万劫不复的境地。唉，我为什么还要痴心妄想，回到那些只有孤灯作伴的、黑沉沉的夜晚中去呢？为什么还要不忘情于那曾给我以缧绁，证我以滔天大罪的笔和纸呢？忘掉它们吧！忘掉那一切吧！也许还是小组长说的对：我的出路，在山坡上，我得长年累月地到那儿去打砖。我是不该再用墨水去填方格的；只应该用泥！只应该用泥！

遥望门外远处的山坡，我看见那张由我用泥写成的手稿，仿佛写满了只有我自己才能看得懂的心思。我因心酸而落泪。小组里那些还在嗷嗷不息地帮助我的好心人，当然谁也不会知道我在想些什么和为什么忽然流起泪来了……

对于笔，我是死了心了。神圣化了的偏见，使我自己也几乎深信不疑：只应该用泥！只应该用泥！……

就这样，我的笔一搁就十有余年。直到"四人帮"委地以尽之后，我才慢慢地把它记忆起来。我寻回了它，重新试着在灯下填我的方格。我发觉自己又迟钝，又笨拙；然而心中的爱憎却变得更成熟了。所以当沉睡已久的志趣一旦苏醒过来，我又像当年那样，常常在灯下通宵达旦，以十倍的热忱回复自己填方格的生涯。这是因为我痛心于失落得太多的时间；这是因为我那许许多多源于心底的冲动，要拦也拦不住；当然还因为我深信可以真正让人们畅所欲言的日子，已经日益临近了。

我们中间的好些人，都吃过不少自己的天真的亏，记忆犹新的经验教训，不能不使人习惯于以疑虑的目光看世界。难怪我那位好心的干校"同窗"悄悄劝告我：

"你得小心。从前，你还不是因为在电灯下填方格填多了，才被赶到毒日头下填方格的？须知历史的重演，并不是绝对不能发生的事情啊！"

我跟他开玩笑道："这无妨。我那件当作纪念品的木模子，还在床底下。人虽然老了，但看来每天至少还能填它三百个！"

"同窗"听了，哈哈大笑。我也开心地笑了……

是的，我笑得开心，是因为我对那个业已死去的荒唐时代饱含怨愤，还因为我对那种好心的悄悄劝告，早已不以为然了。

我确信了现在，也确信了未来！我将以自己炽烈的爱情填满那一个个方格，将之献给现在，将之献给将来。

一九八〇年九月

# 陶萍作品选及简析

## 陶萍生平

　　陶萍（1921—?）原名吴宗瑞，曾用笔名吴倩等。1921年2月20日出生于天津市。1941年在天津中西女中读书时，受到天津地下党领导，组织读书会，阅读进步书刊，接受进步思想。1945年日本投降后，考入燕京大学社会系，后转入华北联大政法系，毕业后留在华北联大工作。1946年加入中国共产党。1948年与萧殷结婚。新中国成立后，从1949～1961年，基本都在中国作家协会工作。1961年她调到广东省委宣传部文艺处，1963年到中国作协广东分会，曾任作品编辑。1983年离休，离休后以写散文和回忆录为主。主要作品有评论集《文学评论集》，中篇小说集《小满和外公》，散文集《陶萍作品选萃》等。

## 陶萍作品选析

　　陶萍的《葵颂》写的是广东新会的蒲葵。作者在文中感慨道，多姿的杨柳、苍翠的松柏曾引起过多少诗人画家的描绘，可是富有岭南特色的葵树，却在诗文中几乎是默默无闻，看来作者是有意要为蒲葵立点文字了。文章写于1979年，正是新会蒲葵种植面积达到建国以来最高峰的那几年（1975年达到3万亩），所以作者在描绘了南国乡村的各种树木之后，就把所有的笔墨集中于葵树了："葵树不是很高大，叶子也不婆娑，可是那宽阔的大叶，迎着阳光，显得分外鲜绿。车子走了百来里路，就像穿过绿色的长廊。"车子穿行的百来里路都是葵树，可见当年种植之广；一棵两丈高的葵树，有一两百年的历史，说明种葵历史之久。

新会种葵的历史的确十分悠久，1600 多年前的东晋时期就开始有了，而葵制品的历史也同样悠久，相传名士谢安就非常风雅地摇着葵扇穿街过市了。新会葵扇以其质地细洁、设计多样、制作精良享有美誉。1915 年新会竹择葵扇还获得巴拿马博览会的金牌奖。清代，葵扇畅销全国各地，还远销俄、英、美、法、古巴、哥伦比亚、秘鲁、智利等 24 个国家和地区，清末民初，销售量每年达 1.2 亿柄。新会葵树曾在日军侵华时遭到大的破坏，建国后逐渐恢复，到 80 年代又达到一个高峰。陶萍的散文不仅描写了葵乡之美景，还详叙了在葵艺厂见到各种巧夺天工的葵制品时的"惊艳"情景，虽说对葵的那种赞美方式（不要外表美，只要有用）带有一个时代的意识形态意味，但是也确实是对葵的实写。

新会的葵业在 1980 年初达到鼎盛之后随着一个工业时代的到来出现了式微。2008 年，新会葵扇列入了国家非物质文化遗产，成为需要保护和抢救的对象了。

陶萍选入本书的第二篇散文有一个非常有意味的题目：《梅花村》，这是较早以梅花村作为写作对象的文学作品了。梅花村不是一个普通的村，从 1930 年代至 80 年代，它都可以称得上是广东权贵政要的"后花园"。从 1930 年代开始，民国广东军政要员如陈济棠、陈维周、孙科、刘纪文、陈铭枢、林云陔、古应芬、蒋光鼐等人曾在梅花村里建官邸、安家宅。1949 年后，无论是华南分局时期，还是广东省委时期，还是中南局时期，它都是共产党的广东高官名流居住之地。陶萍和萧殷于 1960 年初住入梅花村。正如这篇文章里所说的，"当时这里的建筑多是花园小楼，里面种植着各式各样的花草、树木。……这在喧闹、拥挤的城市是难得的好地方。""这里的庭院也各不相同。我家院里多是果树。有一人搂不过的苹婆大树，结的凤眼果味美可食，还有橄榄、杨桃、芒果树。其余空地种着几株芭蕉……很像中国古典小说中描写的那种后花园。"梅花村的"花园小楼"或称别墅群，都是名设计师的作品，所以的确如陶萍所写，一幢有一幢的风格。今天，这些别墅已经所剩无几了。1990 年代初，大规模的拆墅建楼就已经开始了，为的是要解决原住户的"落实政策"问题和新入职的干部的住房问题，房子越建越密，楼也越起越高，宛然如城中村了。陶萍的文章记录了梅花村从 20 世纪 60 年代到 90 年代的变迁史。"文革"前的梅花村，文章通过一个"值勤"阿婆的故事既展示了梅花村的宁静优美，又展现了新社会的新风尚。而"文革"之中，梅花村显然是重灾区，"红卫兵出出进进，到处检查，抄家捉人。过去那种宁静、和谐的气氛变成了恐怖和紧张。"到1968年底之后，梅花村住的许多干部都下放干校，老人小孩也被赶了出去，梅花村成了一个空巢。"文革"结束后老住户才陆续搬回来，但已今非昔比了。

1960—1990年梅花村的沧桑变化在陶萍的笔端朴素地呈现，但梅花村显然有更多可以挖掘的故事。一个有意思的现象是，多少年来，梅花村的住户都说梅花村是没有梅花的村，什么花都有，唯独没有梅花。为了不辜负这个好名称，2010年以来，梅花村新种植了许多梅花，梅花村成为名副其实的"梅花村"了，只是"旧时王谢堂前燕，飞入寻常百姓家"了，当然也是省委机关干部里的寻常百姓。

（李俏梅）

# 陶萍作品选

（一）

## 葵　颂

在岭南，每当离开城市，汽车深入到四季常青、绿荫掩映的乡村之时，我都要贪婪地向窗外眺望。这里的公路两旁都是富有南方特色的林荫树。有时两旁全是榕树，有时全是石栗。有时全是高高直立的尤加利，有时又是木麻黄……公路又是笔直的，车子就好像进入崇山峻岭的峭壁之间，只见一线青天。此时要是落一阵急雨，车子在闪着水光的柏油路上行驶，就像滑行在流水潺潺的山涧之中，加上路旁的香蕉林、芋头园或是藕塘的莲叶受到大雨点的冲击，滴滴笃笃地响成一片，仿佛是"雨打芭蕉"、又像是"梧桐夜雨"，真是别有风韵。

而这一次，车子穿行在绿得闪光的葵林之中。葵树不很高大，叶子也不婆娑，可是那宽阔的大叶，迎着阳光，显得分外鲜绿。车子走了百来里路，就像穿过绿色的长廊。左右的堤围、河冲和鱼塘的边边上，一溜溜，一行行站着的小葵树，给人一种欣欣向荣的印象。当车子穿过一片葵园时，又似驶进了波浪起伏的葵海，这样新奇的景色，不由使车上人赞叹起来，我也不禁自语道："新会县可真是名符其实的葵乡啊！"

一位本地的同志，听见我的赞叹便向我建议："真要赏葵，还得到葵湖去看看，那里又是另一番景色。"

……当我来到葵湖时，正是一个夏日的清晨，这里三面环山，一潭清澈的湖水，在晨光中微微荡漾。在翠绿中却露出了一些别致的亭台建筑。而展现在眼前的四周湖岸、湖中小岛、小径和短堤，全是一色葵树。我顿时联想起一些摇曳着垂杨的湖岸，仿佛是一些女孩子，在摆动着衣袖和长裙，给人一种幽闲安静的印象。又想到一些山丘上的古老松柏，宛如年迈老人，正襟危坐，使人肃然起敬。

而这湖边的葵林，它那长长的叶柄，托着宽大的叶片，伸向天空，却像一群举重的健儿集合在这里认真操演，显示出一种稳重、壮实、健美的英姿。

多姿的杨柳，苍翠的松柏，曾引动过多少诗人画家，创作出多少不朽的诗篇和隽永有趣的画幅，可是这富有特色的葵树，似乎还未引起更多诗人、画家的注意，因此歌颂它、描绘它的作品，还是寥寥无几。此刻我脑际仿佛闪动着一种抱愧的情愫。

我站在堤旁，面向湖水，晨风吹来，清爽宜人。湖里的游鱼摇动着水中葵树的倒影，这时游人极少，听不到一点喧嚣之声，显得特别清幽宁静。

顺着弯弯的小径，穿过曲折的堤岸，来到坐落在湖中的水榭。这里湖光山色令人着迷。水榭的服务员，大概从我对葵湖的兴致，看出我是新来乍到的外地客人，就热情地问我从什么地方来可曾见过这么多的葵树？他说葵湖在新会县城西，所以原名西湖，后来，觉得它和杭州西湖重名，所以改为葵湖。这里原是沼泽地带，解放后，才用人工造成现在的样子。

我指着眼前一棵两丈来高的葵树问他："这棵树有二十年了吧？"

他吃惊地说："二十年？怕二百年都不止啦！"

我问："树长到这么高，不怕风吹倒么？"

他说："我们从小未见过风吹倒过葵树，听老人们说，十二级台风也别想把它吹倒。"

我想葵不怕风吹，树根一定扎得很深，便望了望那排葵树，有些长在湖岸边，有些却长在水中。我问："葵能长在水里？"

"葵可不怕水淹，也不怕干旱，它在溪边、塘边长得很壮实，在山坡上也长得很茂盛。"说着他向四周山上指了指："你看，它冬夏不落叶，最出奇的是周围林木都发生了虫害，有时树叶都给吃光了，可是葵树照旧是那样，不受传染。"

我不觉赞扬起来："这树真难得呀!'

他继续说："你可别小看它每年只给你长出一二十片叶子，可是年年这样，从不间断，活上一二百年，你想想，它给人们带来多少好处！只要你到葵艺厂去看看，就知道葵树全身都是宝，葵叶可以造出多少有用的好东西了!"

临别时，他好像感到遗憾，对我说："你今天来的不巧，葵湖在雨过天晴的时候最好看。一阵急雨过去，葵叶上的雨点未干，要是遇上落日斜照，雨珠反射出晶亮的耀眼光辉，好像万道彩虹照入水中，上下交映，真是说不出有多好看!"

经他这么一描绘，一幅亚热带的黄昏雨景，突然浮现在我的眼前，是一幅多么美好的画面。可惜我没有亲眼欣赏，确实感到可惜！只说："等以后有机会，一定再来。"

那一晚，我做了一连串有关葵树的梦，不但葵湖的景色反复在梦中出现，更奇怪的，我梦见了葵的性格！它们朴实大方，不骄不躁，踏踏实实，既不哗众取宠，也不沾染恶习，更能抗击强暴。多么美好！

次日，我来到葵艺厂参观。在这里，多么使我吃惊：葵叶已完全变了模样，长柄已抽成一捆一捆的葵篾，叶片已压成扇坯，剪裁下来的叶尾碎片，也都变成各种精致产品的原料。

尤其使人眼花缭乱的，是葵艺厂的展览厅。那里五光十色，琳琅满目，谁会想到，经过漂白、染色、艺术处理，葵叶一变成为葵席、葵屏、葵帘、葵垫、葵扇、葵帽、葵篮、葵灯等生活必需品，也是工艺美术品。葵艺厂负责人还说，新会出产的葵制品，有三千种以上。

展览厅上挂的大吊灯，就是经过漂白，用葵骨扎成的。望去，那花纹的细腻和柔润的光泽，好像是象牙的雕刻。

如火柴盒那样的宽度，竟排下十六条细葵篾，在这样的葵席、葵垫上，挑出的各种图案，纹理的细致均匀，花样的新鲜精巧，几乎令人不相信这是手工编织出来的。

用葵的叶尾碎片，编出来的提篮和提包——其中有织出花纹的，有扎出花朵的，有贴上一枝枝花的，有空透出各种花形的，真令人爱不释手。

新会特有的工艺，用火笔不但在扇面上能烙出琥珀色的花鸟虫鱼，栩栩如生；而且还能在特大的葵扇上，画出"嫦娥奔月""天女散花"等神话故事。

在一些细葵骨编制的扇面上，还绣出颜色鲜明的熊猫、蝴蝶和凤凰。而这类扇子早已成为欧洲、美洲、亚洲各国朋友客厅里珍贵的装饰品。

在一个精致的镜框里，镶着一把葵骨编制的扇子。这把扇子出过洋，在巴拿马国际博览会上曾得过金质奖章，这把扇子两面各有一幅画，都是浮现着高山、行云、树木、流水的山水画。细细看，才能辨出，这画完全是用竹子刻出一条条丝状的墨线，再贴上去的，可说是世界上少见的最珍奇的工艺品之一。

葵湖的奇景我没有看到，有点遗憾。可是在葵艺厂我却看到了葵制工艺品的艺术奇景。这人工创造的艺术奇景比自然的景色更绚丽多采，[①] 更千姿万态。这种人工创造的艺术奇景，美化了生活，给人以美的享受。我说不尽对葵艺品的创造者所产生的感激和尊敬之情。

从葵制工艺品中，看出新会人民的勤劳刻苦、手巧心灵，他们热爱艺术，有丰富的艺术想象。既创造了生活必需品，也适应了人们审美的需求。据说从晋朝起，新会人民一千五百多年来，子子孙孙接受祖辈种葵制葵的经验，并不断创新，才会有今天丰硕的成果。

新会人精心地培养了葵树，葵树也忠心地供养了新会人。全县八十万人口，有过半数是葵农和葵工。去年葵艺厂出产了九百万把扇子，八百万张葵席，四百万套汽车的椅垫，运销世界各地。这么多的成品，堆起来如高山，运出去要装满千百只船。

当晚，皓月当空，我坐在招待所花坛旁的石凳上，眼前葵影迷离，仰望天上星斗，回想起这几天对于葵的种种见闻，竟联想翩翩：

有些树木，春天满树繁花，秋天一树好果。花盛时招来众多观赏者，果熟时人们争相来品尝。可是享有盛名的花果树，花果期不过一二十年，一晃而过，好景总嫌不长。

葵树呢，花不出众，籽不甘甜；终年冷冷清清，既不似某些名花轰动一时，也不如某些香花到处被人传颂。可是从它破土出生，直到百年高龄，每年都给人间贡献几十块叶片，看起来很平凡，很微薄，但集起来却十分惊人。葵树呀！真可称为扎扎实实，鞠躬尽瘁地工作一生，而所需求的不多，但给予人的却不少。

有些树木性喜温润，偶遇干旱，容易枯死。另一些树木，性喜干爽，又常死于水患。它们生存条件很苛刻，且架势很大，它们即使侥幸混过旱涝，可是

———————————

① 多采：同多彩。——编者注

根薄底浅，树大招风，风暴一来，连根拔起，空使人叹息，令人遗恨，却又无可奈何。

而葵树呢，却是干旱不枯萎，水淹仍繁茂。就是遇上十二级台风，它也绝不低头弯腰，这么坚定梗直，不畏强暴的品格，能不令人肃然起敬！

不少奇花异草，平日花叶鲜亮，可是一遇到虫害，或遇到恶浊气候侵扰，就无法自持，很快凋残。而葵树却不易受到气候和害虫的影响，无论瘴病之气，或瘟疫虫害，它似乎都能进行奋力的抵抗，它不但生长时枝叶茂盛，就是干后的树叶，也不生蛀虫，更从不发霉腐烂。葵树生时如此高洁，一尘不染，即使死后，也不与败类同流合污。

啊！葵树的性格简直是美德的结晶。在惊异之余，我钦佩！我崇敬！

一九七九年七月于广州

# （二）

## 梅花村散记

### 一

我是梅花村的老住户。不记得在哪一年，村里在街边巷尾出现几间小木屋，就如旧社会娶亲时用的小轿子那么大，里面只能坐一个人，后来发现里面坐的都是老婆婆，有的已白发苍苍，有的背已驼。最引人注目的还是她们臂上的那个鲜红的袖章，上面印着两个大字："值勤"。

在我家巷口，也有一间小木屋，在这里值勤的阿婆特别瘦，走路时有些气喘，一看就知道是个体弱的人，我心里怀疑：这样的老人能干些什么呢？

一次，我走出巷口，有人向我问路，我正在迟疑，在我们巷口值勤的婆婆就代我指点了。后来，我又遇到几次有人向她问路，她都指点得好清楚，我真想不到，老人对梅花村这样熟悉。

我出门，经常遇到有人向我打听门牌，我十之八九答不出来。我的记忆力是差些，但这里的门牌也太混乱了。梅花村唯一留下"村"的特征是东西三条巷、南北两条街，都没有名称，所有门牌都像大家庭的孩子一样街巷一起大排行，一次是一号从东向西排，后来又从南向北排，再有一次不知是从哪儿开始的，所以，我家大门，原来是二十号，后来改为四号，现在是二十七号。其它很多大门也都有两个门牌号。如：旧二十九号新十九号、旧十六新三十五、三十六号原新十八，这个号也说明，原新十八号以前还有一个旧号，一个门牌就改过三次。再有后门随着前门排号，有时看到六十多号，中间又夹一个二十多号，梅花村过去都是花园洋房，现在花园都变成了一栋栋高楼。因此，在一个门牌上面又加上之一、之二、之三。所以，来梅花村初次找人，经常要在大街小巷转圈圈。

梅花村里，找不到一株梅花，村名"梅花"，出处不得而知。但在"文革"开始，据说红卫兵认为国民党的军徽上有梅花形图样，梅花是代表国民党的。这样梅花也变成了罪大恶极，几锤子就把梅花村的村牌砸烂了。一直到前几年，全运会在广州市召开，才给梅花村恢复名誉。村口又写上了"梅花村"三个大字。在梅花村蒙冤的二十多年间，有谁能找到梅花村呢！

很多第一次来我家的人，都说找我家门的困难，转来转去碰到巷口的阿婆才打听到。听了这些话，我对阿婆的感激之情也油然而生。慢慢地，我就跟她熟悉起来了。

阿婆的值勤岗位，在三叉路口，梅花村的人到福今市场买菜要经过她这里。接送孩子到省委幼儿园也要经过这里。每到天气晴朗，她的小屋门前，就坐着几个老人，有时我出门散步，她也招呼我去坐。我见到有的老人从市场回来提着很重的菜，中间放下篮子坐在这里喘口气；有的从远路来接孩子，走到这里坐下歇歇脚；有的在市场看好一双鞋子钱不够，在她这儿借几个钱，免得再回家爬楼；有的人家里有病人，托她找人来看护；也有的老人和儿子、媳妇闹矛盾，找她谈谈心，出出气。我也有麻烦过她的时候。一次过年，我的刀子太钝，很着急，就托她找一个磨刀的。过了两天，果然有一个磨刀师傅找上门来了。还有一次，限期已到还没有买到煤，跟阿婆一讲，她说："你把煤票和钱给我好了。"这样到傍晚煤就给送来了。

广州虽是花城，四季鲜花盛开，但是春天阴雨连绵，夏日暑气逼人，冬季阴湿寒冷。阿婆给我留下一些难忘的印象：当连日阴雨时，她都是打着半旧的雨伞，提着一个布袋，穿着胶鞋，大概怕跌倒，慢慢地、一步一步地挪动着脚步；夏日，烈日当空，柏油马路被烧得滚烫，街上行人稀少；可她依然坐在路边坚守岗位；冬日寒流南下，冷风刺骨，常常见她两手插在腋下，依在墙上晒太阳。无论什么季节，什么气候，她都看管好她辖区那些大院的门户，干部上班前她一定到位，干部下班后她才回家，把院落打扫得干干净净。我常想，这样体弱的老人，应该在家休息了，怎么还担任这样辛苦的工作呢？跟她闲谈时，随便了解到她的一些身世：她姓唐，原籍浙江，现已七十多岁，她是父母的第四个女儿，家里很穷，很小就送出去当童养媳，公婆不给饭吃，还常常打骂。她就逃回家去。后来又嫁给一个大她好多的小买卖人，生活也困难。丈夫就带她来广州谋生，到一家糖果厂做杂工，因为没有文化，语言不通，工作稍有差错，就遭到老板的痛斥。年老以后被工厂辞退了。丈夫去世后，两个儿子相继结婚，媳妇都是广东人。因为生活习惯和口味不同，不得不离开他们，谋得值勤工作后，自己就独立生活了。我问她："像你这把年纪做这项工作太辛苦吧！"出乎我预料的，她却说："不，不辛苦，这个工作可开心啦！在家好闷，没人讲话，在这一坐，交了好多朋友，南来的北往的，谈谈笑笑，日子好过得多。"恰巧，在我们谈话之间，有一个妇女，一手抱着孩子，一手提着东西，很远就大声叫："阿婆，XX 号在哪边？"阿婆听清后，就指给她道："在东南角拐弯处的那个门里。"这个妇女听了，气喘吁吁地说："我在梅花村转了好几个圈，也找不到这个门，我都想回去了，可是我妈刚搬来就病了，不见到她，我又不放心，多谢阿婆！"当她走过去，还回头来屡屡道谢。阿婆高兴地说："这可就能看到她妈妈了。"我看她目送那妇女走远，脸上笑容才慢慢消失。

从阿婆谈的经历，我想起了她的一生所处的环境，所受的待遇，是非常不幸的。亲生父母厌弃她，早年的公婆虐待她，老板鄙视她，儿女不关心她。她的半生没有看见过欢欣的脸，也没有听到亲切的话语，更没有得到过人们的爱护。可是，在这个岗位上，求助于她的人都是笑容可掬，得到她帮助过的人都对她满心感激，人们和她建立了友谊，对她问寒问暖。她在这个工作岗位上，得到了她一生没有得到的受人尊重、受人信赖、受人敬爱。她在晚年才感受到自己人生的价值和意义，难怪她对人常说："一天不来工作，就觉得像没有着落似的……"

二

六十年代初，我搬进梅花村的时候，这里的树木特别多。进村口右边就有三棵大榕树拥抱着一个宽大的篮球场，给人一种开阔的感觉。这样一个住宅区，能有这么大的地方供居民体育锻炼，也是很有气魄的。

当时这里的建筑多是花园小楼，里面种植着各式各样的花草、树木。有的院里的大树，枝干伸张，与林荫路上的参天大树错综、交叉，遮天蔽日，无论是院落还是街道都荫翳凉爽。这在喧闹、拥挤的城市是难得的好地方。

这里的庭院也各有不同。我家院里多是果树。有一人搂不过的苹婆大树，结的凤眼果味美可食，还有橄榄、杨桃、芒果树。其余空地种着几株芭蕉。院里也有石凳、盆景，真是一个休息散步的好地方。有的院落里种着一色的翠竹，中间的小楼被绿竹包围着，好像与尘世隔绝，显得格外清雅、幽静。有的院落里有鱼池、假山、凉亭和各式花草，很像中国古典小说中描写的那种后花园。有的主人喜种花草。一畦畦的种着姜花、大理、玫瑰等，四季鲜花盛开。有的院里种着菠萝蜜，大大的果实垂挂在墙外。有的种着番石榴、蒲桃、人参果，果实成熟时，引来很多孩子采摘。

初春，紫荆盛开，淡粉色的花朵，引来彩蝶和蜜蜂，给梅花村增添了诱人的春色。不久，木棉花、凤凰花陆续开放，便成绿树丛中一片红。梅花村的香花也很多，有白兰、鸡蛋花、夜来香等等。每当香花盛开，漫步在林荫路或庭院中，花香袭人。有时夜里，阵阵香气送上床头，沁人心脾。清晨，百鸟投林，鸣声悦耳，真是鸟语花香。因此，梅花村里和村外面的人都喜欢在这里散步、打拳、锻炼身体。

"文化大革命"一开始，梅花村被震动了。村里住的许多领导同志被大字报点了名。高音喇叭不停地广播这些人的"罪状"。红卫兵出出进进，到处检查、抄家捉人。过去那种宁静、和谐的气氛变成了恐怖和紧张。这种状态直至一九六八年底，在梅花村住的许多干部下了连山干校，留下的老人和孩子也被赶了出去。梅花村变成了一个空巢。"文革"后老住户才陆续搬回来。

经过了十年的动乱，梅花村的房屋失修，树木缺人管理。白蚁疯狂的繁殖，腐蚀了很多房屋和大树。我家这次搬回来，住在一个木结构的小楼里。我发现白蚁已在房里做巢，梁柱被蛀坏。不久，当无数的白蚁羽化出洞飞转在屋里时，就如同纷纷扬扬的下大雪，使人不敢张开嘴讲话。

一九七四年，台风席卷广州。一阵狂风暴雨，梅花村有九棵大树被刮倒了，压倒了一些墙壁，几天不能通车。在一次阴雨天气，又有大树倒了，砸坏了对面的楼房。此后，在晴朗的天气也倒过大树，还砸昏了一个过路行人，路边还有几棵大树，树心都被虫吃空了，居委会担心以后倒了会损坏房屋和砸伤行人，干脆就一起砍掉了。现在路边还残留着几棵大树的树墩，看到这些树墩，也可以想象当年它们是如何茂盛。

近些年来，梅花村卷入了建房热。办法是见缝插针，利用花园、球场、空地建高楼。改造旧楼，扩建新楼。凡是有障建筑的树木统一被砍掉了。过去绿翳喜人的林荫路，如今已如同老年人脱落过的牙齿，七零八落，东倒西歪。在建楼期间，梅花村的几条街上堆满了大量的钢材、木料、石灰、砂子。到处搭起了工棚，卡车出入，穿梭不停，机声日夜隆隆，到处人声嘈杂，尘埃飞扬，树叶变成了一片灰黄。现在梅花村高大的楼房增加了二十多栋了，可惜一百多棵大树不见了。

广州地区绿委会召开绿化动员大会发出警告："根据有关部门采用红外遥感航测技术统计，广州市区的绿化覆盖率为24.5%，比'文革'前下降6.3%。广州六十年代曾被评为全国绿化先进典型，城市绿化覆盖率仅次于南京，居全国第二位，但近十年来渐渐落伍。"梅花村也可以说是广州市内绿化逐渐落后的一个典型事例。

今年是广州市"八年绿化广州"的第五年，为在一九九三年达标，今年也是关键的一年。市委指出："必须形成一个领导带头，全民行动，全社会办绿化的局面。"

我们梅花村的住户，应该组织起来，进行全面规划，绿化梅花村还大有可为。街边、路旁可种些小灌木。住在楼下的人家，最好多种些攀藤植物，住在楼上的人家，可多种些下垂花草。这种立体绿化的方法，既静化了空气，又美化了环境。

对已有的树木，应进行一次全面检查修整，剪枝杀虫，培土壮根。新种植的小树应加强管理。花圃种植的九里香大半被孩子踩坏了。希望家长和学校对孩子进行爱护植物的教育，使梅花村和广州市其它的地方一样，争取三年内绿化达标。

# 附录

## 1. 应有个岭南文派

吴有恒

几年间，三个老人，秦牧、残云、杜埃，各出了一部长篇小说，都是写华侨社会、海外题材的。我因此而想到：有无岭南文派？应有个岭南文派。广东人三分之一有海外关系，四十个县称为侨乡，约一千万人住在海外。广东的文艺作品，很自然地便要反映这种特殊的社会生活。广东是较早地较多地吸收外来的新文化的，过去如此，现在也如此。用现在的话来说，那就是对外开放，是新潮。

近代史开始以来，广东率先对外开放，于是人才辈出。康有为、梁启超为先驱。梁启超开一代文风，他为文显明流畅，热情奔放，易于使人接受和理解，一时相效成风，不仅维新派学他，连革命派也学他，尤其是以粤籍文人为然。梁启超本身是个文学家。那时候，粤籍的著名诗人有黄遵宪，著名小说家有吴研人（我佛山人），黄小配，又有著名诗人兼小说家苏曼殊，这些人的著作，影响及于全国。那时候，是有个岭南文派，但人们不称之为岭南文派。因为那种新文风，随着革命新思潮的扩展，已迅速地影响及于全国，已不仅仅是岭南一地的了。

辛亥革命后，广东的新文化对全国的影响不如以前大。一九二五——一九二七年稍为大些，那是因为革命策源地在广州之故。但正如鲁迅说过的，那时是革命时期无文学，人们都忙于革命去了。一九二七年以后，新文化运动的中心在上海，鲁迅、茅盾都在上海。抗日战争、解放战争时期中各有一段期间，

369

内地文人避居香港，香港的文坛活跃，其中，有些是岭南文学，例如黄谷柳的《虾球传》，残云、秦牧等人的作品等，是岭南文学，但未称为派。

解放后，人们有点怕称为派。写海外题材，怕人说是宣扬资本主义，怕追海外关系；多一些地方色彩，怕人说是地方主义；连语言也怕人说不够规范化。《三家巷》很有地方色彩，但书一出就挨批，那些地方色彩，也就无人敢再赞赏了。只是近几年，风气不同，才又有三位老作家写海外题材的长篇巨著之事，才使我觉得应有个岭南文派。既然有岭南画派，有广东音乐，那就应有个岭南文派。我是这样想的。

岭南文派有一个特色是开放，是新潮，已如上述。康梁时代有康梁时代的开放和新潮，现在有现在的开放和新潮。梁启超中举人的八股文："明莫明于千里镜，巧莫巧于火轮船。"当时很新，现在就只能是老古董了。而且，这种新潮，又应是广东的新潮，而不是别处的新潮。例如《特区人》《雅马哈鱼档》，那就是。那是别处作家写不出来的。《燕赵悲歌》是易水遗风，广东作家写同类题材，必然不同。小说中的革新家，会更新潮些，更洋气些。在广东，作为一个大城市郊区的大队支书，是会更新潮些，更洋气些的。他不会毫无海外关系与港澳关系，他文化会更高一些，知识多一些，会讲更多的新名词。而且，广东人也不习惯于慷慨悲歌。广东古属于楚，有楚人遗风。屈原被放逐，眼见亡国，要自杀了，他写《离骚》，那是浪漫主义的作品，不是悲歌。而另一老人则说："楚虽三户，亡秦必楚。"项羽兵败自杀，唱"时不利兮骓不逝"，说"非战之罪"。这是古代的南方之强。现在的南方之强，其性格表现是怎样的呢？广西人说："冇有怕。"广东人说："定些，慢慢来。"广东人多计，识得变化，头脑是会比《燕赵悲歌》中那男子汉复杂些的。总之，同样是新潮人物，是革新家，是广东，就有广东人的特征。大概是：更新些，更洋气些；读这类作品，使人感觉到有海洋气候，而不是大陆气候。又比如写个体户。广东的个体户的发展，得风气之先，广州个体户已超过十万户，超过上海。这新事物，别的地方才在萌芽，广东已入鼎盛时期了。这些人有什么特征？我说不出来，但我想象，其中的佼佼者，必然见识较广。因为"飘洋过国见闻广，贸易度营生"。上个世纪传下来的《卖杂货调》就是这样唱的了。值得注意的是，"飘洋过国见闻广"这样的民歌，又是广东的特色。

因此，我以为岭南文派应力求以新奇取胜，而不以古朴见长。写广东所有而别处所无之人之事，写这里独特的山川风物，人情习俗，写这里的新人新事，写得真实，这就新奇了。

然而，又不能只务新奇，不求古朴。古朴，就是也要写这里的旧山川风物，旧人情习俗。时代虽变化了，许多传统的东西却没有变或变得很少。新东西同旧东西是互相渗透溶和的，尤其是以意识形态为然。这些固有的东西，往往又最足以显示地方特色。它各自不同，非常缤纷多彩。例如赛龙舟，粗看都见只龙舟，其实不然，各只龙舟油彩装饰均不同，旗色不同，船桨也不同色，各只船又各自有其一套历史、故事传说等等：千差万别。尽管乡村的行政早已另行划分了，赛时各队却仍以其旧时的乡、约、村、社为单位相比赛。因此我想到，写一篇一般的赛龙舟记，也许是容易，要具体地写得它很深很活，写得它很有个性，那就难了。赛龙舟曾被禁止过，开禁的第一年，有一港商，已是大老板了，他捐款数万元，重建本村龙舟队，他自己也参加比赛，很卖力。这人的思想活动是怎样的呢？我想写他而未果。总之，我以为我们广东作家的作品，要更多地有传统性的地方色彩，而缺乏这种色彩，却恰恰是我们许多作品的缺点。这就使人看起来，它没多少特色，不成一派。

要写出地方色彩，那就要更多地了解广东的社会、广东的历史。欧阳山的《三家巷》写得好，那是因为他了解那时的历史，了解那个社会。仅凭空想，是想不出像那巷内三家、姊妹三家那样复杂的社会关系的。这样的知识，要靠调查，观察，还要多读书。对于北京人，北京作家已有作典型调查，计划为各不相同的一百个人立传、作素描的了。这是基本功。不但写出的这一百人将是足以传世之作，有了这基本功，作者将必能有更大的成就。我希望广州亦有人下此苦工。写广州一百人，广东一百人，侨乡一百人，等等。此计若成，那就自然有个岭南文派了。写人，一定要力求其个个不同；写事，亦件件不同。杜埃的《风雨太平洋》，第一章题为霍斯特·李的家族。写的是一个姓李而有个外文名的华侨，这题目已点出这华侨不同于一般华侨。现在，一些作品，写人和事，往往大致相同。而不是很明显地使人一见便觉得不同。这实也是由于对于社会对于历史知之不多之故。犹如画画，写生不多，画出来的人的面貌往往相同，如兄弟姊妹。因此，我再三地希望，年青的同志们下决心，去了解广东的社会，了解广东的历史。对社会，对历史的了解更深更多，对每个不同的人的了解也就更深更多，这样，写出来的作品，就自然而然地更加真实，更加有地方特色，有自己的风格了。真正形成自己不同的风格，大概要有十年八年功夫。

还有个问题是作品中的语言问题。语言也应有地方特色，我是广东人，学讲普通话只是南腔北调，所以我作品中的文学语言也只是南腔北调。我是主张南腔北调的。广东人读得通，北方人看得懂，这就是了。所以，我往往用一些文言文习用的词儿，有时甚至用四六句，这都是为了使人读得通看得懂之故。广东人讲官话，非其所长，我宁可避其短。然面，也不仅仅是为了避短。我们有责任把我们这地方语言中的精采的东西介绍给全国。我们地方语言，其言情指事，状形，绘物，往往与北方人不同，例如感到难过，感到委屈时，客家话讲冤枉，阳江话讲凄凉。各尽其致。我们许多独特的民谣、习惯用语、成语，有些可以翻译，有些很难翻译。广东有很多倒装语法，"鸡公"即公鸡，"吃饭先"宜写作先吃饭，但"点解呀又?"如写成"又为什么呀?"就不那么够味了。欧阳山形容人的脸色，用黄霜霜三字，有人赞他用得好。我亦用过黄丧丧三字。有时往往为了一个字眼，就想了几天。欧阳山在这方面成就较大。他用了许多广东话，人们并不觉得他语言不规范化。

—九八六年三月十日

# 2. 已经有个岭南文派

黄伟宗

从 20 世纪 50 年代末开始步入岭南文坛的作家余松岩，去年在中国青年出版社出版了他的新作《地火侠魂》。这部长篇小说，可说是余松岩从事文学创作三十余年来最有份量的作品，体现了岭南第二代作家（即五六十年代成长的）的一种创作现象，体现了吴有恒提出的岭南文派的几个特征，并同时说明了解放后岭南的第一代和第二作家，都方式不同、程度不同地有着可称之为流派特征的若干创作现象。

大致上说，文学创作的流派有三种类型：一是较重于政治、哲学及美学、文学倾向的一致及其色彩；二是艺术风格上的相仿和偏重；三是地域性的相似和鲜明。岭南文派是属第三种也即是地域性的流派。地域性在文学创作中首先体现于题材和把握题材的思想。吴老说岭南文派首先是"开放，新潮"，即是这种特征的体现。《地火侠魂》写的是为孙中山领导的民主革命第一位烈士陆皓东的光辉一生，并反映出辛亥革命前夕中国社会的"地火侠魂"，尤其是描写了作为中国资产阶级民主革命策源地和中国受西方资本主义冲击的桥头堡广东 20 世纪初的世态风情，这是岭南特有的题材，又是对于中国现代史有着重大影响，决定并最能体现 20 世纪初中国的"开放，新潮"的思想的。为一位资产阶级民主革命家立传，这书在当代中国小说中是首部；所写陆皓东的事迹，体现了资产阶级民主革命的思想和精神，又展现了粤港和海外在清末时的资本主义发展状况，以及社会各个阶层，包括妓寨、丐帮、盗寇等的光怪离奇的生活，展现了万花筒般的 20 世纪初的岭南世态。选择这样的题材和这样把握题材是过去罕有的，所写的虽是百年前的旧事而令人赏心悦目，都在于作者把握题材的思想"开放，新潮"，说明了岭南文派的特色之一，就在题材的选择和把握上。

不必讳言，在《地火侠魂》问世之前，余松岩的作品虽不少，但在全国文坛的影响，还不能说是很突出的。这不仅余松岩个人如此，与他同辈于五六十年代出现的作家，即现在所说的中年或第二代作家，恐怕也大致如此，可喜的是，广东的这一代作家，近些年来都先后出版了颇有分量的、影响较大的、堪称各人代表作的作品，如：陈国凯的《好人阿通》，杨干华的《天堂众生录》，朱崇山的《流动的雾》，程贤章、王杏元的《胭脂河》等等。值得注意的是，尽管这些作品题材有新有旧，但都是写岭南，在题材把握上都体现出"开放，新潮"思想精神的；并且也在这一点上，与广东在建国后第一代，现在称之为老一代作家和他们的代表作的情况，又是有某种相似或一脉相承的，如：欧阳山的《三家巷》、秦牧的《花城》、陈残云的《香飘四季》、吴有恒的《山乡风云》、杜埃的《乡情曲》、黄秋耘的《丁香花下》等等，不管是写于何时、写何年代的生活，又都是写华南、同有"开放，新潮"的特征的作品。应该说，这批老一代的岭南作家和他们的这些代表作，在全国文坛的影响，尤其是它们所具的岭南地方特色，已得到公认，称他们为一代的岭南文派，是会被人们接受的。但过去人们怕称派，所以未有人论述过，吴老在文章中说岭南文派"似有未有"，又说"还未有足够数量的作家，还没有足够数量与质量的作品，关键在于新起的一代"。究其本意，似是当时只有老一代而欠中青一代的成熟。吴老所说状况，在他提出这主张的 1986 年时，的确如此，经过近六年的努力（吴老在文章中估计"大概要十年八年工夫"），出现了包括余松岩在内的第二代作家的群体性创作现象，不就意味着吴老所预言的岭南文派提早形成了么？

文学地域性的主要标志，是在于创造出具有鲜明地域素质和气质的人物形象，或者显示出地域特有的人的素质或气质。这也是作为地域性文学流派的一个，也即是主要的标志。吴老说："写广州一百人，广东一百人，侨乡一百人，等等。此计若成，那就自然有个岭南文派了。"又说："广东人多计，识得变化，头脑是会比《燕赵悲歌》中那男子汉复杂些的。总之，同样是新潮人物，是革新家，是广东人，就有广东人的特征。大概是：更新些，更洋些；读这类作品，使人感觉到海洋气候，而不是大陆气候。"这些颇有见地的看法，也都在岭南几代作家的创作中、尤其是近些年的中青一代作家的创作中得到了一脉相承的体现和实现。岭南老一代作家塑造的人物形象，具有岭南素质和气质的成功艺术典型，粗算也有近百个：周炳、区桃、陈文婷、陈文雄、何守仁（以上《一代风流》）、许火照、许凤英、何桂珍（以上《香飘四季》）、刘琴、斩尾蛇（以上《山乡风云》）、霍斯特·李家族（杜埃：《风雨太平洋》）、梁甜（于逢《金沙洲》）等等；在中年一代作家的创作中，具有这种特质的成功艺术典型，也是颇多的，恕不一一列举。其他不是以创造人物形象为主的艺术样式（如散文、杂文、报告文学、诗歌）的许多优秀作品，也大都鲜明体现了岭南人的素质和气质。

《地火侠魂》里的人物也是如此，主要人物陆皓东、尤都好，特别成功。陆皓东的形象，既是历史真实人物，又是艺术典型；是民族民主革命英雄，又是清末正视世界、接受西方文化的先行者；是有浓厚的中华民族文化意识和素养的志士，又是很有现代观念的文化人和企业家；是一位很有民族正气、义气、侠气的仁人义士，又是一位思想开明、足智多谋、风流倜傥的青年革命家。尤都好这位女性形象，是虚构人物，是一个很有岭南风采的人物形象，她既有中国女性的传统道德美，自强的精神，侠义的气质，又有 20 世纪初西方文明冲击岭南而带来的现代意识和素质，是一个传统与现代交融的理想形象，这两个可以进入中国当代文学艺术典型画廊的人物，正就是具有吴老所说的广东人的特质的；其他如孙文、杨衢云、陈少白、朱淇等历史人物，尤协成、新绿珠、陈大牛等虚构人物，也都程度不同地具有这种特质。这些人物形象的创造成功，说明了中年一代作家已像老一代作家那样，注重写岭南人物的特有气质，并且越来越多地创造了岭南人物的形象，从而也在这方面体现了岭南文派的形成。

文学地域性的最明显标志，是描写地域特有山川风物，人情习俗。"文革"前，欧阳山在《三家巷》描写广东的人情习俗甚多，世人瞩目，秦牧的《愤怒的海》，陈残云的《香飘四季》，吴有恒的《山乡风云》，王杏元的《绿竹村风云》，都不约而同地描写了甚浓的岭南人情习俗，这种现象，是"群体"性的。这即使不能算是当时构成岭南文派的标志之一，也可说是预示性的征兆之一。新时期以来，整个中国文坛都有重视地域性、强化人情习俗描写的趋向，如"乡土文学"的提倡，"西部文学"的兴起，尤其是在"文化热"背景下出现的"寻根文学"潮流。这种趋向，说明了事实上全国已有不少地域或群体性的文学形成或自称为某种文派，而其标志之一也就在于写出某种地域的世态风情和文化习俗。在这样的气候下，岭南作家在这方面也更进一步，更普遍、更有特色和深度。余松岩的《地火侠魂》相当广泛地描写了清末时珠江三角洲的人情世态，揭露了过去作品甚少写及的妓寨、丐帮、闹姓赌博、盗匪等黑社会生活，展现了 20 世纪初岭南的海洋文化风貌。它的世态风情描写，虽然尚存在着作为历史事件和人物成长环境和作为文化的一种现象提炼不足、写人物思想性格发展联系不够紧密等缺点，但总的说是很能体现新时期以来广东第二代作家在这方面的艺术进展，并以此而为岭南文派确已形成提供了又一例证的。

语言是文学的要素，也是构成文学流派特色的要素。地域性的文学流派，必然有地方特色的语言，但这又不是只是本地方的人能懂，其他地方人看不懂的方言土语，必须是有地方性又有全国共通性。广东方言多，代表性的粤语同普通话相差甚大。岭南作家为此要对语言特别用功夫。欧阳山提出"东西南北调，古今中外法"的主张，并以《三家巷》等创作提供了成功的实践范例。吴有恒主张"南腔北调"，"往往用一些文言文习用的词儿，有时甚至用四六句，……把地方语言中的精彩的东西介绍给全国"。他的创作语言，是颇有古风土味的。从文字语言上说，像欧阳山、吴有恒这样的有理论、有实践并独树一帜、代表一方的文艺大家，在全国是不多的。从这意义上说，他们早已开创并代表着岭南文派。余松岩这部小说，语言上近似吴有恒的古风土味，又有欧阳山、陈残云的若干风韵，同陈国凯、杨干华、程贤章等同辈作家之语言有甚多相通，与刘西鸿、伊妮等青年作家的"文味普通话"也有某种神韵相应。这部作品在语言上，不仅具有岭南特点，而且具有融汇或沟通岭南几代作家语言上风味的长处。

提倡地域性的文派或学派、艺术流派，强调和强化文艺的地域性，并不是偏离或冲淡文艺的思想性、时代性和全国性、世界性，恰恰相反，而是为了拓宽、丰富和加强社会主义文艺的这些基本性能的途径，更充分地调动和利用各种地方性的积极文化因素和财富，使社会主义文艺形成真正百花齐放、百家争鸣的局面，使每个作家都能在正确文艺方向指引下强化群体意识和本根意识，是有好处的，在地域经济日益发展的情况下，也是势在必趋的。更何况文坛的实际（也即是从理论和实践的成果和成熟程度上考察）上说，确实已有岭南文派，不如公开承认，促其发展，使之在各方面更成熟，出更多成果，更有成就。当然，这决不意味着岭南作家只能以这文派特点写作，更不意味着余松岩这部小说是这"文派"的创作"范例"。本文不过是借此论证这文派的形成，并以这文派的形成和发展更好地推动岭南文学的繁荣发展。

一九九二年一月

# 3. 论珠江文化及其典型代表陈残云

黄伟宗

在庆贺陈残云文学生涯 55 周年之际，陈残云的名字被列入当代中国文化名人系列。这位 77 岁高龄的老作家以其 300 余万字作品对中国文化作出了卓越贡献。他的文学活动和文学创作从一个方面体现、丰富和发展了中华民族文化意识。

陈残云对中华民族文化的贡献是通过以革命的时代精神熔铸和丰富珠江文化而实现的。他的作品是珠江文化的一种体现，他是珠江文化在文学上的典型代表。

一

《当代文坛报》曾经提出"珠江文化圈"的概念而引起争论。争论的焦点是文化有无地域性及在中华民族文化中是否有地域文化之分的问题。诚然，文化是社会经济基础的反映，是由一定的社会历史、经济关系决定的。但是恩格斯指出："包括在经济关系中的还有这些关系赖以发展的地理基础。"（《马克思恩格斯选集》第四卷第 505 页）值得注意的是"地理基础"几个字是以黑体字加以突出的，表明恩格斯强调它在经济关系中的重要性，自然也包括它在受经济关系制约的文化中的重要作用。由此可见，在肯定民族的经济和文化的整体统一性前提下，提出地域性差别及各种地域文化的概念是有理论依据的。

地域性的文化概念显然比某些以秦、楚、吴、越等先秦行政区划命名的文化概念更为科学。根据历史和地域的实际，中华民族文化的构成有三个主要部分：黄河流域文化、长江流域文化、珠江流域文化。此外还有黑龙江、雅鲁藏布江等江河流域文化。由于历史上政治、经济、文化中心主要是黄河和长江流域，因而这两个水域的文化常被视为中华民族文化的主体或正宗。这种现象可以理解，但由此造成忽视珠江文化的存在及其在中华民族文化中的重要地位和作用则有失片面。而这种偏颇同样表现在作为文化的重要组成及体现的文学艺术上。当今流行的文艺史及有关文艺的研究都对珠江文艺的历史和独特性欠缺应有的重视和关注。

这个问题的提出并非将"三江"文化对立，而是指出了中华民族文化是由多个子系统构成这样一个事实。每一个中国文化名人都是通过为一定的本土文化作出贡献而为中华民族文化增添光彩。赵树理以黄河文化为中华民族文化增光，周立波以长江文化为中华民族文化添彩，而陈残云则是以作品中凝聚的珠江文化风姿为中华民族文化作出贡献。

二

珠江文化或可称为岭南文化，它所覆盖的地域为珠江流域和珠江口外沿海诸岛，包括广东、广西、海南及香港、澳门。这片华南地域因独特的地理位置和自然环境、历史原因形成了自身的经济、文化特性，在整个中华民族的经济文化中有独特的位置和作用。

或许可以以珠江的特点喻珠江文化的特质和风韵。那就是：多样、平实、清新、洒脱。珠江流域的地理风光、人情风俗、经济基础、工农业产品、建筑格调以至人的服装、性格、交往方式等无不显出这种特色。岭南画派、广东音乐、粤剧等更是如此。陈残云的人品文品，他的文学道路和全部作品正是这种特色的表现。

珠江与黄河、长江最大的不同处是它由三条干流——西江、北江、东江汇合而成。这种结构形态即多样性。珠江流域的自然与社会正体现着符合这种多样性的多姿多彩。其地理、地质、气候、动植物以及经济、文化、风俗等均如此。陈残云创作的最大特点也表现了这种多彩多姿。从内容说，他的作品写了历史和现实中珠江流域各式各样的生活；从文学样式说，他几乎使用了每种文学体裁，并都写出了有影响的作品。20世纪40年代，他发表了《黎明散曲》等诗篇，创作了轰动一时的中篇小说《风砂的城》，粤语电影《珠江泪》更是家喻户晓；50年代他除了以《羊城暗哨》《椰林曲》《南海潮》（后两者与人合作）等电影剧本享誉影坛之外，又以一批中篇小说跻身于中国著名小说家之林；60年代他在《红旗》杂志发表《沙田水秀》等散文名篇获得"红旗作家"称誉，并以长篇小说《香飘四季》而成为国际知名作家；70年代和80年代，他以中篇小说《深圳河畔》、长篇小说《山谷风烟》《热带惊涛录》以及《香港纪行》等一批散文既获得"赤脚作家"的赞美，又被认为对华侨题材创作作出了贡献。这种从内容到形式的多彩多姿体现了陈残云艺术素养和才华的多彩多姿，与珠江文化的特色和神韵浑然一体。

三

陈残云出生于广州市郊农村，青年时代在香港做工并开始写作，此后回到广州读大学并投身革命和革命文学运动。抗日战争时期他曾在马来亚身受日寇侵略之苦。辗转回到祖国之后，他参加了东江纵队。从那时迄今40余年，他一直生活在珠江流域。

陈残云的生活历程表明，他是由珠江文化哺育成长的。他的所有作品都是写他自己经历过的珠江人的生活，即使是反映海外马来亚抗日时期生活的《热带惊涛录》，也是写几个香港人的经历。他所塑造的人物无论属什么阶层具什么样的独特个性，都程度不同、方式不同地具有珠江人特有的文化意识和素质，其中最明显的就是平实，也即平和、实在、实际。《风砂的城》中的江瑶，《还乡记》中的罗润田，《珠江泪》中的阿牛和牛嫂，《香飘四季》中的许火照、叶肖蓉、许凤英、何桂珍，《热带惊涛录》中的杜青松，《山谷风烟》中的刘二柱、刘东仔，这些作品中的主要人物都是具有珠江文化平实特质的形象。

而作为塑造这些人物的作家陈残云自己，无论是指导人生的态度、为人的风格还是创作的态度和风格，都具有鲜明的平实特质和气度。他的一贯生活作风是艰苦朴素，对人热情诚实，工作认真负责，做事踏实。他的创作道路和创作态度的平实表现在：数十年来，他始终紧跟现实，随现实的需要写作。从题材到艺术形式的选取均遵循这一原则。抗战时需要鼓动诗，他便投入诗创作，需要真实的报道，他便写了《走出马来亚》。40年代末，香港需要革命的粤语电影，他写了《珠江泪》。建国初期需要写革命斗争历史的电影，他就投入了《椰林曲》《羊城暗哨》《南海潮》的创作。现实生活需要写农村的改革，他写出《山村的早晨》；需要反映社会主义建设时期农村的变迁，他拿出了《山谷风烟》《香飘四季》和《珠江岸边》等等。他不像一般作家那样有某种艺术题材的特别偏好与较固定的文体追求，而是现实需要什么就写什么。他的作品内容大多是现实生活中的新人新事，其描写也是本着忠于生活真实的原则，以实实在在的态度写实实在在的人和事，并且以对现实有实实在在的作用为出发点。

正是由于这样一种平实的写作态度，陈残云的作品无论写什么年代，都具有真实感。即使写50年代末中国农村浮夸风甚炽甚盛的"三面红旗"运动，他之所写也是真实的。《香飘四季》以人民公社化运动为背景，但主要是写集体大搞农田水利所引起的农村发展变化。《沙田水秀》也是写兴修水利。《鸭寮纪事》则写怎样少用谷子养鸭。这些都是实实在在的生活。尽管当时的整体社会生活是狂热的，实行的某些政策已被历史否定。但是即使站在今日的高度去看陈残云当年的创作，也可以看出其作品中的人和事实实在在，并具有现实意义。

这种为人为文全面体现平实风格的特点固然是陈残云个人品格和性格的体现，但从更深层次上说，这正是珠江文化特质的外显。诚然，崇尚忠诚、朴实、实际是我国传统文化意识和道德规范之一。但是相比之下，珠江流域因其历代经济的发达和对外交往的频繁而显得较为突出。作为大统一的大国家，各个历史时代的政治经济政策总体上总是南北一致，但细致考察则可看出岭南的做法更为偏重实在。文学艺术也同样，在民族总体特征和时代总体特征之下，岭南的文艺总有更为强烈的实在性因素和风格。康有为及梁启超的文章、黄遵宪的诗正在这点上有别于魏源、严复、谭嗣同的诗文。岭南画派创始人高剑父等强调"师法自然"的主张和画风。以《雨打芭蕉》《平湖秋月》《步步高》等名曲为代表的广东音乐流畅着平实格调。还有粤讴、咸水歌以及粤曲中独具特色的南音、木鱼等，都贴近生活，无不体现珠江文化的平实特质。陈残云的平实之风正是这种千姿百态而又保持某种共性的文化现象的反映。

四

如果说，黄河的风采是万马奔腾的雄浑，长江的风采是"浪淘尽千古风流人物"的开阔，那么珠江的风采可以说是平实和清新。

清新与平实相互联系而各有所含。所谓清新，指的是洁静、淡雅、轻巧、别致、灵活，不断求新求精。珠江文化的清新特质不仅自古有之，而且日益发展强化。以饮早茶习惯和方式为代表的岭南饮食文化正是其典型体现。在经济方面自古以来一直至近年改革开放都体现出的灵活性和求新精神也足以说明这一点。

岭南地区濒海而背靠五岭，能较直接、迅速地承受外国经济与文化的"海风"沐浴。同时，五岭屏立及其造成的地理与气候差异及社会差异也给它以影响。"清新"正是这种形态的凝聚和折射。这种特质辐射于珠江流域的文学艺术之中，体现在每一个文化素养浓厚的文艺大家身上。

陈残云的创作始终以紧贴现实为宗旨，从而满溢清新的生活气息。他笔下的世态风情有着强烈的时代色彩，也有着浓郁的地方风味。《香飘四季》的书名即显出一派清新。小说写的是"大跃进"背景下的农村生活，但却见不到沉重的政治斗争。它不是以政治斗争铺设矛盾格局或基础，而是以许火照与叶肖蓉、何津与许凤英、何水生与阿秀等青年在兴修水利的过程中的理想、爱情、婚姻纠葛为经纬，反映出现实生活中至今仍值得提倡的你追我赶的朝气，表现了当时好些作家不敢表现的青年爱情生活，显示出社会意义和清新的生活气息。其中有许多别具风情的图画，诸如下棋、看戏、过节、趁圩、划龙舟、到"陶陶居"相亲等，充满水乡的清新。

陈残云喜欢用广州话词汇和语法为基础的普通话，格调抒情、轻快，通俗易懂且贴切地表现出珠江风味。《香飘四季》的开头写道："1958 年新年过后，东涌高级社的会计何水生对自己的年龄记得特别清楚，他已经 29 岁了。这样的年龄，正像母亲所唠啰的一样，该讨个老婆了。可是这位沉实的，说话阴声细气，紧张时有几分口吃，因而在姑娘们的面前有点自卑的小知识分子，却对这件事情感到渺茫。村子里没有媒人，又没有人替他搭线，他自己又不善于跟别人搭兜……"在这段短短的介绍性语言里，就有"讨个老婆""沉实""阴声细气""搭线""兜搭"等好些粤语特有的短语或词汇。它们具有南国特色，却又不使外地读者误解或感到涩滞。所写的何水生的心情苦闷、惆怅，但语言的格调轻松、抒情，使人有清新之感。一段小小的介绍性文字尚且如此，小说的描述及人物语言则可想而知。

## 五

与多样、平实、清新相关联，洒脱也是珠江文化的特质之一。珠江多源，河汉纵横如网，江面宽阔，流势平稳。岭南地区有漫长的海岸线，视野开阔。这些都形成了洒脱的基调。把珠江流域的政治、经济、文化史放在中华民族文化的大背景下考察，就可以感觉到岭南人对矛盾的处理以至对社会、人生的态度相对来说有较强的洒脱气度。

发展了佛教的六祖惠能以"菩提本无树，明镜亦非台。本来无一物，何处惹尘埃"的偈语体现出岭南式的洒脱。岭南著名诗人屈大均、苏曼殊都是气节刚烈、甚有抱负的人，却又都走上了削发为僧之路。中国近、现代史上叱咤风云的岭南籍政治家洪秀全、康有为、孙中山等都在兴盛时期打出"大同"旗帜。在中国无产阶级革命史的重大转折关头发挥重要作用的叶挺、叶剑英等，都有顾全大局甘受委屈，大事清楚小事糊涂的气度。这些岭南风流人物虽有不同的历史、政治背景和阶级特质，但都体现着洒脱。尽管所体现的洒脱各各不同，却有着某种相通，而这，正是以珠江文化特质为其同基础的内在相通。

陈残云之为人为文也颇为洒脱。他的人生道路充满曲折坎坷，但无论在受难受挫的当时或事后，他总是洒脱视之，并不耿耿于怀。"文化大革命"中他与大多数作家一样挨批挨斗，但他迄今未写关于自己的"伤痕文学"。1960 年是国家经济困难时期，他正在创作《香飘四季》，写的正是造成经济困难的"大跃进"时期。他却没有"皱着眉头"去写，没有写这年头的重重矛盾，而是以轻快的笔墨写生活中"香飘四季"的"万花筒"，写洒脱的田园诗。

值得提出的是，在陈残云的小说和电影中，不论怎样揭露矛盾，怎样深化和扩展矛盾，对矛盾的解决和处理往往显出一种洒脱。中篇小说《风砂的城》中的主人公江瑶以嫁给农民走出困境，解决矛盾；《还乡记》中的归侨罗润田受到社会恶势力的压迫欺诈，最终决定远走异国；短篇小说《小窗圆》中的黑骨球和电影《珠江泪》中的阿牛都是刚烈硬汉，都被黑暗社会迫害离开妻子。他们的妻子被迫沦为娼妓，但他们都并不因此厌恶自己的妻子。尤值得注意的是，陈残云以对现实反映的敏感、及时为特点，但并不写对政策亦步亦趋的应景文章，而是从实际出发，以宽容和灵活的态度对待一些实际问题。中篇小说《深圳河畔》就由此而较早显出开放意识和敏感性。小说写的是 1957 年边防线上的故事。主人公亚芬为找丈夫越过边境去香港，这在当时或可以叛国投敌论罪，但小说却充满对她的理解和同情。正因为这样，这篇写于 1957 年的小说直至 1980 年 4 月方才在改革开放环境中订正发表。也是在 1980 年，陈残云连续写了《香港纪行》《香港散记》《香港随想录》《香港文坛琐谈》等一系列散文特写，多层次多角度地描绘香港的社会生活，该褒则褒，该贬则贬，让人了解真实的香港。这在改革开放之初，也是难能可贵的。这些事例足以说明陈残云的创作以生活为出发点，敏感而开明，有珠江文化特有的洒脱气度。

珠江文化的特质及陈残云的创作评论是两个大命题，各自均可任笔墨驰骋纵横。本文主要着眼于两者之间的联系，不免对两个命题均仅触及皮毛。然旨在抛砖引玉，望能就此引起关注。

1991 年 6 月

# 4. 岭南文派最早耕耘者之一[①]

## ——从文化视角论黄谷柳

张绰

黄谷柳，是一位海内外颇有影响的作家。他的代表作《虾球传》一九四七年在香港《华商报》连载时，曾引起读者强烈的反应。不久，出版单行本，一连三版，很快就销售一空。后被日本汉学家实藤惠秀博士与作家岛田政雄合作译成日文，名为《虾球物语》，受到日本广大读者的欢迎。与此同时，《虾球传》第一部《春风秋雨》由马文辉译成英译本；第二部《白云珠海》则由张蠹峰译成英译本。正如夏衍同志说的："这是一部很有特色的作品，写广东下层市民生活，既有时代特征又有鲜明的地方色彩"；茅盾同志也曾评价过他的作品，说他的作品能"从城市市民生活的表现中激发了读者的不满，反抗与追求新的前途的情绪"，而在风格上"打破了'五四'传统形式的限制而力求向民族形式与大众化的方向发展"。除了《虾球传》外，黄谷柳还出版过短篇小说集《干妈》，中篇小说集《渔港新事》，朝鲜战地通讯集《战友的爱》，中篇小说《接珥人》以及与珠影导演王为一合作改编的粤语电影文学剧本《七十二家房客》等。他曾两次奔赴抗美援朝前线，并在上甘岭战役中立了军功，但回国后创作的《和平哨兵》的手稿，却在十年动乱的日子，忍痛焚毁，造成了无可弥补的损失。

我认为，如果写现代文学史，特别是广东文学史，黄谷柳的《虾球传》是应该占有光辉的篇章的。对黄谷柳，在四十年代后期的香港报刊评论甚多。解放后，特别是一九五七年他被错划为右派以后，便在文坛上沉寂下来。其实，他从未间断过写作，发表的作品虽不多，然而黄谷柳的名字和作品是不应该被遗忘的。如果说，要建立岭南文派，或者说已经有了岭南文派，那么，黄谷柳应该是最早的耕耘者之一。但是，过去对黄谷柳的评论，多是对"虾球"人物形象的真实性争论，却很少从文化学的角度来审视这一作家。这里，我想就文化视角论黄谷柳，着重谈苦难体察、市井风情、人物透视、情欲观照和文化困境等几个方面；试图对黄谷柳作一探究。

---

[①] 主标题是编者所加，原题为《从文化视角论黄谷柳》，原载于《广东社会科学》，1992 年第 5 期，第 107～113 页。

## 一、苦难体察

黄谷柳出身很苦，经历坎坷，他对人民的苦难有深切的体验，而表现在作品上，他对苦难体察的观点，是从初期的人道主义，逐步转到阶级分析和阶级斗争的观点。这不仅是他的作品特点，而且也是作家主体意识的特点。

黄谷柳一九〇八年十一月十五日出生于越南海防市，原名黄显襄，笔名除黄谷柳外，亦曾用海星、冬青、丁冬。他祖籍是广东省防城县。黄谷柳是庶出，生母是云南省河口镇贫民，因被大母所逐，便离开越南返云南。谷柳自幼随生母寄居云南河口外祖母、舅父家。外祖母家也很穷，谷柳勉强读完小学，虽考上昆明联合中学，也无力缴纳学膳费，只得改读云南省第一师范学校。在师范学校读了两年，便到香港读新闻夜校，并在《循环日报》当校对。后因劳累过度，咯血病倒，被迫辞去校对一职。他病稍好后，为了生活，进了广东燕塘军校，后来就一直在国民党军队里干了十多年。抗战结束后，他又带领家人重到香港，靠写作为生，仍然过着穷困的日子。所以，就黄谷柳的经历来说，本身就是一部苦难的历史。有一次，夏衍曾经问过他："你生在越南，长在云南河口，为什么能那么熟悉广东下层社会的生活？"他乐呵呵地说："那主要是因为生活穷困，做过苦力，当过兵，和穷人、烂仔、捞家经常打交道的缘故。"他还谈起这样一件事，他曾经为一个像小说中的主人公虾球那样的流浪儿打抱不平而遭到烂仔们的殴打。谷柳同情这些人，但又没有办法援助他们，这才迫使他开始寻找解放穷人的真理。

但是，我们可以从谷柳的作品中看到，三十年代谷柳对苦难的体察，和他后来写《虾球传》对苦难的体察，是有明显不同的。前者只是人道主义的同情、怜悯，而后者却是有鲜明的阶级意识，这不仅标志着这两类作品的不同层次和品格，而且也透视着作家思想发展的轨迹。我们先看看谷柳三十年代的一篇主要作品《干妈》。这篇小说写于一九三八年九月，是通过欧阳山送到茅盾主编的《文艺阵地》上发表的，后来被翻译为世界语文字。这虽然是短篇小说，但是在很大的程度上也是作者的亲身经历。日军进攻上海时，谷柳随军开往前线。南京陷落时，他在混乱中成了散兵。在日寇南京大屠杀中，谷柳在一个爱国老婆子的冒险掩护下躲了下来，度过了几十天惊险的日子。后来，仗着那老婆子的帮助，他化装逃出南京，最后辗转跑到重庆。这篇小说，就是以这一事件为背景，写出了"干妈"的爱国热忱和崇高品德。应该说，这是一篇上乘之作。虽然作者是站在人道主义的立场来揭露日本帝国主义的惨无人道，指出这种野蛮行径必将受到人民的惩罚。对这种不人道的揭露，也是能激起广大人民的义愤和爱国热情的。你读读这段文字："有时干妈送东西就老半天不回来，每次回来就倒在床上哭个半夜，谁也不敢问她为什么哭！"他们从地下室爬起来，想给她说几句安慰话，她只是摇头，温和而凄咽地说："你们能平安出去了，一切都有望了，我受罪算得什么！"干妈是同南京的女人们一样地受罪了，"五十年来不曾受过的罪，不曾有过的恨，不曾蒙过的辱呵！"虽然作者用的是人道主义的长鞭去鞭挞日寇野蛮和无耻的行径，这鞭痕也是够鲜明、够深刻的。在当时的历史条件下，民族矛盾上升为主要矛盾的时候，爱国主义这面旗帜应该说是最鲜明的，人道主义也是发挥了应有的作用的。除了《干妈》之外，作者当时对人民苦难的体察，运用的也是人道主义的武器。如《王长林》，写被抓壮丁的苦况。老兵王长林组织新兵逃跑，自己却被抓去枪毙。在这里，活着和被杀，仿佛没有多大区别，但王长林却把活路留给别人，自己承担死的命运。这里是从一个新兵的人道主义角度来体察苦难。《七十五根扁担》，写一支队伍准备闹独立，但两个营长没有明确的目标，被上级派人来收买了，队伍被押回广州后，一个个被打得皮肉稀烂，还被打死了几十个弟兄。这也是从人道主义的另一个视点来体察苦难，启示人们如何认清反动派军队的面目。此外《未死的烈士》《难友》《深渊》《饶恕》《一直落》，有的写县长、参议长为何合谋假冒烈士之名大肆搜刮民脂民膏；有的写为了生活去当妓女；有的写一个政工人员无可奈何的堕落，情节虽然有别，角度还是人道主义的揭露，令人同情，令人愤慨。

但是，标志着黄谷柳从人道主义观点到阶级分析和阶级斗争观点转变的是《虾球传》。这部小说同样是写人民的苦难，特别是城市下层市民的苦难，这里有老妓女六姑凄凉的晚景，有老纺织工妈妈朝不保夕，有艇家妹的被遗弃，有难童的饥寒交迫，等等。但是最具有典型意义的情节是虾球为了找碗饭吃，当了小扒手，被迫去偷一个老归侨的荷包，结果使这老归侨得了神经病。几天后，他回家一趟，母亲在他耳边轻声说："你爸爸回来了！"这是他从未见过面的爸爸，当他踏进房间一看，失声大叫起来，几乎扑倒在地上，天啊！原来这就是被他偷了荷包的金山伯，就是他的爸爸？在这里，作者已经运用阶级分析的观点，分析了老华侨何以被卖猪仔背井离乡，辛苦了一辈子的一点积蓄，被劫一光。也分析了扒手集团的内幕，等级繁多，层层剥削，而小扒手们却只得一点余唾。还分析了这些扒手集团和当地政警的关系，这是他们得以立足并不断扩展的原因。总之，这已经不是一般的同情和怜悯，而是开始用解剖刀来剖析旧社会的脓疮。这种视角的转换，如果从文化学的角度来说，它是从文化的、历史的视角去观照社会，观照人生，使作品展示的生活情景和人物命运，不仅内蕴着较为丰富的社会内容，而且富于较为深刻的文化底蕴。它不仅使我们感受到他们的生活艰苦，而且使我们感受到他们的人格应该得到尊重。而从作家来说，这种视角的转变，也正是标志着人生观、世界观的转变，是一个可喜的进步。

## 二、市井风情

黄谷柳以描写市井风情见长。他的《刘半仙遇险记》，用喜剧的手法，把平日骗神骗鬼的刘半仙，诱入游击区让他为人民部队服务，不但立了功，而且从此翻身做人。这是一幅绝妙的风情画。《送礼》，表现了小市民为了谋职的苦况。《墙》表现了两代人的代沟，两种文化的碰撞，两种思想的冲击，两种性格的摩擦，它展示了人与人关系的紧张，揭示了坚持传统文化的固执，但这扇用唯心主义筑起来的墙，终究要被冲破的。《生命的幼苗》，展示了传统文化重男轻女的影响。这个女人跟她的妈妈一个模样，她妈妈养她时，把她丢进尿缸去，幸得有一位叔婆把她救出来。现在轮到她时，却把一个误认为是自己生的女孩卡死了，这一卡，把封建思想充分暴露了，它让人战栗，也使人痛恨。但是，更全面、更深入展示香港和广州下层社会生活的还是《虾球传》。这部作品以其鲜明地方色彩的地道"广味"，获得了被大众认同的审美效果。作品中时常映现出一幅幅四十年代省、港的市井风俗画，突出了珠江三角洲一带的风土人情、世态习俗。论人物，这里有各式各样的妓女、舞女，有大大小小的捞家，有老谋深算的大天二，有亚娣那样的艇家妹，有谁要就给谁享受的洪少奶……。论画面，有鳄鱼头晋见张果老的互相勾结场面，有两个匪徒用木枪打劫鳄鱼头的趣剧，有鳄鱼头、洪少奶两个活宝发假誓做真买卖的滑稽表演，有虾球赌命的惊险镜头，还有鳄鱼头路过黄埔唱起"黄埔军歌"而黑牡丹也颇有感触地唱起"客途秋恨"的二重唱，以及洪少奶让人看掌纹，实则让人欣赏她的软厚手掌的镜头……。作家在批判市民意识的弱点和丑恶的同时，也揭露出源于传统文化濡染和积淀所造成的深远影响。特别是作家在运用普通话写作的同时，也巧妙地采用了广东方言，而且还区别出香港地区的方言和广州地区的方言。如"爆仓"、"马仔"（香港有组织的流氓的狗腿）、"三十六元"（参加香港某种秘密组织的第一次入会金〉、"捞世界"、"顶硬上"、"同捞同煲"、"一哥"、"醒定一点"、"吃夜粥"、"稳顿"（英语舰长的译音〉，等等，虽是广州话，却是地道的香港方言。而有些广州方言，在香港并不流行，如"河呵鸡"（国民党反动地方军:）、"田鸡东，一人一份"、"蛋家"、"金山伯"、"讲数口"、"吹须碌眼"、"萝卜头"、"勒了屁股吊颈"，等等。当然，经过长期交流，两地的一些方言也被对方所吸收。作家能够作这种区别，写香港时，夹用香港方言，写广州时，采用广州方言，这不仅表现出其精细，更表现出其深刻的体验。而整部小说，都是"广味"浓郁，"话粗理不粗"，流溢着地域色彩和扑面而来的生活气息，给人以触手可及的真实而亲切的感受。应该说，在探索岭南文派特点方面，黄谷柳是获得了可喜成就的。

### 三、人物透视

黄谷柳在三十年代到四十年代中期发表了不少作品，也描写了不少人物，如干妈（《干妈》）、刘半仙（《刘半仙遇险》）、王长林（《王长林》）、导游女银仔（《孤燕》）、杨露枝（《难友》）、舞女赖小姐（《一直落》）、余天（《墙》）等等，大都是"扁平人物"，即着重故事情节，人物的性格单向发展，简单而不复杂。但是一九四七年黄谷柳在香港《华商报》连载的《虾球传》一、二、三部，虽然也是运用了传统的故事扣子的形式，但已经一改过去写的"扁平人物"，而是塑造了复杂性格，有鲜明优缺点的"立体感"人物。特别是其中的虾球和鳄鱼头洪斌，更是成为大小捞家的典型，这在过去作品中是未曾见过的新角色。关于虾球这一人物的典型性，四十年代后期在香港的报刊讨论得很热烈，但是有些问题并没有引起注意。首先是虾球这一人物形象，其文化意蕴何在？这是没有人接触到的。虾球，作家把他定性为"城市流浪无产者"，他做过的职业是小贩。作家对这个从社会底层的沟渠中生活的小孩子，是不能不怀着爱心来下笔的。"爱之深，也责之切"，这就是作家的基本态度。这个人物有许多优点，用书中游击队丁大哥的话来说，虾球"老实，勇敢，富于幻想……"游击队的卫生员三姐还补充道："我看，广西孩子的戆直，湖南孩子的精明，广东孩子的勇敢义侠，他身上都有一点。自然，他也有不少劣根性，如赌钱等等。"虾球身上的优点，正是中国优秀文化传统的观照；他身上的缺点，也是这种文化传统负面的负担。但是，他却走了那么远的一条路来找游击队，这正表明作家在描写虾球形象的缺点错误时，并没有抹煞他身上的正面因素，而恰恰显示出他是如何艰辛地和丑恶告别。这就反映出社会发展必然趋势。作家在虾球的身上，写出了光明面和黑暗面共存，悲剧美和喜剧美融为一体。这里所说虾球形象的悲剧，既不是"将人生所有价值的东西毁灭给人看"，也不是"历史的必然要求和这个要求的不可能实现"之间的矛盾。它不会使审美者产生感情上的悲伤，却能使人感到振奋昂扬。作家把这一人物形象悲剧的历史原因的揭示和历史进程的描述结合起来，把悲剧形成的个人因素和社会因素揭示出来。这里的喜剧美主要表现在对小流氓习气的善意嘲弄和批判；它的悲剧美则表现在对丑陋现象嘲弄之余产生一种愤激情绪。像虾球打父亲荷包的行径，就是作家在这一人物悲剧因素和喜剧因素结合成人物性格的整体的两个侧面，他既使人憎恶，又令人同情，既使人发笑，又使人沉重。这正是作家塑造这一人物的文化特色。

但是，作家塑造虾球这一人物，在文化学的意义上，还有更重要的使命，就是通过虾球的坎坷经历，展示了香港殖民地、广州半封建半殖民地和鹤山人民部队根据地三个地域文化的对照。《虾球传》第一部《春风秋雨》，主要写的是香港。这是中西文化的交接点，它的源头还是中原文化和岭南文化，但是在帝国主义长期统治下，已经变成了殖民地文化。这里有西式的教堂，也有中式的寺庙，有西语学校，也有中文学堂，舞厅林立，妓寨成行，声色犬马，无奇不有。作家通过虾球在香港的种种遭遇，让读者透视了香港文化的光怪陆离，五光十色。你可以发现，在这个小岛上，同一时间和空间里，一个深受现代文明熏陶的人，完全可以和满脑子封建落后思想的人交朋友，科学家可以和巫师座谈，教堂的钟声和佛庙的木鱼声可以同声合奏，大医院的医师和街头的算命先生同时在把握人们的命运。四十年代的广州文化和香港也大同小异。不同之处在于它的封建性更浓厚一些，大天二的势力更嚣张一些，官僚恶霸更霸道一些，法律躲避着枪杆子，衙门成为金钱的通道，资本家连结着实权人物，狗咬狗的现象层出不穷。而鹤山人民部队根据地的文化，虽然还只是初生阶段，但是它却是一种崭新的文化，代表着新中国的未来。你看虾球初到根据地，是感到那样的陌生，又是那样的新鲜，那"三大纪律八项注意"，那优待俘虏的政策，那培训干部的学习班，那亲密无间的同志关系，还有那祝捷晚会、颁奖大会，这一切又是给他留下多么难忘的印象。可惜，《虾球传》的第四部《日月争光》没有写出来，而第三部《山长水远》对根据地文化还是反映得不够充分的，作家当时还没有到过根据地，对他来说，也不能不是一种文化局限。

《虾球传》在人物创造上的另一个成功之处，是塑造了性格复杂丰满的鳄鱼头洪斌形象。他是个大捞家，当然是个坏人。但是，他也有好的一面，就是对下属还比较关心，因此颇得人心，虾球就是让他迷惑了好长时间。作家在塑造这一人物时，注意了从生活丑中创造出艺术美。罗丹说过："在自然中一般人所谓'丑'在艺术中能变得非常的美。"（罗丹《艺术论》）作家没有沉醉于大捞家与洪少奶、黑牡丹以及其他野鸡的卑鄙混乱生活的描写，而是高瞻远瞩，注意反映捞家丑恶生活必然灭亡的历史趋势。正是因为作者能够站在时代的高度，把捞家形象的塑造同无产阶级夺取政权、巩固政权的远大目标紧紧相连，使这一类人物形象具有深刻的社会意义和美学价值。

在人物观照中，还必须谈到作家对知识分子的形象描写。黄谷柳的作品很少描写知识分子，在《虾球传》中唯一写到的知识分子是龙大副。他读了很多马列的书，也同虾球讲了不少革命的道理，但是虾球要求同他一起上山找游击队时，他不干；要求同他一起回乡下吃谷种，他又婉拒了。显然，作家是把龙大副写成一个口头上的马克思主义者，他的灵魂深处还是一个小资产阶级知识分子的王国。作者对这种知识分子是鄙薄的，这也是理所当然的。不过，作者对知识分子的这种看法，又何尝不是受到一种新文化的影响和局限？《虾球传》中也通过卫生员三姐的眼中，看到丁大哥已是一位工人出身的新型知识分子，但那只是一张标签，实际上他还不像是个知识分子。也许作家对龙大副的批判，引起了自己的思考，所以，他在写完《虾球传》第三部《山长水远》，第四部已不再写，便用实际行动同工农兵相结合，到粤桂边游击区打游击，以配合解放军南下作战。

## 四、情欲观照

在情欲的问题上最多地积淀着文化，也就是说，人无论如何不是性的符号，而性却最多地体现着不同的文化特征。

每一个作家也难免自觉地或不自觉地受到各种文化意识的制约，并以审美的方式从事着不同文化的抉择。作家黄谷柳，自然也不例外。他在涉及情欲的问题上，仍然受到传统文化的影响，谨慎地、有倾向地而又不失规范地描述这一问题。我们先看看传统文化对情欲观照的特点。中国传统文学所表现和讴歌的爱情是纯洁的，是言情载道而禁欲。《红楼梦》热情歌颂了真诚的爱情，这在封建社会是难能可贵的。但是有一点值得引起注意，即书中人物的性行为多发生在作者所厌恶不器重的人物身上，那么美丽动人的爱情如宝玉与黛玉、晴雯之间并不存在性行为。《红楼梦》所表现的含蓄与节制，既符合特定环境中性格发展的逻辑，又有老庄一派古典哲学生命意识的文化渊源。现代小说的《子夜》，不仅继承了这一传统，而且在此之后也巩固了这种传统：性行为是丑的，它是塑造坏人形象的一个重要手段，只要一个人被描写为有强烈性欲并且寻找宣泄，就必然是道德败坏的人。这当然有其偏颇，但事实上，现代作家的作品，它所歌颂和呼唤的，仍是精神的交融和心灵的守望。它给予读者的不是生理的刺激，而是社会的思考。黄谷柳在情欲观上，所遵循的正是这种原则。

我们看看虾球的恋爱（其实，他还谈不上恋爱，只是对女孩有好感而已）。他朦朦胧胧地喜欢上了亚娣，很想和她多接近，和她多谈话。可是，当他积了钱买一对金耳环准备送给亚娣的时候，却亲眼看见亚娣和蟹王七手挽手到白宫旅店开房去了。这是好残忍的场面。至于鳄鱼头、洪少奶、马专员的三角关系，作家也是在马专员和洪少奶处点染，它让你心领神会，却又眼不见为净。

但是，最能表现黄谷柳情欲观的，是短篇小说《孤燕》，它的故事和莫泊桑的短篇小说《海港》有某些相似之处，但是它们所表现出来的文化抉择却是完全相异。这两篇小说都是描写当妓女或导游女的妹妹，想方设法打听哥哥的下落，最后都见面了，一个是胡搅了一阵之后相认；一个是一直坚守信条不忍相认。这倒是很清晰地反映了中西文化的不同背景。莫泊桑的《海港》，写顺风圣母号经过四年的旅行，回到马赛港，海员们一上岸就去妓寨寻欢作乐，他们一进来就选定女伴，就上楼，"毫无顾忌地把人类的野性撒出来"。事后，他们才喝酒，才谈话，在互相了解情况之后，女的坦然承认她是他的妹子。这是西方文化的表现，中国女人就很难说出这句话。当她哥哥说到她从前是那么矮小，现在这么强壮，但是为何她没有认出哥哥来？她答道："我看见的男人太多了，以至他们在我的眼睛里仿佛全是一样的！"这当然也合乎情理，但更重要的还是西方文化的特点。最后是妹妹一直陪着他哭到天亮。黄谷柳的《孤燕》则不同，它完全代表了中国文化的传统，呼唤的是文明。游客游普全滔滔不绝地对导游女银仔诉说他九年的经历，在谈话中，银仔可喜又可怕地发现了那是她的大哥。她回想起自己凄苦的经历，现在又落到这样的境地，"她决心不让他知道：他有这样一个可羞耻的妹妹"。当他们谈起妹妹时，游普全骄傲地说："我的妹妹不会当导游的。我的妹妹是一个好孩子。"一句话堵死了银仔的思路，也可以说毁灭了她的希望。她的自尊心被刺伤了，但她在哥哥的心中依然那么圣洁。她决心利用星期天陪哥哥好好地玩，他们去溜冰，去游泳。回到旅店，当游普全对她有所动作时，她一个巴掌把他制止了，然后挣扎把他推开。她虽然保留着过去他们的照片，却始终不交给他。他们就这样分别，银仔也不去送行，一切痛苦，一切思念，一切委屈，全都埋在心头！这是传统文化的印记，只有中国的女人，才有这种文化抉择。

## 五、文化困境

黄谷柳从懂事的时候起，心里就萌生了同情母亲、不满父亲的感情，因而自小养成一种忧郁、沉默、坚强、善于思索的性格。由于家境清贫，他并没有受到充分的学校教育。他的生活经历却是曲折的，搞过各种各类的行业，"不管军、政、商、学到新闻、艺术，我都试过一个时期。"他是在社会大学里学习，在社会大海里浮游。三十年代初期他到香港的时候，也大量阅读了"五四"以来的作品，如冰心的《寄小读者》、庐隐的《海滨故人》、蒋光慈的《少年飘泊者》、丁玲的《莎菲女士的日记》、岑卓垣的《平可》等。这为他后来的写作打下了一些基础。但是，他却很少阅读外国的文学作品，这和他的兴趣有关，也不能不说是一种缺憾。作为一个杰出的作家，应该是博学多才，通晓中外文化的。黄谷柳在学习中国文化传统方面用过功，在学习西方文化方面，是有所欠缺的。我们从他的作品中可以看到，它和外国文化的关系甚少，因而他所创造的人物大都缺少现代意识和独立的人格，至于西方文学中的一些新手法、新形式，他的作品更是极少采用。黄谷柳虽然两次居住香港，时间也不短，他只看到殖民地文化丑恶的一面，对它的科学技术和先进的管理经验是不在他的视野之内的，对西方文化并没有认真学习和研究。这也难怪，当时生活无着，每天"爬格子"只是"餐搵餐食"，又何来形容？他还是立根在中国文化的土壤上，默默地耕作。他缺少二十世纪作家应有的开放视野和现代意识，缺少对世界文化的宏观参照坐标，这是谷柳文学创作的文化困境之一。

如果以建国之日作为分界线，黄谷柳的作品艺术价值最高的是在前期，那是他感情丰富的时期，特别是他的《虾球传》，可以在中国现代文学史上大书一笔的。后期的作品熠熠发光的不多，这固然同他在一九五七年政治上受到挫折，从此谨小慎微有关，但也同作家的创作心理结构出现故障有关。应该说，作家黄谷柳的智能结构，即"作家的观察力、感受力、形式感、想象力、表达力等"是比较健全的，这在他对人物的言行描写，对事物外貌的状写都表现得很充分。但是，他的非智能结构，即"作家的创作兴趣、动机、意志、情绪方面因素"，是不够均衡的，这是形成他创作障碍的一个重要原因。作家智能结构的不平衡，是他创作的又一文化困境。

总的来说，黄谷柳的创作成就是突出的。他的《虾球传》将和他的名字一起活在人民的心中。他在创作中的遗憾，包括《虾球传》是一部未完成的杰作的遗憾，我们也只能把它看成是作家创作中的文化现象。

一九九二年七月

## 5. 杨义：华南文化勃兴和本土作家特色

选自《中国现代小说史（下）》第四章 华南作家群

华南是古老的中国社会向海外开放的前沿地带。晚清康有为、梁启超在广州万木草堂习礼论学，为维新思潮提供了思想库，孙中山也在这里迈出了他作为民主革命先行者的最初脚步。它为晚清小说界，献出了吴趼人和曾经写过《洪秀全演义》《宦海升沉录》的黄小配这样有全国影响的作家。然而"五四"新文化运动以来，南中国的文化空气相当冷落。虽有 1926、1927 年郭沫若、鲁迅等一批人到广州执教从政，1935 年胡适南游讲学，由于政局的逆转和凶险，均未能真正开创南中国文学的新局面。陆续出现的广东作家，如早一点的张资平、洪灵菲、冯乃超、李金发，和其后出现的欧阳山、草明、任钧、蒲风、丘东平、钟敬文、碧野诸人，都只能在文化中心上海等地方获得声誉。来自上海的茅盾的这个印象，大概不只是适用于当时的香港：

那时候，香港各报的副刊自有它们那一套"传统的作风"。说是有点近于"五四"以前上海各报"屁股"的味儿罢，在某些方面是可以这么比的；然而"南国"的和殖民地文化的特性，使得我们这些初到的外江佬总感到点儿——借用徐志摩一一名话："浓得化不开"。当然也不可一概而论，那时香港各报副刊视为足资号召的东西主要是武侠，神怪，色情，大概也不算过分罢？

可以说，抗战以前的华南文学只不过是沉闷的文化大气压中，一群初出茅庐的文学青年艰难地从事着开辟草莱的工作。不满二十岁的欧阳山（罗西）于1926 年 4 月组织广州文学会，主编《广州文学》周刊，发表第一部长篇《玫瑰残了》。次年邀受鲁迅的指导，成立南中国文学会。旅居南京、上海一段时间后，1932 年 9 月，与草明、易巩组织"广州普罗作家同盟"，出版《广州文艺》周刊，倡导粤语文学，次年受当局通缉，流亡上海了。另一批文学青年，包括萧殷、杜埃、华嘉、楼栖、黄宁婴、陈芦荻，利用广东政府和南京政权的矛盾，在《民国日报·东西南北》副刊等报刊上，发表不满现实的小说、诗歌、杂文，参加了 1933 年何干之等人领导成立的"广州左翼文化总同盟"下设的广州左联。1936 年秋，黄宁婴、杜埃、温流、陈残云等人成立广州艺术工作者协会，下分理论组、小说组、诗歌组和戏剧组。以诗歌组最为活跃，发刊《今日诗歌》、《广州诗坛》、《诗场》，但也在"中国诗歌会"健将蒲风于"七七事变"后南来，把《广州诗坛》扩大为《中国诗坛》之时，才渐成气候。

香港自二十年代中叶以后，《大同日报》、《大光报》、《循环日报》、《南华日报》和《华侨日报》副刊，开始出现一些带"港味"的新文艺作品，于黄昆仑、谭庵的文言小说和黄天石的旧派言情小说霸占的"报屁股"上，透出了一些新的空气。1928、1929年，先后有张稚庐主编的《伴侣》、张吻冰主编的《铁马》等短寿的文艺刊物问世。在这些报刊上发表作品的文学青年谢晨光、张吻冰、侣伦、黄谷柳常在一起聚谈艺文，形成香港最早的新文艺团体"岛上社"，并于1930年4月创办以发表小说散文为主的《岛上》杂志（谷柳不久就回越南乡下养病了）。1933年12月，综合性文艺刊物《红豆》创刊，也吸收了广州作者陈芦荻、楼栖等人的作品；到1937年7月易名《诗与散文》月刊，趋向纯文学道路。侣伦等人还编过《时代风景》，仅一期就夭折了。由此可见，二三十年代的南中国文坛，大体上是上海等文化中心的文化空气没有多大声息的接受者，自然它也默默地为四十年代后期成熟起来的华南本土作家群，提供一批有才华的骨干分子。

抗日战争爆发后，华南文坛发生了前所未见的巨变。大批著名作家由全国（主要是上海）撤退到华南，使短期间的广州、其后主要是桂林和香港，迅速成为在全国举足轻重的文化重镇。而前述的本土作家在一段时间中，退居后学晚辈的地位。1938年1月1日，郭沫若任社长、夏衍任总编辑的上海文化界救亡协会机关报《救亡日报》，迁至广州复刊。1月4日，广州新亚二楼举行的沪港粤文化界同人聚餐会，有郭沫若、茅盾、夏衍、蔡楚生、郁风、欧阳山、草明、林林、萨空了等三十余人出席，显示了不同凡响的阵容。茅盾在香港编辑、在广州出版的《文艺阵地》，于同年四月创刊，成为具有全国性影响的大型文艺刊物。次月，巴金把上海《烽火》周刊改为旬刊，在广州复刊。

1938年10月广州陷落前夕，大批作家分赴桂林、香港，部分青年作家随第四战区撤至粤北曲江。《救亡日报》1939年1月在桂林复刊，与桂林的《广西日报》、《大公报》、《力报》、《扫荡报》四大报纸展开竞争。汇集了来自广州、武汉的大批作家的桂林文化界，于1939年10月2日成立文协桂林分会，选出鲁彦、夏衍、林林、艾芜、欧阳予倩、司马文森、宋云彬、孟超、周钢鸣、黄药眠、欧阳凡海、孙陵、李文钊、梁寒操等二十五人为理事。陆续创刊的重要刊物有1940年8月夏衍、孟超、秦似、聂绀弩、宋云彬编辑的杂文月刊《野草》；1940年11月田汉主编的《戏剧春秋》月刊；1941年6月李文钊为社长，胡危舟、阳向阳、陈迩冬编辑的《诗创作》月刊；1941 年 9 月司马文森创办的《文艺生活》月刊。当时桂林的出版业很发达，有文化供应社、文化生活出版社、学艺出版社等，已登记的书店和出版社六十余家，自然其间有不少"皮包书店"。香港在太平洋战争中陷落后，茅盾、胡风、宋之的、夏衍、端木蕻良、骆宾基等一批作家脱险回到桂林，又给桂林文坛增添了不少生气。于是，鲁彦主编的《文艺杂志》，熊佛西主编的《文学创作》和《当代文艺》，葛琴编辑的《青年文艺》，封凤子编辑的《人世间》等重要刊物，于一两年间竞相问世了。可以说，从 1938 年底到 1944 年秋湘桂大撤退的六年间，桂林文化界利用广西地方实力派抗衡重庆政府的文化态度，在战乱时代创造了相当繁荣的文化城。

香港由于特殊的社会环境和战争局势的变化，其文化繁荣可分为两个时期：1937 至 1941 年的抗战前期，1946 至 1949 年的第三次国内革命战争时期。1937 年 11 月和次年 10 月，上海、广州先后沦陷，大批文化人撤至香港。其中有：蔡元培、茅盾、萨空了、陶行知、金仲华、乔冠化、刘思慕、楼适夷、叶灵凤、戴望舒、徐迟、萧乾、杨刚、简又文、陆丹林、周鲸文。1933 年 3 月 26 日，文协留港会员通讯处（即文协香港分会）成立，推选楼适夷、许地山、欧阳予倩、戴望舒、叶灵凤、刘思慕、蔡楚生、陈衡哲、陆丹林为干事。创办《文协》周刊和《中国作家》英文月刊。当时重要的报纸副刊有萧乾、杨刚先后主编的《大公报·文艺》，戴望舒主编的《星岛日报·星座》，茅盾、叶灵凤先后主编的《立报·言林》，以及《华商报·灯塔》。《华商报》创刊于 1941 年 4 月，香港华比银行经理邓文田和他的弟弟、廖承志的表妹夫邓文钊为正副总经理，范长江为常务副总经理，胡仲持为总编辑，廖沫沙为编辑主任。社务委员夏衍主管社论和副刊，《灯塔》副刊由陆浮、郁风先后编辑。连载在《华商报·灯塔》上的巴人的长篇《沉滓》、艾芜的长篇《故乡》，以及茅盾的散文《如是我见我闻》，都是颇有影响的作品。它们和邹韬奋于 1941 年 5 月创办的《大众生活》周刊上连载的茅盾的《腐蚀》、夏衍的《春寒》；以及萧红的长篇《呼兰河传》，和她发表在周鲸文、端木蕻良主编的《时代文学》月刊上的《小城三月》，代表着香港小说创作最引人注目的水平。

抗战胜利后，1946 年，广州文坛出现短期的繁荣。司马文森、陈残云复刊《文艺生活》和《文艺新闻》，黄宁婴、陈残云、洪遒复刊《中国诗坛》，周钢鸣、洪遒办《国民》，黄秋耘办《青年知识》，胡仲持、华嘉办《现代》，周行办《草莽》，于逢、易巩办《文艺世纪》。这些刊物的竞相出现，表明华南本土作家已经具有相当的实力，可以独立地支撑一片文坛，和抗战时期那种多少处于附庸地位的情形，已是今非昔比了。由于政治局面的恶化，他们于同年夏秋间陆续赴香港，复刊了《文艺生活》、《青年知识》，并与重庆、上海等地汇集香港的大批文化人，开创了香港文坛的新局面。当时寓居香港的作家有郭沫若、茅盾、夏衍、胡绳、冯乃超、林默涵、周而复、邵荃麟、葛琴、钟敬文、黄药眠、聂绀弩、胡风等人，阵容之盛，不亚于抗战前期。《华商报》于1946年1月复刊，萨空了任总经理，刘思慕任总编辑，廖沫沙任副总编辑，其后任副总编辑的还有邵宗汉、杜埃。副刊《热风》、《茶亭》，先后由吕剑、杜埃、华嘉等人编辑，风格上趋于通俗化。而在这里连载的极有影响的长篇小说，已是华南作家黄谷柳的《虾球传》和侣伦的《穷巷》了。它们给香港文坛增添了地道的华南乡土色彩。在邵荃麟等人于1948年3月创办侧重理论批评的刊物《大众文艺丛刊》，茅盾、巴人等于1948年7月创办侧重小说创作的刊物《小说》月刊的同时，华南作家华嘉、黄新波、黄宁婴、黄秋耘、洪遒、陈芦荻创办"人间书屋"，出版《人间文丛》十二种，《人间诗丛》六种、《人间译丛》六种。这些文学活动与司马文森、陈残云的编辑、创作相映照，显示了华南作家已具备了相当强的创作能力和开拓能力。广州解放后，这批本土作家位居华南文艺界的要职。

　　总之，在1937至1949年的十余年间，华南文坛在整个中国文学界居于特殊的举足轻重的地位，并且在广州、桂林、香港之间形成了作家聚散的巨流。在这股巨流中，华南本土作家逐渐脱颖而出，成为日后南中国文学的重要骨干分子。对于作家流动的大体情形，可以绘成这样的形势图：

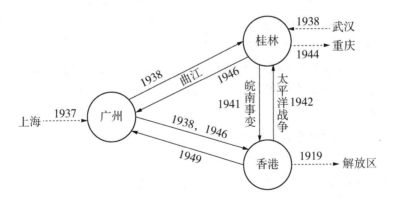

　　华南作家群是抗战以后的十余年间，在本乡本土新形成的战时文化名城中进行短途流浪（自然，在他们漂泊南洋时，也算"长途"了）的青年作家群。

战争初起时，他们多是二十多岁的文学探索者。他们不像东北流亡作家群，在远离乡土进入文化中心之后，抒写着沉痛的乡关之思；也不像战区流亡作家之群，脱离文化中心而出入于点火硝烟之间，描绘着战争焦土和反抗烈火的场面。他们立足乡土，面对战时文化名城，既可以在和名作家的交往中呼吸着时代的高级的文学空气，又可以在辗转乡土中汲取民间情绪和土地的气息。这种高级空气和民间空气，流亡意识和乡土意识的交融，使他们迅速地超越了战前的幼稚探索阶段，进入抗战期间多方汲取、而又默默地耕耘的阶段，终于在四十年代后期踏上佳作屡见、能够独当一面的阶段。大体相同的环境和经历，经难他们之间频繁的交往、切磋，使这批作家形成了具有浓郁的乡土色彩和南国情调的群体风格。

首先，华南作家把南中国特殊的社会形态、日常生活方式、甚至人种气质，带进小说领域。杜埃的短篇《菜市》写出了南方墟集中没钱领牌照的小本菜贩子的机灵和辛酸。陈残云的中篇《南洋伯还乡》写出了珠江三角洲的乡民到南洋开拓事业的艰辛，以及"落叶归根"之梦的幻灭。于逢、易巩的长篇《伙伴们》写南国水乡的"捞家"（土匪），在劫富济贫的侠骨中掺杂进几分乡缘人伦的柔肠。这类作品在描绘破败而动荡的岭南乡土社会时，都或浓或淡地传达了南中国人开放的、机智的、重乡缘人伦情感的气质。萧殷（1915－1983）原名郑文生，广东龙川县佗城竹园里人，出生在南越王赵佗称帝的古城遗址。1931年考入广州美术学校，一年后因家贫辍学，怀着悲愤试作小说《乌龟》、《疯子》等。1936年与温流、黄宁婴、陈芦荻等人加入广州艺术工作者协会，抗战爆发后，北上延安了。因此，他属于华南作家群的前期作家。《乌龟》发表在1934年广州《民国日报·东西南北》副刊上，是他创作道路的起点。小说写一群在码头上嬉戏的顽童，把当码头苦力、有余钱便喝烧酒、意气衰颓的陆伯，骂为"乌龟，老婆偷汉子的"。"我"游泳时滑入深潭，被人救起，病中见陆伯从窗前经过，大叫"乌龟"。母亲制止这种骂人行为，说陆伯是"善良的好人"，"我"落水时是他救了"我"的小生命。他卧病垂危之时，"我"遵母命给他送饭菜，才从他口中知道：他的妻子确实被人奸污过。那是辛亥革命时期，他投革命军在广州、惠州起事失败，妻子到广州富商之家当使妈，被主人奸污，又被女主人逐到野外，死于草莽中。他到法庭告状，反被投进牢狱。因此，"乌龟"绰号包含着他的人生冤枉和创痕。小说揭示了广东社会在民国初年的一种畸形的人生方式：他为辛亥革命付出了沉重的代价，但进入民国后却依然背负着受人践踏、任人取笑的耻辱印记。字里行间，是渗透着深挚的人道主义同情的。它对码头苦力和无知顽童的描绘，都散发着那个时代南中国社会的阴沉的气息。

然而，华南作家早期的这类作品，笔锋是比较直露的。它们多少带点"蒋光赤气"，萧殷自述，高小时代"接触了大量中、外文学读物，除蒋光慈的《鸭绿江上》和《少年漂泊者》之外，连荷马的名著《奥特赛》也没有放过。（它当时的普及本叫做《俄德西冒险记》）"？杜埃也谈到他初中失学时期"如狼似虎的在'吃书'"的情形："那时理论书籍看不懂，也没有水平理解鲁迅著作，我最爱读的是蒋光赤的小说，其中特别爱读《少年漂泊者》。它反映了当时民生凋敝，农村破产，到处是封建黑暗，青年人苦闷没出路，渴望追求光明。书中所写的对现实的不满和我处境相似，引起了强烈的共鸣。"？当他们的创作趋于成熟之后，情感也变得深沉起来了。而愈来愈浓郁地散发出南方的土地、水网、海洋的气息。他们描绘着桂林的淫雨和风沙，广州沙溪的烟窟和狗肉寮，香港的大捞家和流浪儿。他们中的不少人和华侨有着血缘关系，在菲律宾、印度支那、或南洋群岛留下过自己的足迹。比如黄谷柳、于逢祖籍广东，都生于越南；马宁的父亲先是长途挑夫，后是华侨店员；司马文森生于侨乡泉州，跟"水客"到菲律宾当过童工；陈残云同父异母的大哥在马来亚开过杂货店，给他带来了新加坡、马来亚遇险的经历；秦牧少年儿童时代侨居新加坡、马来亚十年，体验了"中国的吉卜赛"的悲欢，归来写了短篇《松鼠》、中篇《黄金海岸》；杜埃在"皖南事变"前后，到菲律宾侨区办报三年。这些作家在不同时期，都写过南洋的风光和风俗，华侨的血泪和归侨的梦幻。以多姿多彩的笔墨描绘粤闽桂城乡的民情风俗，描写东南亚华侨社会的生活风貌，从而以乡土的和异域的情调向整个中国文坛显示自己独特的存在，这是华南作家群的最引人注目的另一个艺术特色。

热带和亚热带的土地上，本来就多梦幻。在二三十年代许地山和艾芜的创作中，我们就品尝到这种充满异域风味的艺术酒浆了。华南作家群则在一个战乱的时代，重新酿造这类带有异域传奇味道的酒浆。还是拿东北流亡作家群作比较，如果说，东北作家群的作品充满乡关之思，大旷野的气息；那么，华南作家群的这类作品就充满着大海之梦，热带丛林之恋了。杜埃在华嘉主持的"人间文丛"中出版的短篇小说集《在吕宋平原》（后易名为《丛林曲》），就是充满这种梦境和恋情的。杜埃（1914－）原名曹传美，学名曹芥茹，广东大埔县湖寮莒村人。1933年考入中山大学社会科学第，参加广州左联。抗战初期为香港报刊写政论，其后到南洋做抗日宣传工作。1947年回香港，参与《华商报》、《群众周刊》的编务。解放后，曾任广东省委宣传部副部长、省文联第一副主席等职。他写菲律宾城乡战时生活的《萨克林田庄》、《法布尔的家》等短篇，都颇有特色。比如前者写抗日军民的晚会，姑娘们在地上摊开一大块一大块蕉叶，摆上烤红肉、烧鱼、哈蔓糕、香蕉和米饭，讲演完后，又二男二女在吉他琴响中轻松活泼地扭动腰肢，跳起四人舞，连老村长和老太太也加入舞蹈的行列，诸如此类的描写，都给人吹扑来一股异域的清新之风。写得最好的是短篇《番娜》。女主人公番娜是阿里平原一个村农会妇女部长，大女儿和女婿参加了华侨游击队，她的家也就成了华侨队伍的交通站。"我"和同伴一行冒雨登上她家的竹楼梯，她就让小女儿打来洗脚水，烘干湿衣服，还拿起一枝有丫杈的竹竿，到屋后摘回石榴果当晚饭菜馅。在椰油灯下，这位体胖臂粗、狮子鼻的中年农妇，和"我"们开着亲切而泼辣的玩笑。几年前，她曾带着村妇们冲进地主家里要求减租，夺了宪兵的枪。入牢后，四乡农民都来探望，使地方政府怕惹起暴动而释放她。但是，丈夫骂她是"会啼的母鸡"，骂到游击队去的女儿是当军娼，威胁着要告发她们。她笑说丈夫没有这份胆量，谈论着他一次下塘洗澡，见有抗日军进村，误以为日军下乡而光着屁股钻草堆，被她去西瓜慰劳军队时，把他的屁股当西瓜踢。小说采用明净的白描笔墨，以五千余字，绘声绘色地写出一块女人当家的土地上的风俗，写出了一个在民族战争中意气风发的妇女领袖的风貌。它写的都是一些家常场面，人物的传奇行为在亲切的、带点幽默的口吻中叙写出来，竹楼雨声，待客的饮食礼数，莫不散发着一种陌生而亲热的域外情调。

南国风味和南洋情调，使华南作家群的小说形成了第三个艺术特色：清婉的抒情性。无论是黄谷柳的短篇《孤燕》，陈残云的中篇《风砂的城》，还是司马文森的长篇《雨季》，都是相当善于揣摩青年女性温柔、慧敏和郁悒的情感世界，并且在桂林山水和香港街衢中发掘出抒情的泉源的。香港作家侣伦的创作，走的抒情的路子。与其他华南作家不同的是，他的作品具有正宗的"港味"。他借鉴了德国诗情作家施托姆《茵梦湖》的哀怨轻婉的笔风，在《黑丽拉》、《无尽的爱》等小说中，酿造着一种缠绵悱恻，委婉中有点感伤的味道。马宁的口味则与之不同，《香岛烟云》以犀利的政治眼光，写下了战争期间香港社会的浮世绘，对那些"爱钱胜于爱国"的浮世俗物投以轻蔑的一笑。于是，华南作家的小说风格也与全国文学的潮流取一致的步伐，于四十年代后期，有逐渐增强其民族化和通俗化的趋势，谷柳《虾球传》、司马文森《南洋淘金记》正是在这一点上引人注目的。

茅盾：《第一阶段的故事·后记》。

萧殷：《我怎样走上文学道路》，收入《萧殷自选集》，花城出版社 1984 年版。

杜埃：《我的创作历程》，收入《杜埃自选集》，花城出版社 1983 年版。

# 珠江文派者，写作气派相通之
# 广东作家群是也

## ——跋《珠江文典》并从粤派批评论珠江文派

黄伟宗

　　《珠江文典》（下称《文典》）于去年夏天编就，本是为倡导珠江文派而投石问路之举，因故未能付梓。今逢《羊城晚报》热议粤派批评之风正旺，承广东旅游出版社盛情卓见，趁热将其抛出，使多年有实无名的珠江文派，也能像粤派批评那样名正言顺地浮出水面，不亦悦乎？

　　文学创作与文学批评，是文学事业之两翼；首者是土壤，后者是庄稼，两者有似皮与毛的关系，"皮之不存，毛将焉附？"所以，探讨粤派批评，理当深入探讨珠江文派。

　　珠江文派是广东文艺领域与"岭南画派""广东音乐"并列的作家文派，曾有人称之"岭南文派"。这是就地域而言的文派称谓。笔者认为，这个作家文派，应当有个既标志地域又表明文化特质的派名，应称之"珠江文派"为宜。因为珠江水系流域覆盖广东及岭南地域（所以珠江文化包括广东及岭南文化）；当今"泛珠三角"（9＋2）地域合作，即是以珠江水系流域及其文化为支撑；珠江水系文化即珠江文化。这是一种具有水系文化形态及系统的水域文化，是我国与黄河文化、长江文化并列于世界水系文化之林的一种大江大河文化。

　　从文派的特质上说，珠江文派者，写作气派相通之广东作家群是也。何谓之"气"？曹丕《典论·论文》云："文以气为主，气之清浊有体，不可力强而致。"浅白言之，"气"即精神、气质。何谓"气派"，即写作的作风和气度。毛泽东在延安号召文化界，要有革命的学风和文风，要有"中国作风"和"中国气派"；并且当读到从国统区到解放区的著名作家丁玲、欧阳山的新作后，在

"天快亮了"的子夜，挥笔写信为他们的"新写作作风"庆祝。由此可见当时解放区的人民文艺，在黑暗中国，堪称代表光明的一种"新写作作风"文派，是最能体现"中国作风"、"中国气派"的文派。这种文派，随着解放战争的胜利步伐传遍全国，自建国后，逐步泛化并衍化为许多各有自身民族、民系、水系、地域文化特质和写作气派的作家群，也即是文派。珠江文派是其中最有特色的中国文派中的一个。它在中国新文学史上的实际成就和影响，与早已知名的山西"山药蛋派"、河北的"荷花淀派"、湖南的"湘军"相比并不逊色，只不过其有实无名而已。

这部《文典》所选的 26 位作家及其代表作，是珠江文派存在并长期发展的一个实证，也是珠江文派作家群以其"写作气派"相通而凝聚为"群"、为"派"的实证。这批作家，是新中国成立前后至 20 世纪 80 年代活跃于中国文坛的广东作家，他们的活跃年代，与《文艺报》开辟《经典作家》专版所介绍的作家大致相同，所以我们也称他们为广东新文学经典作家。他们的活跃年代及其成就，是珠江文派走向成熟的标志。

本书着重对这批经典作家"记住乡愁"的作品进行选析，并以《文典》为名，既是以其为"记住乡愁"作品之典范，又有以其珠江文派代表作之意。众所周知，"望得见山，看得见水，记得住乡愁"，是习近平总书记在全国城镇化进程中提出的号召。如果说这个号召，是要求在农村现代化进程保持原有山青水秀的自然环境和传统文化风情的话，那么，对于文学创作来说，则是要求作家创造出能够使人"记得住"山水乡情的艺术作品。所以，在当今全国农村城镇化和世界经济一体化高速发展的情况下，这个号召对于地域文化和文学创作而言，是尤其具有现实意义的，因为一体化排斥多样化，如果文化和文学失去多样化，就等于没有文学、没有文化。鼓励各地开展"记住乡愁"创作，正是实现全国地域文化与文学创作多样化的重要途径，也是鼓励或发现文学流派的重要途径。所以，我们着重从这途径选析这批作家的代表作，并以此透析广东作家群以"写作气派"相通的"气"之所在。

一是"天气"，包括自然气候环境和时代精神之"气"。珠江文派作家的作品，大都很注重以独特的南方气候与自然山水风物的景象，再现所写时代的风云变幻和时代精神，往往天时之"气"与时代之"气"，融汇于浑然一体的艺术形象之中，形成一种独特的粤派风韵。最突出的代表是欧阳山的《三家巷》、《苦斗》，两书所写 20 世纪 20 年代的广州，大革命的时代风云和时代精种，都投影于一幅幅浓郁的岭南风情画中，甚至一年四季的节气变化和社会斗争的风云变幻，都细致入微地融现于"乞巧"、"人日"之类时令节日活动的描写上；吴有恒的《山乡风云录》《北山记》《滨海传》，分别以"乡""山""海"的岭南地理风貌，展现了华南抗日战争和解放战争的时代画卷；萧殷的《桃子又熟了……》、杨奇的《风雨同舟》，以亲临其境的时令与时代气候一体的实场实景，分别实录了抗战胜利后和平谈判时期与建国前夕护送民主人士北上等历史转折的重大事件；黄秋耘的《雾失楼台》和岑桑的《如果雨下个不停》，将"文革"年代的社会心态和灾难寓于岭南多雾多雨的自然景象之中；杨应彬的《山颂》和《水的赞歌》，以岭南的山水风貌寓现了昂扬时代的凌云壮志；郁茹的《落雨大，水浸街》，以广东特有的天气民谣，特有粤味地体现了深圳特区新办时的改革开放精神。

二是"地气"，即广东独特的风土习俗之"气"。"山水"即地方风土，"乡愁"即乡恋，主要体现于地方风情习俗。广东作家个个都是写风土人情的高手，本土创作几乎篇篇都有习俗。中国当代散文三大家之一秦牧，以长篇散文《土地》纵横捭阖地抒写了传统的土地崇拜习俗，并在著名散文《花城》中，以对传统花市习俗的精美描写，热烈地歌颂了广东人种花、爱花、赏花的崇高美德和奋力创造美好生活的时代精神，使千年古城广州增加了一个美好的名字——"花城"；黄谷柳的长篇小说《虾球传》，以珠江河上的变幻水声，诉说了疍家人的水上风情和在黑暗年代中的秋风秋雨；于逢在《金沙洲》中通过"龙舟节日"习俗描写，体现了广东人"敢为天下先"的特质；黄庆云在《一个传统的理想》，以阿婆崇拜的习俗赞颂了广东人传统的寻根问祖观念。

三是"人气"，包括在千姿百态的作家风格、人物典型、乡里亲情之间相通之"人气"。入选《文典》作品的作者，都是各有艺术风格的作家：欧阳山的执着，陈残云的洒脱，秦牧的广博，杜埃的宽厚，吴有恒的豁达，黄谷柳的平真，黄秋耘的淡远，萧殷的求实，杨奇的精细……但他们又都共有相通之"人气"，即：珠江恋、岭南情、粤海风；他们笔下的人物，如周炳、区桃、许火照、许凤英、虾球、阿娣、刘琴……个个都是栩栩如生的典型，又都是一派别有"广式"风姿的俊男靓女；他们所写的乡土作品，如杜埃《乡情曲》、楼栖《周年祭》、易巩《杉寮村》、韦丘《沙田夜话》，芦荻《渔村潮汐》、紫风《阿螺姨母》、贺青《杜鹃的叫声》、曾敏之《鸟声》和陶萍《梅花村散记》，都分别在各有特色的客家、潮汕、广府、渔村、山区、城中小区的民系乡里描写中，贯串着"人气"相通的乡里亲情。

四是"珠气"，即珠江文化气质、特质、内涵之相通。早在 20 世纪 80 年代，笔者提出珠江文化概念并开创珠江文化领域，就是从陈残云的《香飘四季》、《珠江岸边》等作品中发现并开始以多学科交叉系统工作进行研究的，故称陈残云是"珠江文化的典型代表"。总体上可以说，广东作家群的作品都不约而同地写到珠江水、珠江史、珠江情，都以不同年代的题材、故事、文体展现珠江文化的特质和内涵，所以说是"珠气"相通。除陈残云外，《文典》所选秦牧《愤怒的海》中的《珠江水长》、易巩《珠江河上》、杜埃《花尾渡》、华嘉《荔枝湾夜》、曾炜《海珠桥抒怀》、林遐《撑渡阿婷》、关振东《夜游珠江》、林遐的《撑渡阿婷》等珠江题材作品，既在总体上系列地反映了珠江在各个历史时代的文化风貌和发展，又分别在个体上展现了珠江文化开放性、包容性、领潮性、重商性、实效性的特质；由此亦可看到，珠江文化特质正是广东作家群相通之"珠气"。

五是"海气"，即海洋文化及宽宏如海纳百川之大"气"。中国三大江河文化各有独特风格：黄河文化如李白诗："黄河之水天上来，奔流到海不复回"；长江文化如苏轼词："大江东去，浪淘尽千古风流人物"；珠江文化如张九龄诗："海上生明月，天涯共此时。"可见珠江文化与黄河文化、长江文化的最大区别，是海洋性特强。因为珠江流域海岸线最长，江海一体，海上丝绸之路最早从此启航，分布世界华人华侨最多，海洋和华侨题材作品也最多。20 世纪 80 年代，秦牧的《愤怒的海》、杜埃的《风雨太平洋》、陈残云的《热带惊涛录》等华侨题材长篇小说接连问世，轰动一时。由此，吴有恒提出《应该有个岭南文派》。显然，这是从这批作品看到广东作家群具有相通并特强之"海气"而提出的主张。堪称珠江文派泰斗的欧阳山有言："古今中外法，东南西北调"，前句指创作方法，后者指文学语言。这是他数十年创作实践总结出的理论，也是珠江文派作家群相通的宽宏"海气"在创作风格上的精辟概括，可谓画龙点睛之语。还值得注意的是，这批经典作家，部分是走南闯北的岭南人，部分是多年前来自五湖四海的"老广"，这也当是珠江文派特有"海气"的一个重要标志。

以上五"气"，是广东作家相通为"派"的血脉，是珠江文派的风骨和特质。欧阳山、陈残云、秦牧等经典作家，以"记住乡愁"的经典作品，留下以广东本土为主的山水乡愁记忆，又从中创造并留下以"五气"相通而聚为文派的历史经验，是很有现实意义的。因为当今广东作家队伍，大多从外省入粤不久，对广东本土生活体验尚不深，写作气派的相通和凝聚力有待加强，如能像这批前辈作家那样，以"记住乡愁"而坚持深入广东本土生活与创作，以"五气"相通而承传并发展珠江文派，广东文学的更大并持久繁荣指日可待。

2016 年 9 月 22 日脱稿于广州康乐园寓居

（《珠江文典》将于近期出版）